Vicki Baum · Clarinda

Vicki Baum

Clarinda

Roman

NAUMANN & GÖBEL

Sonderausgabe für Naumann & Göbel Verlagsgesellschaft, Köln

Originaltitel: Headless Angel,
mit freundlicher Genehmigung
des Verlages Kiepenheuer & Witsch, Köln
Schutzumschlag: Wiebke Vormstein, Köln
Gesamtherstellung: Freiburger Graphische Betriebe, Freiburg
Printed in West Germany

ISBN 3-625-20171-2

PROLOG

In diesen Tagen, da der September wie ein leichter blauer Nebel über der Landschaft hängt, wandere ich gerne am frühen Nachmittag langsam zu meinem Grab hinauf und bleibe dort, bis die Sonne sich neigt und der Schatten meines Grabsteins länger und länger wird und zu guter Letzt den Saum meines Kleides berührt. Um diese Stunde ist das Vogelgeschrei plötzlich viel lauter, und es herrscht große Bewegung und Eifer unter den Vögeln, die Einwände erheben wie Kinder, die um das letzte, aber wirklich allerletzte Spiel betteln, ehe ihre Mütter sie zum Schlafen nach Hause holen. Wenn dann ein erstes Sonnenuntergangsfrösteln mir über die Schulter läuft und mich erinnert, daß es an der Zeit ist, meinem Albert seine Medizin und seinen Kamillentee, Fußbad und einen heißen Umschlag zu geben, so ziehe ich meinen Schal fester um mich, packe mein Häkelzeug zusammen, stecke meine Brille ein, nehme Loro von der Stange, stütze mich auf Coco, meinen Ebenholzstock, dessen Griff ein geschnitzter Negerkopf ist, und mache meinen Weg zufrieden durch den Park zurück nach Hause. Die Steinbank, die bei meinem Grab unter einer Weide steht, ist auf dem großen, weitläufigen Gut Helgenhausen der einzige Platz, der mir Heimat ist, der nur mir gehört; dort bin ich allein, aber niemals einsam, in der freundlichen Gesellschaft meiner Erinnerungen. Von all den berühmten und malerischen, den romantischen Sehenswürdigkeiten in und bei Weimar ist dies meine stille grüne Zuflucht, wo ich am liebsten bin. In der Tat, was immer man sonst gegen Alberts Geschmack einwenden mag, er hat mich an einer wunderschönen Stelle begraben.

Meine Gruft liegt auf einer bescheidenen Anhöhe, von der die Weimarer gerne als Berg sprechen und die Albert in einigen seiner papierenen Gedichte sogar als himmelanstrebenden Grat besingt, von dessen Gipfel er, so ganz der Philosoph, auf die Schluchten und Täler hinunterblickt. Dort unten leben weniger poetische Wesen und hüten seine Kühe, pflügen seine Felder oder streuen seinen Mist über Helgenhausens gute braune Erde. Ich bin's zufrieden, daß er mein Grab als einen zweiten Parnaß besingt; doch für mich, die ich die Kordilleren überquerte und in den wilden Bergfesten Neuspaniens lebte, bleibt unser Hügel einfach ein kleines Hügelchen. Gerade hoch genug, um mir eine Aussicht darzubieten, die mir Freude macht. Er wendet seinen Rücken gegen Weimar und läßt mich eine friedliche Welt überschauen, eine Welt von Feldern und

Weiden, Obstbäumen, die durch kniehohe Gräser den Abhang hinunterwaten; weiter drunten, mit der Entfernung immer kleiner werdend, kann ich Kühe weiden sehen, einen Miniaturschäfer, der sich einen neuen Stab schnitzt, und einen winzigen Schäferhund, der die Schafe mit großer Wichtigkeit und Selbstbewußtsein einkreist. Ein schmaler, träger Bach, ein blaues Atlasband, liegt auf dem fruchtbaren, grüngoldnen Samt der Weiden und ganz in der Entfernung, wo alles zur Spielzeuggröße zusammenschrumpft, der Kirchturm und die Schindeldächer unseres Dorfes.

Im Süden kann mein Blick bis zum Thüringer Wald wandern, dessen Umrisse sich blau und neblig mit dem Himmel verschmelzen. Ganz in meiner Nähe, hinter einigen schlanken Goldregenbüschen, entspringt unsere berühmte Quelle, und ich höre durch die Zweige ihr Rieseln. Und ich sehe die Silhouette des griechischen Tempelchens mit seiner kleinen Kuppel, dessen Kupfer es in all den Jahren nicht gelang, sich mit genügend Patina zu bedecken, um sich einen antiken Anstrich zu geben. Dieses Tempelchen ist die Grenze, wo meine Domäne endigt und Alberts beginnt. Für mich die einfache erdgebundene Genugtuung von gut zubereiteten Mahlzeiten, von Meierei und Butterfaß, von Ställen, wo Kalb und Füllen geboren werden, und Eier, noch warm, im Stroh versteckt liegen; für mich die Vorratskammern und Leinenschränke, die Obsthürden und mein besonderer Stolz, meine Erdbeerbeete, die allerfeinsten im ganzen Herzogtum. Für Albert die verfeinerten Regionen des Dilettanten, wo er und seinesgleichen nicht einhergehen, sondern wandeln, gleiten und schweben.

Mein Grab wurde in gewisser Beziehung eine der Sehenswürdigkeiten bei Weimar, und es geschieht ziemlich oft, daß Reisende ihre Pilgerfahrt zu den geweihten Stätten, wo Goethe und Schiller lebten, mit einem Besuch von Helgenhausen abschließen. Im allgemeinen führt sie Babette dann herum, zeigt ihnen das Schlafzimmer im Obergeschoß, wo Goethe ein paarmal übernachtete, die Buche, in deren Rinde er seine Initialen schnitt, die Quelle mit ihrem Rinnsal von grünlichem Wasser, über der eine moosbewachsene Nymphe mit üppigem Gesäß wacht, und den Zinnbecher, aus dem, sagt man, Goethe das Quellwasser getrunken habe. Das letztere ist ein offensichtlicher Schwindel, denn Goethe war das letztemal im Jahre 1818 hier und ein viel zu vorsichtiger und leidender alter Herr, um diese fragwürdige Flüssigkeit zu trinken. Ohne Zweifel hat Babette heimlich den alten Zinnbecher zu wiederholten Malen mit einem neuen ersetzt in den zweiundzwanzig Jahren, die seitdem vergangen sind. Gewöhnlich krönte sie ihre Führung mit meinem Grab, wo sie haltmachte und wo sie einen Nachruf auf mich zum besten gab:

»... und hier befindet sich das Grab von Clarinda, Gräfin Driesen, die im Alter von zweiundzwanzig Jahren ins Wasser ging. Ihr untröstlicher Gatte hat den Sarg mit ihren sterblichen Überresten hier, an ihrem Lieblingsplatz, beisetzen lassen. Das Grabmal hat er selbst entworfen und dann in echtem karrarischem Marmor, der extra dafür von Italien gebracht wurde, ausführen lassen. Das Gedicht auf dem Grabstein ist ebenfalls vom Herrn Grafen. Wenn jemand es lesen will, bitte nur heranzutreten ...«

Hier ruht Clarinda, Gräfin Driesen
Geboren am zweiten Dezember Anno 1778
Gestorben im März 1800
Von ihrem untröstlichen Gatten ewig beweint.

Die Besucher machen Bemerkungen, sprechen in Gemeinplätzen, lesen Alberts Ode, einige mit Andacht, andere mit sentimentalen Seufzern, einige mit Sarkasmus, denn die Ode hinkt, wie ein Veteran von Napoleons alter Garde mit einem Holzbein. In der Ode nennt Albert mich:

Eine flüchtige Seele,
Nicht willens, im dunklen Tale
Dieses allzu irdischen Staubes zu wandeln.

Und behauptet dann:

Und in verklärten Händen
Die Scherben seines Herzens tragend,
Betritt sie schweigend die elysischen Gefilde.

Und verwendet weitgehend die sich am leichtesten reimenden, aber am wenigsten gültigen Worte einer jeden Sprache:

Immer. Und nimmer.

Wenn die Besucher mit meinem Epitaph fertig sind, so bleiben sie noch einen Moment mit entblößtem Haupt in andächtigem Schweigen stehen. Hie und da bemerkt ein eingefleischter Zyniker: »Aber war da nicht ein Gerücht, daß die Gräfin sich gar nicht das Leben nahm, sondern mit einem Liebhaber auf und davon ging und verschwand? Wenn das wahr ist – was für ein Teufel muß diese Clarinda gewesen sein.« Darauf antwortet Babette mit niedergeschlagenen Augen: »Ach nein, Monsieur« – im allgemeinen ist der Zyniker Franzose –, »Clarinda war ein Engel.«

Und damit führt sie ihr Häuflein Besucher an mir vorbei, vorbei an einer ganz unauffälligen und respektablen alten Dame, die sich still der Herbstsonne erfreut, sie zwinkert mir zu, und dann suchen ihre mutwilligen Augen den Engel über meinem Grab. Es ist eigentlich ein anziehender Engel, der in einer Hand mit Anmut eine Fackel zum Himmel hebt, während er mit der anderen eine Flut von erstarrten Marmortränen aus einer Marmorurne über das Grab gießt; leider hat mein hübscher Engel seinen Kopf verloren. Mein armer Albert versichert mir, daß die Ähnlichkeit des Engelskopfes mit meinem außerordentlich war. Jedoch, während der stürmischen Tage im Jahre 1806, nach der Schlacht bei Jena, als Weimar von Napoleons Soldaten geplündert wurde, hatte ein Zug von ihnen in unserem Park biwakiert und benutzte den Engelskopf als Zielscheibe in einem friedlichen Wettschießen und schoß ihn in Stücke. Was mich betrifft, so bin ich überzeugt, daß ein kopfloser Engel ein viel besseres Porträt von mir ist als einer, der seinen Kopf nicht früher oder später verloren hätte.

Mein armer Albert behauptet, er hätte mich hier begraben, weil es immer mein Lieblingsplätzchen gewesen sei und noch dazu die Stelle, wo er mich zum ersten Male heimlich geküßt und gleich hinterher um meine Hand angehalten hätte, all das vor mehr als fünfundvierzig Jahren. Aber das ist nichts als eine der poetischen Girlanden, mit denen Albert die langweilige Landschaft seines Lebens auszuschmücken beliebt. Sollten wir uns jemals etwas wie einen heimlichen Kuß gegeben haben, so muß das ein sehr bleichsüchtiger gewesen sein, denn er hinterließ überhaupt keine Spur in meinem Gedächtnis. Die volle Wahrheit ist, daß mein viel älterer Bruder, der es müde war, mein Vormund zu sein, und mich loswerden wollte, diese Versorgungsehe vorschlug, als er einmal mit Albert auf der Jagd war. Ich glaube nicht, daß Albert sich jemals etwas aus Jagen machte; er ging auf die Jagd, weil man das von einem Grafen Driesen erwartete, weil unser Herzog ein leidenschaftlicher Jäger war und jedermann am Hofe auf die Jagd ging; aber vor allem, weil Goethe in seinen frühen Jahren sich durch wilde Reiterstückchen und waghalsige Jagdabenteuer hervorgetan hatte. Ich glaube nicht, daß Albert sich darüber im klaren war, daß er alles auch tun wollte, was Goethe tat. Zwanzig Jahre nach dem größten Schriftsteller der deutschen Nation geboren, folgte er ewig Goethes Spuren wie ein winselnder, atemloser

Hund mit heraushängender Zunge, der seinen Herrn nie einholen kann. Wenn Goethe, vom rastlosen Dämon seines Herzens verfolgt, unsere kleine Residenz verließ und nach Italien floh – dann ging auch Albert auf Reisen, wenn auch nur nach Dresden, wenn Goethe die Schweizer Eisriesen bestieg, so ging Albert und bezwang die weniger schreckeinflößenden Felsen der Sächsischen Schweiz. Wie Goethe wollte er ein universaler Mensch, ein Naturanbeter, ein Weltbürger, ein unsterblicher Dichter sein und ein großer Liebender. Aber ungleich Goethe warf er immer und in allem die Körner fort und behielt die Spreu. Weil Goethe einst unter seiner ungesunden, nicht konsumierten und doch so himmlischen Liebe für Frau von Stein gelitten, sich aufgelehnt hatte und trotzdem beseligt war, nährte mein armer Albert an seinem Busen ebenso für sich eine poetisch-platonische Liebschaft. Mademoiselle de Guermontagne, die berechnend sentimentale Tochter eines französischen Emigrés mit ihrer Elfenbeinhaut, war eine poetische und willige Partnerin für bleichsüchtige und elegante Seufzerduette. Selbst heute kann ich nicht an den blutarmen Blaustrumpf mit seinen lärmenden Augen und seinem Gipsherzen denken, ohne daß ich über das unerwartete Ende der unsterblichen Liebe meines Gatten lachen muß. Wahrhaftig, mein armer Albert machte sich zum Narren mit seinem äffischen Goethekult. Schrieb Goethe Dramen, Gedichte, Romane, dann versuchte es Albert auch; schrieb Goethe ein Epos wie Hermann und Dorothea – so stürzte sich mein armer Albert sofort Hals über Kopf in die Idee für sein endloses Opus, die Hesperiden. In dichterischer Unordnung schwitzte er über widerspenstigen Stanzen. Mit offenem Hemd, sein schütteres rotes Haar wirr um den Kopf, die Aufschläge seines Schlafrockes mit Schnupftabak bestreut, so saß er an seinem Schreibtisch und kaute am Federkiel; der Welt entrückt, hingen seine Augen an unsichtbaren Horizonten, seine dünne Nase von einer chronischen Erkältung rot und verstopft und der Fußboden um ihn herum mit zerknäulten und unbrauchbaren Manuskriptseiten bedeckt, wie der Waldgrund mit Blättern nach einem Sturm. Wenn er mir diktierte, so schnappte er von Zeit zu Zeit nach Luft wie ein gequälter Fisch auf dem Trocknen, und ich wußte, was nun kommen würde, so wie nur verheiratete Leute solche Dinge voneinander wissen. Jetzt würde er eine Prise nehmen, seinen Mund aufsperren und hoffnungsvoll auf eine Niesexplosion warten, die seine geplagte Nase befreien würde, aber dazu noch sein Taschentuch mit einer Eruption von braunem Schleim beschmutzen und seinen Rock mit demselben widerlichen Zeug bespritzen würde. Ich glaube, es gibt in jeder Ehe ein solches schleichendes, heimtückisches Gift, das, in kleinen täglichen Dosen eingenommen, langsam tödlich wirkt.

Aber nun sind sie alle tot und begraben – Goethe, Frau von Stein, selbst die zähe Annabelle de Guermontagne – und Albert ist ein alter Mann von einundsiebzig; ein Halbinvalide mit Nierenkoliken, der immer noch an den Hesperiden arbeitet und immer noch glaubt, er brauche nur Zeit genug, um die dreiundzwanzigste Stanze zu beenden, die siebte und neunte noch einmal umzuschreiben, die vierzehnte zu ändern und einen Verleger, willens, das Werk zu drucken, aufzutreiben. Dann, endlich, wird Albert als der einzige deutsche Dichter, der Goethe in den Schatten stellte, anerkannt werden.

Unter welch einer Last muß doch ein Mensch sich schleppen, der ehrgeizig, aber untalentiert ist, der Neues schöpfen möchte, aber unfruchtbar ist. Alberts Tugenden sind alle negativ. Sie beruhen nicht auf dem, was er ist, sondern was er nicht ist; nicht ein Trunkenbold, nicht ein Schürzenjäger, nicht einer, der Streit sucht. Nicht hinterlistig, nicht pflichtvergessen, weder roh noch eitel. Als ich siebzehn war und mein Bruder mich unterrichtete, daß Graf Driesen mich zur Frau gewählt hätte, glaubte ich, dieses Mosaik von negativen Eigenschaften sei bewundernswert, und ich fuhr fort, sie für einige Jahre zu bewundern. Wie oft fragte ich mich späterhin, wieso ich so gehorsam in diese Heirat stolperte. Doch ich hatte gute und stichhaltige Gründe genug; ich war die Tyrannei meines Bruders satt und wußte damals noch nicht, daß einem jungen Mädchen andere Wege offenstehen, als zu gehorchen. Für Albert fiel die Ehe in dieselbe Kategorie wie die Jagd. Wahrscheinlich zuckte er jedesmal zusammen, sooft er den Flintenhahn abdrückte oder ein totes Rebhuhn sah. Eines weiß ich gewiß, daß er beim Gedanken an die Hochzeit zusammenzuckte; aber man heiratete, weil es sich so gehörte, und überdies mußte die Erbfolge der Driesen erhalten bleiben. Mein armer Albert – darin versagte er nun, wie er in so vielem versagt hatte. Und wie oft, wenn ich über unsere Felder ritt oder kräftigen Geruch von frischgepflügter Erde einatmete, war ich eifersüchtig auf die Mutterziegen, die das kurze, gelbe Wintergras am Rande der Chaussee abfraßen, jede mit einem wackligen, schwarzköpfigen Zicklein an ihrer Seite oder an ihren Zitzen. Wie bitterlich beneidete ich die dürren Kreaturen, denn jede Ziege hatte ein Kind, und ich hatte keines.

Aber das sind längst vergangene Schmerzen, und jetzt lache

ich genauso über mich selbst wie über Albert. Und was bleibt mir anderes übrig, als zu lachen, wenn ich mich genau examiniere: eine alte Frau von zweiundsechzig, ewig irritiert wegen ihrer kleinen Statur und ihres krummen Rückens und deswegen so herausfordernd aufrecht in ihrer Haltung, die Haut verrunzelt mit ein paar vereinzelten Pockennarben, aber glänzend wie ein gebratener Winterapfel und gerade ein Soupçon von Rouge auf den Wangen – es war La Rosaura, die mich vor langer Zeit den Gebrauch von Schminke lehrte, und meine roten Wangen sind jetzt ein harmloses, kleines Geheimnis zwischen Babette und mir. Ich sehe mich selber: so respektabel, von solch tadellosen Manieren, solch feine, alte Dame, so unauffällig gekleidet, eine sehr alte Dame, die sich auf einer Bank im Park von Helgenhausen sonnt. Ein Muster von Würde, abgeklärter Geduld und zufriedener Ruhe, sitze ich an meinem Grab und denke an meinen Geliebten, der vor dreißig Jahren eines fürchterlichen Todes starb. Weiß Gott, was bleibt mir denn übrig, als über mich zu lachen?

Manchmal sitze ich regungslos, höre in mich hinein und versuche, diesen Gedanken in seiner Gänze zu erfassen: ich bin alt. Was bedeutet das, alt zu sein? Was für ein Wesen ist das: eine alte Frau? Wer bin ich, Clarinda? Alt, ja, und doch immer noch die gleiche wie vordem. Es lebt noch alles in mir eingeschlossen, unversehrt wie das winzige Insekt in einem durchsichtigen Bernsteinstück, das mir Goethe einmal zeigte. Clarinda, das Kind, das wohlerzogene Fräulein von Adel, der linkische Neuling am Hofe, die willige und ahnungslose Braut, die pflichtgetreue Ehefrau; aber ebenso die Frau, die auf Abwege geriet, Geliebte eines Abenteurers, eines Spielers und Nichtsnutzes, wie manche ihn nannten; Gebieterin über ein phantastisches Haus mit einer silbernen Schwelle; und die zerlumpt Fliehende, die beinahe im Straßengraben verendete: die wilde Rebellin und die demütig Büßende. All das ist noch immer in mir: die, die davonrannte, und die, die zurückkam.

Alt werden ist keine Metamorphose, es ist eine Ansammlung, eine wahre Rumpelkammer, voll von all den Überresten eines ganzen Lebens. Jedes Wort lebt noch immer, jede Träne, jedes Lächeln; Mutwille und Tugend, Hoffnung und Verzicht, die Träume und die unerfüllten Wünsche, flüchtige Schatten an einer weißen Wand. Duft und Gestank, Süße und Bitterkeit, alles Gesehene, alles Gehörte, alles Gefühlte. Alle Geheimnisse sind noch in mir, Liebkosungen in der Tiefe der Nacht, Zärtlichkeiten, ins Dunkel geflüstert. Die Abschiede im Morgengrauen sind noch da, die Stimme eines Nachtvogels, die ausgestreckte Bettlerhand eines Leprakranken, das stolze Rauschen meiner neuen Atlasrobe, weißer Schaum an den Flanken von meines Geliebten Pferd. Nichts ändert sich, nichts geht verloren, weder die Reise noch der Wind in den Segeln, weder die ungeheuren Schrecken noch die kleinen, durchdringenden Freuden. Ich sitze an meinem eigenen Grab und schließe die Augen und denke: Felipe – und noch immer steht mein Herz bei diesem Gedanken still, und ich atme wieder den warmen Duft seiner Nähe ein, und ich folge mit meinen Fingerspitzen den zwei Narben an seinem Schulterblatt und dem dunklen Kreuz aus feinem Haar, das auf seinem Körper gezeichnet war, quer über die Brust und entlang der schönen, harten, schmalen Linie, wo seine Muskeln in der Mitte zusammentrafen. Und ich kann sein leises Lachen im Dunkeln hören. »Siehst du, Clarinda, ich bin ein guter Katholik, sogar wenn ich mit dir im Bett bin ...«

Und wenn eine solche Erinnerung mich immer noch erzittern lassen kann, was will es dann heißen: eine alte Frau? Und wenn es unpassend für eine alte Frau ist, eine solche Erinnerung zu unterhalten, so kann ich mir nicht helfen, und es kümmert mich nicht, und überdies habe ich den Verdacht, daß das gerade die Dinge sind, an die manche Großmutter gerne zurückdenkt, wenn sie sich mit dem wohlwollenden Lächeln einer weisen Katze von ihrer Umgebung absentiert.

Einmal, während eines letzten Lebensjahres, sagte Goethe etwas zu mir, was mich tief bewegte:

»Der Alte verliert eins der größten Menschenrechte: er wird nicht mehr von seinesgleichen beurteilt.«

Das klang so unendlich einsam. Wie der Turm einer alten Kathedrale, der hoch über die Dächer der achtlos-geschäftigen jungen Stadt ragt; wie der eine Riesenbaum, allein in einem abgeholzten Wald übriggelassen. Ich nahm seine trockene, kühle Altmännerhand und legte meine Wange dagegen, wie ich es in meiner Kindheit so oft getan hatte. Das war eine sehr unpassende Geste für eine Frau, weit über Fünfzig, aber ich war mir dessen so wenig bewußt wie Goethe. Er streichelte nur meine Wange und fragte mich freundlich: »Hast du es je bereut, Clarinda, in unsere kleine, selbstzufriedene Musenstadt zurückgekehrt zu sein?«

»Nein, gar nicht«, antwortete ich und fügte ein wenig eigensinnig hinzu: »Aber ich bereue auch nicht, daß ich davonlief.«

»Gut und schön«, sagte Goethe zufrieden, »gut und schön und ganz in Ordnung, Clarinda.«

Und das war das letzte Mal, daß ich meinen großen Freund sah.

»Warum schreibst du nicht deine Memoiren, Clarinda?« Viele Menschen haben mich das gefragt. »Du mit deinen einmaligen Erlebnissen; du hast so viele Berühmtheiten gekannt. Du hast den Beginn dieses unglaublich aufregenden, neunzehnten Jahrhunderts miterlebt; warum bringst du das nicht alles zu Papier, Clarinda?« Wahrhaftig, manchmal fürchte ich, daß die Epidemie der Memoirenschreiberei, die nicht nur in Weimar, sondern in ganz Europa grassiert, selbst mich anstekken könnte. Aber ich bin kein Historiker. Ich bin eine Frau und kann mich nur an die Dinge erinnern, die mir als Frau wichtig schienen. Um seine Memoiren zu schreiben, muß man ein Voyeur sein; man muß am Ufer gestanden und den Fluß an sich vorbeiströmen lassen haben, aber ich sprang mitten hinein und schwamm manchmal mit dem Strom, manchmal dagegen, und meistens stand mir das Wasser bis zum Mund. Es ist wahr, ich sah, wie die Neue Welt sich von der alten loslöste, und es war schmerzhaft und blutig wie jede Geburt.

Aber ich erinnere mich auch, da ich vor allem eine Frau bin, daß ich an dem schicksalsvollen Tag des Guanaxuato-Blutbads mein neues weißes Kleid und den Hut mit den Kirschen trug, und, das weiß Gott, an jenem Tag diesen Hut aufzusetzen war eine genauso mutige und herausfordernde Tat, wie mit der spanischen Fahne in der Hand zu sterben.

September, der sechzehnte September – vielleicht ist das der Grund, warum ich den ganzen Tag so viel an meine Mexikojahre dachte. Dort feiern sie heute den Gedenktag ihrer nationalen Unabhängigkeit, und ich kann mir so gut vorstellen, wie es in Mexiko zugeht. Die Kirchenglocken läuten den ganzen Tag, da gibt es Fahnen und Blumen und Girlanden, und auf den wenigen Landstraßen und den unzähligen Bergpfaden drängen sich weißgekleidete Indianer und Mestizen mit Eseln, Weibern und Kindern, alle mit den verschiedensten Dingen, tot und lebendig, vollbeladen, die auf den Markt geschleppt werden. Überall herrscht großes Geschrei und Singen, Stampfen und Tanzen, da gibt es Hahnen- und Stierkämpfe, ein riesiges Fest und der heiße Geruch von Schokolade und Guajolote con Mole, von Chiles, geröstetem Fleisch und Pulque, in den Sand und in die Holzkohlenfeuer verschüttet. Hitzige Reden auf den Plazas und Serenaden unter Balkonen, Raketen explodieren in der Luft und Feuerwerk, das seltsame Muster in den Nachthimmel brennt. Und viele betrunkene Männer wird es geben und nicht wenige mit einem Messer im Herzen und viele geduldige, resignierende Frauen, die ihre Männer nach Hause schleppen, die Lebenden wie die Toten. Ich kann die Menge hören, ich sehe und rieche sie, und – ich glaube, ich verstehe sie jetzt, heute, am dreißigsten Gedenktag ihres Unabhängigkeitskampfes. Als dieser Kampf begann, verstand ich nicht viel davon. Ich war dort am heißen, blutigen Nabel der Ereignisse, und ich begriff nichts als: Felipe kam darin um, mit dem Schwert in der einen und der spanischen Fahne in der anderen Hand. Jetzt weiß ich, daß er auf der falschen Seite kämpfte, für die falschen Ideen – wenn es überhaupt so etwas gibt wie eine richtige und eine falsche Seite – aber er kämpfte und starb wie ein Mann. Oh, Felipe, mi amor, mi corazón Felipe ...

Ich muß laut gesprochen haben, denn Loro rollt die dünnen Membranen auf, die seine Augen, wenn er schläft, bedecken, und antwortet wie ein alter zuverlässiger Schauspieler, der die ganze Zeit auf sein Stichwort gewartet hat. Er spricht mit mir in Felipes Stimme, teure Geisterstimme aus dem Jenseits; er wiederholt die heißen, unverschämten, zärtlichen Liebesworte, die er vor Ewigkeiten aufgeschnappt haben muß, als sein Silberkäfig in meinem Schlafzimmer hing. Wie würde Felipe doch lachen, wenn er uns zwei auf spanisch konversieren hören würde, in dem intimen und schamlosen Spanisch verliebter Leutchen, das man in La Rosauras Hause lernen mochte. Was für eine herzzerreißende Travestie auf Liebe: ein törichter, alter Papagei, der zu einer törichten alten Frau mit der Stimme ihres toten Geliebten spricht. Und doch: Das ist alles, was mir von der Vergangenheit geblieben ist: das unendliche Rauschen eines Ozeans von Leidenschaft, bewahrt in der kleinen, harten Muschel von Loros Schnabel. Komm, sprich mehr, véngase, pajarito, véngase, véngase, díme mas, díme que me quieres ...

Te quiero, Caralinda, te quiero, siempre, siempre, siempre.

Wie friedlich es hier oben ist und wie unvorstellbar solcher Friede, innen und außen, uns erschienen wäre zu der Zeit, da wir jung waren. Für Menschen, die in einer Periode von Krieg und Revolution aufwachsen, scheinen all der Tumult und die Unsicherheit nur natürlich zu sein. Wenn jemand uns im Jahre 1800 erzählt hätte, daß viele Jahre des Friedens und sicherer Ruhe folgen würden, wir hätten es nicht für möglich gehalten. Sollte jemand den jungen Menschen von heute erzählen, daß ihre weichgepolsterte Sicherheit eines Tages zu Ende gehen und von anderen Kriegen und Revolutionen in Stücke gerissen werden wird, sie würden es auch nicht glauben. Es ist ein Glück, daß die Menschheit aus zähem Stoff gemacht ist und sich allen Zuständen anpassen kann. Geschichte ist vergänglich, wie Schritte im Gras, wie Worte, auf die Wasserfläche eines Sees geschrieben; das Wasser kräuselt sich und ist wieder glatt, die Grashalme biegen sich und richten sich wieder auf, und die Menschen leben weiter durch jegliche Hölle und Himmel und sind am Ende dieselben. Ich kann dafür bürgen, denn ich bin in der Hölle und im Himmel gewesen, und ich weiß.

So ist alles, was bleibt, nicht mehr als das Echo eines Echos. Háblame, pajarito, háblame del pasado, háblame del amor ...

ERSTER TEIL

Felipes Namen hörte ich zum erstenmal, als meine Zofe Babette ihre Neuigkeit in mein Zimmer brachte und mir zu Füßen legte wie ein artig apportierendes Hündchen, das gestreichelt werden möchte.

»Jetzt haben wir gar einen Fremden in der Stadt.«

»Nun, und was weiter? Ein Fremder mehr. Weimar ist ohnedies so voll wie ein Ei.«

»Ja, aber dieser hier ist was Besonderes. Jung und vornehm und stattlich anzusehen und ...«

»Gut, gut, laß deinen Bericht denn hören«, sagte ich resigniert, schob die Wirtschaftsbücher, an denen ich gearbeitet hatte, zurück und legte die Feder beiseite. Wußte ich doch, daß Babette, zum Überlaufen angefüllt mit dem neuesten Stadtklatsch, sowenig aufzuhalten war wie ein Wasserfall in seinem Sturz. Ich kenne Babettes Schwächen so gut wie sie die meinen, und das wenige, was ich in meinen früheren Jahren über das Leben lernte, wurde mir durch Babettchen zugetragen; Babette, meine Dienerin, mein getreuer Schatten, mein Milchschwesterlein. Man hat mir oft erzählt, wie ihre Mutter, die große Babette, uns beide an ihren unerschöpflichen Brüsten nährte und wie wir beide gefräßig an ihr saugten, bis wir zuletzt einschliefen und abfielen wie zwei zum Bersten volle Blutegelchen. Ich kann mir nicht vorstellen, was aus mir ohne die zwei Babetten geworden wäre, denn meine Mutter starb am Kindbettfieber, noch ehe ich zwei Wochen alt war. So wuchsen wir zusammen auf, und nach altbewährter Weise war es Babette, die die Prügel empfing, wann immer ich ungezogen war – was sie ganz natürlich fand. Da Babette zehn Tage älter war als ich, nahm sie es von Anfang an auf sich, mich zu bemuttern, zu beschützen, mich wechselweise zu verhätscheln und auszuzanken und in jeder Art für mich einzustehen. Aber es ist wohl immer so, daß die Kinder des Gesindehauses und der Armenviertel um so viel älter, klüger und kräftiger sind als wir, die wir unsere Windeln in wappengeschmückten Wiegen naß machten.

In ihrem Eifer, die Stadtneuigkeiten loszuwerden, konnte Babette nicht mehr an sich halten:

»Also dieser Fremde, von dem die Rede ist, hat im ›Weißen Schwan‹ Logis genommen, die zwei besten Zimmer. Sein Reisenecessaire ist aus purem Gold, und sein eigenes Waschbekken hat er mitgebracht und einen Krug und einen Becher dazu, die sind zwar klein, aber auch aus reinem Gold, und Wappen sind drauf mit siebenzackigen Kronen; Herr Schäffler hat gesagt, nur der Kurfürst von Sachsen reise mit einer derartigen Ausstattung. Manche Leute in der Stadt glauben, der Fremde sei ein Prinz, der inkognito durch die Welt fährt, oder am Ende gar der König von Spanien, aber ...«

»Ist er denn ein Spanier?«

»Ja, so sagt man.«

»Von stattlichem Aussehen, sagtest du?«

»Schön wie Luzifer«, sagte Babette, und – wie sich später herausstellte – damit hatte sie, ohne Fehl, das eine zutreffende Wort gefunden; »so schön, daß es einem den Atem verschlägt.«

Ich konnte mir eine derartige hektische Wirkung männlicher Schönheit nicht vorstellen, und deshalb versuchte ich, die ganze Angelegenheit als Stadtklatsch und Unsinn abzutun.

»Sollte dieser Mann inkognito reisen, so würde er nicht mit seinem Wappen herumparadieren. Geh jetzt, Babette, ich muß mein Meiereibuch in Ordnung bringen.«

Babette warf mir einen vorwurfsvollen Blick zu, marschierte in mein Ankleidezimmer und stöberte in meinen Kleidern herum, während ich mich wieder meiner häuslichen Mathematik zuwandte. »Hast du ihn eigentlich gesehen?« fragte ich etwas später. – »Wen? Den Herrn Schäffler vom ›Weißen Schwan‹?« bemerkte Babette unschuldig, nur um mir das Fragen schwerer zu machen.

»Nicht doch, den Fremden, diesen Ausbund männlicher Schönheit, der dir Herzklopfen verursachte. Hast du ihn selbst gesehen – oder weißt du das nur vom Hörensagen?«

Babette kam mit meinem alten blauen Morgenkleid zurück und machte es sich auf der Fensterbank für ein ausgedehntes Plauderstündchen bequem. »Freilich sah ich ihn, und wenn er nicht ein König ist, so sieht er doch bestimmt aus wie einer. So eine stolze Figur, so gebieterische Augen, und doch ist er zu gleicher Zeit freundlich und einfach. Man sagt, er verteile Louisdore als Trinkgeld nach allen Seiten, aber trotz seines goldnen Necessaires ist sein Anzug ohne Prunk, gar nicht so verschieden von unsren Herren am Hof. Durch einen reinen Zufall stand ich vor dem ›Weißen Schwan‹ grad in dem Augenblick, als er aus dem Gasthof trat, und ich war so verlegen, wie sich Euer Gnaden wohl vorstellen können, daß ich ihm einen Knicks machte. Und wahrhaftig, er lächelte mir zu und verneigte sich, grade als wäre ich eine vornehme Dame. In meinem ganzen Leben habe ich so ein Lächeln nie gesehen, es ging mir durch und durch wie ein heißes Messer durch Butter.«

»Was du nicht sagst«, antwortete ich und lächelte innerlich über Babettes Aufregung.

Jedesmal erstaunte ich von neuem, wie schnell Babettes Blut in Wallung geriet, sobald ihr nur irgendein Mann in die Nähe kam.

»Und Zähne hat er, wie du nie gesehen hast, schneeweiß, wie Linnen auf der Bleiche.« (Wenn wir allein waren, nannte mich Babette, wie in unserer Kindheit, Clarinda, aber vor anderen erlaubte sie sich keine Vertraulichkeit und ließ es niemals an Respekt fehlen.) »Wenn er lächelt, das ist, wie wenn die Sonne aufgeht. Solche Zähne hast du noch nie gesehen.«

»Vielleicht doch. An meinen Hunden zum Beispiel, oder an Pferden.«

»Also stell dir vor, er kommt heraus und bleibt einen Augenblick in der Türe stehen, hinter ihm sein Diener, der gibt ihm einen fremdländischen Mantel und einen kleinen spanischen Dreispitz mit schwarzen Troddeln. Er wirft sich den Mantel über die Schultern, und – ach, da hättest du ihn sehen sollen – der Mantel war lang und schwarz – wie ein weiter runder Kragen, wie ihn manchmal Frauen tragen –, aber ich hätte nie gedacht, daß ein Kragen sich so gut an einem Mann ausmachen könnte, und da habe ich mir gleich gedacht: Das ist etwas für Clarinda.«

»Und warum hätte mich das sonderlich interessieren sollen?«

»Weil man so neugierig wie eine Elster ist und weil man sich langweilt, ob du es wissen willst oder nicht, und weil es keinen Mann in ganz Weimar gibt, von dem es sich lohnt zu sprechen.«

Babettes umfassende Geringschätzung unserer Männerwelt machte mich lachen: da waren wir, das neue Athen, der Brennpunkt europäischer Kultur, der Ort, wo alle großen Geister der Zeit sich trafen, vom Herzog und von seiner Mutter mit dem Eifer von Sammlern kollektiert, jeder von ihnen eine auserlesene Berühmtheit, ein Unsterblicher – aber für meine Kammerjungfer nicht der Rede wert.

»Wie kannst du nur so dumm daherreden, Babette. Wo Wieland, Herder, der große Kotzebue hier leben, die Brüder Humboldt aus und ein gehen, Herrn Hofrat Schiller gar nicht zu erwähnen, und unser Dichterfürst Goethe ...«

»Ich dachte, wir sprachen von *Männern*«, sagte Babette mit Nachdruck, und ich wurde ärgerlich.

»Du willst doch nicht etwa behaupten, daß der Herr Geheimrat Goethe kein Mann sei.«

»Man sagt wohl, er sei in seiner Jugend Hahn im Korb bei den Damen gewesen«, sagte Babette; es war auch nicht ein Fünkchen von Respekt in der einfachen Kreatur. Vielleicht war sie gerade deshalb solch eine unterhaltende Gesellschaft für mich, die in Respekt und feinen Manieren fast erstickte.

»Aber schau dir ihn heute an«, fuhr Babette fort, »ältlich, kränkelnd, und dazu wird er jeden Tag dicker. Weißt du, was, Clarinda? Weimar wird von Weibern regiert; es ist wie ein Hühnerhof voll von Gegacker, und die Männer zählen überhaupt nicht. Was aber diesen Fremden betrifft ...«

»Bist du immer noch bei demselben Kapitel?«

»Laß mich dir zuerst von seinem Diener erzählen. Das merkwürdigste Geschöpf, das du dir vorstellen kannst! Er hat keine Livree an, sondern trägt eine kurze Jacke und enge lange Hosen, beides aus schwarzem Leder. Die Hosen sind von den Hüften zu den Knien so eng geknöpft, daß man gar nicht im Zweifel sein kann, wie Gott ihn geschaffen hat; und die silbernen Knöpfe, man hat gar nicht Zeit genug, sie alle zu zählen, und Silberstickerei an der Jacke, und silberne Epauletten auf den Schultern, und Silbersporen wie für einen Riesen, die müssen viele Pfunde wiegen und klingeln bei jedem Schritt. Und genauso weiße Zähne wie sein Herr hat er, nur lächelt er überhaupt nicht, so wundervoll ist er. Ich versuchte, ihn anzusprechen, aber er tat, als sehe er mich nicht, und ich kam mir wie eine Mücke vor. Dazu, glaube ich, versteht er gar keine Christensprache. Herr Schäffler meint, er komme von den Amerikas. Ein Indianer oder ...«

»Eine Rothaut, meinst du? Hier in Weimar. Stell dir das vor.«

»Also was seine Haut betrifft, die sieht mehr grün als rot aus, pockennarbig dazu. Aber glaube bitte nicht, daß ich nur versuchte mit ihm zu reden, weil er mir gefiel. Nur weil ich wußte, daß du gerne alles erfährst, was in der Stadt vorgeht. Meine arme, kleine Clarinda, da sitzt du nun tagein, tagaus in Helgenhausen, während der Herr Graf sich mit seiner französischen Amour in Jena amüsiert.«

»Der Graf geht nicht nach Jena, um sich zu amüsieren. Der Graf macht sich nichts aus Amüsements, wie wir beide wissen.«

»Nun, was immer der Herr Graf in Jena mit seiner französischen Bohnenstange anfangen mag, die einzige Zerstreuung, die er dir bietet, ist die Erlaubnis, seinen verwünschten Schreibtisch abzustauben. Wenn ich du wäre ...«

»Wenn Ihr impertinentes Maul mit Ihr durchgeht«, unterbrach ich sie ärgerlich, »so wird man Ihr Arbeit in der Waschküche anweisen.«

»Ja, Euer Gnaden. Ich bitte untertänigst um Verzeihung, Euer Gnaden. Kein Ton soll mir mehr über die Lippen kommen.«

Sie hielt Wort, und nachdem sie eine Weile geschwiegen hatte, war es mir, als marschierte ein Regiment Ameisen über meine Schultern. »Verstehst du denn nicht«, versuchte ich ihr begreiflich zu machen, »der Graf ist ein Philosoph und ein Dichter, und er braucht Inspiration. Natürlich können die nicht von mir oder von Helgenhausen kommen.«

»Warum ist das so natürlich?«

»Weil wir verheiratet sind, weil – ach, das ist doch zwecklos, diese Dinge verstehst du nicht«, sagte ich etwas verwirrt. Ich war in dem Glauben erzogen, daß die Ehe so sei. Die Ehe war nicht dazu bestimmt, ein Adlerhorst der Eingebung zu sein, von dem der Mann aufsteigen und sich höher und höher in die Lüfte schwingen konnte. So etwas zu erhalten wäre ganz gegen das Herkommen gewesen, ja beinahe unschicklich erschienen. Zu Hause hatte der Ehemann Bett, Tisch, Ofen, seine Pfeife und Pantoffeln, seinen Nachttopf und seine Frau. Wonach die Seelen und Körper unserer Männer sonst noch verlangen mochten, das suchten und fanden sie nicht am eigenen Herd, sondern bei anderen Frauen. Was nun meinen Gatten betraf, da war noch etwas anderes dahinter, etwas, das ich damals nicht in Worte, ja nicht einmal in einen klaren Gedanken hätte fassen können. Was er besaß, konnte er nicht würdigen; nur das Unerreichbare, das Nichtzuerhaschende, das ewig Fliehende war wert, geliebt, angebetet und besungen zu werden. Mademoiselle de Guermontagne hatte dies mit ihrem durchdringenden französischen Köpfchen gut begriffen und handelte danach. Ich war nicht eifersüchtig auf sie, im Gegenteil, ich betrachtete Alberts häufige Reisen nach Jena als Ferien, die mich von seiner anspruchsvollen und pedantischen Gegenwart befreiten.

»Ich könnte schwören, er tanzt wie ein Engel«, bemerkte Babette in mein ungeformtes Nachdenken.

»Ja, der Graf ist ein recht passabler Tänzer.«

»Aber es ist doch nicht von Seiner Gnaden die Rede! Unser Fremder natürlich.«

»*Dein* Fremder, nicht unserer. Übrigens glaube ich nicht, daß Engel sich mit Tanzen befassen.«

»Fertig«, sagte Babette, indem sie einen kleinen Spitzenkragen, den sie an mein Morgenkleid genäht hatte, zurechtzupfte. »Wünschen Euer Gnaden sonst noch etwas?«

»Danke, nein. Doch – warte – ich habe einen Knopf von meiner Chemise verloren. Suche ihn doch.«

Babette tauchte unter das Bett, und das gab mir Gelegenheit, meine nächste Frage in der gleichgültigsten Weise an ihr niedlich gerundetes Hinterteil zu richten.

»Wie, sagtest du doch, war sein Name?«

Ich hörte Babette unten am Boden kichern. Endlich hatte ich angebissen. Ich war eine Tanznärrin, und die steifen, offiziellen Hofbälle hatten mir bloß Appetit gemacht, ohne jemals meinen Hunger nur annähernd zu stillen. Ich hatte den Verdacht, daß Babettes freundliche Respektlosigkeit mir gegenüber ihren Grund darin hatte, daß sie mein einziges Geheimnis mit mir teilte. Mehrere Monate vor meiner Hochzeit hatten wir beide uns heimlich vom Gut meines Bruders, Klein Werra bei Kiliansroda, weggestohlen unter dem Vorwand, die große Babette zu besuchen, die sich in ein Dorf im Buchfarter Wald zurückgezogen hatte. Statt dessen fuhren wir, in Verkleidung, mit der gewöhnlichen Postkutsche nach Otternfurth, um den dortigen Jahrmarkt zu besuchen und beim Erntetanz nach Herzenslust zu walzen.

Diese Eskapade im Stil der komischen Oper und der Blick in die dreisten Vergnügungen des niederen Volkes waren das aufregendste, atemraubendste und ausgelassenste Erlebnis in allen meinen zweiundzwanzig Jahren. Nun, da Babette vom Tanzen sprach, wurde ich unruhig. Während ich so dasaß und auf Babettes hübschen, runden Derrière blickte, erschienen alle meine ungetanzten Tänze wie Verführer vor meinen Augen. Schließlich kroch Babette unter dem Bett hervor, den Knopf in der Hand. Ihre Augen blitzten vor Vergnügen, mich eingefangen zu haben.

»Du willst also seinen Namen wissen? Das ist gar nicht so einfach, denn diesen Namen zu behalten und auszusprechen ist äußerst schwierig«, neckte sie mich. Wie deutlich erinnere ich mich an sie, wie sie vor mir kniete und dann ganz feierlich den Namen aussprach, der mir Schicksal und Bestimmung werden sollte.

»Ein wirklicher Spanier, das ist wohl eine Seltenheit in unserer Stadt, und es scheint mir noch dazu, daß er von hohem Adel ist, was man in seinem Land einen Grande nennt. Sein voller

Name hört sich an wie ein Gedicht, er heißt: El Conde José María Felipe Contreras de las Fuentes.«

Einmal, vor meiner offiziellen Vorstellung bei Hofe, hörte ich unfreiwilligerweise eine Unterhaltung zwischen meinem Bruder und seiner Frau, als ich unter den Fenstern des Wohnzimmers von Klein Werra Rosen schnitt. »Unsre Clarinda«, so sagte er mit seiner trockenen, nüchternen, präzisen Stimme, »unsre Clarinda ist weder hübsch noch geistreich, und ich fürchte, daß sie neben den talentierten und höchst anmutigen Damen am Hofe keine gute Figur machen wird. Die einzigen Eigenschaften, die für sie sprechen, sind ihre Jugend und ihre Unschuld. Daher würde ich ein sehr einfaches Kleid empfehlen, keinen Schmuck, weder Parfüm noch Puder, nichts Anspruchsvolles. Nur durch ihr bescheidenes, einfaches und unverdorbenes Auftreten können wir hoffen, diejenigen jungen Kavaliere nicht abzuschrecken, die als Bewerber in Frage kämen; leider ist die Mitgift, die ihr unser Vater hinterließ, unbedeutend, aber immerhin mag einer der jüngeren Söhne unseres Landadels ganz zufrieden sein, in unsre Familie hineinzuheiraten. Oder ein Witwer, wie etwa Freiherr von Kiesel, der eine Mutter für sein Rudel Kinder braucht und der selbst ein ziemlicher Einfaltspinsel ist, der keine großen Ansprüche stellen kann.«

Das war genug, um die Rosen in meiner Hand welken zu lassen. Der Rasen war nicht mehr grün, der Himmel verblaßte. Ich ließ meine Gartenschere fallen und rannte davon, aber unter jenem Fenster ließ ich mein zerbrechliches Selbstvertrauen, in tausend Stücke zerschlagen, zurück. So trat ich in die Gesellschaft ein, ein ängstliches, verschüchtertes Mauerblümchen, und so blieb ich – bis zu jenem ereignisvollen Abend in Goethes Hause.

Es war einer der seltenen, großen Samstagempfänge, und mir graute vor solchen literarischen Zusammenkünften noch mehr als vor den Gesellschaften bei Hof. Unter all diesen auf Hochglanz polierten Schöngeistern kam ich mir unbeschreiblich langweilig und linkisch vor. Die meisten Damen schienen sehr viel von sich und ihren preziösen Manieren und Affektationen zu halten, während mir mein Aussehen, mein Wesen und meine Witzlosigkeit ein steter Verdruß waren. Allerdings hatte auch ich hie und da helle Momente, in denen ich nicht sicher war, ob all diese schönen Seelen wirklich so bewundernswert seien, wie sie sich einbildeten; waren sie nicht zuweilen sogar ein bißchen lächerlich? Auch die Herren schienen ein wenig eingefroren und gekünstelt; ich konnte nicht umhin zu denken, daß sie alle zu Hause schwer daran gearbeitet hatten, das Feuerwerk von witzigen Aphorismen, klugen Beobachtungen und philosophischen Randbemerkungen vorzubereiten und auszutüfteln, die sie nun als Improvisation ins Gespräch warfen. Selbst Goethe, der Freund meines toten Vaters und auch mein Freund, selbst er schien bei solchen Gelegenheiten merkwürdig fremd und verwandelt. Mit großer Höflichkeit, aber kühl und formell bewegte er sich unter seinen Gästen; es war schwer, zu glauben, daß dieser steife, alternde Herr mit den Hängebacken und der fröhliche Kumpan, der mit mir Versteck gespielt, als ich noch ein kleines Mädchen war, ein und derselbe Mann sein konnten; Goethe, der mir mehr als einmal geholfen hatte, meine Puppen auszuziehen und zu Bett zu bringen, und den unsre Spiele ebenso unterhalten und gefesselt hatten wie uns Kinder. Nur für den Bruchteil einer Sekunde fand etwas wie eine mutwillige Nachricht ihren Weg von ihm zu mir; das war, als ich in einer verzweifelten Anstrengung, nicht zu gähnen, meine Lippen zusammenpreßte und meine Nasenflügel aufblähte, gerade als Albert mit dem zweiten Gesang der »Hesperiden« begann. Ich wußte diesen und alle übrigen Gesänge auswendig, in ihrer ersten, zweiten und dritten Fassung; denn nicht allein hatte ich meinen armen Albert mit Holundersuppe, Glühwein und den verschiedensten Abführmitteln in seinen Geburtswehen gepflegt; ich hatte ihn auch geduldig von einem Hexameter nach dem anderen entbunden und außerdem das Ganze auf feines Velin kopiert, als sein Geburtstagsgeschenk für Mademoiselle de Guermontagne.

Für Alberts Ruhmesabend war die Mademoiselle von Jena herübergekommen und nahm jetzt den Ehrenplatz ein, denn ganz Weimar sah in ihr die Muse, die Albert dazu inspiriert hatte, sein Epos in vierundzwanzig Gesängen zu dichten oder doch zumindest mit dem Dichten zu beginnen. Ihre Augen hingen an unsichtbaren Himmeln, und hie und da tupfte sie sie mit einem Spitzentüchlein, als wollte sie unerbetene Tränen verbergen; so saß sie da und heimste die Seufzerchen, die »Ahs« und »Ohs« als ihren geziemenden Tribut ein. Ich muß allerdings zugeben, daß sie eine gute Erscheinung abgab, eine anmutige, griechische Statue, nach der neuesten französischen Mode gekleidet und mit dem gewissen »je-ne-sais-quoi«, das außerhalb Weimars Reichweite lag. Was mich betraf, ich hielt mich im Schatten und versuchte, nicht zu gähnen. Goethe war der Rezitation mit höflichem Interesse gefolgt, obwohl Alberts Hexameter sich nicht sehr gut mit seiner verstopften Nase vertrugen und jeder Vers auf mehr Füßen daherzukriechen schien als eine Raupe. Ein paarmal wechselte Goethe seine Stellung, und schließlich stützte er seinen Kopf in die Hand, schützte seine Augen gegen das Licht und gab vor, tief in Alberts Epos versunken zu sein. Aber als ich wieder einmal ein Gähnen unterdrückte, sah ich mit einem kleinen Schreck, daß er mir hinter dieser Hand zulachte wie ein Gassenjunge, so als ob die ganze Darbietung ein Spaß wäre, den nur wir beide verständen. Sein weiter dunkler Blick war direkt auf mich gerichtet, und langsam schloß er sein rechtes Auge und zwinkerte mir zu.

Manchmal zwinkert mir Loro genauso zu, und dann möchte ich immer wissen, ob mein alter Papagei am Ende gar versteht, was er zu mir spricht, und ob er nicht den vollen Sinn der losen Liebesworte begreift, die er vor langer Zeit in meinem Schlafzimmer in Guanaxuato aufschnappte ...

Endlich war der letzte Gesang vorbei, und die Damen drängten sich um Albert, eine schwebende, weiße Musselinwolke, um ihn mit den übertriebenen Schmeicheleien zu füttern, die unter unsren Literaten Mode waren; unsere Gesellschaft war auf gegenseitiger Anbetung und wechselseitigem Beweihräuchern aufgebaut, und auch das übertriebenste Kompliment wurde gerne geglaubt. Heute, aus der unmeßbaren Entfernung, die Zeit und Leben zwischen das Jetzt und das Damals gestellt haben, kann ich das sagen. An jenem Abend aber strengte ich noch jede Windung meines Gehirns an, um es den anderen an Brillanz gleichzutun; trotzdem fühlte ich mich so unbedeutend wie ein kleines Mustöpfchen. Wie gewöhnlich trug ich mein Brautkleid, das Babette mehr als einmal umgeändert hatte, um es für die verschiedensten Gelegenheiten jedesmal neu und anders aussehen zu machen. Ich glaube nicht, daß irgend jemand durch unsere kleinen, unschuldigen Kniffe getäuscht wurde: den einen Monat eine Garnitur von lila Samtschleifchen und den nächsten eine apfelgrüne Schärpe um die hohe Taille; aber die geringen Einkünfte von Helgenhausen erlaubten mir nicht, Geld für modischen Putz auszugeben. Im übrigen: niemand in Weimar war reich, nicht einmal unser Herzog. Oberfläche und Erscheinung zählten hier nicht, nur die tiefsinnigen und schönen Seelenregungen galten etwas, die jedermann in einem beständigen Strom von Gedichten, Aquarellen und gefühlvollen Liedern ausdrückte.

Die Gespräche flogen über meinen Kopf hinweg, hurtige, harte Federbälle, zu hoch für mich und unerreichbar. Man sprach von der Eröffnungsvorstellung von Voltaires »Mahomet« in unserem Theater; von Mesmerismus; von Mister Benjamin Franklins Wundererscheinung, Elektrizität genannt; man warf ein langweiliges Zitat von Rousseau, ein zynisch-freches von Voltaire ins Gespräch; man klatschte über unsere göttliche Corona Schröter, über Madame de Staël; hier wurde die letzte Ausgabe der »Horen« kritisiert, dort die zweite Auflage von »Hermann und Dorothea«; man war ganz zu Hause in Diskussionen über Dinge, von denen ich rein gar nichts verstand: Kants »Kritik der reinen Vernunft«, Dr. Galls neue Wissenschaft der Phrenologie, Linnés Ideen über Prolepsis, Vicq-d'Azyrs »Traité d'Anatomie et de Physiologie«; und dann kam etwas Spinoza, eine neue Anekdote über Cagliostro und wieder Rousseau. Ein Symposion von ausgewähltem Wissen und großer Gelehrsamkeit, von dem ich vollständig ausgeschlossen war. Aber wenn ich daran zurückdenke, muß ich oft lächeln, über wie viele wichtige Dinge Weimar nicht Bescheid wußte und die unser neues Athen auch gar nicht interessierten. Rings um uns war Europa aus den Fugen gegangen in den Katastrophen der letzten Vergangenheit und der nächsten Zukunft, aber wir in Weimar saßen selbstzufrieden und behaglich auf unserem Inselchen persönlicher Freiheit und kümmerten uns keinen Deut um den Rest der Welt. Ein ungeheures Ereignis, wie zum Beispiel die Französische Revolution, war weit genug entfernt, um kaum ein gelindes Säuseln zu verursachen; wenn aber die Frage aufkam, wer oder wer nicht zu Herzogin Amalias nächstem Freitagabend eingeladen worden war, so brach ein Sturm los.

An jenem Samstag war eine ausnehmend große Gesellschaft im großen Empfangszimmer zusammengekommen, von dessen Ecke das Riesenhaupt der Juno Ludovisi mit augenloser Geringschätzung und Langeweile auf die Versammlung herabsah. Jetzt erschienen Diener mit Erfrischungen, und ich gedachte flüchtig der Demoiselle Vulpius, Goethes Bettschatz, die für seinen tadellos geführten, königlichen Haushalt verantwortlich war und doch unsichtbar bleiben mußte, wenn Damen anwesend waren. Die Diener hatten die Fenster geöffnet, und die Abendluft strömte kühl und feucht vom Frauenplan herein. Als ich so dastand, von den Vorhängen beinahe verdeckt, ein wenig verloren und ein wenig fröstelnd, geschah mir etwas Seltsames. Ich fühlte eine heiße, leichte Berührung auf meiner Schulter, es brannte wie ein Tropfen Öl von einer Lampe oder das geschmolzene Wachs einer Kerze. Ich blickte mich um, aber da war weder Lampe noch Kerze in meiner Nähe. Instinktiv griff ich nach der Stelle, wo ich das Brennen immer noch fühlte, als wäre eine dünne heiße Nadel in mich eingedrungen. Wie ein heißes Messer durch Butter, ging es mir plötzlich durch den Kopf, und ich zog hastig meinen Musselinschal als Schutz bis ans Kinn. Noch ehe ich mich umwendete, wußte ich, was mich berührt hatte.

Der Fremde war eingetreten. Er stand am anderen Ende des Zimmers und blickte mich an. Er blickte mich an, quer durch den ganzen, langen, mit Menschen angefüllten Raum, er sah niemanden als mich. Neben ihm stand Goethe und redete mit mehr Lebhaftigkeit auf ihn ein, als er den ganzen Abend gezeigt hatte. Der Fremde war in einen schwarzen Frack gekleidet, mit schwarzen Atlaskniehosen und einer gestickten Weste; seine Halskrause und seine Manschetten waren aus fein gefälteltem Batist, und dazu trug er einen Galadegen wie für einen offiziellen Empfang bei Hofe. Aber er hatte, im Gegensatz zu unseren Herren, keinerlei Orden auf der Brust; seine linke, schmale und sehr lange Hand ruhte leicht am Degengriff. So stand er da, hochgewachsen und mit lockeren Schultern, wie ich es nie bei unsren steifen Höflingen gesehen hatte, und nickte höflich beistimmend zu Goethes lebhaften Bemerkungen. Aber sein Blick, mit einem für mein Verständnis zu seltsamen Ausdruck, haftete immer noch an mir. Da war nichts von dem Lächeln, das Babette solche Herzanfälle verursacht hatte, keine Neugierde, keine Verbindlichkeit. Nichts anderes war in diesem Blick als Unverfrorenheit und eine Arroganz, die an Mitleid grenzte. Was mich am meisten erstaunte, war die Farbe seiner Augen, denn ich hatte mit Bestimmtheit angenommen, daß ein spanischer Grande kohlschwarze Augen und rabenschwarzes Haar haben müsse. Aber diese Augen waren von einem tiefen, metallischen Blau, länglich und geschwungen, als ob die äußeren Augenwinkel von den hohen Backenknochen nach oben gepreßt würden. Seine Wangen waren scharf gezeichnet und verschattet, und das schmale lange Gesicht trug einen Ausdruck wie von Hunger und Unbefriedigtheit. Sein Haar wuchs in einer scharfen Spitze in seine Stirn, war aber in zwei hohen Bogen streng zurückgebürstet und hatte die gleiche unglaublich blaue Metallfarbe wie seine Augen. Ich wußte nicht, was ich davon halten sollte, denn es schien keine Perücke zu sein, und doch gab es solches Haar in Wirklichkeit nicht.

Es ist erstaunlich, wie viele Einzelheiten eine junge Frau an einem Mann in einem ersten Blick wahrnehmen kann. »Mach den Mund zu, und glotze nicht so, du kleine Gans«, sagte jemand zu mir; es war meine Schwägerin, die an mir vorbeirauschte, und ich versuchte, schnell meine Fassung wiederzugewinnen. Eine leichte Bewegung von Albert weg und auf Goethe und seinen neuen Gast zu war im Gange. Eine unmögliche Erscheinung, ihren Kopf in einen aufgeblasenen, aurorafarbenen Turban gewickelt, segelte auf mich zu und legte ihren Arm in meinen.

Ich weiß nicht, wer der Frau des Vetters meines Mannes den Spitznamen »die Montgolfiere« gegeben hatte, aber er paßte vortrefflich und blieb auf ihr sitzen. Baronin Cornelia Braunfels trug immer wehende Gewänder, und ebenso wie Monsieur Montgolfiers fliegender Apparat war sie mit heißer Luft angefüllt, die im Begriff schien, sie vom Boden aufzuheben. Ihr Kopf war immer zurückgeworfen, während das übrige vorwärtsbrandete, wie von den Stürmen einer neuen Begeisterung getrieben. Auch jetzt entdeckte ich das hungrige Funkeln einer neuen Inspiration in ihrem bläulich angelaufenen Gesicht. »Komm, Cara, laß uns den interessanten Neuankömmling in unserem Kreis begrüßen; hoher spanischer Adel und noch dazu ein Weltreisender. Wie kosmopolitisch doch unser Weimar geworden ist dank dem Ruhm unseres teuren Geheimraths«, flötete sie und wollte mich mit sich ziehen. Aber plötzlich war mir so kalt, daß meine Kehle schmerzte und eine Gänsehaut meine Arme überlief. Ich machte mich von der Montgolfiere los und vergrub mich noch tiefer in meine Ecke. »Was ist los, Carissima? Willst du dir nicht diesen faszinierenden Spanier vorstellen lassen?« fragte mich Cornelia, und da ich den Kopf schüttelte, verzweifelt über meine eigene Schüchternheit, die es mir unmöglich machte, dem Fremden gegenüberzutreten, gab sie mir einen leichten Schlag mit ihrem Fächer, ließ mich als Ballast fallen und segelte unternehmungslustig auf die Gruppe am anderen Ende des Raumes zu.

Ein paar Minuten später räumten die Diener die leeren Gläser und Tassen ab und schlossen die Fenster, und Goethe trat in die Mitte des Salons und kündigte an, daß unsere anmutige teure Demoiselle Riedel uns das Vergnügen machen würde, ihre Stimme und ihr Talent in einigen neuen Liedern seines bewundernswerten Freundes Karl Friedrich Zelter hören zu lassen, und daß Demoiselle Riedel vielleicht gar überredet werden könne, nachher noch eine oder die andere Arie aus »Cosa Rara« zum besten zu geben. Ein entzücktes Geflüster erhob sich, und man applaudierte, als Goethe persönlich die Demoiselle zu dem schlanken Streicherflügel führte, wo schon ein mageres Individuum erwartungsvoll mit den Noten raschelte; und das Konzert nahm seinen unbarmherzigen Lauf.

Absolut und unheilbar unmusikalisch zu sein ist einer meiner vielen Mängel; ich konnte weder ein Lied singen, mich an eine Melodie erinnern noch mich für Herrn Zelters Kompositionen begeistern. Das letztere wurde als ein großer Mangel im damaligen Weimar angesehen, den ich mit fragwürdigem Erfolg zu verbergen suchte. Gewöhnlich konnte ich mich zwingen, stillzusitzen und für eine gewisse Zeit vorgeben, daß mir das Anhören von Opernarien Vergnügen machte. Aber an jenem Abend war ich zu ruhelos, ich konnte weder meine Hände und Füße noch meine Gedanken stillhalten. Ich hatte den Fremden aus den Augen verloren, und ohne mich umzuwenden wußte ich, daß er auch nicht hinter mir stand. Es war ganz und gar unvernünftig, wie wichtig es mir plötzlich geworden war, zu wissen, wohin der Fremde gegangen sei. Demoiselle Riedels Stimme war zu groß für den Raum, ihr Busen wogte wie ein Schmiedeblasbalg, und im großen ganzen war da ein Übermaß von ihr und ihrem überwältigenden Bühnenwesen; nach einem Weilchen, als eine Arie der anderen folgte, konnte ich es nicht mehr aushalten. Glücklicherweise stand ich in der Nähe der Türe, und mit großer Vorsicht kroch ich aus dem Junozimmer fort und in den anstoßenden Räumen an ein paar Grüppchen von Herren vorbei, die meine Abneigung gegen Oper und Demoiselle Riedel zu teilen schienen.

Ich weiß nicht, welcher Instinkt männliche und weibliche Tiere in den großen, dunklen Wäldern der Brunstzeiten zueinander leitet; aber es muß dieselbe Polarkraft sein, die mich aus den offiziellen Regionen der Empfangsräume und die Treppe hinunter in den stillen Hinterflügel des Hauses führte, wo Goethe sein kleines, abgelegenes Arbeitszimmer hatte. Die Tür war halb geöffnet, und ich konnte Goethe sehr angeregt mit jemand auf französisch sprechen hören; und so war unser Gastgeber gleichfalls den Darbietungen der Demoiselle Riedel entwischt. Ich zögerte vor der offenen Tür, weil ich mich nicht daran vorbeitraute, und ich mußte lächeln, als ich Goethe stotternd nach einem französischen Ausdruck suchen hörte. Ich sah seine ausgestreckte Hand, die ein Buch – wahrscheinlich ein französisches Lexikon – von einem Regal nahm. Ich selbst konnte die Sprache bedeutend besser als unser Geheimrath; trotzdem verstand ich gar nichts von der Unterhaltung, nachdem er das fehlende Wort gefunden hatte und fortfuhr: »... Sie meinen also wirklich, daß in jenen Teilen Mexikos Ergußgestein oder Andesite in der Form von – von – Schlotfüllungen (hier verwendete Goethe das deutsche Wort) vorkommen? Ich bitte um Entschuldigung, aber mein Französisch ist erbärmlich – ich will diese Formationen, da mir kein besseres Wort einfällt, einen vulkanischen Kern nennen. Ich nehme an, daß die Magma, die während der felsformierenden Periode in die gefalteten Kalksteinlagen eindrang, das Erz aus den Tiefen nach oben trug und – komm herein, kleiner Honigbär, und laß dir den Conde de las Fuentes vorstellen. Dies, Conde, ist meine liebe junge Freundin, Clarinda Driesen; ich bin sicher, sie wird so freundlich sein, uns ihre Hilfe als Dolmetscher angedeihen zu lassen ...«

Ich hatte vergessen, daß Goethes weitgeöffnete, schauende Augen die unheimliche Gabe hatten, alles und jedes zu sehen und aufzunehmen; er mußte meinen Schatten, der auf die Schwelle fiel, bemerkt haben, und ohne seinen Diskurs zu unterbrechen, streckte er seine Hand aus und zog mich in die Arbeitsstube; und da stand ich denn, stumm und linkisch wie eine Zwölfjährige, die man beim Äpfelstehlen ertappt hatte. Der Fremde war aufgestanden und verbeugte sich leicht. »Zu Ihren Füßen, Mademoiselle«, sagte er, und es klang wie Spanisch, selbst auf französisch. Er sagte es mit nachlässiger Höflichkeit, so als ob seine Augen mich niemals aus der Menge herausgesucht und heißes Wachs auf meine nackten Schultern getropft hätten, und er sprach die Hof- und Diplomatensprache mit einem rauhen Akzent, der ihr einen neuen und frischen Klang verlieh.

»Unser Freund hier erzählte mir von den wahrhaft phantastischen Reichtümern, die in den Bergen Neuspaniens zu finden sind«, sagte Goethe, indem er mich auf einen Stuhl neben sich zog und meine Hand in der seinen behielt. Der Fremde setzte sich wieder hin, und wir drei – ich zwischen den beiden Männern – formten eine abgeschlossene kleine Gruppe um den Tisch dieses einfachen Raumes. »Und nicht nur hat er mir davon erzählt, er hat mir auch diese fürstlichen Geschenke für meine Mineraliensammlungen mitgebracht«, fuhr Goethe fort, und er war hier ein anderer Mensch als der höfliche Würdenträger, der seine Gäste in den Repräsentationsräumen begrüßt hatte; jetzt war er beweglich, vibrierend, und die vertrauten Freudenfeuerchen seiner tiefen Neugierde brannten in seinen Augen. Er ließ meine Hand fallen, um ein paar Steine und Kristalle, die auf dem Tisch ausgebreitet waren, zu liebkosen. »Sieh doch, Clarinda«, sagte er vertieft, »sieh sie dir an. Hast du jemals Amethyste und Topase noch in ihrer ... Urform (hier verließ ihn sein Französisch wieder) gesehen. Schlafend im Muttergestein? Und diese Drusen, ein Wunder! Jedes Kristall ein immer neues Wunder für mich. Wir müssen diesen Sendboten von den Gebirgen eines fremden Erdteils einen Ehrenplatz in unserer bescheidenen, kleinen Mineraliensammlung einräumen. Und hier – sieh, kleiner Honigbär, hier haben wir reiches Silbererz; in der Tat, diese grauen Brocken sind Silber. Dieses grobe Zeug mag vielleicht eines Tages als Schmuckstück auf dem Busen eines kleinen Mieselchens enden. Aber ich unterbrach Sie, Conde. Wo, sagten Sie, wurde dieses Erz gefunden?«

»In meinem eigenen Bergwerk, La Ramita, in der Nähe von Guanaxuato, Eure Exzellenz. Jedoch viele glauben, daß die große Veta Madre unserer Gegend und der Erzgang von Zacatecas nur verschiedene Teile ein und derselben riesigen Ader seien. Eure Exzellenz, ich bin fest davon überzeugt, daß diese Veta, diese Ader, sich wie eine silberne Wirbelsäule durch den ganzen Körper Nordmexikos erstreckt, von Guanaxuato bis nach Zacatecas, vielleicht sogar noch weiter. Jawohl, davon bin ich überzeugt, und ich werde es beweisen. Es handelt sich nur darum, einen tieferen Schacht zu senken, als es jemals gewagt wurde. Aber ich werde diesen Schacht bohren. Ich werde es tun, ich und kein anderer!«

»Und was, wenn ich fragen darf, hinderte Ihre Landsleute in der Vergangenheit an der Bohrung solcher Schächte?« fragte Goethe lächelnd.

»Aber die Mexikaner, Eure Exzellenz! Unsere Bergarbeiter haben weder die Courage noch die Intelligenz der sächsischen Bergleute. Diese Indianer und Mestizen sind ganz ohne Vernunft, ohne einen Funken Verstand, kaum besser als Tiere. Sie können sich nicht vorstellen, Eure Exzellenz, welche Schwierigkeiten der Besitzer der La-Valenciana-Grube hatte, einen Schacht bis zu einer Tiefe von achtzehnhundert Fuß abzusenken; obwohl er der mächtigste Mann in der ganzen Provinz ist und sein Bergwerk das reichste der Welt.«

Dies machte Goethe herzlich lachen. »Aber mein lieber Conde«, sagte er, »Sie scheinen unsere deutschen Bergleute viel zu hoch zu ästimieren; wenn ich mich nicht irre, reicht unser tiefster Schacht in Freyberg nicht tiefer als zweihundertundzwanzig Fuß; einen Schacht von achtzehnhundert Fuß zu bohren scheint ein beinahe unglaubwürdig kühnes Wagnis.«

Der Ausdruck auf dem Gesicht des Conde verhärtete sich eigensinnig, als er entgegnete: »Trotzdem, Eure Exzellenz, trotzdem kann man unsere Bergleute und die Ihrigen nicht vergleichen. Aber ich fürchte, all dies ist tödlich langweilig für Mademoiselle?«

Ich hatte weder ein Wort gesprochen noch verstanden; alles, was ich tun konnte, war, meinen Kopf zu schütteln und meine

Augen von des Condes blauem Haar, seinen langen, spanischen Händen, seinen feinmodellierten Knien und seinen wohlgeformten Beinen wegzuhalten. Vollendete Schönheit ist etwas Seltenes bei Männern, und dieser mein erster Zusammenstoß mit ihr traf mich mit einer Gewalt, von der ich mich noch heute nicht ganz erholt habe. Goethe tätschelte lächelnd meine Hand und ließ sie wieder fallen, um noch einmal einen der Steine aufzunehmen.

»O nein, ich bin beinahe sicher, daß die Komtesse sich mit uns weniger langweilt, als wenn sie dem Konzert zuhören müßte. Habe ich recht, kleiner Honigbär?«

»Ja«, sagte ich, unhöflich vor Verwirrtheit. Ich räusperte mich. »Selbstverständlich«, sagte ich in großer Konfusion.

»In Mexiko haben wir so viel Unwissenheit, es fehlt an Maschinen, dann die Schwierigkeiten der Transporte«, fuhr der Conde fort, meiner Gegenwart anscheinend kaum gewahr. »Ich wollte, es wäre möglich, etwas von der Maschinerie, wie sie in Ihren Bergwerken benutzt wird, einzuführen. Aber selbst wenn es mir – sei es mit erlaubten oder unerlaubten Mitteln – gelänge, einige Maschinenteile nach Vera Cruz einzuschmuggeln, so müßten sie noch viele hundert Leguas vom Golf von Mexiko auf dem Rücken von Trägern und Maultieren, über Berge, Flüsse, versumpfte Wege und Wüstenplateaus weit nach dem Norden befördert werden. Ich kann Eurer Exzellenz versichern, daß jedem Unternehmen in Mexiko ungeheure Schwierigkeiten im Wege stehen. Aber ich werde diesen Schacht senken, so tief, wie es nötig ist, und ich werde den Beweis bringen, daß es reichere Erzadern in unseren Bergen gibt, als sich irgend jemand je träumen ließ«, sagte der Conde, und zum erstenmal gewahrte ich in seinem schönen Gesicht die Besessenheit und den brennenden Starrsinn, die späterhin zu einem untrennbaren Teil meines Lebens werden sollten. Goethe, der vor allem, was fanatisch oder zügellos war, zurückwich, vielleicht weil er selbst unter so schweren Kämpfen gelernt hatte, seine stürmische Natur zu zügeln, schüttelte sein Haupt in kaum merklichem Protest. Glücklicherweise trat ein Diener mit einer Flasche und zwei Gläsern auf einem Tablett ein und lenkte seine Aufmerksamkeit ab. »Bring noch ein Glas für die Frau Gräfin, Karl«, sagte Goethe und nahm ihm die Flasche ab, um die Gläser selbst zu füllen. Aus der Art, wie er es tat, mit respektvollen, fast liebkosenden Händen, entnahm ich, daß er seinen Gast mit einem besonders auserlesenen Jahrgang ehren wollte.

»Jetzt wollen wir unseren Gast willkommen heißen, Clarinda. Ich hoffe, Conde, daß dieser Ihr feuriger Landsmann Ihnen behagen wird«, sagte Goethe, hob sein Glas und ließ das Licht der Leselampe durch die rubinrote Flüssigkeit scheinen. »Es ist ein spanischer Wein, Valdepeñas. Mein gnädiger Herr, unser Herzog, hat ihn mir in seiner großen Güte im letzten Herbst, als ich mit meiner Gesundheit zu tun hatte, als ein Stärkungsmittel geschickt. Nun denn, gut Glück zu allen Ihren Plänen.«

»Salúd«, sagte der Conde und blickte mich über den Rand seines Glases an. »Salúd, amor y dinero«, sagte er, und über sein Gesicht huschte für einen Augenblick das Luziferlächeln, von dem Babette gesprochen hatte. »A votre santé«, sagte ich und trank. Der Wein war süß und stark und voll, mit der feurigen Hitzigkeit einer südlichen Sonne darin. Mein Bruder hatte mir einiges Verständnis für Weine beigebracht, andernfalls hätte Goethe mir nicht die Auszeichnung erwiesen, mich diese Flasche mit ihm und dem Fremden teilen zu lassen. Plötzlich fühlte ich mich stolz, in solche Gesellschaft aufgenommen zu sein, etwas löste sich in mir, und meine Scheuheit verschwand. Wahrlich, die Weine von Spanien geben neue Kräfte!

»Wir müssen uns von unsrer besten Seite zeigen, kleiner Honigbär, denn unser Freund hier ist vom fernen Mexiko über den Atlantik gesegelt mit dem einzigen Ziel im Auge, europäische Bergwerksmethoden zu studieren, hauptsächlich die der böhmischen und sächsischen Silbergruben«, erklärte Goethe.

»Das heißt, ich kam von Mexiko, wo ich ein Bergwerk besitze, Mademoiselle, aber bitte glauben Sie nicht, daß ich Mexikaner bin, Eure Exzellenz, ich bin in Spanien geboren«, warf der Conde rasch und mit Nachdruck ein und beugte sich sogar in seinem Eifer vor, um Goethe, über mich hinweg, anzusprechen. Endlich hatte auch ich etwas gefunden, um am Gespräch teilzunehmen. »Ist das ein solcher Unterschied? Spanien oder Neuspanien? Für mich klingt das eine genauso fremdartig und malerisch wie das andere.«

»Aber Mademoiselle, aber Eure Exzellenz, da ist ein ungeheurer Unterschied, ein unermeßlicher Unterschied zwischen einem Spanier und einem Kreolen. Zwischen einem gebürtigen Spanier und einem Kind spanischer Eltern, das in Mexiko zur Welt kam, ist ein so großer Unterschied – um ein Beispiel zu nennen – wie zwischen einem Adligen und einem Bürgerlichen in Weimar«, sagte er in einer Erregung, die zu dem Inhalt seiner Worte in gar keinem Verhältnis stand. Goethe lächelte in sein Glas. »Kein sehr gutes Beispiel, mein lieber Conde, keineswegs ein zutreffendes Beispiel. Adlige Geburt an sich wird in Weimar nicht überschätzt; ein Mensch, der nicht mehr zu bieten hätte als einen ererbten Titel, wird häufig als ein Dummkopf und Ignorant betrachtet. Bei uns gilt Geistesadel und Talent – zumindest ist dies die Regel. Gewiß existieren gewisse Vorschriften und Formen der Etikette, unter anderem sind Bürgerliche nicht hoffähig, was wieder den Vorteil hat, daß sie nicht gezwungen sind, verschiedenen höchst langweiligen Hofzeremonien beiwohnen zu müssen, übrigens löst unser Herzog derartige Komplikationen auf die einfachste Weise, indem er den talentierten Leuten, die er um sich zu haben wünscht, einen Adelstitel verleiht. Ich kann Ihnen versichern, Conde, daß manche von uns unseren Adelsrang kaum als eine Auszeichnung, sondern beinahe als eine Herabsetzung empfinden. Das mag Ihnen sonderlich vorkommen, mein verehrter Conde de las Fuentes; aber unser Hof in Weimar ist eben nicht der Escorial, obgleich auch wir unsere kleine Kamarilla haben.«

Es war eine freundliche, aber unverkennbare Reprimande, und der winzige Nachdruck, den Goethe auf den vollen Namen und Titel seines Gastes legte, machte den Tadel noch deutlicher. Ich fühlte mich für den Conde erröten und fragte mich, wie er wohl den Verweis aufnehmen würde; aber wenn er ihn überhaupt gehört hatte, so ließ er es nicht merken. Er schien für einen Augenblick abwesend, in sich versunken, während der Schatten eines flüchtigen Lächelns um seine zusammengepreßten Lippen spielte. Zuletzt schüttelte er seinen Kopf, wie um einen lästigen Gedanken abzuwehren wie eine Brummfliege, und dann hatte er sie verjagt und sagte mit erhobenem Glas: »Ihre Gesundheit, Mademoiselle, und die Gesundheit Seiner Exzellenz.« Es klang fröhlich und sorglos. Auch ich erhob mein Glas und wurde übermütig, »Salúd«, unternahm ich zu erwidern, und da war wieder jenes huschende Lächeln. Es zuckte über das Luzifergesicht und war vergangen wie Wetterleuchten in einer Sommernacht. »Mademoiselle spricht Spanisch?« fragte er. – »Ach nein, aber ich würde es gerne lernen«, antwortete ich in großer Verwirrung. – »Ich werde Sie lehren«, sagte er; es klang nicht wie eine Galanterie, sondern als wäre es ihm ernst damit.

»Erzählen Sie doch, wie Sie Spanien bei Ihrer Rückkehr von Amerika vorfanden«, sagte Goethe. »Sie landeten ohne Zweifel in Cadix?«

»Nein, Eure Exzellenz. Ich landete nicht in Spanien. Ich habe keinen Fuß auf spanischen Boden gesetzt, seit – oh, seit vielen Jahren«, erwiderte der Conde. Sein Mund preßte sich zusammen, und die Schatten in seinen mageren Wangen wurden tiefer. Paß auf, dachte ich, da gibt es etwas, das diesem stolzen Tier weh tut.

»Sehr verständlich. Man reportiert, daß die Zustände in Spanien ziemlich verwirrt sind, trotz des Friedensvertrags mit Frankreich«, bemerkte Goethe.

»Nicht verwirrter als gewöhnlich, Eure Exzellenz. Spanien ist immer ein Land der verwirrten Zustände, und dieser Friede ist einem Krieg so ähnlich wie ein Tropfen Wasser dem andern. Aber, malgré tout, Spanien ist ein herrliches Land, Eure Exzellenz; Sie sollten es besuchen.«

»Ja, das sollte ich wohl«, sagte Goethe und erhob sich. »Und vielleicht werde ich es einmal tun. In der Zwischenzeit reist mein guter Freund Humboldt durch Ihr herrliches Land, Conde, und ich bat ihn, mir seine Augen zu leihen und mich an seiner Reise teilnehmen zu lassen. Erst letzte Woche erhielt ich einen besonders interessanten Brief von ihm. Sehen Sie«, sagte er und zeigte auf eine Landkarte, die an die Tür genagelt war, »hier haben wir eine kleine Überraschung für Sie. Jawohl, hier können Sie Ihre Heimat finden – in meinen bescheidenen Wänden. Ich habe diese Landkarte selbst angebracht, um Humboldt auf Schritt und Tritt begleiten zu können.«

»De veras?« sagte der Spanier, mehr zu sich selbst als zu seinem Gastgeber. »Wirklich – die Peninsula!« Ungestüm sprang er auf und schloß die Türe, um die Karte besser betrachten zu können; und dann stand er davor, angespannt und von uns abgesondert, und vergrub sich in die Landschaft, die für ihn in den unregelmäßigen, gelben Flecken zu sehen sein mochte: die blauen Adern der Flüsse, die roten Kreise der Städte, die kleinen, schwarzen, schattierten Wölkchen der Gebirgsketten und hie und da das winzige Krönchen einer Festung. »Hier«, sagte er versunken, »hier ist die Meseta – die Hochebene – beide Kastilien – und Madrid. Madrid! Von einer solchen Weiße zwischen all dem verbrannten Gelb und Braun der Umgebung – mein Vater lebt in Madrid. Und hier: Toledo. Dios mio – Toledo! Und hier sind die Pyrenäen, wo ich geboren bin – ach, und wo finde ich das Castillo de las Fuentes ...«

Wenn jemand mich heute fragen würde, was für ein Mensch Goethe war, so wäre meine Antwort: ein übermächtig neugieriger Mensch; ein Mensch von einer solch tiefen Neubegier, wie ich sie nie in einem andern Menschen gefunden habe. Sein Appetit für Erfahrungen und Erkenntnis war uferlos, und seine Wißbegierde verschlang alles. Was immer ihm unter die Augen kam – Menschen, Tiere, Pflanzen, Gestein –, er verlor sich darin mit derselben Hingabe. Selbst als ich noch ein kleines

Mädchen war, staunte ich manchmal: unser großer Goethe, und so neugierig? In jenem Augenblick war er wieder jener jüngere Goethe, der mit meinen Puppen gespielt, ihre Kleider untersucht hatte, der gezählt hatte, wie viele Unterröcke sie anhatten, und der sie sprechen und sich benehmen lassen konnte wie richtige Menschen. Er zerrte mich von meinem Stuhl fort und fegte mich zur Türe. Höflich trat der Conde einen Schritt zurück, und so fand ich mich wieder zwischen den beiden Männern: vor mir Goethe und in meinem Rücken der Fremde, der über meine Schulter weg nach bestimmten Punkten auf der Landkarte wies.

»Es ist nicht auf der Karte markiert, aber hier steht das Schloß meines Vaters«, sagte er. »El Castillo de las Fuentes, in der Nähe von Alquezar – das ist ein kleines graues Schwalbennest von einer Stadt, an die Bergseite geklebt; das Castillo steht auf einem Felsen, es ist sehr alt, Teile seiner Mauern sollen, so sagt man, unter der Regierung Alfonso des Ersten erbaut worden sein. Und hier, in diesem Teil der Pyrenäen, ist das Kloster San Esteban, wo ich zur Schule ging. Meine Mutter hatte mich, schon vor meiner Geburt, der Kirche versprochen – aber das, wie sich herausstellte, war ein Fehler. Madre mia, was für mutwillige Buben wir Seminaristen doch waren und wie schwer wir es den guten Padres machten, uns eine gewisse Portion von Wissen in die Schädel zu hämmern. Auch San Esteban ist auf einen Felsen gebaut, als ob eine Hand es gen Himmel heben würde. ›La Mano de dios‹ nennen die einfachen Leute den Fels. Nah bei San Esteban ist eine Schlucht, und tief im Grunde kriecht ein Bergbach wie ein kleiner grüner Wurm. Nach jedem Regen strömte der Bach mit einem solchen Getöse über die Felsblöcke, daß wir es während unserer Lateinstunde hören konnten und unruhig wurden wie ein Hornissennest. Ich war sehr glücklich in San Esteban. Aber dann sandte man mich weit weg, in einen andern Teil Spaniens, nach Toledo, um als Novize im Kloster von San Capistrán zu dienen. Es ist eine gute Stadt, Toledo, eine wunderschöne Stadt, alt und voll von Tradition, aber dort litt ich sehr unter Heimweh ...«

Wieder streckte sich der schwarzgekleidete Arm über meine Schulter, die schlanke Hand streifte an meiner Wange vorbei, um uns Toledo zu zeigen. Wir beide, Goethe und ich, hatten schweigend und aufmerksam gehorcht, denn was wir hörten, war der Monolog eines Menschen, der sich selbst von seiner verschollenen Kindheit erzählte. Jetzt zog er die Zügel wieder straff.

»Aber der Tag wird kommen, an dem ich nach Spanien zurückkehren werde. Ich werde zum Castillo de las Fuentes zurückkehren«, sagte er, und da war dasselbe eigenwillige Metall in seiner Stimme, wie als er sagte: »Und ich werde einen tieferen Schacht senken, als je ein Mensch es wagte.« Goethe stellte noch einige Fragen, und der Conde antwortete höflich und gelassen, aber ich hörte kaum etwas von dem, was gesprochen wurde, denn ich war plötzlich schwindlig geworden, etwas, was mir noch niemals zugestoßen war. Aber was dieses Gefühl verursachte und mich in einen Strudel von Verwirrung zog, war des Spaniers Hand, die sich auf meinen bloßen Schultern niedergelassen hatte. Er stand dicht hinter mir und preßte sich immer noch näher an mich, als wäre er von den Erinnerungen, die er aus der Landkarte gelesen hatte, mitgerissen worden.

»Ich hoffe, Sie finden dies nicht eine zu persönliche Frage, doch würde ich gerne wissen, wie Sie es anstellten, anstatt ein Priester der Besitzer einer mexikanischen Silbergrube zu werden?« fragte Goethe mit einem feinen Hauch von Ironie. »Es scheint ein gar zu remarkabler Schrittwechsel.«

»Oh, das ist eine höchst gewöhnliche Geschichte, Eure Exzellenz; es würde sich wahrscheinlich in meiner eigenen Sprache besser anhören, aber – tiens: kurz nachdem ich die ersten Weihen empfangen hatte, geschah es, daß ein kleines Wandertheater in Toledo anlangte. Am Fronleichnamstag wurde mir befohlen, einige Studenten unseres Seminars ins Theater zu führen, um ihnen Gelegenheit zu geben, einer Vorstellung von Calderóns ›Autos Sacramentales‹ beizuwohnen. Ich selbst aber sah und hörte nichts als eine gewisse junge Schauspielerin. Eure Exzellenz, die Versuchungen des heiligen Antonius waren nichts, verglichen mit denen, die mich von diesem Tage an quälten. Ich beichtete meine sündhaften Gedanken und Visionen, ich tat Buße, ich schlug mir an die Brust, ich betete und ich peinigte mein Fleisch bis aufs Blut – aber es half nichts. Ich wurde so dünn wie eine grüne Spargelstange und so bleich wie die Wände meiner Zelle; schließlich hatte unser Abt, ein gütiger und mitfühlender Mann, Mitleid mit mir und ließ mich vor sich rufen. ›Mein Sohn‹, so sprach er, ›nicht jeder ist für das Priesteramt bestimmt, und es ist besser, die Untauglichen beizeiten auszujäten, als sie ein Unkraut und ein Unwesen an unserem heiligen Orden werden zu lassen. Nun, mein Kind, gestehe mir in aller Aufrichtigkeit: sind Frauen oft in deinen Gedanken?‹

Und in aller Aufrichtigkeit antwortete ich: ›So ist es, mein Vater. Frauen sind immerwährend in meinen Gedanken; bei

Tag und bei Nacht, in der Messe und im Gebet kann ich an nichts anderes mehr denken als an Frauen.‹

Draufhin beschloß unser Abt, die Angelegenheit mit meiner Mutter zu besprechen, ihr zu raten, von ihrem Gelübde abzustehen, und sie zu überreden, mich meinen eigenen Weg suchen zu lassen. Aber ich konnte es nicht mehr erwarten, bis all die notwendigen Formalitäten in dem üblichen Schneckentempo geordnet waren, und ich sah endlose Schwierigkeiten voraus. Noch in derselben Nacht brach ich aus wie ein junger Hengst und brannte von San Capistrán durch – und was später aus mir wurde, das ist ein anderes Kapitel.«

Ich spürte seinen heftigen Atem auf meinem Nacken – kühl, warm, kühl, warm –, als ob die Erinnerungen seiner frühen Versuchungen ihn erregt hätten; aber als Goethe das Thema wechselte und ein paar andere Fragen stellte, fuhr der Fremde fort, seine Auskünfte in einem solch gelassenen und selbstverständlichen Ton zu geben, daß ich mich selber eine Närrin und ein dummes Landpomeränzchen schalt. Doch als ich aus der unziemlichen Nähe schlüpfen wollte, hielt seine Hand mich zurück; mit einem leichten, aber bestimmten Druck hielt sie mich zurück; wie ich selbst so oft den Hals eines jungen Pferdes gehalten hatte, das zugeritten werden sollte. Goethe, mit seinen empfindsamen Nerven, schien etwas von dem lautlosen Aufruhr zu fühlen, in den ich geraten war. Er wandte sich von der Karte weg, und der Conde ließ mich sofort frei, mit einer solchen Unschuldsmiene, daß ich sicher war, die Berührung sei nur zufällig gewesen und meine überhitzte Phantasie habe etwas gesehen, wo nichts war. Bis zu diesem Augenblick hatte ich gar nicht gewußt, daß ich überhaupt Phantasie besaß, denn mein bedauerlicher Mangel an Einbildungskraft wurde mir immer wieder von meinem Gemahl vorgehalten. Ich begann ein wenig stolz auf mich zu sein. Nicht nur konnte ich schwindlig werden und beinahe in Ohnmacht fallen wie die empfindsamsten unserer schöngeistigsten Hofdamen; nun hatte ich mir sogar meine eigene Phantasie ergattert.

Indessen waren Goethe und der Conde wieder beim Bergbau angekommen. »Sie mögen mit gutem Recht behaupten, daß die Amalgamierung von Silber in Mexiko schon fast zweihundert Jahre bekannt war, ehe Herr von Born sie erfand, oder vielmehr für unseren Bergbau wiederentdeckte«, hörte ich Goethe sagen. »Wie dem auch sei, ich glaube mich an eine Bemerkung in Agricolas ›De Re Metallica‹ erinnern zu können, demgemäß ein Deutscher die Verwendung von Quecksilber in den Bergwerken von Guadalcanal bereits in der Mitte des sechzehnten Jahrhunderts einführte.«

»Nichts sollte mir ferner liegen, als die technische Erfindungsgabe und Überlegenheit Ihrer Nation anzuzweifeln, Eure Exzellenz. Das ist ja gerade der Grund, dessentwegen ich für meine Studien in Ihr Land kam. Ich bezog mich nur auf unser sogenanntes Patioverfahren, obgleich mir gesagt wurde, daß die deutschen Erze zu rebellisch dafür sind.«

Und jetzt war darüber gar kein Zweifel mehr: ich saß wieder auf meinem Stuhl, und er stand dahinter, und sein Knie bewegte sich vorwärts und berührte meinen linken Schenkel mit solch einer schamlosen Dringlichkeit, wie ich es nie für möglich gehalten hätte; und zugleich fuhr er in seinem Thema fort: »... Ich habe Señor de Rios ›Manual of Orictognosy‹ studiert, das mich mit den Prinzipien der Freyberger Bergbaumethoden bekannt machte«, sagte er, und seine Hand stahl sich an meinem Arm entlang und blieb auf meinem nackten Decolleté unter dem Schal ruhen, »... zwar gab es einen veralteten Prozeß, bei dem ätzende Sublimate, Verdigris und Kochsalz anstelle von Quecksilber und Kupfersalzen verwendet wurden«, erklärte er, und nun begann er meine nackte Schulter in einer Weise zu streicheln, die mich zornig sieden machte wie Öl auf einem heißen Herd, »... ich glaube, es war Vanoccio Biringuccio, der dieses Verfahren zum ersten Male in einer Broschüre, die in Venedig herauskam, beschrieb«, bemerkte er, und sein Gesicht blieb so unbewegt, so reserviert, so arrogant, als wäre der Mann, der über die Entwicklung der Amalgamierung sprach, ein ganz anderer als jener, der heimlich, viel zu erfahren und unverschämt, meine nackte Haut liebkoste. Ich spürte seine Hand überall; ich fühlte mich beleidigt, wehrlos, in einer quälenden und süßen Lähmung der Ungeheuerlichkeit dieser schamlosen Annäherung ausgeliefert. Dann war, wie ein schwaches Regengeplätscher, einiger Applaus aus dem Junozimmer zu hören; Demoiselle Riedels Gesang, der die ganze Zeit als entferntes Getriller und Gezirpe in unseren Zufluchtsort gedrungen war, hatte geendet.

»All das ist von so bemerkenswertem Interesse, daß es mich beinahe meine Pflichten als Gastgeber vergessen ließ«, sagte Goethe und erhob sich. »Wir müssen uns noch oft unterhalten, Conde, Sie ahnen gar nicht, wie erfrischend Ihr Besuch für mich war; ich hoffe doch, daß Sie sich einige Zeit bei uns aufhalten werden?«

»Das – hängt von gewissen Umständen ab. Auf jeden Fall muß ich sehr bald nach Freyberg zurück. Herr Oberhüttenamtsassessor Lampadius versprach, mir die dortigen Pumpen in Tätigkeit vorzuführen, etwas, was für mich von allergrößter Wichtigkeit ist«, sagte der Conde, den schwerfälligen deutschen Titel nicht ohne eine Spur von Sarkasmus betonend. »Sie müssen wissen, Eure Exzellenz, daß ich eine Grube erworben habe, die seit vierzehn Jahren ersoffen ist. Seit vierzehn Jahren dränieren diese mexikanischen Idioten meine Grube ohne Unterbrechung, und das Wasser steht immer noch bis zu den Mittelstollen. Aber ich hoffe mit einigen neuen Methoden zurückzukehren und meinen Arbeitern größere Geschwindigkeit beizubringen. In der Zwischenzeit tut mein Verwalter sein Bestes mit dem Bohren eines neuen Schachts. Er ist kein schlechter Grubentechniker, ein Nordamerikaner, im übrigen stupide, aber anständig. Und nun, wenn Eure Exzellenz so gütig wären, mir ein Empfehlungsschreiben zu geben ...«

»Ich werde Ihre Empfehlungsbriefe morgen früh bereit haben, Conde. Ich denke, daß Bergrat Buchholz in Joachimsthal der rechte Mann für Sie ist; er ist ein vorzüglicher Bergwerksexperte, während ich mich nur ein bißchen in Mineralogie versuche.«

»Im Gegenteil, ich gewann sehr viel von unserer Unterhaltung, Eure Exzellenz«, erwiderte der Conde und verließ meine Seite; ich hatte hoch in der Luft geschwebt, eine Seiltänzerin, und nun war das Seil gerissen, und ich tat einen steilen, schwindligen Sturz in die Tiefe und landete erbarmungslos auf dem unnachgiebigen Boden der Wirklichkeit.

»Der Gewinn war auf meiner Seite, Conde«, sagte Goethe und wurde wieder formell. »Nun, Clarinda, sollen wir nicht zu meinen Gästen zurückkehren?« fragte er, mich anblickend. Ich weiß nicht, was er in meinem Gesicht entdeckte, aber an der Türe hielt er an, seine weiten, durchdringenden Augen schweiften von mir zu dem Fremden, und dann fügte er mit seinem mephistophelischen Koboldslächeln, das mir von früheren Jahren bekannt war, hinzu: »Oder ist ein weiterer Gesang aus den ›Hesperiden‹ mehr, als du ertragen kannst? Nun denn, warum vertrittst du mich nicht und zeigst unserem Freund den Rest des Hauses – meine Mineraliensammlungen zum Beispiel – oder besser noch, den Garten? Habe ich dir erzählt, daß die Krokuszwiebeln, die du mir sandtest, schon Keime getrieben haben? Interessieren Sie sich für Gärtnerei, Conde? Sie müssen nämlich wissen, daß mein Garten mein besonderes Steckenpferd und meine größte Freude ist. Und Clarinda ist eine tüchtige kleine Gärtnerin, sie wird Ihnen eine gute Führerin abgeben. Wir haben eine schöne Mondennacht, und die Nachtviolen duften am süßesten im Abendtau ...«

Er war gegangen, und ich wußte, daß ich mit ihn hätte gehen sollen, ich hätte davonrennen und mich retten sollen, als stünde das Zimmer in Flammen. Statt dessen verblieb ich festgenagelt auf meinem Stuhl, allein mit dem Fremden, der bei der halbgeöffneten Türe stand und mich mit einer wunderlichen Mischung von Unverschämtheit und arrogantem Mitleid ansah.

»Wollen wir zu den andern zurückkehren, Conde?« sagte ich kraftlos.

»Und noch einen Vortrag von diesem unsagbar langweiligen Kerl mit dem Fischgesicht über uns ergehen lassen? Nicht für die Krone von Spanien«, erwiderte er, und nun, da Goethe uns verlassen hatte, war auch nicht ein Fünkchen seiner gewinnenden Höflichkeit geblieben.

»Es trifft sich zufällig, daß dieser unsagbar langweilige Kerl mein Gatte ist«, sagte ich und reckte mich so hoch, wie ich konnte, obwohl ich mir wie eine Mücke vorkam.

»Ich bitte tausendmal um Entschuldigung, Madame. Aber wie konnte ich ahnen, daß Sie verheiratet sind? Seit wann haben weiße kleine Jungfrauen Ehemänner?«

»Wahrhaftig, aber jetzt verlasse ich Sie«, rief ich aufgebracht. Er öffnete die Türe für mich mit einer Hand, und mit der anderen am Degengriff, deutete er eine Verbeugung an. »Wie Sie wünschen, Madame, ich halte Sie keineswegs zurück. Unbedingt – gehen Sie, wenn Sie denn gehen müssen!«

Ich fühlte mich geschlagen; ich hätte gehen sollen, ich hätte ihn ohrfeigen sollen; zumindest hätte ich weinen sollen. Aber ich tat nichts von alldem.

Ich blieb, wo ich war; er wartete einen Augenblick, und dann sagte er sanftmütig: »Es ist an der Zeit, daß wir beide über uns beide sprechen.«

»Wir haben uns nichts zu sagen.«

»Nicht viel. Sie wissen es ohne Worte und ich auch.«

»Ich weiß gar nichts. Ich weiß, daß Sie der unverschämteste und impertinenteste ...«

»Nicht doch«, sagte er leise, und nun löste er sich von der anderen Seite des Zimmers und kam zu mir, nahm meine Hände und zog mich von dem Stuhl hoch, an den ich mich geklammert hatte wie ein Ertrinkender an eine dünne Planke. »Wir wollen einander nicht anlügen. Warum muß es immer so viel Lüge zwischen Mann und Frau geben, wenn die Wahrheit so einfach und so schön ist? Yo te quiero – y tú me quieres a mí.«

»Sprechen Sie nicht Spanisch mit mir – ich verstehe Sie nicht«, rief ich verzweifelt, da meine Lage immer haltloser wurde.

»Doch, doch, Sie verstehen. Als ich heute abend jenes Zimmer betrat und Sie erblickte – ich schwöre, niemals habe ich noch eine Haut wie die Ihre oder solches Haar gesehen oder solche Augen. Ich blickte Sie an, und Sie blickten mich an. Ich stellte eine Frage, und Sie gaben mir Antwort. Sie verstanden mich, und Sie logen nicht. Verzeihen Sie mir, aber mein Französisch ist unzureichend für das, was ich sagen möchte.«

»Ich will es nicht hören, kein Wort mehr, verstehen Sie? Nicht in irgendeiner Sprache.«

»Wie Sie befehlen, Condesa. Wir können ja auch höflich Konversation machen. Was halten Sie von Seiner Exzellenz, unserem Gastgeber! Es war ein besonderes Vergnügen, ihn zu treffen. Er versteht zwar nicht sehr viel von Bergbau, aber als Geologe scheint er ein beträchtliches Wissen zu haben.«

»Außer dem, daß er ungefähr der größte Dichter unserer Zeit ist«, sagte ich, und ich fühlte mich im Namen Weimars gekränkt.

»Noch eins von seinen kleinen Steckenpferden? Da muß er ja einen ganzen Stall davon haben. Aber Dichterei scheint hier die Mode zu sein«, sagte er, und ich wußte nicht, ob er mich nur reizen wollte oder ob er wirklich so bodenlos unwissend sein konnte.

»Das kann nicht Ihr Ernst sein, Conde. Sie müssen etwas von Literatur verstehen. Sie müssen ein paar Bücher gelesen haben, Sie ...«

»Warum muß ich? Warum sollte ich mich um Literatur kümmern? Sie haben gehört, was für Unheil meine einzige Begegnung mit Calderón de la Barca in meinem Leben anrichtete. Bücher zu lesen kommt mir als die törichteste Zeitverschwendung vor, die man sich vorstellen kann. Vielleicht begeilen sich alte Jungfern an Liebesgeschichten, die sie bloß lesen können, anstatt sie zu erleben. Manche halten sich Schoßhündchen für solche Gefühle und manche Poeten; eines scheint mir so unappetitlich wie das andere.«

»Sie sind ein Barbar.«

»Möglicherweise. Außerdem bin ich ein Mann.«

»Aber wenn Sie so über Literatur denken, warum, um Himmels willen, haben Sie Goethe besucht?« rief ich wütend.

»Aus dem einfachsten und vernünftigsten Grund: schließlich ist Seine Exzellenz der Direktor des herzoglichen Bergbaudepartements, und ich war zu ihm, als einer sehr einflußreichen Persönlichkeit, empfohlen, die mir gewisse Auskünfte zugänglich machen könnte, die ich für meine Studien brauchte. Eh bien – wollen wir jetzt in den Garten gehen und den Duft des Abendtaues auf den Nachtviolen riechen?« fügte er sardonisch hinzu.

Er öffnete die Türe, verbeugte sich leicht und ließ mich an sich vorbei. Es half mir nicht viel, daß ich ihn nicht anschaute, denn ich spürte seine Gegenwart mit jeder Pore meines Körpers, tausend lebendige kleine Pulse schienen in jedem Nerv zu schlagen, und plötzlich war Elektrizität kein Geheimnis mehr für mich. »Sagen Sie«, so fragte er in meinem Rücken, »sagen Sie mir, warum Sie mich so anblickten, als Sie mich zuerst sahen; aber nicht lügen, bitte.«

»Weil ich neugierig war; das ist alles«, antwortete ich; er nahm mich bei den Schultern, drehte mich zu sich herum und forschte in meinem Gesicht: »Neugierig? Auf mich? Was wollen Sie über mich wissen?«

»Nichts. Alberne Kleinigkeiten. Ihr Haar, zum Beispiel; es ist so merkwürdig.«

»Oh, ist es das?« sagte er und berührte seinen Haaransatz mit zwei Fingern. »Eine kleine Laune, eine kleine Eitelkeit. Ich pudere mein Haar mit Silberstaub. Haben Sie etwas dagegen?«

»Das klingt ebenso unwahrscheinlich, wie es aussieht. Außerdem ist gepudertes Haar aus der Mode gekommen.«

»Würden Sie es lieber sehen, wenn ich ungekämmt und verwahrlost herumliefe wie ein Jakobiner? Und es ist auch gar nicht unwahrscheinlich. Wir haben so viel Silber, daß wir nicht wissen, was wir damit anfangen sollen. Hören Sie nur zu, Comtesse: Auf dem Hügel von La Valenciana – das ist die reichste Silbergrube in der Nähe von Cuanaxuato hat der Conde Obregón de Valenciana eine Kirche gebaut, und in die Ziegel wurde Wein und Silber gemischt. Warum sollte ich nicht ein paar Unzen Silberstaub auf mein Haar stäuben, wenn es mir Spaß macht?«

Ich ertappte mich dabei, wie ich ihn wieder mit offenem Mund anstarrte. Ich machte den Mund zu, nahm mich zusammen und marschierte durch die Türe. Als wir in die Nähe des vorderen Flügels kamen, konnte ich Alberts verschnupfte Stimme hören, wie er einen Hexameter nach dem andern in einem einschläfernden Auf und Ab skandierte. Und plötzlich wußte ich, daß ich es nicht ertragen könnte, jemals mehr auch nur einen einzigen Jambus anzuhören. Ich ergriff die Flucht vor der Flut von Versmaßen, die mich überschwemmen wollte; auf Zehenspitzen schlich ich mich in das Gartenzimmer, zögerte und trat dann auf die hölzerne Treppe hinaus, die in den Garten führte. Der Conde war mir schweigend gefolgt.

Goethe hatte nicht zuviel versprochen; die Nacht war lieblich, die Mondbarke glitt zwischen Wolkeninseln dahin, ein silberner Mond zwischen silbernen Wolken, der auf jeden feuchten Zweig und jedes Blatt einen Saum von Silber tropfte. Die ganze Welt war aus Silber, bloß weil ich einen Fremden getroffen hatte, der sein Haar damit puderte. Es war kühl und feucht nach dem Regen des Tages, und ich fröstelte. »Domingo?« hörte ich ihn mit leiser Stimme sagen.

Zu jener Zeit war mir Domingos Fähigkeit, unsichtbar und doch allgegenwärtig – wie Gott – zu sein, noch unbekannt. Ich erschrak, als plötzlich die stumme Figur des Indianers am Fuß der Treppe stand und seinem Herrn einen schwarzen Überwurf reichte. Die Landschaft war plötzlich aus aller Wirklichkeit herausgehoben, und die vertrauten Blumenbeete und Buchsbaumhecken und die sauberen Gartenwege verwandelten sich in den Hintergrund einer phantastischen Bühne, wo alles und jegliches geschehen mochte. »Sie frieren ja, Chiquita«, sagte der Fremde und legte seinen schwarzen Umhang um meine Schultern; er war weich und warm und gab mir solch ein Gefühl von sicherem Beschütztsein, wie ich es seit dem frühen Tod meines Vaters nicht mehr gekannt hatte. Bis zu jenem Augenblick war ich fassungslos und verschreckt gewesen. Warum der eine Augenblick, da der Fremde mich in seinen Mantel hüllte, mein ganzes Leben ändern sollte, dafür fehlt mir die Antwort, denn das gehört zu den vernunftlosen, unerklärlichen Imponderabilien, aus denen das Gespinst der Liebe gewoben ist.

»Ich danke Ihnen; was für ein schöner Mantel«, sagte ich, und jetzt konnte ich den Mann mit einem Vertrauen anlächeln, das dieser Augenblick geboren hatte. Er schnallte seinen Degen ab und übergab ihn dem Indianer, der damit, wie durch Zauberei, verschwand. Die einfache Handlung schien mir seltsam, die Vorbereitung für ein fremdartiges Ritual. Das Haus stand still in dem sanften Lichtschein, der durch die verhängten Fenster drang. Eines, hoch unterm Dach, gehörte, das wußte ich, Goethes kleinem illegitimen Sohn, der von der Gesellschaft anerkannt war, wenngleich seine Mutter, die Demoiselle Vulpius, gemieden wurde. Daß ich mir ein Kind so aus tiefster Seele gewünscht und doch nie eines geboren hatte, schnitt wie ein scharfer Schmerz durch meinen Körper, sooft ich an anderer Mütter Kinder dachte. Ich schüttelte den flüchtig aufsteigenden verheimlichten Kummer von mir ab und unternahm es, dem Conde de las Fuentes Goethes Garten vorzustellen.

»Dies also ist der Garten, dort drüben sehen Sie Goethes berühmte Blutbuche. Auf dieser Seite liegen die Spargelbeete, und die Wand dort drüben ist ein Teil der alten Stadtmauer; sie heißt die Ackerwand, und darin ist ein Pförtchen, das in den herzoglichen Park führt; der Park ist für das Publikum Tag und Nacht geöffnet ...«

Ich unterbrach mich, als ich das leise Lachen des Conde hörte.

»Sehen Sie wohl?« sagte er.

»Was soll ich sehen?«

»Sie selbst sind eine Barbarin. In diesem Augenblick sollten Sie Ihres Gatten Vortrag zuhören. Sie dagegen promenieren mit einem Mann, den Sie gar nicht kennen, im Mondenschein; noch dazu laden Sie dieses unverschämte Subjekt gewissermaßen zu einem nächtlichen Waldspaziergang ein; Sie machen sich ja auch keinen Funken aus Literatur. Sie sind neugierig, und nicht auf die Dinge, die man in Büchern liest. Aber ja, Sie sind eine Barbarin, Gräfin; Sie sollten mit mir nach Mexiko kommen; es ist ein barbarisches Land.«

»Wenn Ihnen Mexiko nicht gefällt, warum leben Sie denn dort?«

»Warum? Warum lebt man in Mexiko? Um so schnell als möglich reich zu werden.«

»Sind Sie denn nicht reich?«

»Nicht reich genug. Ich muß sehr reich sein.«

»Und was werden Sie tun, wenn Sie sehr reich sind? Zu Ihrem Castillo in Spanien zurückkehren?«

»Ist man schon wieder neugierig?«

»Vielleicht. Ich möchte wissen, was Sie von Spanien fernhält, wenngleich Sie Heimweh haben.«

»Wer hat Ihnen gesagt, daß ich Heimweh habe?« fragte er mit einer kleinen Schärfe in der Stimme.

»Ich konnte es in Ihrem Gesicht lesen, als Sie von Ihrer Heimat sprachen.«

»Ich habe Sie ja auch nicht gefragt, was Sie traurig machte, als Sie vor einem Augenblick nach dem kleinen Fenster dort oben blickten«, sagte er sanft.

Das war das zweite winzige Steinchen in dem kostbaren Mosaik unserer ersten Begegnung. Sie frieren ja, Chiquita. Was hat Sie traurig gemacht, als Sie nach dem kleinen Fenster blickten? Niemand hatte sich je genug um mich gekümmert, um solche Dinge wahrzunehmen; ich selbst hatte sie kaum beachtet. Ich schlug meine Augen nieder und wartete, ich wußte nicht, worauf –

»Pues – ich werde Ihnen erzählen, was mich von Spanien fernhält«, sagte er und lenkte mich von der Treppe weg, auf die tiefen, undurchdringlichen Schatten der Ackerwand zu. »Ich werde es Ihnen in einem Wort erzählen: Ich bin Persona non grata am Escorial. Ich habe Feinde, Persönlichkeiten von großem Einfluß auf Seine Majestät. Sie haben selbstverständlich von Manuel Godoy gehört.«

Selbstverständlich nicht. Spanien war so fern von Helgenhausen wie der Mond, und ich wußte rein gar nichts über die Heimat des Fremden.

»Eh bien, Godoy – oder, wie er sich jetzt nennt, der Herzog von Alcudia – steht sehr hoch in Gunst bei Ihrer Majestät der Königin, und er hat auch großen Einfluß auf unseren König, Carlos den Vierten. Aber für mich ist dieser frühere Sergeant der Garde nichts anderes als ein Emporkömmling und einer der schlechtesten Premierminister, die Spanien je hatte, und, bei Gott, Spanien hat viele schlechte Minister gehabt. Es gab gute Gründe für mich, Spanien fernzubleiben, solange Godoy alle Macht in Händen hatte; aber als die Franzosen Seine Majestät überredeten, Godoy zu entlassen, dachte ich, daß die Zeit für meine Rückkehr gekommen sei, und ich unternahm diese Reise unter großen Schwierigkeiten und nicht unbeträchtlichen Opfern, in der Hoffnung, endlich in meiner Heimat zugelassen zu werden. Aber Godoys Einfluß, obzwar nicht offiziell anerkannt, scheint genauso groß zu sein wie vorher; und ich habe sogar Gerüchte gehört, daß er wieder in sein früheres Amt eingesetzt werden würde. Ich fürchte, dafür wird ein anderer Emporkömmling sorgen: dieser kleine französische General, dieser Konsul von eigenen Gnaden, dieser Bonaparte. Nein, solange dieser Godoy dem Thron nahesteht, kann ich nicht zurückkehren. Aber dies alles sind langweilige Dinge, Chiquita; ich möchte Ihnen etwas viel Schöneres erzählen ...«

»Nein, nein«, sagte ich, von panischer Angst ergriffen. »Das alles ist höchst interessant für mich. Warum hassen Sie diesen Godoy so sehr? Und weshalb ist er Ihr Feind?«

»Ich hasse ihn, weil er ein schlechter Diener meiner Königin und meines Königs ist. Und er haßt mich, weil ich einen Mann tötete, der zufällig sein Vetter war.«

Ich hatte nie einen Menschen gesehen, der einen anderen getötet hatte, und die selbstverständliche Art, in der er es erwähnte, öffnete eine tiefe Kluft zwischen dem Fremden und mir.

»Sie haben einen Mann getötet? Aber das ist doch nicht möglich – das ist unbegreiflich ...«, flüsterte ich und war überrascht, daß mein Mund plötzlich ausgetrocknet war und meine Stimme brach.

Er zuckte die Achseln, als wäre das Töten von Menschen eine tägliche Beschäftigung spanischer Granden; vielleicht sogar war es das. »Mein Mißgeschick«, sagte er, »aber wenn ich ihn nicht erschossen hätte, wo würde er mir seinen Degen ins Herz gerannt haben. Und wie konnte ich wissen, daß er Godoys Vetter war?«

»Also ein Duell?« fragte ich hoffnungsvoll, obgleich ein Duell, in dem ein Gegner einen Degen schwang und der andere mit der Pistole zielte, mir außergewöhnlich vorkam. Aber in der Zwischenzeit hatte ich den Eindruck gewonnen, daß in Spanien einfach alles möglich sei. »Oder geschah es im Krieg?«

»Gewissermaßen. Nur daß dieser Krieg um die Gunst einer kleinen Schauspielerin geführt wurde und daß das Schlachtfeld ihr Schlafzimmer war«, sagte er und lachte leise in sich hinein.

Ich wich ein wenig zurück, aber er legte seinen Arm und meine Schulter und hielt mich an seiner Seite fest. Wir waren den Gartenweg auf und ab spaziert und standen nun in dem hellen Mondenlicht, und er beugte sich von seiner Höhe über mich und forschte in meinem Gesicht. »Jetzt habe ich Sie erschreckt«, sagte er zart. »Pobrecita – und was für ein Narr ich doch bin! Da zäume ich nun meine Geschichte beim Schwanz auf anstatt beim Kopf. Denn, und das kann ich Ihnen versichern, ich habe diesen Mann aus reiner Unschuld getötet.«

Wir waren unter der Buche angelangt, deren nackte Zweige und kleine, feste Knospen sich als scharfe Silhouette gegen den mondbleichen Himmel abhoben und ein feines Schattenmuster auf das Gesicht des Conde warfen. Er lächelte auf mich herunter, beinahe als wollte er mich trösten, und fuhr fort. »Sie müssen verstehen, ich war kaum siebzehn, als ich von San Capistrán weglief, und ich wußte sehr wenig von der Welt außerhalb der Klostermauern. Ich hatte überhaupt kein Geld, und meine neue Tonsur verriet mich, sooft ein Lüftchen mir den Hut davontrug. Die fahrenden Schauspieler, der Grund für den ganzen Aufruhr, hatten Toledo verlassen, und ich verbrachte ein paar verzweifelte Wochen, ehe ich sie endlich in einer Vorstand von Madrid auftrieb, wo sie in einem Gebäude spielten, das mehr einem Stall als einem Theater glich. Heute weiß ich, daß Carlita ein ziemlich abgetakeltes Weibsbild war und durch Erfahrung ersetzte, was ihr an Jugend und Reizen abging. Aber damals war ich ein törichter Junge, und sie war die erste Frau, mit der ich schlief; und sobald sie mich als ihren Liebhaber akzeptiert hatte, schien mir jede Minute verloren, die wir nicht zusammen im Bett verbrachten. Sie muß sich etwas aus mir gemacht haben, denn sie steckte mir sogar ein paar Peseten zu; und einige der Schauspieler, gutmütige, wenn auch ungebildete Kumpane, lehrten mich Karten spielen, Billard und Würfeln; bald war ich mit den Würfeln so geschickt wie ein Jongleur, und ich hatte eine glückliche Hand im Jeu. Gerade weil ich so unschuldig war, kam ich gar nicht auf den Gedanken, daß Carlita andere Liebhaber haben könne, reichere Kavaliere, die ihr mehr geben konnten als Küsse und die weniger grün und arglos waren als ich. Und so geschah es, daß eines Nachts dieser Vetter von Godoy mit drei gedungenen Kerlen in unser Schlafzimmer einbrach und mich mit dem Degen bedrohte. Carlita preßte eine Pistole in meine Hand, ich drückte ab, und er starb. Ich versichere Ihnen, es machte mir durchaus kein Vergnügen, diesen Burschen zu töten, und ich habe es teuer bezahlt. Drei Tage später wurde ich verhaftet, ins Gefängnis geworfen, vor den Richter gebracht und zum Tode verurteilt. Meinem Vater gelang es, die Wache zu bestechen, und ich entfloh zum zweiten Male und wurde auf eine Galeone, die für Amerika bestimmt war, geschmuggelt. Ich möchte Sie nicht mit meinen weiteren Abenteuern langweilen, Lindita. Kurz und gut, ich erreichte nach vielen Irrfahrten und gefährlichen Umwegen Neuspanien. Das ist beinahe zehn Jahre her. Zehn Jahre in Verbannung ist eine lange Zeit. Aber der Tag wird kommen, und bald, das schwöre ich, an dem ich reich genug sein werde, mir den Eintritt nach Spanien durch Bestechung zu erkaufen, und dann werde ich am Escorial empfangen und gnädig von meinem König aufgenommen werden. Und das ist alles – oder wollen Sie noch mehr von mir wissen?«

Seine wilde ungezügelte Welt war in mein wohlgeordnetes und eingezäuntes Leben eingebrochen. Ich wurde gewahr, daß meine allererste Reaktion eine wilde und bittere Eifersucht auf eine billige Komödiantin war, auf ein abgetakeltes Weibsbild, die mit einem Mann geschlafen hatte, den ich noch vor zwei Stunden nicht gekannt hatte. Mein Mund war wieder trocken geworden, und meine Kehle hatte sich verengt. Das Mondlicht lag sehr weiß auf dem Pfad, und der Schatten der Mauer schnitt ein scharfes, geometrisches Muster in diese schwebende Weiße.

»Ja, ich möchte alles über Sie wissen, alles«, sagte ich, und da war wieder sein kurzes, arrogantes, leises Auflachen, und er fragte: »Wahrhaftig? Alles?« Er bog meinen Kopf zurück, und das Mondlicht war so stark, daß ich meine Augen schließen mußte und doch noch immer seinen Glanz auf meinen Lidern fühlte.

»Laß mich dich ansehen, Queridita«, sagte er, »wie schön du bist! Ja, du bist sehr, sehr schön.«

Noch nie hatte jemand mir dies gesagt: ich war schön! Wie ich so dastand, mit dem Mondenschimmer auf meinem Gesicht, fühlte ich selbst, daß ich schön war und von Augenblick zu Augenblick immer noch schöner wurde. Dann traten sein Schatten und seine Wärme zwischen mich und den Mond, und als ich meine Augen öffnete, fand ich ihn über mich gebeugt, und sein Gesicht war von einem solch unerwarteten, fast schmerzhaften Ernst erfüllt, daß es mich ängstigte. Er schien diese ungreifbare Furcht in mir zu fühlen, denn er sagte mit einem gespannten Lächeln, als wollte er dem Augenblick sein Gewicht rauben: »Wie hat doch Seine Exzellenz Sie genannt? Clarinda? Oh, cómo eres linda, mi Condesa Clarinda, pequeña cara linda ...«

Auch ich versuchte über diese unerträglich sich steigernde Spannung hinwegzulächeln, diesen Wirbelsturm, diesen Wasserfall, diese Lawine, diesen Bergsturz abzuwehren, dieses Elementare, das ich unabänderlich über mich hereinbrechen fühlte. »Sie machen also doch Gedichte«, flüsterte ich tonlos.

»Nein«, sagte er, »ich erlebe sie.«

Und damit hatte er mich mit erfahrener Kunst in das schwarze Schattendreieck der Mauer gezogen, mein Gesicht zwischen seine Hände genommen, und dann ruhten seine Augen auf mir mit der strengen und unbeugsamen Forderung seiner Männlichkeit, ernsthaft wie Tieraugen; und sein Mund schloß sich über meinem, und ich wollte weinen über all die Erfahrungen, die ihn gelehrt hatten, so zu küssen, und dann kam eine große Erlösung über mich, als ich entdeckte, daß auch er zitterte, auch er, und vor unserer ersten Umarmung in Angst war.

Ich weiß nicht, wie lange wir so blieben, aber es war wie eine ganze lange Sommerzeit, in der ich mich reifen fühlte wie eine Frucht, weich und süß und schwer in meinem Innern wurde, erntebereit. Als ich meine Augen öffnete, war der Mond verschwunden, ein dünner Wolkenschleier hatte den Himmel umzogen, und die ersten vereinzelten Regentropfen rauschten leise in den Bäumen und fielen auf mein Haar und auf meine Lippen, wo sie sich mit einem Blutstropfen mischten.

»Jetzt weißt du alles, was über mich zu wissen ist«, sagte er, als er mich freiließ und mich der strömenden Nacht zurückgab.

»Ja, jetzt weiß ich alles«, flüsterte ich.

In all meinen zweiundzwanzig Jahren war ich noch nie so glücklich, noch nie so unglücklich gewesen.

Sonntag, Montag, Dienstag. Wir trafen uns dreimal, auf ein paar Minuten nur, um ein paar heimliche Worte zu wechseln. Einmal bei einem Morgenritt im Webbicht; einmal beim Tee im Hause der Montgolfiere; und einmal auf der Straße, in voller Sicht von ganz Weimar. Jede Begegnung war nur ein Lebewohl. Adiós por siempre, adieu pour jamais, auf Nimmerwiedersehen. Ich beklagte mich nicht; ich hatte von Anfang an gewußt, daß er fortgehen, nach Freyberg zurückkehren müsse, zu Herrn Oberhüttenamtsassessor Lampadius und seiner Pumpenvorführung, zu seinem Silberbergwerk, zum Reichwerden, zum Bohren eines tieferen Schachtes, als je ein Mensch es gewagt hatte, zu seinem barbarischen Mexiko, zu seinem eigenen, stürmischen, fremden Männerleben.

Dienstag abend bemerkte Babette beiläufig, daß der spanische Grande die Stadt endgültig verlassen habe. Eine Woche darauf, am Fastnachtsdienstag, fand, wie jedes Jahr, die große Redoute statt, bei der Albert als ein spindelbeiniger Vergil erschien, Mademoiselle de Guermontagne als eine wohlgeformte und äußerst symbolische Jeanne d'Arc und ich selbst, mit meinem betäubten, gebrochenen, gelähmten Herzen, im fröhlichen Kostüm eines Milchmädchens.

Und da, im vollen Glanz von Hunderten von gespiegelten Kerzen, war der Conde de las Fuentes.

Da war er, in seiner ganzen, adeligen Arroganz; er hatte sich nicht einmal die Mühe genommen, sich zu verkleiden oder zumindest einen Domino über seinen Anzug zu werfen. Er trug seinen schwarzen Umhang und den kleinen spanischen Hut mit den Troddeln und, als eine bloße Geste, eine kleine Halbmaske, die nicht einmal vorgab, jemanden irreführen zu wollen. Ich stand gelähmt, und für einen Augenblick glaubte ich, er sei eine Fata Morgana, eine Vision, von meinem durstigen Herzen und meinen hungrigen Augen heraufbeschworen. Hatte ich doch nichts gesehen als ihn, in all den Stunden dieser letzten Tage und Nächte. Sein Bild war in mein Gehirn gegraben und auf die Innenseite meiner Augenlider gemalt. Aber jetzt war er Wirklichkeit. Er stand da in seiner gelösten Haltung und hörte mit spöttischer Höfflichkeit der Montgolfiere zu, die an seinem Arm hing und den Fehler begangen hatte, sich als eine wogende Bajadere zu kostümieren.

»Nun muß ich dich den Göttern zurückgeben, schöne Huri«, sagte er zu ihr, sobald er mich entdeckt hatte. »Ein niedriger Sterblicher darf nicht zuviel deiner Zeit in Anspruch nehmen. Mir kommt nicht mehr als ein Tanz mit einem kleinen einfachen Milchmädchen zu.« Und damit, einer Verbeugung und einem kurz auffunkelnden Lächeln streifte er Base Cornelia ab, als wäre sie nicht mehr als eine fette Made an seinem Ärmel.

»Bon soir«, sagte er leise, als er seinen Arm um mich legte und mit mir davonwalzte, »Bon soir, m'amie.«

»Sie kamen zurück? Warum? Warum sind Sie zurückgekommen?« fragte ich und konnte meine Stimme kaum beherrschen.

»Weil du es dir gewünscht hattest, heute abend mit mir zu tanzen. Bitte, lüge jetzt nicht, Caralinda. Sage nicht, daß es nicht wahr ist. Bist du nicht froh, daß wir noch einmal zusammen sind?«

»Nein, keineswegs«, antwortete ich, und das war keine Lüge. »Ich habe oft genug Abschied genommen, öfter als ich es ertragen kann. Alles war aus und vorbei zwischen uns. Warum mußten Sie zurückkommen und mir noch mehr weh tun?«

»Aus und vorbei? Es hat ja noch nicht einmal begonnen«, sagte er lachend. »Aber heute nacht ...«, sagte er, und dann preßte er seine Lippen zusammen, und wir tanzten stillschweigend weiter. »Heute nacht mußt du mit mir kommen«, sagte er danach, sehr ernst.

»Mit dir? Wie könnte ich?«

»Warum nicht, Chiquita? Warum nur machst du die einfachsten Dinge so schwierig? Ich muß mit dir allein sein, sei es nur dies eine Mal. Ich kann nicht weggehen, ohne einmal mit dir gewesen zu sein, wirklich mit dir, selbst wenn es nur diese eine einzige Stunde wäre. Sieh doch, ich habe es versucht, und ich kann nicht. Dios mío, wie ich dich entbehrt habe! Was hast du mir angetan? Ich bin nicht mehr der Mann, der ich war, ehe ich dich kannte. Höre mir zu«, sagte er erregt, »höre doch: ehe ich nach Weimar kam, hatte ich eine kleine Liebschaft mit einem Mädchen im Hotel in Freyberg, ein kleines Ding, weich und anschmiegsam und verliebt wie ein Kätzchen. Bei meiner Rückkehr erwartete sie mich mit offenen Armen, und ich verbrachte ein Stündchen mit ihr, denn ich versuchte allen Ernstes, dich mir aus dem Sinn zu schlagen. Du verstehst: nicht etwa aus meinem Herzen oder meiner Erinnerung wollte ich dich verjagen, nur dieser verfluchte, rebellische Körper wollte sich befreien. Und laß dir erzählen, was mir geschah. In Mariechens Armen litt ich die tödlichste, die grenzenloseste Langeweile; ich versagte, wie ich nie zuvor versagt habe. Was hast du mir angetan, um mir eines der wenigen guten Dinge, die ein Mann vom Leben hat, zu ruinieren? Was ist es in deiner zarten weißen, unbeugsamen Unschuld, das mich wie eine vergiftete Ratte herumrennen läßt? Aus und vorbei? Du weißt nicht, wovon du sprichst. Komm mit mir, jetzt in diesem Augenblick. Ich kann nicht länger warten; ich will dich küssen. Ich will dich haben – nie, in meinem ganzen Leben, habe ich mich nach einer Frau so gesehnt, wie ich nach dir verlange, und ich habe schöne Frauen gekannt und erfahrene: aber niemals hat mich eine so erregt wie du.«

Ich war vor den Kopf geschlagen durch die Brutalität seiner Werbung; es war wie ein Schlag ins Gesicht, ein schrecklicher Schlag für meinen Stolz. Gleichzeitig war es auch das wunderbarste, aufregendste und schmeichelhafteste Kompliment, das ich mir erträumen konnte. So weit war ich schon auf den abschüssigen Weg geglitten, daß ich eine Magd in einem Hotel als Rivalin betrachtete und stolz darauf war, daß dieser fremde Mann mich ihr vorzog.

»Ich sehe wohl, daß Sie nicht wählerisch sind. Sie müssen in Ihrem Leben viele billige Eroberungen gemacht haben«, rief ich voll Bitterkeit, nur um mich selbst ein wenig zu quälen. Er überlegte dies mit Gründlichkeit.

»Nicht viele«, antwortete er danach. »Nein, nicht so sehr viele.«

»Wie viele denn? Hundert? Zweihundert? Tausend?«

Als er das hörte, warf er seinen Kopf zurück und begann zu lachen. »Oh, ihr Frauenzimmerchen«, rief er aus, »ihr charmanten, unschuldigen, jungen Dämchen, was für übertriebene Ideen ihr von der Liebesfähigkeit und Ausdauer eines Mannes habt! Auf mein Wort, ich weiß nicht wie viele, ich führe kein Register wie Don Juan Tenorios Leporello, und an der üblichen kleinen Liebelei ist auch nicht viel Erinnernswertes. Es ist möglich, daß ich mich an sechs oder sieben erinnern mag, die mir einiges Vergnügen bereiteten. Der Rest zählt nicht, selbst wenn es wirklich hundert gewesen sein sollten. Siehst du, Caralinda, das sind die vielen; und dann, da ist die eine.« Er zog mich näher, und wir tanzten weiter.

»Es ist sehr selten«, sagte er dann, und seine Stimme war leiser als vorher, »es ist von der größten Seltenheit, aber es geschieht, daß ein Mann die eine Frau findet. Es geschah mir, als ich dich zum ersten Male sah. Ich hatte es nie geglaubt, und doch wußte ich plötzlich, daß es existiert. Der coup de foudre. Diese, dachte ich. Diese ist die eine, einzige, diese und keine andere. Als wenn – oh, mein verfluchtes Französisch – als wenn ich dich so heftig geträumt hätte, mit solcher Dringlichkeit, mit solchem Verlangen, daß du wirklich und greifbar werden mußtest. Du mußt wissen, ich hatte sehr heftige Träume. Nie war Liebe eine solch vollkommene Verzückung wie in meinen Träumen. Aber mit dir wird es die Erfüllung sein. Komm jetzt mit mir, mein kleiner Traum, komm mit mir.«

»Ihrem Französisch mangelt nichts«, sagte ich. »Sie drücken sich mit außerordentlicher Klarheit aus. Mit Ihnen fortgehen? Sie vergessen wohl, daß ich nicht ein kleines Mariechen bin. Ich bin nicht ein Mädchen, bei der man eine Nacht verbringt und die man am Morgen verläßt, nachdem man einen Louisdor auf der Bettdecke gelassen hat. Mit Ihnen fortgehen, fürwahr! Wollen Sie, daß ich mich zum öffentlichen Skandal mache?«

Er riß seine Maske ab, die seinem Gesicht – wie alle Masken einen spielerisch böswilligen Ausdruck verliehen hatte, und jetzt sah ich, daß er sehr bleich geworden war. »Jaja! Ich will einen Skandal«, sagte er verhalten. »Außerdem möchte ich dich prügeln, bis du begreifst, was ich dir zu sagen versuche. Ich liebe dich. Ich liebe dich. Ich glaube nicht an Liebe und, verflucht, ich liebe dich! Komm. Domingo wartet mit der Kutsche. Wir können auf eines der Dörfer fahren, wir machen in einem Gasthof halt, wo wir für ein oder zwei Stunden allein sein können, und dann, wenn du es unbedingt wünschst, bringe ich dich auf den Ball zurück, und niemand wird es auch nur bemerken, daß du abwesend warst. Es ist nicht viel, um was ich dich bitte, nicht wahr? Ich werde dir nichts tun, was du nicht willst, darauf gebe ich dir mein Ehrenwort. Aber wir müssen einmal allein sein; wir haben einander eine ganze Welt zu erzählen. Oder nur miteinander schweigen. Ja, es ist sehr wichtig für uns, still beieinander zu sein, glaube mir, dicht und warm und still beieinander sein, das wird etwas von der Unruhe in uns stillen – uns ein wenig Frieden geben. Komm mit mir, mein teures Herz, niemand wird dich hier vermissen.«

»Vielleicht tut man solch wahnsinnige Dinge in Mexiko, in Ihrem Lande. Nicht in Weimar, nicht in diesem Land«, sagte ich kraftlos, und als ich es sagte, wußte ich, daß ich schon nachgegeben hatte.

»Was für ein Unsinn! Sind die Menschen hier aus Holz und

nicht aus Fleisch und Blut? Selbst in Weimar muß es manchmal passieren, daß eine Frau sich in einen Mann verliebt, der nicht ihr angetrauter Gatte ist. Oder kommt so etwas Ausbündiges nie in eurer steifleinenen Gesellschaft vor?«

»Wir sind nicht steifleinen, und wenn Sie es wissen wollen, es gibt kaum eine verheiratete Frau in Weimar, die nicht einen oder mehrere Liebhaber hätte, auch wenn wir nicht Paris oder Madrid sind«, antwortete ich wütend; ich war beinahe stolz auf unsere ortsansässige Großzügigkeit in diesen Dingen.

»Nun denn, was muß ich tun, ehe es mir erlaubt ist, Ihre Hand zu halten und mit Ihnen zu reden, ohne daß fünfhundert Idioten uns anstarren? Soll ich vielleicht hinübergehen und Ihren Gatten beleidigen? Ihn zum Duell fordern, und ihn töten?« rief er, weißglühend vor Wut – und damit war unser Tanz zu Ende.

»Sie wollen mich nicht verstehen«, sagte ich unglücklich; ich war unfähig, die richtigen Worte zu finden für das, was ich fühlte! Ich liebe dich, aber du willst mich nur verführen. Für mich ist es Liebe, für dich ist es nur Begierde und die Erregung einer neuen Eroberung. Für dich bedeutet es eine Stunde und für mich mein Leben. »Ich wollte, Sie gingen. Ich will Sie nie wieder sehen«, sagte ich zuletzt, rüde vor Verzweiflung.

Er wurde noch bleicher, als er sich über meine Hand beugte, mit einemmal ganz formell und voll steifen, spanischen Zeremoniells. »A sus órdenes«, sagte er, »wie Sie befehlen. Und meinen Dank für den Tanz und Dank dafür, daß ich Sie kennen durfte, und tausendmal Dank für alles ...«

»Adieu, denn ...«, flüsterte ich, »und bon voyage. Und – ach ja, viel Glück für den tiefen Schacht, den Sie auf Ihrer Grube bohren wollen.«

So vertieft waren wir in unser Gespräch, daß ich vollkommen vergessen hatte, was um uns her vorging. Die Menge, leicht verschleiert vom aufgewirbelten Staub der tanzenden Füße, phantastisch und grotesk kostümiert, war für mich kaum wirklich. Die Luft war drückend, und die Stimmung, das Gelächter und die Musik war drückend, und die Stimmung, das Gelächter und die Musik mischten sich zu einem unablässigen Brausen.

»Ich fürchte, mir ist ein bißchen schwindlig«, murmelte ich schwach. »Das tut mir leid«, sagte er reserviert. Er bot mir seinen Arm und geleitete mich hinaus, durch eine kleine Türe, ein paar Stufen hinunter, in die kühle, muffige Luft eines schwach erleuchteten Ganges, wo Requisiten in all ihrem staubigen, vergoldeten Pappeprunk für den kommenden Maskenzug bereitgestellt waren. Pans Flöte und seine zottigen Beinlinge, Traubengirlanden und Weinlaub für Bacchus und seine Satyrn, Dianas keuscher Helm, Pfeil und Bogen. In einem Winkel unter einer Laterne hielt Felipe an und forschte eindringlich in meinem Gesicht; ich schüttelte den Kopf. Er ließ von mir ab und trat einen Schritt zurück.

»Dann also adieu, wenn dies das Ende sein soll. Adios, meine einzige. Que diós te bendiga«, sagte er, und mit zwei seiner langen, spanischen Finger schlug er das Zeichen des Kreuzes über mich, von meiner Stirn zu meinem Herzen, und leicht meine beiden Schultern berührend. Es war eines Fremden fremdartiges Abschiednehmen.

»Noch etwas Törichtes muß ich Sie fragen«, sagte ich, indem ich versuchte, den Zauber zu brechen. »Wenn Sie nicht mehr da sind – bei welchem Namen soll mein Gedächtnis Sie rufen? Ich kann nicht gut an Sie als den Conde de las Fuentes denken.«

»Sie sollen gar nicht an mich denken. Sie müssen mich so schnell wie möglich vergessen. Und, hören Sie, Caralinda: eines Tages, früher oder später, werden auch Sie einen Liebhaber nehmen. Daß es ein Mann sein möge, Caralinda, der Ihrer wert ist ...«

Während ich noch auf sein nächstes Wort wartete, wendete er sich ab und war gegangen. Er ging so rasch und leichten Schrittes, daß kein Laut zu hören war, als die Dunkelheit der Treppe ihn auslöschte. Ich weiß nicht, wie lange ich dort stand, ganz ausgeleert und unendlich einsam, mitten unter den verstaubten Requisiten. Vom Ballsaal her kündigten drei Fanfaren die Ankunft des Herzogs und seines Gefolges an, und ich erschrak.

Ich war in diesem Augenblick nicht fähig, dem Hof und dem ganzen klatschsüchtigen, vergnügten Weimar gegenüberzutreten. Blindlings riß ich eine der kleinen Türen am Ende des Ganges auf, die eine Möglichkeit zum Entschlüpfen versprach. Und so geschah es denn, daß ich schnurstracks in jene Situation hineinplatzte, die in der Folge zu dem ironischen Mißverständnis führte, dessentwegen mein armer Albert mich ins Grab legte, gerade als ich zu entdecken begann, was es bedeutet zu leben.

Die Kammer, auf deren Schwelle ich angewurzelt stand, war offenbar als Garderobe für die Nymphen und Dryaden des Maskenzuges gedacht; da gab es Spiegel, Kostüme, Gaze und Organdy, noch mehr vergoldete Pappe, alle die olympischen

Requisiten für einen Mummenschanz. Auch eine Chaiselongue stand da.

Auf der Chaiselongue lag die Guermontagne in einer sentimentalen Pose hingegossen, und vor ihr kniete mein armer Albert, ohne sich um den Staub, der sich an seinen nackten Beinen und Knien sammelte, zu kümmern. Sein Kopf ruhte in dem Schoß der Guermontagne, und sie beugte sich gerade über ihn, um ihm einen Kuß auf sein schütteres, rötliches, mit einem papiernen Lorbeerkranz geziertes Haupt zu drücken. Als sie sich wieder aufrichtete, entdeckte sie mich in der Türe. Sie stieß einen leisen Schrei aus, worauf mein Gemahl seine Pose – Genius, von seiner Muse geküßte – aufgab und, sich umwendend, mich bleichen Angesichts, ungläubig und schuldbewußt anstarrte. Die ganze Szene war eine armselige Farce, und wäre ich in einer anderen Gemütsverfassung gewesen, hätte ich darüber gelacht. So, wie es um mich stand, konnte ich nur eine verlegene Entschuldigung murmeln und mich hastig zurückziehen. Völlig verwirrt holte mich mein armer Albert auf dem Korridor ein. »Ich versichere dir, Clarinda, nicht, was du denkst, auf mein Ehrenwort. Glaube mir, Annabelle ist unschuldig ...«, stammelte er stotternd.

»Schon gut, mein Lieber«, antwortete ich, »ich wollte dir nur sagen, daß ich den Ball verlasse. Willst du mich bitte bei Serenissimus entschuldigen. Aber ich habe sehr arge Kopfschmerzen. Gute Nacht.«

Ich schüttelte ihn ab und lief den langen, dunklen Gang hinunter. Die Tür nach der Treppe stand offen; ich stolperte ein paar Stufen hinauf; hier war es dunkel und warm, eine hämmernde, pulsierende, umhüllende Dunkelheit und Wärme; und ich fand mich in Felipes Armen.

»Eh bien«, sagte ich atemlos.

»Eh bien?« sagte er und wartete.

»Bist du noch hier?« fragte ich, töricht vor Verwirrung.

»Ja. Ich bin noch hier. Du wirst mich nie mehr loswerden.. Nie«, antwortete er.

Drei Tage nach jenem Abend saß ich an einem kleinen, wackligen Tisch unter dem Dachfenster des einzigen Gästezimmers vom »Roten Eber« in Otternfurth und versuchte, einen Abschiedsbrief an meinen armen Albert zu schreiben. Otternfurth war das Dorf, wohin ich einst zu jenem unvergeßlichen Erntetanz entwischt war, und deshalb war der »Rote Eber« der einzige Platz, der mir für ein heimliches Rendezvous mit Felipe in den Sinn gekommen war. Er hatte mich gerade verlassen, um hinunterzugehen und herauszufinden, ob und wann die Postchaise nach Erfurt hier durchkommen würde, und uns Plätze darin zu sichern.

Als er zu diesem Stelldichein kam, hatte er seinen ganzen Prunk hinter sich gelassen; er war weder in seinem privaten Reisewagen gereist, noch hatte er Gepäck mitgebracht – alles war sorgfältig und diskret geplant. Er hatte eben erst die Stube verlassen, aber sein aggressives, brennendes Dagewesensein füllte immer noch den kleinen Raum von einer schrägen Wand zur anderen. Die Luft schien noch immer vor dem heißen Aufruhr der vergangenen Nacht zu zittern. Ich blickte auf das Bett, das mich mit dem verschlagenen Ausdruck eines Mitverschworenen ansah. Die Bettvorhänge waren fadenscheinig und verblaßt, der Strohsack schlecht gestopft, und das Knarren des alten Möbels würde wohl ein weniger eifriges Liebespaar als uns gestört haben. Auf dem Fensterbrett stand ein abgestoßenes, irdenes Waschbecken, kaum größer als eine Untertasse, und auf dem bloßen, knarrenden, abgeschrubbten Tannenboden ein kleiner Wasserkrug, gesprungen und von einem Drahtgeflecht zusammengehalten. Auf dem Tisch vor mir war ein verbogener Messingleuchter mit einer heruntergebrannten Talgkerze. Zwei Stühle standen herum, auf dem einen bildeten mein Kamm und meine Bürste ein unordentliches Stilleben mit meinem Schal und meiner Haube, oder vielmehr mit Babettes Schal und Haube – denn ich war zu diesem Rendezvous in meiner Zofe enges Mieder und blauen Rock verkleidet gekommen. Auf dem anderen Stuhl stand die kleine, eingelegte Schatulle für den Silberstaub, mit dem es Felipe beliebte, sein Haar zu pudern.

Sein Degen lehnte etwas theatralisch gegen das Bett, mit dem schwarzen Mantel darüber drapiert. Neben der Türe hockten unsere zwei Reisetaschen mit einem entschlossenen Ausdruck von Endgültigkeit. Draußen hing ein nebliger Morgen, durch den das prahlerische Gegacker einer Henne drang, das sich anhörte, als ob nie zuvor ein Ei gelegt worden wäre, und das Wunder der ganzen Welt verkündet werden müsse, und von weiter weg kam das ungestüme Rauschen und Tosen des regengeschwollenen Flusses: tiefe Orgelstimme des Frühlings, die während der ganzen Nacht für uns gesungen hatte. Alles in allem war es eine armselige Dekoration für die Bühne, auf der das urewige Drama einer ersten Liebesnacht aufgeführt worden war, komplett, mit Prolog und Epilog; mit komischen und ernsten Szenen, Exposition, Spannung, Pause, Höhepunkt und Katharsis; Posse und heroische Handlung, erregende Kontraste, verzauberte Harmonien, und nicht wenige überraschende Entwicklungen. Und doch, trotz der trüben Armseligkeit, hatte sich dieser Raum zuzeiten mit einem tobenden Zug von Göttern und Faunen und Nymphen angefüllt, ihre Körper ineinander verflochten, wie ich es auf einigen der Stiche gesehen hatte, die Goethe aus Italien mitbrachte. Die niedrige Decke hatte sich aufgetan und in den endlosen Gefilden und Hainen antiker Mysterien verloren, und die schiefen Wände hatten sich in tropische Wälder verwandelt, in die silberblauen Urwälder, von denen Felipe mir zugeflüstert hatte, wo Vögel mit geräuschlosen, riesigen, roten Schwingen in der Luft hingen und Schmetterlinge und Kolibris, juwelengleich, sich auf meinen ungläubigen Lippen niederließen.

Es war eine Nacht der großen und mutigen Heldentaten und erstaunlichen Entdeckungen für mich gewesen, und die Frau, die sich in das fragwürdige Bett gelegt hatte – scheu, unbeholfen und ihrer Talente als Liebhaberin höchst ungewiß –, war nicht dieselbe, die spät am Morgen aufgestanden war, siegreich und neubelebt in allen wohltuend ermatteten und schweren Gliedern.

Ich glaube, unter den hundertfältigen Zärtlichkeiten eines Liebhabers, den Tausenden, wenn er Phantasie hat, gibt es stets eine, süßer als alle anderen, die sein eigenstes Eigentum ist. Mit Felipe war es so, daß er meine Hand umschloß und sie zuerst zu dem kühnen Haarbogen seiner Stirn führte, daß er dann meine Finger gegen seine geschlossenen Augen preßte und sie für eine Weile ruhen ließ, dort, wo ich das zarte Pulsieren in seinen Lidern fühlen konnte; und weiter zu seinem Mund, um meine Hand mit einem Gedränge von kleinen, harten Küssen zu füllen; über die gespannten Sehnen seiner Kehle, wo meine Hand sein Skapulier traf, und zuletzt entlang den feinen Knochen und Muskeln seiner Schulter, zu seinem Herzen, wo er sie den harten, starken Herzschlag fühlen ließ, bis mein eigener Puls ihm Antwort gab.

Wann immer ein Mann und eine Frau zum ersten Male zusammen zu Bett gehen, beginnen sie ein großes, gefährliches Wagnis. Da ich ohne Erfahrung war, hatte ich nicht gewußt, was für ein seltenes Geschenk der völlige Einklang zweier Körper ist. Felipe aber wußte es, und er war nicht der Mann, sich solch ein Geschenk jemals wieder rauben zu lassen. Was mich betraf, ich hatte keine Wahl. Als ich in dieses elende Zimmer in einem armseligen Gasthof getreten war, hatte ich mir vorgespiegelt, daß es nur für ein verliebtes Rendezvous sei, für ein heimliches kleines Abenteuer, wie es sich verheiratete Frauen hie und da gestatten. Aber jetzt war es Morgen, und ich wußte, daß es aus dem bodenlosen Abgrund dieser Nacht kein Zurück zu der schalen Routine meiner Ehe und Pflichten gab. Ich mußte mit Felipe gehen, wohin er mich nehmen würde, und von nun an mit ihm sein, auf Gedeih und Verderb.

Ich riß eine Seite aus Felipes Schreibblock und schrieb.

»Lieber Albert«, so schrieb ich, »dies ist ein Abschiedsbrief, denn wenn Du ihn erhältst, bin ich für immer von Dir gegangen. Verzeih mir, wenn es Dir möglich ist, den Kummer, den mein Weggehen Dir verursachen mag, und versuche zu verstehen, daß mir kein anderer Weg offensteht. Unsere Ehe war ein Fehlschlag von Anfang an, ein Mißgriff, den ich im Begriff bin wiedergutzumachen. Ich war mir immer bewußt, wie wenig ich in Deinem Leben bedeutet habe und wie leicht Du Ersatz für mich finden wirst. Du mußt mir glauben, Albert, daß ich von ganzem Herzen hoffe, Du mögest in der Liebe zu Annabelle de Guermontagne das Glück finden, das ich Dir nicht zu geben vermochte. Bitte, erinnere Dich meiner ohne Groll, und gedenke meiner mit Wohlwollen, so wie ich in dieser Stunde meines Abschieds an Dich denke. Und solltest Du unsere Ehe in freundlichem Andenken behalten wollen, so bitte ich Dich, Albert, das letzte Ansuchen, das ich an Dich stelle, zu respektieren und nicht nach mir zu forschen. Du wirst glücklicher sein, wenn Du nicht in das Geheimnis meines Verschwindens eindringst, und es wird mir den Frieden geben, für den ich mit allem, was ich bin und habe, bezahle.«

So weit hatte ich mit großer Aufmerksamkeit geschrieben, bei jedem Wort darauf bedacht, Albert unsere Lage klarzumachen, ohne ihn mehr als nötig zu verletzen; und doch hatte ich mit der Erleichterung geschrieben, die ein Kind bei Schulschluß fühlen mag, wenn es ihm endlich gestattet ist, frei herumzulaufen und zu spielen. Doch nun, als ich das Wort Helgenhausen niederschreiben wollte, schnürte sich meine Kehle zusammen, und meine Augen waren plötzlich voll Tränen, denn jetzt kam es zu dem wirklichen Abschied. Meine zwei neugeborenen Kälbchen, der warme Geruch der Ställe, die friedlichen Geräusche der wiederkäuenden Kühe und das sanfte volle Zischen, mit dem die Milch in die Melkeimer floß. Die langbewimperten Augen meines Lieblingsrindes, das mir im Gang zwischen den Ställen nachlief, meine Hündin Diana mit ihrem zwei Jungen, das eine rehfarben mit schwarzer Schnauze und Ohren, das andere schwarz und weiß gefleckt. Das Fohlen, das meine graue Mähre werfen würde, nachdem ich gegangen war, mein fuchsbraunes Füllen, das ich noch nicht ganz zugeritten hatte. Meine Spargelbeete, meine köstlichen Erdbeeren, die besorgt werden mußten, und meine Anemonen, die ich nie mehr blühen sehen würde: meine Heimat, die ich bereit war, für eine unbekannte Ferne aufzugeben. Lebt wohl, tausendmal, lebt wohl.

Ich schluckte meine Schwäche hinunter und preßte meine ungeheißenen Tränen zurück in meine Augen. Ich ging zum Bett, warf mich darauf und vergrub mein Gesicht in die unordentlichen, schlechtgefüllten Kissen, an denen noch der wilde bittersüße Duft von Felipes Haar haftete, als wollte ich daraus neue Kräfte für meine Entscheidung ziehen.

»Womit parfümierst du dein Haar, Felipe?«

»Tiens, eine Essenz von mexikanischen Kräutern, die das Haar glänzend und reich macht«, hatte er mir berichtet, als wir in einem Tal von Stille zwischen Umarmung und Umarmung lagen. Es hatte mich lächeln gemacht.

»Bist du denn eitel, Felipe?«

»Selbstverständlich bin ich eitel; sehr eitel. Aber nicht eitler, als es dem Männchen der Gattung von Natur bestimmt ist.«

»Ist das so bestimmt?«

»Aber sicherlich. Ein häßlicher macho – Mann – ist ein dekadentes Ding. Gott wollte, daß der Mann stark und schön sei und eine beständige Einladung für das Weibchen.«

»Ein Pfau, der ein Rad schlägt?«

»Ja. Oder ein Hirsch – hast du je beobachtet, wie stolz ein Hirsch mit seiner Krone vor den Kühen seiner Herde herumparadiert? Oder ein bärtiger Berglöwe; der blauärschige Häuptling eines Affenstammes; oder ein Paradiesvogel ...«

»Ich habe weder Löwen noch Affen, noch Paradiesvögel je gesehen.«

»Du wirst sie sehen, Chiquita, mit mir wirst du all das sehen. Ich will dir Dinge zeigen, von denen du in deiner kleinen dumpfen Stadt nie geträumt hast. In Mexiko ...«

Nie wurde ich es müde, das Gespräch auf Mexiko zu bringen; für mich war mehr Poesie in Felipes Geschichten über Mexiko als in sämtlichen Gedichten aller Dichter des klassischen Weimar.

Ich riß mich aus den Erinnerungen der Nacht; ich verließ den bittersüßen Duft der schlechten Kissen, die in diesem Augenblick meine einzige Heimat waren, und kehrte neugestärkt und pflichtbewußt zu meinem Abschiedsbrief zurück.

»... sage Lebewohl zu Dir und Helgenhausen, und möge Gott Dich segnen, und möge er mir verzeihen für das, was ich zu tun im Begriff bin.«

Das schien mir der beste Schluß, aber nun wußte ich nicht,

wie ich den Brief unterzeichnen sollte. Deine gehorsame Gattin? Absurd, im Hinblick auf meine Lage. Einfach: Clarinda? Das schien mir nicht feierlich genug. Ich begann wieder zu schreiben und setzte mit einem großen Schnörkel meinen vollen Namen aufs Papier: Clarinda, Gräfin Driesen, née Comtesse von und zu der Werra. Den Abend vorher hatte ich meinen Ehering abgestreift, und nun steckte ich ihn in den Brief, den ich vorsichtig faltete und mit etwas heißem Talg von der Kerze versiegelte. Ich betrachtete das fertige Schriftstück und war mit seinem Aussehen und Inhalt zufrieden.

Als Felipe den Raum betrat, knarrte der Boden kaum unter seinem leichten Schritt eines Tänzers, Fechters und Edelmannes. Im ersten Ansturm von Liebe sind solche kleinen Dinge von Wichtigkeit, man bemerkt sie voll Entzücken und zählt sie zusammen als immer neue Gründe, den Kopf zu verlieren.

»Die verfluchte Postkutsche kommt nicht vor dem späten Nachmittag durch«, berichtete er schlechtgelaunt. »Was möchtest du bis dahin machen? Sollen wir in unserem Phaeton in den Prado fahren und die Beau Monde von Madrid begrüßen? Oder Kaffee und Kognak im Café Tortoni schlürfen und die Pariser Incroyables und Merveilleuses in ihren skandalösen Kleidern bei ihrer Promenade beobachten? Wir können auch ein Wanzenrennen veranstalten und hohe Wetten abschließen, wie es die Indianer in Mexiko tun. Heilige Mutter Gottes, was für ein trostloser Platz für unseren ersten Tag zusammen! Und was machst du da?«

»Ich bringe alles in Ordnung, ehe wir weggehen. Ein Brief an meinen Mann, auch Babette schulde ich eine Erklärung; sie erwartet mich zurück, ehe Graf Driesen von Jena wiederkehrt ...«

»Und was ist all dies Zeug?« fragte er, den Kram betrachtend, der herumlag: meine gestrickte Seidenbörse mit fünf Goldstücken und ein paar kleinen Münzen, die ich mir mühsam von meinem Buttergeld abgespart hatte; Babettes blaues Beutelchen, das zu ihrem blauen Rock paßte, und ein flaches Lederetui, mit einem grünen Band darum.

»Gib das mir. Das sind Babettes Sachen, die ich in ihrer Tasche fand. Das törichte Mädchen glaubte wohl, daß ich irgendeinen Ausweis brauchen würde, der zu meiner Verkleidung passen sollte; oder vielleicht vergaß sie ganz einfach daran, als sie mich in ihre drei Unterröcke und ihr kurzes Zofenkleid schnürte.«

»Das ist gar nicht so töricht«, sagte er in Gedanken, als sein Blick den Saum meines blauen Leinenrocks und meine weißen

Strümpfe streifte. »Du und deine Verkleidung! Du würdest noch in Lumpen wie eine Prinzessin aussehen«, bemerkte er, faltete die Papiere auseinander und studierte sie mit nachlässiger Neugierde. Babettes Geburtsschein, ein Schulzeugnis mit der Unterschrift des alten Lehrers in unserm Dorf Klein Werra, ein Saufconduit, wie wir sie für unsere Dienstboten brauchten, damit sie sich frei zwischen dem Gut, dem Dorf und der Stadt bewegen konnten. All die kleinen Umstandskrämereien, die die hohe Obrigkeit von Sachsen-Weimar von ihren redlichen Bürgern verlangte. Und alles und jedes korrekt unterzeichnet, besiegelt und in der verschnörkelten Kursivschrift von Subalternbeamten geschrieben. Während er las, lachte Felipe ein paarmal kurz und herablassend, wie es seine Art war. »Da sieh einer«, sagte er, »Babette Schmielz. Was für ein gottverlassener Name. Mutter: »Babette Schmielz. Vater: unbekannt. Und so ließ er die arme Mutter Babette Schmielz sitzen, und sie mußte die Zeche bezahlen. Sitzengeblieben, mit Tochter Schmielz, einem gebrochenen Herzen und ihrer verlorenen Ehre«, sagte er mit einer Bitterkeit, die ich damals noch nicht verstand.

»Im Gegenteil. Wie mir erzählt wurde, gab es einen Vater zuviel; die große Babette konnte sich nie entscheiden, ob es der schmucke österreichische Soldat oder der freche böhmische Wandergeselle mit der Stupsnase gewesen war«, sagte ich, um ihn wieder lachen zu machen. Felipe faltete die Papiere sorgfältig zusammen. »Jetzt bist du selbst ein wandernder Geselle«, sagte er, und ich fühlte, daß seine Gedanken noch immer woanders waren. »Gestern warst du ein Lehrling, heute bist du ein feiner, kleiner Geselle; wenn es von mir abhängt, wirst du bald ein fertiger Meister in der großen alten ars amandi sein – und was tust du da?« fragte er, als ich Briefe, Börse und Papiere in Babettes blaues Beutelchen stopfte.

»Ich sende Babette einen Brief für meinen Mann und ihre Papiere und das bißchen Geld, das ich bei mir habe. Wenn du Domingo anordnen wolltest, dafür zu sorgen, daß alles das mit der nächsten Post nach Weimar geht ...«

»Eres loco?« sagte er. »Bist du närrisch? Ganz bestimmt werden wir diese Papiere früher oder später brauchen. Wie weit, glaubst du, würden wir ohne sie kommen? Babette Schmielz ist nicht – nun – es ist nicht gerade der Name, den ich für dich ausgesucht hätte, aber er wird dienen müssen, bis wir nach Frankreich oder Italien kommen, wo es falsche Papiere gegen eine kleine Entschädigung zu kaufen gibt. Warum, in Satans Namen, konntest du nicht deine eigenen Papiere mitnehmen?«

Dafür gab es mehrere Gründe. Ich wußte nicht, daß ich mit dir davonlaufen würde, hätte ich ihm erwidern können. Meine eigenen Papiere sind sorgfältig im Schreibtisch meines Gatten weggeschlossen, und ich konnte sie nicht stehlen. Außerdem: ich war nie aus Weimars Umkreis, wo mich jeder kannte, herausgekommen, und deshalb war es mir nie eingefallen, daß solche Papiere nötig seien. Aber ich sagte nur: »Sollte ich mit meinen Papieren als Gräfin Driesen reisen, so würden die Gendarmen mich sofort erwischen und heute abend nach Helgenhausen zurückschaffen.«

»Das ist wahr«, sagte er, »aber ich bin nun einmal ein Snob, und ich hätte es vorgezogen, in der Gesellschaft der Gräfin Driesen zu reisen anstatt mit einer Demoiselle Schmielz, Vater unbekannt; gib mir den Brief für deinen Mann, ich will Domingo damit abschicken und zugleich etwas von dem greulichen Fraß, der einem in diesem Schweinestall aufgewartet wird, bestellen.«

Es hörte sich verdrießlich und etwas zerfahren an, seltsam nüchtern nach dem wilden Fieber der letzten Nacht. An der Türe zögerte er, und ich lächelte ihm zu, denn ich dachte, daß er zurückkommen und mich küssen würde. Aber er blieb dort stehen, am anderen Ende des Raumes, und richtete sich noch höher auf, als er mit großem Ernst sagte: »Ich liebe dich, Clarinda. Hörst du? Ich liebe dich. Was immer mit uns geschehen mag, das eine darfst du niemals vergessen: daß ich dich liebe. Solltest du es je bereuen, daß du mit mir weggingst, so sage dir: Felipe liebt mich. Bei allen Heiligen im Himmel – und wie ich dich liebe, Caralinda ...«

»Ich werde es nie bereuen, daß ich mit dir wegging«, sagte ich, ebenso ernst. »Aber warum, Felipe, warum? Warum liebst du mich, und warum liebe ich dich?«

»Warum? Eine Liebe, die Gründe weiß, ist keine Liebe mehr. A bientôt, Demoiselle Schmielz«, antwortete er. Er ließ Babettes Beutel mit den Papieren in seine gähnende, müde Reisetasche fallen und trug meinen Abschiedsbrief an Albert mit sich fort.

Und so begann meine kopflose Wanderung.

In unserem Gartenzimmer in Klein Werra gab es eine Glastüre, das Entzücken meiner Kindheit; sie war aus kleinen farbigen Glasscherben zusammengestückelt, kleine Quadratchen und Dreieckchen, Scheibchen und Sternchen, smaragdgrün, saphirblau, granatrot und topasgelb. Es war der einzige Farbfleck in dem trüben Grau meiner frühen Jahre, und ich konnte Stunden und Stunden davor verbringen, hindurchgucken und den Garten draußen sich nach meinem Belieben in allen Märchenfarben und Schattierungen verwandeln lassen. Durch ebensolch ein magisches buntes Fenster und in einem ebenso verrückten, zusammengestückelten Muster sah ich die Welt, als ich mit meinem Liebhaber durch Europa reiste.

Ich reiste unter einem Namen, der nicht mir gehörte, mit einem Mann, der nicht mein Gatte war, und doch trübte nicht der winzigste Schatten eines Gewissensbisses meine Glückseligkeit. Ich hatte keine Macht über die Richtung, in die mein Schicksal mich trieb, und trotzdem hatte ich mich noch nie so gesichert und behütet und gerechtfertigt gefühlt wie damals. Es gab keinen Grund für dieses Gefühl des Beschütztseins, denn ich entdeckte bald, daß unsere Reise ein erstaunliches Zickzack, ein Auf und Ab, ein Hin und Her war, ein anscheinend planloses Wirrnis von Umwegen, von hastigen Aufbrüchen und verzögerten Aufenthalten. Manchmal stiegen wir in den besten Hotels ab und wurden von den vornehmsten Kellnern bedient; und dann wieder nahmen wir Logis in einem schmutzigen kleinen Gasthof, wo betrunkene Raufbolde die Schenke füllten und eine anrüchige Nebengasse unter unserem Fenster kicherte und flüsterte. Manchmal reisten wir in unserer eigenen, eleganten Reisekutsche, und bei jedem Pferdewechsel wartete ein feines Gespann auf uns, sobald Domingo in seiner hochfahrenden Würde unsere Ankunft ankündigte, einen Schwarm von Zuschauern um unser luxuriöses Gefährt lokkend; und manchmal wiederum reisten wir mit der gewöhnlichen Postchaise, eingepfercht zwischen Krethi und Plethi, während der Regen durch das Dach lief und das erbarmungslose Rütteln und Klappern uns jeden Knochen aus dem Leibe schüttelte. Und dann gab es Tage und Wochen, wenn wir, aus Gründen, in die Felipe mich nicht einweihte, überhaupt nicht weiterreisen konnten, sondern in irgendeiner Stadt auf irgend etwas warten mußten, das uns wieder auf den Weg bringen würde. Wir hatten kaum einen Reiseplan und keine bestimmte, wohlausgedachte Route, denn Europa war in der üblichen verwickelten Lage und Unordnung; mehr noch als sonst, da Napoleons Soldaten hier und dort und an allen Ecken und Enden zu treffen waren, seit der französische Erste Konsul von eigenen Gnaden begonnen hatte, Herzogtümer und Königreiche zu mischen wie Spielkarten, die er nach seinem eigenen Gutdünken austeilte. Da waren Armeen auf dem Marsch und Armeen in der Ausbildung und auf Manöver, und andere Armeen, die diese Ecke des Kontinents oder jene verteidigten oder besetzten. Die Luft schwirrte von Gerüchten, und unter den Reisenden und bei der Table d'hôte kreiste das Gespräch um die ewig gleichen und doch täglich wechselnden Neuigkeiten; welche Landstraßen passierbar waren und welche nicht; wohin man ohne Gefahr für sein Leben reisen konnte, von welchen Gegenden man sich fernhalten sollte und, vor allem, durch welche Schliche, Bestechungen oder Beziehungen man Saufconduits, Erlaubnisscheine und Pässe von den Obrigkeiten des Tages erlangen konnte – die häufig nicht die Obrigkeiten von gestern oder übermorgen waren.

Je weiter wir uns von Weimar entfernten, desto unbedeutender erschien die große Literatur mit all ihrem Zubehör, und um so wichtiger wurde der Zustand, in dem sich die Welt befand. Während dieser ersten Woche unserer Reise lernte ich mehr Weltgeschichte als in all meinen Lektionen bei Rektor Bemelmann zu Hause. Als wir in Mainz ankamen, fanden wir, daß General Moreaus Armeen das ganze linke Rheinufer in Händen hielten und daß weitere französische Truppen in der Schweiz lagen, wo Napoleon, nachdem er den Aufstand der Royalisten in der Vendée unterdrückt hatte, sich für die Überquerung des St. Gotthard rüstete. Aber als wir umkehrten und uns der österreichischen Grenze zuwendeten, erfuhren wir, daß die Österreicher gerade mit ihrem Frühjahrsfeldzug begannen und sich auf eine Schlacht mit General Massena vorbereiteten, der Genua belagerte; eine Tatsache, die unsere Aussichten, uns von dort einzuschiffen, höchst fraglich machte. Mit einem Wort, die Franzosen waren überall, und Gott allein wußte, was sie nächstens vorhatten. Gott allein wußte, auf welche Seite die Russen sich schließlich schlagen würden oder ob die Preußen jemals wieder in eine zweite Koalition gegen Frankreich eintreten würden nach dem Fiasko der ersten. Denn die Verbündeten von gestern waren die Feinde von morgen, so wie es immer sein wird, wenn das Schließen oder Brechen von Verträgen eine Frage des nackten Weiterexistierens ist. Für seine Freunde und Trabanten war Napoleon ein Held und beinahe ein Gott, während er sich auf der anderen Seite seinen Feinden als ein teuflischer Tyrann mit blutbefleckten Händen darstellte – aber Freunde und Feinde wechselten über Nacht, und Europa war in einem Netz von geheimen Verträgen, diplomatischen Kuhhändeln und allgemeinem Mißtrauen verfangen.

Manchmal schwor Felipe aufgebracht, daß keine Macht der

Welt ihn von der Peninsula und aus der spanischen Armee fernhalten könne, wenn bloß sein König sich am Krieg beteiligen wollte. Aber der König von Spanien tat nichts dergleichen; Godoy war, mit Napoleons Einwilligung, wieder in sein Amt als Erster Minister Seiner Katholischen Majestät eingesetzt worden, und Felipes letzte Hoffnung auf eine ehrenhafte Rückkehr in seine Heimat war in blauen Dunst aufgegangen. Und dennoch, trotz all dieser Verwicklungen, waren wir so glücklich wie Könige – und ebenso bankrott.

Kaum minder wichtig als Bonapartes Aktionen waren die Handlungen eines anderen, unsichtbaren Herrschers, nämlich Felipes Verwalters im fernen Mexiko. Bert Quaile konnte Regen oder Sonnenschein für uns machen, und von ihm allein schien es abzuhängen, ob wir wie große Herrschaften oder wie arme Leute reisten. Ob Post von Don Roberto auf Felipe wartete; ob seine Berichte über La Raminta gut oder schlecht, deprimierend oder aufmunternd klangen; ob Roberto pflichtschuldigst die nötigen Kreditbriefe bereitgestellt hatte oder uns wieder einmal auf dem trocknen sitzen ließ – das waren die veränderlichen Winde, die unseren unberechenbaren Kurs entschieden und Felipes Launen bestimmten. Selbst im besten Falle dauerte es drei bis vier Monate, um Post von Neu-Spanien nach Europa zu senden; aber da man mit der Unsicherheit der Meere und der Unruhe auf dem Festland rechnen mußte, kam ein großer Teil der Post nie in die Hände des rechtmäßigen Empfängers, und zu solchen Zeiten trieben wir ohne bestimmte Richtung dahin, und Felipe benahm sich noch arroganter und übermütiger als gewöhnlich – das einzige Zeichen, daß er sich Sorgen machte. »Dieser Roberto«, so schalt er, »dieses verfluchte Nilpferd, dieses verwünschte Bleigewicht, das ich hinter mir herschleppen muß! Ich übergebe ihm die reichste Silberader der Welt, und er schickt mir nicht einmal genug Geld, um mein Hemd waschen zu lassen. Aber warte nur, bis wir nach Guanaxuato kommen ...«

»Was für ein Mensch ist dieser Robert? Kannst du dich auf ihn verlassen?«

»Mich auf ihn verlassen? Auf Roberto? Tausendmal mehr als auf mich selbst! In all den Kolonien gibt es keinen zweiten so ehrlichen Mann wie Don Roberto. Nur ein Nordamerikaner kann von einer so schwachsinnigen Anständigkeit sein. Du mußt wissen, Caralinda, es ist ein gewaltiger Unterschied zwischen den Leuten von Nordamerika und uns Spaniern. Sie haben kein Verständnis für das, was wir Ehre nennen, und wir wieder können ihren übertriebenen Begriff von Ehrlichkeit nicht verstehen. Roberto ist nicht nur ein ehrlicher Mann, sondern auch ein wirklicher Freund, noch aus den Tagen, als wir beide in den Cerro-de-Pasco-Gruben in Peru arbeiteten. Er ist ein Plebejer, aber ein gelernter Grubenfachmann, und die sind in Mexiko sehr rar. Tatsächlich, ohne Roberto könnte ich es nie unternehmen, meinen tiefen Schacht zu bohren. Seinem letzten Bericht nach sind wir in einer Tiefe von zwölfhundert Fuß angelangt ...«

»Nun denn – wenn er so tüchtig und anständig ist ...«

»Eben. Es kann nicht mißlingen. Ich weiß, daß die Fabelschätze dort drunten nur auf mich warten, und Roberto versteht es, sie herauszuholen. Wenn er nicht so unerträglich langsam und bedächtig und vorsichtig wäre, könnten wir jetzt schon zweitausend Fuß tief sein.«

»Aber man kann einem Rennpferd keine Geduld noch einem pflügenden Ochsen Schnelligkeit beibringen«, sagte ich und mußte über seine Wut lachen.

»Was heißt das? Wieder etwas aus deiner protestantischen Bibel?«

»Nein, ein kleines Sprichwort, das Schindler, unser Kutscher in Helgenhausen, zu zitieren pflegte.«

»Vergiß Helgenhausen, bitte, vergiß es, Caralinda! Versprich mir, Helgenhausen zu vergessen, und ich verspreche, nicht wieder an La Ramita zu denken. Verflucht, verdammt und zum Teufel mit allen Gruben und Silberadern und Fabelschätzen und mit Roberto obendrein!«

Ich entdeckte zum ersten Male, daß Felipe nicht ganz aus Silber bestand, als er mich im Hotel in Aix-les-Bains verpfändete. Neue Schwierigkeiten mit unseren Pässen und Passierscheinen waren aufgekommen, sobald wir die von den Franzosen besetzte Zone betraten, und Felipe schnallte sich seinen Galadegen um und zog von einem Beamten zum andern, mehr verführerische Liebenswürdigkeiten in einem Tag verschwendend als Madame Pompadour in einem Jahr – so sagte er wenigstens. »Lindita«, sagte er nach einem dieser vergeblichen und ermüdenden Rundgänge, »Lindita mia, willst du ein gutes und gehorsames Liebchen sein und für ein paar Tage hier im Hotel bleiben, während ich nach Bonn gehe und dort mein Glück versuche? In Bonn habe ich mehrere einflußreiche Freunde, unter anderm den Comte D'Abrazin und einen gewissen Generallieutenant Saint-Clair; ich bin sicher, daß die unsere Angelegenheiten in Ordnung bringen können.«

Augenblicklich verloschen alle Lichter für mich. So bald? dachte ich. »So bald willst du mich allein lassen?« sagte ich laut. »Und erst letzte Woche erzähltest du mir, daß wir uns nie, niemals trennen würden, nicht einmal für einen einzigen Tag.«

»Noch für eine einzige Nacht, wenn es auf mich ankäme! Aber es gibt gewisse Situationen ...«

»Ich mag nichts von deinen Situationen hören! Wenn du nach Bonn gehen mußt, so komme ich mit dir. Es fällt mir gar nicht ein, allein in diesem Hotel zu bleiben, wo ich meinen Kopf nicht aus der Türe stecken kann, ohne daß einer von Napoleons frechen, sieggeblähten Offizieren mich belästigt.«

»Wenn es mir möglich wäre, dich mitzunehmen, nichts in der Welt könnte mich abhalten, das weißt du. Eh bien, es ist unmöglich.«

»Aber warum nicht? Was ist der Grund?«

»Hier«, sagte er, »hier ist der Grund – und nenne mir einen triftigeren«, sagte er mit seinem weiten, sorglosen Lachen und drehte seine Taschen um, systematisch, eine nach der anderen, und zum Schluß zog er seine Börse und schüttelte sie aus, und ein paar kleine Münzen fielen auf den Boden, und er warf die leere Börse auf den Tisch. »Wir sind borrasco, mein Herzchen. Das ist, wie wir Bergleute es nennen, wenn eine Grube vollständig und unwiderruflich erschöpft ist.«

Dieses dénouement hätte mir mehr Eindruck machen sollen, als es tat, aber mir lag unsere Trennung im Gemüt und nicht unsere Finanzen.

»Wenn du kein Geld hast, so wird es sicher weniger kosten, mich mitzunehmen als mich in diesem teuren Hotel einzumieten«, wendete ich nicht ohne Berechtigung ein.

»Verflucht, mujer, verstehst du denn nicht? Ich muß dich einfach hierlassen, dich, meinen Degen und mein Gepäck, als ein als eine Versicherung, verstehst du das denn nicht?«

»Du willst doch nicht sagen, daß du mich verpfändet hast?« schrie ich, und dann fing ich zu lachen an. Das Ganze schien mir absurd komisch, und Felipe, der mich mit besorgt gerunzelter Stirne beobachtet hatte, holte tief und erleichtert Atem.

»Du magst es so nennen, wenn es dir Spaß macht«, sagte er und mußte selbst lachen. »Aber zerbrich dir nicht dein kleines Köpfchen. Warte nur, wenn ich von Bonn zurückkomme, werden nicht nur unsere Pässe in bester Ordnung sein, sondern ich werde auch Säcke voll von Louisdor anschleppen.«

»Wäre es nicht einfacher, dein Reisenecessaire zu versetzen und nicht die Dame deines Herzens?«

»Wie das?«

»Das goldene Necessaire mit deinem Wappen und den siebenzackigen Krönchen und das goldene Waschbecken und den Krug und Becher«, sagte ich; zwar hatte ich diese Schätze nie mit eigenen Augen gesehen, aber irgendwie hatte ich nie an ihrer Existenz gezweifelt. »Oder war das nur eine Legende, um deinen Kredit zu stärken?« fügte ich mit einem meiner seltenen Geistesblitze hinzu.

»Ach die ...«, sagte er in Gedanken und begann mit zwei Fingern den Umriß meines Mundes nachzuziehen, wie es seine Gewohnheit war, wenn er über etwas nachdachte. Es war eine zarte und drollige kleine Liebkosung, und wenn ich von Felipe träume, heute, nach vierzig Jahren, so tut er es immer noch zuweilen, und dann wache ich auf und weiß nicht, warum ich mich für den Rest des Tages so glücklich fühle, so gewichtslos, so erlöst von der Schwere meines Alters.

»Ach die –«, sagte er, »die waren ein Geschenk, das mir mein Vater sandte, als ich großjährig wurde. Leider mußte ich mich davon trennen, damals, als ich dich vergessen wollte. Du weißt, daß es nur drei Methoden für einen Mann gibt, der versucht, eine Frau zu vergessen? Und jede davon ist ziemlich kostspielig. Ich soff, ich spielte, und ich versuchte, mich mit Mädchen zu amüsieren. Nun! ein traurigeres Amüsement wünsche ich meinem Todfeind nicht. Nicht einmal diesem Schurken Godoy. Aber zerbrich dein Köpfchen nicht, Caralinda. Sobald Roberto wieder Geld schickt ...«

Zehn Tage später kehrte er von Bonn zurück, ohne Pässe, aber mit gefüllter Börse, und Domingo lud eine Pyramide von Schachteln ab, die einen Trousseau nach der neuesten Pariser Mode für mich enthielten, der mich gleichzeitig verblüffte und entzückte. Mit diesen gewagten und durchschimmernden Gewändern des französischen Empire schien eine Verwandlung von dem schüchternen deutschen Provinzkomteßchen in eine selbstbewußte und dégagierte Mondaine vollständig und absolut. Felipe studierte mit Wohlwollen das Resultat seiner Geschenke. »Die einzige gute Sache, die bei diesem Napoleon Bonaparte jemals herauskam!« sagte er lachend. »Am Ende müssen wir ihm noch dankbar sein, daß er unsere Dämchen aus ihren Fischbeinkäfigen und Unterrockgefängnissen herausgeholt und ihnen beigebracht hat, daß nur die Häßlichen verstecken müssen, was Gott ihnen gab. In Mexiko werden sie dich meine Currutaca nennen, und ich werde in Duelle verwickelt werden, sooft du dich auf der Straße blicken läßt.«

Ich paradierte vor dem Spiegel auf und ab, mit leichtsinnigem Wohlgefallen an meinem langhüftigen, schlanken, herausfordernd durchsichtigen Ebenbild. »Aber wo kommt das Geld für all dies her? In Bonn gibt es keine Goldgruben, soviel ich weiß.«

»Besser als das, Caralinda; es gibt Pharao und Roulette und Billard. Was ich nicht von D'Abrazin gewann, borgte ich mir aus.«

Weder überraschten mich die hektischen Fieberkurven von Felipes Finanzen, noch machte ich mir viel Sorge darüber. Es war selbstverständlich, daß Aristokraten Schulden hatten; der einzige Unterschied war, daß in Helgenhausen diese poesielosen und unangenehmen Angelegenheiten von meinem Gatten ferngehalten werden mußten und auf mir lasteten; wohingegen Felipe mir streng verbot, mich darum zu kümmern, und immer noch einen Ausweg fand. Nach einiger Zeit erkannte ich es leicht, wenn er wieder einmal »borrasco« war. Das eingelöste Reisenecessaire war Stück für Stück aufgetaucht, verschwand aber bald wieder. Ein anderer Notpfennig waren die Schmuckstücke und Juwelen, die Felipe mir mit eleganter Nachlässigkeit heimbrachte und die er ebenso elegant und nachlässig wieder wegtrug. Wenn unsere Lage schlimmer wurde, mochte Domingo eines schönen morgens ohne eine einzige Silberunze an seinen engen Hosen erscheinen, nur mit einer schlichten Garnitur von Hornknöpfen, was aber seiner steinernen Würde keinen Abbruch tat. Ich erinnere mich sogar der Woche unserer tiefsten Ebbe – dies geschah später, nach der Schlacht von Marengo –, als der Gastwirt in Padua uns nichts mehr zu essen servieren wollte und Felipe den Silberstaub, den er als Haarpuder verwendete, verkaufen mußte und dafür einen Strang von kleinen Vögeln auf dem Markt erstand, aus denen Domingo uns eine höchst widerliche Mahlzeit bereitete.

Noch immer weiß ich nicht, wieso ich mich in dem Treibsand jener ersten Monate so unendlich leicht, so vollkommen glücklich fühlte. Nun, da ich alle Tugend von mir geworfen hatte, eine gefallene Frau geworden war, eine Abenteurerin, hätte ich mich in Zerknirschung meiner Ehrlosigkeit schämen sollen. Statt dessen gab mir Felipe ein Gefühl von Stolz und Freiheit, als schwebte ich – ein kleiner roter Drachen an einer zerrissenen Schnur – hoch und immer höher in einem unendlichen Himmel. Ich glaube, es kam von Felipes Unbeschwertheit, er bedrückte mich nie, da war kein Zerren, kein Schleppen, er lebte an meiner Seite, als ob das Gesetz der Schwerkraft für uns nicht existiere, und durch sein einfaches Bei-mir-Sein nahm er das Joch und die Kette und Bürde meiner früheren Jahre von mir.

Während der ersten Wochen nach meiner Flucht allerdings

war mir Angst, daß mein Mann und mein Bruder mich verfolgen und ergreifen lassen würden. Aber als keine Spur eines Hindernisses auftauchte, als wir ohne Schwierigkeiten die Grenzen zwischen den vielen deutschen Kleinstaaten überschritten und ich mich vollständig an meine Rolle als Demoiselle Schmielz, Vater unbekannt, gewöhnte, zogen sich diese quälenden Ängste aus meinen wachen Stunden zurück und nisteten sich bloß in meinen Träumen ein. Selbst als es sich als unmöglich erwies, durch die Schweiz und Frankreich zu reisen, und wir gezwungen waren, unseren Weg zurück zu nehmen und auf der Straße nach Dresden retour machten, vergaß ich, mich zu ängstigen. Unser neuester Plan war, von Dresden durch Böhmen, Österreich und Italien den Hafen von Genua und von dort aus Mexiko zu erreichen. Mit ungewohnter Vorsicht hatte Felipe eine schlaue und umständliche Reiseroute zusammengestellt, die uns auf einigen Umwegen nach Dresden bringen würde, ohne Weimar zu berühren; und so kam es zu jenem Abend, an dem wir in dem kleinen Kurort Bad Kösen Station machten.

Als mein Vater noch lebte, hatte ich von diesem Ort gehört, da unser Arzt ihm die Salzquelle von Kösen empfahl; aber mein Vater, mit seinen Pflichten als herzoglicher Oberhofstallmeister sehr beschäftigt, hatte die Kur für seine entzündeten Bronchien so lange aufgeschoben, bis es zu spät war.

Den ganzen Tag hatten sich Erinnerungsfragmente an meinen Vater und meine Kindheit in meine Gedanken gedrängt, wahrscheinlich weil die Landschaft, durch die wir reisten, immer vertrauter wurde. Kösen, wo wir nach Sonnenuntergang ankamen, präsentierte sich als ein stiller und ziemlich langweiliger Badeort, freundlich und verschlafen, mit seinem weißen Kurhaus und seinen weißgestrichenen Kolonaden entlang dem tropfenden Geriesel der Saline. Und doch geschah es in diesem stillen, abseitigen Städtchen, daß ich die schwerwiegendste Entscheidung meines Lebens traf.

Nach Tisch war ich auf mein Zimmer gegangen, um ein paar Knöpfe und Rüschen an meine Garderobe zu nähen, denn es war eine Periode der Ebbe in Felipes Börse, und er konnte mir keine Zofe halten. Aus demselben Grund, nahm ich an, hatte Felipe mit einer gemurmelten Entschuldigung seine Schritte nach dem Kasino gelenkt, wo es vermutlich ein paar bescheidene Spieltische gab und man, mit etwas Glück, ein paar Geldstücke gewinnen mochte.

Ich wartete auf seine Rückkehr, bis die Kerze auf meinem Nachttisch beinahe heruntergebrannt war, und schlief zuletzt ein, gerade als die Turmuhr Mitternacht schlug und der Nachtwächter sein Hörnchen blies und die Stunde aussang. Noch ehe ich tief genug eingeschlafen war, um zu träumen, erwachte ich wieder und sah Felipe neben meinem Bett stehen und auf mich hinabblicken, mit einer wunderlichen Traurigkeit, die er hastig von seinem Gesicht löschte, sowie ich die Augen öffnete; ich ertappte gerade noch die letzte, verschwindende Spur eines Ausdrucks, den ich noch nie an ihm gesehen hatte. Er war ohne Rock, in seinen schwarzen Atlashosen, der Halskragen seines gefältelten Hemdes stand offen, und er hielt eine brennende Kerze in der Hand. »Bon soir, m'amie«, sagte er leise, wie er es am Abend der Redoute gesagt hatte. Ich lächelte ihn an und streckte meine Arme aus.

Er stellte die Kerze auf den Nachttisch und setzte sich auf mein Bett.

»Wie war es? Hast du gewonnen?«

»Was meinst du? Oh – ja, ein wenig. Das heißt – ich gewann sogar ziemlich viel. Ich fand bessere Gesellschaft und höhere Einsätze, als ich hier erwartet hätte. Bad Kösen, von all den verdammten Städtchen dieses verdammten Herzogtums!«

Er fuhr fort, micht betrübt anzustarren, und ich lächelte ihm zu, und er gab das Lächeln nicht zurück, und dann schlug eine jammernde Kirchenuhr die halbe Stunde.

»Sogar Leute von Weimar waren da«, sagte er, »Leute, die dich kannten. Erinnerst du dich an einen Freiherrn von Kiesel? Graue Haare, Sommersprossen, ein Händedruck wie Buttermilch?«

»Gewiß erinnere ich mich an ihn. Um Gottes willen, er hat mich hoffentlich nicht gesehen? Er hat hoffentlich keine Ahnung, daß ich hier mit dir bin? Wenn der mich gesehen hätte ...«, stotterte ich, von einer plötzlichen Welle großer Herzensangst ergriffen.

»Nein, er hat dich nicht gesehen. Er kann dich nicht gesehen haben, und er kann unmöglich vermuten, daß du hier bist.«

Felipe zögerte, nahm meine Hand von der Bettdecke, drehte sie herum, wollte sie küssen, überlegte es sich anders und legte sie sorgfältig wieder hin, wie ein wertvolles, aber lebloses Objekt. »Ich muß dir da eine merkwürdige Neuigkeit erzählen, Caralinda«, sagte er zögernd. »Bitte, erschrick nicht! Wie es scheint, bist du tot und begraben.«

»Das war zu erwarten! Für Weimar muß ich tot sein – eine Frau, die ihrem Mann und ihrer Familie sans adieu davonläuft. Aber das macht mir nichts aus, du weißt, daß es mir nichts ausmacht, für diese Leute tot zu sein.«

Tief in Gedanken begann er die Linie meines Mundes mit zwei Fingern zu folgen.

»Sag mir, Chiquita, was hast du eigentlich deinem Mann erzählt, bevor du weggingst?« fragte er.

»Nichts. Wir hatten eine kleine Auseinandersetzung – eigentlich provozierte ich einen kleinen Streit, was leicht genug war. Mein armer Albert hatte ein schlechtes Gewissen; er glaubte, daß ich auf seine französische Freundin eifersüchtig sei. Absurd – aber ich ließ ihn dabei, da es mir einen guten Grund gab, meine Koffer zu packen und vorzugeben, daß ich meinen Bruder besuchen wollte, während Albert die Guermontagne nach Jena zurückbrachte.«

»Und dann?«

»Und dann? Du weist doch, was dann geschah, mein Liebster.«

»Hast du geweint, als du Helgenhausen verließest? Hast du deinem Mann angedeutet, daß du ihn nie wiedersehen wirst?«

»Wie hätte ich das tun können? Er war nicht einmal da, als ich wegging; und ich selbst glaubte, ich würde in ein paar Tagen zurück sein. Damals ahnte ich ja noch nicht, was für einen unwiderstehlichen Verführer ich in Otternfurth treffen sollte.«

Ich lächelte, als ich an meinen stolzen Exodus von Helgenhausen zurückdachte. Ich war in unserer feinpolierten Kalesche davongefahren, mit glänzendem Lederzeug, die Pferde mit ihren geflochtenen Mähnen sauber gestriegelt, auf dem Bock unser Kutscher Schindler in seiner besten Livree – Pelerinenmantel, Hut und gewichste Stiefel – die Kokarde mit den Driesenschen Farben an der Peitsche; und auf dem Rücksitz Babette, funkelnd vor Freude über diesen unerwarteten Ausflug.

»Euer Gnaden gehen wohl auf eine Reise?« hatte Wachtmeister Merkel gefragt, als wir durch das Frauentor kamen und ich meinen Namen in *Das Buch* eingetragen hatte. Der wohlbeleibte alte Merkel in seiner froschgrünen Uniform – immer gierig nach Neuigkeiten, immer mit ungenauen Zitaten um sich werfend – war echtes Weimar. Was *Das Buch* betrifft, so führte es seine eigene, boshafte Existenz; es war niemandem erlaubt, eines der vier Stadttore zu passieren, ohne sich einzuschreiben, was *Das Buch* zum Schrecken aller heimlichen Liebesleutchen machte und es zu einer unerschöpflichen Fundgrube an Klatsch und Vermutungen für Hof und Bürgerschaft werden ließ, besonders da es bekannt war, daß Serenissimus höchstselbst jeden Morgen die Namen darin studierte.

»Ich besuchte meinen Bruder in Klein Werra und muß vor

Sonntag zurück sein. Meine gescheckte Mähre fohlt bald, und das will ich nicht versäumen, nicht für einen Wald von Affen.«

»Ah, Shakespeare! Ein echtes Exempel des würzigen Humors des großen Briten«, hatte Merkel gesagt und seine Augen zum Himmel verdreht, wie das die Weimarer Mode war, wenn immer man Genie erwähnte. Und so war ich davongefahren, die scheue, kleine Gräfin Driesen, die niemand eines heimlichen Rendezvous verdächtigte. Das war das letzte, woran ich mich genau erinnere, und alles, was folgte das Absteigen in der Hütte von Babettes Mutter, das Vertauschen von Babettes Kleidern gegen die meinen, die Reise in der Postchaise nach Otternfurth – fand in einem seltsamen Dämmerzustand statt, mit der schlafwandlerischen Sicherheit, nur denen bekannt, die von der Liebe wie von einer unheilbaren tödlichen Krankheit befallen werden.

Die Kirchenuhr schlug die Dreiviertelstunde; ich machte mich von meinen Erinnerungen los und war wieder in meinem Bett in Bad Kösen, und Felipes Blick ruhte noch immer ernsthaft auf mir.

»Was gibt's, Felipe?« fragte ich geängstigt. »Ist man – ist man uns auf der Spur?«

»Nicht doch, liebes Herz, sei ruhig; man hat keine Bluthunde hinter uns hergehetzt«, sagte er mit einem dünnen, kleinen Lächeln. »Aber etwas ist unverständlich. Sag mir, was hast du deinem Mann in jenem Abschiedsbrief geschrieben?«

»Laß sehen – ich bat ihn, mir zu verzeihen – und daß er mich nie wiedersehen werde – und ich sagte ihm, er solle sich frei fühlen, die Guermontagne zu heiraten. Was anderes hätte ich schreiben sollen? Natürlich habe ich dich nicht erwähnt, das schien mir zu taktlos ...«

»Du hast also deinen Gatten aufgefordert, Bigamie zu begehen, kleines Äffchen?« sagte Felipe in Gedanken, und nun lächelte er ein wenig.

»Mein Kopf, an jenem Morgen im ›Roten Eber‹, war nicht ganz klar. Aber da ich ihm davonlief, kann er sich wohl von mir scheiden lassen und die Guermontagne heiraten, nicht wahr?«

»Was für frivole Ideen über das heilige Sakrament der Ehe du doch in deinem protestantischen Köpfchen herumträgst«, sagte er, halb scherzend, halb im Ernst. »Nein, ich glaube, er hätte sich nicht von dir scheiden und die Guermontagne heiraten können. Sie ist katholisch, nicht wahr, und unsere Kirche würde es immer als Bigamie ansehen, solange du am Leben bist. Aber wie ich dir schon berichtete: du bist tot, Caralinda.

Mausetot, begraben und von einem verzweifelten Witwer betrauert, dem es nie träumen würde, wieder zu heiraten.«

Ich war an die kleinen, absurden Witze gewöhnt, mit denen Felipe mich und sich selbst zu amüsieren beliebte; nicht zu selten waren sie mit ein paar Körnchen einer beißenden, scharfen, fremdartigen, spanischen Grausamkeit gewürzt. Ich fuhr fort zu lächeln, aber ich fühlte meine Lippen erkalten unter der sanften Berührung seiner Finger. »Gut«, sagte ich, »wenn ich tot bin, wer hat mich umgebracht?«

»Du selbst. Du hast Graf Driesen einen Abschiedsbrief geschrieben, in dem du ankündigst, daß du Selbstmord begehen würdest. Du hast das höchste Opfer gebracht, um ihm seine Freiheit zu schenken, damit er seinem Herzenswunsch nachgehen möge – oder was du für seinen Herzenswunsch hieltest. Du gingst hin und ertränktest dich in der Ilm, die, wie du dich erinnern wirst, regengeschwollen war und nicht ein kleines zahmes Flüßchen wie gewöhnlich. Dein armer Leichnam wurde von der starken Strömung fortgetragen, sechzehn Meilen stromabwärts, durch einen Mühldamm gerissen, im Rad gefangen, und im Oberrieder Mühlteich arg verstümmelt und entstellt aufgefunden, elf Tage nachdem du verschwandest. Du warst in die Fetzen eines kurzen blauen Rocks gekleidet, denn in einem Übermaß von Feinfühligkeit hattest du dir die Kleider deiner Zofe geborgt, um dich darin umzubringen. Aber Graf Driesen eilte zu dem Schauplatz der Tragödie und identifizierte deine Überreste, ohne den geringsten Zweifel.« Und an dieser Stelle seines erstaunlichen Berichtes beugte Felipe sich über mich, und mit einem Aufblitzen seiner gewöhnlichen Impertinenz streifte er mein Nachthemd herunter und küßte meine linke Brust. »Er scheint nur eine oberflächliche Vorstellung von deinem wirklichen Aussehen gehabt zu haben, Chiquitina«, bemerkte er, mit der typischen Verachtung des Liebhabers für den Ehemann. »Er kam den Schwierigkeiten, die die Kirche hätte machen mögen, zuvor und ließ dich mit dem größten Gepränge auf seinem eigenen Grund und Boden bestatten. Seine Trauer ist echt und uferlos; seit du starbst, will er die Guermontagne nie mehr sehen; er will sie nicht mehr sprechen, nicht einmal ihren Namen hören. Er verbringt Stunden und Stunden an deinem Grab, und seinen einzigen Trost findet er in den Gedichten, die er ›in Memoriam Clarindae‹ verfaßt. Relato refero. Ich wiederhole nur, was dieser von Kiesel mir in aller Unschuld erzählte. Was hältst du davon?«

Ich weiß nicht, was ich davon gehalten hätte, ehe ich Felipes Mätresse geworden war; aber die neue Clarinda in ihrer hauchdünnen, französischen Nachtchemise war eine Frau, deren erster Gedanke war: was für eine Farce!

»Was für eine Farce!« rief ich aus, mehr amüsiert als beeindruckt. »Aus einem netten, vollblütigen Skandal machen sie ein bleichsüchtiges Trauerspielchen der Selbstverleugnung – aber so ist Weimar nun einmal.«

Felipe schüttelte den Kopf. »Keine Selbstverleugnung für meine kleine Caralinda, nein? Nicht mehr Gewissensbisse als ein Barracuda!« sagte er mit gespielter Strenge. Er verließ meine Seite und begann in dem engen Raum auf und ab zu wandern; alle Räume schienen eng, wenn Felipe sich darin bewegte. Ich wußte nicht, was ein Barracuda war, aber sein vorwurfsvoller Ton machte mich kichern. »Du würdest dich sehr bald langweilen und meiner müde werden, wenn ich die zerknirschte Sünderin spielen würde«, sagte ich in dem holprigen bißchen Spanisch, das ich soweit erlernt hatte. Nach und nach sickerte die merkwürdige Neuigkeit in die tieferen Lagen meines Gehirns, aber anstatt beunruhigt oder erschreckt zu sein, fühlte ich mich erleichtert. Das absurde Mißverständnis erklärte endlich, wieso meine Flucht so ungestört und reibungslos geglückt war. Wenn ich Pläne dafür geschmiedet und sie mit größter Vorsicht und Behutsamkeit arrangiert hätte, wahrscheinlich wären sie mir nie gelungen.

Ich konnte mir meinen armen Albert ausmalen, wie er in seinem Gram wühlte und jede Träne, die er weinte, aus vollstem Herzen genoß. Bis dahin hatte er sich die Herstellung von künstlichen Gefühlen, aus denen er seine Gedichte formen konnte, schwer erarbeiten müssen; aber jetzt hatte ich ihn mit einem reichen Vorrat echter Gemütsbewegungen versehen. Wer weiß? dachte ich bei mir, vielleicht wird das noch einen wirklichen Dichter aus ihm machen. Ich lächelte, als ich die Lage in bezug auf die Guermontagne untersuchte. Wahrscheinlich verstand ich meinen armen Albert besser als sie; jetzt, da er sie haben konnte, wollte er sie nicht mehr. Jetzt, da ich unerreichbar war, verliebte er sich in meinen Schatten.

»Was schleckst du dir das Mäulchen?« fragte Felipe, trat an mein Bett und stand über mir.

»Ich bin mit dem Ausgang der ganzen Angelegenheit zufrieden. Tot bin ich von größerem Nutzen, als ich bei meinen Lebzeiten war. Es ist lächerlich, grotesk, possenhaft, was immer du es nennen willst, aber ich hätte es nie so gut planen können, wie es mit Hilfe dieses närrischen Mißverständnisses für uns ausgegangen ist.«

Felipe fuhr fort, mit einem verblüfften Ausdruck auf mich

herabzublicken, und einen Augenblick später verließ mich meine fröhliche Laune, und ich fühlte mich ein wenig hohl in meinem Innern, als meine Gedanken in einer ganz anderen Richtung davongaloppierten. »Seltsame Idee, daß ich nie wissen werde, wer das Mädchen in dem blauen Rock war, die jetzt in meinem Grabe liegt.«

»Wo dein Mann ungezählte Tränen über ihren Verlust vergießt«, sagte Felipe hartgesotten.

»Sie muß schrecklich einsam gewesen sein, daß niemand sie vermißt hat und keiner die Leiche beanspruchte«, sagte ich, und Mitleid mit der armen, verlassenen Kreatur brannte in meinen Augen. »Warum, glaubst du, hat sie es wohl getan?«

»Für eine hübsche, junge Frau gibt es nur einen Grund«, antwortete Felipe. »Liebe. Wenn ihr Liebster sie verließ ...«

Ja, dachte ich, das ist wahr. Wenn du mich verlassen hättest, würde ich dasselbe getan haben. Und in jenem Grab, wäre es nicht für die Gnade Gottes gewesen, würde Clarinda ruhen.

Die Kirchenuhr schlug eins, und ich konnte den Nachtwächter unter unserem Fenster hören, mit seinen schlürfenden Schritten und dem Tip-Tap seiner Hellebarde, und ich wartete auf den alten, alten Klang seines Horns und auf des alten Mannes zahnloses Aussingen der Stunde; es gab mir ein Gefühl von geruhsamer, behüteter Ordnung, etwas, das aus meinem Leben davongesickert war, seitdem ich mit Felipe reiste. Ich schloß meine Augen; ich war müde und zufrieden. Ich war gestorben, war jenseits von Verfolgung und Suche. Aber Felipe war ganz und gar nicht zufrieden; er begann ruhelos das kleine Zimmer zu durchmessen, und sein Schatten wanderte, lang und dünn, an der Wand neben ihm her, bis zur Decke gereckt.

»Was willst du jetzt tun, Clarinda?« sagte er. »Du hast die Wahl, ob du tot bleiben oder lebendig sein willst. Solch eine Wahl ist etwas sehr Seltenes. Nein«, sagte er und sah mich nicht an, »gib mir keine übereilte Antwort. Ich bitte dich, es dir bis ins kleinste zu überlegen und es von allen Seiten zu überprüfen. Es ist ein sehr schwerwiegender Entschluß, in den ich mich nicht mischen darf. Du mußt die Entscheidung allein treffen, du ganz allein.«

»Was ist in dich gefahren, Felipe? Du klingst wie ein fremder Mensch. Ich habe doch meine Entscheidung gefällt, als ich mit dir wegging. Ich verstehe nicht, auf was du hinauswillst?«

»Nein? Sieh doch, Caralinda: wir sind kaum dreißig Meilen von Weimar. Wirklich – wir sind so nah, daß du morgen die Postkutsche nehmen und übermorgen zu Hause sein kannst«, sagte er, aber er sprach nicht zu mir, sondern zu dem dunklen

Rechteck des Fensters, und ich sah nichts als sein Profil; die Nasenflügel seiner scharfen, geraden Sarazenennase waren gebläht und blutleer wie Wachs. Es war das erste Mal, daß ich dieses Sturmzeichen in seinem arroganten Gesicht entdeckte.

»Was sollte ich übermorgen in Weimar tun? Warum redest du solchen Unsinn?« fragte ich mit angehaltenem Atem. »Ich hab' dich lieb. Warum machst du es so kompliziert für uns?«

Er stieß sich vom Fenster ab und kam zu mir, nahm meinen Kopf zwischen seine Hände, beugte ihn zurück und hielt meine Augen mit den seinen fest; in seinen erweiterten Pupillen konnte ich mich sehen, winzig, klein, mit der flackernden, spuckenden Kerze neben mir.

»Wie kannst du sicher sein, daß du mich liebst? Was weißt du von mir? Liebst du den Mann, der ich bin? Oder den Mann, der ich zu sein scheine?«

»Ich wußte nicht, daß es zwei von euch gibt?«

Er starrte mich noch einen Augenblick an, und dann schob er meinen Kopf auf das Kissen zurück, sprang auf und ging wieder zum Fenster. »Ich habe dir nie die ganze Wahrheit über mich erzählt«, sagte er, abgewendet. »Aber jetzt, ehe du dich endgültig entschließt, will ich, daß du die Wahrheit wissen sollst.« Er machte eine Pause, um die Luft in einem tiefen, langen Atemzug einzusaugen. »Ich bin ein Bastard«, sagte er dann verhalten.

Ich weiß nicht genau, welches Geständnis, welche Greuel, welche neue spanische Ungeheuerlichkeit ich nach so viel Aufregung erwartet hatte; jetzt fiel es mir schwer, nicht zu kichern. »Das ist nicht gerade ein Wort, das ich, als die vornehme Dame, die ich bin, verwendet hätte«, sagte ich und versuchte ein aufquellendes Lachen zurückzuhalten. »Aber das ist es wahrscheinlich, was dich so verteufelt anziehend macht.«

»Du willst mich nicht verstehen, Clarinda«, sagte er, sich aufrichtend, und stand so steif, so stolz und so unglücklich beim Fenster, daß ich an eine Wachsfigur denken mußte; der heilige Sebastian, seine Brust den Pfeilen der Folterknechte darbietend. »Ich bin ein Bastard, Clarinda«, sagte er schneidend; »ich bin der Bastard des Conde Carlos de las Fuentes; einer von seinen Bastarden – denn mein Vater verstreute seinen Samen über das ganze Land. Ich bin ein Bastard, ein Kind der Schande, und nicht im Ehebett geboren. Ich bin sein Fleisch und Blut, mehr so vielleicht als seine rechtmäßigen Söhne es sind; aber ich habe kein Recht zu dem Titel, den ich mir anmaße. Jeder kann mich einen Bastard schimpfen, aber selbst wenn ich ihn dafür tötete, würde mich das nicht zu einem wahren Conde de las Fuentes machen. Nein, sage jetzt nichts«, fügte er hastig hinzu, als ich sprechen wollte. »Laß es eindringen, und bedenke es gut, m'amie. Du bist eine geborene Komtesse und hast einen Grafen geheiratet; du warst die Gräfin Clarinda von Driesen, als ich dich traf, und du liefst mit dem Conde de las Fuentes davon. Ich bitte dich, in diesem Augenblick der Wahrheit ins Gesicht zu sehen und ganz ehrlich mit dir selbst zu sein: Wärst du ebenso leichtfertig mit einem einfachen Felipe Contreras davongerannt – einem Bürgerlichen und einem Bankert?«

Ich hielt noch immer meinen Atem an. Ja, dachte ich, und aber tausendmal ja! Was immer dein Name, wer immer du gewesen sein, was immer du getan haben magst, wie dunkel deine Vergangenheit ist oder deine Zukunft – ja, ich wäre mit dir gegangen. Ich war verloren und dir verfallen vom ersten Augenblick. Ich liebe dich, wie nur die Gesegneten und die Verdammten zu lieben wissen.

Was mir weh tat, war nicht Felipes anrüchige Geburt, sondern daß er, mein stolzer Liebhaber, gelogen und sich mit törichtem Firlefanz ausstaffiert hatte wie ein Schwindler und Hochstapler. Aber dies behielt ich bei mir, und erst als ich meine Stimme genügend beherrschen konnte, sagte ich leichthin:

»Wenn du Felipe Contreras bist, so bin ich Babette Schmielz; macht das uns ebenbürtig?« Ich erhielt keine Antwort, und ich erinnerte mich unseres untersetzten, stämmigen Herzogs, der für mich alles, was ich an Fürstlichkeiten kannte, repräsentierte, und deshalb fügte ich hinzu: »Du brauchst keine falschen Vorspiegelungen; du bist der einzige wahre Grandseigneur, den ich kenne, Felipe.«

Er schüttelte dies mit einer kleinen Handbewegung ab. »Du meinst, weil ich meinen Vater nachäffen kann und ein paar elegante Kniffe von meinen früheren Freunden, den Komödianten und Jongleuren, gelernt habe? Falsche Vorspiegelungen! Aber, Caralinda, wie kann ich dir verständlich machen, warum ich mir einen Adelstitel anmaße, der nicht wirklich mir gehört? Ohne Titel – ich weiß nicht, wie ich es ausdrücken soll – ohne diesen Titel fühle ich mich nackt. Ich fühle mich nicht wie mein wirkliches Selbst. Wenn es eine Lüge ist, so ist sie in mein Fleisch und Blut gedrungen und ein Teil von mir geworden, wahrer für mich als die Wahrheit. So weit zurück, wie ich mich erinnern kann, dachte ich immer an mich als an einen Fuentes. Du mußt versuchen zu verstehen, wie es war, Clarinda. Es war nicht so, als ob mein Vater mich nicht anerkennen wollte; er versuchte mit allen Kräften, meine Geburt legitim zu machen. Aber seine Frau ist eine böse Hexe, voll Eifersucht und Frömmelei; ihre Familie, ja sogar meines Vaters eigene Mutter, stellte sich auf ihre Seite, denn sie hielten es für ihre Pflicht, sie und ihre Kinder und deren armselige Erbschaft zu beschützen. Ach, ich pfeife auf die lächerlichen Besitztümer der Fuentes-Familie. Eines Tages werde ich zehnmal mehr haben als alles, was die Fuentes je besaßen, und zu guter Letzt mögen sie noch zu mir kommen und mich anflehen, ihre Schulden zu bezahlen und das Castillo für sie zurückzukaufen. Eines Tages ...«

Er stand steil aufgerichtet gegen das dunkle Rechteck des Fensters, als er sagte: »Eines Tages, so helfe mir Gott, werde ich meinen eigenen Adelstitel haben, und ich werde allen beweisen, daß ich ein besserer Conde de las Fuentes bin als die zwei Milchgesichter und Verschwender, die aus dem Bauch der alten Ziege kamen, mit der mein Vater verheiratet ist.«

Ich weiß nicht, warum beinahe jeder Mann zwei Leben hat: eins, das er mit anderen teilen kann; mit seinen Eltern, seiner Familie, seinen Kindern und seiner Frau. Das Leben, in dem es Platz für Muße, für Frauen, für Liebe gibt. Das andere ist seines allein, und nur das ist sein wahres Leben, der harte Kern und das Wesentliche in einem Mann: seine Gedanken, seine Ideen, seine Träume, sein Ehrgeiz, sein tiefinnerstes Sein. Bis zu jener Nacht hatte ich Felipe nur halb gekannt, meinen Liebhaber, meinen verliebten, eifrigen Spielgenossen; plötzlich, in einem blendenden Blitz des Erkennens, konnte ich den ganzen Mann sehen, ich konnte verstehen, daß er mit unbiegsamer Besessenheit den drei Geboten seines Lebensplans nachjagte:

»Ich werde einen tieferen Schacht senken, als irgendeiner es je wagte, und ich werde beweisen, daß es reichere Erzadern in unseren Bergen gibt, als sich irgend jemand je träumen ließ. – Aber der Tag wird kommen, wenn ich reich genug sein werde, und dann werde ich nach Spanien zurückkehren, am Escorial empfangen und von meinem König gnädig aufgenommen werden. – Eines Tages, so helfe mir Gott, werde ich meinen eigenen Adelstitel haben und der Welt zeigen, daß ich ein wahrer Edelmann und rechtmäßiger Conte de las Fuentes bin.«

Eines folgte aus dem andern, vollkommen logisch und wohlgeordnet. Aber es war die Gedankenreihe eines Mannes, und eines Mannes Streben nach einem Männerziel; ich, die Frau, wußte plötlich, daß ich älter und weiser auf die Welt gekommen war, als Felipe es je werden konnte. Ich mußte beinahe lächeln, denn es war etwas Unreifes in seinem Trachten, der Trotz eines Jungen, den man in einem Streit beleidigt hatte und der jetzt hingehen und es ihnen allen zeigen will! Ich blickte an die Decke, und dort oben sah ich eine lange, gerade Landstraße in einem verdorrten gelblichen Land – Spanien –, und in der Entfernung wanderte eine winzige Gestalt davon, mit einem kleinen Bündel an einem Stock über der Schulter: und diese trotzige kleine Gestalt war mein Felipe, ein gekränkter, dickköpfiger, kleiner Bursche, dem man weh getan hatte und der mit Drohungen gegen die ganze Welt ins Weite zog. Als ich meinen herrischen Liebhaber plötzlich in diese rührende, kleine Figur verwandelt sah, schmolz etwas in mir und wurde weich und gerührt, denn Mitleid hatte bis zu diesem Augenblick noch keinen Teil an meiner Liebe gehabt. »Ich danke dir, daß du mir das erzählt hast; ich bin fast froh darüber, mein liebes Herz, denn jetzt kann ich dich um so viel besser liebhaben«, flüsterte ich und streckte meine Arme gegen seinen trotzigen Rücken aus.

Er stieß sich vom Fenster weg und warf sich über mich wie eine starke, harte Welle; er vergrub seinen Kopf in die Höhlung meiner Schulter. Ich begann sein Haar und seinen Nakken zu streicheln, und dann entdeckte ich, mit einem kühlen, langsamen Schreck, daß Felipe weinte. Ich lag ganz still, ich wagte mich nicht zu rühren, ich lauschte in die pochende Stille, und ich fühlte ein bißchen Feuchtigkeit in den Ärmel meiner dünnen Chemise sickern, und ich war seltsam und schwebend in eine Mutter verwandelt, mit einem hilflosen Kindchen an der Brust. Endlich hob er den Kopf und stützte seine Arme zu beiden Seiten von mir, richtete sich auf, blickte in mein Gesicht herunter und sagte mit zusammengebissenen Zähnen viermal hintereinander: »Verdammt, verdammt, o verdammt, verdammt!«

Der Fluch schien ihm etwas von seiner üblichen Elastizität und Sprungkraft wiederzugeben; er rollte sich herum, und als er an meiner Seite lag, warf er die unerwartetste Bemerkung hin: »Manchmal hätte ich diese Bestie, meine Mutter, umbringen können – und manchmal bedaure ich, es nicht getan zu haben«, sagte er auf spanisch, das ich anfing etwas zu verstehen, und ich war bis ins Innerste entsetzt. »Wie kannst du bloß etwas so Grausames sagen?« rief ich zurückweichend.

Er lachte kurz und herablassend, wie es seine Art war. »Wahrscheinlich dachte sie genauso über mich; sie wäre nicht die erste Mutter gewesen, die ihren Bankert los sein wollte«, sagte er mit großer Bitterkeit. »Dann sprich nicht von ihr, wenn du so über sie denkst«, rief ich aus. Er setzte sich auf und starrte mich so grimmig an, daß das blaue Feuer seiner Augen meine Haut zu versengen schien wie ein Brennglas. »Und warum soll ich nicht von ihr sprechen? Glaubst du vielleicht, ich schäme mich meiner Mutter? Damit du es weißt – ich bin stolz auf sie, und vergiß das nicht!« schrie er.

Ich hatte damals schon gelernt, daß Felipes Gedanken sich selten in einer geraden Linie bewegten, sondern im Zickzack wie ein Springer auf einem Schachbrett.

»Wo lebt deine Mutter jetzt? Werde ich sie kennenlernen? Ist sie auch in Mexiko?« fragte ich und nahm seine Hand in meine.

»Meine Mutter? Nein, sie lebt in Spanien. Im Kloster von Santa Ursula in der Nähe von Burgos. Meine Mutter ist eine Nonne.«

Das war ein anderes Beispiel der erstaunlichen Art, mit der Felipe mich in seine verblüffende Lebensgeschichte einweihte. Ich wußte nicht, was ich davon halten oder dazu sagen sollte.

Durch die Jahre fragte ich mich immer wieder, wie es möglich ist, daß zwei Menschen einander so nahe und doch vollkommen fremd sein können. Wir hatten nichts gemeinsam, weder Heimat noch Sprache, weder Abkunft noch Vergangenheit, und selbst unsere Zukunft war nichts als ein großes Fragezeichen. Wir kamen von den Gegenpolen des Universums, und was uns beiden gemeinsam gehörte, war nur die Gegenwart, nur dieser Augenblick, dieses einzige kostbare Jetzt.

»Man sagt, daß meine Mutter das schönste Mädchen in Alquezar war, und sie kam aus einer sehr guten Familie; jedermann in Navarra und Aragonien kann dir erzählen, daß die Contreras eine der ältesten und vornehmsten Familien der Provinz sind«, sagte Felipe. »Mein Großvater war der Alkalde der Stadt, aber er verzichtete auf sein Amt, als er fühlte, daß meine Mutter seinen guten Namen in den Schmutz gezogen hatte. Mein Vater hatte sie verführt, noch ehe sie achtzehn war, und als er an den Escorial gerufen wurde, ging sie mit ihm und lebte in Saus und Braus als seine Mätresse in Madrid. Aber als die Fuentes-Familie eine Frau für ihn wählte und er sich verlobte, verließ ihn meine Mutter, ohne ihn wissen zu lassen, daß sie schwanger war, die stolze Bestie. Sie kehrte nach Alquezar zurück, wo mein Großvater sie im Haus einschloß, beinahe wie eine Gefangene. Dort bin ich geboren. Langweilt es dich, von meiner Kindheit zu hören?«

»Frag nicht so dumm. Fahr fort, erzähle weiter«, sagte ich atemlos.

Es war das erste Mal, daß Felipe von seiner frühen Jugend sprach, und die Kinder, die ich nicht geboren hatte, ließen mich mit hungriger Zärtlichkeit meine Hände nach dem kleinen Bürschchen, das er einst gewesen war, ausstrecken.

»Das erste, an das ich mich erinnere, ist meine Mutter, die vor einer gemalten Truhe kniet, Kleider herausnimmt, die seidenen Roben, die sie nie mehr tragen wird, auseinander- und zusammenfaltet. Sie nahm sie nur heraus und betrachtete sie und hörte, wie sie rauschten und knisterten, und legte sie wieder weg und ließ den Deckel der Truhe zufallen, daß es knallte wie ein Musketenschuß. Später mochte ich dann davor kauern und die Bilder auf dem Deckel und auf den Seiten betrachten. Da gab es Daniel in der Löwengrube und die drei Männer im feurigen Ofen. Aber meine Mutter stieß mich weg, denn sie wollte mich nicht sehen. ›Geh mir aus den Augen, ich will dich nicht sehen‹, das war das Lied, das ich täglich und stündlich zu hören bekam. Ich ging hinaus auf den kleinen Patio, der mir aber riesengroß und voll von Gefahren vorkam, und ich stolperte oft auf den zerbrochenen, unebenen Steinfliesen und hatte immer zerschundene Knie. In der Mitte stand ein Brunnen, mit einer schweren Steinplatte bedeckt, und wenn unser Diener Euchario die Platte zur Seite schob, um den Eimer hinunterzulassen, krochen Würmer und Asseln über den moosbewachsenen Brunnenrand. Dann gab es da ein großes Tor, mit schweren Nägeln beschlagen, das uns von der Straße abschloß, und es war streng verboten, den Patio zu verlassen oder auch nur auf die Plaza hinauszugucken. Nur an der Hand meiner Mutter durfte ich ausgehen, über die Plaza und in die Kirche zur Frühmesse. Die Plaza war kalt und düster, und in der Kirche war es noch kälter und düsterer, und es roch dumpf nach altem Weihrauch und welken Blumen. Meine Mutter netzte ihre Finger im Weihwasserbecken und schlug ein eiskaltes Kreuz über mich, sie stieß mich auf meine Knie, hieß mich beten und um Vergebung für meine und ihre Schuld bitten. Wenn wir die Kirche verließen, war die Sonne am Aufgehen, und es gab mehr Leute auf der Straße, und meine Mutter ging steif an ihnen vorbei; ganz in Schwarz und verschleiert wie eine Nonne, selbst damals schon; unter den Arkaden hatten sich Straßenjungen versteckt, die riefen hinter mir her: ›Eure Exzellenz, Euer Gnaden! Vuestra Merced! Conde de las Fuentes! Bastard!‹ Und meine Mutter richtete sich noch höher auf, ging stolz und steil vorbei und zog mich mit sich, und Euchario warf das schwere Tor zu und verschloß es mit einem enormen Riegel, sobald wir wohlbehalten zu Hause waren.

Aber während eines Sommers, ich war fünf Jahre alt, da kam der richtige Conde, mein Vater, nach Alquezar mit der Absicht, mich meiner Mutter wegzunehmen, so erzählte sie mir später. Ich hatte noch nie einen so hochgewachsenen und schönen Mann oder solch reiche Kleider gesehen, außer an den Statuen der Señores Santos, wenn sie in der Ostersonntagsprozession durch die Straßen getragen wurden, und deswegen glaubte ich, daß er auch ein Señor Santo sein müsse. Er kam in den Patio geritten und warf die Zügel seinem Reitknecht zu, und die beiden Pferde wurden an einem Ring an einer der Säulen festgebunden, und ich stand nur da und stopfte mir meine ganze Hand in den Mund vor Erstaunen. Der Conde bemerkte mich nicht und schritt an mir vorbei ins Haus, und dann erhob sich großes Weinen und Streiten im Salon. Mein Großvater kam heraus mit seiner alten Muskete in der Hand, zitternd am ganzen Körper, und plötzlich fiel er auf den Steinboden und griff sich an die Brust, und unser Diener Euchario mußte ihn aufheben und ins Bett tragen. Mein Vater schien sich nicht besonders darum zu kümmern, daß mein Großvater einen Schlag erlitten hatte, denn er schwang mich hoch in die Luft und überhändigte mich dann dem Reitknecht, als wenn ich ein Bündel wäre, und der Reitknecht setzte mich auf sein Pferd, so groß wie ein Berg, und ich erhielt meine erste Reitstunde sogleich, bei unserem Ritt zum Castillo.

Jenen ganzen Sommer und Herbst verlebte ich mit meinem Vater auf dem Castillo, und kein Junge hat jemals glücklichere sechs Monate zugebracht. Aber eines Nachts erklomm meine Mutter die Felsen, wo die Ziegen herumkletterten, und kam in das Zimmer, wo ich schlief, und schleppte mich mit sich; und dann ließ mein Vater mich durch seine Leute wieder stehlen und zu sich bringen. Ich verstand nichts von alledem, denn ich war erst fünf, aber oft fühlte ich mich hin und her gezerrt wie ein Knochen, um den sich zwei Hunde streiten. Selbst heute noch kann ich mich manchmal an das Gefühl erinnern, wie sie ihre Klauen in mir hatten, meine Mutter und mein Vater, und daß es keinem von beiden einfiel, daß auch ich eine menschliche Kreatur mit einer eigenen Seele war. Am Ende siegte meine Mutter; sie hatte mich der Kirche versprochen, denn das war die einzige Sühne, die sie für ihren Fehltritt wußte, und das einzige Mittel, um sich Erlösung von Fegefeuer, Hölle und ewiger Verdammnis zu erkaufen. Und so kam ich nach San Esteban.«

Ich wartete, aber anscheinend war er zum Ende seiner stückhaften Autobiographie gekommen. Er lächelte mir zu, entspannt und freundlich, und streifte meine Nachtchemise von meinem Hals und öffnete die drei koketten Pariser Schleifchen; müßig schloß er seine linke Hand liebkosend um meine

Brust, als er einen nachträglichen Gedanken hinzufügte: »Und jetzt ist sie eine Nonne, die stolze, schöne, harte Bestie; sie nahm den Schleier, als ich aus dem Kloster durchbrannte, denn jetzt muß sie nicht nur für ihre eigenen Sünden büßen, sondern auch für die meinen, und das wird einen gewaltigen Haufen von Bußetun brauchen, Caralinda. Aber da du ja doch auf jeden Fall in die Hölle kommst, meine kleine Heidin, so bin ich es zufrieden, dich dort wiederzutreffen.«

Es schien fast frevelhaft, ihn mit der eifrigen Gläubigkeit eines Papisten von Hölle und Buße reden zu hören, während er zu gleicher Zeit meine Brust liebkoste. Die Kerze, die heruntergebrannt war, flackerte ein paarmal auf und verlosch mit einem letzten, schwachen Aufzucken; nur der Geruch von heißem Wachs blieb in dem unvertrauten Zimmer zurück. Bad Kösen, Hotel ›Zu den Drei Mohren‹. Einer der Gasthöfe, eines der Zimmer, eines der Betten in einem der vielen Rastplätze unserer Reise ins Ungewisse. Die Nacht stand vor dem Fenster, atemlos und erwartungsvoll, eine umhüllte und verschleierte Nacht, schwer und breit wie eine schwangere Frau. Dann schlug die Turmuhr zwei, und der schlurfende Schritt des Nachtwächters kam und ging unter dem offenen Fenster, mit dem Trappen seiner Hellebarde, und ein ganz schwacher Widerschein seiner Laterne wanderte an den Häuserfassaden auf der anderen Seite der schmalen Gasse vorbei. An der Ecke blieb der Wächter stehen, blies in sein Hörnlein und sang die Stunde aus, und dann ging er weiter und weiter in die Nacht hinaus, die alten, alten Worte und Melodien von Ecke zu Ecke in die Ferne tragend. Als der letzte Nachhall verklungen war, wurde die Stille noch tiefer, und nun konnte ich sogar das leise Plätschern vom Brunnen auf dem Marktplatz hinter der Kirche hören, mit dem der dünne Wasserstrahl ins Steinbecken fiel. Sehr, sehr deutlich erinnere ich mich an all dies: das Gewicht des schweren Federbettes, das ich zurückgeworfen hatte; die Schnitzerei an dem eichenen Bettpfosten, die meine Finger im Dunkeln berührten; die schwachen Umrisse der weißen Musselinvorhänge, die ein müdes Nachtlüftchen lüpfte und mit einem kaum hörbaren Knistern wieder gehen ließ. Und all das, die Luft, die Nacht, das Bett, die Uhr, des Nachtwächters Schritt und Lied und Laterne, bedeutete: Deutschland; es bedeutete Noch-zu-Hause-Sein und all dies für eine unbekannte Ferne Aufgeben und Nie-Wiederkehren – und da war plötzlich ein Sturmwind von großer Angst, und ich war zu müde, um Französisch zu sprechen oder zu verstehen, schwebend, vergleitend müde, und ich dachte: vielleicht habe ich meinen Verstand verloren und weiß es nicht. Ich bin ja gestorben und wußte es auch nicht. Und da war der fremde Duft der indianischen Kräuter in Felipes Haar, und vielleicht ist all dies nur geträumt, und wenn ich meine Augen öffne, bin ich in Helgenhausen, und jetzt ist es zu spät im Jahr, um Erdbeeren zu pflanzen.

»Nun, da du weißt, wer ich bin – willst du immer noch mit mir nach Mexiko kommen?« fragte Felipe und riß mich vom Rand des dunklen Teiches der Erschöpfung zurück, in den ich gleiten wollte. Alles war wie im Fieber, jede Einzelheit fast zu deutlich, zu durchsichtig, jede Vorstellung beinahe bis zur Unerträglichkeit geschärft – und doch war das Ganze ohne Wirklichkeit, und das Zimmer hatte keine Wände, so wie Zimmer in Träumen sind.

»Mexiko?« murmelte ich. Ach ja, dachte ich, trunken vor Müdigkeit, wir gehen nach Mexiko. Ich konnte alle die Dinge vor mir sehen, die Felipe mir versprochen hatte, wenn ich mit ihm nach Mexiko ginge: die Straßen waren mit Silber gepflastert, eine Frau, die gleichzeitig ein Berg war, schlief auf einem Bett von schneeweißen Wolken, in einem dunkelblauen Himmel schwebend. Und Bäume und Farne und Blumen, dergleichen ich im Wachen nie gesehen hatte, hingen in reichen Kaskaden über mir, und Felipe war ein Prinz, und ich war Königin mit einer Krone im Haar, und eine Menge von ungezählten Indianern kniete vor mir, Kopf an Kopf, und alle blickten sie zu mir auf mit Domingos breitem, ergebenem, grünlichem, pockennarbigem Gesicht, und ich dachte: die tragen alle die gleiche Maske, und dann erhob sich ein Windstoß und wehte einen Regen von losen, süß duftenden Blüten in mein Haar und auf meine Wangen und Lippen, und dann fand ich, daß es nicht Blüten waren, sondern kleine, leichte Küsse, mit denen Felipe mich wachhalten wollte, und ich hörte ihn mit einem kleinen Lachen sagen:

»Du darfst jetzt nicht einschlafen, mein Liebchen, du mußt die wichtigste Entscheidung in deinem und meinem Leben treffen: Willst du immer noch mit mir nach Mexiko kommen?«

Hast du mich auch über Mexiko belogen? wollte ich ihn fragen, aber es kam als eine andere Frage heraus: »Gibt es dort einen Feigenbaum?« murmelte ich in verschlafener Verwirrung. Goethe hatte mir einmal von einem Feigenbaum in Italien erzählt, und seit damals hatte das stets die exotische Ferne für mich bedeutet.

»Tausend Feigenbäume. Eine Million Feigenbäume, wenn du das willst«, sagte Felipe. Ich konnte sie alle vor mir sehen, eine Million Feigenbäume, einen Feigenwald, der um mein Grab im Park von Helgenhausen wuchs, und ich brach ihre Früchte ab und fühlte den süßen Milchsaft über meine Finger träufeln, und ich sagte, tiefinnerst zufrieden: »Das ist gut. Dann will ich mit dir nach Mexiko gehen.«

Ich wachte noch einmal für einen Augenblick auf, als Felipe seine Kleider abstreifte, sich neben mich legte und mich in seine Arme nahm, mit einer solchen Zartheit, so behutsam, als wäre ich nicht seine Frau, sondern sein Kind. Ich fühlte den Druck des Skapuliers, das er um seinen Hals trug, auf meiner Haut; er nahm meine Hand und legte meine Finger um das Skapulier und schloß seine Hand über meiner, und ich hörte ihn auf spanisch sagen: »So möge Gott mich bestrafen und mein Leben von mir nehmen, wenn ich dich nicht zur glücklichsten und reichsten Frau von ganz Neuspanien mache. Amen.«

Die Kirchenuhr schlug die halbe Stunde; irgendwo zwitscherte ein früher Vogel eine erste, leise Morgenfrage und schlief wieder ein; bald ging die Nacht zu Ende.

ZWEITER TEIL

»Los Zopilotes«, sagte Felipe, der hinter mir auf dem Deck der spanischen Brigantine »El Corazon de Jesus« stand, die soeben in dem elenden Hafen von Vera Cruz vor Anker gegangen war. Die häßlichen, großen schwarzen Vögel schienen überall zu sein; sie saßen in zusammengedrängten Haufen auf Mauern und Toren und auf den flachen weißen Dächern der Stadt; sie hingen wie Girlanden von den Türmen und Zinnen der Festung San Juan de Ulua; sie kreisten in der Luft und ließen sich hier und dort wie ein Hagel von schwarzen Steinen auf den Strand fallen, wo unzählige andere ihrer Art unbeweglich standen wie merkwürdige, dunkle Gewächse, im feuchten Sand verwurzelt.

»Aber wo ist der Orizaba?« fragte ich, als ein leises Vorahnungsfrösteln mich in all der brodelnden Hitze streifte. Es brachte Glück, wenn man bei der Ankunft eine klare Sicht auf Mexikos höchsten Berg hatte, davon waren abergläubische Matrosen und aufgeklärte Reisende gleichermaßen überzeugt. Felipe deutete vage in die Entfernung. Da war weder Sonne noch Himmel, nichts als eine Masse von tiefhängenden, schieferfarbenen Wolken, die der Blasebalg eines Sturmwindes ins Land jagte. »Es wird sich gleich aufheitern«, entschuldigte sich Felipe. »Das ist immer so. Hab Geduld, mein liebes Herz.«

»Also kein Orizaba«, sagte ich und versuchte, meine Enttäuchung abzuschütteln. »Aber dafür Zopilotes. Bringen sie Unglück, eure Zopilotes?«

»Du wirst mir so abergläubisch wie eine Zigeunerin, Caralinda. Nein, das sind ehrliche, fleißige, arbeitsame Vögel. Ohne unsere braven Zopilotes würde Mexiko im eigenen Dreck und Abfall ersticken. In deiner Heimat, glaub' ich, nennt man sie Geier.«

»In meiner Heimat gibt es keine Geier«, wollte ich sagen, sagte es aber nicht. Seit ich in der Welt herumvagabundierte, hatte ich gelernt, keine Vergleiche zu ziehen, und versucht, das Wort »Heimat« aus meinem Wortschatz zu streichen. In Weimar existierten Geier nur in poetischen Metaphern, wo sie mit Neid und Habgier und üblen Wuchererseelen zu tun hatten. Ich selbst hatte mir Geier nie als etwas, das wirklich existiert, vorgestellt. Aber hier waren sie nun, so gewähnlich wie Straßenkehrerbesen. Während meiner Reise über den rechtlosen, ungezähmten Ozean hatte ich viele Dinge kennengelernt, die für unsere Weimarer Dichter und ihre seelenvollen Leser nichts als schönklingende Worte waren. Aber, ihr lieben Dichter in euren kleinen Arbeitsstübchen, unter euren niedrigen Dächern, in der verstaubten Sicherheit eurer Leben: Geier sind wirklich. Sturm, Gefahr, Pest, Mord, Tod: alles ist wirklich.

Selbst jetzt, nachdem das gefährliche Navigieren des Morgens durch die Untiefen zwischen den Sandbänken der mexikanischen Küste hinter uns lag und das Schiff Anker geworfen hatte, waren wir nicht außer Gefahr. Soviel begriff ich, als ich sah, wie sich Felipes Hand unter sein Hemd stahl, um sein Skapulier zu berühren. Das war sein eigenes, unbewußtes Sturmzeichen, aber er hatte keine Ahnung, daß ich es ausspioniert hatte. Er hatte keine Ahnung, mein Geliebter, wieviel ich jetzt schon von ihm wußte, von dem Guten und dem Bösen in ihm, der Wahrheit und der Lüge, dem Mut und den Ängsten in der Tiefe seines Herzens.

Ich folgte seinem gespannten Blick und sah, daß ein Boot mit der rot-gelben Flagge längsseits gerudert worden war und einige Beamte in überreichen Uniformen die Strickleiter von hilfsbereiten Armen hinaufgelotst wurden. Felipe wurde unruhig. »Du gehst jetzt besser unter Deck und ziehst dir dein rotes Kleid an, Blanquita«, sagte er zu mir, »denn jetzt müssen wir uns um die Formalitäten kümmern.« Mit einer merkwürdigen, altmodisch-höflichen Geste bot er mir seinen goldbestickten Ärmel als Stütze für meine Hand. Seit Louisiana, wo wir zum erstenmal spanischen Boden betraten, hatte Felipe sich angewöhnt, Rüschen-Hemden und Fräcke mit breiten, goldbestickten Manschetten zu tragen, in denen er besonders stattlich aussah – ein unzeitgemäßes Überbleibsel des achtzehnten Jahrhunderts. Als er mich in dieser Weise zu der Kajütentreppe geleitete, kam ich mir vor, als tanzten wir am unseligen Hof Marie Antoinettes eine Gavotte.

In diesem Moment jedoch kam das neunzehnte Jahrhundert in der Person des Licenciado Pedro Arrellano auf uns zu. Der Licenciado war ein dünner, etwas kurzsichtiger junger Mann, der immer einfach und ein wenig unordentlich in schwarzes Tuch gekleidet war. Er hatte die nervöse Gewohnheit, sich zu räuspern und eine Schweißperle von seiner schlechtrasierten Oberlippe zu wischen, auf der ein angespanntes, etwas gequältes, ironisches Lächeln saß, ein Lächeln, welches das internationale Abzeichen der jungen Freidenker zu sein schien. Und obgleich Felipe manchmal zum Zeitvertreib Schach mit ihm spielte, so hatte er nur eine scharfe Abneigung und milde Verachtung für den Licenciado. Dafür gab es drei gute Gründe:

Der Licenciado war ein Mestize. (»Stell dir vor, kein weißer Mann, nicht einmal ein Kreole: ein Mestize, der Jurisprudenz studiert! Wohin ist es mit Neuspanien gekommen?« war Felipes Bemerkung über ihn.) Überdies hatte er etwas von jakobinischem Unwesen an sich. Und außerdem spielte er besser Schach als Felipe.

»Ihr Diener, Madame«, sagte der Licenciado, und ohne mehr Notiz von mir zu nehmen, drehte er sich zu Felipe und deutete nach den drei Beamten, die gerade an Bord kletterten. »Bueno, Señor Contreras, da haben wir die hohe Obrigkeit, unsere Gesundheitsbehörde in all ihrer Glorie. Sollten die aufgeputzten Affen etwas über die zwei Männer herausfinden, die wir, in Leinwand genäht, in der Nähe von Jamaika dem Meer übergaben, so werden sie uns entweder bis zum Jüngsten Tag in Quarantäne halten oder den letzten Real aus unseren Börsen quetschen. Ich habe das Gefühl, wir werden mit ihnen in der einzigen Sprache sprechen müssen, die sie verstehen.« Er rieb Daumen und Zeigefinger in einer beredten Geste, die Felipe absichtlich übersah. »Wollen Sie uns entschuldigen, Licenciado«, sagte er, nicht zu höflich, und zog mich zur Kajütentreppe. »Ihr Diener, Madame«, sagte der Licenciado mit seinem gequälten Lächeln und trat zur Seite, um mich vorbeizulassen.

Felipe hatte sein möglichstes getan, um das häßliche Gerücht über die beiden Matrosen, die, wie man sagte, an der Pest gestorben waren, von mir fernzuhalten, aber ich hatte es trotzdem erfahren, und zwar durch Señora Filomena Maria de Mendoza y Peleón, mit der ich die einzige Kabine der Brigantine teilte, die uns von Louisiana hierhergebracht hatte. Die Señora hatte heftig versucht, mich mit ihren engen Beziehungen, ja selbst Freundschaftsbanden, zu der Aristokratie der Kolonien zu beeindrucken, aber ich konnte mir gut das Hintergäßchen in Sevilla vorstellen, aus dem sie stammte, denn die Stimme der Märkte und schlechten Stadtviertel ist überall auf der Welt die gleiche. Trotzdem konnte ich mein Spanisch an ihr ausprobieren, und sie war lebhaft und neugierig und eine recht amüsante Gesellschaft, trotz ihres schweren Parfüms und den noch schwereren Anfällen von Mal de Mer, mit denen sie den knappen Raum unserer Kabine anfüllte. Zu meinem Erstaunen war Felipe hocherfreut über unsere beginnende Freundschaft und behandelte die Señora nicht wie das billige Frauenzimmer, das sie offensichtlich war, sondern wie eine Fürstin von fleckenloser Abstammung.

»Was für ein Glücksfall«, sagte er entzückt, »die Bekanntschaft der Señora allein ist eine kleine Bonanza. Verstehst du denn nicht, Chiquita? Sie hat Einfluß beim Virrey.«

»Und für was brauchen wir diesen Einfluß?« fragte ich in aller Unschuld.

»Quecksilber – unter anderm«, war Felipes rätselhafte Antwort – und ich ließ es auf sich beruhen.

Als ich die Kabinentüre öffnete, stach mir der scharfe Geruch von Salmiakgeist in die Augen, und Doña Filomena war über den ganzen vollgepfropften, unordentlichen Raum aufgelöst, während ihre Zofe Frasquita versuchte, mehr und mehr Dinge in den ächzenden, überfüllten und protestierenden Schließkorb hineinzustopfen und zu gleicher Zeit den Zorn Gottes auf die Gesundheitsbehörde herabzuwünschen, die uns in Quarantäne halten mochte. Mit einem Gemisch von frommen Gebeten und saftigen Flüchen schloß sich die Señora ihr an, und ich hörte amüsiert und bewundernd diesem Ausbruch von spanischem Temperament zu. Einfluß beim Virrey, dachte ich und stand mit Riechsalz und Sympathie bei, als es der Doña beliebte, in meinen Armen in Ohnmacht zu fallen. Quecksilber – dachte ich, als ich sie auf ihre Koje bettete und sie dort liegen ließ, mit einer Zitronenscheibe in ihrem offenen Mund, so daß sie einigermaßen wie ein gesottener, garnierter Salm aussah; denn die Señora hatte für die feierliche Gelegenheit unserer Ankunft eine dicke Schicht von rosa Schminke über ihre gelbe Haut gelegt.

Nachdem ich eine kalte Kompresse auf ihre Augen gebreitet hatte, begann ich mich nach Felipes Anordnung zu kleiden. Widerstrebend schlüpfte ich in den Fischbeinpanzer eines gebauschten, karmesinroten Brokatgewandes, wie man es immer noch am Escorial trug, flocht mein Haar und wand es wie ein Krönchen um meinen Kopf und war sofort in Schweiß gebadet. Nicht nur war dieses schwere Kleid höchst fehl am Ort in der Hitze dieser Küste, es kam mir auch wie ein geschmackloser Aufwand vor, denn ich war in einer Umgebung aufgewachsen, wo jeder Aufwand als ordinär und lächerlich galt.

»Wozu der Putz, Felipe? Warum willst du, daß ich mich aufschirre, als ginge ich auf einen Ball? Glaubst du, es schickt sich für mich, ohne Hut und aufgedonnert wie die Diva eines Wandertheaters anzukommen?«

»Deine goldene Krone verdecken? Bist du wahnsinnig, mein blondes Liebchen? Ganz Mexiko soll sehen, wie blond und weiß du bist! Und vergiß nicht, du bist jetzt eine Prinzessin, und man erwartet, daß du wie eine Prinzessin auftrittst.«

Dazu konnte ich nur seufzen. Es stimmte, ich war jetzt eine

Prinzessin. Ich hatte einen neuen Paß, rechtmäßig erworben und mit den nötigen Stempeln und Unterschriften versehen. Prinzessin Marie Claire Pontignac, Tochter des Prinzen Edouard Laurent Pontignac, von Pontignac-sur-Butte, Auvergne, Frankreich. Die lächerliche Zeremonie, mit der Prince Edouard Laurent Pontignac mich rechtlich als seine Tochter adoptierte, hatte in La Nouvelle Orleans stattgefunden, während wir dort auf ein Schiff warteten, das uns über den Golf nach Vera Cruz bringen sollte. Ich hatte gewußt, daß derartige Arrangements nichts Außergewöhnliches waren und daß mancher verarmte, französische Emigré nicht abgeneigt war, irgendeinen adelssüchtigen Parvenü gegen ein Entgelt zu adoptieren. Aber ich war eine geborene Komtesse von und zu der Werra, und während es mir nichts ausmachte, als Babette Schmielz zu reisen, betrachtete ich diesen eingehandelten Adel als eine beschämende Herabsetzung. Ich hatte geweint, gefleht, mich aufgelehnt – und am Ende verloren und nachgegeben. Das Unglück war nur, daß Felipe mich überhaupt nicht begriff, während ich ihn nur zu gut verstand: da er mich nicht als die Gräfin, die ich wirklich war, vorstellen konnte, hatte er dafür gesorgt, daß ich Mexiko nicht als unbedeutende Mätresse, sondern als eine Prinzessin betreten sollte, als eine Dame von Rang und Adel – und noch dazu ein beklagenswertes Opfer der Französischen Revolution und eine naturgegebene Feindin Napoleons, dessen Name von allen rechtlich denkenden Männern in Neuspanien gehaßt wurde.

Und nun wartete ich also in meinem karmesinroten Brokat und mit meinem großartigen Paß darauf, meinem gekauften Fürstentitel Ehre zu machen. Ich hielt es in der Kabine nicht mehr länger aus und ging an Deck, um Felipe zu suchen. »Wo ist dein Herr?« fragte ich Domingo, den ich beim Überwachen zweier riesiger Neger, die unser Gepäck auftürmten, fand. Der Indianer zuckte bloß die Achseln. Es ärgerte mich, daß Domingo nie zu mir sprach, nie antwortete, mir niemals ins Gesicht sah. Wahrscheinlich war es unter seiner kostbaren Würde, mit einer bloßen Frau zu sprechen.

Ich ging zu der Reling und schaute neugierig auf die Eingeborenenboote hinunter, die um die »Corazon de Jesus« herumschwärmten wie unzählige sich tummelnde, kleine braune Käferchen um den plumpen Körper eines dicken Maikäfers. Alles dort unten war braun; die lachenden Gesichter, die Hände der Händler, die alle Arten von Früchten und Fischen in die Höhe hoben, braune Segel, braune Netze, in denen die Ladung gelöscht wurde. Selbst die rauhen Rufe der eingeborenen Stimmen schienen einen braunen Klang zu haben. Plötzlich fiel mir ein violettblauer Fleck in all dem Braun in die Augen; ein Boot, mit Säcken voll beladen, zwischen denen zwei Männer manövrierten. Die Säche waren blau, die Oberkörper der Männer waren blau, ihre Arme, ihre Hände, ihre Gesichter.

»Indigo«, sagte der Licenciado Arrellano. »Indigo von Guatemala, das nach der Peninsula verschifft wird.« Ich hatte nicht bemerkt, daß der junge Mexikaner sich mir an der Reling genähert hatte. »Vera Cruz mag aussehen, als wäre es nur der miserable Vorwand für einen Hafen, Madame«, fuhr er fort, »aber mehr als die Hälfte aller Reichtümer der Erde werden von hier aus verschifft. Das Ironische daran ist, daß Spanien desto ärmer wird, je mehr Gold und Silber es aus seinen Kolonien zieht. Drückende Steuern, Bestechung, Monopole, Ungerechtigkeit und Korruption. Ach ja, Madame, Mexiko ist die starke, junge Tochter einer sehr alten, sehr kranken und sehr schlechten Mutter.«

Ich fragte mich, wie ich seiner politischen Rede entwischen könnte, die mir langweilig und geschmacklos vorkam, als, Gott sei gelobt, Felipe auftauchte.

»Bist du bereit, an Land zu gehen?« rief er mir zu; er strahlte, freudig erregt, und die Hitze schien ihm nicht das mindeste auszumachen. Nur als er den jungen Mestizen an meiner Seite sah, runzelte er die Stirn, und Arrellano zog sich sofort von mir zurück. »Ihr Diener, Madame«, sagte er kühl. »Hasta Luego, Señor Contreras.«

Ich hatte ein merkwürdiges Gefühl im Magen, als mir Felipe die Leiter hinunter und in die Pinasse half; glücklicherweise ließ der Wind nach, und die kleinen, hüpfenden Wellen glätteten sich, während wir auf das Ufer zutanzten, mit dem Knarren der Ruder und dem rhythmischen Gesang der Ruderleute. Endlich erreichten wir das glatte, ölige Wasser, wo ein Mastenwald aus dem wiegenden Dickicht der Fischerboote wuchs, und ein paar Minuten später wurde unser Boot am Landungssteg festgemacht.

Auf dem Platz außerhalb der Stadtmauern war eine Gruppe von Herren gerade dabei, Doña Filomena mit großen Umständen zu empfangen und ihr in eine Sänfte zu helfen. Einige von ihnen trugen Uniformen, andere altmodische, goldgestickte Fräcke und Atlashosen wie Felipe, und alle hatten gepuderte Haare oder trugen sogar Perücken, das Abzeichen einer Gesellschaftsklasse, in der die Jakobiner gehaßt und gefürchtet wurden. Alles in allem, schien es mir, seit der Landung in Mexiko, als wäre ich fünfzig Jahre zurückversetzt, in eine Zeit, die seit der Französischen Revolution tot und vergangen war. Die Planken des Landungsstegs schwankten unter meinen Füßen, und sogar als ich die Quadern des Kais betrat, schien der Boden unter mir sich zu heben und zu senken, als wäre ich immer noch an Bord des Schiffes. Großer Gott, dachte ich, das ist nicht der rechte Augenblick, um seekrank zu werden; und so suchte ich meine besten Hofmanieren zusammen, mein bestes Spanisch, und kommandierte meinen störrischen Magen zur Ruhe.

Ein Hagel von Adelstiteln fiel auf mich, als Felipe mir die Herren vorstellte, ein Hagel von Namen, von denen sich jeder anhörte wie etwas aus einer Oper. Der Platz zwischen Stadt und Hafen wurde zu einer Bühne mit mir im Mittelpunkt. Ich hörte, wie Felipe mich hochtrabend vorstellte als »La Principesa Pontignac, deren teurer Vater mir seine Tochter anvertraute, ehe er starb, und die eine Zuflucht vor den französischen Mördern in dieser unsrer gesegneten Kolonie sucht«. Darauf erhob sich ein teilnahmsvolles Gemurmel, es gab Verbeugungen und Komplimente, Hüte wurden mit weitausladenden Gesten geschwenkt, und Hände wurden auf bordierte, gestickte oder ordenbesetzte Rockbrüste gepreßt in glühenden Versicherungen absolutester Ergebenheit und unbegrenzter Gastfreundschaft. Ein stattlicher, vollgefressener und zu reich gekleideter Würdenträger in Rot und Gold, Don Porfirio Bustamente, El Mayor del Consulado, hielt eine wohltönende Willkommensrede. Wenn ich sein lispelndes Spanisch richtig verstand, so wurden Hafen und Stadt, das Fort San Juan de Ulua, sein Herz, sein Haus und seine Besitztümer mir zu Füßen gelegt und zur Verfügung gestellt.

Das nächste, an das ich mich erinnere, war Felipe, der tief Atem holte und sagte: »Gracias a Dios, das ist gut vorbeigegangen. Du hast sie alle bezaubert, und ich bin sehr stolz auf dich, meine Blanquita.« Wir betraten Vera Cruz durch ein Tor, das von müßigen Wachen und herumlungernden Soldaten flankiert war, und Domingo, der vor uns herging, bahnte eine schmale Gasse durch die zusammengepferchte Menge, die sich gegen uns preßte. Niemals hatte ich mir träumen lassen, daß eine Menschenmenge so schmutzig, so abgerissen und zerlumpt sein könnte, wie die, die uns verschlang. Da gab es Nichtstuer und Bettler jeder Sorte, nackte kleine Straßenjungen und unglaublich alte und verwitterte Greise; Krüppel, Blinde, elende Sieche, von Krämpfen geschüttelt, mit Schaum vor dem Mund. Winselnde Stimmen sangen Segenssprüche und Flüche aus, leprose Armstümpfe streckten sich nach uns, augenlose Gesichter drehten sich uns zu, Schädel ohne Nasen boten ihre Wunden aus, und ein altes Weib klammerte sich mit hageren Armen an meinen Brokatrock und preßte ihre triefenden Lippen an seinen Saum. Eine brandende Welle von Elend und Krankheit – und alle diese Gesichter so dunkel und unsagbar fremd und wild und drohend, ob sie nun lachten oder weinten oder mich nur in stumpfer Neugier anstarrten. Plötzlich wußte ich, was es bedeutet, weiß und blond und abgesondert zu sein. Etwas wie Panik überkam mich, und die grellen Mauern der Häuser wurden schwarz.

»Was ist mit dir, mein Herz?« fragte Felipe, als ich mich an seinem Ärmel festhielt.

»Nichts. Die Hitze – ein wenig schwindlig ...« Ich lächelte zu ihm hinauf, und er lächelte zurück, ein merkwürdig verkrampftes kleines Lächeln, das nicht ganz zu ihm paßte.

Wir bahnten uns einen Weg aus der stoßenden, schiebenden, starrenden, gaffenden Menge, und er holte tief Atem. »Für einen Augenblick war ich besorgt um dich, Caralinda. Ende September ist die Zeit für das jährliche kleine Fieber von Vera Cruz gewöhnlich vorbei; außerdem ist es nicht ansteckend«, sagte er eifrig, »ich versichere dir, ganz und gar nicht ansteckend. Wie steht es mit dem Vomito Prieto?« rief er dem Kutscher zu, der mit einem enormen, buntbemalten, plumpen Vehikel auf uns wartete, an dessen Deichsel zwei verdrossene Maultiere halb im Schlaf mit ihren Metallbeschlägen klapperten. Der Mann zuckte nachlässig die Achseln: »Pues – regular ...«, antwortete er. Felipe hob mich in den Wagen, Domingo nahm auf dem Bock Platz, und mit quiekenden Rädern fuhren wir los.

Dies also war Mexiko: der Prunk der Plaza, von Palästen und Arkaden umgeben und von der stolzen Kathedrale mit ihrer Kuppel beherrscht; und das niedrige Elend der armseligen Häuschen und Bambushütten, die im Morast der dreckigen Seitengäßchen versanken. Der Pomp der spanischen Uniformen und perlenbestickten Gewänder der Kaufleute und die abgründige Nacktheit des Volkes. Priester in schwarzen Soutanen und Schaufelhüten strichen an Gruppen von ebenso schwarzen Zopilotes vorbei, die sich mit räudigen Hunden um einen stinkenden Kadaver stritten. Hohe Geistliche in schimmerndem Ornat, unterwegs, um einem reichen Mann die Letzte Ölung zu geben, und fromme Klosterbrüder, in Sandalen und zerrissenen Kutten vorbeihastend, um den Armen denselben Gnadendienst zu erweisen. Das Geklimper von Gitarren und plumpen kleinen Harfen unter vergitterten Fenstern, in den Pulquerias und Cantinas und am Rande des Marktplatzes; alte Frauen, die Gebete murmelten, und junge, die ihren Kindern die Brust gaben; Frauen auf den Hausschwellen, mit klappenden Händen die Tortillas formend, Frauen, die runde irdene Krüge auf den Schultern trugen, mit einer Grazie, so alt wie die Bibel; ein Mädchen lacht unter einer Türe, ein junger Mann singt von unerwiderter Liebe, ein Kind weint, ein Betrunkener murmelt Verwünschungen vor sich hin. Stahlblaue Klumpen von Fliegen auf Fleisch und Obst und Speisen an den Marktständen; Ameisenheere in Schlachtordnung auf den Fliesenböden; Hochzeitsreigen von Moskitos in der Luft; Käfer, Insekten, Wanzen, Spinnen und Skorpione: all das krabbelnde, beißende, juckende, rasend machende Ungeziefer der Tropen. Der säuerliche Geruch rasch verfaulender Früchte, der Geruch von tausend Zigaretten; der vermischte, beißende, angenehme Geruch von kleinen Holzfeuern und brennenden Holzkohlen, von gewürzten Speisen, geröstetem Mais, Schokolade und heißem Öl. Die salzgeschwängerte Luft des Meeres, der männliche Geruch von geteerten Planken, von Schweiß und von Säcken am Hafen, Süße von geöltem blauem Haar und parfümierten Pomaden, der Geruch von Verfall und Leben und Tod und Fruchtbarkeit in eins gemischt. Über all diesen Gerüchen schwebt der strenge Geruch der Krankheit, und der Versuche, armer, unwissender abergläubischer Menschen, sie auszuräuchern.

Denn wenn dies nicht eine Epidemie, sondern nur das jährliche kleine Fieber war, so lag etwas zu Finsteres und Unheildrohendes hinter dem anscheinend normalen Leben der Straßen. Zweimal stießen wir beinahe mit dem Pestkarren zusammen, der auf zwei riesigen Radscheiben durch die Straßen knarrte, hier und dort anhielt, um einen steifen, kalten Leichnam, in ein weißes Tuch oder eine braune Matte gehüllt, aufzusammeln. Und der Mann, der an der Kirchenmauer entlangtaumelte und dann mit einemmal gräßlich aufschrie, seine Arme tastend in die Luft warf und in sich zusammenfiel wie ein Bündel von alten Kleidern ohne Körper darin – dieserMann war nicht betrunken, wie ich zuerst glaubte, sondern starb vor meinen Augen. Eine kleine Lache einer dunkelbraunen Flüssigkeit, die er mit seinem letzten Seufzer ausgespien hatte, breitete sich auf der Erde unter ihm aus, und so blieb er dort in einem einsamen, abgesonderten Kreis liegen, als jedermann einen Bogen um den Gefallenen machte, das Kreuz schlug und ein Gebet murmelte und ihn dem knarrenden Karren und den vermummten Männern überließ.

Und so begann die seltsame Odyssee meines ersten Tages in Mexiko.

Die Posada de San Rosario, wohin wir zuerst fuhren, war ein vernachlässigtes Haus, und Domingo mußte über einen Haufen Unrat steigen, ehe er die verschlossene Türe erreichte und daran klopfte. Nach einer Weile wurde sie geöffnet, und ein lethargischer Mann, mit trüben schweren Augen, erschien. In all der Hitze war er bis über die Nase in eine Serape gehüllt, und sein Anteil an der Konversation bestand hauptsächlich aus Kopfschütteln und Achselzucken. Hinter ihm, in der Einfahrt, kroch ein Rudel von Kindern aller Größen auf dem Boden herum, alle eingewickelt, alle mit trüben, schweren Malaria-Augen.

Felipe fluchte in sich hinein und stieg aus dem Wagen, um eine kurze Besprechung mit Domingo zu halten. Dann schloß sich die Türe des Gasthofs wieder, Domingo nahm seinen Sitz auf dem Bock ein, und Felipe kehrte an meine Seite zurück.

»Es scheint, sie nehmen keine Gäste auf. Die Frau ist krank und der Mann zu faul, um uns unterzubringen«, sagte er ärgerlich. »Tiens – es macht nichts.«

»Die Kinder sahen auch krank aus. Wer pflegt sie?« fragte ich. Felipe warf mir einen erstaunten Blick zu. »Wen kümmert das?« sagte er zerstreut. »Wer fragt danach, Chiquita?«

Ich zum Beispiel, dachte ich widerspenstig. Felipe hatte seine Lippen zusammengepreßt und war in Gedanken versunken. »Wir werden einfach zum Hause meines Freundes, Don Alonso Peralta, fahren und die Nacht dort verbringen. Alle meine geschäftlichen Angelegenheiten und Unterhandlungen im Hafen liegen in seinen Händen, und er erwartet mich sicher. Ich wundere mich, daß er nicht zum Schiff kam, um uns willkommen zu heißen; aber er ist ein sehr beschäftigter Mann. Es war dumm von mir, dich nicht sofort zur Casa Peralta zu bringen. Verzeih mir, Hijita, willst du?«

Aber als wir zu der düsteren, stolzen Fassade der Casa Peralta kamen, fanden wir die Fensterläden verschlossen, und über dem Haus hing jene unbestimmte Verlassenheit, die allen Gebäuden, in denen das gelbe Fieber gewütet hatte, ihr Zeichen aufdrückte. Selbst das Lichtchen in dem roten Glas unter der kleinen Muttergottes des Tores war ausgebrannt, und das Fehlen dieser andächtigen kleinen Flamme, mehr als irgend etwas anderes, berichtete von der Tragödie im stummen Haus.

Ein früher, rasch sinkender Abend hängte seinen Trauerflor

aus, als Domingo an das leblose, schweigende Tor pochte. Wir standen noch davor, unschlüssig wartend, als der Todeswagen auf knarrenden Rädern vorbeikam. Einer der vermummten Männer rief uns durch seine Verhüllung zu, daß Don Alfonso ebenso wie auch seine Schwiegertochter nach Gottes Ratschluß vor mehr als zwei Wochen der Seuche erlegen seien; daß aber der Sohn, Don Enrique Peralta, gesund geblieben sei und die Stadt verlassen habe, um sich auf die Hazienda der Familie in der Nähe von Yalapa zurückzuziehen.

Ich war unsagbar müde und schwindlig, mein Kopf schmerzte, meine Augen brannten, ich hatte zuviel gesehen, der Tag hatte viele Jahre gewährt, und noch nie hatte es ein so verwelktes karmesinrotes Brokatkleid in ganz Neuspanien gegeben wie das meine.

Ich fing an, streitsüchtig zu werden. »Warum gehen wir nicht einfach in ein Hotel?«

»In Vera Cruz gibt es kein Hotel, kleines Dummchen. Wir sind nicht in Venedig oder in Paris.«

»Keinen Gasthof, kein Hospiz, keinen Ruheplatz?«

»Mesones, ja; aber es würde dir nicht sehr gefallen, mit Maultiertreibern und ihren Maultieren auf dem nackten Boden zu schlafen.«

»Also zurück aufs Schiff?« »Unmöglich. Das Schiff wurde zur Isola de los Sacrificios in Quarantäne gebracht.«

»Aber wo in aller Welt können Reisende in eurem gastfreundlichen Mexiko übernachten?« fragte ich zornig und ein wenig verzweifelt.

»Wäre ich allein, so könnte ich bei einem meiner Junggesellenfreunde absteigen, die ich hier dutzendweise habe. Die Schwierigkeit besteht darin, daß du eine Dame bist. Es kommt in Mexiko nicht oft vor, daß Damen reisen, verstehst du?«

»Diese Mendoza zum Beispiel; wo verbringt sie die Nacht?«

»Das ist etwas ganz anderes. Doña Filomena steht in der Gunst des Virrey und ist eine sehr fromme Person. Sie ist der Gast der Äbtissin vom Heiligen-Herz-Jesu-Kloster. Es ist klar, daß die Nonnen sich glücklich schätzen müssen, sie bei sich unterzubringen.«

»Und würden die Nonnen mich nicht auch für eine Nacht aufnehmen?«

Felipe zögerte mit seiner Antwort, und ein angespanntes kleines Schweigen lag zwischen uns. »Nein, Caralinda. Dich? Dich würden sie nicht aufnehmen«, sagte er leise.

Es war in der Zwischenzeit dunkel geworden, noch drückender als zuvor, noch immer kein Himmel, keine Sterne, kein Orizaba, keine Luft. Ich entzog Felipe meine Hand.

»Was gibt's, liebstes Herz?« fragte er.

»Nichts. Ich bin müde, ich wollte, ich wäre tot.«

Vielleicht werde ich bald tot sein, ging es durch meinen hämmernden Kopf. Vielleicht sterbe ich an der Pest, und man näht mich in Leinwand und wirft mich über Bord; oder ich sterbe am Vomito Prieto, und man schichtet mich mit zwanzig anderen steifen, kalten Leichen säuberlich auf einem Haufen und scharrt mich ins Massengrab. Dann begann ich zu lachen, weil es nichts mehr ausmachte: ich war ja schon lange tot und begraben und lag in meinem eigenen, hübschen Grab in Helgenhausen. Und dann hielt die Kutsche an, und der Ruck schüttelte mich aus meinen trüben Einbildungen, und der Rest des Abends war nur mehr ein Wirrwarr von unzusammenhängenden Einzelheiten.

Ich erinnere mich, daß Felipe in die Kathedrale ging, um zu beten, ein Zeichen dafür, wie sehr er sich um mich sorgte. Ich schlich hinter ihm hinein und dachte, wie schön es ist, daß katholische Kirchen zu jeder Stunde für alle Trostbedürftigen geöffnet sind. Felipe hatte nicht bemerkt, daß ich ihm gefolgt war. Ich sah, wie er seine Finger im Weihwasserbecken netzte und sich bekreuzigte und die Knie beugte und dann lautlos durch das hohe, weite Kirchenschiff schritt, zu einem der Seitenaltäre, wo viele Blumen und Kerzen vor einem dunklen Heiligenbild standen. Ich sah, wie er auf einem Betschemel niederkniete und seine Stirne auf seine gefalteten Hände legte, tief in eine Andacht versunken, um die ich ihn bitterlich beneidete. Die Kathedrale war kühl und ruhevoll, und der Schmerz in meinem Kopf wurde sanfter, und vielleicht werde ich doch nicht am Fieber sterben müssen? Der Geruch von kaltem Weihrauch und heißem Kerzenwachs und müden Lilien hing in der Luft, und ich kniete in einer der hintersten Bänke nieder und wünschte, ich könnte in dieser fremden Kirche ebenso sicher und daheim sein wie Felipe.

Nebelhaft erinnere ich mich, wie wir in das Palais von Don Porfirio Bustamente eingelassen wurden, dem aufgeblasenen Großsprecher vom gleichen Morgen, der mir so beredt und großartig Stadt und Hafen von Vera Cruz zu Füßen gelegt hatte. Uniformierte Wachen standen vor dem hochmütigen Palast, Fragen wurden gestellt, Geld ging von Hand zu Hand, endlich knarrte das schwere Tor auf. Eine große Laterne an Eisenketten ließ einen dünnen Lichtstrahl auf die Steinfliesen und dicken Mauern der Einfahrt sickern. Hinter Bögen und

Arkaden konnte ich den Patio sehen, Oleanderbüsche in riesigen, irdenen Kübeln, eine ummauerte Zisterne in der Mitte; eine breite Treppe am Ende des Patio stieg in zwei geschwungenen Bögen auf, wo ein schwarzer Diener in Eile noch zwei Laternen für die späten und unerwarteten Gäste anzündete. Felipe lief rasch die Treppe hinauf, der Silberstaub in seinem Haar schimmerte, wie er unter dem Licht vorbeiging, und als seine Schritte verhallt waren, fühlte ich mich unbeschreiblich verlassen. Eine steife Frau in Schwarz lud mich mit einer wortlosen Bewegung ihrer knochigen Hand in ein Zimmer ein, das auf den Patio mündete. Ein anderer Diener zündete eine dicke Talgkerze auf einem schweren Eichentisch an; die Frau deutete auf einen strengen Stuhl, in dessen vergoldetem Leder sich die kleine Kerzenflamme spiegelte, und ich war allein.

Das war meine erste Bekanntschaft mit einem spanischen Palais, und die düstere und prunkvolle Kälte legte sich auf mich wie eine schwere Hand. In Weimar hatten wir inmitten heller Möbel gelebt, aus dem Kirschenholz unserer eigenen Obstgärten gezimmert, die einfachen Formen bedingt durch den frugalen Zustand unserer Finanzen und die deutsche Armut; weiße Musselinvorhänge, Blumentöpfe auf den Fensterbänken, der freundliche Schimmer moderner Lampen und viele, viele Bücher. Hier war alles abwehrend, feindlich in seinem feierlichen Ernst. Die Stühle mit ihren hohen steifen Lehnen standen an der Wand aufgereiht wie Gäste bei einer Beerdigung. Zuviel zur Schau gestelltes Silber, Leuchter, Kohlenbecken, riesige zwecklose Platten und Schalen und Kelche. Und überall eine Menge von gemarterten, sich windenden, verrenkten Heiligen. San Sebastian, von Pfeilen durchbohrt und teilweise geschunden; San Antonio ein bärtiges Skelett, von seinem eigenen Eifer verzehrt und ausgehöhlt. Und als ich meine Augen von diesen schrecklichen Bildern abwendete, fielen sie auf ein anderes Muster spanischen Geschmacks. Auf einem kleinen Tisch, wo in Weimar ein Teeservice aus geblümtem Porzellan gestanden hätte oder eine seltene Ausgabe des Horaz', vielleicht auch eine alte Lutherbibel, traf mein Blick hier das Haupt eines Mannes, der gerade geköpft zu sein schien. Es war ein schönes, bleiches, bärtiges Haupt, blutleer, die Augen gebrochen, der Mund in einem letzten Aufschrei geöffnet; die Zunge hing zwischen vertrockneten Lippen, und ein Blutsstreifen sickerte am Hals hinunter, und dieser Hals zeigte eine blutige, klebrige Fläche, dort, wo das Haupt vom Körper abgetrennt worden war.

Ich war nicht in Ohnmacht gefallen, als während der Überfahrt unser Schiff in Gefahr war zu sinken, und so fiel ich auch jetzt nicht in Ohnmacht. Immerhin mußte ich mich eilig an das hohe Fenster flüchten, um Luft und Atem zu holen. Etwas raschelte und kicherte da draußen, und ich begriff, daß ich durch die schweren Eisengitter beobachtet worden war. Ich lehnte meinen Kopf gegen die gewichtigen, schmiedeeisernen Stäbe und kämpfte gegen einen Brechreiz; und dann sah ich die unbewegliche Figur einer hageren Frau, ganz in Schwarz gekleidet, die bei der Zisterne auf dem Patio stand und mich mit einem Ausdruck von Feindseligkeit und Verachtung ansah, wie es mir in meinem ganzen Leben nie begegnet war. Nachdem wir uns für ein paar Augenblicke mit den Augen gemessen hatten, raffte die Frau ihre Röcke zusammen, rief den Dienern in befehlendem Ton etwas zu und schritt davon. Ich verstand, daß dies die Dame des Hauses, Don Porfirio Bustamentes Gattin, gewesen sein mußte, und langsam begriff ich: sie war eine anständige Frau und ich nicht.

Herausfordernd marschierte ich auf das schreckliche Haupt los und zwang mich, es näher zu betrachten. Es war mein erster Zusammenstoß mit der grausig-kunstreichen Art, in der die spanischen Bildhauer des achtzehnten Jahrhunderts die Leiden ihrer Heiligen dargestellt hatten. Ich stand vor dem wundervoll ausgeführten Kopf Johannes des Täufers, berührte seinen blutigen Hals und lachte hysterisch über ihn und über mich selbst. Ich lachte noch immer, als Felipe kam, um mich abzuholen.

Mit der kühlen Höflichkeit, die er für unser formellstes Auftreten in der Öffentlichkeit reservierte, verbeugte er sich vor mir, und seinen Arm als Stütze für meine Hand anbietend, sagte er ein wenig zu laut: »Darf ich die Ehre haben, die Prinzessin zum Wagen zu geleiten? Seine Exzellenz bedauert unendlich, mit höchst wichtigen Angelegenheiten beschäftigt zu sein, und bat mich, die Prinzessin seiner grenzenlosen Ergebenheit zu versichern.« Und damit geleitete er mich aus dem Zimmer der Verdammten, über den Patio, vorbei an unsichtbaren Zuschauern; an der Herrin des Hauses, Angestellten und Dienerschaft vorbei und auf die Straße hinaus, wo er mich in die wartende Kutsche hob.

»Abgewiesen von deinem gastfreien Freund, Seiner Exzellenz?«

»Don Porfirios Freundschaft und Gastfreiheit stehen außer Zweifel«, sagte Felipe, »aber die Pocken an den Leib dieser Hexe, mit der er verheiratet ist! Die Pocken und die Pest und die Pocken jedem häßlichen, flachbusigen, verschrumpften Scheusal ihrer Sorte. Domingo! Zur Casa Catalán.«

Ein langgedehntes Schweigen fiel zwischen uns, und als Felipe meine Hand nehmen wollte, entzog ich sie ihm.

»Ich muß dich nun etwas fragen, Felipe, etwas, das ich nie zuvor gefragt habe«, sagte ich gepreßt. »Warum heiratest du mich nicht? Das würde alles so viel einfacher machen – für uns beide.«

Ich hatte ihn nie so entsetzt gesehen wie in diesem Augenblick; ein merkwürdiger, verhaltener Laut kam aus seiner Ecke des Wagens, beinahe ein unterdrückter Aufschrei, als wäre er verwundet. »Dich heiraten? Ich würde mein Leben darum geben, wenn ich dich heiraten könnte! Aber, meine Caralinda, das wäre nicht nur eine Todsünde, sondern ein Verbrechen. Du bist einem andern Mann angetraut – wie könnte ich dich da heiraten.?«

Manchmal war Felipe so einfältig, daß er zu kompliziert für mich wurde. »Es wäre nicht unmöglich, eine Scheidung zu erwirken, wenn sonst nichts dich daran zurückhält, mich zu einer anständigen Frau zu machen«, gab ich zu bedenken, und die unausgesprochene Kränkung, die man mir in Don Porfirios Haus zugefügt hatte, begann ein bißchen weniger zu schmerzen.

»Die Kirche erkennt keine Scheidung an. Außerdem kannst du dich nicht scheiden lassen, denn du bist ja tot und begraben. Oder hast du das vergessen, Caralinda?«

Das ist wahr, dachte ich. Ich bin tot und begraben, und die, die ihren seltsamen Irrweg weitergeht, ist nicht Clarinda Driesen, sondern Felipe Contreras Mätresse, die von keiner anständigen Frau in ihrem sittsamen, schwarzen, erdrückenden, spanischen Palais empfangen werden kann.

»Und außerdem, mein Herzensliebchen«, schloß Felipe heiter, »bist du viel zu aufregend, und ich liebe dich viel zu unsinnig, um dich als meine ehrsame angetraute Gattin zu haben …«

Die Casa Catalán stand auf einer kleinen Plazuela am Rande der Stadt. Es war ein schmales, freundliches, zweistöckiges Haus, wie ein Schwalbennest an die Stadtmauer von Vera Cruz geklebt. Über der elegant geschwungenen und rosa bemalten Rokoko-Türe hing eine lustige geschmiedete Laterne. In einer Nische unter dem Balkon, über dessen Geländer ein spanischer Schal mit Fransen drapiert war, gab eine ebenso elegante Madonna einem hungrigen Jesuskindlein ihre wohlgerundete Brust. Die Läden waren geschlossen, aber schadhaft genug, um durch weite Spalten die erleuchteten Fenster sehen zu lassen. Von drinnen kam das Brummen einer beharrlichen Baßgeige und das Plink-Plunk einer Harfe, dann schallendes Gelächter, zuletzt von einer tiefen Frauenstimme mit einem traurigen Liebeslied gefolgt. All das beobachtete ich, während ich im Wagen wartete, nachdem Felipe das Haus so selbstverständlich betreten hatte, als wäre es sein eigenes.

»Wessen Haus ist das, Domingo?«

Domingo gab mir keine Antwort, wie gewöhnlich. Der Kutscher aber verkündigte mit großer Feierlichkeit: »Die Casa Catalán gehört der Doña Carmelita de Castro, Euer Gnaden zu dienen, und ist eine der größten Sehenswürdigkeiten von Vera Cruz. Es ist bekannt, daß Doña Carmelita nur die reichsten und vornehmsten Kavaliere in ihrem Haus empfängt, nur Spanier – nicht einmal Kreolen, selbst wenn sie mehr Geld hätten, als Silberbarren im Fort von Perote darauf warten, nach Spanien verschifft zu werden.«

Er beendete seine feierliche Ankündigung mit einem abrupten Grinsen und sagte leise etwas zu Domingo, das den Widerschein eines Lächelns auf dem undruchdringlichen Gesicht unseres Dieners hervorbrachte.

Schon nach fünf Minuten kehrte Felipe mit federndem Schritt und voll seines sichtbar erholten, üblichen Optimismus zurück. Hinter ihm erschien Doña Carmelita, eine lachende, freundliche Frau mit Apfelbäckchen, die mich wie eine Freundin begrüßte und die ich sofort gern leiden mochte. Mit einem weisen, amüsierten und wissenden Blick forschte sie in meinem Gesicht. »Aber gewiß«, rief sie aus, »jedes Kind kann sehen, daß die Señorita nicht am Fieber leidet. Nichts als die Hitze. Was für besorgte Narren die Männer doch sind, nicht wahr, Señorita?«

Sogleich begann ich mich besser zu fühlen. Eine leichte Brise wehte vom Meer her in diesen Stadtteil, und ein feingezeichneter, türkisch aussehender Mond schaute über die Dächer.

»Willkommen, höchst willkommen in meinem Haus. Bitte, treten Sie ein, Señorita, die Casa Catalán gehört Ihnen. Daß Sie in ihren Wänden wohl ruhen mögen.«

»In ganz Vera Cruz gibt es kein besseres Bett als das, in dem du heute nacht schlafen wirst«, fügte Felipe hinzu. »Soviel ich weiß, hat es Doña Carmelita eigens aus Frankreich importiert.«

»Das stimmt. Es ist ein ganz besonderes Bett, man sagt, es stamme aus dem Besitz der Madame Pompadour. Mögen Sie süße Träume darin haben, Señorita ...«

Dies war es, wie mein erster Abend in Mexiko endete: ich lag in Madame Pompadours vergoldetem Muschelbett, in einem luftigen Raum mit rosa Wänden, in der Casa Catalán. Die Fenster waren ohne Vorhänge, und Felipe hatte die Holzläden geöffnet, um die junge Brise hereinzulassen, die einen Hauch der feuchten, salzigen Frische des Golfs mit sich brachte. Das Bett war wirklich prächtig, und ich schob die dünne Decke zurück, um die Luft auf meiner dankbaren Haut zu fühlen. Mein karmesinrotes Brokatstaatskleid lag in einem unordentlichen Häufchen auf den glänzenden Fliesen wie eine dunkle Pfütze in dem Zimmer, das sich in der Durchsichtigkeit der südlichen Nacht auflöste. Felipe hatte unsere Kerze mit sich genommen, und ich konnte ihn in dem merkwürdig luxuriösen Ankleidezimmer nebenan herumplätschern hören, wo ich gerade zuvor ein Bad in einem mit kühlem Regenwasser gefüllten Bottich genommen hatte. Das Bett hob und senkte sich, hob und senkte sich, mit mir darin, aber es war nicht unangenehm, fast wie der Rhythmus einer Barkarole, eines Schlummerlieds. Langsam entspannten sich meine Nerven. Ich streckte mich zufrieden aus, und dabei fiel mein Blick unvermutet auf etwas, das ich für das Gemälde einer nackten Frauenfigur an der Decke hielt. Erst einen Augenblick später wurde ich mir bewußt, daß ich das war, ich selbst da oben! Mein eigener, sich bewegender Körper, in Lebensgröße und vollkommen nackt, wie ich ihn noch nie gesehen hatte. Alles in allem war ich nicht unzufrieden mit dem Anblick, obgleich ich mir ein wenig vollere Brüste gewünscht haben würde; auch meine Schultern waren immer noch die eines jungen Mädchens und paßten nicht recht zu der losen Frau, die aus mir geworden war. Ich fragte mich immer noch verblüfft, wie mein Körper wohl an die Decke gekommen sei als Felipe in das Bild trat, und jeder Nerv in mir begann zu prickeln in einer Erregung ohne Scham und Zurückhaltung.

»Hast du gesehen? Da ist ein Spiegel an der Decke«, flüsterte ich verwirrt, erstaunt, verständnislos.

Felipe blies die Kerze aus, und in der leuchtenden Dunkelheit hörte ich, wie er leise in sich hineinlachte. »Dir entgeht auch kein Kunstgriff, nicht wahr, Chiquita dulcísima?« sagte er.

In Mexiko – dachte ich, in Mexiko hängen sie den Spiegel an die Decke, pfeilgerade über das Bett. Mir scheint, ich werde eine ganze Menge neuer, merkwürdiger Dinge lernen müssen – in Mexiko ...

Liebe ist wie eine Gebirgskette, wie die Sierras, wie die Kordilleren; Liebe hat ihre steilen Anstiege, ihre gefährlichen Abhänge und Bergstürze, ihre dunklen Schluchten, ihre tiefen, stillen Wiesen und Täler; Liebe hat viele Bergspitzen, hoch und schimmernd in den Wolken, aber unbewohnbar, zu steil, um dort mehr als eine kurze Stunde zu verweilen. Und wie die Gebirgskette, so hat jede Liebe einen Gipfel, der hinauf und hinauf, höher als alle andern ragt. Wer zu diesem beinahe unerreichbaren Grat einmal emporgedrungen ist, dem bleibt nichts anderes mehr als der langsame Abstieg in die Niederungen und flachen Ebenen des gewöhnlichen Lebens.

In unserer Liebe erreichten wir den Gipfel an jenem Abend, da wir auf der Peralta Hazienda in der Nähe von Xalapa angekommen waren. Später dachte ich oft, daß wir diesen Augenblick zu bald erreicht hatten, zu früh für eine Liebe, die ein ganzes Leben dauern sollte ...

Die Fiebergefahren von Vera Cruz, die brütende Hochofenhitze der elenden Küste, der Gestank und Schmutz der tropischen Niederungen lagen hinter uns; aber auch das abenteuernde Zwielicht, in dem wir bis dahin gelebt hatten, die sumpfige Unsicherheit waren vorbei; der Tanz auf dünnem Eis, das Getue und der falsche Schein, Dinge, die Felipe nicht sehen wollte, die mir aber große, unausgesprochene Angst verursacht hatten: sie lagen hinter uns, denn nun hatte Felipe das Große Los gewonnen. In einer Tiefe von zwölfhundertachtzig Fuß war man auf eine reiche Ader in seiner Mine gestoßen. Es war der reichste Fund, die größte Bonanza, die Guanaxuato in vierzehn Jahren gesehen hatte, und von einem Tag zum andern wurde Felipe in Wahrheit all das, was er bisher vorgespiegelt hatte und was er gern sein wollte: reich, respektiert und mächtig.

Die Art, wie Felipe von seinem großen Glück erfuhr, hatte etwas vom Stil der Opera Buffa. Wir tranken gerade unsere Morgenschokolade, und es fing mir eben erst zu dämmern an, in was für einem Haus ich meine erste mexikanische Nacht zugebracht hatte, als sich eine aufgeregte, lärmende Menge vor der freundlichen, wenn auch nicht respektablen Türe der Casa Catalán ansammelte. Lakaien mit Komplimenten und Einladungen von ihren Herrschaften – allen voran von dem nämlichen Don Porfirio Bustamente, der uns am Abend vorher fast aus seinem Palais hatte werfen lassen; Kreditangebote von Schneidern und Juwelieren, Blumenkörbe mit phantastischen Früchten und giftig aussehenden Süßigkeiten; Sänften und Sänftenträger wurden mir in bester spanischer Manier zu Füßen gelegt und zur Verfügung gestellt; Kutscher, Kuppler, Zwischenträger und dunkle Ehrenmänner aller Art suchten unsere Gönnerschaft. Die Offiziere der königlichen Garnison stellten Felipe ihre Reitpferde zur Verfügung. Ein gezierter Friseur, eine geschwätzige französische Modistin, Zofen aller Größen und Schattierungen, Briefe, Gratulationen, Versicherungen der Ergebenheit und Freundschaft von all den Großen der Stadt, eine drängende, stoßende, streitende Menge von kleinen Leuten; Bettler, Händler, Hausierer und Höker, die hofften, aus unserer Überfülle ein paar Münzen für sich herauszuschlagen. Und all dies Geschrei und Gedränge wurde auf seinem Höhepunkt gekrönt durch das Erscheinen von zwei lächelnden Nonnen – die eine rotbäckig und vergnügt, die andere aus faltigem Pergament und schlauer Berechnung zusammengesetzt – zwei Nonnen, die gelassen das Haus der Sünde betraten, um von Felipe eine Gabe zur Errichtung einer Kapelle der heiligen Monica zu erbitten, jetzt, da die Hand Gottes und seiner Heiligen solche Reichtümer über ihn ausgegossen hatte. Tatsächlich hatten selbst diese Nonnen in ihrer frommen Abgeschiedenheit von Felipes Bonanza gehört, noch ehe die Nachricht zu ihm selbst gedrungen war.

Nach und nach stellte sich heraus, daß ein Eilbote, der wochenlang quer durch das regengepeitschte Mexiko geritten war, einen Brief zum Kontor des alten Peralta gebracht hatte, der ihn Felipe bei seiner Ankunft übergeben sollte. Aber dieser langerwartete Brief von Bert Quaile war in der kummervollen Konfusion, die Don Alonsos Tod gefolgt war, verlegt und vergessen worden. Der junge Enrique Peralta hatte ihn unter seines Vaters Papieren gefunden, die er zu seiner Hazienda El Encanto mitgenommen hatte, um sie in Ruhe durchsehen zu können. Ein Eilbote, den er sogleich nach Vera Cruz abgesandt hatte, war von einem Bergsturz aufgehalten worden, war im Morgengrauen angekommen und hatte einen von Peraltas Angestellten geweckt. Und so war die Neuigkeit von Felipe Contreras Bonanza an diesem Morgen überall das Tagesgespräch geworden: unter den Arkaden, auf dem Markt und in den Cantinas und Kneipen der kleinen Leute sowohl wie auch in den Offiziersquartieren und den Palästen des goldgestickten Adels – ehe sie uns zu guter Letzt in der Casa Catalán einholte.

Felipe hatte die große Neuigkeit mit einer Ruhe aufgenommen, die mir wieder einmal eine neue Seite seines schillernden Charakters zeigte. »Warum sollte ich überrascht sein? Was ist daran so atemberaubend? Ich wußte immer, daß es früher oder später so kommen mußte. Ich bin kein Narr, Caralinda, selbst wenn du mich manchmal für einen hältst. Als ich die ersoffene Grube für ein Butterbrot erstand, wußte ich, daß nichts anderes nötig war als die Bohrung eines tieferen Schachtes. Roberto hat gute Arbeit geleistet, aber das ist nur ein Anfang. Wir müssen tiefer graben, der Veta Madre tiefer hinunter und hinunter folgen. Den tiefsten Schacht in der Welt, meinen Glücksschacht! Soll ich ihn nach dir nennen – Santa Clara?«

Immer noch besorgt, daß ich am gelben Fieber erkranken könnte, hatte Felipe keine Zeit verloren, mich in die sichere Höhenlage von El Encanto zu bringen, wo uns der junge Peralta mit all dem Umstand empfing, der Felipe in seinem neuen Glanz zukam; während der ganzen gewichtigen Abendmahlzeit hatte Don Enrique – ein schmächtiger, etwas selbstgefälliger Mann mit einem kleinlichen Mund unter einem großartigen Schnurrbart – mich mit ausgesuchter Höflichkeit behandelt, aber gleich nachher zündeten die beiden Männer sich ihre Zigarren an und zogen sich in ein anderes Zimmer zurück, um wichtige geschäftliche Angelegenheiten zu besprechen.

Felipe, mein geliebter Spanier, mein Abenteurer, der heitere Spielgeselle meiner Nächte, war nun ein Mann von Wohlstand und Gewicht geworden, und mit dem neuen Besitz tauchten schwerwiegende Verantwortlichkeiten und Entscheidungen auf. Ich blieb mir selbst überlassen, ein wenig einsam, ein wenig ruhelos. Für eine kleine Weile lauschte ich, wie die Hazienda zur Ruhe ging, aber da war zuviel von Helgenhausen in diesen ländlichen Abendklängen und Gerüchen – und ich wollte nicht an Helgenhausen denken. Don Enrique hatte mich mit großem Feingefühl und Takt im Schlafzimmer seiner verstorbenen Gattin untergebracht, während Felipe in einem andern Flügel des weitläufigen Besitzes einquartiert war. Auf die höflichste Art wurde damit angedeutet, daß ich hier nicht als Felipes fragwürdige Reisebegleiterin, sondern als die Prinzessin Pontignac empfangen wurde, als eine Dame von makellosem Ruf und hervorragend weißer Haut. Es war ganz ausgeschlossen für Felipe, mich in diesem Zimmer zu besuchen, und wäre es auch nur für einen Augenblick, nur um mir gute Nacht zu sagen. Aber wie ich einschlafen sollte, ohne seine Hand in der meinen zu halten, das wußte ich nicht.

Ich entkleidete mich und kühlte dankbar meine Augenlider, meine Hände und mein Gesicht, Hals, Arme und Schultern in einem großen Becken aus gehämmertem Kupfer. In Deutschland hatte ich nicht gewußt, was für eine Seligkeit es sein kann, unersättlich im Wasser zu plätschern, es über sich rinnen zu lassen, sich darin zu spülen und zu kühlen; Wasser zu vergeuden, kaltes, frisches, süßes, gesegnetes Quellwasser; aber auf den Schiffen, in Orleans und in Vera Cruz hatte ich meine Lektion gelernt. Erfrischt schlüpfte ich zuletzt in mein weißes Musselin-Negligé und streckte mich auf dem harten, strengen, unnachgiebigen Bett der toten Señora Peralta aus. Ich schloß meine Augen, war aber nicht imstande, mich zu entspannen, und sogleich begann ein vielfarbiges Windrädchen hinter meinen Augenlidern zu schwirren, ein Kaleidoskop von Dingen, die ich unterwegs gesehen hatte, ein Wirbel von Landschaften und Menschen und Bäumen und Tieren und Gesichtern, verworrene Eindrücke, die meine Augen festgehalten hatten, ohne daß ich es recht wußte.

Wieder kam ich durch weiße und gelbe sonnenglühende Straßen, an niedrigen Häusern, abgeschlossen und verwahrt gegen alles Leben an der Außenseite, vorbei. Um die Mittagszeit warfen sie kaum einen Schatten, nur eine scharfe, fingerbreite, schwarze Linie war um sie auf den Boden gezeichnet. Selbst der Staub, in dem unsere kleine Karawane von Maultieren und Treibern dahinklingelt, ist ein beißendes weißes Glühen am Mittag, jeder Silber- und Metallbeschlag an Zäumen und Sätteln ein Dolchstich von Licht. In dem grünen, grünen Dampfbad des tropischen Urwalds gibt es Orchideen, Flug von Papageien, Bambusfontänen. Hinunter in den Abgrund einer schwarzen Schlucht, wo maskierte, sehr galante Briganten gelassen Geld fordern und es höflichst und widerstandslos ausgehändigt bekommen wie einen Zoll. Ein Ansturm von Wolken, ein tolles Rasen von massigen, schwarzen, grauen, violetten Formen wie wilde Stiere über uns, dann ein Regensturz, eine niederkrachende Glaswand. Unterschlupf unter den überhängenden Palmblättern einer Bambushütte; drinnen ein kleines Feuer, von einem Palmblatt in dünnen, alten Händen gefacht, und der Rauch steigt blau und bitter durch das lose geflochtene Dach auf. Ein Kreis von nackten, kleinen Jungen starrt mich an, sie saugen mich – die Blonde – ein, durch schwarze, runde, erstaunte Augen, Nasenlöcher und aufgesperrte Münder. Haut in allen Farben: die blauschwarze Haut der dicklippigen Abkommen afrikanischer Sklaven entlang der Küste; kupferfarbene Mondgesichter der Mädchen mit indianischem Blut in ihren geröteten hohen Backen. Magere, grünliche Indianer mit messerscharfen Nasen, als wären sie aus der Piedra Verde, dem grünen Gestein ihrer Felsen, gemeißelt. Das kalkweiße Antlitz einer Nonne, einer Blanca, die eine Schar kleiner brauner Mädchen hütet. Die helleren, pockennarbigen Gesichter unserer Maultiertreiber, wie gehämmertes Metall, glänzend von Schweiß; schon fange ich an, den Unterschied zwischen Indianern und Mestizen zu erkennen. Die einen, unbeweglich in ihre Serape gegossen, stehen, lehnen, kauern vor ihren elenden, vogelnestartigen Hüttchen. Die andern, lebhaft, von hellerer Farbe, mit breiterem Gesicht und Körper, reicher gekleidet, in Leder und mit Silber geknöpft, pfeifend, spukkend, singend, fluchend, lachend und prahlend. Träumend, an einem Altar an der Straße betend, tief gebeugt unter einer Last. Jetzt zärtlich ihren Maultieren und Burros zuredend, als wären sie Mädchen. Jetzt eine Frau mit grobem Geschrei antreibend, als wäre sie ein Maultier.

Auf jener ersten Reise von Vera Cruz nach El Encanto sah ich die Mexikaner nicht scharf und klar; ich sah sie nicht als menschliche Wesen, in denen jeder Rest von Würde zermalmt worden war, sondern nur als die malerische Staffage auf einem Fresko oder in einem Gobelin. Ich sah einen Mann, der ein weinendes Mädchen in ihrem Sonntagsstaat nach einer Hazienda führte, und dachte nicht, daß sie Vergewaltigung und Unzucht ausgeliefert wurde. Ich sah eine Frau vor einem Kreuz auf der Landstraße auf der Erde und wußte nicht, daß ihr Bruder vor der Kirchentüre öffentlich zu Tode gepeitscht worden war. Und als ein alter Mann, aufrecht und verwittert wie ein Baum, seine Faust ballte und einen Fluch in seinem barbarischen Indianerdialekt hinter uns herrief, verstand ich es nicht und lachte.

An jenem Abend in El Encanto war all das, was ich während des Tages gesehen hatte, nur ein wirres Durcheinander in meinem Hirn. Ich öffnete meine Augen und blickte auf das weiße Dreieck aus Mondlicht, das sich scharf auf den Steinfliesen abzeichnete; nein, ich hatte nicht geschlafen.

Der Ansturm von Bildern war vorbei und hinterließ nichts als eine tiefe Stille, die noch tiefer wurde durch das Zirpen von Millionen Grillen; wie ein Mondbogen, der in der scharfen schwarz-weißen Nacht vor meinem Fenster auf einer dünnen Silbersaite geigte. Ich trat auf die Galerie vor meiner Türe und blickte zum Himmel hinauf. Die Hazienda lag im Schlaf, ein dunkles Gedränge unbestimmter Formen, mit Silberlichtern, wo immer das Mondlicht eine glatte Fläche, ein Ziegeldach, einen Wasserkreis im Steinbecken einer Fontäne traf, einen glasierten Krug, einen gewichsten Sattel, auf einem Zaun hängend.

Der Glanz des Mondes hatte jedes andere Licht aufgesogen, und dahinter war nur Raum; der kalte, schwarze, tiefe, klare Weltenraum, in dem das Universum der Ungläubigen in seinem ungelösten, unlösbaren Geheimnis hing. Der Gedanke von Millionen von Planeten, die sich um Millionen von Sonnen drehten, von Welten jenseits aller bekannten Welten, gab mir das Gefühl, als verschwände ich, aufgelöst in diesen endlosen, erbarmungslosen Himmel; der Mond zog mich zu sich. Ich legte eine Hand auf das kühle, feuchte Geländer der Treppe und ging hinunter, ohne einen Laut und fast gewichtslos.

Ich durchschritt einen Patio, tauchte in die Dunkelheit eines Mauerbogens, kam in einen anderen Patio. Die Gebäude schienen zu schlafen, die Fenster dunkel, vergittert, verschlossen, mit Läden versperrt. Dann kam ein Duft auf mich zu, Süße und Bitterkeit unvergleichlich gemischt, ein Geruch, mir ganz neu und doch so wohlbekannt, als hätte ich mein ganzes Leben darauf gewartet. Ich folgte diesem Duft wie einem Ruf. Meine Augen gewöhnten sich an den Mond. Ich kam durch ein Pförtchen, und nun war ich im Herzen dieses Duftes, in einem Hain von blühenden Orangenbäumen, ihr Laub zu dunklen Kuppeln geformt, ihre tiefsten Zweige fast den Boden berührend. Ich sah das glänzende Laub, die wächsernen Blüten, kleine grüne Knospen und reife, bleiche Orangen im schwachen Gefunkel von tausend Glühwürmchen.

Und dann sah ich Felipe.

Er war aus einer Türe getreten und stand unter einer Laterne, von der ein Rinnsal von gelbem Licht auf seine Gestalt hinabsickerte. Er trug keinen Rock, nur seine eleganten, engen, weißen Hosen und ein Batisthemd mit Rüschen, offen am Hals. Er stand da, tief atmend, mit sich allein, nicht wissend, daß ich ihn sehen konnte. Um ihn war ein Alleinsein, ein Stolz, etwas wie die männliche Schönheit und bewußte Stärke eines Hirsches, der auf eine Lichtung hinausgetreten ist und dort im Morgennebel steht, mit der steilen Wölbung seines Nackens und dem Muskelspiel seiner Schultern und Flanken, und seine Augen unter langen Wimpern sanft und bezwingend wie die eines Kindes. Und wie bei dem seltenen Anblick eines solchen Tieres, das sich unbeobachtet glaubt, zog sich mein Herz in einer süßen, schmerzenden Umklammerung zusammen, als ich meinen Geliebten sah, wie er war, wenn er sich allein glaubte.

Er war vollkommen entspannt, aber selbst allein mit sich war er muy hombre, wie die Spanier es nennen. Da war weniger Arroganz und mehr von jener immer vorhandenen, unbewußten Tiermelancholie in seinen Augen. Das Feuer und der Wagemut waren nicht mehr da, nicht mehr der Glanz, die angespannte Ironie, die spielerische Haltung, der Trieb, Witze über seine

Gefühle zu machen, seine eigene Galanterie zu verspotten. Dies nun war mein Mann, mein Liebhaber, entwaffnet, demaskiert, ohne das Panzerhemd, das alle Liebenden tragen – weil alle Liebenden Angst haben, verwundet zu werden. Wie er so unter der Laterne stand, überkam es mich mit einer erdrückenden Macht, daß dieser Mann, dieses unergründliche Geschöpf, dieser ewig Fremde, alles war, was ich jemals gewollt hatte, alles, was ich jemals in meinem Leben haben wollte; daß ich in ihm eine Erfüllung gefunden, wie sie nur wenigen gegeben ist.

Ich hatte mich nicht bewegt, aber er hob seinen Kopf und kam auf mich zu, gerade und ohne Zaudern auf den Baum zu, in dessen Schatten ich mich verbarg. Die Glühwürmchen löschten ihre Lichtchen aus, als er näher kam, und begannen wieder zu leuchten, als er vor mir stand. Der Duft der Orangenblüten umgab uns wie ein Zelt. Er schaute in mein Gesicht herab, und ich wartete auf ein Wort oder ein Lächeln, aber er blieb stumm, sah mich nur unendlich ernst und angespannt an. Ich konnte die Wärme seines Körpers fühlen und hörte seinen Atem kommen und gehen in der tiefen Stille, die uns einhüllte. Ohne ein Wort begann er zu gehen, und ich ging mit ihm, als wäre ich mesmerisiert, beide bewegten wir uns, atmeten, pulsierten im gleichen Rhythmus. Langsam begannen Liebe, Zärtlichkeit, Verlangen, Erregung sich in uns zu erheben und anzusteigen; die Nacht hielt ihren Atem an; eine reife Orange fiel dumpf zu Boden; wir gingen Seite an Seite durch die kleinen Mondinseln zwischen den Bäumen. Wir durchschritten den Hain, ließen ihn hinter uns; wir betraten das mondgetränkte, kurze Gras einer Weide, und plötzlich schwiegen Millionen von Grillen still. Noch immer das langsame Anschwellen und Wachsen wie von einer Flut, wie der Alarmruf ferner Trommeln in unserm Blut. Die Dächer und Mauern der Hazienda blieben hinter uns zurück am Abhang, und wir erreichten den Gipfel des Hügels. Wir hatten nicht gesprochen, wir hatten uns nicht geküßt, nicht einmal unsere Hände hatten sich berührt, und doch waren wir so vollkommen ineinander aufgegangen wie nie zuvor.

Wir standen still; Felipe hob seine Hand und zeigte in die Nacht hinaus. Dort, in dem tiefen blauen Raum jenseits des Mondes, erschien ein einzelner Stern, größer, als Sterne je gewesen waren. Ein schwebender, schimmernder Gipfel, ein Kristall, eine Diamantwolke – und doch konnte keine Wolke, kein Kristall von solch überirdischer Schönheit sein.

»Orizaba«, sagte Felipe leise.

Für einen Augenblick stand er in der Nacht, der Sternenberg, der nie betretene Berg, hervorgezaubert und erschaffen von den mysteriösen Göttern dieses mysteriösen Landes; stand da, für mich zu sehen, eine Vision, eine Fata Morgana, ein strahlendes Wunder, ein Versprechen; und dann löste er sich in einen weißen Glanz auf, wie eine zweite Milchstraße, wurde ein dünner, leuchtender Nebel und war zergangen.

Es war, als hätte Felipe mir diese Minute zum Geschenk gemacht, und nun schritt er weiter, über den Gipfel des Hügels und auf den dunklen Umriß einer Gruppe von hohen Bäumen zu. Die Grillen wurden wieder laut nach der atemlosen Stille, der Mond war nicht mehr so hell, und die Stimme eines Wasserfalls sang irgendwo in einer schwarzen Schlucht. Nun war die Liebe unerträglich geworden; die entfernten Trommeln kamen näher und waren überall, hämmerten in meiner Brust, in meinen Schläfen, meinen Adern, in dem Zentrum meines Frauseins. Wenn ich jetzt, jetzt, jetzt nicht mit Felipe sein kann, wird diese Liebe mich zerbrechen. Als wären wir eins, so schritten wir schneller und schneller aus; Felipes Atem ging laut und schwer. Über dem letzten Lichtstreifen, der zwischen uns und der Dunkelheit unter jenen Bäumen lag, rannten wir, wie auf der Flucht vor einem Dammbruch, wie dahingeschwemmt von der steigenden Flut, und in dem Augenblick, da wir die Schattenhöhle erreicht hatten, sanken wir uns in die Arme und zu Boden.

Wir blieben dort in einer Einheit wie nie zuvor und nie danach. Es war ein Sich-Aufgeben, ein Sich-Verlieren, so vollkommen, wie ich manchmal denke, daß es sein wird, wenn dieses Leben endet und das nächste anfängt. Wir starben dort unten, wir starben hinauf und hinauf in die Nacht, in den Himmel, hinauf in das Universum, in den kreisenden Raum ohne Ende. Dann, langsam, kehrten wir zurück, noch immer zusammen, aber wieder zwei Wesen: Mann und Frau, noch lebend, noch in den Grenzen dieser Erde. Meine Hand ruhte auf Felipes Herzen, das noch rasend schlug und langsam verebbte und sich beruhigte.

»Du – einzige ...«, sagte er. Es war das erste Wort, das zwischen uns fiel. »Jetzt waren wir auf dem Gipfel des Orizaba.«

Der Boden, auf dem wir lagen, troff von dem schweren Tau dieser Höhe; mein dünnes, weißes Gewand war vollkommen durchnäßt davon. Meine Schuhe waren voller kleiner Kiesel, und meine Beine waren zerkratzt. Auch bemerkte ich, daß der liebe Duft der feuchten Erde gemischt war mit dem unzweideutigen Geruch von frischem Kuhdung. Im allgemeinen hatte ich nichts gegen Kuhdung, obgleich ich hoffte, daß wir nicht mitten darin gelegen hatten. Und ich wollte nicht an Helgenhausen erinnert werden – nicht gerade jetzt. »Wie weit ist es zu Fuß vom Gipfel des Orizaba bis zur Hazienda?« fragte ich und versuchte, mit einem kleinen Scherz auf die Erde zurückzukommen.

»Bist du müde? Soll ich dich tragen?«

»Bist du denn nicht müde?«

Ich hörte, wie er in sich hineinlachte. »Es braucht mehr, als dich zu lieben, um mich müde zu machen«, sagte er, als er in eine entspannte Zärtlichkeit glitt, scherzend über sich selbst und mich, und wieder unverschämt wurde. Er stand auf, streifte ein paar Grashalme von seinen Hosen, warf sein Haar zurück und ordnete sein zerknülltes Hemd in einer gefälligen Art an. Er schnupperte den Kuhdung und bemerkte fröhlich: »Hier schlief Madame de Pompadour bestimmt nicht.«

Er hob mich auf, sagte: »Vete, mujer«, wie ein Peon und »Arree«, wie ein Maultiertreiber, er hob mich in seine Arme, als wäre ich ganz ohne Schwere, und trug mich den verzauberten Weg, den wir gekommen waren, zurück.

»Gute Nacht, mein Liebchen«, sagte er, als er mich im Schutz des Orangenhaines niedersetzte. »Hier muß ich dich verlassen. Und glaub mir: An diese Nacht werde ich denken in der Stunde meines Ablebens, Amen.«

Als ich am nächsten Morgen aufwachte, war Felipe mit Don Enrique zurück nach Vera Cruz gegangen, um alle die wichtigen Transaktionen zu erledigen, die für den Besitzer einer der reichsten Silbergruben von Guanaxuato notwendig waren. In einem Zinnkäfig auf der Galerie vor meiner Türe hing ein verschreckter, junger grüner Papagei, eben aus dem Tropenwald gebracht, der mit seinen gestutzten Flügeln schlug und versuchte, sich zu erinnern, was Felipe ihn gelehrt hatte, mir zu sagen: Te quiero, Caralinda. Siempre. Siempre.

Der Fehler mit meinem Gedächtnis ist, daß es sich benimmt wie ein schlecht erzogener Hund. Ich pfeife, und es zeigt sich nicht. Ich werfe einen Stock zum Apportieren, und es bringt mir einen Stein zurück; oder, schlimmer, es legt mir einen toten jungen Vogel zu Füßen, mit gebrochenen Flügeln, und ein Blutstropfen sickert aus seinem Schnabel. Und wie ein schlecht erzogener Hund scheint mein Gedächtnis auch noch stolz auf solche Leistungen zu sein. Es folgt meinem Ruf nicht und ist nicht zu finden, wenn ich mir seine Gesellschaft wünsche. Und dann wiederum, wenn ich allein und in Ruhe gelassen sein möchte, kann ich es nicht loswerden. Geh weg, sage ich, siehst du denn nicht, daß ich dich jetzt nicht brauchen kann? Aber es schaut mich mit vorwurfsvollen Augen an; es wedelt mit dem Schwanz, klettert mir auf den Schoß und leckt mir das Gesicht. Du kannst dem Gedächtnis nicht befehlen und dich nicht darauf verlassen. Denn Erinnerungen sind Lügen.

Eben jetzt möchte ich mich an Guanaxuato erinnern, so wie es war, als ich dort ankam. Aber das einzige, worauf ich mich besinnen kann, ist eine Kleinigkeit, die gar nicht zum Rest gehört. Ich war mit Felipe in die Hügel geritten, und auf dem Pfad bemerkte ich einen dichten Stand von Blumen, wie ich sie nie zuvor gesehen hatte. Aber als ich mein Pferd zügelte und mich hinunterbeugte, entdeckte ich, daß es gar keine Blumen waren; es war ein Kreis, der ganz und gar aus Schmetterlingen bestand, in allen Schattierungen von Weiß zu Zitronengelb und Orange. Im Mittelpunkt des enggeschlossenen Zirkels lag ein toter Schmetterling mit gefalteten Flügeln, und all die andern saßen traurig um den winzigen Leichnam herum; sie saßen nur da und zitterten ganz leise und fächelten ihren kleinen toten Bruder mit ihren eigenen, lebendigen, feinen Flügeln. »Eine Totenwache von Schmetterlingen«, sagte Felipe, und wir ritten weiter.

Und dann, ohne Übergang, erinnere ich mich an den Abend, als Bert Quaile in La Rosauras zerstörtem, geplündertem Haus getötet wurde. Er lag da, tot und zerschlagen, auf dem nackten Fußboden, und Rosauras Mädchen saßen traurig um die verkrümmte Leiche; sie weinten nicht, sie zitterten nur, und mit ihren kleinen beredten Händen und ihren kleinen Fächern verscheuchten sie die Fliegen ...

Ich möchte mich an Guanaxuato erinnern, so wie es war, als ich dort ankam, aber das einzige Bild, das erscheint, ist die Stadt, wie ich sie zuletzt sah, zehn Jahre danach: mit Straßen wie die blutigen Eingeweide eines Pferdes, das beim Stierkampf aufgerissen wurde, mit blaugesichtigen Leichen, die an den Galgen auf der Plaza Mayor schwangen, mit dem heißen Pulvergeruch der letzten Hinrichtungssalve noch in der Luft. Als die grausamen Exzesse des Aufstandes vergolten worden waren mit den grausamen Exzessen gegen die Aufständischen. Denn so war der Charakter und das Klima von Guanaxuato: eine Stadt, genauso wild, wie Weimar zahm ist; so unversöhnlich, wie wir hier tolerant sind; so leicht in Aufruhr gebracht, wie Weimar sanft in die Bequemlichkeiten des Lebens gebettet ist.

Als ich Guanaxuato verließ, war es eine Stadt von Bettlern, seine Reichtümer vernichtet, seine Paläste niedergebrannt und geplündert, seine Silbergruben zerstört, seine Aristokraten gesteinigt und hingemetzelt. Aber als ich ankam, zu Ende des Jahres 1801, stand es in seinem Zenit, die reichste, die stolzeste, wildeste, verrückteste Gemeinde, eine Stadt von Millionären. Sie war zu groß für die enge Schlucht geworden, in die sie die Laune der ersten Bergleute hineingestopft hatte wie in einen Sack. Sie streckte sich und griff mit sechzig Brücken über die Flüsse, die sie umschlossen; sie reichte mit ihren Fangarmen die steilen Abhänge der Hügel hinauf und klammerte sich mit den würfelförmigen Lehmhütten der Armenviertel an die abgründigen Bergwälle. In diesen ewig abbröckelnden Häuschen, die zwischen den wuchernden, metallisch-grünen Massen von Kaktus und Nopal übereinanderkletterten, lebte die wimmelnde Menge der Bergarbeiter. Dahinter erhob sich ein Wall von Hügeln und Bergen, El Cerro und La Serena und La Bufa, in deren zahllosen Schächten und Stollen das wertvolle Metall gefördert wurde, Tag und Nacht, in der niemals endenden Suche nach größerem Reichtum. Man sagte, daß jeder Fuß Erde, jeder Berg- und Abhang aus purem Silber bestände. Die Straße, auf der man ging; der Grund, der ausgehoben wurde, um ein Haus zu bauen, selbst das Loch, das man für eine Zisterne grub, konnte zu einer Silberader führen; der Staub, den der Wind aufwirbelte, der Grund eines jeden Flusses, der Lehm, den man stach, um Ziegel zu machen, war reich an Silber. Die Stadt stand auf Silber, lebte von Silber, tötete für Silber, sprach, träumte, wünschte, kannte nichts anderes als: Silber.

In dem überfüllten Herzen der Stadt, in den Palästen um die Plaza Mayor, lebte die ungeschliffene neue Aristokratie der Kolonien; alle diese Condes und Marqueses, die bis vor kurzem noch skrupellose, spanische Abenteurer gewesen waren, verbissene Spieler, Bergleute mit starken Rücken und einem Willen aus Stahl, bis zu der Stunde, in der sie auf eine glückliche Ader stießen. Abgeschlossen von der Welt durch ihre beinahe unzugänglichen Silberberge, hatten sie keinen größeren Wunsch, als sich gegenseitig in der Schaustellung ihres jungen Reichtums zu übertreffen: in großartigen Gaben für ihren König – und eine elendere Parodie auf einen König als Carlos IV. ist kaum vorstellbar –, in Bestechungen, Geschenke genannt, für seine eitlen und käuflichen Virreys und Beamten, in verschwenderischen Beisteuern für die heilige Kirche. Sie stifteten Klöster und errichteten über ihren Gruben mehr und mehr Kirchen, die mit der Fülle von vergoldeten Ornamenten und den glitzernden Feuerwerken ihrer Altäre und Reliquienschreine beinahe barsten.

In Guanaxuato, so dachte ich oft, gab es keine Häuser, wie wir sie zu Hause hatten. Entweder waren es protzige Paläste oder elende Hütten. Entweder phantastischster Reichtum oder tiefste Armut. Alles war extrem in Guanaxuato, und es gab keinen Mittelweg in dieser pochenden, hämmernden, explodierenden, vom Irrsinn getriebenen Stadt. Da waren der unerträgliche Stolz der in Europa geborenen Aristokratie und die kriechende Unterwerfung der Mexikaner, denen das spanische Joch nichts gelassen hatte als sklavischen Gehorsam. Aber das verstand ich im Anfang noch nicht, und es erforderte Jahre der Erfahrung und eine Menge von Bert Quailes Unterweisungen, ehe sich meine Augen dafür öffneten. Es gab entweder Übersättigung oder nackten Hunger. Entweder Liebe oder Haß, jedes tödlich. Entweder Dürre oder Überschwemmung, und beides tötete Hunderte von Tausende von Menschen. Selbst das Wetter war extrem in der kleinen Erdfurche zwischen den Bergmauern. Die Tage waren entweder von elysischer Klarheit oder verdunkelt von Stürmen und Orkanen, die einen Pfad der Verwüstung hinter sich ließen. Hier gab es keine Mäßigung, nur ein erbarmungsloses Äußerstes. Überall und jederzeit gab es etwas, über das man den Kopf schütteln und denken mußte: Verrückt! Verrücktes Volk, verrückte, verrückte Stadt!

In dieser verrückten Stadt lebte ich in einem kleinen, prahlerisch ausgestatteten Palais aus rosenfarbenen Steinquadern, dessen hohe Fenster und feine schmiedeeiserne Balkone die Plazuela de San Diego überblickten. Dort lebte die Prinzessin Pontignac das verrückte, starke, unruhige und müßiggängerische Leben einer ausgehaltenen Frau, während Clarinda Driesen friedlich unter einem Weidenbaum in Helgenhausen ruhte. In diesen ersten Jahren gab mir Felipe alles, was er mir versprochen hatte, und mehr als das. Mehr Kleider und Roben, als ich je tragen konnte, genug Juwelen, um ein Götzenbild damit zu behängen, ein Regiment von erstaunlich unnützen Dienstboten, die im rückwärtigen Flügel stritten und sangen, kicherten und heulten, viel stahlen und wenig taten und die mir oft Heimweh nach meiner Babette oder der ehrlichen Plumpheit unserer alten Schindler verursachten. Im Stall zwei feine Reitpferde – die zu reiten mir nur in Felipes Gesellschaft gestattet war. Eine Kutsche mit einem Gespann von seidigen, silbergrauen Maultieren, obgleich eine Kutsche das letzte war, was man in dieser Stadt der Stufen, Treppen und steilen Rampen benutzen konnte. Mein Empfangsraum war eines Gesandtschaftsgebäudes würdig, aber es kamen keine Besucher. Mein Schlafzimmer hatte eine silberne Schwelle, die aus der ersten Silberernte von

La Ramita stammte, und als Felipe mich zum erstenmal darüber trug und mich inmitten von all dem barbarischen Prunk meines Zimmers niederstellte, hätte ich lachen und weinen mögen.

»Du siehst, ich habe mein Versprechen gehalten. Wie gefällt es dir, Caralinda?«

»Ach – aber das ist viel zu kostbar für mich«, sagte ich beklommen.

Da gab es silberne Leuchter und silbergerahmte Spiegel, eine Fülle von Silber auf dem Toilettentisch – sogar einen silbernen Pot de chambre gab es da. Inmitten von all dem stand ein riesiges Bett mit Gehängen aus roter chinesischer Seide. Auf das Kopf- und Fußende waren biblische Szenen gemalt, an die ich mich gut erinnere; und manchmal, wenn ich in meinem keuschen Zimmer in Helgenhausen aufwache, frage ich mich noch im nebligen Halbschlaf, warum sie nicht da sind, um mir als erste am Morgen in die Augen zu fallen

»Wie gefällt dir dein Bett, mein Herz? Ich habe es selbst entworfen«, sagte Felipe mit Schöpferstolz.

Die Bilder waren eine verschmitzte, dreist-vergnügte Sammlung aller Beispiele von Verderbtheit in der Bibel. Adam war schlank und nackt und sehr männlich und fast ein Porträt Felipes, sichtlich und unverkennbar erregt durch den Anblick einer verführerischen nackten, kleinen Eva, die einen Apfel vor ihre runde Apfelbrust hielt, während die Schlange grinsend den nächsten Schritt dieser zwei nicht so ganz unschuldigen Liebesleute im Paradies voraussah. Da gab es die Versuchungen des heiligen Antonius, so verführerisch wie möglich dargestellt; Bathseba, mit schmalem weißem Körper im Bad, und König David, der sie von den Mauern seines Hauses beobachtete. Und Herodias Töchterlein war da zu sehen, in einer ganz und gar lasziven Pose, wie sie vor einem geilen Herodes tanzte. Es war ein amüsantes und einladendes Bett für Verliebte, wenn es auch manchmal etwas ironisch die Stirne zu runzeln schien, als wollte es andeuten, daß verliebte Leutchen Narren seien, von jeher Narren gewesen waren und nicht ernst genommen werden konnten. Es war auch ein sehr großes Bett, und wenn ich allein darin schlafen mußte, kam es mir seltsam leer und einsam vor.

Ich hatte mich nie über Schlaflosigkeit zu beklagen gehabt, aber während meines zweiten Jahres in Guanaxuato erfuhr ich etwas von den beschämenden und verheimlichten Qualen, die nur der geheimen Sekte derjenigen, die keinen Schlaf finden, bekannt sind. Während des Tages hatte ich mehr Zeit zu vertändeln, als ich auszufüllen wußte, denn während des Tages arbeitete Felipe schwer in La Ramita. Nein, die Condes und Marqueses von Guanaxuato waren keine Müßiggänger; viele von ihnen waren durch eine harte Schule gegangen, in der sie gelernt hatten, Handbohrer und Hammer selbst zu handhaben; einen Schacht, einen Stollen, eine Strecke zu planen; wie man den größten Gewinn aus seinem Besitz schlagen und, vor allem, wie man unter den Hunderten und Tausenden von Bergleuten Disziplin bewahren konnte. Während des Tages war Felipe in seinem Bergwerk, und mir blieb nichts anderes übrig, als auf den Abend zu warten, wenn er mich besuchen würde. Ich kam mir fast vor wie eine Schauspielerin, deren Tage in einer fahlen Leere vorbeigehen, da ihr ganzes Leben in die kurze, brillante Vorstellung des Abends zusammengepreßt ist. Aber nicht zu selten wurde die Vorstellung abgesagt; Domingo erschien mit einem kläglichen, kleinen Scherz, mit der Mitteilung, daß Felipe aus diesem oder jenem Grund in La Ramita übernachten müsse.

Während des zweiten Jahres, als Felipe öfters vergaß, mir Nachricht zu senden, wenn er nicht kommen konnte, fand ich in meinem großen, verführerischen Bett nicht mehr Ruhe, als wenn ich in einem Ameisenhaufen gelegen hätte. Der Sand im Stundenglas der Nacht lief langsam und heiß und aufreibend durch mein Gehirn; die Zeit kroch unter ihrer Last von fremden und doch nur zu bekannten Geräuschen dahin. Das erstickte Kreischen hinter der Plazuela stammte nicht von einem Gemordeten, sondern von einem aufbegehrenden Esel. Der Tumult unter meinem Balkon war nicht der Ausbruch einer Revolution, sondern nur ein liebevoll betrunkener Abschied zwischen Freunden. Krach und Explosion um Mitternacht bedeuteten nicht die ersten Schüsse eines Krieges, sondern nur die Mörser und Feuerfrösche, mit denen einer der unzähligen Heiligen der Stadt geehrt wurde. Lange vor Tagesanbruch stand eine Musikkapelle unter meinem Fenster, und ein rauher Bariton riß mich aus meiner kostbaren ersten Schlafwolke. Dies, so nahm ich an, war Andreas Ruiz, ein reicher, junger Grubenbesitzer aus Felipes Bekanntschaftskreis. Ich bohrte meine Fäuste in meine Ohren und widerstand dem ordinären Verlangen, meinen Silbernachttopf auf den Kopf des Ständchenbringers fallen zu lassen.

Im Anfang war ein ziemliches Gedränge von Herrenbesuchen, die meisten von ihnen stattliche, glänzende Kavaliere, und da war nicht einer, der nicht versucht hatte, mich zu verführen. Andreas Ruiz wagte sich am weitesten darin, was wahrscheinlich bedeutete, daß er Felipes bester Freund war. Andreas sah gut aus, wie ein grobgehauener Cäsar, von dem ein Bildhauer eine Büste begonnen und mitten drin das Interesse verloren hatte. Selbst nachdem er erste Ansturm vorbei war, fuhr er fort, heimliche Billets doux durch die Gitterfenster zu schmuggeln, mich seiner Liebe zu versichern; sein Pferd unter meinem Balkon herumtänzeln zu lassen, mich mit Andeutungen und Blicken, mit verlockenden Versprechungen und seinen lächerlichen Serenaden zu verfolgen: alles ein Teil des leidenschaftlichen, wenn auch schematisierten Werbens, von dem der spanische Humor sagt: Er frißt das Eisengitter. Anstatt in seiner kitzligen Ehre gekränkt zu sein, lachte Felipe nur darüber. Vielleicht wäre er enttäuscht gewesen, hätten seine Freunde nicht ihre Bewunderung dadurch gezeigt, daß sie versuchten, ihn zum Hahnrei zu machen. Immer stand Felipe vor dem gleichen Konflikt: Er wollte mich der ganzen Stadt als seine Mätresse und seinen Besitz zur Schau stellen: die Prinzessin Pontignac, die mit Leib und Seele Felipe Contreras gehörte; doch zur gleichen Zeit wollte er, daß ich empfangen und respektiert werden sollte wie die große Dame, die ich – wie er wußte – war. Aber ich fand keine Freundinnen unter den Damen der führenden Familien. Sie waren arrogant, herablassend und doch neidisch zugleich, und ich fühlte keinen Wunsch, mich in ihre Gunst einzuschmeicheln. Sie waren beschränkt, ungebildet und oberflächlich; mit ihrem Geschwätz und ihren kleinen Intrigen, ihren Zigaretten und ihrer bodenlosen Faulheit hätten sie geradesogut hinter Haremsmauern leben können.

Was die anderen Frauen anging, deren Ruf nicht besser war als meiner, so gehörten sie zu einer niedrigen und übel berufenen Klasse, mit der ich nichts gemein hatte.

Andreas Ruiz ging unbarmherzig durch fünf Strophen seines Liedes, und ich schloß meine Augen, vergrub meinen Kopf unter das Kissen und versuchte, mich nicht zu fragen, wo Felipe die Nacht zugebracht hatte. Drei Uhr. Ich kannte den Klang von jeder Kirchenuhr, die die Stunden schlug, das Knacken jeder losen Diele in den nächtlichen Windstößen. Die ewig gleichen drei Hunde würden bald ihren Streit auf der Brücke in der Nähe des Hauses ausfechten. Der junge Hahn, der vor allen anderen auf war, um sich im Krähen zu üben; der junge Trompeter hinter der Kaserne, der dasselbe tat; das Tip-Tap und Klink-Klank eines frühen Zuges von Maultieren, die über die Plazuela geführt wurden; das rasende Kollern zweier wütender Truthähne im Küchenhof des Klosters von San Diego. Ich glitt in einen dünnen Schlaf, wachte auf, schlief ein, wachte auf. Fünf Uhr. Trompeten, Trommeln und marschierende Soldaten. Tagesanbruch – und die Glocken riefen zur Frühmesse; einige von ihnen langsam und tief, andere blechern und schnell und näselnd wie die Stimmen von Marktweibern. Zuerst eine nach der andern, dann der ganze Chor: die Kirche der Compania, die des Kirchspiels, San Diego, San Francisco und weiter entfernt: Carmen, Merced, Belén. Eine nach der andern verstummte, und dann eine Minute von tiefer Stille. Ein gequältes Aufbrüllen und ein scheußlicher Gestank von dem nahen Schlachthof. Wieder Ruhe. Verzweifelt schloß ich die Augen und schlief endlich ein. Ein langgezogener Schrei, wie von den Verdammten der Hölle, weckte mich auf: »Carbon – carbooooon!«

Ich rieb meine müden Augen; mein Herz hämmerte. Die Rufe wurden lauter, und sie kamen unter meinem Fenster vorbei, in all ihrer schneidenden Nötigung; die Morgenstimmen von Mexiko.

»Leche, lechee! Frutas, frutas de Santa Rosa, compren mis frutas! Pollos, guajalotes, huevos! Agua, agua de la primera, Aguaaa! Helotes, heloteeeeeees! Charbooooooooon.«

Ich gab es auf und zog an der Schnur meiner Silberschelle. Nach geraumer Zeit erschien Consuelo mit meiner Schokolade, und Doña Dolores kroch herein, wie eine schwarze Spinne und spritzte ein paar Tröpfchen Gift auf meinen Morgen.

»Hat die Prinzessin eine angenehme Nacht gehabt?«

»Es ging. Danke.«

»Ich hoffe, es hat die Prinzessin nicht beunruhigt, daß Don Felipe es gestern abend unterließ, seinen Besuch abzustatten?«

Ich gab ihr keine Antwort. »Öffne die Läden, Consuelo«, sagte ich, »ich brauche frische Luft.«

Wie jede Dame der Stadt mußte ich eine Dueña haben. Doña Dolores de Uvalde war eine gelbhäutige, schnurrbärtige, beißende Plage. Nicht nur schlechthin eine Witwe, sondern eine schwarze widrige, verwitwete Witwe, war sie die personifizierte, ungenießbare Witwenschaft an sich. Zwischen ihr und meiner unordentlichen, mürrischen Kammerzofe gab es beständig Streit. »Diese vernunftlose Kreatur, dieses Biest, diese dreckige Indianerin«, warnte mich die Witwe. »Sie wird Ihnen das Weiße aus den Augen stehlen, wenn Sie nicht aufpassen. Sie müssen sie regelmäßig verprügeln, sonst wird sie keinen Respekt vor Ihnen haben.«

»Die da, diese Dolores«, erzählte mir Consuelo auf der anderen Seite. »Protzt immer mit ihrer Familie! als ob nicht die ganze Stadt wüßte, daß ihre Mutter nichts als eine Mulattin von der Küste war. Die Witwe und weiß! ich schwöre, wenn die das Mehl von ihrem Gesicht wäscht, ist es dunkler als mein eigener, brauner Hintern.«

Die Läden wurden geöffnet, und die Witwe schauderte offensichtlich und wickelte sich fester in ihren Schal. Mein Hunger nach frischer Luft, meine Freude an der Bewegung im Freien waren eine ständige Quelle von Angst und Ärger für meinen Haushalt, und die Schlacht für oder gegen Lüftung wurde auf beiden Seiten mit großer Heftigkeit geführt. Aber schließlich waren Naturanbetung und Rousseau unbekannt in Guanaxuato. Consuelo kniete nieder, zog mir Pantoffeln an und ließ einen Strahl von Klatsch los, was Loro so aufregte, daß er in die Stäbe seines Silberkäfigs biß und einen derben Kontrapunkt zu Consuelos Bericht kreischte.

»Chepito erzählt, daß der junge Rafael Vollanueva einen neuen Streit mit seinem Vater wegen dieses Mädchens hatte – man nennt sie die Cubana, und ein schlechteres Stück ist noch nie aus der Hauptstadt hierhergekommen –, aber natürlich, wo es Silber gibt, da gibt es Putas, und Geld macht geil, sagt Chepito. Ach richtig, Don Andreas Ruiz hat vierhundertundzwanzig Realen bei den Hahnenkämpfen verloren, und Chepito hat sechs gewonnen, aber schließlich versteht Chepito auch mehr von Hahnenkämpfen ...«

Chepito war unsere tägliche Gazette. Mit zwei hohen, engen, irdenen Krügen, die mit ledernen Stirnriemen auf seiner Brust und seinem Rücken befestigt waren, schleppte er Wasser und Neuigkeiten von den öffentlichen Brunnen in die Häuser; an Tratsch fehlte es nie, aber oft herrschte arge Wasserknappheit, und dann wurde die Stadt noch schmutziger als gewöhnlich, und die Leute betranken sich aus reinem Wassermangel am Pulque, Mezcal, Wein oder Aguardiente. Chepito war ein frecher, struppiger, unbeständiger Don Juan der Hintergäßchen, und in unserer Küche kam es zu lauten und leidenschaftlichen Eifersuchtsszenen zwischen meiner breithüftigen Köchin Lupe und meiner Magd Consuelo, die ausschließliche Rechte auf seine Gunst beanspruchte; aber niemand wagte sich die Feindschaft Consuelos zuzuziehen, denn ihre Mutter war eine Curandera, und es wäre ihr ein leichtes gewesen, die Feinde ihrer Tochter mit einem Fluch oder einer Krankheit zu behexen.

»Du und dein Chepito!« schnitt die Witwe den Morgenbericht meiner Zofe ab. »Genug mit deinem ekligen Klatsch.

Nimm die Bettwäsche aufs Dach, und lasse sie waschen. Ich werde Ihrer Gnaden das Frühstück selbst servieren.«

»Das dumme Tier könnte die Prinzessin mit taktlosem Geschwätz belästigen«, sagte die schwarze Spinne, sobald Consuelo mürrisch abgezogen war. »In der Tat, ich hatte Angst, daß sie damit herausplatzen könnte, wo Don Felipe seine Abende zu verbringen scheint, wenn er nicht hierherkommt, um seinen Besuch zu machen.«

»Schon gut, Doña Dolores, ich weiß, wo er seine Abende zubringt.«

»Bitte, bitte, ganz wie die Prinzessin wünschen; es ist kein Mehl aus meinem Sack«, sagte die Witwe verärgert, »aber die Prinzessin wissen, wie ergeben ich bin ...«

Ich kannte die Ergebenheit der Witwe ganz genau; sie haßte mich, weil ich jung war und einen Mann hatte, während sie ausgetrocknet und allein dahinleben mußte. Sie hatte nichts als Verachtung für mich, denn sie war eine anständige Frau – und ich nicht. Andererseits fürchtete sie sich vor dem Tag, da sie dieses bequeme Nest würde verlassen müssen. Gute Bezahlung, Geschenke, Bestechungen und Trinkgelder; Geld und Schmuck, Seide und Leinen, die sie mir stahl, all das gute Leben hing davon ab, wie lange ich den reichen Don Felipe an mich fesseln konnte. So verabscheute sie mich dafür, daß ich einen Liebhaber hatte, während sie mir zu gleicher Zeit gute Ratschläge gab, Liebestränke brachte und zu der Jungfrau betete, daß meine Verführungskünste nicht nachlassen möchten.

»Ich könnte Ihnen erzählen, wo Don Felipe heute nacht war, aber ich werde es nicht tun«, teilte sie meinem Rücken mit, als ich mich von ihr abwandte.

»Das ist auch besser«, sagte ich.

»Trotzdem, wenn ich die Prinzessin wäre, würde ich ihn fragen, warum er nicht kam; und sehen, was er darauf zu sagen hat.«

Ich rührte meine Schokolade und trank dann. »Natürlich sagen Männer nie die Wahrheit«, bemerkte die Witwe.

»Wollen Sie jetzt, bitte, nach den Dienstboten sehen? Ich möchte beten«, sagte ich. Es war das einzige Mittel, um sie aus meinem Zimmer zu bekommen. Ich stellte meine Tasse nieder und ging zu dem prie-Dieu in der Ecke. Die Witwe wanderte zögernd bis zur Türe und blieb dort stehen. »Es geht mir gegen den Strich, es Ihnen zu sagen, aber es ist besser, wenn Ihre Gnaden es von mir hört als von jemand anderm«, sagte sie, mit ihren langen, spitzigen Füßen auf meiner Silberschwelle festgewurzelt. »Don Felipe wurde heute nach in La Rosauras Haus gesehen.« Und glücklich, daß sie nun doch ihren Stachel in mich gebohrt hatte, überließ sie mich meinen Gedanken.

Zum erstenmal hatte ich La Rosauras Namen in Vera Cruz gehört, wo Carmelita von ihr mit Respekt und der größten Hochachtung sprach. Auch in Guanaxuato wurde La Rosauras Haus mit einer merkwürdigen Art von Lokalstolz erwähnt. Hier war eine reiche Stadt, voll mit starken, lebenslustigen, reichen Burschen, bedeutend mehr Männern als Frauen, und hol's der Teufel, wenn wir nicht ein mindestens ebenso schönes Bordell haben sollten wie das feinste in der Hauptstadt! Die Priesterschaft tolerierte La Rosauras Haus mit dem duldsamen Verständnis für menschliche Schwächen, das der katholischen Kirche solch zähe Lebensfähigkeit verleiht. Die jungen Männer diskutierten La Rosauras Haus mit flottem Lächeln und Geflüster; die jungen Mädchen waren in einem Fieber der Neugierde, wenn sie ihre Zofen bewegen konnten, von den Geheimnissen der Rosaura zu erzählen. Der Magistrat der Stadt sowohl wie die spanischen Regierungsbehörden erhoben hohe Steuern und Bestechungsgelder, standen aber andererseits in bestem Einvernehmen mit der Rosaura; für die verheirateten Männer war ihr Haus eine einladende Oase, für die verheirateten Frauen ein vergifteter Brunnen. Einmal, als wir in die Berge geritten waren, hatte Felipe mir das Haus gezeigt. Es stand an einem günstigen Punkt, nahe am Stadttor und oberhalb der Landstraße, die zu den Gruben führte, am Abhang des Cerro del Guarto, wo vor kurzem mit dem Bau des neuen, riesigen königlichen Getreidelagerhauses begonnen worden war. Ein freundliches Haus, von dessen blauer Säulenterrasse Kaskaden roter Geranien herabschäumten.

»Dort, das ist La Rosauras Haus«, hatte Felipe leichthin zu mir gesagt. »Die Falle des Satans. Der Wohnsitz der fleischlichen Sünde.«

»Es schaut aber sauber aus.«

»Ja, es hat Schatten«, hatte Felipe bemerkt, womit die Spanier sagen wollen, daß ein Haus eine angenehme Atmosphäre besitzt.

»Bist du denn dort gewesen?«

»Ehe ich dich kannte? Was denkst du wohl?«

»Oft.«

»Es sollte dir in der Zwischenzeit ziemlich klargeworden sein, daß ich weder ein Heiliger noch ein Eunuch bin«, hatte Felipe höchst erheitert geantwortet, und damit hatte ich La Rosaura vergessen. Aber jetzt schien es mir bitter notwendig zu sein, mich wieder ihres Hauses zu erinnern.

Ich kniete auf meinem Betschemel, legte den Kopf auf meine Arme und versuchte zu denken; aber statt dessen begann ich zu beten. Ich glaube, es war das erste Mal, daß ich eine Unterhaltung mit der Jungfrau hatte, deren Bild über dem prie-Dieu hing. Bis zu jenem Morgen war es nur eine Dekoration gewesen, hatte nur des Scheines wegen dagehangen, eine Vorspiegelung, eine Vortäuschung wie mein Fürstentitel. Jetzt sprach ich – ein wenig fröstelnd, ein wenig verängstigt und sehr einsam – zur Madonna. »Bitte«, flehte ich, »ach bitte, laß es nicht wahr sein. Ich habe nichts als Felipe, und ich liebe ihn so sehr. Bitte, ach bitte, laß nichts zwischen uns kommen ...«

Ich ging zum Spiegel und examinierte mich; ich war immer noch jung, nicht wahr? Ich war so blond wie je, obgleich mein Haar durch das lehmige Wasser Guanaxuatos etwas von seinem Schimmer verloren hatte. Ich war noch immer glatt und weiß, denn nach jedem Anfall von Sonnenbrand schälte sich meine Haut, und eine neue Lage kam zum Vorschein. Oder war meine Haut nicht ganz so weiß wie früher? Hatte ich mehr Sommersprossen? Und wie sah es mit meinen Brüsten aus? Nicht nur waren sie klein geblieben, sondern ich war überall dünner geworden. Plötzlich ergriff mich ein wilder, schmerzender Anfall von Eifersucht. Ich stellte mir so ein Mädchen vor, das Felipe in Rosauras Haus besuchen würde: dunkel, klein, mit dichten Brauen und Wimpern, mit großen, weißen Zähnen, mit den vollen Brüsten einer Göttin der Fruchtbarkeit und dem einladend wiegenden Hinterteil einer erfahrenen Hure. Ich drehte meinem Spiegel den Rücken zu und biß die Zähne zusammen. Wenn es solch ein Mädchen gab, so mußte ich sie mit ihren eigenen Waffen schlagen.

Ich ölte meinen Körper und rieb ihn mit Parfüm ein. Ich spielte mit meinem Schmuck und probierte ein Kleid nach dem andern. Ich klingelte nach Consuelo, ließ mir mein Haar bürsten, und wir experimentierten beinahe eine Stunde mit den verschiedensten Arten, es aufzustecken. Dann hatte ich es satt, gab alle Mühe auf und ging in meinen Patio hinunter.

Der Patio war mein Lieblingsplatz im Palais, bedeutete mir viel mehr als der überladene Rest. Der Patio war luftig, dort gab es ein dreieckiges Muster von Sonne und Schatten; außerdem war der Patio der einzige Ort, wo ich glauben konnte, daß einige Pflichten mir überlassen seien. Sonst ließ mich mein Haushalt unbeschäftigt, denn für Damen in den Kolonien schickte es sich nicht, irgend etwas zu tun. Domingo herrschte in den Ställen, Lupe und ihre Küchenmädchen in der Küche; die Witwe hielt mich den Kisten und Truhen und Vorratskammern fern. Ein Stab von Mägden war ewig damit beschäftigt, unsere Wäsche zu waschen und zu bleichen und zu stärken und zu fälteln und zu bügeln, oben auf dem flachen Dach, das der anerkannte Treffpunkt für Klatsch und Gelächter der mexikanischen Dienstmädchen ist. Es würde mir Spaß gemacht haben, auf den Markt zu gehen, der ein besseres und lustigeres Schauspiel bot als alles, was ich in Weimar in unserem Theater gesehen hatte; aber eine Dame meines Ranges, die auf den Markt ging, würde einen Skandal hervorgerufen haben; selbst Lupe ließ sich nie herab, einen Korb zu tragen. Überall in der Stadt wurden Arbeiten nicht etwa von einzelnen Menschen getan, sondern von Prozessionen: Lupe, von einem Küchenmädchen gefolgt, das von einem kleineren und jüngeren Mädchen gefolgt war, das wiederum von einem oder zwei kleinen Jungen bedient wurde. Das Ergebnis war, daß der Korb immer dem kleinsten, jüngsten, schwächsten und wehrlosesten Buben ausgehändigt wurde, der zum Beschluß unter seiner Last von Zwiebeln, Bohnen und Ketten roten Pfeffers in unsere Küche geschwankt kam. Wenn ich an Mexiko denke, sehe ich immer kleine, erschöpfte Menschen vor mir, die erschreckend riesenhafte und schwere Lasten schleppen; ein Überbleibsel aus alten Zeiten, ehe die spanischen Eroberer Pferde und Maultiere einführten, da Menschen die einzigen Lasttiere waren, die man in Mexiko kannte. Labor de Sangre war das mit Recht benannt: Blutarbeit. Selbst in meinem eigenen, schönen Patio mußte ich den quälenden Anblick von Zügen kleiner Männer ertragen, die neue Steinfliesen von den entfernten Steinbrüchen heranschleppten. Gebeugt und zusammengekrümmt unter ihren Lasten kamen sie hereingetrottet, die Ledersäcke mit Steinen oder eine einzelne, besonders große Steinplatte an ihren ledernen Stirnbändern befestigt. Der Schweiß rann ihnen herunter, und sie waren vollkommen atemlos. Sobald sie aus dem Rhythmus ihrer Schritte kamen und ihre Lasten niedergelassen hatten, fielen sie zu Boden und blieben da eine Stunde liegen wie tot. Dann trotteten sie zurück zum Steinbruch für die nächste Runde.

»Würde es nicht besser sein, die Platten auf Maultieren zu bringen?« fragte ich einmal Felipe, denn meine Brust schmerzte, wenn ich diesen Cargadores bloß zusah, wie sie nach Atem rangen.

»Nein. Indianer sind billiger«, hatte Felipe geantwortet.

Aber jetzt waren die Steine gelegt, der Patio war still, und ich begab mich an meine Arbeit. Ich säuberte alle Vogelkäfige, ich wässerte die Topfpflanzen, ich fütterte meine zwei Honigbären mit Bananen und fragte mich, was Goethe wohl von diesen mutwilligen, kleinen Possenreißern gewußt hatte, daß er uns Kinder Honigbärchen nannte. Ich rief nach Tio Lalo, unserem Faktotum, und bat, Loros Stange in den Schatten zu stellen. Ich vertrödelte viel Zeit damit, die gelben Blätter von dem reichen, blühenden Purpur-Vorhang einer merkwürdigen exotischen Schlingpflanze zu pflücken, deren Namen niemand wußte. Tio Lalo brachte eine Leiter und band ein paar der dornigen Ausläufer an den Arkaden des ersten Stockwerkes auf, und ich war dankbar für seine Gesellschaft. Von der ganzen Dienerschaft mochte ich Tio Lalo am liebsten. Er war ein alter Mann, der etwas hinkte, mit einem dunklen, durchfurchten Gesicht und weißen Haaren, und mit seinen glänzenden Augen und seinem beweglichen Mund erinnerte er mich ein wenig an einen gewissen Herrn Planke, unseren Père noble am Weimarer Theater. In seiner Jugend war Tio Lalo ein Bergmann gewesen, hatte aber die gefährliche Arbeit klugerweise aufgegeben, ehe sie ihn umgebracht hatte, und was immer ich vom Bergbau wußte, lernte ich von ihm.

»Wenn ein Barenador nicht aufhört, solange er noch jung ist, wird er nicht seinen fünfunddreißigsten Geburtstag erleben«, sagte Tio Lalo. »Was mich betrifft, Dank sei der Jungfrau von Guadalupe, die mich immer beschützte, ich verlor nur diese zwei Finger an meiner linken Hand, und einmal wurde ich von der Explosion meiner eigenen Sprengladung überrascht, und als ich zu mir kam, hatte es mich eine halbe Meile weggeschleudert, und ich war so nackt wie ein neugeborenes Kind, so helfe mir Gott. Die Explosion hatte mir alle Kleider vom Leibe gerissen und sie den Armen geschenkt. Mein Bein war in drei Stücke gebrochen, ich hob sie auf und legte sie zurecht und schiente sie mit einem Handbohrer, und ich weihte unserem Señor de Villaseca ein kleines Wachsbein, und durch eines seiner Wunder wurde ich vollkommen geheilt, außer daß es ein wenig lahm geblieben ist. Aber als ich das nächstemal von einem Felsstück, zweimal so groß wie die Bufa, auf den Kopf getroffen wurde, sagte ich zu mir: ›Lalo, mi hijo‹, sagte ich, ›du hast deine drei Warnungen erhalten, Lalo, mein Sohn, und du weißt: das nächstemal kommst du nicht mehr lebend davon.‹ Und so gab ich meinem Stolz einen Stoß und verließ die Grube. Und ich versichere Euer Gnaden, der Stolz eines Bergmanns ist härter als Eisen, und es ist leichter für den König von Spanien, seinen Thron aufzugeben, als für einen Bergarbeiter seine Arbeit in der Grube.«

Er war ein weiser, liebenswerter alter Aufschneider, und ich ließ mich behaglich im Patio nieder, um eine der vielen, leeren Stunden mit seinem Geplauder auszufüllen. »Hast du eine Familie, Tio Lalo? Söhne? Kinder?«

»Gott hat mir zwölf gegeben, und Gott hat neun genommen«, sagte er und bekreuzigte sich. »Ah, Euer Gnaden, ich war ein Mann! Nicht viele Grubenleute können so viele Kinder machen wie ich. Bergarbeit ist Männerarbeit, und die Grube saugt die Kraft aus einen Mann heraus, ärger als eine kranke Hure. Ich habe beobachtet, daß viele Bergleute ohne Nachwuchs sterben, und ich habe viel darüber nachgedacht. Grubenarbeit ist schwere Arbeit, vielleicht ein wenig schwerer, als Gott es für Männer geplant hat; nicht genug Essen, nicht genug Schlaf – und dann die Hitze da drunten! Euer Gnaden, in der Grube ist es so heiß, daß ich manchmal dachte: Lalo, mein Junge, wenn deine Sprengladung nur noch einen Zoll tiefer geht, so wird der Boden der Grube durchbrechen, und du purzelst geradewegs in die Hölle; ich schwöre, so heiß ist es da drunten! Wie wenn ein Mann in einem Kessel gesotten wird, mit nichts zwischen dem Höllenfeuer und der Grube als ein paar Handvoll von Felstrümmern. Und dann kommt man über Tag, ganz verschwitzt, und es ist so kalt da oben, daß einem der Schweiß zu Eis friert, und man hustet und hustet, als wollte man seine eigene Lunge herausspucken. Was tut man dann? Man geht in die nächste Cantina und trinkt, bis man wieder warm ist. Man dankt der Jungfrau, daß wieder ein Tag herum ist und man noch lebt, und man ist fröhlich und unter Freunden, und man trinkt, und man will Musik haben, und dann trinkt man wieder; man will nichts essen, aber trinken muß man, um all die Flüssigkeit zu ersetzen, die man in der Grube herausgeschwitzt hat. Dann tragen dich deine Freunde nach Hause und schmeißen dich auf deine Matte, und dein Weib schreit dich an, und du küßt sie und versuchst mit ihr zu schlafen, und es geht nicht, denn du hast zuviel von deiner Kraft in der Grube gelassen, und dann tust du dir selbst leid, und du weinst und verprügelst deine Frau aus Ärger, daß sie es nicht fertiggebracht, dich spüren zu machen, daß du ein Mannsbild und ein Kerl bist. Und am nächsten Morgen kaufst du Blumen, um sie der Virgen oder unserem Señor Jesucristo zu bringen; du betest, daß du auch an diesem Tag noch nicht sterben mögest, und du gehst wieder hinunter in die Grube. So geht es den meisten von den Bergleuten, aber nicht mir, Euer Gnaden. Gott gab mir zwölf Kinder und drei Warnungen, und hier bin ich, immer noch am Leben.«

Er zupfte ein paar welke Blätter von einem Busch mit wundervoll duftenden weißen Blumen – die Blume des San Juan nannte man sie – und fügte gedankenvoll hinzu: »Es gibt Männer in den Gruben, die gezeichnet sind, man bekommt den Blick dafür mit der Zeit und kann sehen, wenn ein Mann das Zeichen eines frühen Todes trägt. Es ist ein Beruf mit viel Tod drin, Euer Gnaden, und, obgleich sie nie davon sprechen, so wissen sie es, und es ist in ihnen die ganze Zeit. Das ist es, was sie stolz macht und sie zeichnet. Da ist etwas wie Hunger. Ich habe nicht viel Zeit. Ich werde nicht lange leben. Vielleicht lebe ich schon morgen nicht mehr. Aber heute bin ich lebendig; ich will alles, was ich kriegen kann – heute. Es ist wahr, Bergleute sind gut bezahlt, aber da ist dieser Hunger in ihnen, so tief wie der tiefste Schacht. Alle die Millionen des Conde de Valenciana wären nicht genug, um diesen Hunger zu stillen. So ist es, Euer Gnaden, und ich weiß nicht, warum. Vielleicht können die Männer das, worauf sie Hunger haben, nicht für Geld kaufen. Saufen, Musik, Spiel Weiber, mehr Saufen, eine Fiesta, eine Rauferei, was sonst? Ich bin hungrig, sagt der Bergmann. Ich bin immer noch hungrig, und morgen bin ich vielleicht tot!«

Er nahm zwei Bananen und brachte sie den Honigbären und lachte, als sie danach tappten und sich an seine Beine hängten wie kleine Kinder. Sie waren mit dünnen, langen Ketten an der Querstange der Zisterne befestigt und hatten genug Raum, um allerhand Unfug zu treiben.

»Ich würde trotz allem gerne wieder in die Grube hinuntergehen«, sagte Tio Lalo, »ich möchte gerne eine Öffnung sprengen und der erste sein, der hineingeht. Das ist – Euer Gnaden – es ist, wie wenn man der erste mit einem Mädel ist. Man geht tiefer und tiefer hinein, und dann steht man still und horcht. Zuerst hört man seinen Atem und sein eigenes Herz, bing, bong, bong. Und dann kann man ein Murmeln in den Felsen hören. Das ist das Silber, das spricht. Das Silber spricht, Euer Gnaden, das Silber weiß, daß du der Herr bist, und es spricht zu dir. Wissen Euer Gnaden, was wir Bergleute sagen: Gold ist der Mann und Silber die Frau. Deswegen fand Don Felipe die Veta Madre. Er ist sehr Mann, es muy hombre, Don Felipe, und das Silber liebt ihn ...«

Ich hörte Tio Lalo gerne zu, aber nach einer Weile humpelte er davon, um ein Schläfchen zu tun und hinter der Küche einen Schluck Pulque zu nehmen. Die Glocken begannen zu läuten; es war drei Uhr. Manchmal schienen die Minuten in diesem Land langsamer zu sein als irgendwo anders; lange, langsame, träge, indianische Minuten ...

Eines der Dinge, nach denen ich manchmal Heimweh hatte, war das Klingeln einer Türglocke. In Guanaxuato gab es keine Türglocken. Gäste kündigten sich durch Hufgeklapper vor dem Tor an; die Pferde wurden an den schweren Eisenringen an der Seite des großen Eingangs festgemacht, und der Diener, ohne den niemand, der etwas auf sich hielt, sich auf der Straße zeigte, pochte mit lauten, harten Fäusten an die nägelbeschlagenen Türfüllungen und fragte heiser um Einlaß für seinen Herrn. Ich hatte mich nie in meinem Leben gelangweilt, aber jetzt, da ich viel zuviel Zeit zu verschwenden hatte, wartete ich auf solche Ankündigungen, die die klösterliche Eintönigkeit meiner Tage unterbrechen würden.

Aber Don Lorenzo de Lara, der kurz nach vier Uhr kam, um mir meine spanische Stunde zu geben, besaß weder Pferd noch Diener. Er war ein feiner älterer Herr, dessen Geschäft es war, der ungezügelten Horde von frechen jungen Studenten im Colegio einige Kenntnis der spanischen Literatur beizubringen. Er hatte sanfte, resignierte und skeptische Augen, weiche Hände, die vom Handhaben alter Bücher und Manuskripte immer ein wenig beschmutzt waren; er hatte weiches, schütteres und schlecht gekämmtes Haar und eine sanfte Stimme, und er war ein feuriger, ungezügelter, brennender Fanatiker in allem, was sich auf die kastilianische Sprache bezog. Ich hatte ihn mir als meinen Lehrer gewählt, weil – nächst der Hautfarbe – der Tonfall der Sprache das wichtigste Zeichen des Adels in dieser abgeschlossenen, engstirnigen, isolierten Kolonie war.

»Wollen Sie ihn wirklich wieder empfangen, diesen Señor de Lara?« fragte mich die Witwe Uvalde, als sie mit verkniffenem Mund meinen Besucher ankündigte. »Dieser sogenannte Professor, er sollte sich seines dreckigen, alten Rockes schämen ...« Es stimmte, mein Freund Don Lorenzo war kein Muster von Reinlichkeit. Er besaß nur einen Anzug und ein Hemd, ein sehr müdes Hemd, dessen graues, ausgefranstes Gefältel er zu verbergen suchte, indem er ein ebenso unreines schwarzes Halstuch in einer unbestimmt romantischen Fasson à la Byron darüber arrangierte. »Er ist arm, Doña Dolores; ich glaube nicht, daß das Colegio seine Lehrer gut bezahlt.«

»Jawohl, und die ganze Stadt weiß, wo das Geld hingeht und an wen er jeden Peso, den er verdient, vergeudet, der alte Maricón!« sagte die unerbittliche Witwe.

Ich wußte es auch, und ich konnte nichts dagegen tun, daß mir der alte Mann leid tat. Er liebte, auf eine tödliche, verhängnisvolle, lächerliche Art. Mit einer Liebe, die Hörigkeit und Sklaverei und Inferno war, hing er an einem gewissen Romero

Hernandez, einem Tunichtgut, einem glatten, hübschen, gemeinen, prahlerischen Kerl, ganz Fleisch und Muskel, mit schlanken Hüften, glänzendem Haar, schläfrigen Augen unter langen Wimpern, roten Lippen wie die eines Mädchens. Man sagte, daß dieser Romero ein kleiner Dieb gewesen sei und daß Don Lorenzo vor Jahren die Hand des Jungen in seiner Tasche entdeckt hätte, und – so fügte die Stadt boshaft hinzu – das war der Platz, wo Romeros Hand seit damals verblieben war. Es war Don Lorenzos Tragödie nicht nur, daß er von seinem eigenen Geschlecht angezogen wurde, sondern daß er gerade diesen rohen Jungen, dieses äußerst unpassende Objekt seiner Leidenschaft, bis zur Verzweiflung liebte. Romero seinerseits hatte, seit er erwachsen war, einen ungezügelten und wahllosen Appetit für Frauen entwickelt; das Geld, das er an seine Amours vergeudete, erpreßte er von Don Lorenzo de Lara. Und Don Lorenzo, der sich überall all dies nur zu klar war, trug die Erniedrigung seiner Liebe wie ein Kreuz und eine Dornenkrone. Er aß kaum, er ging in seinem schäbigen alten Rock herum, aber er kaufte Geschenke für Romero: eine neue Weste, Zwickelstrümpfe, um seine schönen Beine besser zur Schau zu stellen, Parfüm und Pomade, um ihn den Dirnen, die sein täglicher Umgang waren, wohlgefällig zu machen. Und wenn Romero in eine unangenehme Situation kam, wenn er etwa in einem Streit verwundet wurde, dann war Don Lorenzo im siebenten Himmel; denn dann war Romero schwach und hilflos und wieder ein kleiner Junge und hatte niemand anders, um ihn zu pflegen und zu trösten. Es war die Liebe der Verdammten, eine Liebe, von der es kein Entrinnen gab.

Ich kannte diese Art der Liebe. Vielleicht war das der Grund, weshalb wir Freunde wurden, Don Lorenzo und ich ...

Wir ließen uns mit unseren Büchern und Manuskripten unter den Arkaden nieder, und ich fühlte mich für eine oder zwei Stunden vor meinen Gedanken sicher. Die Honigbären hatten sich ineinander verkrochen, und Loro war still damit beschäftigt, Erdnüsse zu knacken. Aber einer der ersten Verse, die Don Lorenzo mich lesen ließ, raubte mir meinen Frieden.

»A mis soledades voy
De mis soledades vengo
Proque para estar conmigo
Me bastan mis pensamientos ...«

Ich hörte auf und legte meine Hand zwischen die Seiten. Einsamkeit und meine eigenen Gedanken waren das letzte, an was ich gerade dann erinnert sein wollte. »Müssen wir heute Lope de Vega lesen, Don Lorenzo? Ich bin ein bißchen müde.«

»Ah, aber läuft es Ihnen nicht heiß und kalt über den Rükken, wenn Sie eine solche Zeile lesen, Doña Clara? ›Ich wandere in meine Einsamkeiten, aus meinen Einsamkeiten komme ich hervor ...‹ «

Ich wurde betrübt. »Es tut mir leid, Don Lorenzo. Ich habe kein Ohr für Literatur – vielleicht weil ich mein ganzes Leben damit überfüttert wurde.«

»Aber natürlich, Doña Clara, ich verstehe. Sie sind Französin. Racine, Molière, Descartes – ach, was für ein Licht geht doch von Ihrem Descartes aus! Wie konnte ich nur daran vergessen. Waren es vielleicht Beaumarchais' politische Komödien, die letzten Endes Ihre Familien zur Guillotine führten?«

»Das ist es nicht, Don Lorenzo.« Ich zögerte, und dann rückte ich mit der Wahrheit heraus. »Es ist nämlich – ich bin eigentlich in Deutschland erzogen worden. In Weimar, von dessen Bevölkerung man sagt, daß sie aus fünftausend Dichtern und einigen Einwohnern bestehe.«

Das war eine Offenbarung, die Don Lorenzo in einen Katarakt von Aufregung, Zitaten und literarischen Anmerkungen ausbrechen ließ. »Aber ist es denn möglich?« rief er aus. »Weimar! Goethe, Schiller, Kant, Humboldt! Die Wiege der Gedanken und Ideen – die Gemeinde der Weltbürger! Sagen Sie mir, Doña Clara, und haben Sie diese Großen in persona gesehen? ›Name ist Schall und Rauch, umnebelnd Himmelsglut ...‹, Faust – und – lassen Sie mich versuchen, mich zu erinnern – was ist es doch, das Schillers Don Carlos sagt? ›Geben Sie Gedankenfreiheit, Sire.‹ Gedankenfreiheit? Er kannte Spanien nicht, Ihr großer Schiller, daß er seinen König um Gedankenfreiheit zu bitten wagte. Gedankenfreiheit – ach, mein armes, armes Spanien!«

In Guanaxuato, wo die Inquisitoren immer noch ihre Ohren an jedem Schlüsselloch hatten, waren das mutige, erschrekkend starke Worte. »Armes Spanien?« sagte ich, denn ich hatte den schwarzen Schatten der Witwe bemerkt, der hinter den violetten Schlingpflanzen vorbeigestrichen war. »Spanien ist reich, es braucht unser Mitleid nicht.«

»O doch, bemitleiden Sie mein Land, Doña Clara, haben Sie Mitleid mit der Größe, die Spanien einst war; denn was wir jetzt sehen, das ist der Selbstmord eines großen Reiches, und das ist ein tragisches Schauspiel. Habgier, Trägheit, Heuchelei auf allen Seiten. Der spanische König ist schwachsinnig, die Königin eine mannstolle Degenerierte, der Hof ist verdorben, die Idee der Gerechtigkeit verkauft. Die Kirche erstickt an ihrem eigenen Machtgefühl und ihrer Arroganz, und die Inquisition ist unsere Schmach vor der ganzen Welt. Aber das Volk von Spanien, ach, Doña Clara, Sie sollten das Volk kennen! Niemals hat es ein solches Volk gegeben wie die Spanier, so viel Kraft und Stolz und angeborenes Ehrgefühl! Ich beschwöre Sie, beurteilen Sie das spanische Volk nicht nach den tristen Exemplaren, die man hier trifft; diese feilen, kleinen Beamtenseelen, diese Speichellecker und Streber, diese Ignoranten und Prahler: sie sind nicht Spanien! Sie sind der Abschaum eines herrlichen Landes; sie sind nur die Überbleibsel, die noch für eine Weile herumschwimmen auf der Oberfläche der Wellen, nachdem das Schiff gesunken ist …«

»Lassen Sie Don Felipe nie etwas von solchen Reden hören«, warnte ich ihn. »Er ist ein eingefleischter Royalist und ein ergebener Sohn der spanischen Kirche.«

»Ah, das ist etwas ganz anderes. Erlauben Sie mir zu sagen, daß ich darin Don Felipe vielleicht besser verstehe als Sie, Clarinda. Er ist kein Narr; er weiß, daß Carlos IV. keinen roten Heller wert ist, und er weiß genau, was für Exzesse im Namen der Kirche begangen werden, was für Laster sich unter dem Purpur der Bischöfe verbergen und was für Sündennester manche der Klöster sind. Woran Don Felipe glaubt, das ist die Idee des Königtums, nicht die Person, die zufällig die Krone trägt. An die Idee einer allesvergebenden, allesverstehenden Instanz zwischen Mensch und Gott und nicht an die fehlbaren Männer, die die Kirche repräsentieren. Und jetzt sind wir wieder da, wo wir angefangen haben: die Idee, Doña Clara, der Gedanke, das ist das einzige Ding von dauerndem Wert. Die Idee ist die größte Macht, die es gibt. Ohne die Idee eines Universums, ohne den Gottesgedanken würde kein Gott existieren! – Und nun, Ihrer Aussprache wegen, darf ich Sie überreden, noch ein paar Verse von Lope de Vega zu lesen …«

Kurz vor sechs Uhr stürmte Felipe in mein Zimmer wie ein junger Orkan, und ich vergaß alles und stürzte mich in seine Arme, als stände das Haus in Flammen.

»Caralinda, du, mein Herz, meine Seele, mein Liebstes, ich habe dich so lange nicht gesehen, ich dachte, ich könnte es keine Minute mehr aushalten. Ist mein Haar ergraut? Bin ich zusammengeschrumpelt und ein alter Mann geworden, seit wir das letztemal beieinander waren? So fühle ich mich. Du, oh, du …«

»Warum bist du gestern abend nicht zu mir gekommen? Ich habe so auf dich gewartet.«

»Frag mich nicht. Eine verdammte, verfluchte, verwünschte Grubenangelegenheit. Ich mußte einfach diesen Narren Andreas Ruiz sehen wegen einer Angelegenheit, die ich vor das Tribunal de La Mineria bringen will.«

»Hmm. Und hast du ihn gesehen?«

»Was liegt dir dran? Komm und gib mir einen Kuß. Ja, ich sah ihn.«

»In seinem Haus?«

»Nein. Bei der Rosaura«, sagte Felipe einfach. Das nahm mir den Wind aus allen Segeln, und ich fühlte mich schwach werden.

»Konntest du keinen respektableren Ort für ein geschäftliches Zusammentreffen finden?« brachte ich kläglich heraus.

»Respektabler vielleicht. Aber nicht günstiger. Es gibt keinen besseren Ort für freundschaftliche Verhandlungen als bei der Rosaura. Man trifft jedermann dort, man hört alle Grubenneuigkeiten. Und die Rosaura ist eine gute Frau. Sie mag mich gerne. Wenn ich mich recht erinnere, war sie es, die mich wissen ließ, daß ich La Ramita wohlfeil erstehen konnte. Ohne die Rosaura würde es keine Bonanza für mich gegeben haben.«

»Soll das heißen, daß ich mich daran gewöhnen muß, daß du deine Abende im Bordell zubringst?«

»Hie und da, ja. Es war sehr gut für mich, daß ich gestern abend hinging. Frage Roberto, er kann es dir bestätigen.«

»War Bert Quaile denn auch da?«

»Selbstverständlich. Er sitzt auf mir wie eine dicke, alte Bruthenne. Er traut meinem Geschäftssinn nicht, und er hat alle Ziffern im Kopf.«

»Vielleicht würde es dich interessieren zu wissen, daß Ruiz die ganze Nacht unter meinem Fenster sang.«

»Nicht die ganze Nacht, mein Herz, nicht die ganze Nacht. Er hat Rosauras Haus nicht vor Mitternacht verlassen.«

»So – Andreas Ruiz ging weg – und du bliebst dort ...«

»Nur für kurze Zeit, Caralinda. Nicht länger als bis zwei Uhr, ungefähr. Und als ich wegging, war ich ausgepumpt. Meine Gesellschaft würde dir wenig Vergnügen gemacht haben, Chiquita.«

»Ich danke dir für deine Offenheit. Du bliebst also bei der Rosaura, bis du ein Wrack warst. Was hast du getan, um dich so zu verausgaben, um Himmels willen, was hast du getan?« schrie ich, denn Eifersucht läßt einen derartigen Unsinn fragen.

»Billard gespielt«, antwortete Felipe mit solcher Aufrichtigkeit, mit solch entwaffnender Unschuld, daß es mir den Atem verschlug.

»Du hast Billard gespielt?«

»Ja, ich habe Billard gespielt. Du weißt, wie gern ich Billard spiele. Es war eine feine Partie. Ich gab Robert vierzig Points vor und gewann immer noch mit großem Vorsprung.«

»Und ich soll das glauben? Du hattest eine geschäftliche Unterredung mit Ruiz, und du hast Billard gespielt? Und dafür verbringst du eine Nacht im Bordell?«

»Einen Teil der Nacht, nur einen Teil, Caralinda. Was bleibt mir anderes übrig, wenn der einzige Billardtisch in Guanaxuato im Haus der Rosaura steht? Wenn es nicht eine so lange Zeit nehmen würde und nicht zu kompliziert wäre, könnte ich einen in Madrid bestellen und ihn in unserem Salon aufstellen. – Aber ...« Plötzlich hielt er ein, bog mein Gesicht zu sich herauf, starrte mich an und brach in Gelächter aus.

»Was hast du denn gedacht, daß ich bei der Rosaura getan hätte, du dummes, kleines Affenhirn! Hast du wirklich für eine Sekunde geglaubt, daß ich mir den Kehricht, den die Rosaura aufzuwarten hat, auch nur ansehen würde? Was muß ich tun, um dir verständlich zu machen, daß ich dich liebe und nur dich? Es ist eine Schande, aber seit ich dich kenne, fühle ich nicht die geringste Neigung, irgend etwas mit anderen Frauen zu tun zu haben. Ich lüge nicht, in diesen Dingen habe ich nie gelogen. Großer Gott im Himmel, wie ich dich brauche und wie du mich für alles andere verdorben hast. Komm zu Bett mit mir, und du wirst sehen ...«

»Versuche nicht – Felipe, höre – du hast noch nicht gegessen – das Diner ist fertig«, murmelte ich.

»Das Diner kann warten. Ich nicht.«

Die Witwe raschelte vom Schlüsselloch weg. Auf meinem Bett lächelte Eva ihrem Adam zu, und die Schlange grinste wissend nach den beiden ...

Ein guter Mann, sagte Felipe von Bert Quaile. Ja, ein sehr guter Mann, vielleicht der beste, den ich jemals kannte; warm und behaglich wie ein Kachelofen und zuzeiten sehr komisch. Sein Spanisch war eine Komödie für sich; es hörte sich an, als hätte er sich zuerst auf jeden Vokal gesetzt und ihn breit gequetscht. Don Lorenzo riß sich die Haare darüber aus, und Felipe mußte laut lachen.

»Wo haben Sie Ihr wundervolles Spanisch gelernt, Mister Quaile?«

»Oh, das? Wie ich Monongahela-Whisky den Ohiofluß hinunter und über die spanische Grenze nach Louisiana hineinschmuggelte, Madam. Und in den peruanischen Bergwerken.«

Er war ein schwerfälliger Riese mit dem unverhältnismäßig langen Rumpf und langen Armen, der riesigen Brust, den gewaltigen Schultern und den kurzen Beinen eines Bären. Er hatte eine rosige Haut und fast keine Haare – »Habe mein Fell in der Malaria verloren, Madam!« – und so helle Augen, daß sie beinahe farblos waren. Gegen die äußeren Winkel zu hingen diese Augen in einer merkwürdig schiefen Richtung hinab, so als wären sie an einem Nagel in der Mitte seiner Stirn aufgehängt. Auch seine Unterlippe hatte einen Hang nach unten, und sein Mund stand immer offen. »Meine Trommelfelle sind mir bei einer Explosion in einer Kohlengrube zerplatzt, wie ich ein Junge war, Madam. Muß mit meinen Zähnen hören.«

Im Anfang betrachteten wir uns mit gegenseitiger Abneigung. Für ihn war ich dieses Frauenzimmer, das Felipe von Gott weiß wo mitgebracht hatte und für das er zuviel Geld vergeudete. Was mich anging, so war ich einfach eifersüchtig auf Quaile, denn er repräsentierte jenen Teil von Felipes Leben, von dem ich vollkommen ausgeschlossen war. Roberto war ein Teil der Grube und der Arbeit und des tiefen Schachts und der Bonanza und des Ehrgeizes, des Kampfes, der Hoffnung und der Zukunft.

»Hören Sie, Madam, es ist nicht klug von Ihnen, Don Felipe sein Geld hinausschmeißen zu lassen wie verrückt«, sagte er zu mir, nachdem Felipe ein Vermögen für einen flämischen Gobelin von fragwürdiger Herkunft ausgegeben hatte. »Und sagen Sie nicht, daß mich das nichts angeht, denn es geht mich etwas an.«

Für mich war all der Luxus, mit dem mich Felipe überhäufte, nichts anderes als wieder und wieder karmesinroter Brokat; aber wäre er der vorsichtige, überlegene Mann gewesen, der Quaile zu sein schien, dann würde ich ihn nicht so geliebt haben. »Es liegt weder in meiner Macht, ihn Geld ausgeben zu lassen noch ihn daran zu hindern«, sagte ich ärgerlich. »Und da er ein königliches Einkommen aus seiner Grube herausholt ...«

»Aha, Sie wissen nur, wieviel er herausholt, aber Sie wissen nicht, wieviel er wieder hineinstecken muß. Und Sie würden es nicht verstehen, selbst wenn ich es Ihnen erklärte. Aber da Sie einen größeren Einfluß auf Felipe haben als ich ...«

Ziemlich oft brachte Felipe ihn am Abend mit sich, und dann breiteten sie ihre Listen und Berechnungen und Diagramme auf dem großen Tisch unter der hellen neuen Argandlampe aus, die an und für sich schon ein solcher Luxus war; murmelnd addierte Quaile seine Zahlenreihen. Hinunter in den Bauch von La Ramita gingen die Geldsummen, die es kostete, die Männer und Maultiere und Pferde zu bezahlen, die ohne Unterlaß in Tag- und Nachtschichten da drunten arbeiteten. In ihren Bauch gingen das Holz und die Arbeit, die nötig waren, um die Stollen zu stützen und den Adern tiefer und tiefer in den Fels hinein zu folgen. Hinunter gingen die Pumpen und Förderzüge und die Maschinerie, die Felipe in Deutschland gesehen und studiert hatte und die Roberto, unter Stöhnen und Schwitzen, zu verstehen und mit der Hilfe von Felipes ungeschickten Skizzen nachzubauen versuchte. Meistens, so schien es, funktionierten diese neumodischen Errungenschaften nicht, und dann brüteten zwei sehr niedergeschlagene Männer über ihren Zeichnungen; und an solchen Abenden war der Verbrauch von katalanischem Branntwein besonders groß, und ich begab mich allein zu Bett, böse auf Quaile, der meinen Liebhaber von mir fernhielt. Ein Vermögen ging in die Mauern, die San Ysidro, den alten ersoffenen Schacht, stützen sollten, während das Dränieren unaufhaltsam weiterging, und Santa Clara, der neue, tiefe Schacht, der manchmal ein unersättliches Ungeheuer zu sein schien, das ohne Unterlaß Männer, Arbeit und Geld in seinen schwarzen, riesigen Rachen schlang. Ich hatte die beiden Schächte, von denen ich so viel hörte, nie selbst gesehen, denn Felipe ließ mich unter keiner Bedingung in die Nähe von La Ramita, in dem tiefwurzelnden Bergwerksglauben, daß eine Frau in einer Grube Unglück, wenn nicht gar Einsturz und Katastrophe bedeutet.

Während meines zweiten Sommers in Guanaxuato kam eine Dürre, und als Ende August kein Regen gefallen war, die Zisternen leer, die Menschen durstig waren und das Vieh auf den Weiden starb, wurde die Statue von Nuestra Señora aus der Kirche des Sprengels herausgeholt und in feierlicher Prozession herumgetragen. Nach zwei Tagen begann es prompt zu regnen; tatsächlich schien es, als ob die Gebete etwas zu inbrünstig gewesen wären, denn aus dem Regen wurde sehr bald ein Wolkenbruch und aus dem Wolkenbruch ein wütendes, peitschendes Unwetter. Jeder einzelne der Gipfel, die unsere Stadt umgaben, hatte seine eigenen Blitz- und Donnerschläge; das Aufflammen und Krachen lief ineinander über, und die Flüsse stiegen an, überschwemmten Brücken und Straßen, verwandelten die steilen, engen Gassen der Armenviertel in Wasserfälle und machten die tiefliegenden Teile der Stadt fast gänzlich unpassierbar.

Mein Haushalt wurde von Panik ergriffen; die Witwe Uvalde hatte sich in ihrem Bett verkrochen und alle Decken, deren sie habhaft werden konnte, über ihren furchtsamen Kopf gezogen. Consuelo und Chepito hatten sich unsichtbar gemacht, und Lupe heulte in der Küche. Ich hatte mein silbernes Waschbecken, verschiedene Krüge und selbst meinen eleganten Pot de chambre verwendet, um das Wasser, das in mein Zimmer lief, aufzufangen; ich fachte die Holzkohlen in dem Silberbecken zu einer angenehmen Glut und erwartete Felipe, als Tio Lalo den vollständig durchnäßten Bert Quaile anmeldete.

»Ist es gestattet hereinzuschwimmen?« fragte er. »Herrgott, was für eine Menge Wasser es heute nacht heruntergießt. Ist Don Felipe noch nicht da?«

Eine dunkle Pfütze bildete sich um seine Stiefel; er schälte sich aus seinem Mantel und nahm das Taschentuch ab, mit dem er , ohne Rücksicht auf Stand und Würde, seinen Hut bedeckt hatte. Er steckte einen Finger rückwärts in seinen Kragen, schüttelte sich wie ein nasser Pudel, und das Wasser lief nur so an ihm herunter auf den Boden.

»Ich dachte bestimmt, daß Don Felipe schon hier sei. Na, er wird schon kommen. Muß mit ihm reden.«

»Hat sich jemand um Ihr Pferd gekümmert?«

»Mußte es mit dem Burschen im ›Refugio‹ lassen. Unmöglich, durchzukommen. Könnte ebensogut in einem Kanu hierhergepaddelt sein. Sagen Sie, Madam, Sie fürchten sich nicht vor dem Gedonner wie die meisten Damen? Aber ich habe es schon bemerkt: Sie gehören zu der herzhaften Sorte.«

Ich bat Tio Lalo, Decken und ein warmes Getränk zu besorgen, und überredete den triefenden Riesen, ein paar seiner durchnäßten Kleidungsstücke abzunehmen; um das Holzkohlenfeuer drapiert, dampften und trockneten sie bald. Über ein paar Gläsern Glühwein begann Quaile sich behaglicher zu fühlen.

»Es ist wirklich gemütlich hier«, sagt er, »das einzige, was hier fehlt, ist ein offener Kamin und ein Wasserkessel, der am Haken singt, so wie wir es bei uns zu Hause hatten. Aber hier wissen die Menschen nicht, wie man sich das Leben angenehm machen kann. Alles, um Eindruck zu schinden, und nichts, was einem das Innere erwärmt.«

»Wo ist Ihr Zuhause, Mister Quaile?« fragte ich ihn, um bis zu Felipes Ankunft Konversation zu machen.

»Mingo Creek, in der Nähe von Pittsburgh, Pennsylvanien, Madam. Ich komme aus dem Westen, was sie in der Union einen Yahoo nennen.« Er nieste, entschuldigte sich und bemerkte nachdenklich: »Heißer Rum mit Butter würde gut sein, eine Flasche Whisky wäre besser. Es geht nichts über Monongahela-Whisky, um einen Schnupfen zu kurieren. Habe versucht, etwas davon aus Louisiana hereinzuschmuggeln, aber das können Sie mir glauben, es ist leichter, fünfzig Flaschen mit Konterbande Quecksilber hereinzubringen als eine einzige Flasche Whisky. Möchte wissen, wo Felipe geblieben ist. Er wollte mich unbedingt noch heute abend sehen.«

»Vielleicht dachte er, daß Sie sich bei der Rosaura treffen sollen«, sagte ich sehr kühl.

»Nein, nicht bei diesem Wetter. Kein Mensch wird heute abend dort sein«, antwortete Quaile behaglich.

»Aber wenn es nicht regnen würde, so würde es Ihnen und Don Felipe viel Spaß machen, dem Hurenhaus einen Besuch abzustatten?« bemerkte ich, denn ich hatte mir vorgenommen, die vollständige und bittere Wahrheit zu lernen.

»O ja. Wir beide spielen gerne Billard; Don Felipe ist der beste Billardspieler in der Stadt und ich der schlechteste, aber es macht mir besonderen Spaß, mit ihm zu spielen, und er lacht sich halb krank, wenn er gewinnt. Er gewinnt immer, aber ich gebe es nicht auf. Ich nicht, Madam. Abgesehen vom Billard, ist es auch sonst nett bei der Rosaura, selbst wenn Sie es ein Hurenhaus nennen. Sie ist ein feiner Kerl, unsere gute Rosaura. Ich bitte um Entschuldigung, Madam, vielleicht sollte ich gar nicht so daherreden, ich bin nicht recht daran gewöhnt, mich mit Damen zu unterhalten, hab' den Großteil meines Lebens in Bergwerkslagern und unter groben Gesellen meiner Klasse zugebracht. Vielleicht sollte ich die Rosaura in Ihrer Gegenwart gar nicht erwähnen. Natürlich gibt es dort Mädchen, und es wird eine Menge getrunken und gespielt und geraucht bei ihr. Aber andererseits ist es wohl nicht ganz so, wie Sie sich's vorstellen. Es ist mehr wie ein – na, sagen wir – Klub. Die Männer treffen sich dort, und sie fühlen sich behaglicher als zu Hause bei ihren Damen und Frauen und Töchtern, die alle so vornehm und geziert und gebildet sind. Sehen Sie, Madam, es ist nämlich so: ein Kerl kommt hier an, und er ist arm, und er hat nicht viel gelernt, und er versteht nichts als vielleicht ein wenig von Bergwerksdingen und vielleicht etwas von Metallproben und Amalgamierung, und er hat nichts als einen Dickschädel und einen starken Buckel und möglicherweise etwas Glück. Und eines Tages stößt er auf die Ader, und plötzlich ist er ein großer Mann, schickt dem König Geschenke, baut ein Kloster oder sonst was, und dann wird er zu einem

Conde oder Marques gemacht. Nun gut, macht das plötzlich einen andern Mann aus ihm? Aber keine Spur. Er bleibt genau derselbe grobe, ordinäre Kerl wie zuvor. Aber er heiratet eine feine Señorita, und sein Sohn ist ein studierter Kavalier, und seine Töchter sind Marquesas, und sie kichern, wenn der alte Bursche keine Manieren hat, und sind wütend, wenn er im Theater einschläft und bei einem Ball jedem auf die Zehen tritt. So geht er also zu der Rosaura, und da trifft er seine alten Freunde, und da redet er von seinen Gruben, wie eben alte Bergleute reden, und mit den Mädels muß er nicht auf sein Benehmen aufpassen. Und dann kommt noch dazu«, erklärte Quaile vernünftig, »es kommt noch dazu, daß es keinen anderen Ort gibt, wo man eine solche Menge wichtiger Informationen erhalten kann. Wenn eine Ader entdeckt wird oder eine Grube erschöpft ist, eine Mutung gestohlen oder ein Schwindel irgendwelcher Art begangen wurde – bei der Rosaura ist die Stelle, wo man zuerst davon hört. Es ist der Ort, wo Männer ihre Geheimnisse ausplaudern, und für zwanzig Realen kann man Informationen im Wert von tausend Pesos von einem der Mädchen kaufen. Aber es wird spät. Ich bitte Gott, daß Don Felipe bald nach Hause kommt. Muß ihn um seine Meinung fragen, wie man die kleine Unannehmlichkeit, die wir heute in La Ramita hatten, behandeln soll.«

»Unannehmlichkeiten in der Grube?«

»Es ist nicht wichtig, nur muß ich wissen, wie Don Felipe die Sache erledigt haben möchte, ehe die Frühschicht einfährt«, sagte er. »Es dreht sich um einen Aufseher, der von seinem Caballito getötet wurde, und nun ist die Frage: sollen wir ihn auspeitschen und ihn aus La Ramita hinauswerfen oder ihn der Obrigkeit überweisen, die ihn wahrscheinlich hängen wird ...«

»Hängen? Ein Pferdchen?«

»Aber nicht doch, ein Caballito ist kein Pferd, ganz und gar nicht, Madam!« sagte Quaile, höchlichst amüsiert. »So werden die Burschen genannt, die einen hölzernen Sitz auf ihren Rükken geschnallt haben, auf dem sie die Aufseher herumtragen. Also, dieser Caballito nimmt einen jungen Hund mit sich in die Grube und erscheint am nächsten Tag, weint dicke Tränen und sagt, daß ein Felsbrocken sein Hündchen erschlagen habe. Nach ein paar Tagen beschweren sich die Leute, daß die Hundeleiche immer noch im Stollen sei und daß sie zum Himmel stinkt. Dem Caballito wird also befohlen, den verdammten toten Köter so schnell wie möglich herauszuschaffen. Und was findet der Aufseher? Sie haben den toten Hund mit zerkleinertem Silbererz gefüllt, wie man eine Gans mit Brot und Salbei stopft, nur daß es nicht so gut roch; das Ganze war eine ausgekochte Sache zwischen der Belegschaft und dem Caballito, um Silber zu stehlen. Natürlich gibt ihm der Aufseher eine gute Tracht Prügel, um ein Exempel zu statuieren. Der Caballito nimmt seine Prügel ohne einen Laut in Empfang, denn Indianer beklagen sich nie, als könnten sie Schmerzen nicht so spüren wie unsereiner. Nachher geht er auf seinen Aufseher los und erschlägt ihn mit einem Felsbrocken, und die ganze Belegschaft untertag stellt sich auf seine Seite; um der Wahrheit die Ehre zu geben, der Aufseher war ein übler Geselle und hatte kein Herz für seine Leute. Auf der andern Seite kann man Diebstahl und Mord nicht so einfach durchgehen lassen. Deshalb brauche ich Felipes Ansicht.«

»Was würden Sie vorschlagen, Don Roberto?«

»Ich würde versuchen, Unruhe zu vermeiden; wir können uns gerade jetzt kein Verlangsamen in der Arbeit leisten. Und – hören Sie, Madam, wären Sie böse, wenn ich Sie um einen Gefallen bitte? Sie sind nicht spanisch, ebensowenig wie ich, und es hört sich so komisch an, wenn Sie mich ›Don Roberto‹ nennen. Könnten Sie nicht Bert zu mir sagen, wie meine Mutter es tat? Es würde sich mehr – eben natürlicher anhören. Wo wir zwei schon einmal die einzigen blonden Leute in der ganzen verdammten Intendencia sind. Meine Mutter war Deutsche; Sie sind auch deutsch, nicht wahr?«

»Ich – also – eigentlich nicht ...«, stotterte ich in großer Verlegenheit. »Ich bin – ich bin französischer Abkunft. Mehr oder weniger ...«

»Schön, schön, Madam. Sie sind also französischer Abkunft. Lügen können Sie nicht sehr gut, nicht wahr? Mir macht es auch nicht das geringste aus, ob Sie eine französische Prinzessin oder eine deutsche Zofe sind. Ich persönlich zöge das letztere vor. Ich habe nur gedacht, es würde Ihnen guttun, sich hie und da ein wenig gehenzulassen und ein wenig in Ihrer Muttersprache zu plaudern.«

Ich bemerkte das freundliche Blinzeln in seinen hellen, klugen Augen und gab nach. »Woher wissen Sie so viel über mich?« fragte ich und wurde brennend rot.

»Ich kriege meine Auskünfte von allen möglichen Seiten; bekam einen Brief von einem meiner Freunde, dem Licenciado Pedro Arrellano, der Sie in New Orleans sah, noch bevor Sie eine Prinzessin waren. Was liegt daran?« sagte er auf deutsch. Er sprach einen komischen Dialekt, und doch war es ausruhend, einmal die unnachgiebigen Höflichkeiten und Floskeln von Felipes Sprache zu vergessen.

»Haben Sie Deutsch von Ihrer Mutter gelernt?«

»Ja, und von meiner Großmutter. Es gibt viele Deutsche in Pennsylvanien. Aber mein Vater stammt von einer schottischen Familie. Er ist Presbyterianer, und noch dazu ein sehr strenger. Würde eher aus der Gemeinde austreten als Watts Gesangbuch anerkennen, mein störrischer alter Herr. Freilich, wie ich ein kleiner Junge war, hatten wir keine richtige Kirche in unserer verlassenen Gegend; die Leute fanden sich unter einem großen, alten Baum zusammen, und unsere Hunde saßen im Kreis herum und hörten auch dem Wort Gottes zu. Während der Predigt hörte man die Vögel zwitschern und wie die Pferde das kurze Gras der Weide abfraßen, wo sie angebunden waren, und wie die Kühe friedlich wiederkäuten. Das klingt so hübsch und zufrieden, und ich glaube nicht, daß ich je eine bessere Predigt gehört habe als unter dem alten Baum. Und wenn wir unsere Choräle sangen, so klangen unsere Stimmen klein und demütig in der freien Luft, und das ist so, wie es sich vor unserem Herrgott gehört. Darf ich Sie etwas fragen? Sie sind eine echte Christin, nicht wahr – ich meine: eine Protestantin? Aber man erzählt mir, daß Sie öfters in die Messe gehen. Das ist doch eigentlich nicht recht, nicht wahr?«

»Ich glaube nicht, daß es unrecht ist, Mister Quaile. Ich tue es Felipe zu Gefallen; in der Stadt gäbe es einen Skandal, wenn ich nicht in die Kirche ginge, und alles würde noch schwieriger sein. Man muß ein paar Kompromisse schließen, und es scheint mir wirklich nicht so wichtig, denn Gott ist doch in jeder Kirche«, sagte ich, denn ich kam aus Weimar, wo man religiöse Angelegenheiten mit liebenswürdiger Freiheit und Toleranz behandelt. »Meine Dienerschaft würde samt und sonders davonlaufen, wenn sie dächte, daß ich eine Ketzerin sei«, sagte ich mit einem kleinen verlegenen Lachen. »Ich wundere mich, daß Ihre Bergleute keine Angst haben, daß die Grube einstürzen wird, mit einem Ungläubigen als Verwalter.«

»Unsere Bergleute sind in ihren Herzen Heiden, trotz dem ganzen Getue mit ihren Santos. Der einzige Glaube, den sie verstehen, ist ihr guter alter Heidenglaube an Zauberei. Nun, Arithmetik und Geometrie und eine gute, gründliche Kenntnis der Grubentechnik sind auch mächtige Zauber und dazu ziemlich selten in Mexiko, und ich habe den Leuten eine ganze Portion Vertrauen dazu beigebracht.« Er lächelte behaglich vor sich hin. »Vor zwei Jahren, wie wir eine Sonnenfinsternis hatten, ja, da hätten sie mich beinahe totgeschlagen. Dachten, der Teufel würde die Sonne mit Stumpf und Stiel auffressen, weil ich nicht zu ihrer Virgen betete. Aber ich zauberte so ein bißchen – und, bei Gott, fünf Minuten später war die ganze Finsternis vorbei. Ich bin Presbyterianer, Madam, und zweimal so groß und dreimal so stark wie irgendeiner von diesen Mexikanern. Das wäre ja eine schöne Schande, wenn ich nicht für meinen Glauben gegen die Kerle eintreten könnte!«

»Felipe sagt, daß Sie mehr vom Bergbau verstehen, als die ganze Escuela de la Mineria in der Hauptstadt. Wo haben Sie denn studiert?«

»Tja, Madam, das ist eine lange Geschichte. Sehen Sie, was ich tat, das kann man wohl nicht Studieren nennen, denn wir waren arme Leute aus dem Hinterland, und mein Vater kam mit einem argen Übel in seinem Rücken aus dem Revolutionskrieg zurück, und deswegen fing ich als ein kleiner Junge von acht in den Kohlengruben zu arbeiten an – worüber lächeln Sie?«

»Ach, über nichts. Ich stellte Sie mir nun gerade als ein flachsköpfiges, kleines Bürschchen vor, ganz schwarz vom Grubenschmutz. Bitte, erzählen Sie weiter, Mister Quaile.«

Ich vergaß meine Eifersucht und fing an, diesen schwerfälligen Berg von einem Mann gut leiden zu können, wie er mich so in die Kohlengruben seiner Kindheit und über die steinigen Pfade seiner Erziehung führte. Ich sah ihm zu, wie er seine ersten Pfennige verdiente, der erste Schritt auf ein endgültiges Ziel zu; ich begleitete den Zwölfjährigen auf die neugegründete Akademie von Pittsburgh, wo er in das überwältigende Geheimnis des Lesens und Schreibens und in die Kunst, Ziffern und Summen zu handhaben, eingeweiht wurde. Es war rührend, ihn von dem erschütternden Erlebnis des Lernens erzählen zu hören, von seinem angeborenen Wissenshunger, von der Wunderwelt, die sich in den Gesetzen der Mathematik und Geometrie vor ihm auftat. »Erinnern Sie sich, wie es in der Bibel heißt, Madam? ›Und die Erde erbebte, und der Vorhang des Tempels zerriß in zween Stücken ...‹ Ich hoffe, der Herr wird mir vergeben, daß ich die Heilige Schrift in Verbindung mit meiner eigenen, unbedeutenden Person zitiere. Aber ich kann es nicht anders beschreiben, was ich spürte, wie ich meine erste einfache Aufgabe in höherer Mathematik gelöst hatte. Die Erde erbebte, und der Vorhang zerriß! Die großen Universitäten sind nicht für die Söhne von armen Ansiedlern da, und ich mußte mein Wissen ausgraben, so wie man Baumstümpfe ausrodet, ehe man ein Feld bepflanzen kann. Ich war damals erst fünfzehn, aber schon ein großer, hartknochiger Lümmel, und ich arbeitete als Stauer im Chesapeake-Hafen. Schleppte Lasten den ganzen Tag, und das war auch eine gute Schule, das können Sie mir glauben, Madam. Ich weiß wenigstens, welche Muskeln einem von der Arbeit weh tun, und ich kann beurteilen, wann ein Mann, so viel geschleppt hat, wie er aushalten kann, ohne tot umzufallen. Hab' mir mein Brot im Schweiße meines Angesichtes verdient, wie unser Herr es befohlen hat, und kaufte Bücher, um mit meinem Studium weiterzukommen. Damals führte ich mein erstes technisches Kunststückchen aus. In der Nacht, wenn ich studieren wollte, war ich natürlich müde und nickte öfters über meinen Büchern ein. So knüpfte ich einen Riemen um meinen Hals und befestigte ihn an einem Stück Strick und einer Rolle, und an das andere Ende hängte ich eine Klingel, und jedesmal, wenn mein Kopf vornübersank, klingelte es und weckte mich auf. Einige Zeit später nahm mich einer der Schiffereibesitzer, ein Mister Benjamin Beecroft, in sein Kontor, um es sauberzuhalten und Botengänge zu tun, und als er herausfand, daß ich eine saubere Handschrift schrieb und rechnen konnte, machte er mich zu einem richtigen Angestellten. Und in der Zwischenzeit wurde Herr Gunkel mein Lehrer. Ich habe nie einen Mann mit einem solchen Wissen gesehen – ich glaube, man nennt es Universalbildung heutzutage –, und was Herr Gunkel nicht wußte, lohnte sich nicht zu wissen. Er war ein gebürtiger Deutscher und hatte die Wissenschaften im Ausland studiert. Ich brachte ihm etwas Englisch bei, und dafür lehrte er mich fast alles, was ich von Technik verstehe.

Selbst heute noch, wenn ich manchmal eine harte Nuß zu knacken habe, denke ich immer: wenn ich nur Herrn Gunkel nach seiner Ansicht fragen könnte. Aber er starb während der schlimmen Gelbfieberseuche, die sie 1793 in Philadelphia hatten. Ich selbst ging in die Kohlengrube zurück, um mir einige praktische Erfahrungen anzueignen. Und was für die Erfahrungen das manchmal waren! Einmal waren vierzehn von uns in einem fünf Fuß hohen Stollen zwölf Tage lang verschüttet. Damals verlor ich meine Haare zum erstenmal. Ein flachsköpfiges Bürschchen – daß ich nicht lache! Erst fraß ich meine Kerze auf, dann meinen Gürtel, dann begann ich an meinen Lederhosen zu knabbern. Wären wir noch ein paar Tage da unten geblieben, so hätten wir angefangen, uns gegenseitig aufzufressen. Aber zum Schluß kamen wir alle lebendig heraus und, passen sie auf, jetzt kommt etwas Komisches: jeder einzelne von uns vierzehn Eseln ging zurück in die Grube und arbeitete weiter im Bergwerk. Jaja, Madam, Bildung erwirbt man sich nicht in einem Tag. Würde es Sie stören, wenn ich mein Pfeifchen rauche?«

Ich konnte nicht umhin, an Weimar zu denken, wo der Überfluß an Wissen, humanistischer Tradition, feinster Kultur beinahe eine Krankheit war; wo Lehren und Lernen so gewöhnlich waren wie Brombeeren und man Schulen auch mit größter Mühe kaum vermeiden konnte. Ich konnte mir nicht helfen: etwas an diesem Mann, der an seiner Erziehung gearbeitet hatte, wie man in einem Steinbruch arbeitet, rührte mich. Er stopfte seine Pfeife und lächelte zufrieden in seine Vergangenheit zurück, während er eine glühende Holzkohle mit der Silberzange nahm und sich seine Pfeife anzündete.

»Ja, es ist lange her, seit ich unser Blockhaus daheim verließ, und die Zeiten haben sich geändert. In einer Regennacht wie heute, wenn der Feuerschwamm feucht geworden war und nicht zünden wollte, mußte einer von uns sechs Meilen zum nächsten Nachbarn reiten und Feuer borgen, und es war gar nicht leicht, den Topf mit den Kohlen noch glimmend nach Hause zu bringen. Ja, Madam, und jetzt ist aus Pittsburgh wirklich etwas geworden, und was ich von der Pennsylvanischen Chaussee höre, klingt fast zu gut, um wahr zu sein. Ich bekomme die Pittsburgh Gazette regelmäßig, allerdings mit zwei oder drei Monaten Verspätung. Ich wünschte, ich könnte bald nach Hause zurück, während dort alles mit Macht vorwärtsgeht. Das ist es, was ich möchte: nach Hause gehen und meine Hand in der höheren Politik versuchen. Ich bin in der Welt herumgekommen und habe allerhand gesehen und mir allerhand dabei ausgedacht, und ich glaube, ich könnte in meiner Heimat zu etwas nütze sein.«

»Und warum gehen Sie nicht zurück, Bert?«

»Weil ich mir beim Weggehen geschworen habe, nicht wiederzukehren, es sei denn als ein reicher Mann. Sehen Sie, die Union ist ein feines Land, das beste Land der Welt, besonders jetzt, da Mister Jefferson zum Präsidenten gewählt wurde. Aber trotz allem ist es ein Land für reiche Leute, von reichen Leuten gegründet und mit Gesetzen für reiche Leute. Das ist der Wurm im Apfel, Madam. Damit wird mein Vaterland für viele Generationen hinaus versuchen müssen, fertig zu werden. Wir haben König George abgeschafft und dafür den Dollar auf den Thron gesetzt. Es ist bedauerlich, Madam, aber in meiner Heimat betrachtet man einen Mann, der nicht eine Menge Geld verdienen kann, als einen Tölpel. Wenn der Bursche nicht genug Verstand hat, sich reich zu machen, so hat er bestimmt nicht genug Verstand, um wählen zu können; so wenigstens denken gewisse von unseren Legislatoren, und deswegen ist ein Großteil unserer Nation von den Wahlen ausgeschlossen und hat weder Stimme noch Einfluß.«

Ich wußte kaum etwas über die Vereinigten Staaten von Nordamerika, verstand nicht das geringste von ihrer Politik, und Worte wie: Union, Mister Jefferson, Legislator, Wahlen hätten ebensogut Chinesisch sein können. »Aber sind Sie denn nicht reich genug, Mister Quaile?« fragte ich verwirrt. »Da ist die Bonanza und ...«

»Das ist Felipes Bonanza, nicht meine«, sagte er trocken. »Wenn ich reich wäre, glauben Sie, ich würde meine besten Jahre in den Gruben zubringen, in diesem gottverlassenen Nest, wo die Schächte ersaufen, während man das Wasser für die Triebräder Tropfen für Tropfen aus diesen lächerlichen, verstunkenen Flüßchen herauslocken muß? In diesem Land, das so fern von zu Hause ist, daß man ebensogut auf dem Mond leben könnte? Schnell reich werden, o ja, das ist es, was ich mir dachte, als ich von zu Hause wegging! Nun, es war ein schlechter Witz, Madam!«

In Peru wäre er beinahe am Fieber gestorben, und sein Gold wurde ihm gestohlen, während er bewußtlos dalag. In Mexiko hatte er versucht, schlau zu sein, und war töricht gewesen.

»Man kann Quecksilber nicht anfassen, ohne sich die Hände zu verbrennen«, sagte er, »ich versuchte, das spanische Monopol zu brechen, und brach mir beinahe den Kragen. Alles Quecksilber, das unsere Amalgamierungswerke brauchen, muß nämlich aus Spanien importiert werden. Nun hat Spanien aber nicht genug davon, um die Kolonien zu beliefern. Da kam also Bert Quaile aus Pittsburgh mit seinem simplen nordamerikanischen Menschenverstand und dachte: in Mexiko, in diesen Bergen, gibt es genug Quecksilber, um Vorräte davon nach Spanien zu schicken, anstatt vice versa. Laß uns in Mexiko nach Quecksilber graben, und das Problem ist gelöst. Aber der Virrey und seine Leute haben gute Gründe, höchst stichhaltige Gründe, den Bestand an Quecksilber so knapp wie möglich zu halten. Madam, Sie können sich nicht vorstellen, was geschah, als man herausfand, daß ich in aller Bescheidenheit den Strom von Bestechung und Korruption an der Quelle abdrosseln könnte, indem ich einheimisches Quecksilber billig und reichlich lieferte. Wäre Felipe nicht gewesen, der mich aus meiner unangenehmen Lage herauskaufte, würde ich kaum mehr am Leben sein. Es wird noch einige Zeit dauern, bis ich das Geld, das ich ihm schulde, abgearbeitet habe. Und erst dann kann ich mit Gottes Hilfe von neuem versuchen, reich genug zu werden, um nach Hause zu gehen.«

Ich war noch verwirrter als vorher. »Ich verstehe das nicht ganz«, sagte ich. »Wenn Sie mit Felipe sprechen würden – er ist freigebig und gewiß nicht undankbar –, er sagt mir immer, er hätte den Santa-Clara-Schacht niemals ohne Sie fertigstellen können ...«

»Das ist es, genau das. Er ist freigebig, aber er ist kein Narr. Mit Ihnen kann er so romantisch sein, wie er will, aber nicht, wenn es sich um La Ramita handelt; und ich würde keinen Respekt vor ihm haben, wenn er es wäre. Er ist interessiert daran, mich an seine Grube zu fesseln, nicht mich mit all dem Geld, das ich ihm schulde, abziehen zu lassen. Wir sind gute Freunde, und wir verstehen einander vollkommen. Ich wollte bloß, er käme bald. Es ist spät geworden, und ich habe viel zuviel geredet. Aber ich danke Ihnen fürs Zuhören, Madam.«

»Und ich danke Ihnen für alles, was Sie mir da erzählten, Bert«, sagte ich und reichte ihm meine Hand über den Tisch.

»Donnerwetter, es ist komisch, so eine kleine Pfote in der Hand zu halten«, sagte er unbeholfen. »Es ist Jahre her, seit ich Hand in Hand mit einem Mädchen gesessen bin. Na, ich denke mir, man kann eben nicht alles haben.« Er seufzte ein wenig, und ich zog meine Hand zurück.

»Da gibt's etwas, das ich Ihnen schon seit einiger Zeit sagen wollte, Madam«, sagte er in großer, schwitzender Verlegenheit. »Ich muß Sie um Verzeihung bitten. Ich habe Sie falsch beurteilt, als Don Felipe Sie hierherbrachte; ich habe nicht viel von Ihnen gehalten, aber ich hatte mich geirrt. Ich habe Sie ziemlich genau beobachtet und möchte Ihnen das ins Gesicht sagen: Sie sind eine feine Frau, Sie sind die beste Frau, die jemals in diese Stadt gekommen ist, und ich sehe, daß Sie die einzige sind, die Don Felipe im Gleichgewicht halten kann – was ich sagen wollte, ist, daß ich froh bin, Sie zu kennen, und ich bin Ihr untertäniger Diener und zu Ihrer Verfügung, wenn Sie jemals etwas brauchen. Und ich sage das nicht so daher wie die Spanier. Ich meine es.«

Im Hause mit den geschlossenen Läden war es gemütlich, aber draußen stürmte es mehr und mehr, und das Unwetter hielt die ganze Nacht an. Die Plazuela verwandelte sich in einen See, die Brücken verschwanden eine nach der anderen, und, wie gewöhnlich während eines Regensturzes, niemand konnte in die Stadt herein oder hinaus. Es war unmöglich für Felipe, nach Hause zu kommen, und ebenso unmöglich für Quaile, das Haus zu verlassen.

Um Mitternacht hieß ich Tio Lalo eine Art von Bett auf dem Fußboden des Salons für ihn bereiten und wünschte ihm angenehme Ruhe. Am Morgen hatte der Sturm sich beruhigt, der Himmel war tief und blau, die Luft klar und mild. Chepito teilte mir mit, daß Quaile das Haus um Tagesanbruch verlassen hatte.

Aber etwas hatte sich über Nacht in meinem Haushalt geändert; von der Witwe angefangen bis zur jüngsten Küchenmagd merkte ich eine Veränderung. Sie kicherten und flüsterten, sie starrten und schnüffelten, sie benahmen sich keck und zu vertraulich; jeder Gehorsam war verschwunden und durch eine unausgesprochene, ungreifbare, nachsichtige Intimität ersetzt. Als hätten Doña Dolores de Uvalde, Lupe, die Köchin, Consuelo, die Zofe, der unverschämte Chepito und Tio Lalo, mein Freund, als hätte die gesamte Dienerschaft, ja selbst meine Honigbären, nur auf diesen Augenblick gewartet, in dem ich den Herrn, in dessen Sold wir alle standen, beginnen würde zu betrügen und mein wahres Gesicht zu zeigen.

Zwischen Felipe und mir kam es zu einer Szene, so ungeheuerlich wie ein Erdbeben. Wir schrien uns an wie von den entgegengesetzten Rändern einer tiefen Schlucht; keine Brücke zwischen uns, kein Seil, kein Halt, nichts als der schwarze bodenlose Abgrund zwischen zwei Fremden, unfähig, einander zu verstehen. Felipe, der Spanier, war nicht imstande, sich vorzustellen, daß ein Mann eine Nacht allein mit einer Frau unter demselben Dach zubringen konnte, ohne mit ihr ins Bett zu gehen. Für mich, aufgewachsen in einer Gesellschaft, wo respektvolle Freundschaft zwischen den Geschlechtern die Regel war, schien es ebenso unverständlich, daß solch ein absurder Verdacht meinem Liebhaber in den Kopf kommen könnte. Zehn endlose Minuten haßten wir uns, beleidigten wir uns; spuckten, zischten und prasselten wie zwei ausbrechende Vulkane; wir verletzten einander, wie es nur Liebende vermögen, die jede Schwäche, jede empfindliche, verwundbare Stelle des andern kennen, in die sie ihre Dolche stoßen können. Felipe schlug mich, ich weinte verzweifelt, und es endigte, wie die meisten Liebesstreite enden. Es war wie der Donner und Sturm und Aufruhr der vergangenen Nacht, kein Harm war geschehen, und der Himmel war wieder klar.

Aber es war nicht mehr so, wie es zuvor gewesen war. Nicht zwischen Felipe und Quaile noch zwischen Quaile und mir.

Am Abend, wenn sie zusammen unter der Argandlampe arbeiteten, lag jetzt oft eine unausgesprochene Spannung in der Luft, und eine plötzliche Meinungsverschiedenheit mochte lärmend die stille Oberfläche durchbrechen. Sie stritten wegen technischer Probleme, wegen Verbesserungen, die Quaile vorschlug und Felipe ablehnte. Oder etwa um die Frage, wie die Bergleute am besten zu behandeln seien. Der Conde de Valenciana gab seinen Arbeitern einen Anteil an dem Erz, das gefördert wurde, nicht mehr als gerecht und vernünftig, sagte Quaile. Dumm und verderblich, sagte Felipe. Zuweilen stritten sie über Fragen der allergrößten Wichtigkeit: ob man entweder vorsichtig sein und den Santa-Clara-Schacht auf seiner gegenwärtigen Tiefe von fünfzehnhundert Fuß beendigen oder ob man weiter und weiter bohren solle, hinunter, bis zu Felipes phantastischem Traum von der wirklichen Veta Madre in der doppelten Tiefe. Und dann wieder stritten sie über Nichtigkeiten, wie zum Beispiel das Pedigree von Andreas Ruiz' neuem Pferd. Manchmal stritten sie über Angelegenheiten, die in dem blauen Dunst reiner Metaphysik zerflossen: Freiheit, Gerechtigkeit, Gleichheit. Und die ganze Zeit sagte mir mein Instinkt, daß der Streit in Wirklichkeit um mich ging.

Ich erinnere mich eines Abends, an dem es zu einem wahrhaftigen Hahnenkampf zwischen den beiden Männern kam. Ich hatte das Thema selbst angeschnitten, denn es war etwas, das mich oft verwirrte, und an diesem besonderen Abend waren meine Nerven aus Gründen, die ich bei mir behielt, in einem niedergeschlagenen und aufgewühlten Zustand. »Ich verstehe etwas nicht«, sagte ich zu Felipe, »diese scharfe Trennung von Kasten und Rassen und Hautfarben; diese ewigen Vergleiche von Schattierungen und Färbungen der Epidermis. Dieser ganze törichte Stolz darauf, weiß, weißer, am weißesten zu sein. Die tiefe Beleidigung, Indianer genannt zu werden, Mestize, Kreole. Erst gestern sah ich, wie zwei Raufbolde, so braun wie Schokolade, sich auf der Straße stritten und einander beschimpften. ›Ich bin genauso weiß wie du, du Schwarzer!‹ Und Señor Ortiz, der ein Vermögen für die zweideutige Erlaubnis bezahlt hat, sich ›weiß‹ zu nennen, und der doch so schwarz wie dein schwärzester Stollen ist! Macht das königliche Dekret ihn eine Spur weißer? Das kommt mir alles idiotisch vor. In Weimar – unser Goethe hatte diese warme südlichbraune Haut, und wir fanden das wunderschön, aber hier würde ihn seine dunkle Farbe zu einem Ausgestoßenen machen, während mein armer Albert mit seinem Quarkgesicht ein unbeschreiblicher Erfolg sein müßte. Und was ist es mit den Kreolen? Willst du mir, bitte, bitte, erklären, warum man auf die Kreolen herabsieht?«

»Was willst du mit ihnen? Warum zerbrichst du dir dein blondes Köpfchen über die Kreolen, Blanquitisima? Mir scheint, du redest Unsinn daher. Wir haben die Mexikaner besiegt. Eine Handvoll Spanier hat die Massen der Mexikaner durch ihre Tapferkeit besiegt, deswegen sind wir die Herren, basta! Wenn du eine Predigt über Gleichheit haben willst, mußt du dich an Roberto wenden; das ist sein Steckenpferd.«

»Ich habe nie gesagt, daß ich daran glaube, daß alle Menschen gleich sind«, sagte Quaile gewichtig; »mit allem Respekt vor Mister Jefferson – und ein besserer Mann existiert in der ganzen Konföderation nicht – nein, ich glaube nicht, daß es so augenscheinlich ist, wie Mister Jefferson es in unserer Unabhängigkeitserklärung ausdrückt, daß Gott die Menschen gleich erschaffen hat, Gott schuf die Menschen verschieden, und es wäre eine trübselige Welt, wenn es anders wäre. Was ich aber wirklich glaube, ist, daß jedem Menschen von Geburt an die gleichen Möglichkeiten gegeben werden sollen – und dann wollen wir sehen, was jeder einzelne unter den gleichen und richtigen Bedingungen aus sich machen kann. Und unter richtigen Bedingungen verstehe ich Bedingungen, die weder so leicht sind, daß sie einen Menschen verwöhnen und schwächlich und schlaff machen, noch so hart, daß sie ihn verkümmern lassen oder zerbrechen. Aber ich nehme an, man muß wohl einen kräftigen, nordamerikanischen Magen haben, um die Idee von der Verbrüderung der Menschheit zu verdauen; es ist keine Idee, die sich so gut mit Ihrem spanischen Hochmut verträgt.«

»Darf ich Sie in aller Bescheidenheit daran erinnern, daß wir, in unserem spanischen Hochmut, die Indianer schon vor langer Zeit aus der Sklaverei befreiten, während, so sagt man mir, in Ihrer freien Konföderation ein Sechstel der Bevölkerung schwarze Sklaven sind? Tatsächlich ist es so, daß die Einfuhr von Sklaven alle Ausmaße übersteigt, seit Nordamerika unsere frühere Kolonie Louisiana erworben hat«, sagte Felipe kalt.

»Das ist wahr, Don Roberto», nahm ich Felipes Partei. Daß ich Quaile in Felipes Gegenwart als Don Roberto ansprach, und ihn Bert nannte, wenn wir allein waren, das war einer der winzigen Sprünge im Gefüge, die eines Tages zu weiten Rissen aufklaffen sollten.

»Ich erröte schuldbewußt für mein Land, Madam, aber glauben Sie mir, es ist eine sehr kleine, sehr selbstsüchtige und dazu sehr kurzsichtige Minderheit, die auf dem Kauf, Tausch oder auf der Verwendung von Sklaven besteht. Die Mühlen einer Demokratie mahlen leider langsam, und man kann noch viel Trägheit und Unwissenheit in unserem jungen Kongreß finden. Würden Sie mir glauben, daß der Kongreß fünf Jahre brauchte, um zu entscheiden, ob Sklaven Menschen seien oder mehr so etwas Ähnliches wie Vieh? Aber mit etwas Geduld ...«

»Ah, und wie hat sich Ihr aufgeklärter Kongreß am Ende entschieden, Roberto?« fragte Felipe spöttisch.

»Der Kongreß schloß einen Kompromiß und erklärte, daß fünf Sklaven drei Menschen seien«, sagte Quaile mit einem amüsierten, gutmütigen und entschuldigenden Lachen. Aber Felipe wollte steif und hochmütig bleiben.

»Da kannst du sehen, Caralinda, warum ich das schlechteste Königreich der besten Republik vorziehe. Kann eine Majorität anders als dumm und unwissend sein? Was Sie Menschenrechte nennen, ist nichts als Pöbelherrschaft!«

»Gewiß, für das spanische Reich sind Steuerrechte wichtiger als Menschenrechte.«

»Die Indianer zahlen keine Steuern. Wir Spanier zahlen sie.«

»Keine Steuern, aber Tribute, hoch genug, um den armen Hunden jeden Knochen im Leib zu zerbrechen. Sie würden ja Ihre Maultiere nicht so behandeln wie Ihre Mexikaner!«

»Wir behandeln sie in der einzigen Manier, die sie verstehen. Tatsache ist, wir behandeln sie noch viel zu gut. Sie wissen so gut wie ich, Roberto, daß es unmöglich ist, die mexikanischen Zustände zu verbessern, weil die Eingeborenen einfach in Dreck und Gestank und Erniedrigung leben wollen. Spanien hat ihnen Freiheit und gute Gesetze gegeben; es hat sie zu Christen gemacht und sie von der ewigen Verdammnis errettet. Unsere Bergarbeiter sind verwöhnt und verhätschelt – erst letzte Woche legte ich hundert Goldstücke in den Fels, ehe wir sprengten; ich gab ihnen einen Regen von Gold – und was taten sie damit? Flitschten ihre Goldstücke in den Fluß, verwetteten jeden letzten Centavo und soffen sich halb tot. Sie sind ohne Sinn und Verstand geboren; sie sind Tiere, und man muß sie wie Tiere behandeln.«

»Dann sehen Sie sich bloß vor, daß die Tiere nicht eines Tages ausbrechen. Wissen Sie, warum ihr Spanier die Mexikaner unter der Knute haltet? Weil ihr vor ihnen Angst habt, zähneklappernde Angst; mit all eurem spanischen Hochmut und eurer Macht habt ihr entsetzliche Angst vor dem Tag, wenn Mexiko aufwachen wird.«

»Manchmal, Roberto, langweilst du mich bis zur Verzweiflung mit deinen jakobinischen Volksreden«, sagte Felipe eisig; seine Nasenflügel waren zusammengepreßt und wächsern. »Und sollte ich irgend jemand finden – verstehst du: irgend jemand –, der solche vergiftenden Hetzreden in meiner Grube kolportiert, so würde ich mich gezwungen sehen, die heilige Inquisition darauf aufmerksam zu machen. Ist das klar?«

»Sie hätten sich gar nicht klarer ausdrücken können, Don Felipe«, sagte Quaile in weißlippiger, verhaltener Wut, als er seinen Stuhl zurückstieß, seine Papiere zusammensuchte und die Türe hinter sich zuschlug.

Später am Abend, als die Lampe heruntergebrannt war und nur noch die Asche im Kohlenbecken glühte und Felipe sich aus seinem gefrorenen Zorn gelöst hatte, schob ich meinen Schemel nahe an seinen Stuhl heran und legte meinen Kopf auf seine Knie.

»Über all eurem Männerzank hast du vergessen, meine Frage zu beantworten: Wie ist das mit den Kreolen? Warum seht ihr auf sie herab? Warum sind sie so eifersüchtig auf euch? Sie sind so weiß wie du und ich, so weiß wie der König von Spanien, nicht wahr? Ich werde diese künstliche Kluft zwischen Spaniern und Kreolen nie verstehen.«

»Komm, komm«, sagte Felipe und streichelte tief in Gedanken mein Haar. »Zerbrich dir nicht dein Köpfchen über solchen Unsinn. Geborene Spanier sind eben Spanier, und Kreolen sind nicht ganz dasselbe, selbst wenn sie weiß sind, und daran kannst du nichts ändern. Was, im Namen der zwölfhundert Jungfrauen von Santa Ursula, kümmern dich die Kreolen?«

»Ich kann mir nicht helfen, Felipe. Es kümmert mich sehr. Ich denke an die spanischen Eltern, deren Kinder zufällig in Mexiko geboren sind; ist es möglich, daß Eltern auf ihre Kinder herabschauen, nur weil sie sie in einem andern Land gezeugt haben? Wenn eine Mutter ihr Neugeborenes an der Brust hält – denkt sie dann: Kreole? Wenn ein Vater seinen Sohn die kastilische Sprache lehrt – verachtet er ihn dafür, daß er nicht in Spanien geboren ist? Lieben Eltern ihre Kinder deswegen weniger? Und wenn es so ist und sie einen Unterschied zwischen sich und ihren kleinen Kreolen machen, ist das nicht gefährlich? Siehst du nicht ein, daß das der sicherste Weg ist, um das Herz eines jeden Kreolen gegen sein eigenes Blut aufzubringen und sie alle in das Lager der Mexikaner, die ihr Mestizen nennt, zu treiben?«

»Keineswegs, Caralinda. Die Kreolen kennen ihren Platz. Sie sind mit Recht auf ihre rein spanische Abkunft stolz. Sie sind ehrgeizig, denn sie nehmen eine viel höhere Stellung in der Gesellschaft ein als die Mestizen, und sie wären Narren, wenn sie ihre Vorrecht wegwürfen, indem sie mit den Mischlingen gemeinsame Sache machen. Sieh dich doch um, Caralinda: Kreolen können Offiziere in den königlichen Truppen werden oder zur hohen Klerisei gehören oder sich ein Vermögen in den Bergwerken erwerben, und einige sind sogar geadelt worden – was gibt es, warum bis du mit einemmal so wütend und aufgeregt über diese Dinge?«

Für einen Augenblick hielt ich den Atem an. »Felipe«, sagte ich, nahm seine Hand von meinem Haar und bettete meine Wange in seine Handfläche. »Wenn ich ein Kind hätte – würde es ein Kreole sein? Würdest du wirklich auf dein eigenes Kind herabsehen als auf etwas Minderwertiges?«

»Was sind das für Hirngespinste? Ich würde dir nie erlauben, ein Kind zu haben, niemals.« Er nahm mein Gesicht zwischen seine Hände und bog es zu sich herauf. »Ich liebe dich viel zu sehr, um dir ein Kind zu machen«, sagte er, und es war eine seltsame Zartheit darin, wie er es sagte. Winzige blaue Flammen huschten über die glimmenden Holzkohlen; die Dunkelheit wurde noch dunkler, und Felipe preßte mein Gesicht zwischen seinen Händen, bis der Puls in meinen Schläfen zu hämmern begann. »Höre, Mujer«, sagte er mit plötzlicher Heftigkeit, »unser Kind würde nicht nur ein Kreole, sondern noch dazu ein Bastard sein. Höre zu – und vergiß es nicht: Ich will kein Kind von dir. Viele ungewünschte Kinder sterben in Mexiko bei ihrer Geburt. Unser Kind würde auch sterben.«

»Das ist keine Sache, die sich leicht vergißt. Ich darf Honigbären haben – aber kein Kind. Nein, ich werde es nicht vergessen, Felipe«, sagte ich; meine Stimme brach, und ganz gegen meinen Willen begann ich zu schluchzen. Felipe beugte sich über mich und legte seine Stirne in mein Haar. »Vergib mir, mein liebes Herz«, sagte er beinahe lautlos. »Vergib mir, und versuche, mich zu verstehen. Ein Kind ist das einzige, was ich dir versagen muß.«

Ich hatte mir ein Kind gewünscht, tiefer, verzehrender als irgend etwas in meinem ganzen Leben. Felipes Kind, schön, arrogant, stark und schwach wie Felipe, einen kleinen Bastard wie Felipe. Jeder Nerv, jede Ader in meinem Körper sehnte sich nach diesem Kind, nach dieser letzten Erfüllung meiner selbst. Oftmals hatte ich mit der Madonna in meinem Schlafzimmer darüber gesprochen, mit ihr, die auch ein Kind hatte und die die einzige Frau war, die ich in jenem fernen Land kannte. Nun hatte ich noch ein Gespräch mit ihr. Vergiß, um was ich bat, sagte ich: bitte, o bitte, vergiß es. Ich habe es nicht ernst gemeint. Es war alles nur ein schlimmes Mißverständnis. Ich habe nicht an die Konsequenzen gedacht. Vergiß es!

Ich hatte auch eine Unterhaltung mit Consuelos Mutter, der

Curandera. Ich trank das üble Gebräu, das sie mir gab, und ließ einige scheußliche Ritualien über mich ergehen. Und nach zwei Tagen hielt ich eine stille, heimliche, kleine Beerdigung und begrub eine schöne, flüchtige, zarte Hoffnung, die eine große, klaffende Leere hinterließ.

Ich liebte Felipe, aber immer noch kannte ich ihn nicht, meinen ewigen Fremden.

Während meines dritten Jahres in Mexiko wurde ich schwanger. Ich ritt ganz allein in die Berge hinaus und setzte mich an den Eingang einer Höhle in den kühlen Schatten, denn ich mußte über dieses Neue, das in mich eingedrungen war, nachdenken und es bis ans Ende bedenken und zu einer Entscheidung kommen. Viele Stunden blieb ich dort oben, und erst als die Sonne sich in dem scharfen, klaren, gelben Sonnenuntergang der ockerfarbenen Landschaft neigte, kehrte ich nach Hause zurück. Alle Rastlosigkeit war von mir gegangen; ich ballte meine Fäuste und biß meine Zähne zusammen und machte mich hart und unverwundbar für den kommenden Kampf. Dies ist mein Kind, dachte ich, mein Kind, und ich will es haben, und es wird leben. Es ist mein Kind, und wenn ich damit davonrennen muß und es verstecken muß und für es betteln muß, dies ist mein Kind, und ich will es haben. Ja, selbst wenn ich Felipe aufgeben muß, um mein Kind zu behalten ...

Es war die härteste Entscheidung meines Lebens, viel schwerer, als es gewesen war, Helgenhausen zu verlassen und mit einem Fremden davonzugehen. Und doch: ja, ja, ja, wenn ich zwischen Felipe und diesem Kind wählen muß, so will ich das Kind haben, sagte ich mir.

Felipe hatte mir manch eine Überraschung bereitet, doch niemals eine größere, als da ich ihm die Neuigkeit mitteilte. Er wurde völlig verrückt vor Freude. Er brüllte, er lachte, er weinte große, warme Tränen, er flüsterte, er betete. Er hob mich vom Boden und tanzte mit mir durchs Zimmer, und im nächsten Augenblick setzte er mich vorsichtig nieder, als wäre ich ein dünnes, zerbrechliches Glas, bis zum Rand gefüllt, und lief auf Zehenspitzen um mich herum. Er küßte meine Hände, meine Augen; er kniete vor mir hin und hielt sein Ohr an meinen Leib, wie um das stumme, kleine Leben da drinnen zu belauschen. Er sprach sogar mit seinem Sohn durch die Wände meines Körpers (es versteht sich von selbst, daß das Kind ein Sohn war), er sprach ihn als Vuestra Merced an, als Euer Gnaden und Eure Exzellenz; er versprach ihm eine Wiege aus Gold und warnte ihn, seine Mutter zu belästigen. Er lief auf die Galerie hinaus, rief die Dienerschaft zusammen und warf ihnen einen Regen von Silberstücken zu, ohne den Grund für solche Freigebigkeit mitzuteilen. Er ging in den Stall und flüsterte die Neuigkeit in das Ohr seines Pferdes. Er war zu aufgeregt, um einen einzigen Bissen zu essen, und den Wein, den er auf seines Sohnes Zukunft trank, gab er gleich wieder von sich wie ein hysterisches Jüngferchen.

»Was für ein dummer, lieber Narr du doch bist! So viel Lärm um einen kleinen Bastard und noch dazu ein Kreolchen«, sagte ich – lachend, um nicht weinen zu müssen.

»Rede keinen Unsinn, ich will nichts davon wissen. Höre mir zu, Mujer, wir müssen Pläne machen, große, sorgfältige Pläne. Wie weit, glaubst du, bist du in deiner Schwangerschaft? Sechs Wochen, sieben vielleicht? Wir haben nicht viel Zeit, aber ich glaube, ich kann mit meinem Geld alles schneller erledigen. Zuallererst muß ich dich nach Hause, nach der Peninsula, bringen und dich dort installieren, so daß du das Kind in Spanien gebierst. Ich werde morgen herausfinden, wann das nächste Schiff den Hafen von Vera Cruz verläßt, und werde alles für die bequemsten Reisebedingungen, die möglich sind, arrangieren. In der Zwischenzeit muß der Papst deine lächerliche Ehe auflösen, eine Ehe, die in Wirklichkeit niemals richtig existierte. Ich hatte schon seit einiger Zeit die Absicht, eine Kirche auf La Ramita zu errichten; ich werde sofort mit den Vorbereitungen beginnen, und ein solches Versprechen wird dem Vatikan wohl gefallen. Auf jeden Fall werde ich Mittel und Wege für uns finden, zu heiraten, ehe das Kind geboren ist. Was den Escorial betrifft, so weiß ich aus guter Quelle, daß der Stern des Schurken Godoy am Verbleichen ist; ich werde Seiner Heiligen Majestät ein Geschenk von solcher Munifizenz senden, eine Beisteuer zu seinen Vorbereitungen für einen Krieg mit Frankreich, der jeden Tag ausbrechen mag, daß er nichts anderes tun kann, als meine Rückkehr in Gnaden zu gestatten. Und was den Adelstitel angeht – wie würde es dir gefallen, wenn dein Sohn der zweite Marques de Ramita y Guera würde? (Das war seine Art, meinen Familiennamen auszusprechen, und »La Guera« – die Blonde – war es, wie mich die Leute in Mexiko nannten.) Ich habe mich auch schon viel mit Entwürfen für unser Ehewappen befaßt. Dein Familienwappen hat eine Eiche, von einem Einhorn gehalten – ich meine das Wappen der Grafen von Guera, nicht der Pontignac. Für mich dachte ich an einen Mann mit einem Hammer als Schildhalter und drei Wellenlinien im oberen Feld, um Wasser anzudeuten, wie auf dem Wappen der Fuentes, und ich würde gerne den linken Schrägbalken der Bastarde daraufsetzen, den Söhnen meines Vaters zum Trotz.«

Dies war soweit das beste Jahr in Guanaxuatos Geschichte, und der Reichtum der Stadt brannte wie ein Fieber. Mehr und mehr Schächte wurden gebohrt, mehr und mehr Gruben geöffnet, höher und höher stiegen die Spekulationen in Mutungen, wilder und wilder die Gerüchte von Adern und zutage liegendem Erz, die in der Gegend entdeckt worden waren, reicher und reicher wurden die Grubenbesitzer.

Im Juni empfing Guanaxuato den Besuch des neuen Virrey Don José de Iturrigaray, der wahrscheinlich in unsere Stadt kam, um sich eine Scheibe von all diesem Reichtum abzuschneiden. Er war stattlich, er sah aus wie ein Schauspieler in der Rolle eines Virrey. Er ließ bekanntmachen, daß er selbst dafür sorgen würde, daß das spanische Quecksilbermonopol aufs strengste beobachtet und daß er persönlich die Verteilung der wertvollen Chemikalie beaufsichtigen würde. Die Grubenbesitzer verstanden die Drohung und die habgierige Absicht hinter der offiziellen Ehrung, die ihnen durch diesen erhebenden Besuch zuteil wurde, und sie schoben riesige Geschenke in die käuflichen Hände des Mannes, der Spaniens Herrscher repräsentierte. Die Stadt war von ihrer eigenen Pracht betrunken, und da war eine solche Schaustellung von Goldborten und Brokat und Federn und Juwelen, daß es nicht einmal in der Hauptstadt, ja nicht einmal in Madrid, hätte übertroffen werden können. Es war eine solche Überfülle, daß die Stadt eine Art barbarische Schönheit gewann. Militärparaden und feierliche Prozessionen, tägliche Fiestas und Stierkämpfe, Flaggen, Fahnen, Blumen, Farben, der Lärm der Salven und Raketen, und jede Nacht Illuminationen, die die Stadt mit tausend Kerzen aufleuchten ließen, die Fassaden der Paläste nachzeichneten und mit zaghaftem Glanz noch die Hügel hinankrochen, wo die armen Leute ihren letzten Claco für Ocote und Fackeln und demütige kleine Öllichtchen ausgegeben hatten. An dem Abhang über dem halbfertigen neuen königlichen Getreidespeicher stellte die Terrasse der Rosaura die spanische Fahne aus kleinen roten und gelben Öllämpchen zur Schau, und es gab Feuerwerk, Empfänge und einen Ball, bei dem die Damen sich bis aufs Blut um ein Lächeln des neuen Virrey bekämpften.

Als alles vorbei war und der Virrey die Stadt mit seiner Beute verließ, hatte Felipe einen seiner brillanten Einfälle. Für den Abschied erschien er prächtiger gekleidet als irgendeiner der jungen Leute, die seine Exzellenz bis nach Marfil begleiten sollten; aber es war ein Anzug für tiefe, zeremonielle Trauer, um seinen Schmerz über die Abreise auszudrücken: schwarzer Samt, mit schwarzem Jett bestickt, schwarze Schuhe und Kniestrümpfe, ein schwarzer Hut mit drei schwarzen Federn daran und ein Galadegen in einer schwarzen Scheide.

»Uff, was für eine Komödie«, sagte er lachend, als er zurückkam und den lästigen Staat abwarf. »Du hättest den alten Gauner, diese Kreatur von Godoys Gnaden, sehen sollen, wie er mich mit Tränen in den Augen umarmte, jede einzelne Träne für einen Extrapreis von tausend Peso. Aber nun ist der Weg für uns offen. Sofort nach seiner Rückkehr nach der Hauptstadt wird er meine volle Amnestie Seiner Majestät empfehlen, und der Erzbischof von Mexiko hat die kleine Angelegenheit der Annullierung deiner Ehe in Händen. Natürlich mußt du Katholikin werden, meine kleine Heldin, aber das kann man taktvoll und diskret anfangen. Morgen in vierzehn Tagen wird der Bischof von Michoacan selbst den Grundstein für meine Kirche der Santa Clara legen; wenn das geschehen ist und das Wetter es gestattet, können wir auf der ›Esperanza‹ nach Hause segeln.«

Er sagte nach Hause; er war schon in Spanien, wir waren verheiratet, wir waren geadelt, wir hatten ein Kind. Er hatte schon seinem Vater bewiesen, was immer er ihm beweisen wollte. Und doch mußte noch so viel getan werden, und die Zeit wurde knapp.

Ungeduld fraß an Felipe, und seine Wangen sahen wieder eingefallen und hungrig aus. Die Millionen, die er brauchte, mußten aus La Ramita herausgeholt werden, mehr, mehr, mehr, schneller, schneller, schneller. Es war ein verzweifeltes Antreiben, Tag und Nacht, Tag und Nacht. Ich sah Felipe kaum mehr, und selbst Quaile verlor an Gewicht. Tiefer, tiefer, tiefer drang der Santa-Clara-Schacht. In dem alten, ersoffenen, verlassenen Schacht San Ysidro keuchten die Pumpen Tag und Nacht, Tag und Nacht, denn dort drunten, noch immer von hundertundachtzig Fuß Wasser bedeckt, mußte ein anderer Teil der Veta Madre wiedergewonnen werden. Sprengen, Graben, Eröffnen, Bohren, Hämmern, Meißeln, Laden, Schleppen. Tag und Nacht, Tag und Nacht. Mehr Männer wurden eingestellt, mehr Maultiere, mehr Pferde mit Erz beladen, mehr Ledersäcke mit grauen Felsbrocken gefüllt und von nackten, atemlosen, schwitzenden Männern über die senkrechten Leitern der Förderschächte heraufgeschleppt. Höhere Löhne, Prämien für die Bergleute, längere Arbeitsstunden, weniger Schlaf, mehr Unfälle da drunten, mehr Ohnmächtige, Verwundete, Tote. Alles das zählte nicht in der Hetzjagd um die Millionen, die Felipe brauchte: Menschenleben waren billig und die Rückkehr nach Spanien kostspielig. Drei Wochen lang, als die Erträge nachließen, lebte er in einem schwarzen stürmischen Zorn. Sein Kredit bei dem Tribunál de la Mineria war bis zum Zerreißen angespannt, genau wie seine Nerven. In dem Mahlwerk, wo das Erz zermalmt und amalgamiert wurde, ging das Quecksilber aus, und er mußte einige Konterbandeflaschen für einen ungeheuren Preis kaufen. »Zeit, Zeit, lieber Jesus von Nazareth, gib mit mehr Zeit!« stöhnte er.

Ich war im vierten Monat meiner Schwangerschaft, und die Esperanza war ohne uns nach Spanien gesegelt. »Wenn wir so schnell wie möglich reisen – wenn die Landstraßen in gutem Zustand sind – wenn die ›Reina Isabela‹ wie geplant segelt und wir günstige Winde haben ...« Er zählte und rechnete. Er hatte unsere Pässe vorbereitet; die Erlaubnis, seine Heimat zu betreten, seine Amnestie für den halbvergessenen Zwischenfall mit Godoys Verwandten waren erbeten worden; er hatte die Zusicherung des Erzbischofs, daß der Vatikan gewisse Hindernisse aus dem Weg räumen und unsere Heirat segnen werde. Zeit – alles, was wir brauchten, war mehr Zeit.

Er schaffte zu hart; er jagte sich zu grausam; er aß zuwenig, trank viel; er konnte nicht schlafen, hatte schwere Träume. Er stand in der Mitte der Nacht auf, rief nach Domingo, ließ sein Pferd satteln und ritt davon. Er spielte ungezügelt und mit hohen Einsätzen; er ging oft zu der Rosaura, um seine angespannten Nerven zu entspannen, und kam von dort zurück, angespannter als zuvor. Einmal hatte er einen Streit mit Bert Quaile. Keinen Zank, wie es häufiger und häufiger zwischen den beiden Männern vorkam, sondern eine Schlägerei, in der keiner gewann und aus der beide arg zerschlagen herauskamen. Quaile erzählte mir seine Version davon.

»Gut, er ist also der Herr, und die Grube gehört ihm, und ich bin nur der Verwalter. Aber er hat nur ein bißchen an Mathematik geknabbert in seinem Papisten-Seminar, und ich bin ein gelernter Techniker, und ich weiß, was ich tue. Ich habe diesen Schacht so tief getrieben wie möglich, tiefer sogar, als es unsere absolute Sicherheit gestattet, und wenn er noch tiefer gehen will, so ist er vollkommen wahnsinnig, und ich kann keine Verantwortung dafür übernehmen. Man darf nicht vergessen, wir haben achthundert Männer da drunten auf jeder Schicht arbeiten, und wenn denen etwas passieren sollte, so muß ich unserem Herrgott dafür einstehen. Wenn er noch tiefer bohren will, so wasche ich meine Hände in Unschuld, ich will nichts damit zu tun haben; eher verlasse ich La Ramita, als einen einzigen Fuß tiefer zu gehen.«

Ein oberflächlicher Frieden wurden wiederhergestellt und ein Kompromiß geschlossen. Quaile sollte das Senken eines dritten, vielversprechenden, neuen Schachts beaufsichtigen und beschleunigen, und Felipe sprengte auf eigene Verantwortung über die achtzehnhundert Fuß hinaus, die Quaile als Grenze gesetzt hatte. In einer Tiefe von achtzehnhundertundvierzig Fuß verbreiterte sich die Ader, zweigte aus und erreichte den fabelhaften Durchmesser von dreiundzwanzig Fuß. Es war, in anderen Worten, eine zweite Bonanza, neben der die erste wie ein dünnes Geriesel erschien. In seinem Triumph blieb Felipe kalt: »Bist du überrascht? Ich nicht«, sagte er zu dem niedergeschlagenen Quaile. »Ich wußte es. Ich kann mit geschlossenen Augen eine Karte zeichnen und dir genau zeigen, wie die Hauptader verläuft. Ich kenne die Grube wie meine Handfläche. Jetzt, Caralinda, werde ich genug Geld haben, um Felipito eines jener kleinen Königreiche zu kaufen, in die dieser Emporkömmling Bonaparte Europa zerhackt hat.«

Einige Wochen nach dem Virrey kam ein anderer Besucher nach Guanaxuato, allerdings mit weniger Pomp und Fanfaren.

»Ich habe eine Überraschung für Sie, Doña Clara«, sagte Don Lorenzo eines Tages, als er den Patio betrat. »Ein Herr aus Deutschland, der sich glücklich schätzt, Ihnen einen Besuch abzustatten.«

Ich brauchte einen Augenblick, um mich zu erinnern, wer dieser Herr war und was er repräsentierte. Er war unordentlich und sehr einfach gekleidet, und sein Haar hing ihm in zerzausten Fransen in die Stirn. Er sah aus, als wäre er in Eile, als gäbe es viel zu viele Dinge zu studieren und zu beobachten, um Zeit für irgendwelche Konventionen in Benehmen oder Anzug zu vergeuden. Ich erkannte die wachen, glänzenden Augen wieder, von tiefhängenden, faltigen Lidern halb verdeckt, das Siegel rastlosen Denkens auf dem lebhaften Gesicht, und plötzlich war ganz Weimar, die ganze Heimat, die ganze Vergangenheit, in die Casa Contreras eingetreten.

»Baron Humboldt – was in aller Welt bringt Sie in diesen verlassenen Winkel?« stotterte ich.

»Dasselbe könnte ich Sie fragen, Clarinda«, sagte er. »Das letzte Mal, daß ich das Vergnügen hatte, Sie zu treffen, war bei Ihrem Begräbnis.«

Ich lachte, und er lachte auch. »Das wird unserem Freund Goethe unendlich gefallen«, sagte er. »Er hat nie ganz geglaubt, daß Sie tot sind, der kluge, mutwillige Schätzmeister der Seele.« Im ersten Ansturm der Überraschung hatten wir beide deutsch gesprochen, aber nun ging er höflich zum Spanischen über, um Don Lorenzo in die Unterhaltung einzuschließen. »Der Professor sagte mir, daß ich eine Dame aus Weimar hier finden würde, aber ich wußte nicht, wenn ich erwarten sollte, und er wußte nicht, daß wir alte Freunde sind. Ich bin Ihnen wirklich sehr verbunden, Don Lorenzo, für dieses Zusammentreffen.«

Ich hatte Don Lorenzo, den Weltbürger im Exil, nie so strahlend gesehen; ich verstand mit einemmal, wie ausgehungert er nach einem Gedankenaustausch mit einem Gelehrten von Humboldts Rang gewesen sein mußte; Don Lorenzo, ein Mann, auf einer wüsten Insel gestrandet und im letzten Moment gerettet; ein Mann, von den Kannibalen eingefangen, aber noch nicht ganz aufgefressen. Humboldt hatte sofort und ohne viel Verwundern oder Fragen die merkwürdige Tatsache, daß ich am Leben war, akzeptiert und beantwortete meine Erkundigungen in seiner klaren, selbstverständlichen Art, an die ich mich recht gut erinnerte. Nein, Weimar hatte sich gar nicht verändert. Goethe war sehr krank gewesen, hatte sich aber gut erholt. Der Herzog hatte sich auf die Seite der Preußen gestellt, aber vorläufig hatte Napoleon das kleine Herzogtum in Ruhe gelassen. Albert? Mein armer Albert war, wie immer, mit seinem Epos beschäftigt; wie hieß es doch? Die Hesperiden. Nein, er hatte nicht wieder geheiratet und würde es wahrscheinlich nie tun. Ob ich Grüße oder eine Nachricht an meinen Gatten senden wolle – oder an irgend jemand sonst?

Nein, antwortete ich nach einer kurzen Überlegung. Ich versuchte, meine Ehe auflösen zu lassen, und ich wollte das Verfahren nicht durch persönliche Schritte stören. »Gut, gut«, sagte Humboldt. »In diesem Fall werd' ich so verschwiegen wie das Grab sein; das hübsche Grab, das Graf Driesen Ihnen bereitet hat«, sagte er so geistesabwesend, daß ich fast sicher war, er habe mir nicht zugehört. Seine Augen waren umhergewandert und ruhten nun auf den violetten Blüten der Schlingpflanze, die wie ein reicher Vorhang zwischen den Arkaden meines Patios hing. Ein Funkeln erschien in seinem Gesicht; er sprang auf und nahm die unbekannte Pflanze in Augenschein; es war unverkennbar, daß diese Pflanze ihn bedeutend mehr interessierte als die merkwürdige Tatsache, daß ich in Weimar tot und in Guanaxuato lebendig war.

»Unglaublich!« rief er aus. »Eine Bougainvillea, auf mein Wort! Und können Sie mir gefälligst sagen, wie diese Pflanze hierher, nach Mexiko, kam, Don Lorenzo? Sie ist bestimmt nicht in Neuspanien heimisch. Könnten Missionare sie hierhergebracht haben wie den Olivenbaum? Oder wäre es noch ein weiteres Anzeichen dafür, daß schon frühzeitig Einwanderungen von der Südsee vorkamen? Höchst, höchst interessant, finden Sie nicht, Professor?«

»Wie nannten Sie sie, Baron? Ich wollte immer den Namen wissen, aber niemand konnte ihn mir sagen«, sagte ich.

»Bougainvillea. Nach meinem eminenten Freund und Kollegen, Louis Antoine de Bougainville, benannt. Ich muß dem alten Herrn darüber schreiben.«

So also entdeckte Weimar mich in Guanaxuato und hinterließ mir ein Tröpfchen Wissen aus seinem Füllhorn universaler Bildung. Ich dachte über den Zufall nach, der Humboldt, für den ich nichts bedeutete, zu dem letzten Glied zwischen mir und meiner Vergangenheit machte. An jenem Abend, an dem ich Felipe zuerst begegnet war, hatte Goethe von Humboldt gesprochen. Ich erinnerte mich, wie wir vor der Landkarte von Spanien gestanden hatten, die Goethe an seiner Türe befestigt hatte, um darauf Humboldts Reisen in jenem fernen Land nachzuzeichnen. Und jetzt ging ich selbst nach Spanien, um Felipes Kind zu gebären, und Humboldt hatte mich besucht; ich ahnte etwas wie eine verborgene Ordnung darin, und ich war ungeduldig, Felipe von meinem unerwarteten, berühmten Besucher zu erzählen.

Aber Felipe ließ mich die ganze Nacht warten und kam erst nach Hause, als die Glocken zur Frühmesse riefen und die Hähne krähten und die rosenfarbene Fassade von San Diego im Sonnenaufgang glühte. Er war bleich und steif wie ein Wachsbild, und er nahm ein paar glühende Kohlen aus dem Feuerbecken und zerdrückte sie geistesabwesend zwischen seinen Fingern.

»Was gibt es, was ist es jetzt, Felipe? Um Himmels willen, was ist dir geschehen?« rief ich beängstigt.

»Mir? Nichts. Du wirst ohne mich nach Spanien reisen müssen, das ist alles. Ich muß hierbleiben, bis ich einen neuen Verwalter für die Grube finden kann. Wenn unser Kind auf die Welt kommt, ehe wir verheiratet sind, so kannst du dich bei deinem Freund Roberto dafür bedanken. Er hat La Ramita verlassen.«

»Verlassen? Aber das ist doch nicht möglich. Er hat La Ramita verlassen?«

»Ja. Er hat La Ramita verlassen. Wir hatten einen Streit wegen des Schachts, und er hat La Ramita verlassen. Genug, ich will kein einziges Wort mehr über ihn hören. Erwähne seinen Namen nie mehr. Er ist ein Mensch ohne Ehre.«

Mein Kopf schmerzte. Ich hatte Felipe drei Tage nicht gesehen, und meine Kopfschmerzen waren täglich schlimmer geworden. Es war ein unsteter Schmerz, der sich nicht an irgendeiner Stelle festlagern wollte. Bei jeder Bewegung rollte er in meinem Kopf herum, und wenn es am schlimmsten wurde, setzte er sich tief innen, zwischen meinen Nackenwirbeln, fest. Er wog viele schwere Pfunde, und am zweiten Tag konnte ich meinen Kopf nicht mehr aufrecht halten; er sank nach vorn oder zur Seite, und die Kopfschmerzen rollten mit ihm. Ich versuchte kalte Kompressen und heiße Kompressen, aber beide machten es nur schlimmer. Die Witwe, voll Vergnügen an meinem Unbehagen, kam alle fünf Minuten in mein Zimmer getänzelt und strich meine Kissen zurecht; ihr Flüstern schien mir ein lautes Gebrüll und ihr Herumschleichen wie das Trappeln einer Elefantenherde auf meinem Kopf. Als Heilmittel hatte Consuelo gewisse grüne Blätter an meine Schläfen geklebt, und sie begannen zu jucken. Meine Augen schmerzten, und das Tageslicht war von einer unerträglichen Schärfe. Consuelo kaute Brot, weichte es in Milch ein, füllte den Brei in Säckchen und legte sie auf meine Augenlider. Die Madonna über meinem Prie-Dieu hielt ihr Herz in ihren langen, schlanken Händen. Es war von einem Schwert durchbohrt und brannte mit einer rotgelben Flamme. Es schmerzte mich tief in meiner eigenen Brust, dieses durchbohrte Herz anzusehen, und ich drehte der Madonna den Rücken zu. Am zweiten Abend ließ ich Doktor Medina rufen, einen fetten, alten, schnaufenden Trunkenbold, dem ich ganz und gar nicht traute. Er setzte sechs Blutegel an meinen Schläfen und hinter meinen Ohren an und riet zu einem Aderlaß, sollte ich mich in einem Tag nicht besser fühlen. Nach zehn Minuten riß ich die angesaugten Egel ab, taumelte zu meinem Silberbecken und erbrach mich. Ich war sehr schwindelig, und die Wände drehten sich in einem wilden Tanz um mich. Ich kroch ins Bett zurück und fühlte mich so elend wie nie in meinem Leben. Consuelo brachte ihre Mutter, die Curandera. Sie stand über mir mit ihrem fetten Bauch, murmelnd, hart atmend, und sie roch nach Chili und Knoblauch. Sie legte ihre übelriechenden Lippen an meine Schläfen und begann die Krankheit aus mir herauszusaugen. Ich stieß sie zurück und setzte mich auf. »Ich bin in Ordnung«, sagte ich. »Vielen Dank. Hier ist ein Peso für die Behandlung. Morgen bin ich wieder gesund.«

Ehe die Curandera fortging, verbrannte sie ein paar getrocknete Kräuter in meinem Zimmer, und eine angenehme Schläfrigkeit kam über mich. Ich verlor mich im Dickicht eines wirren Halbschlafes und träumte von meiner Mutter. Man hatte mir erzählt, daß meine Mutter zwei Wochen nach meiner Geburt am Kindbettfieber gestorben sei. Aber sie sagte, es sei ein Versehen gewesen. Sie sei nicht gestorben, nur begraben worden, aber sie lebe. Ich erwachte. Ich wußte nicht, ob es Tag oder Nacht sei. Es war dunkel, die Läden waren geschlossen, der Wind kam in Stößen, die Balken ächzten, der Mörtel rieselte in den Wänden.

Ich versuchte, mich an gestern zu erinnern. Gestern hatte ich begonnen, eine Liste von all den Dingen zu machen, die ich nach Spanien mitnehmen wollte. Aber ich mußte mittendrin aufhören, weil meine Augen so weh taten. Meine Augen waren jetzt so verschwollen, daß ich sie kaum öffnen konnte. Ich ließ sie zu und ging nach Spanien.

In Spanien wehte ein Sandsturm, die heißen, gelben, trockenen Sandkörner drangen unter mein Kleid und juckten und brannten auf meiner Haut. Ich riß die Decke weg, streifte meine Nachtchemise ab und fing zu kratzen an. Ich tastete nach dem Klingelzug und läutete. Während ich wartete, bis jemand kam, wurde ich plötzlich von einem Schüttelfrost gepackt, so kalt und heftig, daß ich in Zuckungen verfiel. Meine Knie und Schenkel wurden so gerüttelt, als hätte ich nichts mit ihnen zu tun, und ich beobachtete sie erstaunt. Auf dem Fußende meines Bettes wollte sich Adam mit Eva vergnügen. Ich war degoutiert, höchst degoutiert von Adam. Als der Schüttelfrost vorbei war, überkam mich ein grenzenloser Widerwille. Ich dachte an Felipe und haßte den Gedanken an ihn. Ich versuchte, mir etwas Angenehmes vorzustellen: Blumen, Früchte, einen Duft – aber alles atmete denselben Widerwillen aus. Was dann? Bitte, bitte, laß mich an etwas Angenehmes denken, etwas Freundliches, etwas Schönes. Eine Quelle, ein Wasserfall? Nein, das war es auch nicht. Das verursachte nur einen neuen Schüttelfrost. Orizaba? Was wußte ich von Orizaba? Was für ein verrücktes Wort das war: Orizaba. Kein Sinn darin, keine Bedeutung.

Die Türe knarrte, und Tio Lalo steckte seinen Kopf herein. Ich sah und erkannte ihn durch den brennenden, juckenden Schlitz meiner Augenlider. »Was willst du hier? Geh hinaus.«

»Die Klingel – Euer Gnaden haben geläutet«, sagte er.

»Das war gestern«, sagte ich zu ihm.

»Nein, Euer Gnaden, ich kam, so schnell ich konnte.«

»Wann war gestern?« fragte ich ihn. »Ist heute gestern?«

Er schüttelte den Kopf. »Die Curandera ist vor der Tür«, sagte er.

Die Curandera stand auf der Silberschwelle; es war ein heller Tag, die Fensterläden standen offen, und das Licht schnitt wie ein Krummsäbel in meine Lider. Sie stand da und blickte mich an, aber sie kam nicht näher. Ich hörte, wie sie mit Tio Lalo flüsterte. Ich setzte mich auf; ich fühlte mich elend, aber vollkommen klar.

»Sende nach La Ramita und bitte Don Felipe, zu mir zu kommen«, befahl ich Tio Lalo. »Sage ihm, daß ich krank bin.«

Die Türe schloß sich, und ich war wieder allein.

Der Schüttelfrost wurde von Anfällen einer wütenden Hitze abgelöst, eisige Nadeln in meinen Adern und dann wieder dieser brennende, gelbe, juckende, spanische Sand. Es gab Strekken der Bewußtlosigkeit, unterbrochen von Anfällen einer großen Klarheit, da ich alles zu verstehen schien und alle Gedanken sich mit der Genauigkeit von mathematischen Exempeln lösten. Auch gab es Zwischenpausen, in denen ich mir sehr leid tat, weil ich nun krank war, und das könnte nicht gut für mein Söhnchen Felipito sein. Ich schellte unablässig, aber niemand antwortete, niemand kam. Ich lauschte, und ich konnte die Stille im Hause hören. Ich war schrecklich durstig, und da war ein schwarzer, bitterer, häßlicher Geschmack in meiner Kehle, und meine Zunge war dick und klebte mir am Gaumen, und niemand kam, um mir das Glas Wasser zu bringen, nach dem ich so lechzte, daß ich zu weinen anfing. Endlich kroch ich aus dem Bett und watete durch braune und violette Wellen von Schwindel nach der Türe, um hinunterzugehen und einen Krug Wasser zu holen. Aber bevor ich die Treppe erreichte, wurde alles um mich weiß, die Wände kamen von allen Seiten auf mich zu, und ich hatte keine Kopfschmerzen mehr.

So fand mich Felipe, als er von der Grube kam, wohin Tio Lalo auf einem unserer feinen grauen Maulesel getrottet war, um zu berichten, daß ich mir die Pocken geholt hätte. Die Witwe war die erste gewesen, die die unheilvollen Symptome bemerkt und das Haus sofort mit allen ihren Habseligkeiten – und einigen der meinen – verlassen hatte. Der Rest der Dienerschaft war in panischem Schrecken nach allen Seiten auseinandergestoben, als hätte man eine Kanone auf sie gefeuert. Ihre Furcht vor Pocken war unbeschreiblich und hatte guten Grund. Generation nach Generation erlebte die Verheerungen einer Epidemie, an der viele tausend wegstarben; denn dem Mexikaner und Indianer, mehr als irgendeiner anderen Rasse, fehlten sowohl jeder Widerstand gegen die Krankheit als auch die Kraft, die Seuche zu überleben, wenn sie einmal angesteckt waren.

Und so blieb Felipe allein bei mir in dem verlassenen Haus und war mein Krankenpfleger, meine Zofe, mein Diener, mein Arzt; er war alles, Freund und Liebhaber und Gatte, meine Mutter und mein Vater, wie die Indianer sagen. Mein Spieler, mein Lügner, mein Abenteurer, mein leichtsinniger, grausamer, unwissender, unberechenbarer Mann, wie völlig konnte ich mich auf ihn verlassen, wie unfehlbar gut und männlich benahm er sich, wann immer es zu einer Krise kam.

Er hob mich auf und trug mich zu Bett; er entkleidete mich und wusch mich und kühlte mein Gesicht und meinen Körper und legte Kompressen von verdünntem Essig auf meine Stirn und um meine Handgelenke. Er öffnete die Fenster und ließ frische Luft herein und schützte meine Augen gegen das Licht. Er wechselte meine Bettücher und löffelte Medizin in mich hinein und preßte Limonen und Ananas für mich; er kochte Suppe; er kämmte und flocht sogar mein Haar.

Ich ging ein und aus durch die Tunnel und Stollen und dunklen Gänge des Deliriums, nur von kurzen Strecken der Klarheit unterbrochen. Immer, wenn ich aus den dunklen Tiefen des Fiebers zutage kam, war Felipe da. Tagelang kam er nicht aus seinen Kleidern, er rasierte sich nicht, er erlaubte sich kaum, für ein paar Minuten einzunicken. Er war immer da, saß an meinem Bett oder kniete vor meiner Madonna und betete. Er hatte keine Angst, von der Krankheit angesteckt zu werden, und wenn er von dem ekelhaften Gestank, der zu dieser Seuche gehört, und von dem häßlichen Anblick und von dem ganzen, würdelosen, widerlichen Schmutz der Krankheit abgestoßen war, so zeigte er es noch nicht einmal durch ein Zucken seiner Nasenflügel.

Zuerst kam das Fieber, die Schmerzen im Nacken und Kopf, die trockenen Lippen, die geschwollene Zunge, der schwarze Geschmack, der üble Geruch. Dann brach mein Körper in Hunderte von wütenden, juckenden, brennenden Pusteln aus. Sie vergrößerten sich, sie barsten, sie wurden schwarz und blau, sie sonderten Eiter und Wasser ab. Felipe saß bei mir und hielt meine Hände. »Du darfst sie nicht anrühren, Caralinda, du darfst nicht kratzen. Deine Haut, deine schöne Haut, meine Blanca, meine Blanquita, du darfst deine Haut nicht verderben. Du möchtest doch keine Pockennarben in deinem schönen Gesicht haben! An meinem schönen kleinen Körper, den ich so liebe. Du mußt mutig sein, Caralinda; komm, schlaf ein wenig, ich bin hier, ich passe auf dich auf ...«

Ich schlief ein, aber Felipe wachte. Er hielt meine Hände, Tag und Nacht, bis Erschöpfung ihn überwältigte. Er sprach zu mir, sang zu mir, er las mir vor, er erzählte mir hundert kleine Späße und Schwänke, um mich von dem unerträglichen, schmerzenden Jucken abzulenken.

»Schläfst du denn niemals, Felipe?«

»Mache dir keine Sorgen, liebes Herz. Ich habe viele Nächte aus weniger ehrenvollen Gründen ohne Schlaf zugebracht. Wenn ich deine Hände loslasse, so wirst du dich kratzen und deine Schönheit zerstören. Vergiß nicht, daß deine Schönheit mir gehört: Ich wache über dich aus reinem Egoismus.«

»Felipe – und wie ist es mit der Grube? Solltest du nicht in La Ramita sein?«

»Oh, zum Teufel mit der Grube! Es ist wichtiger, dich gesund zu pflegen.«

»Felipe ...«

»Ja, Hijita, Töchterchen?«

»Ich werde nicht rechtzeitig gesund sein, um nach Spanien zu segeln. Ich fürchte, daß nun unser Felipito trotz allem ein Kreolchen werden muß.«

Seine Hand tastete nach dem Skapulier; sofort begann ich meine Nase zu kratzen, ohne es zu wissen, und er griff rasch nach mir und hielt meine Finger fest. »Das macht nichts. Nichts ist jetzt wichtig, als daß du nicht gestorben bist.«

»Felipe«, sagte ich, »ich habe viel darüber nachgedacht. Wenn Gott gewollt hätte, daß Felipito in Spanien zur Welt kommen soll, so würde er mich nicht mit Pocken geschlagen haben. Vielleicht hat Gott andere Pläne für unser Kind. Wer weiß, zu der Zeit, wenn Felipito ein Mann ist, wird Mexiko unabhängig sein, und dann wird man einen Kreolen einem Spanier vorziehen. Dann kann Felipito ihr Virrey werden oder ihr Präsident.«

Darüber lächelte Felipe bloß. »Was für verrückte Dinge doch durch dieses blonde Köpfchen gehen«, sagte er, »ein Präsident in Mexiko – du bist noch im Delirium.«

»Felipe«, sagte ich nach einer Weile, »darf ich heute in den Spiegel sehen?«

»Nein. Noch nicht. Heute nicht, Caralinda. Ich lasse dich erst in den Spiegel sehen, wenn du wieder so schön bist wie zuvor.«

Aber als er mich für ein paar Minuten allein ließ, stand ich auf und taumelte zum Spiegel hinüber, der in seinem Silberrahmen über meinem silbernen Waschbecken hing. Als Felipe hereinkam, lag ich in einem Häufchen auf dem Boden, denn was ich im Spiegel sah, hatte mich wieder in Ohnmacht fallen lassen.

Ich wachte mitten in der Nacht auf und lauschte. Die Kerze spuckte, der Wind stieß gegen die verschlossenen Läden. Ich hatte ein wenig Schmerzen in meinem Kreuz. Felipe war in dem Stuhl neben meinem Bett eingeschlafen; er hatte eine Schnur von meiner Hand zu der seinen gezogen, so daß jede Bewegung, die ich machte, ihn aufwecken würde. Meine Haut juckte überall, und da war auch dieser dünne, merkwürdige entfernte Schmerz in meinem Kreuz. Der Wind kam die steilen Abhänge herab und quer durch die Stadt gerannt, und nun kehrte er zurück, pochte an die Tür, preßte sich gegen die Fenster und war gegangen. Ich war schrecklich müde und unsagbar schwach, und mein Rücken schmerzte. Ich wünschte so sehr, mich umzudrehen und auf meiner Seite zu liegen, aber ich wollte Felipe nicht aufwecken, und ich nahm alle meine Willenskraft zusammen und hielt mich davon zurück, mein Gesicht zu kratzen. In dem zuckenden Licht blickte ich auf Felipe. Er war rasiert, hatte ein sauberes Hemd angezogen und einen Hausrock über seine Schultern geworfen. Noch im Schlaf schien er angespannt und trotzdem unendlich erschöpft. Die Linie von seinem Ohr zum Kinn war scharf und sehr schön, und seine Haut lag über den Backenknochen so straff, daß sie glänzte. Ich fragte mich, wie er meinen Anblick ertragen konnte, den Gestank, die ganze bodenlose Widerlichkeit, und mich immer noch liebhaben mochte. Wenn ich entstellt bleiben sollte, würde ich ihn dann aufgeben müssen? fragte ich mich. Von Felipe würde ich niemals weniger annehmen können als Liebe. Wenn das, was er jetzt für mich fühlte, Mitleid, Barmherzigkeit wäre, wenn er weiterhin mit mir leben würde nur aus Verpflichtung oder einem Gefühl der Verantwortung, dann würde ich mein Kind zusammenpacken und ihn verlassen müssen. Das war ein Gedanke, der mich ein wenig frösteln machte, und der Schmerz in meinem Rücken kam näher. in einem plötzlichen Blitz von Hellsichtigkeit erkannte ich, daß Felipe ohne mich viel besser daran wäre. Er könnte die Tochter einer adeligen Familie heiraten, eine kleine Jungfrau, frisch aus einem spanischen Kloster. Sein Vater würde stolz auf ihn sein, und er würde Kinder haben, in Spanien geboren, alle von reinem spanischem Blut und von echtem Adel anstelle eines phantastischen Wappens, aus Lakritze und etwas aus einem heraldischen Buch zusammengekocht. Bis zu diesem zermalmenden

Augenblick hatte ich immer gedacht, daß ich sehr viel für Felipe aufgegeben hätte; zum erstenmal sah ich alles, auf das er meinetwegen verzichtete.

Kälte, Erschöpfung, Dürre, Brennen, Jucken. Tiefes Elend. Und Schmerzen. Ich hatte Angst. Ich wagte nicht, mich zu rühren. Ich griff nach Felipes langen Händen und breitete sie auf meinem verkrampften Körper aus, als könnte er mir helfen, das kleine Leben zurückzuhalten, das sich von mir lösen wollte. Wenn ich mich nicht bewege, dachte ich, wird es vorbeigehen. Wenn ich ganz still liege, wenn ich kaum atme ... Es wird vorbeigehen, sicherlich, es ist nichts. Es wird vorbeigehen. Mit der Wärme, die von Felipes Händen in meinen Körper strömte, schien der Schmerz nachzulassen. Es war kein sehr arger Schmerz gewesen. Ein Unbehagen, nicht mehr. Vielleicht hatte Felipito da drinnen seine Lage geändert, oder er hatte seines Vaters ruhelose Natur geerbt und protestierte gegen mein Kranksein. Ich wendete mich zur Madonna; das kleine, schwimmende Flämmchen in dem rubinroten Glas warf einen feinen Schimmer auf ihre Hände, in denen sie ihr durchbohrtes Herz hielt. Ich hörte die Glocken von San Diego und schlief ein.

Ich hatte denselben Traum wie zuvor, aber die Qual und die Angst waren gewachsen. Meine Mutter war nicht am Kindbettfieber gestorben; wir hatten sie beerdigt, aber sie war lebendig. Dann war ich selbst meine Mutter, und ich lag im Kindbett, aber ich starb nicht, und ich wußte, daß ich trotzdem begraben werden würde. Ich kämpfte gegen mein Lebendigbegrabenwerden und wachte von meinem eigenen Stöhnen auf.

Felipes Gesicht war dicht über mich gebeugt, und er sah besorgt aus. »Was ist mit dir, Hijita? Kommt das Fieber zurück?«

»Nein. Die Schmerzen. Ich gebar ...«

»Ein Alpdruck«, sagte Felipe. »Komm, trink dies, dann wirst du schlafen können.«

Ich schlummerte ein, aber die Schmerzen schnitten in mein nebliges Fortsein und drängten sich in meine kurze Ruhefrist ein und rissen mich weit auf. Das Haus schüttelte unter den kurzen Stößen des dunklen Nachtwindes von Guanaxuato; Felipe steckte eine frische Kerze auf den Halter und zündete sie an der alten, heruntergebrannten, an. Jetzt war ich ganz Schmerz, von meinen verkrampften, zusammengekrümmten Zehen bis zu meinen zusammengebissenen Zähnen, bis zu meiner Schädeldecke hinauf; es war ein zerrender Schmerz, ein erschreckender Schmerz, ein Schmerz, der ganz falsch und unnatürlich war, ein Schmerz, der meinen Körper so anfüllte, daß er sich wie ein steifer, zu voller Schlauch krümmte. Ich stöhnte nicht länger, ich schrie, denn nur wenn ich schrie, konnte ich atmen. Und die ganze Zeit, während ich durch ein unterirdisches Labyrinth von Alpdrücken ging, trugen die Cargadores Gestein auf ihren Rücken und rangen um einen Atemzugund noch um einen; durch die endlose Nacht rannte ein Zug von Cargadores neben mir her, mit Steinplatten von den Steinbrüchen auf ihren Rücken; für meinen Patio, für die Grube, für die neue Kirche der Santa Clara, Steinplatten, um mich darunter zu begraben. Unsere Rücken waren vom Schmerz gebrochen, wir waren erschöpft, wir konnten nicht atmen, und es war uns nicht erlaubt zu ruhen. Labor de Sangre ist billiger, sagte Felipe ...

»Wie spät ist es, Felipe?«

»Ich weiß nicht, Mujer, ich weiß nichts. Mujer, Mujer«, sagte er, »was ist mit dir, Mujercita? Was geschieht mit dir?«

»Ich verliere dein Kind, Felipe.«

Hufe klapperten über den Patio, das schwere Haustor schlug zu, ein Pferd galoppierte auf der Plazuela davon; Felipe kniete auf meinem prie-Dieu und schrie die Jungfrau an, schüttelte seine Fäuste, drohte ihr, sie aus dem Haus zu werfen, wenn sie nicht helfen wollte. Aber weder half die Virgen, noch folgte die Hebamme dem Ruf einer pockenkranken Frau. Endlich löste sich der unbeschreibliche Schmerz und einem warmen Blutstrom und verebbte, und das Blut floß, tränkte meine Chemise, die Bettücher, die Matratze, das Bett; es war solch ein stilles, angenehmes Davonfließen und Schwächer-und-schwächer-Werden, und Eva, Bathseba, Herodias Töchterlein umringten mich und waren ganz unbekümmert, und da war eine Kühle und ein Rauschen von großen Flügeln ...

»Halte mich, Felipe, bitte, halte mich fest, laß mich nicht sterben, halte mich fest ...«

Viele Dinge geschahen mit mir, die ich nicht verstand, denn ich war schon zu weit ins Jenseits gewandert. Ein Priester schien dazusein mit der Letzten Ölung, aber dessen war ich nicht sicher. Eine tiefe, warme Stimme sprach zu mir und nannte mich Kindchen, schönes Kind, Nenita Linda, und zwei Hände, groß und weich wie Kissen, stillten den Blutstrom. Aber diese Weichheit und Ruhe waren kurz, und dann kamen die Schmerzen wieder, schlimmer als zuvor. Es war alles so sehr falsch, was mir geschah, und ich strengtre mich an, aufzustehen und davonzulaufen, aber jemand hatte Steinplatten auf meine Brust gelegt, die mich festhielten. »Kindchen, mein schönes Kindchen«, sagte die Stimme, »Nenita Linda – armes Kleines ...«

Lang danach wachte ich auf. Ich hatte die Höhlen meiner Alpdrücke hinter mir gelassen; ich fühlte mich schwach, aber wohl. Ich berührte mein Gesicht; es juckte nicht und fühlte sich glatt an. Auf meinem Handrücken fand ich ein paar dunkle bläuliche Flecke wie Moskitostiche von letzter Woche. Mein Kopf war leicht und klar. An den schrägen Sonnenstrahlen, die durch das Offene Fenster fielen, konnte ich sehen, daß es früh am Nachmittag war. Ein lächerlich winziger Negersklave, der durch mein Delirium gewandert war, stand neben meinem Bett, und er grinste mich über den Rand meines Kissens an. Ein Diamantring war durch seine flache Nase gezogen.

»Wie heißt er?« fragte ich. »Ich nenne ihn Coco«, sagte die tiefe, warme Stimme, die ich in meinen schlimmsten Schmerzen gehört hatte. Eine der großen Hände, die mich gepflegt hatten, ruhte auf dem feingeschnitzten Ebenholzhaar. Ich kicherte vergnügt: ein Spazierstock aus Ebenholz. Wessen Spazierstock? Wessen Hände, Wessen Stimme? Ich studierte die Landschaft vor meinen Augen. Zwei grüne Hügel mit einem Tal dazwischen: enorme Schenkel und ein Schoß; Knie wie Suppenteller unter einem gebauschten Rock. Dann ein steiler Anstieg zu den Zwillingsbergen eines unbegrenzten Busens. Der Hals eines Bronzemonumentes. Das Ganze von einem feinen, runden Kopf gekrönt, ziemlich klein im Verhältnis zum enormen Körper. Ein Gesicht aus gehämmerter Bronze, eine kleine Nase, große Augen, große Ohrringe, große Silberspangen, die eine Krone von silbergrauen Zöpfen zusammenhielten; und all das beherrscht von einem weiten, großen, lächelnden Mund, der einen gesunden Lebenshunger verriet.

»Ich bin die Rosaura«, sagte die riesige Frau. »Und glaub nicht, daß ich eine Fiebererscheinung bin. Ich bin genauso fett, wie ich aussehe, und dazu kommt noch, daß es mir nichts ausmacht und ich immer noch gern den Fandango tanze. So, du hast dich also endlich entschlossen, wieder gesund zu werden, Kind? Es war höchste Zeit. Wir haben mehr als eine Woche darauf gewartet.«

»Haben Sie – sind Sie die ganze Zeit hiergewesen? Haben Sie mich gesund gepflegt?«

»Don Felipe schickte nach mir – er hatte beinahe seinen Verstand verloren. Männer sind solch unnütze Geschöpfe, außer in der einen Sache, in der sie sich hervortun. Keine Frage, hier war eine Frau nötig.«

»Ich weiß nicht, wie ich Ihnen danken soll.«

»Por nada«, sagte sie. »Für nichts. Ich habe mich in keine Gefahr begeben. Ich hatte die Pocken hinter mir, noch ehe mich mein erster Kerl ins Heu geworfen hatte, was geschah, als ich zwölf war. Seitdem lebe ich mit diesem Gesicht, das wie ein alter Kupfertopf aussieht«, sagte sie vergnügt und wies auf ihre Bronzehaut mit den kleinen Narben, wie mit dem Hammer des Goldschmieds gekerbt.

»Wo ist Felipe?« fragte ich rasch.

»Aha! Wo ist Felipe! Er schläft, dein Felipe. Ich glaube nicht, daß er in den letzten drei Wochen mehr als sechs Stunden schlief, der Narr. Ich habe ihn mit Gewalt gepackt, ausgezogen und auf ein Bett geschmissen. Er war weg, bevor er wußte, was ihm passierte.«

»Ist er böse mit mir?«

»Böse mit dir, Nenita? Warum sollte er böse mit dir sein?«

»Ich habe sein Kind verloren!«

»Er wird dir ein anderes machen; kein Grund zur Aufregung. Felipe ist ein Mann, der dir mehr Kinder machen wird, als du dir wünschen magst. Niemals habe ich einen Mann so verliebt gesehen wie deinen Felipe. ›Don Felipe‹, habe ich ihm hundertmal gesagt, ›Sie langweilen mich mit Ihren Gefühlen; Sie werden eintönig.‹ Das geht: Caralinda, Caralinda, Caralinda, jede Minute. Wann immer er nicht Billard spielt, spricht er von dir.«

Sie warf einen schnellen Blick auf mich und fing tief in der Kehle zu lachen an. »Du magst es für einen Witz halten, daß dein Felipe mit seinen Bekenntnissen zu mir kommt, gerade zu mir. Aber ich bin die Freundin vieler Männer, und sie wissen es. Ich wäre ein schöner Mißerfolg in meinem Beruf, wenn ich Männer nicht verstehen würde und sie nicht gern hätte und wenn ich ihre Geheimnisse nicht bei mir behielte. Laß mich dir etwas sagen, Nenita: Liebe ist ein sehr rares Ding, trotz all der Lieder und Gedichte, die darauf gemacht worden sind. Aber Don Felipe liebt dich. Ich habe Männer gesehen, die wegen Frauen den Verstand verloren, die sich für Frauen ruiniert, aus Eifersucht getötet und jede erdenkliche Narrheit für Frauen begangen haben. Das ist noch lange nicht Liebe. Es ist – da« – sie deutete auf den erregten Adam an meinem Bett –, »nicht mehr als das. Was Felipe für dich während dieser Wochen getan hat, das ist Liebe. Dein Felipe – er ist ein guter Mann, und ich spreche als eine, die das Männervolk durch und durch kennt.«

Es ist die Stimme, dachte ich, und das Lächeln, und was sie

von Menschen weiß und nicht verurteilt. Wenn ich jemandem beichten müßte, würde ich auch zu der Rosaura gehen.

»Sagen Sie mir«, fragte ich, »sagen Sie mir: wie sehe ich aus? Ich fiel in Ohnmacht, als ich mich das letzte Mal sah.«

»Nun, ich habe schon eine hübschere Haut gesehen, davon, daß du viel zu dünn bist, ganz zu schweigen. Aber ich werde dich schon herausfüttern; ich verstehe mich darauf. Auf dem Gut meines Vaters waren meine Hühner und Schweine und Rinder immer zweimal so schwer wie die andern. Ich nehme an, daß mein Beispiel sie ehrgeizig machte. Auch habe ich ein Geheimrezept für eine Salbe, um deinen Busen rund und fest zu machen. Was deine Haut angeht, Nenita Linda, so wirst du etwas Geduld haben müssen. Aber selbst wenn dir ein paar kleine Narben bleiben sollten – es ist ja nicht deine Haut, die Felipe liebt.«

O doch, gerade das, dachte ich, es ist meine Haut. Es ist meine weiße Haut, mehr als irgend etwas anderes. »Ich würde gern in den Spiegel sehn«, sagte ich unruhig. Die Rosaura hörte zu scherzen auf und sah mich schweigend und ernsthaft, abwägend an. »Bueno«, sagte sie schließlich, »bueno, Nenito Linda. Es ist besser, auf die Dinge, die wir fürchten, gerade loszumarschieren als vor ihnen davonzurennen.«

Sie brachte mir meinen Handspiegel vom Toilettentisch und hielt ihn vor mich hin. Ich weiß nicht, wie lange ich hineinsah, aber es schien eine sehr lange Zeit. »Danke«, sagte ich endlich.

»Por nada«, erwiderte die Rosaura. »Für nichts.« Sie trug den Spiegel zurück zum Toilettentisch; sie hauchte darauf und polierte ihn mit einem Handtuch und legte ihn hin. »Schau mich an«, sagte sie, »eine Monstrosität. Ein Ungeheuer in Frauengestalt. Mehr Pockennarben als ein Kaktus Stacheln hat. Aber das versichere ich dir, es hat mir nie an Männern gefehlt, denen ich gefiel, so wie ich bin.« Sie schüttelte den Kopf, als wären ihre Erinnerungen Fliegen, die sie verscheuchen wollte, und da war wieder das tiefe Lachen; das Lachen einer Kirchenglocke. »Ich bin ein seltenes Spektakulum«, sagte sie. »Die Seele einer Gazelle im Körper einer Elefantenkuh. Zweihundert Pockennarben in meinem Gesicht, wo jeder Mann sie sieht, und keine einzige auf meinem Hintern, den ich leider der Welt nicht zeigen kann. Und doch haben mich Männer zu meiner Zeit liebgehabt. Ich verrate dir ein Geheimnis, Nenita: du selbst mußt glauben, daß du schön bist, und dann werden die Männer es auch glauben.«

Es war keine sehr schlimme Epidemie gewesen, nur ein unbedeutendes Aufflammen der Pocken, woran nicht mehr als ein paar hundert Menschen gestorben waren. Ende des Jahres geschah ein wichtiges Ereignis; ein nordamerikanischer Wohltäter rüstete Schiffe aus und sandte Ladungen mit Impfstoff nach Neuspanien; ihre Ankunft wurde mit großen Ehrungen und Festen begrüßt, mit Gebeten und Glockengeläute und den Segnungen der hohen Geistlichkeit. In den Städten ordneten einige aufgeklärte und fortschrittliche Männer, wie zum Beispiel der Bischof von Michoacan und der Intendant Riaño von Guanaxuato an, daß die Bürgerschaft geimpft werden und sich Doktor Jenners wunderbare Entdeckung zunutze machen solle. Die demütigen Leute in den kleinen indianischen Dörfern trugen den Impfstoff in die Kirchen und legten ihn, zusammen mit Blumen und Früchten, wie eine Opfergabe ihren Santos zu Füßen. Und nie mehr gab es eine solche Verheerung und ein solches Sterben unter den Eingeborenen wie in der Vergangenheit.

Ich war zwar nicht geradezu pockennarbig; doch war meine Haut nicht wie zuvor. Loro nannte mich immer noch Blanquita, aber Felipe tat es nicht mehr. Wir reisten nicht nach Spanien, und es war nicht mehr die Rede davon, meine Ehe zu annullieren, noch die Erlaubnis des Papstes zu unserer Heirat zu erwirken. Mein Religionsunterricht blieb unvollendet, ein Fragment wie die Kirche der Santa Clara über dem Bergwerk. Felipe hätte sich immer noch den Rang eines Vizconde de Ramitas kaufen können, aber der Wunsch hatte seine Dringlichkeit verloren, und ich hörte ihn nie mehr seinen Vater erwähnen.

Felipe hatte sich verändert; etwas war schlaff in ihm geworden, als wäre eine unsichtbare Feder unter einem zu hohen Druck gesprungen. Als hätte er sich zu sehr ausgegeben; erst in den Anstrengungen für seinen ungeborenen Sohn und dann in dem Kampf, mich am Leben zu erhalten.

»Dein Pfau verliert seine Schwanzfedern; mach dir nichts draus, Nenita, die wachsen immer wieder nach«, sagte die Rosaura.

Am Morgen klebte eine einzelne kleine Wolke am Gipfel des Berges, den man La Sirena nannte; es war ein sehr kleines, sehr kompaktes, sehr weißes und glänzendes Wölkchen. Es saß da, ohne sich zu bewegen und sonnte sich. Es war so klein, daß man es mit vier Fingern einer Hand, wenn man sie vor sein Auge hielt, verdecken konnte.

Der Himmel war fast zu blau an diesem Morgen, ein ordinäres Lapislazuliblau, und der Tag zitterte in der stechenden

Hitze. Die Luft war trocken und dabei schwer. Die meisten der Zisternen in den Patios der Stadt waren geleert, und die wenigen öffentlichen Brunnen hatten seit einer Woche kein Wasser hergegeben. Hier und dort stand eine schillernde Pfütze zwischen den Steinen der trockenen Flußbetten, und die Felsblöcke und Flußkiesel warfen das Licht in einem harten, blendenden Glanz zurück. Kleine Jungen gruben mit ihren schmutzigen Zehen im Schlamm, und andere lungerten auf den Brücken herum und deuteten mit schrillem Vogelgeschrei auf allerhand Begehrenswertes zwischen den angehäuften Abfällen am Grunde des Flüßchens, den die Dürre bloßgelegt hatte. Fetzen von Häuten und Leder, weiße Scherben einer zerbrochenen Porzellanterrine, rostfarbene Terrakottascherben von Eingeborenentöpfereien; zerbrochene Flaschen und Krüge, ein verrostetes Hufeisen, die Helle kleiner Knochen, zu Elfenbeinweiße gewaschen. Auch gab es da, wie überall in Guanaxuato, Silber im Sand, Amethyste zwischen den Kieseln, Münzen von betrunkenen und überschwenglichen Bergleuten in den Fluß geflitscht. Schwärme von Fliegen und großen Mükken standen dicht über dieser kleinen Abfallandschaft, und der Gestank von Aas und Fäulnis war überwältigend. Die Schatten unter den Brücken waren an diesem Morgen schwarz und scharf, so schwarz, wie das Licht hart und glänzend war, und die Unterseite der Brückenbogen sah wie tot aus ohne die Muster der Wasserreflexe, die sonst über das graue Gestein zitterten und spielten. Aber kurz vor Mittag hatte sich der Kontrast zwischen Licht und Schatten gemildert, und die Wolke am Gipfel von La Sirena veränderte ihre Form. Ihr ganzer Glanz hatte sich in einem runden, leuchtenden Kern konzentriert, beinahe wie eine zweite Sonne, eingehüllt in ein Grau wie von schmnutziger Wäsche. Die Hitze war schlimmer als zuvor.

Die Leute sahen nach der kleinen Wolke, schützten ihre Augen, befeuchteten ihre Lippen. Ojalá! sagten die Leute von Guanayuato; ojalá, daß es doch regnen möchte, daß doch die Wasser herunterkommen mögen! Der Rauch der vielen kleinen Holzkohlenfeuer, über denen das Mittagsmahl kochte, stieg nicht auf. Er breitete sich in einem feinen dunklen Schleier aus, der in der Luft schweben blieb, und hier und dort segelten kleine Rußflocken dahin, beinahe horizontal, ohne zu Boden zu fallen. Der bittere, verbrannte Geruch blieb über den Dächern hängen, und auf einmal, wie auf ein Zeichen, brachen die Esel in den Ställen der Meson El Refugio in ihre klagenden, erstickten Schreie aus.

Ein wenig später geschah etwas mit der Farbe der Bergabhänge. Im allgemeinen schienen die hohen, steifen Säulen der Orgelkakteen und die großen, flachen Scheiben des Nopal wie aus Zinn gestanzt und metallisch grün bemalt; aber jetzt traten sie für einen Augenblick in einem schlangenartigen Muster hervor, sonnengelb und sepiaschwarz, und wurden dann mit einemmal grau, als ob sie einem vor den Augen verwelkten und eingingen. Wäsche, zwischen zwei der augenlosen Lehmhütten zum Trocknen ausgespannt, war vor einem Augenblick weiß, rot, indigo und von grellem mexikanischem Rosa gewesen; jetzt plötzlich war alle Farbe davongeronnen, und nur graue Lappen blieben übrig. Eine riesige, ungefüge Masse von fahlvioletten Wolken kam über La Sirena und stieß das weiße Morgenwölkchen als mutigen Stoßtrupp vor sich her. Noch immer schien die Sonne. Eine Schar von Staren schwirrte hoch in die Luft und ließ sich sogleich wieder lärmend in die schlaffen Zweige eines Pfefferbaums herunterfallen. Das Wölkchen hatte die Sonne erreicht und wickelte seine schmutzige Wäsche um sie herum. Ganz weit weg, vielleicht so entfernt wie Santa Rosa, murmelte ein leises Donnerrollen; es klang wie ein alter Mann, der einen Fluch vor sich hin brummelt. Die Hügel und Cerros, die immer schon die Stadt zusammendrückten, preßten sich noch näher heran; jede Falte, jede Unebenheit schien so nah und deutlich, daß man sie mit dem ausgestreckten Finger hätte berühren können, und die Rufe eines Maultiertreibers, der seine Tiere weit weg, auf der alten Straße von San Miguel, antrieb, waren deutlich auf der Plaza Mayor zu hören. Immer noch gab es ein hellblaues Stück Himmel am Horizont, aber die Wolken griffen danach und drängten es aus dem Weg. Die Sonne fuhr fort, hinter den Wolken zu scheinen, und pinselte einen gelben Saum um jeden grauen Hügel, jeden Felsen und jedes Dach. Fünf Tauben, die sich vom Glockentum von San Diego aufschwangen, wurden zu sprühenden weißen Feuerfunken gegen den schieferfarbenen Himmel. Die Wolken schienen sich nicht zu bewegen, und doch hatten sie vom ganzen Firmament Besitz ergriffen. Die Hitze preßte herunter, und die Luft schmeckte nach verbranntem Unkraut und atmete sich schwer.

Um drei Uhr, wie jeden Tag, läuteten die Kirchenglocken, und auch sie klangen ganz nah und laut in der seltsamen Stille der sich verdichtenden Atmosphäre. Dann, mit einemmal, sprang ein kalter, feuchter Windstoß die Stadt an, stieß senkrecht, wie durch einen Trichter oder einen Kamin, herunter. Er riß einigen Herren die Hüte von den Köpfen und trieb sie in einer langsamen Spirale in die Luft. Auf den Plazas und Plazelas rührte er runde, steile Staubwirbel auf, trug sie beinahe so hoch wie das Kreuz auf dem alten Turm der Kirche des Sprengels und ließ sie frei. Kein zweiter Windstoß folgte dem ersten; die Hüte wurden eingefangen, und der Staub fiel herab und setzte sich langsam auf der Erde an. Für einen Moment hatten die Bäume im Klostergarten von San Diego die silberne Unterseite ihrer Blätter gezeigt, aber nun hingen sie wieder schlaff herab. Die Leute blieben auf der Straße stehen und sahen nach dem Himmel hinauf, der sich tiefer gesenkt hatte, wie ein Bühnenhimmel an Seilen. In einigen der Paläste wurden die Läden zugeschlagen. Der Gestank des Flußbettes war unerträglich geworden.

Die Wolken über La Sirena waren jetzt beinahe schwarz, ein violettes Schwarz, mit einem langsamen, öligen Drehen und Stoßen von helleren, kleineren Wolken, wie Schuppen an dem Bauch eines drohenden, gigantischen, prähistorischen Reptils. Der Donner, weit hinter de Valenciana, blieb entfernt, nicht mehr als ein Gemurmel. Ein blauweißer Blitzstrahl lief zum Gipfel der Sirena herab, wie ein Fluß auf einer Landkarte. Der Donner folgte viele Sekunden später und war nicht sehr laut; zur selben Zeit begann es zu regnen. Ein paar große und sehr kalte Tropfen fielen auf die Straßen, und die Leute streckten ihre Hände aus. Gracias a Dios, sagten sie. Dank sei Gott und allen seinen Heiligen. Regen. Endlich. Dank sei der Virgen und unserem Señor Jesu Christo; Regen. Die Straßen sogen die Feuchtigkeit auf, der Staub wurde dunkler von der Nässe, das Pflaster glänzte, und der Rauch hing in Federbüscheln von den flachen Dächern.

Nach fünf Minuten hörte der Regen auf, viel zu plötzlich nach den langen und großen Vorbereitungen des Tages. Blitz und Donner kamen von verschiedenen Seiten, und die Leute hasteten nach ihren Häusern; Türen wurden zugeschlagen; Kinder in dunkle Einfahrten gezogen; Wäscheleinen abgenommen, Deckel und Brunnensteine wurden in den reichen Patios von den Zisternen entfernt, und die Armen stellten jeden Krug und Topf und Eimer, den sie besaßen, hinaus, um das gesegnete Wasser aufzufangen. Die Luft stand regungslos, und ein Messinggeschmack und ein Messingleuchten war in allem. Das sanfte Rosa der Paläste, die verzierten Fassaden und Türme der Kirchen, das graue Steinwerk der Mauern und Brücken, das faulige Grün der Kaktushügel, die scharlachroten Geranien, die sich von La Rosauras blauer Terrasse herabrankten, und die braunen, die kupferfarbenen, die elfenbeinweißen Gesichter der Menschen; sie alle waren von dem seltsamen, gespenstischen Messinglicht des nahenden Sturms durchtränkt. Zwei Pferde galoppierten wild über die Plaza. Ein klingender, silberbeladener Maultierzug wurde mit heiseren Schreien, mit frenetischen Schlägen nach dem Nachtlager getrieben. Etwas wie Panik lag in der Luft, und die Glocken läuteten die vierte Stunde.

Dann, mit einem Schlag, war das gelbe Leuchten vom Antlitz der Stadt gewischt, Nacht fiel auf uns herab, und der Sturm brach los.

Ich saß in dem Schreibzimmer des unteren Stockwerks, als die Dunkelheit herunterkam mit einem Krachen und Aufbrüllen, als wäre die Welt geradewegs in einen anderen Planeten hineingerannt und würde zersplittern. Es war Weltuntergang, Sintflut und endgültige Zerstörung. Die Mauern bebten und wankten mit einem Tosen wie von tausend Kanonenschüssen. Die Donnerschläge waren eins mit dem Sausen und Brüllen des Wolkenbruchs, und der wilde Kugelregen des Hagels ging in der heulenden Wut und dem Anprall des Sturmwinds unter. Die Balken, die die Decke trugen, krachten; das Haus schien sich zu heben, aufzusteigen und von seinen Fundamenten zu bewegen. Im Dunkel strich etwas kalt und schauerlich an meinem Gesicht vorbei; es war der teure flämische Gobelin, der sich aufblähte und von der Wand fiel; Nägel und Kalk kamen hinterher. Eine Lampe schwang auf und ab über meinem Kopf und stürzte dann krachend herunter in den Tümpel von zerbrochenen Dingen zu meinen Füßen. Ein Splitter traf meine Wange, und als ich sie berührte, blieb dein dünnes Rinnsal von Blut an meinen Fingern haften.

Für einen Moment, als der wütende Sturm Atem zu holen schien, konnte ich gequälte Schreie, zersplitternde Fenster, Eisen, das auf das Pflaster schmetterte, hören, ein Toben wie von Hämmern auf den Ambossen der Hölle. Auch war etwas wie Musik in all dem Aufruhr, ein Kontrapunkt, ein tiefer, riesenhafter Orgelton. Das waren die Kirchenglocken; aber ob sie Alarm läuteten oder ob der Sturm in ihren luftigen Türmen an ihnen zerrte, das wußte ich nicht. Dreimal war der Einschlag von Donner und Blitz so nah, daß ich erwartete, das Haus in Flammen aufgehen zu sehen; danach wurde die Dunkelheit dünner, die Geräusche schieden sich voneinander, und ich konnte einige Gegenstände hier und dort erkennen.

Die Fenster waren zerbrochen, der Regen stand draußen wie eine feste Wand aus dunklem Glas, und die Plazuela hatte sich in einen See verwandelt, auf dem schwarze Formen schwammen und kreisten und auf die breite Treppe zutrieben, die zu dem tiefer gelegenen Cabildo und den Regierungsgebäuden hinunterführte. Nur war da jetzt keine Treppe mehr, sondern eine reißende, strudelnde, schäumende Wassermasse, die wie über ein Stauwehr hinabfiel. In dem Strom sah ich einen Baumstamm vorbeitreiben, geborstene Balken, ein wahnsinnig sich wehrendes Maultier. Und, zwischen Tischen und Stühlen und Körben und zertrümmertem Hausrat, etwas, das dreimal zur Oberfläche kam und dreimal versuchte, irgendwo einen Halt zu gewinnen; dreimal sah ich das Händchen des ertrinkenden Kindes vergeblich ausgestreckt. Ich warf mich gegen die Barrikade von Hagel und Eis auf meiner Fensterbank und gegen die abschließenden Eisenstäbe des Gitters. Ich streckte meine Arme aus, aber sie waren zu kurz. Ich griff nach dem nächstbesten Ding, einem hohen, geschnitzten Kandelaber, aber es war zu spät. Die Händchen hatten den Kampf aufgegeben, und das kleine, dunkle Bündel wurde fortgerissen; von einem Wirbel gepackt, drehte es sich einmal im Kreis und verschwand in dem rasenden Katarakt am Ende der Plazuela.

Ich schluchzte in einer trockenen Verzweiflung ohne Tränen. Ich fand mich bis zu meinen Knien im Wasser stehend, und während ich noch an mir hinunterstarrte, stieg es rasch an und hängte sich kalt und häßlich an meine Schenkel. Es floß in einem beständigen, rauschenden Strom durch die Fenster, denn jetzt war der See draußen über die Höhe des Fußbodens, über die Fensterbänke, gestiegen und fing an, den Raum zu füllen. Die Flut hob die Stühle von den Fliesen und wollte auch meine Füße vom Boden lösen. Ich kletterte auf den großen Eichentisch, aber das Wasser verfolgte mich; bald würde es mich gegen die Decke pressen, es würde ansteigen und ansteigen, bis ich eines erstickenden Todes sterben mußte.

Ich befahl mir, mich zusammenzunehmen. Ich konnte ja schwimmen, nicht wahr? Ich warf mich ins Wasser; ich tauchte nach der Türklinke und kämpfte darum, die Türe gegen den Druck des Wassers zu öffnen. Ich werde niemals verstehen, wie es mir gelang, die Türe aufzureißen, denn im gleichen Augenblick, als ich es getan hatte, brach eine Welle über mich herein; für eine Ewigkeit war ich in einer blauen, violetten, orangefarbenen, brüllenden, singenden, summenden Leere verloren; mein Kopf stieß hart gegen etwas, und ich fand mich an das Kreuz geklammert, das die Schmiedeisenbogen über unserer Zisterne krönte. Ich schüttelte das Wasser aus meinen Augen und hustete es aus meiner Luftröhre heraus und sah um mich. Der Patio war beinahe bis zum ersten Stockwerk überschwemmt; alle meine Vögel waren ertrunken, ihre Käfige schwammen langsam auf der Oberfläche herum; aber der Regen hatte nachgelassen. Auf der Treppe, die zur oberen Galerie führte, kauerte Tio Lalo; er war in seine Serape gewickelt und hatte seinen Sombrero nach vorn ins Gesicht geschoben; er hatte ein Bündel mit seinen Habseligkeiten auf der einen Seite und eine Flasche mit Aguardiente auf der andern; er rauchte eine Zigarre und schien nicht besonders beeindruckt.

»Holá, Euer Gnaden!« rief er mir zu. »Das hier ist der beste Platz im Haus. Wollen dies gütigst um Ihre Taille binden.« Aus seinem Bündel holte er ein Seil hervor, das unvermeidliche Requisit jedes arbeitenden Mexikaners, knüpfte es in eine Schlinge und warf es mir über den Patio zu. »Olé!« sagte er vergnügt, als es auf der Spitze des Kreuzes landete, an das ich mich klammerte. Ich hielt mich mit einer Hand fest, während ich mit meinem Kopf durch die Schlinge schlüpfte und sie um meinen Körper festzog. »Mit Verlaub, Euer Gnaden«, sagte Tio Lalo mit seiner unbeirrbaren, mexikanischen Höflichkeit, als er mich wie einen toten Fisch erhauszog. »Bienvenida, mi amor«, sagte Loro, der auf seiner Stange saß und mit seinem gekrümmten Rücken und seinen aufgeplusterten, nassen Federn auch aussah wie ein in die Serape gewickelter Mexikaner. Tio Lalo hielt mir seine Flasche hin und lächelte einladend. Ich nahm einen mißtrauischen Zug von der widrigen Flüssigkeit; es wurde mir nicht schlecht, und meine Zähne hörten auf zu klappern.

»Ich danke dir, daß du Loro heraufgeholt hast.«

»Es tut mir leid, ich konnte die anderen Vögel nicht retten. Ich öffnete ihre Käfige, um sie fliegen zu lassen, aber sie hatten Angst vor dem Orkan.«

»Wo sind die Mägde?«

»Auf dem Dach – was der Sturm davon übriggelassen hat.«

»Die Pferde, Tio Lalo?«

»Jawohl, Euer Gnaden. Der Fluß war im Stall, oder der Stall im Fluß, ehe ich etwas tun konnte. Aber heute wird es Hunderte von toten Pferden geben.«

»Ich dachte, das Ende der Welt sei gekommen.«

»Wahrlich, Euer Gnaden. Aber es war keine besonders große Überschwemmung, wenn man an die anderen Überschwemmungen denkt. Ja, die Überschwemmung von 1780 zum Beispiel, das war eine richtige Überschwemmung.«

»Und La Ramita? Der Patron ist dort draußen.«

»La Ramita ist eine gute, solide Grube, Euer Gnaden. Ich werde mich sofort erkundigen, sobald das Schlimmste vorbei ist.«

Kurz nach fünf hörte der Regen auf, und zur Stunde des Angelus war das Wasser beträchtlich gefallen. Der Himmel kehrte an seine gewöhnliche Stelle über der Stadt zurück, und ein wenig später gab es einen prahlerischen Sonnenuntergang. Sein heller Glanz erleuchtete noch immer das Schauspiel der verwüsteten Straßen, als Domingo auf Felipes Geheiß angetrabt kam, um sich nach meinem und dem Befinden des Hauses zu erkundigen. Ich hörte, wie er in unterdrücktem Flüstern Auskünfte mit Tio Lalo wechselte, der das Tor geöffnet hatte; sie sprachen über einen Haufen von Sand und Lehm und Trümmer hinweg, der den Eingang versperrte. »Und wie steht es mit deinem Herrn?« rief ich von meinem zerschlagenen Balkon. Domingo murmelte seine Antwort Tio Lalo zu, der sie mir weitergab.

»Er ist beschäftigt.«

»Und die Straße? Ist es schwierig, von hier zur Grube zu gelangen?«

Mehr Geflüster an der Haustüre.

»Pues – regular.«

»Tio Lalo, sag ihm, daß ich den Patron bitte, nach Hause zu reiten, ehe es zu dunkel wird.«

Ich sah, wie Domingo die Achseln zuckte. »Der Patron muß heute nacht in La Ramita bleiben«, wurde mir mitgeteilt.

»Warte, Domingo«, rief ich, »ich werde ein paar Worte an den Patron schreiben.«

Ich versuchte, einen Bogen Papier und einen Bleistift aus den Trümmern meines Schlafzimmers auszugraben, als Tio Lalo mit seinem Sombrero in der Hand erschien. Das Licht des langsamen und theatralischen Sonnenuntergangs kam mit ihm durch die zerschlagene Tür und glänzte auf der silbernen Schwelle. In all dem Goldregengelb schien das Gesicht des alten Dieners grau, mit grauen Bartstoppeln und einem grauen Lächeln darauf.

»Darf ich um Euer Gnaden Erlaubnis bitten, mit Domingo nach La Ramita zu reiten?«

»Unmöglich, Tio Lalo. Wir können nicht im Hause ohne einen Mann bleiben. Heute nacht würden wir hier nicht sicher sein.

»Das ist richtig, Euer Gnaden. Aber es sieht aus, als ob in der Grube erfahrene Männer meiner Gattung benötigt werden.«

Wenn Tio Lalo formell wurde, wußte ich, daß er entweder betrunken oder unglücklich war. »Von was sprichst du? Was ist in der Grube geschehen? Rede, Mann, rede«, schrie ich ihn an.

»Es scheint, daß gewisse Schwierigkeiten in den dortigen Zuständen bestehen, hervorgerufen durch einen Durchbruch von dem alten, ersoffenen Schacht, San Ysidro«, sagte Tio Lalo. »Wenn man bedenkt, daß mehrere Mitglieder meiner Familie in der Grube arbeiten, wie zum Beispiel ein Sohn, Manolo, ferner zwei Neffen, ebenfalls ein Enkel, Manolito, so bitte ich um die Erlaubnis, mit Domingo hinauszureiten«, sagte er würdevoll.

»Und Don Felipe?« schrie ich. »Ist dem Herrn etwas geschehen?«

»Vorläufig noch nicht, Euer Gnaden. Aber ich bitte um Erlaubnis.«

Unsere Pferde sind tot, dachte ich, wo bekommt man Pferde her? Wenn nur die Pferde nicht verloren wären! Das war alles, was ich denken konnte. »Ich werde selbst nach der Grube gehen«, sagte ich. »Sofort, du – ja, ich gebe dir Erlaubnis zu gehen. Aber wir haben keine Pferde.«

Das letzte Glühen der Sonne lag noch auf den Dächern, als wir zur Stadt hinausritten, alle drei auf demselben Pferd. Ich saß beinahe auf dem Hals des riesigen Braunen, hinter mir Domingo mit dem wundervollen Kniehalt der reitenden Hirten, und Tio Lalo belancierte irgendwie auf dem Hinterteil des Pferdes. Ich hoffte, daß die Stadt noch zu aufgeregt sein würde, um die Prinzessin Pontignac zu bemerken, die ein Pferd mit zwei Indianern teilte, von denen der eine ziemlich angesäuselt war. Die Balkone waren mit Menschen angefüllt, die den Schaden betrachteten und sich Glückwünsche von Haus zu Haus zuriefen, daß sie am Leben und durch Gottes Gnade unverletzt seien. In den aufgerissenen Straßen, zwischen den Trümmerhaufen, wühlte der Abschaum der Stadt vergnügt herum, in der Hoffnung, in der Unordnung und Zerstörung plündern und stehlen zu können. In den Armenvierteln waren die engen Gassen noch immer reißende Gebirgsbäche, die Überschwemmung hatte die lose gefügten Lehmhütten zertrümmert, und als wir um eine Ecke bogen, erschien vor uns plötzlich eine ausgezackte Anhäufung von Ruinen, die nicht aussahen, als wären sie das Ergebnis eines einstündigen Sturms, sondern als hätte es tausend Jahre gebraucht, um eine solche Verwüstung anzurichten. Die Luft schwirrte von Gerüchten über Verluste und wunderbare Errettungen, von Schreien und Klagen, von gemurmelten Gebeten, und hier und dort kamen wir an dem stummen Schmerz einer kleinen Gruppe vorbei, die auf ein totes Kind hinabstarrte, oder vielleicht auch auf ein totes Schwein. Wir ließen den Cerro del Cuarto hinter uns; die

Sonne ging hinter den Bergkuppen unter, und der Abend floß über die Landschaft wie violette Tinte. Ein kühler Wind wehte, und der Geruch der Sträucher und Kräuter nahm an Stärke zu, als wir die nächste Anhöhe erreichten und in die enge Landstraße einbogen, die nach La Ramita abzweigte.

Kleine Lagerfeuer waren über den Abhang gesät, wo Silhouetten sich schwarz gegen den Lichtschein bewegten, dessen Abglanz hell über andere Hände und Gesichter und Serapen huschte. Alle diese Menschen waren vollkommen und seltsam still. Kein Laut außer dem Krachen eines Zweiges, dem Knistern der Glut, die rote Funkengarben sprühte. Hinter dieser Stille, in der sich die Leute mit traumhafter Langsamkeit bewegten, lag wie aus einer anderen Wirklichkeit, ein entferntes, tiefes, angestrengtes Keuchen. »Die Räder, die Förderzüge, die Pumpen«, sagte Tio Lalo leise und verächtlich. »Was für ein Wust von neumodischer Maschinerie.«

Eine atemlose Spannung hing über der Szene wie über einem Soldatenlager am Abend vor der großen Schlacht. und wie in einem Soldatenlager gab es auch Frauen, um ihren Männern das Essen zu kochen, Tortilla und dampfende Atole. Frauen, die aus der Nacht und der Schwere der Katastrophe ein Heim aushöhlten. Ich sah auch Kinder, nicht nur die schlafenden Säuglinge, an die Brüste oder die Hüften der Mütter gebunden, sondern viele kleine, magere Jungen, die aussahen, als wären sie in ihrem ganzen Leben noch niemals richtig satt gewesen. Sie hockten still bei den Feuern und starrten mit ihren zu großen, zu eingesunkenen, zu alten Augen in die Glut.

Als Domingo das Pferd an einer niedrigen Steinmauer festband, die plötzlich vor uns aus dem Dunkel aufgetaucht war, hörte ich, von irgendwo hinter der Mauer, Felipes Stute ihrem Wallachfreund eine Begrüßung zuwiehern. Mein Kopf fühlte sich hohl und leer an, als ich über den unebenen Boden dahinstolperte, mein Herz war geballt wie eine Faust. »Wo kann ich den Patron finden?« fragte ich. Tio Lalo streckte seine Hand aus, um mich ein paar Stufen hinaufzuführen. Domingo hatte sich niedergebeugt und ein paar trockene Zweige von einem Busch gerissen; er hielt sie in eines der kleinen Feuer, bis sie anfingen zu glimmen, und rücklings schreitend, wies er mir mit dieser Fackel den Weg.

Und da stand ich nun auf dem breiten Anstieg der Treppen, die sich großartig zum Portal der geplanten und wiederaufgegebenen Kirche der Santa Clara hätten aufschwingen sollen. Aber die Stufen verloren sich bald in den regengetränkten Grund, es gab kein Portal, und was von der Kirche gebaut war, sah wie die ehrwürdige Ruine einer seit Jahrhunderten zerstörten Kathedrale aus. Kaum ein Jahr war vergangen, seit Felipe den Bau seiner Kirche unterbrochen hatte – eine zeitweilige Stockung, hatte er sich gesagt –, aber in dieser kurzen Zeit war ein wucherndes Wachstum von Kaktus und Nopal durch den Steinboden des Schiffes gebrochen. Ein zäher Pfefferbaum hängte seine gefiederten Zweige aus einer Spalte in der unvollendeten Mauer, und über den Bogen, die kein Dach trugen, streckte sich der dunkle Himmel in das Nichts. Eulen hatten ihre Nester in das verlassene Gemäuer gebaut, und sie starrten, von dem Fackelglanz aufgescheucht, mit ihren runden roten Augen auf uns nieder oder flogen auf weichen nächtlichen Schwingen davon.

In dieser Kirche, einer Ruine, noch ehe sie erbaut war, sah ich die ersten der Männer, die in der Katastrophe umgekommen waren. Sie waren säuberlich auf steif in der Apsis ausgelegt, dort wo der Altar – von einem feinen Silbergitter umgeben und unter einer hohen, gemalten, vergoldeten Kuppel – hätte stehen sollen. All das Gold und Silber hätte aus Felipes tiefem, tiefem Schacht kommen sollen. Aber was herausgekommen war, das waren die reglosen Leichen von Männern mit den bläulichen, dunklen Gesichtern und dem gemarterten Ausdruck von Ertrunkenen. Es waren nicht viele, zwölf im ganzen; sie hatten Muskeln wie Stränge, kein Fleisch auf ihren Rippen, ihre Oberkörper waren entblößt, Wasser tropfte von ihren kurzen Lederhosen, und jeder trug ein Skapulier oder eine geweihte Medaille um seinen Hals. Ein gedrungener, fetter kleiner Priester schritt zwischen ihnen umher und besprengte sie mit Weihwasser und sprach ein stummes Gebet über sie; und ein zweiter Priester hinter ihm versuchte, ihre erstarrenden Arme zu heben und ihre Finger zu lösen und ihre Hände über den Skapulieren auf ihren harten, abgezehrten Bergmannskörpern zu falten, ehe rigor mortis eintrat.

Tio Lalo ging vor mit her und forschte sehr genau und aufmerksam in jedem der toten Gesichter. Ich sah ihn vor dem Priester niederknien und ihn etwas fragen. Der Priester schüttelte den Kopf und zeigte mit seinem Kinn in das Dunkel hinauf, und Tio Lalo kam zu mir zurück.

»Der Señor Curate sagt, daß der Patron mit den Männern in der Grube ist. Ich würe Euer Gnaden nicht raten, da hineinzugehen. Eine Frau in einer Grube bedeutet jedesmal Unglück.«

»Was für Unglück kann ich jetzt noch bringen?« sagte ich bitter. »Domingo«, sagte ich, »führe mich zu deinem Herrn.« Wir ließen die Trauerstätte hinter uns, gingen über den Gipfel des Hügels und schritten auf einem Weg hinunter, der von den Füßen von Hunderten von Bergleuten und Maultieren, die in La Ramita arbeiteten, ausgetreten war. Dieser Hügel denn, von Sträuchern und Dornbüschen überwachsen, war Felipes Reich. Dieser Boden war wie wurmstichiges Holz; unter unseren Füßen war die Erde ausgehöhlt von den Gängen der Schächte und Stollen, der Förderrampen und Einfahrten; dort drunten, in Dunkelheit und Gefahr und täglichem Schweiß, lebte und arbeitete und verging und starb der kleine Bergmannswurm. Aber die Bauwerke über Tag waren mächtig, stark, von einer überwältigenden, herausfordernden Großartigkeit. Wir näherten uns einer Höhle von Licht, dem Bergwerkseingang, von zwei riesigen Öllaternen erleuchtet; wir gingen durch einen Ring von wortlosen, wartenden Menschen, schritten durch ein großes, von zwei befestigten Wachtürmen flankiertes Tor und betraten den weiten Patio.

Ich konnte das Ende des Hofes nicht sehen, da mich die vielen Fackeln und Kerzen, die die Szene beleuchteten, blendeten. Der Platz war dicht gefüllt mit Menschen, mit Stimmen und Befehlen, mit Stricken und Seilen, mit knarrenden Rädern, die von Wasser oder von Maultieren getrieben wurden; die verzweifelte Spannung und die beständige Bewegung waren so überwältigend, daß ich keine Einzelheiten aufnehmen konnte. Aus irgendeinem Grund hatte ich erwartet, Felipe sogleich zu finden, ich hatte ihn mir von den andern abgesondert vorgestellt, Befehle austeilend wie ein General, der die Schlacht von einem Beobachtungshügel überblickt. Doch in dem Drängen und Gewühl der Menschen, die mich keines Blickes würdigten, fühlte ich mich verloren. Gegen Felipes strengen Befehl war ich zu dem Bergwerk geeilt, denn in einer Katastrophe war mein Platz an seiner Seite. Aber jeder dieser keuchenden, schwitzenden, halbnackten, halbmenschlichen Bergleute war hier von größerem Nutzen als ich mit all meiner Liebe. Sie wußten, was sie zu tun hatten, und ich nicht.

Einige von ihnen spannten ein Maultiergespann an einen Balken, der ein großes Rad zu treiben schien, dessen knarrende, ächzende Seile sich von seiner Nabe weit in den gähnenden Mund eines Stollens streckten. Andere kamen mit Maultieren heraus, und ein einziger, hoher, schriller Schrei erhob sich, als wieder andere Männer abluden, was auf den Rücken dieser Tiere zutage gebracht worden war: mehr Tote, mehr von den nassen, triefenden, erdbedeckten, schwarzgesichtigen, ertrunkenen Grubenarbeitern. Ich wurde in einer wilden Welle der Frauen, die ohne Bewegung irgendwo im Hintergrund gewartet hatten, gegen diese Leichen geschwemmt. Der Aufschrei durchbohrte die Luft wie eine schrille Feile; es hörte sich an wie das endlose Geräusch einer Sommerwiese, voll mit Grillen, nur tausendmal greller: der Schrei einer Mutter, die ihren Sohn unter den Opfern gefunden hatte. Ihr Mund stand offen, ein schwarzes Loch in dem verzerrten Gesicht; ihre Augen waren zusammengepreßt, und nicht eine Träne kam aus ihnen. Sie riß ihren Sohn den Männern weg, die das schlaffe Bündel von dem Maultierrücken abluden; sie nahm ihn in die Arme und hielt ihn in ihrem Schoß und wiegte ihn hin und her wie einen Säugling, der einschlafen soll. Die Männer beschworen sie, ihn loszulassen, sie wollten ihn auf eine Matte legen, sie wollten versuchen, ihn zu retten, vielleicht war noch Leben und Atem in ihm; aber die Frau war wahnsinnig geworden. Schreiend trug sie ihr Kind davon, rannte hinaus in die Nacht mit dem schwarzen Bündel in ihren Armen, ihre Stimme hoch und schrill und niemals ganz verklingend. Ich hatte den Sohn gesehen, und er war nur ein Junge, dünn und klein und mit Schlamm bedeckt, Schlamm lief aus seinen Mundwinkeln, und seine Augen waren groß und ernsthaft und weit geöffnet.

Ich hatte sowohl Domingo wie Tio Lalo verloren und ging auf meiner Suche nach Felipe allein weiter, und so geriet ich in das Zentrum des Unheils. Dies also war der Santa-Clara-Schacht, den sie neunzehnhundert tollkühne, zügellose, herausfordernde Fuß in die Erde getrieben hatten. Er sah aus wie eine hundertmal vergrößerte Zisterne. Ein Spinnweb von weißem Nebel schwebte darüber und verbarg die Schwärze seines unermeßlichen Absturzes. Ein großes, hohles Brausen lag da drunten in der Tiefe, die Stimme der Gewässer, die von der höher gelegenen, ersoffenen San-Ysidro-Grube durchgebrochen waren. Durch den Nebel sah man die schattengleiche Bewegung von unverständlicher Maschinerie, von Seilen, Flaschenzügen, Winden, Förderzügen, Dampfschwaden; und Männer, Männer, Männer. Alle schwarz von Schweiß und Schmutz, alle heftig und mühsam atmend. Manche, die arbeiteten, sahen toter als die Toten aus. Manche knieten über ihren Kameraden, kneteten ihre Glieder, rieben ihre schweißglänzenden Rücken. Manche tranken aus Weinschläuchen, die die Runde machten, oder aus dickbäuchigen Krügen. Manche spritzten Wasser aus einem Faß über ihre Arme und Schultern, manche gossen Wasser über ihre Freunde aus den Ledersäcken, in denen sonst das Erz aus der Grube gebracht wurde. Ein Tisch mit einer brennenden Kerze stand nahe bei der Mündung des Schachts, und ein junger Mestize las eine endlose Litanei von Namen aus einer Liste. Ich suchte nach Felipe und konnte ihn nicht finden. Ich fragte die Männer, und sie gaben mir keine Antwort. Ich fragte den Mestizen, der die Namen der vermißten Bergleute verlas, und er starrte mich nur an, als wäre ich eine Erscheinung.

»Wo ist der Patrón?« fragte ich ohne Unterlaß. »Kann mir niemand sagen, wo der Patrón ist? Ich muß den Patrón finden.« Der Metize unterbrach seine Litanei nicht, aber endlich zeigte er mit seinem Daumen auf den Schacht und dann über seine Schulter auf den Eingang eines Stollens. Als ich mich weiter vorwagte, fand ich eine Abzweigung davon, die sich in einer weiten Spirale in die Tiefe wand, als eine Rampe für Männer und Maultiere. Kleine Gruppen von Bergleuten wurden von ihren Aufsehern hineingeführt; sie trugen brennende Kerzen in ihren Händen und sangen mit ernsthaften Stimmen eine langsame Hymne oder ein Gebet, das ferner und ferner in der Tiefe verklang, lange nachdem die Kerzenflämmchen verschwunden waren. Aber wo eine Höhlung in die Seite dieses Stollens gesprengt worden war, gab es einen anderen in den Felsen gehauenen Weg; ein tiefer, schwarzer, steil abfallender, enger Schacht, ein Brunnen von Gefahr und Dunkelheit, beinahe senkrecht, Leitern lose mit Lederriemen zusammengebunden und mit groben Eisenhaken an den Felswänden befestigt. Es schien vollständig unmöglich, daß Männer diese Leitern hinauf- und herabsteigen könnten, die eigentlich keine Leitern waren, sondern nur Baumstämme mit einigen unsicheren Stufen, in das Holz gehauen und mit dem Abgrund schwindlig weiter und weiter unter ihnen wegsinkend. Doch hatte ich von Tio Lalo von diesen Leiterzügen gehört, über die nicht nur Männer ihre Ledersäcke mit Lasten von hundert und zweihundert Pfund Erz heraufschleppten, sondern auf denen auch achtjährige Jungen in die Härten ihres Berufes eingeführt wurden, mit fünfundzwanzig Pfund auf ihren dünnen, braunen Schultern.

»Wo ist der Patrón?« fragte ich immer wieder, aber keiner der Bergleute konnte mir eine Antwort geben. »Wo, wo, um Himmels willen, ist der Patrón?«

Endlich kamen ein paar Männer auf diesen unwahrscheinlichen, unglaublichen Leitern heraus, jeder von ihnen klammerte sich mit einem Eisenhaken von Stufe zu Stufe an, und jeder hatte ein Kind auf den Rücken gebunden. Ein Gebrüll von Stimmen erhob sich, als sie herauf- und herausgezogen wurden, und dann lagen sie auf dem Boden, um Luft ringend wie sterbende Fische. Sie sahen kaum wie Menschen aus, wie sie so dalagen, bedeckt mit Schmutz und Erde und Schweiß und Unrat. Ihr Haar war eine Masse aus schwarzem Schlamm, und sie spien Schlamm von ihren schwarzen Lippen. Einige von ihnen waren verletzt, und selbst das Blut ihrer Wunden war ein dickliches, grauschwarzes Gerinnsel und es war ein seltsamer Gedanke, wieviel von diesem grauschwarzen Dreck Silber sein mochte. Sie lagen da, ihre Rippen pumpten hart, die Luft ging röchelnd durch ihre Kehlen. Die geschlossenen Augenlider waren die einzigen helleren Flecken in den dunklen Gesichtern.

Einer von diesen Männern war Felipe.

Er war mit sechs Freiwilligen hinuntergegangen, um eine Gruppe von Buben – den jungen, kleinen Buques – zu retten, die in dem Schacht, unterhalb des Durchbruchs, aber über der überschwemmten Sohle, eingeschlossen waren, und sie hatten sie heraufgebracht: sieben Jungen, zum Tode verurteilt, und jeder davon gerettet. »Olé!« sagten die Bergleute, als sie die Kinder losbanden und in eine Reihe legten. »Olé!«, als wären sie bei einem guten, aufregenden Stierkampf.

»Leben sie?« fragte Felipe mit seinem ersten Atemzug. Jawohl, wurde ihm gesagt, sie leben, durch ein Wunder der Virgen, sie leben, die kleinen Lausbuben, sie leben! Felipe versuchte, sich aufzusetzen, aber fiel vor Erschöpfung zurück. »Zwölf sind noch drunten«, sagte er. Er rieb seine blutigen Knöchel gegen seine bloße, schwitzende Brust; sein Skapulier sah wie ein nasser Erdklumpen aus. »Domingo?« sagte er. »Wo ist dieser Halunke Domingo?«

Domingo war zur Stelle, wie immer. »Wein ...«, keuchte Felipe. »Wasser. Nicht viel Zeit. Muß zurück – in den Stollen ...«

Domingo kam mit einer Flasche, und Felipe stemmte sich auf seinen Ellbogen hoch. »Felipe«, sagte ich und kniete an seiner Seite nieder. »Ich bin hier. Laß mich dir helfen. Laß mich dich waschen.«

Er starrte mich eine Weile an, und als ihm meine Gegenwart klar wurde, begann er zu grinsen, ein weißes Grinsen in seinem schwarzen Gesicht. »Du bist verrückt, Mujer«, sagte er. »Geh, geh fort, vete Mujer. Ich habe mich um dich gesorgt. Nun also – Salud!«

Da lachte ich ein wenig. Ich sah zu, wie der Wein in großen Schlucken durch seine Kehle floß. Meine eigene Kehle war nichts als Sand und Sägemehl. »Du? Um mich gesorgt? Und ich soll mich nicht um dich sorgen?«

»Nein. Nie«, sagte er und lachte auch. »Um mich? Niemals. Gib mir den Eimer, begieß mir den Rücken, Domingo. So, das ist besser. Viel besser. Jetzt bin ich ein neuer Mensch, und dieser neue Mensch wird wieder hinuntergehen.«

»Mußt du?«

»Glaubst du, ich tue es zum Vergnügen? Wenn ich nicht heruntergehe, wird nicht einer von diesen faulen, indolenten Tieren es tun. Nicht einmal, um ihre eigenen Kinder zu retten, würden sie gehen. Du kennst diese Mexikaner nicht, wie ich sie kenne.«

Das Wasser stand in Perlen auf dem öligen, schmierigen Schmutz, der seine Haut bedeckte; hier und dort war ein kleiner Flecken rein gewaschen, bleich wie die Haut der Heiligen auf einem spanischen Gemälde. »Welchen habe ich heraufgebracht?« fragte er. Die Männer, die die halbtoten kleinen Jungen wuschen und rieben, wußten es nicht. Felipe kniete zwischen den dünnen, kleinen Körpern nieder und lächelte auf sie herab. Er hob den Arm von einem und fühlte den Puls in dem dünnen Handgelenk, er zog die Lider eines anderen hoch, er beugte sich nieder und horchte auf den Herzschlag eines dritten. »Was für eine Ernte«, sagte er, noch immer lächelnd; »was für eine Schar von verhungerten Hühnchen habe ich mir da eingefangen! Keine fünf Realen wert an Fleisch an allen zusammen. Na, bringt sie zu ihren Müttern, und wir wollen nach der nächsten Ladung gehen.«

In der Art, wie er die Kinder berührte und Späße über sie machte, war die gleiche Zärtlichkeit, die er mir während meiner Krankheit gezeigt hatte, keine weiche Zärtlichkeit, sondern die gute, harte männliche. Es war da eine große Güte in ihm, tief innen, vergraben, versandet, verschüttet unter dem Abfall des Lebens, aber immer da. Mann, was für ein Mann du doch bist, dachte ich beglückt. Mann, mein Mann, mein Felipe ...

Er ging mit drei Freiwilligen hinunter, die er überredet hatte, den gefährlichen Abstieg mit ihm zu machen. Von den vier Kindern, die er und seine Helfer heraufbrachten, waren zwei tot, und die Männer murrten, daß es keinen Sinn hätte, sein Leben zu wagen, um tote Buques heraufzuschleppen. Felipe stieg nochmals hinunter, allein diesmal. Acht Maultiere kamen die gewundene Rampe herauf mit noch einer Last von Leibern. Einer der Männer hatte noch einen Hauch von Leben in sich und keuchte einen Bericht von vierundzwanzig Bergleuten, die in halber Höhe in einem Stollen – La Culebra, die Schlange, genannt – abgeschnitten waren.

Alle Tätigkeit schien sich in den Stollen hineinzuziehen, und ich trieb mit der Menge dahin; die Luft wurde dick und übelriechend, und der Gang zwischen den Felswänden wurde erdrükkend eng und niedrig. Ich streifte gegen das rauhe Gestein, es war feucht, warm, so wie Schlangen überraschend warm sind, wenn man sie berührt. Ein paar schwelende Fackeln, die in Eisenringen in den Felsen steckten, wiesen den Weg zu einer kleinen, hellenHöhle, wo viele Kerzen vor einem Bild der Virgen, La Purísima genannt, brannten. Frauen knieten vor ihr, und das monotone Summen eines ewig wiederholten Ave-Maria hing in der Luft. Sie hatten sich dem hypnotischen, schmerzstillenden, gedankentötenden, ruhegebenden, heilenden Zauber der Wiederholung ausgeliefert. Ein immer wiederholtes Gebet, ein immerwährend wiederholtes Schlaflied, der immerwährend wiederholte Vers eines Gedichtes: sie haben dieselben narkotischen Kräfte, das Gehirn leerzumachen von Gedanken, Ängsten und Bewußtsein. Wenn Beten mir je not getan hatte, so war es jetzt; aber es war mir nicht möglich, zu diesem puppengleichen Bildnis zu sprechen. Die Virgen war aus Wachs geformt, hübsch in blauen Samt gekleidet, und sie trug eine lächerliche blonde Perücke. Ich hatte nie eine blonde Virgen in diesem Land der schwarzen Frauen gesehen, und ich errötete. Sollte Felipe diese Statue seinen frommen Bergleuten gegeben haben, so hatte er eine grobe Indiskretion begangen, indem er sie zu einer Guera, einer Blonden wie ich, machte.

Heute nacht tut La Purísima nicht ihre Pflicht, dachte ich ingrimmig, als ich versuchte, aus der kleinen, engen Nische von Götzenanbetung und demütigem Glauben herauszukommen. Ein paar verwelkte Blumen lagen zu Füßen der Wachsblonden und auch ein paar demütige, aber praktische Geschenke: Gemüse, zwei rote Tomaten, einige Gurken, drei Maiskolben; gerade, als ich den Rand des Kreises erreichte, sah ich eine Frau ein großes, getüpfeltes Truthühnerei niederlegen und sich bekreuzigen. Und als ich meine Wache bei den Leitern wieder aufnahm, beneidete ich sie um ihren Glauben und fühlte Aufruhr in meinem Herzen gegen die Gottheit, die taub dafür blieb.

»Bist du noch immer hier? Warum gehst du nicht nach Hause, Mujer? Ich kann dich hier nicht gebrauchen«, keuchte Felipe, als er wieder mit zwei kleinen, ausgemergelten Buques auf seinem Rücken heraufkam. Es gibt kein Zuhause, dachte ich bei mir. Kein Dach und kein Bett, weder Schlaf noch Frieden. Aber ich sagte nur: »Wie du wünschst, Felipe.«

»Du bist eine öffentliche Gefahr hier, unter all den Männern«, sagte er. »Du bist schöner, als es erlaubt ist«, sagte er, halb tot, wie er war, aber mit der unerbittlichen Galanterie des echten Spaniers. Er warf mir sein erschöpftes Lächeln zu und stieg noch einmal hinunter. Und diesmal kam er nicht wieder herauf.

Ein großer Wirrwarr erhob sich dann und viel Geschrei und Streit und eine vollständige Auflösung aller Ordnung und Disziplin. Viele der Männer fingen an, betrunken zu sein, und andere schliefen vor Müdigkeit ein. Einige waren nach Hause gegangen, andere nahmen es als einen Anlaß für eine Fiesta, saßen mit ihren Freunden und ihren Weibern um die angenehmen Lagerfeuerchen herum. Einige sagten, man sollte in den Schacht einfahren und den Patrón retten. Und andere sagten, laß ihn dort unten sterben, laß ihn draufgehen, er soll nur herausfinden, wie es da unten in der Grube aussieht, der Patrón! Der Spanier, murrten sie, der Blanco, der verdammte Gachupin, daß er sterben möge! Daß sie alle sterben mögen, die Weißen, die Blancos, die Gachupines! Ich hörte es wie durch eine Wand; alles war von meiner Angst und meiner Müdigkeit gedämpft! Damals war es zum erstenmal, daß ich das Murren der Mexikaner, der Indianer, hörte, der Männer mit gemischtem Blut und dunkler Haut: Que mueran los Gachupines! Daß sie sterben mögen, die Weißen, die Verhaßten ...

Andere, die Betrunkenen, die Aufgeregten, ließen ihre Wut jetzt an der Unwürdigen aus, diesem Schwindel von einem Heiligenbild, dieser Virgen, die kein Wunder gewirkt hatte, wie es ihre Pflicht gewesen wäre; wir wollen sie in die Grube werfen, sagten sie, sie soll an ihrem eigenen Leib spüren, wie es ist, da drunten zu ersaufen. Und dann wollen wir sehen, ob sie nicht doch etwas tut, um unsere Kameraden heraufzubringen und den Patrón dazu, wenn es ihr paßt! Felipe war immer noch dort unten, und Domingo antwortete mir nicht, als ich mit ihm sprach, und ich konnte Tio Lalo nicht finden, noch konnte ich selbst hinuntersteigen. Zwei der Vorarbeiter waren in dem anderen Schacht, in San Ysidro, gewesen, wo das ganze Unheil begonnen hatte, und sie hatten Kontakt mit den Männern, die in La Culebra verschüttet waren, hergestellt. Die Männer hatten durch Klopfsignale geantwortet, aber die Aufseher wußten nicht, wie man sie erreichen und retten könnte, und es gab weiteren Streit und noch mehr Verwirrung. Und dann veränderte sich das gedämpfte Geräusch in der Tiefe der Santa Clara, und die Männer verstummten und horchten. Dann kam es wieder, stärker als zuvor, und dann hörte man ein Donnerrollen irgendwo in den unterhöhlten, zerfressenen Eingeweiden der Erde; noch ein Moment von schrecklicher Stille und dann ein Rennen, eine Panik, ein Trampeln, Stoßen, eine rasende Flucht auf das hohe Tor zu, das ins Freie führte.

Und dort wurde die Menge von einer Barriere von Berittenen aufgehalten und blockiert. Eine Stimme gab Befehle; die Spannung ließ nach. Da war ein Murmeln, ein Sichberuhigen und dann ein Zurückbranden in den Patio. Ich war in dem ersten Ansturm zu Boden geworfen worden und verstand nicht ganz, was geschah. Ich wußte nur, daß ich nicht aus der Grube gedrängt werden wollte, solnge Felipe noch dort unten war. In meiner Verwirrung dachte ich, daß vielleicht die aufgeregten Aufseher Truppen herbeigerufen hätten. Ich stand auf, und da war das Rollen wieder, schwächer als vorher, und der Boden bebte. »Cuidado!« schrie jemand auf spanisch und dann auf deutsch: »Vorsicht!«

Einer der Stützpfeiler über uns war gebrochen, und einige große Felsstücke hatten sich gelöst und hätten mich erschlagen, wäre nicht Bert Quailes Geistesgegenwart gewesen. Er hatte mich aus dem Bereich der Gefahr gezogen und hielt mich nun eng an sich; er roch nach Tabak und Schweiß, und seine langen und starken Bärenarme zerdrückten mich, und seine Brust war haarig wie die eines Tieres, und der ganze riesige Klotz von Mann und Kraft und unerwarteter Hilfe zitterte, als hätte er Angst – für mich oder vor mir.

Als die Nachricht von der Katastrophe auf La Ramita das Amalgamierungswerk erreichte, wo Quaile arbeitete, hatte er einige Maschinerie, Pferde und Männer zusammengetrommelt und war so schnell wie möglich herübergeeilt, um Hilfe zu bringen. Seine Stimme war die Stimme der Autorität, und die Männer hörten auf ihn und gehorchten. Niemand kannte die Grube so gut wie er, und er erklärte ihnen, was getan werden mußte, wo der Boden durchbrechen würde, wo die Gefahr lag und wo die Sicherheit. Seine Mannschaft war frisch, und einige der Männer von La Ramita kratzten ihren Stolz zusammen und wollten nicht zurückstehen. Ich verstand die ganzen Aktionen nicht, die organisiert wurden, aber es war, als ob plötzlich hundert kleine Räder begonnen hätten, sich zu drehen und ineinanderzugreifen, systematisch und zielbewußt, jeder Mann ein notwendiger, gut funktionierender Teil eines Ganzen. Quaile selbst wurde in einem rasch gezimmerten Kasten in den großen Schacht von Santa Clara hinabgelassen und kam mit Felipe und den letzten der kleinen Jungen herauf, alle scheinbar tot, aber alle lebend. Die Pumpen arbeiteten lauter und schneller, und es wurde nach Freiwilligen gesucht, um einen Weg zu den Männern zu sprengen, die in La Culebra abgeschnitten waren. Quaile rief die Arbeiter bei ihren Namen auf: »Wie geht's, Fernando? – Du wirst mich nicht enttäuschen, Piedro Salazar, ein

Mann mit deinem Mut wird seine Kameraden nicht umkommen lassen ...«

Ich sah Tio Lalo in einer Gruppe von Männern, die wegmarschierten, um ihrer verzweifelt gefährlichen Aufgabe nachzugehen. Er war ein wenig betrunken und unerhört stolz, und er versuchte, sehr aufrecht zu gehen wie ein Junger. Auf seiner Schulter trug er ein Fäßchen mit Sprengpulver, und als er an mir vorbeikam, grinste er breit und sagte: »Mit Verlaub, Euer Gnaden. Es scheint, daß eine Person mit meiner Erfahrung vonnöten ist, um Ivanolo und Manolito aus ihrer Falle zu holen.«

»Hasta luego, Tio Lalo«, sagte ich. »Auf bald. Geh mit Gott!« Am Eingang des Stollens stand der fette kleine Priester und segnete die Männer, als sie vorbeikamen, und das war das letzte Mal, daß ich Tio Lalo sah ...

Hier also war das Ende von La Ramita und von Felipes tiefem Schacht und von seinem Glück und von seiner kurzlebigen Bonanza. Einhundertunddreiundzwanzig seiner Leute waren in der Katastrophe umgekommen; achtunddreißig davon wurden nie gefunden, sie mußten drunten in den schwarzen Wassern bleiben, begraben in einer Tiefe von neunzehnhundert Fuß. Ein Witz ging unter den Bergleuten herum, daß diese Männer gar nicht tot seien, sondern, daß sie nur noch ein bißchen weitergrüben.

Denn Bergleute sind harte Männer, und es ist besser für sie, grausame Witze zu machen, als weinerlich über die Gefahren ihrers Berufs zu werden. Die Leichen der andern wurden in den Überresten der Santa-Clara-Kirche beerdigt, und an Allerseelen schlugen ihre Frauen einen Pfad durch die schnellwuchernden Dornen und Sträucher und brachten Blumen und zündeten Kerzen auf den vernachlässigten Gräbern an. La Ramita mußte aufgegeben, die Arbeit eingestellt, das große Tor in der prahlerischen Zitadelle zugemauert werden; in der Tiefe verfaulten die Balken und Seile, Stollen und Gänge brachen ein, stürzten zusammen, vernichteten sich selbst, und die schwarzen Wasser schlossen sich über der Ader von Silber.

Es war großmütig von Berg Quaile, daß er nicht sagte: Ich habe dich gewarnt. Alles, was er sagte, war: »Ich fange mein eigenes Amalgamierungswerk an, und wenn Sie dort arbeiten wollen, Don Felipe, so sind Sie mir willkommen. Jederzeit, Don Felipe, auch wenn Sie Kredit brauchen, um eine neue Mutung anzubohren ...«

Felipe jedoch, weiß wie eine getünchte Wand und so steif, als hätte er seinen eigenen Galgen verschluckt, antwortete:

»Ich danke Ihnen für Ihr großzügiges Angebot und die gute Absicht, Don Roberto. Aber ich ziehe vor, mir meine Selbständigkeit zu bewahren; hingegen will ich Sie gerne etwas von meinem Erz verarbeiten lassen, sobald ich La Ramita wieder aufmache, Don lobe to ...«

DRITTER TEIL

Abwärts, abwärts, abwärts.

Wie ist es, wenn es mit einem stolzen, starrköpfigen Mann abwärtszugehen beginnt, an einem Niedergang, abschüssiger und tiefer und dunkler als irgendein Schacht, den er sich in seinem herausforderndsten Träumen erträumte?

Solch ein Mann wird sich noch aufrechter tragen, und sein Auftreten wird einen betonten Hochmut annehmen, und sein ganzes Gebaren wird ihn noch höher gewachsen erscheinen lassen als vorher, während er zu gleicher Zeit an Gewicht verliert und seine Wangen sich aushöhlen. Sein Anzug ist meistens etwas zu elegant für die Gelegenheit, und er wird übertrieben förmlich in allen Angelegenheiten der Erscheinung und des Benehmens; er wird reizbar wegen lächerlicher Kleinigkeiten: er ohrfeigt seinen Diener Domingo wegen eines fehlenden Knopfes oder eines schlecht gewichteten Sattels, und er wird ausfallend gegen seine Geliebte, wenn es ihm schein, als hätte sie es an genügenden Respekt fehlen lassen oder über ihn gelächelt oder die Komplimente seines Freundes Andreas Ruiz zu bereitwillig aufgenommen. Er will durchaus bei allen offiziellen Ereignissen dabeisein und bei den Zusammenkünften der Minenbesitzer gesehen werden. Er paradiert sein Pferd unter den Balkonen, um sich von anderen jungen Rondés und ihren Damen bewundern zu lassen. Den Bettlern gibt er größere Almosen als selbst der Conde de Valenciana, und wo immer Beiträge gesammelt werden – für eine Kirche, für das alte Colegio, für den unersättlichen Virrey oder für noch ein Geschenk, das dem unwürdigen König von Spanien gesandt werden soll –, seine Beisteuern sind nicht nur viel zu hoch für seine Größe, sondern im ganzen ein wenig zu prahlerisch. Bei den Hahnenkämpfen legt er haushohe Wetten, er spielt um nicht unbeträchtliche Einsätze, und er tut dies mit dem Pech eines Spielers, der sein Selbstvertrauen verloren hat. Er legt mehr und mehr Nachdruck auf Fragen des Prestiges und zahlt dafür mit Entbehrungen in jenem Teil seines Lebens, das sich nicht in der Öffentlichkeit abspielt. Er ist übermütig, und eine Spur zu laut, und er erzählt hundert komische und abenteuerliche Geschichten; und im Schlaf stöhnt er auf, und ein- oder zweimal mag seine Geliebte, wenn sie sein Gesicht in der Morgendämmerung betrachtet, entdecken, daß seine langen, kindlichen Wimpern feucht sind, als hätte er in seinen Träumen geweint …

Er erklärte mit lauter Stimme, daß ihm das Palais Contreras verleidet sei, seit die Überschwemmung es verwüstet hätte, und er verkaufte es an einen Emporkömmling der schlimmsten Sorte. Mit dem Geld, das er dafür erhielt, zahlte er einige Schulden, kaufte einen Anteil an einer neuen Grube (die sich allerdings bald als völliger Fehlschlag herausstellte), gab einen seiner prahlerischen Beiträge zu irgendwelcher Wohltätigkeit und mietete ein anderes Haus.

Noch immer lebten wir in einem exklusiven Teil der Stadt, wenn auch nur an der äußersten Peripherie der Wohlhabenheit; noch immer hatte das Haus eine Art Balkon und eine Laterne über der Haustüre, wenn auch von einfacher Arbeit. Das Tor war zwar hübsch geschnitzt, aber nicht mehr mit Nägeln bewehrt, und es war viel zu niedrig, um einen Reiter und sein Pferd durchzulassen. Das machte weiter nichts aus, denn das Haus hatte keine Stallungen, und Felipes Pferd mußte in der Meson El Refugio untergebracht werden, wo sonst nur plebejische Maultiere und Esel Unterkunft fanden. Ich selbst hatte schweren Herzens das Reiten als einen Luxus aufgegeben. Ich hatte kein Pferd mehr, keine Kutsche, keine Sänfte, aber auch keine unbequemen Lakaien in aufsehenerregenden Livreen, keine Dueña, die mich bewachte und beneidete, keine Kammerzofe, um mein Haar zu kämmen und meine beste Nachtchemise zu stehlen. Doch ich hatte immer noch mein verschmitztes Bett mit den vergnügt-unanständigen Bildnereien. Ich hatte Loro, ich hatte ein paar wahre Freunde: Don Lorenzo de Lara, Bert Quaile, die Rosaura. Ich hatte meinen Platz und meinen Zweck und meine Pflichten. Und ich hatte immer noch Felipe. Felipe – ganz.

Ich glaube, ich war recht glücklich während jenes ersten Jahres nach der Überschwemmung und dem Unheil. Ich sah Felipe öfter als während der hektischen Zeiten der Bonanza, und der schien mich mehr zu brauchen als je zuvor. Die Stadt behandelte uns sehr gut während des ersten Jahres von Felipes Abstieg, denn alle diese Grubenbesitzer kannten das sprunghafte Auf und Ab ihrer Unternehmungen nur zu gut, und sie hatten einen wunderlichen Respekt für einen Mann, der so viel verlieren und mit solch guter Miene verlieren konnte wie dieser Mann Contreras. Zwar mochte mancher von ihnen denken oder auch sagen, daß es Felipe recht geschähe, weil nur ein Narr Gott und die Elemente durch das Bohren eines neunzehnhundert Fuß tiefen Schachtes herausfordern würde; doch nahmen sie sich in acht, seinen Stolz nicht zu verletzen und ihren Spott zu verbergen. Wohlmeinend bot man Felipe an, als Offizier in die königlichen Truppen einzutreten. Aber die mexikanischen Soldaten waren ein übles Gesindel, der Abschaum des Landes, zum Dienst gepreßt. Verbrecher, die aus den Gefängnissen geholt und in die Uniform gesteckt wurden – die übrigens mehr und mehr der von Napoleon Bnonapartes verhaßter Armee glich; Diebe, die in flagranti ertappt worden waren und denen Amnestie versprochen wurde; Indianer von unvorstellbarer Unwissenheit und einem völligen Mangel an Disziplin. Und so schlug Felipe, der immer noch gelegentlich davon sprach, nach Spanien zurückzukehren und für sein unglückliches Land zu kämpfen, den wohlgemeinten Vorschlag mit erschrecktem Abscheu aus. Noch mehr verletzten ihn Andreas Ruiz' Bemühungen, ihm eine Stelle als zweiter Sekretär des höchsten spanischen Beamten der Provinz, des Intendanten Riaño, zu sichern. Mit der Überempfindlichkeit des erfolglosen Menschen fühlte er plötzlich, daß man ihm diesen Posten als ein Almosen anbot, und er wurde wütend und beleidigt. »Danke bestens«, sagte er, »vielen Dank; aber ich bin gewohnt, Wohltaten zu erweisen, nicht solche anzunehmen. Und ich kann mir nichts Widrigeres vorstellen als Tintenflecke an meinen Fingern.«

Während des zweiten Jahres verkaufte er den großen Rubin aus seinem Ring, ersetzte ihn durch einen falschen Stein und versuchte, sich einzubilden, daß niemand den Unterschied bemerkte. Noch immer war er tadellos gekleidet, wenn er ausging, aber zu Hause vernachlässigte er sich mehr und mehr, als eine merkwürdige und gefährliche Lässigkeit von ihm Besitz ergriff.

»Wozu auch? Wen kümmert's?« sagte er. »Was kommt dabei heraus? Wen, in Christi Namen, geht's etwas an?«

»Mich, mich«, beschwor ich ihn. »Mich kümmert's, wie du aussiehst; ich möchte stolz auf dich sein, ich will nicht, daß du im Hause herumschlurfst wie ein alter, kranker Mann. Und du mußt nicht vergessen, daß Bert Quaile dir heute zwei Señores schickt, denen viel daran liegt, ein Projekt mit dir zu besprechen, das nach Quailes Meinung günstige Aussichten hat.«

»Laß mich mit Robertos Projekten und Aussichten in Frieden«, sagte Felipe angewidert. »Seine enormen Projekte im Wert von ganzen fünf Clacos! (Ein Claco war, was Felipe den Bettlern am Kirchenportal gab.) Seine Señores mit ihren Gruben, nicht größer als ein Fliegenschiß. Er scheint zu vergessen, daß ich immer noch der Besitzer von La Ramita bin, dein Freund Roberto.«

Aber zum Schluß stand er vom Bett auf, rasierte sich, zog

sich an, hörte den Bergleuten, die Quaile gesandt hatte, zu; wahrscheinlich würde er etwas Geld borgen, es in einer kleinen Grube anlegen und mit einem bescheidenen Gewinn herauskommen, den er dann wieder rasch in der nächsten Unternehmung verlor. Während jenes Jahres war ein ewiges Kommen und Gehen von Schürfern im Haus. Einige geschniegelt und überelegant wie Felipe, andere verwildert und noch in den Lumpen, in denen sie auf ihrer Suche in die Berge gegangen waren; aber alle voll von Enthusiasmus über das Erz, auf dessen Fund sie Anspruch machten. Unter diesen Männern gab es nicht einen, der nicht glaubte – oder versuchte, Felipe glauben zu machen –, daß er die Veta Madre entdeckt hätte. Aus ihren Taschen, aus Ledersäckchen, die sie um ihre Hälse trugen, aus Geheimfächern der um ihren nackten Körper geschnallten Geldgurte brachten sie die kleinen, fettig aussehenden Erzbrocken, die mir zu einem so vertrauten Anblick wurden. Sie legten sie auf ihre schwieligen Handflächen und bliesen darauf, um sie glänzen zu lassen. Viele wilde Geschichten wurden erzählt, viele Lügen und gelegentlich ein kleines Krümchen Wahrheit. Da war eine Gerenne zu der Alchimistenstube eines listigen alten Schätzmeisters, dem man trauen konnte, das enorme Geheimnis des neuen Fundes nicht zu verraten. Da gab es himmelhohe Hoffnungen, und da gab es Enttäuschungen, so niederschmetternd wie ein Hagelsturm, der eine ganze Sommerernte vernichtet. Da war von neuem das fieberhafte Funkeln in Felipes Augen, das ich der pessimistischen Apathie, in die er für eine Zeit verfallen war, vorzog.

Er war noch immer ein Spieler, aber nicht länger ein Sieger, und nach einiger Zeit mußten wir unser kleines, doch patrizisches Haus aufgeben und übersiedelten an den äußersten Rand bürgerlicher Achtbarkeit, an den Fuß des Cerro del Cuarto. Hinter dem Haus krochen die Hüttchen der Bergleute in einem Gewimmel von flachem, fensterlosem, grauem Lehm den Abhang hinauf. Hügelabwärts blickten wir auf das Hospiz, das die Brüder von Beldin für kranke und verstümmelte Bergleute unterhielten, und die Bimmelglocken ihrer Kapelle läuteten nun meine Stunden ein anstelle der eleganteren und wohltönenderen von San Diego. Aber westwärts gab es eine Symphonie von lautem, gesundem, unternehmendem Gelärme. Dort näherte sich die eindrucksvolle Struktur des neuen Getreidespeichers, vom Volk Granaditas benannt, ihrer Vollendung. Nach und nach hatte dieses neue Gebäude, das die Freude und der Stolz des Intendanten Riaño war, es vollkommen aufgegeben, wie ein Getreidespeicher auszusehen. Mit seinem großen, arkadenumsäumten Patio, Freitreppen, hohen Sälen war es ein Schloß geworden, ein Tempel, eine Zitadelle; und zuweilen, wenn der Staub im Sonnenuntergang aufleuchtete, verlor das Gebäude seine herausfordernde, festungsartige, klobige Massigkeit und verwandelte sich in eine Vision vollendeter Schönheit. Sonntags kam die Stadtbevölkerung herausspaziert und gaffte und beobachtete jeden Fortschritt. Die Leute waren stolz auf Granaditas, obgleich es einige gab, die murrten, daß der Intendant für den Bau die Gelder verwendet hätte, die für ein neues, notwendiges Reservoir unserer wasserarmen Stadt bestimmt waren, und daß wir keinen veritablen Palast brauchten, um unseren Mais darin aufzuspeichern. Ich saß gerne auf meinem flachen Dach und sah den Handwerkern zu, die einen feinen Fries im toskanischen Stil über die Pfeiler des zweiten Stockwerkes meißelten, und ließ meine Augen über das geometrische Gefüge der noch dachlosen Zimmer wandern. Von der Höhe unseres bescheidenen Hauses war eine Menge zu sehen, denn es überblickte den Zusammenfluß von zwei Bächen und die Brücke, über die der ganze Verkehr von und zu den Gruben strömte. Ach, das Leben auf der Straße dort unten, die Sonne auf den glänzenden Kopfsteinen des Pflasters, die Blumen, die Türme, die Bäume, die Tiere, die Menschen! Die Männer in ihrem Lederzeug. Am Samstag nachmittag die betrunkenen Bergleute, aneinanderglehnt zur wechselseitigen Stütze, die Eselchen, die Maultiere, die koketten jungen Männer in ihren engen, silbergeknöpften Jacken und Hosen und hoch zu Roß. Die berittenen Soldaten zum Geleit der Silbertransporte, höchst kriegerich mit ihren hohen Tschakos und ledernen Kinnriemen. Und weiter entlang der Straße die Gasthöfe und Posadas und Mesones wie aus dem Buch von Miguel Cervantes in der Bibliothek meines Vaters; die grunzenden Schweine, in der Einfahrt schlafend, so daß die Reisenden über sie hinwegsteigen mußten, die schrägen Sonnenstrahlen im Patio, die Sättel, am Tor hängend, und drinnen Gesang, ein Streit, die zänkische Stimme eines alten Weibes, das lästerliche Fluchen eines Alten, die Gerüche, die Geräusche, der Blick auf diese Straße von und zu den reichsten Gruben der Welt. Oh, für das Leben dieser Straße aus Schweiß und Silber, oh, für das ewig unvergeßliche, häßliche, stinkende, schmutzige, wunderbare, starke Leben ...

Jenseits, hoch über der Straße, hing Rosauras freundliche Terrasse mit den blauen Säulen und den roten Geranienkaskaden. Während des Tages war es das stillste Haus von allen, aber am Abend leuchtete es auf mit drei feinen, kupfernen Laternen, und Musik und Gelächter wehten manchmal in mein Zmmer, wo ich nicht einschlafen konnte, weil Felipe noch dort oben war. Es verstand sich von selbst, daß ich sogar in unseren bedrängten Verhältnissen niemals einen Fuß in jenes Haus am Hügel setzen konnte. Aber die Rosaura besuchte mich oft, häufiger und häufiger, im selben Maß, als Felipe anfing, mehr und mehr Abende bei ihr zu verbringen. Ihre Hand auf ihrem eleganten Ebenholzstock mit Cocos grinsendem Gesicht ruhend – mehr der Mode als der Stütze wegen –, so kam sie den Hügel heruntergeschritten, ein Monument von strotzendem Fleisch, aber mit dem leichten Gang und der geraden Haltung eines gesunden, jungen Bauernmnädchens. Niemals betrat sie unser Häuschen ohne ein Lächeln, ein Geschenk und einen Spaß. »Mich hat's nach deiner Gesellschaft verlangt, Nenita Linda«, mochte sie sagen. »Du bist für mich ein Laster geworden, schlimmer als Rauchen und Trinken. Wenn ich nicht täglich vor dem Mittagsmahl eine Portion von dir haben kann, werde ich zapplig wie eine Tanzmaus auf ihrem Rädchen.« Aber das sagte sie bloß aus reiner Güte, aus jener Eigenschaft, die Goethe die Höflichkeit des Herzens genannt hatte. Denn, kein Zweifel, die Einsame und Ruhelose war ich selbst. »Lieber Gott im Himmel«, sagte sie wohl, »wie schön du doch heute bist, Kind! Ich wollte, ich wäre ein Mann – aber wenn ich ein Mann wäre, so würde ich mich aufhängen müssen, denn du bist deinem großartigen Felipe zu verflucht treu. Komm, laß mich ein bißchen Rouge auf deine Wangen tupfen, Kind – und hier habe ich dir diese Endchen Spitze mitgebracht; ich versichere dir, ich kann es nicht gebrauchen. Wie, glaubst du wohl, würde so ein Hauch von Spitze an meinem Koloß von einem Busen aussehen?«

»Danke, Rosauro, und nochmals Dank. Es gibt keinen Tag, an dem ich mich nicht bei dir für irgend etwas bedanken muß.«

»Por nada«, erwiderte sie immer. »Für nichts.«

Sie brachte mir Obst und Geflügel, Blumen und Heilmittel, Ableger von den Geranien auf ihrer Terrasse, einen Korb mit frischen Truthühnereiern, eine Flasche Wein, ein Rezept für ein besonderes spanisches Gericht, das Felipe erwähnt hatte, und sie schenkte mir freigebig vom Schatz ihrer aufgestapelten Weisheit.

»Dein Felipe – er schlägt dich? Er streitet mit dir? Das ist gut. Das ist ein gutes Zeichen, das beste Zeichen, das du dir wünschen kannst. Männer sind darin komischer als Affen; ich mag Männer gern, aber ich glaube, daß Gott den Mann gemacht hat, weil er ein Geschöpf formen wollte, über das er lachen konnte; einen Mann ernst zu nehmen ist ein herzbrechender Irrtum. Ich spreche über Männer, Kind. Liebe – das ist etwas anderes. Liebe ist das Ernsthafteste, was es gibt – und das Seltenste. Du liebst deinen Felipe? Du liebst ihn immer noch, nicht wahr? Und er? Ja, ich bin sicher, er liebt dich so sehr wie je. Trotz allem ...«, sagte sie, und während sie mich anstarrte und durch mich und über mich hinaus, verlor sich ihr Lächeln, und ihr großes Gesicht wurde wie die tragische Maske am Theatervorhang in Weimar.

»Warum bemühst du dich so sehr, daß ich meine Liebe für Felipe bewahre?« fragte ich sie einmal. »Warum macht es dir etwas aus? Was bin ich dir? Und was ist in deinem Haus ein freigebiger Gast mehr oder weniger?«

»Ah, Kind, aber du verstehst das nicht. Ich habe so viel Hurerei gesehen und vordem so viel davon selbst begangen, ich werde große Schwierigkeiten mit San Pedro haben, wenn ich in den Himmel gelassen werden will. ›Du unanständiges Gebirge von Fett‹, wird er zu mir sagen, ›du Verbreiterin von Krankheit, du Marktfrau der fleischlichen Sünde, du nutzloses, kinderloses Männergift, und ist da nichts, was du für dich vorbringen kannst?‹ Und dann werde ich ihm antworten, ›Lieber Señor San Pedro, Beschließer des Himmels‹, werde ich ihm antworten, ›ja, auch ich habe eine gute Tag getan. Meinem ganzen Herumhuren und meiner persönlichen Verdorbenheit zum Trotz war ich doch fähig, wahre Liebe zu erkennen, als ich sie sah, und ich tat, was immer in meinen Kräften stand, sie zu retten und zu beschützen. Und da ich eine Hure bin, wie du mich ganz richtig nennst, war ich wahrscheinlich besser ausgerüstet, darüber zu wachen und aufzupassen, als irgendeiner von deinen unberührten, geschlechtslosen, langweiligen und völlig unerfahrenen Engeln es hätte sein können, Amen.‹ Und dann mag es sein, daß San Pedro mir Eintritt gewährt.«

Ich versuchte, die gotteslästerliche Ironie in Rosauros Augen abzuschätzen und zu verstehen. »Glaubst du denn an Himmel und Hölle? Bist du denn fromm, Rosaura?« fragte ich sie. »Oder ist das alles nur ein Spaß für dich, genauso wie du denkst, daß alle Männer ein Gegenstand des Gelächters sind?«

»Was nennst du Frömmigkeit? Was nennst du Religion? Und wer bin ich, zu glauben oder nicht zu glauben? In meinem Beruf, Kind, braucht es ein Herz aus Eisen, um an irgend etwas zu glauben, an ein Wunder, an die Unbefleckte Empfängnis und an die göttliche Gnade. Habe ich dir jemals von dem einen Mann in meinem Leben erzählt, den ich liebte, wirklich und in allen Tiefen, so wie du deinen Felipe liebst? Er war so dünn, du konntest das Sonnenlicht durch ihn hindurchscheinen sehen; so feine Knochen, so rotes Haar! Du konntest dir nicht helfen, du mußtest lachen, wenn du seine roten Haare ansahst; du hättest geglaubt, du verbrennst dir die Finger, wenn du sie bloß anrührst. Er war ein Fremder, der von weit her nach Sonora kam – Schottland nannte er seine Heimat. Also dieser Mann nun, er mit dem drolligen Haar, war ein Ketzer von großer Ernsthaftigkeit, und er bekehrte mich zu seinem Unglauben, so wie andere Mädchen überredet werden, den Schleier zu nehmen.« Sie begann tief in ihrer Kehle zu lachen. »Vielleicht wurde ich deswegen das Gegenteil einer Nonne, Nenita. Was Tomas betraf, er schoß sich selbst durch den Kopf, noch ehe er dreißig war, er war an einem Krebsleiden erkrankt, das nicht nur unheilbar, sondern von solch unerträglicher Schmerzhaftigkeit war, daß er es vorzog, ein Ende mit sich zu machen. Aber da er von der Krankheit und dem Leiden geschwächt war, konnte er nicht gut zielen, und er schoß sein halbes Gesicht in Fetzen und lebte noch vier Tage mit dem, was übrig blieb. Vier Tage und Nächte stöhnte und röchelte und pfiff er durch ein Loch in seiner Kehle und spuckte Blutblasen und schrie, aber nur sehr schwach, und niemand außer mir hätte verstehen können, was er sagte. ›O Gott, laß mich sterben!‹ Das war es, was er sagte. ›O Gott, ich flehe dich an, laß mich sterben. O Gott, vergib mir und laß mich sterben. O Herr, o Herr, laß mich sterben.‹ Soweit es sich ums Sterben handelt, so war sein Tod keine große Empfehlung für Ketzerei.«

Sie nahm meine Hand auf, besah sie genau und legte sie wieder hin. »Weißt du, wie man eine Pistole lädt und feuert, Nenita?« fragte sie mich. »Nein? Gut, erinnere mich, es dir zu zeigen. Das ist etwas, das jeder Mann und jede Frau können soll. Ich lernte es von Tomas. Am vierten Tag, gerade nachdem die Glocken zum Angelus geläutet hatten, lud ich die Pistole und schoß ihn ins Herz. Und bis heute weiß ich nicht, ob Gott mich als sein Werkzeug benutzt hat oder ob ich es gegen seinen Willen tat und die Sühne zuschanden machte, die er meinem Liebsten zugemessen hatte. Und deshalb, Nenita, frage mich nicht über Religion. Frage die Priester, es ist ihr Beruf, und sie werden gut dafür bezahlt.«

»Und nachher? Nachdem du Tomas von seinen Schmerzen befreit hast? Warst du erleichtert? Hast du gefühlt, daß du recht gehandelt hattest? Würde darin nicht eine Antwort liegen?«

»Darauf gibt es keine Antwort, Kind. Darauf gibt es keine Antwort, nicht vor dem Augenblick unseres Ablebens – und vielleicht nicht einmal dann. Ich selbst verließ das Bergwerkslager in beträchtlicher Eile, wie du dir vielleicht vorstellen kannst, und wurde zuletzt nach New Orleans verschlagen, wo ich späterhin eine aufsehenerregende Karriere im Kabarett Les Trois Elephants machte. Ich war damals noch schlank und eine gute Tänzerin, und ich wurde in großem Stil von einem sehr interessanten Charakter ausgehalten, einem Spieler, den man Coco la Rotule d'Or nannte, denn er war in sein linkes Bein geschossen worden, und der Chirurg hatte ihm ein Knie aus Gold gemacht. Dieser Spazierstock ist eines seiner Geschenke; du kannst sehen, die Diamanten sind von reinstem Wasser. Coco war ein leidenschaftlicher Tänzer, und er führte gerne allerlei französische Akrobatenstückchen im Bett aus, trotz seines steifen Knies ...« Rosauro hielt an, und da sie meinen erstaunten Blick auf ihrem großen, fröhlichen Gesicht ruhen fühlte, fügte sie hinzu: »Das ist wie das Überqueren einer Brücke; man geht über die Brücke, man ist auf der anderen Seite des Flusses. Es ist ganz einfach. Nach dem, was mit Tomas geschehen war, blieb mir nichts übrig, als lustig zu sein. Ich hoffe, Kind, daß du nie über die Brücke mußt.«

»Wenn dir mein Wohl so am Herzen liegt, warum schickst du Felipe nicht zur Zeit nach Hause?« sagte ich bitter. »Du weißt, daß ich vier von fünf Nächten auf ihn warte, während er sich in deinem Haus amüsiert. Er hat nicht genug Geld dafür, und es ist nicht gut für ihn.«

»Darin irrst du dich, Nenita. Es ist sehr gut für ihn. Es ist notwendig, für ihn, und er tut in meinem Haus nichts, das dich verletzten könnte.«

»Erzähle mir nicht, daß er Billard spielt, bis es Zeit für die Frühmesse ist«, sagte ich ungeduldig.

»Das ist es tatsächlich, was er meistens tut. Spielt Billard mit Don Roberto. Gewinnt. Gewinnt jede Partie. Gewinnt immer. Sie spielen um viel höhere Einsätze als früher, denn ich habe es aus guter Quelle, daß Don Roberto Summen von unglaublichen Ausmaßen mit einem geheimen Amalgamierungsverfahren verdient, und er verliert eigentlich gerne an deinen Felipe. Oder woher, glaubst du, kommen wohl die Peseten, die in den Taschen deines Felipe klimpern?«

»Sollte Felipe je herausfinden, daß Billardspielen Quailes Art ist, um uns mit Geld auszuhelfen, er würde ihn umbringen ...« sagte ich, brennend vor Scham. »Felipe braucht ihn nicht. Er besitzt Anteile in mehreren Gruben und ist an den verschiedensten Unternehmungen beteiligt ...«

»Schon gut, schon gut – ich weiß Bescheid über seine Unternehmungen. Er redet laut genug davon. Und das ist noch ein Grund, warum es ihm guttut, in mein Haus zu kommen. Es ist eine Art von Purgativ. Er redet, redet, redet. Nur über sich selbst. Er, mit dem tiefsten Schacht in der Welt. Er, und die Veta Madre. Er, aus der vornehmen Familie der Condes de las Fuentes. Er, vom reinsten, spanischen Blut in ganz Guanaxuato,. Er und seine unglaublichen Eroberungen bei Frauen, besonders bei Ehegattinnen, besonders in Europa, besonders bei solchen von Rang und Adel. Er, der Held ungezählter Duelle, der Pferdeknner, der Gönner der größten Stierkämpfer, der Mann mit dem unfehlbaren Blick für Kampfhähne. Er, mit der Vergangenheit eines Prinzen und der Zukunft eines Königs: laß ihn über sich reden und reden. Es hilft ihm, zu vergessen, daß die Gegenwart nicht besonders glänzend ist. Er hat es notwendig, sich selbst zu überschreien. Deshalb ist es gut für ihn, in mein Haus zu kommen. Ich habe Hunderte seiner Art gesehen: sie alle sind gleich, wenn sich ihr Glück wendet. Habe ich dir nicht gesagt, daß Männer komische Kreaturen sind?«

Nachdem Rosauro gegangen war, saß ich noch eine lange Weile auf dem Dach, die Hände um meine Knie gefaltet, und versuchte, die humoristische Seite von Felipes traurigem Kampf um seinen verzweifelten spanischen Stolz und seine Würde zu sehen. Es ist meine Schuld, dachte ich, ach, so viel davon ist meine Schuld! Wenn ich unser Kind nicht verloren hätte, würde es nie dazu gekommen sein. Als ich das Kind verlor, da geschah es, daß das Glück uns den Rücken kehrte und eine Triebfeder in Felipe zerbrach; ich selbst war seit damals nie wieder ganz ich selbst geworden. Tief in mir war der ungestillte Hunger der kinderlosen Frau geblieben. Ich hätte Felipe helfen können, dachte ich, wenn ich nur ein Kind gehabt hätte. Ich sehnte mich so sehr danach, es zu halten, zu stillen, die Winzigkeit seines Körperchens zu fühlen, die tierhafte Dringlichkeit seiner saugenden Lippen an meiner Brust. Ein Kind für mich und meinen Hunger, nicht ein verlaustes Kätzchen, nicht einen verhungerten Hund, aus dem Fluß gerettet, nicht einen Korb mit gelben Entlein, keines dieser elenden Surrogate. Aber ein Kind, lieber Gott im Himmel oder wer immer es ist, der sich um solche Angelegenheiten kümmert, gib mir ein Kind, und ich werde nicht mehr so viel um die Liebe eines Mannsbildes leiden ...

»Nun, und was gibt's jetzt?«, fragte die Rosaura, als sie mich in Tränen fand. »Weshalb siehst du wie die büßende Maria Magdalena aus, mit Asche auf dem Kopf und einer roten Nase vom Schnüffeln? Warum diese ganze, außerordentliche Aufregung? Um deinen Felipe lohnt es sich nicht zu weinen.«

»Es gibt noch ganz andere Dinge, über die man weinen kann«, sagte ich. Rosaura musterte mich genau.

»Mujer, wie siehst du aus? Hast du keinen Stolz, du, mit deinem Haar, ganz dünn und ausgebleicht, und einem Körper wie die sieben mageren Jahre Pharaos? Du mußt Fleisch an deine Knochen kriegen oder alle Hoffnung aufgeben, deinen Mann an dich zu fesseln.«

Das war im dritten Jahr unseres Niedergangs, lange nachdem die Rosaura es aufgegeben hatte, mich zu einer Schönheit zu machen, indem sie mir erzählte, wie schön ich sei. Seit es zwischen mir und Felipe schlimmer und schlimmer wurde, zankte sie mit mir, reizte sie mich, stach mich mit scharfen, widerhakigen, kleinen Beleidigungspfeilen, um meinen Ehrgeiz wachzuhalten. »Wenn du eines von meinen Mädchen wärst, würde ich dir nicht erlauben, in diesem Aufzug herumzuschlurfen und nur so dazuhocken und Grillen zu fangen und Haare und Zähne zu verlieren. Aber wenn du eines meiner Mädchen wärst, so würdest du schon auf deinen Körper achtgeben, denn du müßtest dir deinen Lebensunterhalt damit verdienen.«

»Wenn ich eines von deinen Mädchen wäre, würde ich nicht Nacht für Nacht schlaflos im Bett liegen müssen, allein und in großen Ängsten. Deine Mädchen haben es leicht, bei denen geht alles gut, weil sie niemanden lieben«, antwortete ich bitterlich.

Rosaura betrachte mich wortlos, und dann schüttelte sie den Kopf in tiefer Sorge. »Genau, wie ich fürchtete«, sagte sie, »du bist im Begriff, eine anständige Frau zu werden; und das eine will ich dir sagen, es gibt nichts Ärgerlicheres auf dieser Welt als eine anständige Frau. Wenn du wie eine stumme Anklage herumgehst, so darfst du dich nicht wundern, daß Felipe vor diesem unerträglichen, geprügelten, treuen Hundeblick davonrennt. Verstehst du denn nicht, daß er sich neben deiner Anständigkeit wie eine zerquetschte Mücke vorkommt? Du bist gut, und er ist schlecht, und je mehr du dich gehabst wie eine Heilige, desto mehr kommt er sich wie ein Halunke vor – und welcher Mann hält das aus? So, und nun werde ich dir etwas erzählen: Die Cubana hat mein Haus verlassen, und ich würde sagen, daß ich froh bin, sie los zu sein, denn sie ist ein schamloses, berechnendes, gieriges, mnännerfresserisches Luder – aber von jetzt an kann ich nichts mehr dagegen tun, daß sie dir Schaden anrichtet. Also wäre es besser, daß du dich beim Schopf packst und dich schminkst und dich in den Kampf mischst, ehe dieses Stück Dreck von einer Cubana deinen Felipe zu Brei stampft.«

»Die Cubana? Ist das der Grund – die Cubana«, sagte ich und war am Ertrinken; versinkend in eine solche Kälte, daß ich meine Finger nicht mehr bewegen konnte und jedes Haar auf meinem Kopf sich wie eine Eisnadel anfühlte.

Sieben Jahre hatte ich mit Felipe gelebt, und er hatte keine andere Frau beachtet. Das war die einzige Sicherheit in all der ruhelosen Unsicherheit unseres Lebens gewesen, und jetzt war auch das vorbei.

»Wie sieht sie aus?«

»Besser als du«, sagte die Rosauro. »Zur Zeit: viel besser als du.«

»Warum erzählst du mir das alles? Wenn Felipe mich nicht mehr liebt ...«

Die Rosaura hob ihre Arme zum Himmel. »Mujer, mujer«, schrie sie mich an, »hast du denn keine Ohren, um zu hören? Felipe liebt dich, vielleicht mehr als je, das versuche ich dir ja gerade beizubringen! Er läuft zu der Cubana und versteckt sich zwischen ihren Schenkeln, eben *weil* er dich liebt. Weil er sich deiner unwürdig fühlt. Weil er dir nicht gegenübertreten kann. Weil er dir das Leben einer Königin bereiten wollte und es ihm nicht gelang. Weil, weil, weil. Aus fünftausend Gründen – und es langweilt mich, sie dir einzeln vorzubeten. Aber vor allem: weil er dich liebt.«

»Was soll ich jetzt tun?« fragte ich. Ein paar Minuten lang war ich gestorben, aber nun machte ich einen Versuch, weiterzuleben.

»Du mußt ihm helfen, Nenita. Wäre es nichts als ein kleiner Seitensprung deines Mannes, so würde es sich nicht lohnen, davon zu reden. Aber da ist dieser Romero Hernandez, dieser Zuhälter, dieser aalglatte Kerl der Cubana – hast du ihn je gesehen?«

Ich nickte, als ich mich an Don Lorenzos jungen Freund erinnerte, mit seinem üblen Ruf und in seiner ganzen ordinären und robusten Männlichkeit.

»Seit die Cubana mein Haus verlassen hat, wurde Felipe in Gesellschaft der beiden gesehen, und, das schwöre ich dir, schlechtere Gesellschaft hätte er in ganz Mexiko nicht auftreiben können. Ich weiß nicht, was die zwei im Schilde führen, aber es kann nichts Gutes sein. Es ist höchste Zeit, daß du dir deinen Mann zurückholst, aber das eine kann ich dir sagen, damit, daß du seine Strümpfe wäschst und deine Hände ruinierst mit all der Hausarbeit und ihm eine verheulte rote Nase zeigst, kriegst du ihn nicht zurück. Das Leben wäre für uns Frauen zu leicht, wenn wir jedesmal weinen dürften, sooft uns danach zumute ist.«

Ich kramte meine teuren alten Kleider heraus, änderte sie nach der neuesten Mode, stolzierte in ihnen vor Felipe herum. Ich bürstete mein Haar, bis es glänzte wie früher; ich pflegte meine Hände, rieb sie mit Rosenwasser, benützte Parfüms und Pomaden, die mir Rosaura gab, ich schminkte meine Wangen und bedeckte die fünf Pockennarben in meinem Gesicht und die sechs an meinem Nacken mit Puder.

»Das solltest du nicht tun«, sagte Felipe.

»Was sollte ich nicht tun?«

»Dich schminken und pudern. Überlaß das den Frauen, die es nötig haben. Du bist etwas anderes.«

»Aber wie es scheint, gefallen dir Frauen, die Schminke und Puder benutzen«, sagte ich. Er schien mich nicht zu hören. Er lächelte tief in Gedanken.

»Weißt du – das erste Mal, als ich dich sah«, sagte er. »In Weimar. Bei diesem sterbenslangweiligen Empfang im Hause dieser Exzellenz, dem alten Herrn, der sagte, daß er sich für Geologie interessiere – wie hieß er doch? Deine Haut faszinierte mich, sie machte mich neugierig. Ich mußte wissen, wie sie sich wohl anfühlen würde, diese weiße Haut, die nichts von Puder und Schminke wußte. Bei allen Heiligen, nie in meinem Leben war ich von einer solch verzehrenden Neugierde besessen gewesen. Meine Fingerspitzen prickelten, wenn ich dich nur ansah.«

»Ach ja – und jetzt weißt du, wie sich meine Haut anfühlt.«

»Das ist es ...« sagte er, noch immer in Gedanken. »Laß die Schminke weg. Und warte nicht auf mich, ich werde wahrscheinlich heute nacht nicht nach Hause kommen. Ich treffe mich mit einigen Personen von Wichtigkeit.«

»Personen von Wichtigkeit – du machst mich lachen! Ich kenne deine Personen von Wichtigkeit; die ganze Stadt ist entsetzt über das Gesindel, in dessen Gesellschaft es dir zu behagen scheint. Mit der ordinärsten Hure von Guanaxuato herumzurennen und sie noch dazu mit diesem Zuhälter Romero zu teilen! Schämst du dich nicht, dich mit solcher Gesellschaft bei den Hahnenkämpfen, in den Cafés, was weiß ich wo überall, sehen zu lassen? Ich kann dich nicht verstehen, Felipe, ich kann es nicht. Eine Ausschweifung, ja, eine Liebelei, vielleicht – aber nicht diese entwürdigende Schaustellung von schlechtem Geschmack!«

Ich war zu wütend und zu verletzt für Tränen. Er sah mich

auf eine seltsame, forschende Art an. »Nicht doch«, sagte er. »Nicht doch, Caralinda, rege dich nicht auf.« Er kam zu mir, und mit einer verzweifelten, flehenden Zärtlichkeit nahm er mein Gesicht zwischen seine Hände. »Bald«, sagte er, »bald wirst du alles verstehen. Aber du darfst niemals Fragen an einen Mann stellen, der um sein Leben spielt.«

Ich verstand ihn damals nicht. Aber vier Tage danach platzte der große Quecksilberskandal, und Felipe wurde verhaftet.

Seit Quaile in der Überschwemmungsnacht Felipe aus der Grube heraufgeschleppt hatte, waren die beiden Männer sich wieder nähergekommen, aber da war eine zu tiefe Kluft und ein zu scharfer Kontrast zwischen Berts Erfolg und Felipes Mißgeschick, um sie je wieder die engen Freunde werden zu lassen, die sie in den Jahren ihres gemeinschaftlichen Aufstiegs gewesen waren. Quaile hatte ein verfallenes Arrostro gekauft (so nannte man die Werke, die das Erz zerkleinerten und amalgamierten) und es in ein blühendes, vieldiskutiertes Unternehmen verwandelt. Dazu hatte er vor kurzer Zeit eine kleine Grube erworben, die »Esperanza«, wo er sein eigenes Erz förderte. In der Tat, Bert Quaile war auf dem Weg, ein reicher Mann zu werden, so wie er es sich vorgenommen hatte. Kürzlich hatte er außerdem seinen Besitz vergrößert, indem er eine angrenzende Hazienda mit Obstgärten, Ställen und Weiden seinem Arrostro hinzufügte, und jeder Schritt vorwärts wurde mir pflichteifrigst berichtet.

»... eine ganz einfache Sache, Madam, wahrhaftig. Dämmte den Fluß ab, wie man das in Pennsylvanien tut, und nun habe ich meine eigene Wasserkraft das ganze Jahr; ganz einfach. Und anstelle der Männer und Maultiere, die man hierorts monatelang auf dem zerkleinerten Erz herumtrampeln läßt, habe ich mir einige hölzerne Stampfer konstruiert, das ist alles. Jeder, der es will, kann es kopieren. Aber die Mexikaner sind zu indolent und die Gachupines zu hochfahrend. Was kümmert es die, ob ihre Arbeiter Quecksilbervergiftung bekommen und den Maultieren die Füße abfaulen? Ich will Ihnen etwas sagen, Madam, humanitäres Denken und gesunde ökonomische Ideen sind ein und dasselbe. Deswegen gibt's kein Labor de Sangre in Mingo Creek.«

Ich mußte über ihn lächeln, als er mir das erzählte; es amüsierte mich jedesmal, wenn er mit einer seiner schwerfälligen, hausgemachten Überzeugungen herauskam und mit den stolzen, großen Worten, die er sich aus der Pittsburgh Gazette zusammengesucht hatte. Seine Unterlippe hing herunter, als lauschte er auf etwas, das ich nicht gesagt hatte.

»Ich habe mein Anwesen Mingo Creek genannt«, fügte er hinzu.

»Ich würde es gerne eines Tages sehen, Bert.«

»Gut, warum besuchen Sie mich nicht, Madam?«

»Sie haben mich ja noch nicht eingeladen. Außerdem habe ich kein Pferd, und es ist ein weiter Weg – beinahe bis nach Marfil, nicht wahr?«

»Wenn ich darf, hole ich Sie mit Peggy ab – das beste Pony, das Sie je gesehen haben – und wir reiten hinaus, und ich zeige Ihnen mein Haus.«

Mingo Creek gefiel mir gut, es hatte solch eine Atmosphäre von schwerfälligem Heimweh an sich. Von dem Arrostro hatte ich nichts gesehen als die hohen, drohenden Mauern, die runden Wachtürme mit den bewaffneten Wachen, all die üblichen Vorsichtsmaßregeln, die jedes Werk und jede Grube wie eine verschanzte Festung erscheinen ließen. Aber die anschließende Hazienda war eine ruhevolle Oase; sie war, das konnte ich sehen, ein Abglanz von Quailes Traum von Pennsylvanien, so wie ich zuweilen Helgenhausen in den fremden und oft feindseligen Boden von Mexiko hineinträumte. Sein Haus hatte ein gegiebeltes, schindelgedecktes Dach, und schon das allein war eine Wohltat, wenn man für mehr als sieben Jahre ausschließlich auf flache Würfel geblickt hatte. Es gab drei drollige, magere, liebenswerte Apfelbäumchen; das Wasser rauschte über den Damm in einem unaufhörlichen, einschläfernden Gesang, und ich blieb im Schatten der friedlichen Veranda sitzen, bis die Sonne untergegangen war.

Aber es war ein friedloser Tag, da ich mit der Nachricht, die Felipe auf einen Fetzen Papier gekritzelt hatte, über die Holzbrücke und in den Hof von Mingo Creek gesprengt kam.

»Meine Einzige, man hält mich im Cabildo fest. Ein dummes Mißverständnis. Bitte Roberto, Bürgschaft für mich zu leisten; er wird wissen, was zu tun ist. Ich liebe dich, immer. Immer.«

Auf der Veranda fand ich Bert in Hemdsärmeln, in der Bibel lesend. Mit zitternden Fingern schob ich die Botschaft unter seine Augen. »Was bedeutet das? Verstehen Sie ein Wort davon?« keuchte ich.

»Doch, doch; ich glaube schon«, sagte er langsam. »Tatsächlich fürchtete ich, daß so etwas passieren würde. Habe Felipe oft genug gepredigt, daß man Quecksilber nicht anrühren kann, ohne sich die Finger zu verbrennen; und ich sollte es wissen!«

»Was hat er getan? Konterbande Quecksilber gekauft? Aber alle Welt tut das ...«

»Nein, Madam, ganz so einfach liegt die Geschichte nicht. Verbotenes Schürfen, Konterbande, Schmuggel – das sind verhältnismäßig harmlose und verzeihliche Übergriffe, denn schließlich ist unsere Knappheit an Quecksilber künstlich erzeugt, und so etwas korrumpiert die Leute, die es brauchen, sowohl als die, die es zu vergeben haben. Wenn ein Gesetz fortwährend gebrochen wird, dann bedeutet das gewöhnlich, daß etwas mit diesem Gesetz nicht stimmt, und wenn die Leute etwas verzweifelt genug benötigen, dann greifen sie zu verzweifelten Mitteln, um es zu kriegen.«

»So ist es. Und Sie wissen ja, wie verzweifelt Felipe in den letzten Monaten war, Bert. Er rannte im Kreis herum; er war – ich weiß nicht recht, wie ich es ausdrücken soll: wie ein wildes Tier, das jagt, während es gejagt wird.«

»Das stimmt. Seit ihn das Tribunal de la Minería benachrichtigte, daß er seinen Anspruch auf La Ramita verliert, wenn er die Arbeit dort nicht innerhalb von drei Monaten wiederaufnehmen lassen kann, benimmt er sich wie ein Irrer. Ich persönlich hätte gesagt: Fort mit Schaden – aber Sie wissen ja, wie besessen er mit diesem ersoffenen Loch, der Santa Clara, ist. Ich warnte ihn aus Leibeskräften vor dem Gesindel, mit dem er sich neuerdings einließ, aber er wollte ja nicht auf mich hören, der große Don Felipe! Er wußte ja ganz genau, wie man auf einen Schlag hunderttausend Peso verdient. Und da war nichts dagegen zu machen. Quecksilber, ach du meine Güte! Jetzt hat er freilich die Nase voll mit seinem Quecksilber.«

»Davon wußte ich nichts, Bert; was für ein Tollkopf er doch ist, dieser Felipe! Aber, Bert, wenn er Angst davor hatte, La Ramita zu verlieren, ersoffen oder nicht, so fange ich langsam an, alles zu verstehen. Die Grube ist das einzige, was seinen Stolz aufrechterhält. Ihm La Ramita wegnehmen – da könnten sie ihn ebensogut gleich ermorden.«

»Ich glaube, Sie verstehen immer noch nicht ganz, was passiert ist, Madam. Sehen Sie, seit einiger Zeit sind die Banditen zu frech geworden. Sie haben Quecksilber nicht nur geschmuggelt und gestohlen, sondern mit Gewalt geraubt. Geleittruppen von Quecksilbertransporten wurden bestochen, Soldaten erschossen. Räuberbanden treiben ihr Unwesen in allen Hauptdistrikten, bis nach Sonora im Norden. Menschen wurden wegen Quecksilber umgebracht – zu viele Menschen –, und Felipe ist bis zu seinem störrischen Genick in diese üblen Geschichten verwickelt. Es wurde so schlimm, daß die Audiencia Real eingreifen und ein Ende machen mußte. Da haben Sie das ganze Malheur! Wahrscheinlich hielt Felipe sich für besonders gerissen, aber er ist ja ein Waisenkind gegen die Verbrecher, mit denen er sich einließ. Er glaubt wohl, daß er die Bande zu seinem Vorteil gebrauchte – und inzwischen haben sie ihn die ganze Zeit als ihren Gimpel ausgenutzt. Aber ich würde mich nicht zu sehr aufregen, wenn ich Sie wäre, Madam. Er ist ja ein Spanier; und ein Gachupin mag jedes Gesetz in den Kolonien brechen, solange er sich mit Bestechungen herauskaufen kann.«

»Sie werden ihm also helfen? Sofort?«

Quaile rieb seine Pfeife an seiner Nase und überlegte.

»Nein, das glaube ich nicht. Habe zufällig grade kein Bargeld zur Hand; und wenn ich es hätte, würde ich's nicht zum Fenster hinausschmeißen.«

»Bert«, rief ich entsetzt. »Felipe hat Ihnen geholfen, als Sie in Not waren ...«

»Zugegeben, Madam. Aber ich geriet in Not durch harte, ehrliche Bergwerksarbeit und nicht durch Saufen und schmutzige Geschäfte mit Huren und ihren Zuhältern. Übrigens habe ich ihm jeden blutigen Peso meiner Schulden zurückbezahlt – und mehr als das. Hab' für ihn geschwitzt und gesorgt und geschuftet, und ich sehe nicht ein, daß ich Señor Contreras auch nur einen Groschen schuldig bin. Ich habe eine anständige Grube aus seinem ersoffenen Rattenloch La Ramita gemacht, und wenn er sie zugrunde richtete, sowie ich wegging, so kann ich ihm nicht helfen. Ich habe ihm eine Bonanza gegeben, und während seine anderen Freunde ihm das Weiße aus den Augen stahlen, behielt ich nicht soviel als den Dreck unter meinen Nägeln für mich selbst. Tut mir leid, Madam, aber die Antwort ist: nein.«

»Sie hassen Felipe. Das wußte ich nicht«, sagte ich kraftlos. Er schob ein Glas an meine Lippen. »Trinken Sie's hinunter, wird Ihnen guttun. Echter Monogahela-Whisky«, sagte er. »Sie sind so grün geworden wie ein unreifer Apfel.«

Es war das abscheulichste Getränk, das mir je begegnet war. Vierzehn Generationen weintrinkender Ahnen drehten sich in ihren Gräbern herum, und einige von ihnen schienen es sogar in meinem Magen zu tun. Aber nach einer Minute wurde mir warm, und ich fühlte mich viel besser, als es meiner Lage entsprach. »Das ist also der Whisky, von dem Sie immer erzählen? Abscheulich!«

»Tut aber gut. Beste Medizin der Welt. Seitdem die Spanier Louisiana an die Vereinigten Staaten verkauften, kann ich Whisky bekommen, soviel ich will, Gott sei Dank. Bin jetzt auch, Gott sei Dank, wohlhabend genug, mir hie und da eine Flasche zu leisten.«

»Ja, Bert, Sie sind jetzt ein reicher Mann. Drum bitte ich Sie, selbst wenn Sie Felipe hassen ...«

»Ach meine, Madam«, sagte er. »Ich hasse Felipe nicht, und ich liebe ihn nicht. Ich bin einfach seiner und seiner Narreteien überdrüssig. Aburrido. Gelangweilt, wie die Spanier sagen.«

»Bert, ich flehe Sie an, Bert«, sagte ich. »Sie müssen ihm helfen. Mir zuliebe ...«

»Ihnen zuliebe? Nun, ich habe Ihnen zuliebe eine ganze Menge getan. Als ich von den Schwierigkeiten hörte, die er wegen seiner Ansprüche auf La Ramita hatte, ging ich hin und bot ihm an, ihn als Partner in mein Bergwerk zu nehmen – und an meiner ›Esperanza‹ ist mehr dran, als man mit dem bloßen Auge sehen kann; er hätte genug Geld verdienen können, um ein paar Männer in La Ramita arbeiten zu lassen; das hätte dem Tribunal genügt, sein Grubenrecht aufrechtzuerhalten. Aber nein, er hatte seine eigenen, verrückten Ideen; er mußte ja partout mit einem Schlag steinreich werden, indem er mit gestohlenem Quecksilber herumhausierte. Ihnen zuliebe hätte ich ihn an meiner Grube beteiligt, Madam, nur Ihnen zuliebe! Ich möchte nicht alle die Dinge aufzählen, die ich Ihnen zuliebe getan habe, Madam. Ich habe sehr viel Geduld gehabt, Madam. Und jetzt lehne ich es – Ihnen zuliebe – ab, Felipe noch einmal aus dem Dreck zu ziehen. Ihnen zuliebe, einzig und allein Ihnen zuliebe!«

»Es ist gut, Bert«, sagte ich und erhob mich auf unsicheren Beinen. »Es tut mir leid, daß ich Sie belästigt habe. Jetzt muß ich zum Cabildo.«

»Warten Sie«, sagte er und schob mich auf meinem Stuhl zurück. »Ich muß Ihnen noch etwas erzählen, etwas über mich selbst, zur Abwechslung. Sie wissen ja, wie es mit uns steht – ich meine – mit Ihnen und mit mir. Wie gern ich Sie habe – nichts für ungut, Madam! Wenn ich so hier auf meiner Veranda sitze, ganz allein, und Pläne für die Zukunft mache, dann sind Sie immer ein Teil davon. Ich bin nicht mehr der Jüngste, und ich verdiene jetzt schönes Geld. Es ist Zeit, daß ich zu einer Frau und zu einem Heim und Kindern komme. Und Sie – Sie sind zu gut, ach, viel zu gut für das Leben, das Sie führen. Warten Sie, sagen Sie noch nichts. Ich weiß, ich bin kein Don Juan, ich bin keiner von diesen aufsehenerregenden, feuerschnaubenden, spanischen Hengsten; nur ein guter, zuverlässiger Ackergaul, der eine gerade Furche pflügt. Was ich Ihnen bieten kann, ist ein sauberes, christliches Leben und eine Familie.

Was halten Sie davon? Wollen Sie nicht Mingo Creek zu einem Heim für uns machen, Clarinda?«

Es gab einen Augenblick, da all dies sich vereinigte: das Giebeldach, die schattige Veranda, das kühle Geräusch des Wassers, das über den Damm floß: ein Heim; Frieden; Rast. Und vielleicht: Kinder. Aber da war Felipe, eingesperrt wie ein Dieb, allein und mir vertrauend. Bert Quaile wartete auf meine Entscheidung; seine Lippe hing herunter, und er nahm seine Pfeife und rieb sie gegen seine Nase.

»Ich danke Ihnen, Bert. Aber es wäre nicht anständig gegen Sie. Sehen Sie, ich habe schon einmal versucht, eine gute Ehefrau zu sein, und es gelang mir nicht. Ich würde Sie auch enttäuschen«, sagte ich: und damit floh ich vor den Versuchungen von Mingo Creek.

Als Felipe aus dem Gefängnis entlassen wurde und zu mir zurückkehrte, war er ein gebrochener Mann. Er hatte sich aus dem großen Quecksilberskandal herausgewunden, indem er das entdeckte Versteck mit den wertvollen Quecksilberflaschen als Beute in den habgierigen Händen der Behörden ließ. Er ließ ihnen jeden einzelnen Peso, den er für die Wiederaufnahme der Arbeit in La Ramita aufgespart hatte; ließ damit ein Stück seines Rufes, ein großes Stück seiner selbst und seiner Ehre, zusammen mit der einzigen Hoffnung, die ihn aufrechterhalten und ihn in das verzweifelte Abenteuer getrieben hatte.

Die Cubana war verschwunden, Romero Hernandez in einem Zusammenstoß zwischen den regulären Truppen und den Banden erschossen worden. Es gab viel Geschrei, Schießen, Hängen, Blutvergießen; es wurde viel bestochen, durch die Finger gesehen und vertuscht, Felipe war freigesprochen worden, nicht so sehr, weil die zynischen und hartgesottenen Behörden ihn für unschuldig hielten, sondern weil man einen Mann seiner Rasse und Klasse – die auch die Rasse und Klasse der Obrigkeit waren – nicht in Unehre fallen lassen konnte. Unrasiert, mit lahmen Händen und nichtsehenden Augen, brachte er fast den ganzen Tag im Bett zu. Inzwischen schlug ich mich mit einem brutalen, einfachen, primitiven Problem herum: am Leben zu bleiben. Wie man für Nahrung und Obdach zahlen mochte, wenn kein Geld da war. Wie dieses Wrack von einem Mann wieder ganz zu machen sei. Und doch war in der ganzen zermalmenden Not dieser Wochen etwas, eine seltsame Genugtuung, ein merkwürdiger Stolz: wir lebten; ja, wie Millionen und Millionen von Frauen es kannten. Würde ich es ertragen? Würde ich es so gut aushalten wie meine Schwestern? Ja, o ja, so gut wie sie und besser! Es gab mir einen wunderlichen, neuen Respekt vor mir selber und vor meiner eigenen Kraft.

»Manchmal kommt mir Felipe wie ein kranker Mann vor; er tut nichts, er läßt alles bloß geschehen. Ich weiß nicht, was diese Krankheit ist; ich kann nur hoffen, daß sie vorbeigeht«, sagte ich zu Don Lorenzo. Er lächelte sein graues Lächeln. Seit man Romero erschossen hatte, besuchte er mich fast täglich; er sprach ununterbrochen, ohne jemals den einen Namen zu erwähnen, der immer in seinen Gedanken war. Ich glaube, er hatte Angst, allein gelassen zu werden, Angst vor der Stille, die ihn verschlingen und ihm erlauben würde zu denken, in dem Augenblick, da er aufhörte zu reden, laut zu lesen, zu zitieren und Vorträge zu halten.

»Ich kann Ihnen sagen, was Felipes Krankheit ist, antwortete er mir. »Seine Krankheit heißt Spanien.«

»Wenn man ein Spanier ist, scheint das ein unheilbares Leiden zu sein«, versuchte ich einen lahmen, kleinen Witz. »Aber Sie selbst sind Spanier. Gibt es keine Medizin dagegen?«

»Ich will Ihnen sagen, was das spanische Volk von allen anderen scheidet, Doña Clara. Es ist das beständige Wissen um die Allgegenwart des Todes. Das ist eine Besonderheit, die uns Spaniern unsere merkwürdigen, etwas lächerlichen Begriffe von Stolz und Ehre gibt, so glaube ich wenigstens. In Don Felipe, in mir, in jedem Spanier der höheren Stände steckt ein gut Teil von Cervantes' unsterblichem Don Quijote. Uns fehlt die Eigenschaft, über die ein zeitgenössischer Wahlamerikaner namens Thomas Paine eine höchst aufgeklärte Schrift geschrieben hat: Common Sense. Es ist äußerst schwierig für uns Spanier, einen Unterschied zwischen wahren und rein imaginären Werten zu machen. Zwischen Schein und Substanz. Wir würden lieber schön und rhetorisch ausgedrückte Lügen hören als einfache, schmucklose Wahrheiten. Wir sind in Pomp und Schwung und Grandezza verliebt; was Don Felipe betrifft, so bin ich immer gerührt von seiner Treue zu einem Phantom-Spanien, zu einem Land, das in Wirklichkeit gar nicht existiert.«

Don Lorenzo begann die begrenzte Fläche des Daches auf und ab zu wandern, die Hände auf dem Rücken gekreuzt, als spräche er zu einer Studentenklasse; ich hörte zu, während ich Felipes Hemden wusch. Wir lebten jetzt in solcher Kargheit, daß wir lieber die Magd entlassen hatten, als sie als Zeugen unseres Verfalls im Hause zu haben und unsere Not auf dem Markt und an den öffentlichen Brunnen diskutiert zu wissen. Auf der anderen Seite der Straße war der Dachstuhl von Granaditas beinahe fertig, und ein Kreuz mit grünen Zweigen und flatternden Papierstreifen war aufgerichtet. Das riesige Gebäude war kein schlechtes Exempel von spanischem Stolz, Pomp und Schwung.

»Es gab eine Zeit, und das ist nicht so lange her, da man stolz darauf sein konnte, ein Spanier zu sein«, deklamierte Don Lorenzo, »besonders in den Kolonien. In Spanien mochte einer ein Maultiertreiber gewesen sein, hier war er der Blanco, der Weiße, der Europäer; er war der Herr, der Aristokrat, der Lord, ein König von Geburt. Ein Mann mochte Unglück haben und alles verlieren – wie es Don Felipe geschah – er war immer noch ein Spanier mit dem Anrecht auf alle Prärogative seiner edlen Geburt. Aber diese Zeiten sind vorbei, Doña Clara, und, bei Zeus, heute ist nicht viel Grund da, auf Spanien stolz zu sein.«

Mir kam es vor, als hätte Felipe mich gerufen, aber als ich hinunterging und durch die Tür spähte, saß er da wie zuvor, mit schlaffen, herabhängenden Armen und trüben Augen. »Möchtest du nicht wenigstens aufs Dach kommen?« bat ich ihn. »Die Luft ist angenehm, und bald wird es einen wunderschönen Sonnenuntergang geben.« Er schüttelte den Kopf. »Ich habe keine Zeit«, sagte er. »Kannst du nicht sehen, daß ich arbeite?«

Ich mußte in mich hineinlächeln, als ich die Trümmer des einen Spaniers im Schlafzimmer beließ und zu der Ruine des anderen aufs Dach zurückkehrte. »Über was sprachen wir doch, Doña Clara?« fragte Don Lorenzo, aus seinem Brüten erwachend. » Ach ja, Spanien. Alle Skandale der königlichen Familie, alle Kriege, in die Spanien gestoßen wird, die zynische Verachtung von Eiden und Abkommen, das plumpe Ausspielen eines verbündeten Landes gegen ein anderes; all die Geheimverträge mit Frankreich und gegen Frankreich, mit und gegen Portugal, mit und gegen England! Spanien, Doña Clara, ist eine Prostituierte in einem dunklen Hintergäßchen geworden, die mit ihren Kunden über ihren Preis feilscht und zum Schluß verprügelt und von allen um ihren Schandlohn betrogen wird. Und nun diese letzte Schmach: Der König, die Königin und der Infant Don Fernando, sie alle versuchen sich bei Napoleon Bonaparte einzuschmeicheln und sich gegenseitig in seinen Augen herabzusetzen. Sind sie blind? Liegt ein Fluch auf ihnen? Sehen sie denn nicht, daß der französische Kaiser nur darauf wartet, sich selbst die spanische Krone anzueignen? Selbstmord, Doña Clara, Selbstmord durch Selbstsucht, und Gier und schreiende Dummheit. Es scheint, daß Männer wie

Don Felipe unfähig sind, ihr Los mit dem des Volkes zu vereinen, weder hier noch auf der spanischen Peninsula. Das ist die spanische Krankheit, und Don Felipe ist ein Teil und ein Träger dieser Krankheit. Er hat Angst vor der drohenden Revolution; er weiß, was es bedeutet, wenn die Leute auf den Straßen Flüche hinter ihm hermurmeln. Aber, da er ein Spanier ist, ist er nicht fähig, das Rationale und Vernünftige zu tun. Er könnte sich auf die Seite der Mexikaner stellen, und sie würden ihn anbeten und ihm blindlings folgen. Aber für Don Felipe haben die niedrigen Klassen einen schlechten Geruch, und die Mexikaner sind ihm ein ausgesprochener Gestank in seiner feinen, maurischen Nase, und die einzige Medizin, die ihm helfen könnte, will er nicht schlucken. Oh, ich verstehe ihn so gut, und ich kann nichts sagen als: Gott erbarme sich unser aller.«

Es war eine schöne, fließende, wohltönende und ziemlich überzeugende Rede im besten kastilischen Stil und Vortrag, und am Ende davon hatte Don Lorenzo de Lara eine sehr spanische Haltung eingenommen, im Gegensatz zu all seinen mißbilligenden Worten. Seine feine, tintenbefleckte rechte Hand in die Falten seines schmutzigen, ausgefransten alten Hemdes gelegt, stand er da wie eines der Denkmäler, von denen sein Volk nie genug bekommen kann. Ich dankte ihm für seine Analyse und ging in die Küche, um ein paar Maiskolben für Don Quijote zu rösten.

Während des Jahres 1808 gab es beträchtliche Unruhen in Mexiko, ein schwaches und stets etwas verspätetes Echo der größeren Unruhen, die Spanien in ihren Krallen hielten. Bis dann am vierten August der Intendant Riaño die Gemeinde informierte, daß König Carlos IV. abgedankt und Fernandeo VII. den Thron bestiegen habe. Niemand bezweifelte, daß die Abdankung mit Gewalt erzwungen worden war, und niemand kümmerte sich darum. Ein Gefühl von Erleichterung und froher Erregung war allgemein, eine Hoffnung auf bessere Tage in der Zukunft. »Viva el Rey. Viva Fernando VII«, schrien die Leute in den Straßen. Die Stadt tobte sich in einem knatternden, schießenden, spontanen Ausbruch von Feuerwerk aus. In der Nacht gab es unzählige Fälle von erstklassiger Betrunkenheit, und im Hause der Rosaura rissen die Gäste in ihrer Begeisterung die Gehänge vom Bett einer gewissen Chinita und warfen alle Blumentöpfe den steil abfallenden Hügel hinunter, aus reiner, loyaler Anhänglichkeit an das Königreich.

Während der folgenden zwei Tage gab es viel Kopfschmerzen, und man sah viele Menschen, Männer sowohl wie Mädchen, die sich grüne Blätter oder gelbe Kügelchen aus zerkauten Heilmitteln an die Schläfen geklebt hatten, um die Schmerzen herauszusaugen und die Nachwehen ihres zu ausgelassenen Feierns zu bekämpfen. Am dritten Tag war Guanaxuato wieder nüchtern. Und am vierten Tag erschien der Intendant Riaño in Trauerkleidern vor dem Magistrat und teilte der Gemeinde feierlich mit, daß Don Fernando seinen Thron zugunsten Napoleon Bonapartes aufgegeben habe.

An jenem Abend sah ich Felipe zum erstenmal wirklich betrunken; nicht lustig und liebenswürdig beschwipst wie über unserer ersten Flasche Champagner; nicht steif und arrogant betrunken wie ein Herr und Aristokrat. Sondern sinnlos und widerlich betrunken wie ein Grubenarbeiter, der an einem Samstag abend aus einer Cantina torkelt. Er hatte den ganzen Tag, still und ohne Pause und ganz allein getrunken. Sooft ich das Zimmer betrat, schüttelte er nur den Kopf und machte eine schlaffe, befehlende Gebärde mit der Hand. »Hinaus mit dir. Bleib draußen. Vete Mujer.« Seine Laune war schwarz und gallenbitter. Ich hörte, wie er drinnen mit sich selbst redete, und von Zeit zu Zeit wanderte er mit schweren und immer unsichereren Schritten zu dem Wandschrank um eine neue Flasche. Später hörte ich ihn weinen und schluchzen, ich hörte ihn schlucken und fluchen, und zum Schluß hörte ich einen schweren Fall, der mich erschreckte. Ich ging hinein und fand ihn betäubt am Boden liegend. Ich versuchte das zu tun, was ich Hunderte von armen Mexikanerinnen hatte tun sehen: ich kniete nieder, haßte den sauren, metallischen Gestank, haßte Felipe, haßte mich selbst; stützend, zerrend, schiebend, versuchte ich ihn aufzuheben. Aber er war zu schwer, oder ich war nicht stark genug. Ich schob ein Kissen unter seinen Kopf, zog seine Schuhe aus, knöpfte seinen Kragen auf, warf eine Decke über ihn und ließ ihn seinen Rausch ausschlafen. Verflucht sei Napoleon, dachte ich, verflucht Fernando VII., verflucht sei jeder verfluchte Schweinehund auf ihrer verfluchten Peninsula.

»Ich weiß, was ich tun sollte«, sagte ich am nächsten Morgen zu Rosaura. »Ich sollte Bert Quaile versprechen, mit ihm ins Bett zu gehen, wenn er Felipe das Geld leiht, das nötig ist, um La Ramita wieder zu öffnen und Felipes Grubenrecht in Kraft zu erhalten. Es sind immer noch ein paar Wochen Zeit.«

Rosaura untersuchte mich mit ihrem großen, weiten, amüsierten, pockennarbigen Lächeln. »Und wieso bist du so sicher, daß Don Roberto sich auf einen solchen Handel einlassen würde?«

»Warum sollte er nicht? Ich gefalle ihm. Er will mich haben.«

»Das sieht ein jeder. Aber Don Roberto ist ein Mann von seltenen Prinzipien. Außerdem liebt er dich. Er will die Nachtigall singen hören, nicht sie zum Abendessen verspeisen. Und Contreras würde euch beide töten müssen. Es scheint mir ein recht geschmackloser Plan, Nenita.«

Alle nannten ihn jetzt Contreras. Nicht Don Felipe. Nicht Señor. Nicht Euer Gnaden. Es war eine unbedeutende Veränderung, aber sie schmerzte.

»Wenn nicht Quaile, dann weiß ich nicht, wer in der ganzen weiten Welt uns helfen soll«, sagte ich verzweifelt.

»Wenn niemand anders, dann vielleicht Chinita; tatsächlich kam ich her, um dir zu sagen, daß Andreas Ruiz um deine Erlaubnis bittet, heute nachmittag seine Aufwartung zu machen.«

»Was ist das? Chinita? Andreas Ruiz? Ich will nicht, daß Andreas Ruiz Felipe heute sieht, in dem Zustand, in dem er sich befindet.«

»Andreas Ruiz tut, was die kleine Chinita ihn tun heißt, und sie bat ihn, nachzusehen, wie er seinem Freund Contreras helfen könnte. Ich hoffe, er hat seine Absicht nicht zwischen gestern abend und heute nachmittag geändert.«

Ich erinnerte mich, daß Andreas Ruiz aus zwei verschiedenen Menschen bestand, je nachdem, wieviel er getrunken hatte. Der eine war rauh, übellaunisch, etwas brutal, engstirnig und nüchtern; der andere umgänglich, liebenswürdig, gefühlvoll und etwas betrunken. Er kam das Gäßchen zu unserem Haus heraufgeritten und betrat mit etwas zu lautem Sporenklirren den mehr als bescheidenen Raum, den wir unsern Salon nannten. Felipe, in seinem alten Schlafrock, zerzaust und unrasiert, saß am Tisch, den Kopf in die Arme vergraben. Er blickte auf und haßte Ruiz dafür, daß er ihn so sah, in diesem Haus, in dieser Umgebung, in dieser Erniedrigung. »Holá, hombre«, sagte Ruiz mit mehr Takt, als ich ihm selbst in seinem belebtesten Zustand zugetraut hätte. »Ich weiß genau, wie dir zumute ist, und ich teile deine Gefühle. Vollständig gebrochen durch die schrecklichen Nachrichten von der Peninsula. Aber, Mensch, hombre, dies ist nicht der Moment, um sich Asche aufs Haupt zu streuen und sich in Trauer zu verlieren. Wir müssen etwas tun. Es muß etwas geschehen. Steh auf, Amigo, rasiere dich, zieh dich an, laß deinen Diener dein Pferd satteln. Spanien braucht dich! Dein König braucht dich!«

»Mein Pferd lahmt«, log Felipe mürrisch. Sein Pferd wurde

im Refugio als Pfand für unbezahltes Futter und Quartier einbehalten, so wie es mir einmal im Hotel in Aix-les-Bains passiert war.

»Das macht nichts, ich leihe dir eins von meinen Pferden«, sagte Andreas Ruiz. »Du willst doch nicht, daß man dich beim feierlichen, öffentlichen Gebet für Seine Heilige Majestät, unseren neuen König, vermißt. Alle Welt wird dasein. Direkt danach findet eine Sitzung statt: ein Komitee muß ernannt, Entschlüsse müssen gefaßt werden. Wir Grubenbesitzer müssen unserem König Geld senden für seinen Kampf gegen Bonaparte, als Zeichen unserer Ergebenheit.«

»Ich bin kein Grubenbesitzer mehr«, sagte Felipe, und für einen Augenblick hatte ich Angst, daß er zusammenbrechen, vor innerer Schwäche und Mitleid mit sich weinen würde.

»Qué va, du bist kein Grubenbesitzer! Gehört La Ramita dir etwa nicht? Du mußt nur die Arbeit wiederaufnehmen.«

»Und wo sollte ich das Geld dafür herkriegen?« sagte Felipe ingrimmig, und ich war froh, daß er sich in Bitterkeit versteifte.

»Wieviel, glaubst du, würdest du brauchen?« fragte Ruiz, immer noch freundschaftlich und voll Gefallen an seiner Rolle als Wohltäter.

»Fünfzigtausend Peso«, antwortete Felipe, in dessen Gehirn sich während der Monate des Grübelns genau diese Zahl eingebrannt hatte.

»Bruder, du bist verrückt!« sagte Andreas. »Für fünfzigtausend Peso kann man eine Armee nach Spanien schicken und Bonaparte schlagen.«

»Fünfundvierzigtausend zum mindesten.«

»Laß uns vernünftig darüber reden. Ich will gerne meinen Einfluß beim Tribunal de la Minería gebrauchen, um Kredit für dich zu erlangen; aber du mußt vernünftig sein, amigo. Sobald du ein paar Leute in La Ramita arbeiten hast, kann dir niemand dein Anrecht wegnehmen. Wieviel also brauchst du, um mit der Arbeit zu beginnen?«

»Zehntausend«, sagte Felipe. Er saß nun aufrecht da. Etwas von seiner früheren Spannkraft war in sein Gesicht zurückgekommen.

»Zuviel, hermanito. Tue mir den Gefallen und sei vernünftig, fünftausend. Ich werde eine Sitzung des Tribunals einberufen, deinen Fall vertreten und sie bitten, dir einen Kredit von fünftausend Peso vorzustrecken, rückzahlbar innerhalb von drei Monaten plus zwölf Prozent Zinsen.«

»Was nützt es, Bedingungen zu besprechen, Andreas? Du meinst es gut, und du bist ein wahrer Freund. Aber das Tribunal wird mir keine fünftausend Peso geben. Ich wette, was du willst, daß es mir nicht einmal dreitausend geben wird.«

»Wenn ich deinen Fall vorlege, ich, Andreas Ruiz, dann wette ich, daß sie es tun werden.«

»Und ich wette, daß sie mir nicht einmal tausend geben werden«, sagte Felipe. Er sagte es ganz ruhig. Er lächelte, nur mit den Lippen. Seine Augen glühten wie die eines Wachhundes im Dunkeln oder wie die Augen eines gefallenen Engels.

»Gut«, sagte Andreas Ruiz. Auch er war ein Spieler. »Wieviel wettest du, daß ich dir fünftausend Peso verschaffe?«

»Dreitausend Peso, daß du nicht einmal tausend vom Tribunal für mich bekommst«, sagte Felipe. Er lächelte noch immer, seine Stimme hörte sich etwas gelangweilt an, seine Hand griff nach seinem Skapulier.

»Angenommen!« sagte Andreas und stand auf; er lachte, denn auch er verstand den Spaß und genoß ihn. Er schlug Felipe auf die Schulter. »Aber beeile dich jetzt, hombre, versäume nicht das öffentliche Gebet, laß mich nicht im Stich.«

Das waren die dreitausend Peso, die als letzte Schutzwehr zwischen Felipe und dem endgültigen Untergang standen. Dreitausend Peso, um seine Grube wieder aufzumachen, sein Anrecht festzuhalten, sich an seinen Stolz, an seinen Traum zu klammern. Dreitausend Peso: eine letzte Gnadenfrist für einen zum Tode Verurteilten. Er war wieder ein Grubenbesitzer, ein Patron, ein Señor, er, Felipe. Er puderte sein Haar wieder mit Silberstaub, als ob diese Mode von gestern noch eine weitere Erklärung seiner Ergebenheit für den nicht mehr existierenden König wäre, der sein Land an Napoleon verkauft hatte. Bei mehreren Gelegenheiten trug er seinen alten Galadegen, wenn er das Haus verließ, so als ginge er geradewegs zu einer Audienz bei Seiner Heiligen Majestät. Inzwischen trafen mehr und mehr schlechte Nachrichten aus Spanien ein, und Volksreden wurden gehalten, hitzig genug, um die ganze Stadt in Brand zu setzen. Öffentliche Gebete, öffentliche Buße, Novenen, Prozessionen, Weihrauchwolken, Ströme von katalanischem Branntwein, Regenbogen von edlen Gefühlen.

Felipe und seine Freunde brüteten einen wunderbaren Plan aus; sie würden ein Schiff ausrüsten, Truppen nach Europa senden, durch alle Blockaden brechen, Fernando befreien und ihn im Triumph nach Mexiko bringen. Sie würden Mexiko zum neuen Herzen des spanischen Reiches machen und es in das Hauptquartier verwandeln, von dem aus der heilige Krieg gegen dieses Ungetüm Bonaparte geführt werden sollte.

»Ein ziemlich romantischer Plan, aber höchst reizvoll«, bemerkte Don Lorenzo. »Nebenbei gesagt, weiß Don Felipe, daß Godoy ganz genau dieselbe Idee hatte? Obzwar der erste Minister nun einmal ein Halunke und Feigling ist, hat er doch gewisse politische Talente. Aber unser Herrscher ist, bedauerlicherweise, abgeneigt, irgendein Wagnis auf sich zu nehmen oder irgendwelche Härten zu ertragen. Er hat sich entschlossen, als Bonapartes Gast in Frankreich zu bleiben, er zieht Monsieur Talleyrands unzweifelhaft amüsante Gesellschaft und Gastfreundschaft den Strapazen eines Feldzuges vor. Die königliche Familie erhält eine hübsche Apanage, die Königinmutter kann sich wie vorher mit ihrem Liebhaber-Minister divertieren, und alles in allem hat sich in der Lebensweise der Hoheiten nicht viel geändert. Spanien, andererseits, ist zur Zeit kein behagliches Land. Murat steht mit seiner französischen Armee in Madrid, Napoleons Bruder Joseph wurde auf dem Thron installiert. Apropos, weiß Felipe übrigens, daß sein Vater, der Conde Carlos de las Fuentes, einer der Granden war, die das schmachvolle Dokument der Ernennung des kleinen Parvenüs zum spanischen König unterzeichneten? Ach ja, Doña Clara, Kronen kommen mehr und mehr aus der Mode. Aber das ist akkurat der Augenblick, den Guanaxuato sich heraussucht, um eine absurde Proklamation Fernando des Siebten zum König von Spanien mit allem möglichen Pomp und Umstand zu feiern.«

Nicht nur Felipe, sondern die ganze Stadt hatte sich in ein Delirium gesteigert; die Straßen waren gefüllt, kein Säugling, keine lahme und blinde Großmutter, nicht ein Taschendieb und nicht ein Bettler war in Haus oder Hütte geblieben. Den reichen Familien gab es Gelegenheit, ihren Besitz, ihre Macht, ihre Ergebenheit, ihre Großmut und ihr Talent für theatralische Feierlichkeiten zur Schau zu stellen. Für die Armen bedeutete es eine Fiesta, neben der alle vergangenen Fiestas unbedeutend erschienen. In ihrem gewaschenen und geflickten Sonntagsstaat, mit neuen Sombreros auf ihren Köpfen, mit Feuerwerk, in ihren Taschen juckend, waren sie erschienen, um das Bildnis Fernando VII. anzubeten, wie sie jedes Bildnis, das man ihnen empfahl, anbeteten. Das überlebensgroße Gemälde, das einen apollogleichen Gott darstellte, stand vor den Regierungsgebäuden, wo die hohe Geistlichkeit, die hohen Militärs, die höchsten Beamten der spanischen Regierung und der Ortsmagistrat versammelt waren, zusammen mit der Körperschaft der Grubenbesitzer und der Fakultät des Colegio. Überall waren die Balkone mit Seide und bestickten Schals und Brokaten drapiert, und da war ein Gedränge von Frauen und

Töchtern, Müttern und Mätressen, überlaufend von Spitzenmantillas, dem Flattern von Fächern, dem Glitzern zu vieler Juwelen. Noch mehr Juwelen waren an die Draperien gesteckt, und da die Reichen nichts von ihrem Reichtum unbemerkt lassen wollten, hatten die großen Häuser sogar ihre Silberteller, ihre goldenen Krüge und Becher herausgebracht und zur Schau gestellt. Die Regimentskapelle schien überall zur gleichen Zeit zu spielen, Flaggen knatterten in der Luft wie Schüsse, und wirkliche Schüsse wurden von Leuten abgefeuert, die ihre Begeisterung nicht mehr zügeln konnten. Dann kam ein großer Moment für einen kleinen Mann, für den Intendanten Riaño, als er die königliche Flagge aus den Händen eines hohen Offiziers empfing, sie neben dem Riesenbild von Don Fernando aufpflanzte und mit einer dünnen Stimme, die nicht ganz für die Gelegenheit ausreichte, ausrief: »Kastilien! Neu-Spanien! Guanaxuato! Für unseren Herrn, König Fernando VII.!«

Da erhob sich ein enormes Geschrei, Freudenrufe und Jubel, besonders als die Zeremonie sofort zu ihrem Höhepunkt kam, mit einem Silberregen, der von den Balkonen auf das Volk in den Straßen niederfiel. Die Begeisterung war so groß, daß selbst die schweren Silberplatten, auf denen die Lakaien die Münzen herbeigetragen hatten, unter die Menge geworfen wurden (ohne, Gracias a Dios, mehr als sechs oder sieben Menschen zu verletzen). Pferde wurden von Dienern und Reitknechten und Läufern und Lakaien herangeführt, und all die hohen Autoriäten bestiegen ihre Gäule, und jeder versuchte, den nächsten durch die Pracht von Pferd und silberüberladenem Sattel und Zaumzeug zu übertrumpfen; so ritten sie von Straße zu Straße und von Plaza zu Plaza und wiederholten die Zeremonie, die jedesmal mit einem Geldregen auf die sich balgende, stoßende, trampelnde Menge beendigt wurde. Wahrlich, es war eine Feier, um es dem niedrigen Volk der Straße klarzumachen, daß sie die Untertanen eines schönen, mächtigen, reichen, starken, wenn auch unglücklicherweise zur Zeit entthronten und gefangenen Königs seien.

Aber als das Schaustück dieses reichgedeckten Festmahls wurde den Leuten eine Parade serviert, an der zweihundert Mitglieder der Elite der Stadt teilnahmen, der man entweder durch sein rein spanisches Blut angehörte, durch Geburt oder – in etwas fragwürdigeren Fällen – durch das Gewicht seines Geldes. Sie waren wundervoll anzusehen, diese schlanken, jungen Aristokraten, als sie vorbeimarschierten, ihre Gesichter gespannt und ernsthaft, als ob sie in eine Schlacht zögen. Sie alle trugen dieselbe Uniform, ein höchst wohlgefälliges Kostüm, das sie selbst entworfen hatten und das ihnen einen militärischen Anstrich gab, als wären sie ein Regiment von Freiwilligen für ihren König und ihr Land. Wo immer sie vorbeimarschierten, tobte das Volk vor Jubel, weil sie einen solch stolzen Anblick boten und weil es etwas so Seltenes war, Edelleute auf ihren eigenen, delikaten Füßen dahermarschieren zu sehen. Aber sie marschierten tapfer weiter, und wenn ihre neuen Schuhe sie drücken sollten, so war das nur ein nobles Opfer mehr, das sie ihrem unglücklichen König bringen konnten.

Goethe hatte mehrmals den merkwürdigen Zustand erwähnt, der Euphorie genannt wird. Es ist das großartige Aufleuchten des Himmels vor Sonnenuntergang. Es ist die eine schmerzfreie Stunde der Klarheit und des freudig-erregten Wohlseins derer, die nach langer und peinvoller Krankheit im Sterben liegen. Nun denn – der Glanz, die Überschwenglichkeit, das Pathos; die theatralische, tragikomische, quijotische, formalisierte, prachtstrotzende Herrlichkeit jenes Tages waren die Euphorie des endenden spanischen Weltreichs ...

Ich stand auf dem Balkon der Casa Ruiz und suchte Felipe in der vorbeiziehenden Reihe der jungen Aristokraten. Er sah wundervoll aus in seiner Phantasie-Uniform, und er lächelte mir zu, und er hob seinen Degen mit feinem Schwung, um mich zu grüßen. Er verbrannte in seinem eigenen Fieber, brannte sich selbst zu Asche in seinem eigenen Feuer. Dies war sein Tag, seine große, flammende, ruhmvolle Apotheose. Sein Tag und der seines Königs und seines verfluchten, verkommenden Landes.

Er kam an diesem Abend nicht nach Hause, denn er und seine Freunde konnten der Ekstase des Feierns nicht genug kriegen. Es war ein Rausch, der nicht enden sollte, noch nicht, nie, nimmer. Der Intendant Riaño machte sich diese hochgepeitschten Gefühle zunutze. Er bat um eine Spende, die nach Spanien gesandt werden sollte, als Beisteuer für den Kampf gegen Napoleon; und mit einer großen, spanischen Geste steuerte er selbst zweitausend Peso bei. Dies war überwältigend. Nie zuvor hatte ein hoher Beamter der königlichen Regierung existiert, der etwas hergegeben hätte. Die hohen Herren hatten stets nur genommen. Selbstverständlich konnte niemand es sich leisten, weniger freigebig zu sein als Don Juan Antonio de Riaño y Barcena, Ritter von Calatravas, Intendant der »Berühmten und ergebenen Stadt Santa Fé de Guanaxuato«.

Von den dreitausend Peso für die Aufrechterhaltung seiner

Grubenrechte waren Felipe noch siebenhundertundzwanzig geblieben. Er hatte seine stattliche Uniform noch nicht ganz bezahlt, aber er hatte sich ein Pferd und einen Sattel gekauft, die der großen Gelegenheit würdig waren, und freigebig zu den Kosten der Parade beigesteuert. Nun nahm er seine Börse und warf alles bis zum letzten Peso auf das Tablett, das die Runde machte.

Das war das Ende von La Ramita. Das war das Ende von Felipe Contreras' Traum und der Schluß seiner vergänglichen Gnadenfrist. Das war die Nacht, da er zu trinken begann und für drei Tage nicht nüchtern wurde.

Das war die Nacht, in der er mich an Bert Quaile verlor.

Es gibt Hunderte von spanischen Liedern und Gedichten, in denen ein Mann seine verlorene Liebe beklagt. Sie starb, sie verließ ihn, sie ging ins Kloster, sie heiratete einen anderen. Aber das war es nicht, wie Felipe mich verlor ...

Die Rosaura kam den Hügel herunter, und ich war froh, als ich sie sah. Ich war einsam und zersorgt, und ich hatte mit dem Gedanken gespielt, ein unausgesprochenes Gesetz zu brechen und sie in ihrem Hause aufzusuchen.

Sie sank schwerfällig auf einen Stuhl, lehnte Coco gegen den Tisch und lächelte mir zu. »Setz dich, Kind, setz dich«, sagte sie. »Ich muß mit dir reden.«

»Ist irgend etwas mit Felipe los?« fragte ich.

»Ja. Setz dich zuerst hin. Ich habe eine Nachricht von Contreras für dich«, sagte sie, und ihr Lächeln war plötzlich verschwunden.

»Ist ihm etwas geschehen?«

»Nein. Nichts besonderes jedenfalls. Er versuchte, spät gestern abend, sich in meinem Haus zu betrinken, und es gelang ihm nicht; kein Zweifel, es ist schlimm, wenn ein Mann immer nüchterner wird, je mehr er trinkt. Jetzt schläft Contreras. Er bat mich, dir eine Botschaft zu geben.«

»Gut. Was ist es?«

»Ich gebe dir seine Botschaft Wort für Wort: Du sollst einpacken, was immer du mitnehmen willst, und dich vor der Mittagsstunde auf Don Robertos Hazienda einfinden. Er legte großen Nachdruck darauf, daß du vor zwölf Uhr mittags dort sein sollst. Und er sagte, daß Gott und alle seine Heiligen dich segnen mögen, und daß du ihm verzeihen und ihn vergessen sollst.«

»Und du willst mir sagen, er war nicht betrunken, als er diese Botschaft sandte?«

»Nüchtern wie ein Stein.«

»Aber was soll der Unsinn bedeuten? Meine Sachen pakken? Was für Sachen? Was meint er damit – ihn vergessen? Vor zwölf Uhr? Ich verstehe kein Wort davon.«

»Ich dachte mir wohl, daß du es nicht ohne weiteres verstehen würdest. Nun denn, es steht nämlich so: Contreras hat dich an Bert Quaile verloren.«

»Mich verloren? Wie kann er mich denn verlieren? Irgendeine seiner verrückten, eifersüchtigen Ideen!«

»Nein, nein, du mußt mir ordentlich zuhören und versuchen zu verstehen, was ich dir mit völliger Klarheit und Wahrheit berichte: Contreras hat dich an Bert Quaile verloren. Im Spiel. In einer Billardpartie. Als Einsatz im Karambole.«

»Was für ein absoluter Unsinn«, sagte ich. »Wie kann er verlieren? Er ist ein viel besserer Billardspieler als Quaile. Er hat in seinem Leben nicht eine einzige Partie an Bert Quaile verloren.«

»Das ist wahr. Aber gestern abend hat er eben verloren. Es geschah zum erstenmal, aber er verlor. Er gab Don Roberto nicht einmal ein paar Points vor, denn es war begreiflicherweise ein Spiel von großem Ernst. Das eine muß ich für Contreras sagen: Er ist zweifellos ein viel besserer Billardspieler als Quaile. Es ist nicht, als hätte er dich in einem wilden Hasardspiel verloren. Er vertraute seiner Überlegenheit – und er verlor.«

Ich fing an zu lachen. »Das ist die lächerlichste Angelegenheit, die ich je gehört habe«, sagte ich und konnte kaum atmen. »Er kann mich nicht verlieren, denn er besitzt mich ja nicht. Ich gehöre ihm ja nicht. Ich bin weder sein Sattel noch sein Pferd; ich bin nicht einmal seine Sklavin.«

»Davon verstehe ich nichts«, sagte die Rosaura. »Aber du hast nicht viel Zeit. Ich werde dir packen helfen.«

»Das ist ja alles Wahnsinn! Ich werde nicht gehen.«

»O doch! Du wirst gehen, du gehst, mujer«, sagte die Rosaura, und plötzlich wurde ich ihrer mächtigen Größe gewahr: ihre Arme wie Baumstämme, ihr Busen wie zwei Felsblöcke in einem Strom. Ich hatte keine Angst vor ihr, aber plötzlich verstand ich, wie sie über ein Haus voll Huren regieren und jede Nacht eine Horde von Betrunkenen im Zaum halten konnte. »Ich habe die Verantwortung dafür übernommen, und ich werde dich an Don Robertos Türe abliefern, ehe die Glocke zwölf schlägt«, sagte sie. »Verstehst du denn nicht, mujer?« fügte sie hinzu, und das Lächeln kam für einen Moment zurück und war wieder gegangen. »Es ist das einzige, was du für deinen Felipe tun kannst unter den Umständen. Es ist Ehrensache. Schulden dieser Art müssen pünktlich bezahlt werden.«

»Ich bin sicher, Quaile erwartet nicht, daß ich auf seiner Hazienda anrücke, mit meiner Aussteuer in der Satteltasche. Er hat Felipe einfach einen Streich gespielt. Wirklich, es wäre höchst peinlich für ihn, wenn ich all das auch nur für eine Minute ernst nähme.«

»Ich glaube, du hast eine irrige Meinung von Don Roberto. Auch er machte mich für deine prompte Ablieferung verantwortlich. Ich gab beiden Männern mein feierliches Versprechen und bürgte dafür, daß die Schuld vor der Mittagsstunde bezahlt werden würde.«

Es schien mir immer noch zu phantastisch, um es zu glauben, aber ich fühlte eine langsame, kalte Wut in mir aufsteigen.

»Und was war Don Robertos Einsatz in dieser eleganten Billardpartie? Soviel ich weiß, hat er keine Frau zu verlieren.«

»Nein, er ist ein alleinstehender Mann, ein einsamer Mann. Sein Einsatz war die ›Esperanza‹.«

»Was redest du da?«

»Seine Grube. Wo es die neueste große Bonanza gibt. Letzte Woche allein förderte er Erz im Wert von mehr als zwanzigtausend Peso zutage.«

Ich fühlte eine merkwürdige Kälte und Schwäche an meinen Beinen heraufkriechen. Es war wie damals, in der Überschwemmung, als das kalte Wasser rings um mich stieg.

»Ihr seid ja alle verrückt, auch du, Rosaura. Wollen wir eine kleine Partie Billard spielen, Don Roberto? Gewiß, warum nicht, Don Felipe? Um was sollen wir spielen? Wenn Sie Ihre Grube einsetzen, so setze ich meine Frau dagegen, Don Roberto. Angenommen? Angenommen. Wo sind die Queues, Rosaura? Nein, so was passiert einfach nicht.«

»Öfters als du glaubst, Kind. In dieser Stadt? Du bist bestimmt nicht die erste Frau, die ein Mann an einen anderen verloren hat. Du großer Gott! Was habe ich sie nicht alles verspielen sehen! Ihre Haziendas, ihre Paläste, ihren gesamten Besitz, ihre Ställe, ihre Pferde. O ja, und ihre Frauen auch. Nicht bloß einmal, sondern mindestens siebenmal habe ich es gesehen. Aber ich muß sagen, noch niemals habe ich gesehen, daß ein Mann etwas so Unschätzbares wie Don Robertos Grube aufs Spiel gesetzt hat. Es ist ein sehr großes Kompliment für dich, Nenita. Wenn du in meinem Beruf wärst und wenn du wüßtest, wie schwer es ist, auch nur fünfzig Peso für ein Mädchen aus einem Mann herauszuholen, so würdest du Respekt für Don Roberto in dieser Angelegenheit fühlen; und für dich selbst ebenfalls. Nenita, glaubst du wohl, es wäre besser, wenn du ein wenig weinen könntest?«

»Nein, danke. Mir ist nicht nach Weinen zumute. Ich möchte mit Felipe sprechen.«

»Wenn dein Felipe dich sehen wollte, hätte er nicht mich mit seiner Botschaft zu dir geschickt. Er könnte sich und dir nicht erklären, was ich dir zu sagen habe: Ich glaube, er verlor dich, weil er dich verlieren wollte.«

»Warum sagst du das?«

»Verstehst du etwas von Billard?«

»Nein. So gut wie nichts.«

Rosaura seufzte. »Immerhin, Nenita«, sagte sie, »immerhin – ich will versuchen, dir zu beschreiben, wie es geschah, so daß du es verstehen kannst. Nun höre gut zu. Contreras kam kurz vor neun Uhr, und er war in einer finsteren Laune und unrasiert, und sein feiner Halskragen sah unsauber und verwelkt aus. Er setzte sich in eine Ecke, abseits von der übrigen Gesellschaft, und ich ging zu ihm hinüber und fragte. ›Qué tal, Don Felipe?‹ und ob er trinken wolle oder essen, oder rauchen? Ich fragte ihn nicht, ob er ein Mädchen wollte, denn ich wußte, das wollte er nicht. Wie ich schon erwähnte, er hatte sich vorgenommen, sich zu betrinken. Er nahm zehn Peso aus seiner Tasche und gab sie mir und sagte: ›Aguardiente. Solange das reicht.‹ Bueno. Für zehn Peso kann man sich gut und ordentlich besaufen, und ich schickte den Jungen mit einem Fäßchen davon hinüber und befahl ihm, Contreras' Glas gefüllt zu halten. Es war ein stiller Abend in meinem Haus, denn die meisten Männer waren immer noch erschöpft von der großen Begeisterung und der Freude, einen neuen König ausgerufen zu haben. Don Roberto erschien etwas später, und er sah Contreras und ging zu ihm und hielt ihm die Hand hin und sagte: ›Holá, Boß‹ in der komischen nordamerikanischen Art, mit der er spricht und ›Qué tal?‹ und ›Ich habe gehört, daß Sie wieder in Ihrer Grube arbeiten‹ und ›Gratuliere!‹ Und Contreras erwiderte bloß: ›Gracias! Danke!‹ Trocken und bitter, als hätte er Sand im Mund. Und Don Roberto sagte, er hätte noch immer einige der alten Pläne und Berechnungen zu Hause und falls der Patron glaube, daß er sie brauchen könne, würde er nur zu glücklich sein, sie ihm zu bringen. Und Contreras sagte wieder: ›Besten Dank. Sie scheinen nicht gehört zu haben, daß ich die Grube endgültig aufgegeben habe?‹ Darauf trat Don Roberto mit seinen großen, staubigen Reitstiefeln von einem Fuß auf den anderen und sagte dann: ›Don Felipe, hätten Sie Lust zu einer Partie Billard?‹ Contreras besah seinen Aguardiente und seine Hände und antwortete schließlich: ›Gewiß, warum nicht?‹ Sie gingen in das Erdgeschoß, wo mein Billardtisch steht, und dann hörte ich das Klick-Klick der Bälle. Nach einer Weile, als im oberen Salon nichts zu tun war, ging ich hinunter, denn es macht mir immer Vergnügen, Contreras beim Billard zuzusehen; ich habe in meinem Leben viele Billardspieler gesehen, aber nicht einen einzigen von solcher Eleganz und Beherrschung. ›Sie hätten ein Stierkämpfer werden sollen, Don Felipe‹, sagte ich zu ihm, als er die Partie in brillantem Stil gewonnen hatte, und er sagte zu Don Roberto: ›Wünschen Sie Revanche?‹ Don Roberto sagte, ›Ja, mit Vergnügen‹, und begann ein anderes Queue zu suchen und es sorgfältig anzukreiden; er schiebt immer die Schuld auf das Queue, wenn er verliert, aber das ist mehr als ein ständiger Witz gemeint. ›Der gleiche Einsatz wie vorher?‹ fragte Felipe, und Don Roberto tat so, als zählte er das Geld in seiner Börse und sagte dann: ›Tut mir leid, aber ich habe sehr wenig Geld bei mir; sagen wir vier Reales die Partie?‹ Es klang komisch, daß Don Roberto, der in der letzten Woche allein Erz im Wert von mehr als zwanzigtausend Peso aus seiner Grube gefördert hatte, nur um einen armseligen Claco spielen wollte. Aber ich begriff, daß er Contreras nicht beschämen wollte, der wahrscheinlich keine fünf Peso mehr besaß. Ich ging hinauf, um nach zwei Kunden zu sehen, die gerade angelangt waren, und als ich wieder herunterkam, hatte Contreras auch diese Partie gewonnen. Er hatte Don Roberto dreißig Points vorgegeben, aber trotzdem hatte Roberto nicht mehr als zweiundfünfzig Points zusammenbekommen. Contreras war mit Aguardiente angefüllt, aber erschreckend nüchtern, und nun wollte er unangenehm und gehässig sein. Er hänselte und ärgerte Don Roberto und machte sich lustig über ihn. ›Sie langweilen mich, Roberto‹, sagte er; ›Sie und Ihre Ungeschicklichkeit und Ihre Stümperei. Seit zwölf Jahren versuche ich Ihnen beizubringen, wie man ein Massé macht, und trotzdem versauen Sie es jedesmal. Sie mögen gerade jetzt in Ihren Grubenspekulationen Glück haben, Don Roberto‹, sagte er, ›und ich mag in der letzten Zeit in geschäftlichen Angelegenheiten vom Pech verfolgt sein, da ich nicht zum Krämer geboren und bestimmt war. Aber wenn es dazu kommt, etwas Geschicklichkeit an den Tag zu legen, sind Sie ein Barbar.‹ Don Roberto läßt seinen Unterkiefer hängen, wie es so seine Gewohnheit ist, und blinzelt mir ein wenig zu und gibt vor, weder gehört noch verstanden zu haben. ›Ich bin immer froh, etwas von Ihnen zu lernen, Patron‹, sagte er; würden Sie mir zu Gefallen noch einmal zeigen, wie man ein Massé ausführt.‹

Ich verstand, daß er Contreras besänftigen wollte, denn er wußte wohl, daß dein Felipe viel getrunken hatte und daß es ihm nicht wohl in seiner Haut war und daß es ihm Vergnügen bereiten würde, sich aufzuspielen. Conreras placierte die drei Bälle nahe zusammen, wie sie für ein Massé liegen müssen; er nahm dem kleinen Charrito das Queue aus der Hand und sagte: ›Sie halten das Queue so und so, und sie legen es auf diese Weise an und stoßen fast senkrecht von oben, so – und Sie geben nicht mehr als eine ganz geringe Fälsche und einen ganz leichten Stoß, und achten Sie darauf, ganz ohne Gewicht zu spielen, so: und das ist die richtige Art, ein Massé auszuführen.‹ Der kleine Junge, Charrito, stand auf Zehenspitzen und paßte auf, denn er ist ungeheuer interessiert an Billard, und die kleine Chinita war hereingeschlüpft, denn auch sie liebt das Spiel, aber mehr wegen des Elfenbeinklanges der Kugeln, der sie – wie sie sagt – an China erinnert. Und so macht Contreras jede Bewegung vor, bis zur letzten kleinen Drehung. Und dann springt der Ball, anstatt den roten Ball zu berühren, in die Luft und hüpft vom Tisch herunter, und Charrito muß ihn auf dem Fußboden einfangen. Charrito fand das äußerst komisch, er ist ja erst acht Jahre, und er kicherte. Darauf fuhr Contreras herum, als hätte ihn ein Skorpion gestochen und gab dem Kind eine Ohrfeige. Don Roberto zog Charrito aus Contreras' Reichweite und nahm eine Handvoll Duros aus seiner Tasche und gab dem Jungen eine Münze und sagte: ›Geh, Zwerglein, kauf dir ein paar Karamellen und gib den Rest deiner Mutter. Du wirst hier nicht mehr gebraucht.‹

Die ganze Angelegenheit war vollkommen lächerlich, vollkommen ohne Bedeutung, und zu jeder anderen Zeit würde Contreras über sich selbst gelacht haben. Aber der Teufel ritt ihn, und er konnte die Sache nicht auf sich beruhen lassen. ›Ich habe Kopfschmerzen‹, sagte er. ›Mir flimmert es vor den Augen, und wer kann seine Stöße dirigieren, wenn es dunkler ist als in der Hölle?‹ sagte er, obwohl er direkt unter meiner teuren, neuen Billardlampe stand, und in dem scharfen Licht sah sein Gesicht weißer aus, als irgend etwas Weißes, das du in deinem ganzen Leben gesehen hast. ›Das nächste Mal, wenn Sie jemanden ohrfeigen wollen, sehen Sie sich nach einem Gegner Ihrer Größe um‹, sagte Don Roberto, der auch anfing, ärgerlich zu werden. ›Danke für den guten Rat‹, sagte Contreras, ›das nächste Mal, wenn ich jemanden ohrfeigen will, wird es möglicherweise jemand sein, der zweimal soviel wiegt wie ich.‹

Don Roberto fing an, seinen Rock auszuziehen, und ich gab Chinita ein Zeichen, den Raum zu verlassen, denn ich mag meine Mädchen nicht herumstehen haben, wenn die Männer handgemein werden. Aber Don Roberto hängte seinen Rock ruhig an einen Nagel und sagte, nicht unfreundlich: ›Es ist sehr heiß hier, Felipe. Vielleicht würden Ihre Kopfschmerzen besser werden, wenn Sie nach Hause gingen und sich ausruhten.‹ Aber Contreras war voll Gift und wollte gehässig sein. ›Was für ein Lügner Sie doch sind, Señor Quaile‹, sagte er. ›Sie haben also kein Geld bei sich. Sie können also nicht um mehr als einen Claco spielen‹, sagte er, ›aber Sie schleppen eine Maultierladung von Duros in Ihrer Hosentasche herum, und Sie schmeißen einer frechen Rotznase fünf Peso zu als Belohnung dafür, daß er über mich gelacht hat. Sie sind ein Lügner und ein Geizkragen, und ich habe Sie unsagbar satt, Sie und Ihr Billard und Ihr kleinliches Wesen und Ihre Angst, irgend etwas zu riskieren oder etwas zu wagen oder Mut in irgend etwas zu zeigen. Sie mögen eine reichere Grube als die Valenciana haben, aber Sie sind immer noch der gleiche, schwitzende barfüßige Karrengaul, der Sie waren, ehe ich Sie von der Grubenarbeit wegholte, und Sie spielen immer noch für einen Claco und zählen Ihre Realen wie ein Bettler vor der Kirchentür. ›Heh, Bursche‹, rief er, ›steh nicht herum und glotze, bring mir noch Aguardiente.‹

Don Roberto schien sich alle diese Beleidigungen zu überlegen, und sein Kahlkopf wurde so rot wie ein Sonnenuntergang; er ballte seine Fäuste und rammte sie in seine Taschen, und ich dankte Gott, daß er kein Mexikaner war, denn ein Mexikaner würde aus geringerem Anlaß sein Messer gezogen haben. Aber er atmete schwer, und er preßte seine Lippen zusammen, was sehr selten bei ihm vorkam, und als er den Mund wieder aufmachte, sagte er: ›Ich glaube, sie irren sich in mir, Felipe, und ich bin durchaus bereit, Ihnen zu beweisen, daß Sie unrecht haben. Ich bin kein so eleganter Billardspieler wie Sie, noch war mein Vater ein Aristokrat, noch habe ich vergessen, daß Sie mir in Peru halfen und auch später. Sie mögen mich einen Geizhals schimpfen, aber ich bin bereit, noch eine Partie zu spielen, und zwar um jeden Einsatz, den Sie nennen wollen. Verstehen Sie wohl, um jeglichen Einsatz, unbegrenzt. Unter der Bedingung, daß Sie dagegen das einzige Wertvolle einsetzen, das noch Ihnen gehört.‹

Ich möchte, daß du das Ganze vor dir siehst, so, daß du verstehen kannst, wie es geschah. Da sind also diese beiden, mit dem Billardtisch zwischen sich, und sie sind Freunde gewesen, und sie haben sich gestritten und gerauft und sich wieder versöhnt, viele Male, wie das zwischen Freunden vorkommt. Wahrscheinlich haben sie sich früher schon über Frauen gestritten, drunten in Peru, oder sie haben sich in dieselbe Frau geteilt, wie Männer es in einem Bergwerkslager tun, wo Frauen rar sind und von einer niedrigen Klasse. Die Lampe hängt da mit ihrem grellen Licht, das alles drum herum schwarz erscheinen läßt, und das Licht wird von dem grünen Tuch zurückgeworfen wie die Billardbälle von den Banden – und es ist plötzlich ganz still. Nachtschmetterlinge und Insekten kreisen unter der Lampe herum, und ihre Schatten huschen über den Tisch und über die Gesichter der beiden Männer, und man kann das winzige Geräusch hören, wenn ein Schmetterling sich seine Flügel an dem heißen Lampenzylinder verbrennt. Und man hört das Singen von Andreas Ruiz auf der Veranda oben – er glaubt, daß er eine Stimme hat, aber dem ist nicht so – und Chinita zirpt mit, um ihren besten Kunden in guter Laune zu halten. Und du hörst einen Windstoß in dem Pirulbaum vor der Türe, und ein kleiner Zweig schabt gegen die Mauer. Und der Junge kommt mit seiner neuen Flasche Aguardiente herein und bleibt an der Türe stehen und wagt nicht, sich zu bewegen. Und der kleine Charrito kommt hinter ihm hereingeschlüpft und verbirgt sich in einer dunklen Ecke, und er sieht wie ein neugieriges, aber furchtsames Äffchen aus, wie er da so am Boden kauert. Und Contreras geht hinüber und trinkt – und kommt zurück zu seiner Seite des Tisches. Und er sagt mit einer merkwürdigen Traurigkeit in der Stimme: ›Sie wissen, daß sie nicht die Sorte Frau ist, die man in einem Spiel verliert; noch gewinnt, Roberto, noch gewinnt man sie im Spiel.‹

›Sie können die Herausforderung annehmen oder ablehnen. Aber sagen Sie nicht, daß es mir an Mut fehlt‹, sagte Don Roberto. Und dann sind beide wieder still, und ich mache eine Bewegung, und Contreras sagt heiser: ›Misch dich nicht hinein, Rosaura; dies geht nur Roberto und mich an.‹ Er nimmt die beiden weißen Bälle vom Tisch und jongliert sie zwischen seinen langen Fingern, und Roberto sagt: ›Ich warte, Felipe.‹ Contreras legt die Bälle hin und lehnt sich über den Tisch, und nun ist das Licht auf seinem Haar, und sein Gesicht ist im Schatten, und er fragt: ›Jeden Einsatz, den ich nennen mag? Unbegrenzt?‹

›Jeden Einsatz, den Sie nennen wollen. Unbegrenzt‹, antwortet Roberto.

›Die Esperanza. Ihre Grube‹, sagte Felipe. ›Sie können immer noch ablehnen, wenn Sie wollen.‹

›Ich denke nicht daran‹, sagte Roberto. Die Esperanza also; gegen eine gewisse Person, deren Namen wir in diesem Haus nicht erwähnen wollen.‹

›So sei es‹, sagte Felipe. Als er zurücktritt und das Licht wieder auf sein Gesicht fällt, sieht er aus, als hätte er in der letzten Minute zwanzig Pfund abgenommen. Ausgehöhlt, und jeder Knochen trat scharf hervor, und man hätte seinen Puls zählen können, so hart schlug er in seinen Schläfen. Der Schweiß brach auf seiner Haut aus, als käme er gerade aus der Grube oder als wenn er schwer gearbeitet hätte oder zu Fuß die Wüste durchquert hätte. Er suchte in seiner Tasche nach einem Taschentuch, fand aber keins, und Roberto zog sein eigenes Taschentuch heraus und ging mit großer Höflichkeit um den Tisch herum und sagte, ›hier, nehmen Sie meins, es ist ziemlich sauber.‹ Und Contreras erwiderte ebenso höflich, ›ich danke Ihnen sehr; wie stupide von mir, mein Taschentuch zu verlieren‹, und sie gingen zu dem Gestell und wählten ihre Queues. Charrito überreichte Contreras die Kreide, und als er den kleinen Jungen sah, lächelte er ihm zu, nahm die Clacos, die er vorher gewonnen hatte, heraus und warf sie ihm zu. ›Mit Ihrer Erlaubnis‹, sagte er höflich zu mir, und auch er zog seinen Rock aus und hängte ihn auf. Er schüttelte sein Haar aus den Augen und strich es zurück und glättete es mit beiden Händen, und dann nahm er einen langen Zug von Aguardiente. Sie hatten seit so vielen Jahren gegeneinander gespielt, daß es nie Umstände oder Formalitäten gab; aber diesmal verglichen sie die Queues, und da Don Robertos um ein Haar länger war, ging Contreras zu seinem Ende des Tisches, und mit einer kleinen Verbeugung sagte er, ›Sie beginnen, Don Roberto.‹

In der Zwischenzeit hatte wohl der Junge die Neuigkeit von der großen Partie im Obergeschoß verbreitet, und die Mädchen und ihre Besucher strömten voll großer Neugierde herein und auch voll Respekt für die Größe der Einsätze. Die Männer schlugen Wetten vor, aber sie taten es im Flüsterton, und nur wenige wetteten, da nur die wirklich Betrunkenen auf Don Roberto setzen wollten. Die Bälle wurden placiert. Der Junge versuchte, die Schmetterlinge und ihre störenden Schatten zu verjagen. Und dann fingen sie zu spielen an.

Sie spielten nicht besser noch schlechter als an jedem anderen Abend; nur daß sich Contreras mehr Zeit nahm, um seine Stöße zu berechnen. Er war vollkommen nüchtern, aber das Aguardiente hatte ihn etwas verlangsamt, wie ein Stier in der Arena träger wird, nachdem die Picadores ihre Spieße in ihn gesteckt haben. Wenn du etwas von dem Spiel verstehen würdest, Nenita, würde ich dir die Partie beschreiben, Stoß für Stoß, aber wir können nicht so viel Zeit verlieren. Ich möchte es dir bloß so erzählen, daß du sehen und verstehen kannst, wie es geschah. Kannst du dir den Tisch vorstellen? Und den Schein der Lampe und die beiden Männer: Don Roberto, schwerfällig und vorsichtig und ziemlich gut, aber nicht hervorragend; und Contreras, elegant, aber nicht so scharf wie sonst, wie ein Degen, der geschliffen werden müßte? Und die Menschen herum, an die Wand gepreßt, um nicht im Weg zu sein, und ein Gemurmel folgt jedem guten Stoß, und draußen in der Nacht erhebt sich ein Wind und läßt die Lampe ein wenig schwingen. Und dies ist ein Bordell, das viele merkwürdige Dinge gesehen hat, und oben unterhalten drei von meinen Mädchen ihre Besucher, und im Refugio drunten am Fuß des Cerro spielt eine kleine Musikkapelle, und Contreras nimmt zweimal Don Robertos Taschentuch heraus und trocknet seine Hände. Die Partie steht fünfundachtzig zu zweiundachtzig, und Contreras ist an der Reihe. Zwei Bälle liegen ziemlich nahe beisammen am anderen Ende, und einer ist in seiner Ecke. In einem solchen Fall würde ein Durchschnittsspieler direkt drauflosspielen, aber ein Meister mag eine Chance nehmen und gegen die Bande spielen, um die drei Bälle zusammenzubekommen.

Don Roberto lehnt sich auf sein Queue und gibt Contreras so viel Zeit, wie er will, um seine Wahl zu treffen. Und Contreras geht von einer Seite des Tisches zur andern und legt sich beinahe darauf, um an den Kugeln vorbei zu visieren. Roberto lächelt ein wenig, als erwarte er, daß Contreras den leichteren Stoß wählen würde; und als er das nicht tut und die drei Kugeln in der Ecke zusammenklicken, neigt er leicht den Kopf und sagt: ›Ausgezeichnet, Patron.‹ Und jemand schreit ›Olé!‹ Das ist Andreas Ruiz, und Felipe winkt ihm zu, ein wenig arrogant, und dann spielt er eine Serie von sechs Stößen, bis er schließlich ein wenig zuviel Kraft anwendet und die Kugeln auseinanderrollen. Er geht hinüber, um den Stand der Partie auf dem Brett zu markieren, und in der Zwischenzeit macht Roberto zwei Points, und nun stehen sie einundneunzig zu vierundachtzig, und diejenigen, die ihr Geld auf Don Roberto gewettet haben, fangen an, schlechte Witze zu machen. Contreras spielt langsam, aber mit großem Scharfsinn. Sie haben seit zwölf Jahren gespielt, und er weiß ganz genau, wie er die Kugeln placieren muß, um es schwierig für Roberto zu machen. Klick, klick, klack, klick. Klick. Und Klick. Da sind sie alle drei beisammen, und wenn Roberto jetzt Angst hat, sein elendes Massé zu riskieren, so bleibt er zurück, und Contreras kann kaum umhin, die drei Points, die er noch braucht, zu gewinnen. Wenn Roberto jetzt entweder zaghaft oder ungeschickt ist, so verliert er. Verliert eine Partie Karambole? Nein! Verliert seine Grube.

Don Roberto kreidet sein Queue sorgfältig ein; er lockert seine Schultern, schließt seinen Mund und, bei Gott und allen seinen Heiligen, er stürzt sich in das Wagnis. Er führt sein Massé aus, allerdings mit der Eleganz eines Bären, der auf dem Jahrmarkt tanzt, und Contreras steht dabei, als ginge ihn die ganze Sache nichts an. Klick. ›Olé, Roberto, Olé, Alter! Olé für Don Roberto!‹ Charrito steht auf Zehenspitzen, Chinita gräbt ihre Nägel in Andreas Ruiz' Ärmel, und Roberto legt los mit einer ganz unglaublichen Neunerserie. Jetzt hat er seinen Stand auf dreiundneunzig gebracht gegen Felipes siebenundneunzig. Es gibt gar keine Frage für Contreras: er muß dasselbe wiederholen, die Kugeln in Position für sein eigenes brillantes Massé bringen und die Partie zu Ende spielen. Aber das ist es nicht, was geschieht. Was jetzt geschieht, bedeutet entweder, daß er seine Geschicklichkeit unter dem Einfluß des Branntweins verloren hat; oder aber, daß er spielt wie Satan und daß die Bälle ihm gehorchen, als wären sie lebendig. Sie rollen nach dem Punkt, den er für sie bestimmt – weiß, rot, weiß – aber anstatt sich zu berühren, werden sie langsamer, langsamer, und als sie anhalten, ist nicht genug Raum zwischen ihnen, um ein Messer dazwischen zu stecken. Nie im Leben habe ich einen so großartig geplanten und brillant ausgeführten Fehlstoß gesehen. Chinita stößt einen kleinen Schrei aus. Andreas Ruiz verflucht Contreras. Der alte Don Miguel Matanzas, der zweihundert Peso auf ihn gesetzt hat, stampft mit dem Fuß auf. Contreras tritt zurück, und Roberto kreidet sein Queue ein.

›Roberto, paß auf‹, sagt Felipe leise über das grüne Tuch. Als wären sie allein, als hätten sie sich nie gestritten, als ob nur sie beide gewisse Dinge verständen, die nicht in Worten zwischen ihnen ausgesprochen werden. ›Ja, Felipe‹, sagt Roberto aufmerksam und balanciert sein Queue zwischen den Fingern. ›Es ist kein schwieriger Stoß, Roberto, und du hast ihn gerade vorher sehr anständig ausgeführt. Erinnerst du dich, was ich dir immer zeigte?‹ – ›Ja, ich erinnere mich‹, sagt Roberto. ›Erinnere dich! Ganz ohne Gewicht, und nur eine schnelle winzige Drehung.‹ – ›Ja, ich erinnere mich‹, sagt Roberto.

In diesem Augenblick verstand ich, daß Contreras verlieren wollte, Er gab dich auf, verstehst du? Er wußte, daß dein Leben ohne ihn leichter und besser sein würde, und er gab dich auf.

Ob er es aus Schwäche tat oder aus Stärke, das kann ich dir nicht sagen; er ist dein Mann, und du mußt es wissen. Er stand da und beachtete kaum, was Roberto tat. Das muß man deinem Felipe lassen: Er hat die Nonchalance und die kalte Gleichgültigkeit, wie sie nur wirklich große Spieler in solchen Augenblicken an den Tag legen. Robertos Massé glückte, und er gewann weitere vier Points, ehe er einen Fehlstoß machte. Felipe gab vor, es mit dem nächsten Stoß sehr genau zu nehmen; aber tatsächlich ließ er ihn danebengehen. Hätte er nur den winzigsten Bruchteil seiner Geschicklichkeit angewendet, so hätte nichts ihn hindern können, die nächsten drei Points zu gewinnen. Aber er machte nur einen Point, und damit ließ er die Kugeln so für Roberto plaziert, daß der die Partie gewinnen mußte. Das war es, wie Don Felipe verlor. Er hätte eine Grube gewinnen können; aber er zog es vor, dich zu verlieren.«

Es war ein langer Bericht gewesen, und ein langes Stillschweigen folgte darauf, während ich vergeblich versuchte, meine Gedanken zu sammeln. »Ich möchte mit ihm sprechen«, sagte ich endlich.

»Leider, Nenita, wird es unmöglich ein, ihn aufzuwecken«, sagte Rosaura. »Ich habe ihn mit einem Schlaftrunk vollgefüllt und ihn in mein Bett gesteckt. Er braucht Ruhe, und zweifellos hat er sie verdient. Es wäre höchst lieblos, ihn zu stören.«

»Gut«, sagte ich, »ich werde mit Quaile sprechen. Er hat sich nur einen Spaß gemacht. Er wollte Felipe eine Lehre geben. Aber es ist ein sehr geschmackloser Spaß.«

Rosaura antwortete nicht. Sie ging schweigsam daran, meine Sachen zu packen.

»Ich bitte Sie, seien Sie vernünftig, Madam«, sagte Bert Quaile. »Wenn Contreras gewonnen hätte – und meine Chancen waren eins zu tausend –, würde er mir meine Grube gelassen haben? Nicht um die Welt hätte er das getan! Ich bin ein großes Risiko eingegangen, und nun, da ich das Glück hatte zu gewinnen, können Sie von mir verlangen, daß ich meinen rechtmäßig erworbenen Gewinst wieder aufgebe? O nein, Madam! Ich habe nicht die geringste Absicht, Sie zu Contreras zurückzuschicken, darüber müssen Sie sich im klaren sein. Hier sind Sie, und hier werden Sie bleiben.«

»Aber seien Sie sich gleichfalls im klaren: Ich werde wegrennen, ich werde über Ihre hohen Mauern klettern, und wenn Sie Ihren Wachen in den Türmen Befehl geben, auf mich zu schießen, um so besser. Sie können mich nicht in Ketten legen. Ich bin keine Sklavin, dies ist nicht Ihr barbarisches Nordamerika, wo Menschen gekauft und verschachert werden, Sie können mich nicht gegen meinen Willen festhalten ...«

»Wie Sie sich doch anstellen«, sagte Quaile ruhig, mit einem halben Lächeln. »Nein, ich halte Sie nicht gegen Ihren Willen. Ich bitte Sie einzig darum, für eine kurze Zeit hierzubleiben; als mein Gast, wenn Sie es so nennen wollen. Wollen Sie mir nicht Gelegenheit geben, Sie hier in Mingo Creek heimisch zu machen? Dieses Haus braucht eine Frau; es braucht eine Verwalterin. Wenn es mir nicht gelingt, Sie das Leben hier dem Wirrwarr und der Not und Unordnung und dem Schmutz und Elend, in dem Sie das letzte Jahr verbrachten, vorziehen zu machen – dann bin ich entweder nicht der Mann, der ich hoffe zu sein, noch Sie die Frau, die ich glaube, daß Sie sind.«

»Aber Felipe ...«

»Felipe, Felipe, ist es immer und ewig nur Felipe? Wenn Sie Felipe sich selbst überlassen, so besteht immerhin eine geringe Möglichkeit, daß er sich wieder aufrappelt. Aber mit Ihnen? Niemals. Ich kenne ihn besser als Sie, oder von einer anderen Seite, von der eine Frau einen Mann nicht kennen kann. Er war ja seit langer Zeit auf der Flucht vor Ihnen. Daß er Sie verloren hat, ist das Beste, was ihm unter den Umständen passieren konnte. Er, mit seinem spanischen Bravado ...«

»Sie sind genauso verrückt und voll Bravado wie jeder Spanier. Ihre Grube gegen einen viel besseren Spieler einzusetzen ...«

Quailes halbes Lächeln vertiefte sich. »Im Gegenteil, Madam. Ich gebrauchte eine ganze Menge von gesundem Menschenverstand und nüchterner Berechnung. Sehen Sie, wenn ich verloren hätte, dann hätte ich immer noch genug Geld mit meinem Arrostro verdient, um mir bald wieder eine neue Grube kaufen zu können. Ihre Lage andererseits – nun, Ihre Lage wäre dadurch etwas leichter geworden – wenigstens so lange, bis Felipe wieder einmal in der Patsche gesessen hätte. Und aus irgendeinem Grund schien mir das wichtiger, als Besitzer der Esperanza zu sein. Ein simples bißchen Arithmetik, so einfach wie zwei mal zwei.«

Es war diese Antwort, die mich nachgeben und in Mingo Creek bleiben machte. Dies und vielleicht auch die Gießkanne, die ich gerade dann erblickte. Ich hatte keine Gießkanne mehr gesehen, seit ich vor acht Jahren nach Mexiko gekommen war. Aber hier stand eine, zwischen ein paar unscheinbaren Gänseblümchen, eine zwar unbeholfen angefertigte, aber richtige und verwendbare zinnerne Gießkanne, und jemand hatte sogar einen rohen Versuch gemacht, ein paar Vögel daraufzumalen. »Begießen Sie damit Ihre Blumen?« fragte ich, hob sie vom Boden und wog sie in der Hand.

»Jawohl, das tue ich, Madam«, sagte Quaile. »Ich habe eine sehr ungeschickte Hand mit Blumen, aber ich mag ein hübsches Beet mit Stiefmütterchen oder etwas Ähnlichem gut leiden, so wie Mister Neville es in seinem Garten auf Rover Hill hatte. Darf ich Ihnen die Zimmer zeigen und Ihnen die Dienerschaft vorstellen? Sie werden den Mägden eine ganze Menge beizubringen haben.«

Er schritt vor mir her durch das Anwesen und stellte mir eine Menge von Mägden und Jungen und Kindern, von Pferden und Hunden und Eseln vor, er zeigte mir Scheunen und Ställe und übergab mir ein Königreich von Töpfen und Pfannen, Regalen und Speisekammern, Kübeln und Kesseln, von all den Beständen eines wohlbestellten Gutes. Zum Schluß führte er mich in das getünchte, einfach möblierte Zimmer, das er für mich bestimmt hatte. Das Bett war schmal und frugal, unschuldsvoll frei von allen sündigen Gedanken. Auf dem Nachttisch lag neben dem Leuchter eine Bibel; auf dem Tisch stand eine Tonschüssel mit drei Äpfeln, deren sauberer und angenehmer Atem das Zimmer erfüllte.

»Willkommen in Mingo Creek, und hier sind alle Schlüssel«, sagte Quaile. »Ich würde Ihnen vorschlagen, Ihre Türe des Nachts zu verriegeln, sonst werden Sie bald sämtliche Hunde und Katzen der Hazienda zu Besuch haben.« Er mußte ein Erstaunen in meinen Augen gelesen haben, das ihn erröten ließ. Er schüttelte den Kopf und fing an zu lachen. »Nein, Madam, nicht, was Sie sich vorstellen«, sagte er. »Niemand wird Sie belästigen, nicht einmal Ihren kleinen Finger wird man berühren. Eines Tages, so hoffe ich, werden Sie meine Frau werden – und welcher Schurke würde sich trauen, etwas anderes als den größten Respekt für die zukünftige Mrs. Quaile zu zeigen?« Für ihn schien das eine witzige Art, um über die kitzlige Angelegenheit hinwegzukommen, und er war sichtlich zufrieden mit sich, als er mich verließ.

Mein Hirn war vollkommen leer; ich war ohne jeden Willen, und mein Herz war selbst für Tränen zu müde. Die Tränen und die Unruhe und die unaufhörliche Folter, die Träume ohne Erfüllung und das Sehnen ohne Hoffnung, all das kam erst viel später; als wäre eine Hälfte von mir abgeschnitten, so wie ein Glied noch schmerzen kann, lange nachdem es von dem lebenden Körper amputiert ist, lange nachdem man sich mit der Tatsache abgefunden hat, als Krüppel weiterzuleben, der nie mehr die Seligkeit kennen wird, ein Ganzes zu sein …

Während der ersten Wochen auf Mingo Creek war ich beinahe zufrieden; da war ein Gefühl der Erholung, eine zeitweilige Pause, eine vorübergehende Rast, ein kurzes Freisein von Not und Kummer. Sicher, Felipe wird bald kommen und mich zurückholen. Er wird mich überreden, mit ihm zu gehen, mich verführen, mich stehlen, mich rauben, mich mit sich reißen, wie er es in Weimar getan hatte. In der Zwischenzeit gab es viel Arbeit, und abends war ich müde wie eine Bauernmagd, und dankbar lernte ich wieder zu schlafen. Von der anderen Seite der Mauer, die die Hazienda von dem Arrostro trennte, kam das mahlende Geräusch der Mühlen und Stampfer, die das Erz zerkleinerten und mischten, das langsame Ächzen der Räder, der immer gleiche beruhigende Gesang des Wassers, das in breitem Sturz über den Damm strömte; all das formte eine Monotonie, in der ein Tag in den andern überging und mein Gefühl für den Ablauf der Zeit stumpf wurde.

Mingo Creek sah Besucher kommen und gehen. Sie kamen von Celaya Querétaro, San Miguel el Grande, von Léon und San Juán de Lagos im Norden und selbst aus der Hauptstadt im Süden. Zu den unerwartetsten Stunden konnte man das hohle Trapp, Trapp von Pferden auf der Holzbrücke vernehmen, die unsere Hazienda mit der Straße nach Marfil verband; oder es pochte jemand des Nachts heimlich an das Tor, und Bert Quaile selbst stapfte über den Hof und zog die schweren Eisenstangen zurück. Priester kamen an, Offiziere, Studenten und Rechtsanwälte, steifleinene Beamte der Obrigkeit und abgerissene Männer ohne offensichtlichen Beruf oder Grund. Sie teilten unsere Mahlzeiten, zogen sich mit Quaile für lange Gespräche hinter verschlossene Türen zurück; sie blieben einen Tag oder einen Abend und verschwanden unauffällig.

In vieler Beziehung waren sie sehr verschieden, aber eines hatten sie alle gemein: sie alle waren Kreolen.

»Wer sind diese Leute, und warum benehmen sie sich so geheimnisvoll, Mister Quaile?« fragte ich wohl.

»Es sind meine Freunde und Ehrenmänner. Eines Tages werde ich Ihnen mehr von ihnen erzählen«, sagte Quaile.

»Und in was für einem Spiel haben Sie große Übung? Können Sie mir das sagen?«

»Was heißt das?«

»Ich hörte, wie Sie zu Vater Hidalgo sagten, Sie hätten große Übung in dem Spiel und er könnte mit Ihnen rechnen.«

Er sah mich mit einem kleinen, nachdenklichen Lächeln an, während er seine Pfeife ausklopfte, um Zeit für seine Antwort zu gewinnen. »Wie gefällt Ihnen Vater Hidalgo?« fragte er mich.

»Ich glaube, ich mag ihn von allen Ihren Besuchern am liebsten. Irgendwie erinnert er mich an einen Freund meines Vaters: Goethe. Sie mögen nie von ihm gehört haben, aber Goethe ist ein sehr großer Mann.«

»Vater Hidalgo ist auch ein sehr großer Mann. Im allgemeinen habe ich nichts mit den papistischen Priestern zu schaffen, aber unser kleiner Curate ist ein guter Mann und ein mutiger Kämpfer, und er weiß, gegen was er kämpft und warum. Wenn Hidalgo spricht, da kommt so etwas Glühendes über den sanften kleinen Mann, ich muß immer an den Engel denken, der Moses im brennenden Dornbusch erschien. Wir müssen einmal nach Dolores reiten und zuhören, wie er seinen Indianern predigt.«

»Und Ihr Spiel? Kann ich nicht auch mitspielen?«

»Ich weiß nicht recht, ob Sie es wollten, wenn Sie erst einmal seinen Namen kennen. Und wenn ich mit Ihnen darüber rede, hätte ich es nicht gern, wenn es in der Öffentlichkeit ausgetrommelt würde.«

»Ich bin keine Klatschbase, Mister Quaile.«

»Nun gut. Wir wollen unser Spiel einen Aufstand nennen. Rebellion. Revolution. Wie gefällt Ihnen das?«

»Es hört sich – ich weiß nicht – unheimlich an«, sagte ich, und ein kleines, unerklärliches Schaudern berührte meine Schultern.

»Sie wissen, was Mister Jefferson sagt? ›Gott helfe uns, wenn wir jemals zwanzig Jahre ohne eine Revolution sein sollten.‹ Das hat er gesagt. Aber es ist nicht die blutige Art von Revolution, die Sie sich vorstellen. Tatsächlich glaube ich, daß gar kein Kampf stattfinden wird. Ich habe schon einmal eine Rebellion mitgemacht, und ich versichere Ihnen, daß es nicht so schlimm ist, wie es sich anhört. Habe ich Ihnen nie erzählt, wie ich durch die Straßen von Philadelphia geführt wurde, mit einem Schild an meinem Hut und einem andern um meinen Hals, auf dem stand: ›Aufrührer‹?«

»Nein, das haben Sie nicht erzählt. In was für merkwürdige Abenteuer Sie schon verwickelt waren, Mister Quaile –«

»Das war kein großes Abenteuer. Ein Soldat gab mir öffentlich einen Tritt in den Hintern – bitte um Vergebung –, und ein Junge spuckte meinem Vater ins Gesicht, und ein altes Weib hob einen Stein auf und warf ihn nach mir, aber verfehlte mich, und alle Welt schrie uns Beleidigungen zu und schüttelte die Fäuste, und dann wurden wir in ein verdrecktes Loch von einem Gefängnis geworfen und dort drei Tage und Nächte ohne Verhör gelassen, und dann wurde ich wieder in die Freiheit hinausgestoßen; aber mein Vater wurde lange Zeit festgehalten. Ich brannte durch und schmuggelte Whisky nach Louisiana, um mit dem Geld die Advokaten zu bezahlen und meinen Vater freizubekommen. Aber nach seiner Freilassung wurde er von einem schleichenden Übel befallen und starb nach zwei Monaten, niemand wußte genau woran. An gebrochenem Herzen, würde ich sagen. Mir selbst tat das Herz weh. Damals verließ ich meine Heimat und versprach mir, erst dann zurückzukehren, wenn ich ein reicher Mann wäre. Wenn das ihre vielgepriesene Freiheit ist, so können sie sie sich auf den Hut stecken! sagte ich zu mir und ging.

Mister Jefferson hat ein Wort für das, was uns geschehen ist: ›Liberticide‹ nannte er es. Das bedeutet Freiheitsmord auf griechisch oder lateinisch oder so etwas Ähnliches, verstehen Sie?«

»Ja, das dachte ich mir«, sagte ich. O du guter Rektor Bemelmann, dachte ich und mußte lächeln.

Er stand auf und brachte die Bibel, um laut daraus zu lesen, wie er es gewöhnlich am Abend tat, wenn ich meinen Nähkorb herausgeholt hatte. »Halte fest, was du hast, daß niemand deine Krone nehme. Offenbarungen, Kapitel 3, Vers 11«, begann er in seiner besonderen Bibelstimme, aber er schien mehr und mehr ärgerlich zu werden, und seinen Zeigefinger zwischen den Seiten haltend, schlug er das Buch zu und bemerkte als eine Art von Erklärung: »Ich spreche von der Whisky-Rebellion. Jemals davon gehört, Madam?«

»Ich glaube nicht. Wollen Sie mir davon erzählen? Sie wissen, wie gerne ich Ihnen zuhöre, wenn Sie von Ihrer Heimat sprechen«, sagte ich, und das war keine leere Schmeichelei. Von der jungen Republik im Norden blies eine frische Brise, die den Geruch von Verfall und Fäulnis verwehte, der von dem absterbenden spanischen Reich ausströmte.

»Es ist keine hübsche Geschichte, und ich weiß kaum, wo ich beginnen soll. Aber nehmen wir zum Beispiel meinen Vater und diesen Mister Neville. Mein Vater war ein armer Bauer aus dem Hinterland, der jeden Zoll seines Bodens mit eigenen Händen gerodet hatte, ehe er etwas pflanzen konnte. Bäume gefällt, Stümpfe ausgegraben, das Unkraut bekämpft, und dazu die Fliegen und Mücken und den Sumpf und die Fieber! Ein hartes Leben, Madam, ein sehr hartes Leben. Aber die Nevilles, ah, das ist eine ganz andere Geschichte! Denen gehörte ihr Land seit frühen Zeiten, und der alte Neville wußte nicht, was schwielige Hände waren; er konnte sich Sklaven kaufen und so viel freie Männer dingen, wie er wollte, um seine Felder zu bestellen.

Wir lebten in einem Blockhaus sechs Meilen hinter dem Mond, während die Neville-Familie einen feinen Besitz an der Waterstreet und ein Landhaus auf dem Rover Hill hatten, voll mit französischem Porzellan und eleganten Sachen. Die Neville-Damen paradierten in Seidenkleidern und Federhüten in die Kirche, während meine Mutter, Gott hab' sie selig, schrubbte und wusch und nähte und flickte und molk und spann und arbeitete und kochte, bis ihre armen Finger so knorrig waren wie ein Schwamm an einem kranken Baum. Ich hatte gerade angefangen, auf meinen eigenen Beinen herumzutorkeln, als mein Vater und mein ältester Bruder als Soldaten für den Befreiungskrieg eingezogen wurden; und Mister Neville ging auch, aber angetan wie ein Tambourmajor und mit einem hohen militärischen Rang. Als er aus dem Krieg zurückkam, war er ein General, während mein Bruder einen Arm verloren hatte und das rheumatische Fieber meinen Vater zum Krüppel gemacht hatte und unser Grund und Boden übler dran war als zuvor. Der reiche Mister Neville war noch reicher geworden, aber mein Vater besaß nichts als ein paar schmutzige Fetzen Papier, die bescheinigten, daß ihm die Konföderation seinen ganzen Sold schuldete. Steuern waren himmelhoch, und es schien, daß ein gewonnener Krieg ebenso hart für das Volk war, als wenn sie ihn verloren hätten.

Ich kann meinen Vater immer noch fluchen und schimpfen und beten und sich mit der Faust an den Kopf schlagen hören. Er und mein ältester Bruder saßen und brüteten und sprachen stundenlang davon. ›Erinnerst du dich, Bill‹, sagte er wohl, ›erinnerst du dich, was man uns alles versprach? Erinnerst du dich, wie kalt es war, als wir bis zum Hintern im Sumpf steckten? Erinnerst du dich, wie es sich anfühlt, wenn einem die Füße wund werden, und wie es ist, wenn man die rote Ruhr hat und man muß marschieren, und die lassen dir nicht einmal genug Zeit, dich neben der Straße hinzuhocken und zu entleeren? Erinnerst du dich an die schöne Rede, die dir dein Oberst hielt, ehe sie dir den Arm abnahmen? Erinnerst du dich an dies und an jenes? Erinnerst du dich, um was wir in diesem Krieg fochten? Weil die Engländer uns so hohe Steuern auferlegten. Und wie sieht es jetzt mit den Steuern aus?‹ Langweilt es Sie, Madam, mir zuzuhören?«

»Nicht im geringsten, Mister Quaile. Aber Ihre Rebellion?«

»Darauf komme ich ja gerade. Sehen Sie, das einzige, was

wir im Westen anpflanzen konnten, war Korn, und das einzige, was wir damit anfangen konnten, war, Whisky daraus zu destillieren. Wir konnten ja unser Korn nicht aneinander verkaufen oder gegenseitig eintauschen, nicht wahr? Ebensowenig konnten wir es nach dem Osten verkaufen, denn da gab es keine Straßen, und bis unser Trans-Alleghany-Korn die Städte erreicht hätte, würde es zweimal so teuer geworden sein wie das Getreide, das im Osten wuchs. Aber Whisky, ja, Whisky konnte man verkaufen und genug Profit daraus schlagen, um die Steuern zu bezahlen und das verschuldete Land nicht in die Hände der reichen, mächtigen Grundbesitzspekulanten fallen zu lassen. Als nun der Kongreß eine hohe Sondersteuer auf unseren Whisky beschloß und uns damit die einzige Möglichkeit nahm, unser Leben zu fristen, das war der Funken, der das Pulverfaß zum Explodieren brachte. Die Männer in unserer Provinz taten sich zusammen und weigerten sich, die Abgabe zu bezahlen.

Der Kongreß hätte es besser verstehen und nicht einen reichen Tory wie General Neville zum Inspektor ernennen und einer Stinkwanze wie diesem Bill Graham die Stelle eines Steuereinnehmers geben sollen. Da wurde inspiziert und geschnüffelt und probiert und untersucht, und sie steckten ihre Nasen in jeden Destillier-Kolben und hatten ihre dreckigen Finger im Privatleben eines jeden freien Mannes, und sie markierten und kreideten jedes Fäßchen an und brannten Zeichen darauf und verordneten und schätzten und verboten hier und erlaubten da, belohnten ihre Denunzianten und bezogen ihr Schnüffler-Gehalt und ihre Belohnung und ihren Anteil von den bitteren, verfluchten Steuern der armen Yahoo-Farmer. Der Kongreß hätte wissen sollen, daß kein Mann in den Landkreisen westlich der Alleghanies, der etwas auf sich hielt, sich einen solchen Eingriff in seine Freiheit gefallen lassen würde. In jenem Sommer, als ich von Philadelphia nach Hause kam, um meinem Vater bei der Ernte zu helfen, fand ich den ganzen Landkreis in hellem Aufruhr. Ich war ein junger Bursche, der nie einen Schuß im Zorn gefeuert gesehen hatte, und nun kam ich geradewegs in die Höllenwut der Männer. Damals fing ich an, mir zu wünschen, daß ich es eines Tages mit der Politik versuchen könnte. Ich möchte gerne für das Volk im Kongreß eintreten, für die armen Leute, die so schwer arbeiten und die ich so gut kenne; und dann zu den Leuten zurückgehen und ihnen die Beweggründe von Staat und Nation erklären. Ich wünschte allerdings, ich hätte alle die feinen Worte zur Verfügung, die ein Politiker braucht. Nehmen Sie zum Beispiel Mister Jefferson ...«

»Und was geschah mit Ihrer Whisky-Rebellion?« fragte ich rasch, ehe er sich in eine endlose Ode auf seinen leuchtenden Helden verlieren konnte.

»Das Ende? Ich habe das Gefühl, es gab ein bißchen zuviel Whisky in unserer Whisky-Rebellion, und als die Burschen erst einmal betrunken waren, da war es mit der Überlegung vorbei. Als sie nach dem Chartier Valley hinauszogen und Nevilles Rover Hill niederbrannten, hatten sie alles verloren. Daß die Leute überkochen und ihrer eigenen Sache schaden, das ist der Fallstrick einer jeden Massenbewegung. Aber ich habe eine Menge in jener Rebellion gelernt, und ich glaube fest an Vater Hidalgos guten Einfluß. Schließlich erlaubt er ja seinen Indianern auch nicht, besoffen in die Kirche zu kommen, und ich bin gewiß, daß er sie im Zaum halten kann, wenn ihre Freiheit auf dem Spiel steht. Er wird auch nicht anfangen, ehe wir die ganzen Truppen auf unserer Seite haben.«

Ich mußte über seinen Eifer lächeln. »Aber was haben Sie persönlich von der Unabhängigkeit der spanischen Kolonien zu gewinnen oder zu verlieren, Sie alter Rebell?« fragte ich. »Oder ist das eine Art Sport für Sie?«

»Erstens einmal war mein Vater auch ein Kolonist, bevor mein Land seine Unabhängigkeit gewann; und früher oder später kommt die Zeit, daß ein Mann sich für die eine oder andere Seite entscheiden muß, wenn er sich wie ein anständiger Mensch fühlen will. Ich kann eben nicht jenen Sommer vergessen, als ich nach Hause kam und mein Vater viel magerer und kleiner war, als ich mich seiner erinnerte, und Augen und Gesicht wie Senf von der Gelbsucht, so hatte die Bitterkeit seine Galle angegriffen. Und mein Bruder, der seinen Armstumpf vorzeigte und schrie: ›Warum brandmarken sie das nicht auch und besteuern das Fleisch und die Knochen, die wir im Krieg gelassen haben?‹ Und meine Mutter schleppte sich hin und her, und am Nachmittag sagte sie: ›Ich glaube, ich muß mich für eine Minute hinlegen, ehe ich dir dein Nachtessen bereite.‹ Und ich brühte ihr eine Tasse Tee und goß einen Schuß Whisky hinein und einen Löffel Honig und brachte es ihr. Und sie sagte: ›Aber Bert, so ein Luxus! Man würde glauben, ich sei die Königin von England. Nein doch, Bert, mein Junge‹, sagte sie, ›wie du deine Mutter verwöhnst!‹ Und eine Stunde später war sie tot, und die Nachbarsfrauen, die am Abend die Leiche wuschen, fanden ein Gewächs so groß wie ein Kopf an ihrem Unterleib; sie hat wirklich wie ein angespannter Karrengaul bis zu ihrer letzten Stunde gearbeitet, Gott hab' sie selig, und nie ein

Wort der Klage. Nein, Madam, ich kann immer noch nicht an meine Mutter denken, ohne tief, sehr tief bewegt zu sein ...«

Quaile stand auf und drehte mir seinen Rücken zu und begann im Zimmer hin und her zu gehen– er hielt seine Hände auf dem Rücken verschränkt, und seine Finger öffneten und schlossen sich krampfhaft, bis er sich wieder in der Gewalt hatte. »Nun, Madam, was denken Sie? Sollen wir uns ein paar Verse aus der Bibel lesen?« sagte er und öffnete das Buch. »Der zweite Brief an die Korinther: ›Wir sehen nicht auf das Sichtbare, sondern auf das Unsichtbare, denn was sichtbar ist, das ist zeitlich; aber was unsichtbar ist, das ist ewig.«

Das apathische und ruhevolle Wohlgefühl der ersten Wochen wich einem Sturm von Unruhe, schlimmer, als ich es je gekannt hatte. Dann, nach Wochen und Monaten, als meine Erwartungen hinwelkten und mein Harren zu nichts gekommen war, als Felipe keinerlei Versuch machte, mich zu sehen, als keine geheimen Botschaften von ihm ankamen, als er mir endgültig und unwiderruflich fernblieb, da begann etwas in mir abzusterben. Es war nur ein kleiner Vorgeschmack des Todes, nicht so wild wie damals, als ich mein ungeborenes Kind verloren hatte; aber wie in jedem Tod waren da zuerst die Schmerzen und dann ein Sichfügen in das Unvermeidliche und dann ein tiefes, leeres Nichts; und endlich: Frieden. Und nach einer Weile fing ich an, mich zu erholen und wieder aufzuleben mit der Hilfe von aufgesparten Kräften in mir, von denen ich nichts gewußt hatte. Ich begann Quaile für seine Güte und seine Rücksicht und seine große Geduld dankbar zu sein. Ich mochte ihn gut leiden, nicht mehr und nicht weniger als von jeher. Und wie ich ihn von Tag zu Tag besser kennenlernte, respektierte ich ihn immer mehr. Hätte Quaile mich damals weggeschickt, ich hätte nicht gewußt, wohin zu gehen oder was zu tun. Hätte er mich verlassen, so wäre das der endgültige Zusammenbruch in meinem Leben gewesen. Langsam drang der Gedanke, diesen riesigen, wärmenden bequemen Kachelofen von einem Mann zu heiraten, in mein Gehirn ein und wurde immer anziehender, je länger ich darüber nachdachte. Wenn er mir Kinder geben könnte, die Albert sowohl wie Felipe mir versagt hatten, das würde mehr sein, als ich verdiente. Ich fing an, über die Kinder nachzudenken, die so dringend forderten, aus meinem Schoß geboren zu werden. Ein kleines Bübchen stahl sich in meinen Schlaf und meine Träume. Es war blond, blauäugig, es hatte sauber geschrubbte rote Backen, es hielt einen Apfel in der Hand; es war ein Bübchen aus einem Märchenbuch. Auch war es eine gesunde Abwechslung von meinen

Träumen, in denen Felipe erschien, mit Silberstaub im Haar und seinen Degen schwingend, wie ich ihn zuletzt gesehen hatte.

Rosaura kam ein- oder zweimal auf Besuch und trug mir ein paar vage und ungenaue Gerüchte zu. Es hieß, daß Felipe sich um die jüngere Matanza-Tochter bemühte, deren Ruf etwas beschädigt, deren Vater jedoch der begüterte und einflußreiche Don Miguel war. Aber keine Verlobung fand statt, und nach einer Weile hieß es, er habe die Stadt verlassen, um nach der Veta Madre zu suchen oder sonst irgendein Abenteuer zu unternehmen. Wieder andere Leute glaubten, daß er mit eigenen Händen ohne Unterlaß in den verlassenen, rattenverseuchten Wurmlöchern von La Ramita herumwühle, die ihn jederzeit in einem endgültigen Einsturz begraben mochten. Und dann schlossen sich die Wasser über seinem Namen, und die Rosaura ließ sich nicht mehr in Mingo Creek sehen, wahrscheinlich, um mir Zeit zu geben, zu vergessen und meine Wunden zu verheilen.

Ich stürzte mich in die Arbeit, erlaubte mir nicht eine Minute meiner wachen Stunden ohne Tätigkeit. Ich pflanzte einen Kräutergarten. Ich kreuzte einige der eingeborenen, wilden Blumen und warf stolz auf meinen bescheidenen Erfolg. Ich lehrte zwei unserer Köter unbestimmter Abstammung sich wie Rassehunde zu benehmen, legte Gartenbeete und Bewässerungsgräben an. Ich beobachtete mit großem Interesse den Fortschritt eines artesischen Brunnens, den Bert Quaile bohren ließ, und die Konstruktion einer Felsenhöhle, die als Weinkeller benutzt werden sollte. Außerdem, angespornt durch Vater Hidalgos Beispiel, versuchte Quaile, das Leben seiner Arbeiter und deren Familien zu verbessern und bat darin um meine Hilfe.

»Ich gebe ihnen einen Teil von jedem Quintal Silber, das das Werk verläßt, genauso, wie es in der Valenciana gehalten wird. Aber das ist keine befriedigende Lösung, Madam. Je mehr ich den Männern bezahle, desto mehr besaufen sie sich am Samstag und desto mehr Unheil richten sie an. Und ihre Weiber und ihr Kleinzeug bleiben genauso hungrig wie vorher. Ich wollte, ich wüßte, wie das Problem zu lösen ist.«

»Könnten Sie nicht einen Teil des Lohnes an die Frauen direkt auszahlen? Vielleicht wenn Sie den Männern nur ihren Anteil des Ertrages geben würden, um sich damit zu betrinken, und den Tageslohn der Männer den Frauen aushändigen, um dafür Essen zu kaufen? Frauen wissen besser mit Geld umzugehen.«

»Hm, das ist keine schlechte Idee, Flachsköpfchen. Will es auf jeden Fall versuchen.«

Von da an wurde jeden Samstag morgen das Tor des Patio für die Frauen geöffnet, und sie schlurften herein und kauerten sich rund um die Veranda: eine verschlafen aussehende, zigarettenrauchende Menge, apathisch und nicht ohne ihr immer waches indianisches Mißtrauen, darauf wartend, daß ihnen der Lohn ihrer Männer ausgehändigt wurde. Ich hoffte zu Gott, daß die Männer ihre Frauen nicht mehr als gewöhnlich verprügeln würden wegen dieser Einteilung; aber Quaile war sehr stolz darauf und lobte mich und fing an, von einer Schule für die Kinder zu träumen. Nichts Großartiges, nur ein Dach auf Pfeilern, wo sie im Schatten sitzen und Unterricht erhalten konnten. Vater Hidalgo hatte versprochen, sich nach einem passenden Lehrer umzusehen ...

Aber all diese häuslichen Pflichten waren nicht genug, um die Leere in mir zu füllen, und ich warf mich Hals über Kopf in die Unabhängigkeitsbewegung, die heimlich an Stoßkraft gewann. Hier und dort sprangen literarische Gesellschaften aus dem Boden (»... und ohne unsere eigenen demokratischen Gesellschaften in den Staaten wäre Mister Jefferson nie Präsident geworden«, sagte Quaile), wo sich unter dem Deckmantel von Diskussionen über Kultur und Philosophie die gleichgesinnten Geister trafen, die Verschwörung eine Art Form bekam und Pläne für künftige Aktionen im innersten Kreis der Eingeweihten geschmiedet wurden.

Es wäre sehr schön, wenn ich mich meiner erinnern könnte als einer feurigen Prophetin für Freiheit der Unterdrückten, als einer Heldin, eines der vollbusigen, wogenden Weiber, die von jeher auf Monumenten die Barrikaden mit hochgeschwungenen Fahnen verteidigen. Aber ich benahm mich ganz und gar nicht in dieser Art; ebensowenig, soweit ich es beurteilen konnte, war eine Verschwörung für die Freiheit eines Volkes die heroische und zweckvolle Tat, die Legende und Geschichte später daraus machen. Ich muß lächeln, wenn ich an jenes Jahr zurückdenke, als ich hinter Bert Quaile zu heimlichen Zusammenkünften und Versammlungen hertrabte, als wir bis nach Querétaro und San Miguel reisten, hitzige Reden anhörten, feurige Resolutionen unterschrieben, Männern begegneten, deren Namen für spätere Generationen von blutiger und tiefer Bedeutung wurden. Ich weiß nicht, ob alle Revolutionen und Rebellionen dies gemeinsam haben oder ob es nur eine mexikanische Besonderheit war: aber ich erinnere mich, daß diese Geheimbünde zu einem Großteil von persönlicher Eitelkeit beherrscht wurden; von der Sucht, sich in den Vordergrund zu drängen; von Wichtigtuerei und Ehrsucht. Da war eine ermüdende Wiederholung von leergelaufenen Phrasen und Doktrinen. Viel unreifes Denken und viel Gedresche von leerem Stroh. Es gab nur wenige von Vater Hidalgos selbstloser Hingabe an das Endziel; zu viele mußten durch Versprechen von Gewinn und Vorteilen in die Bewegung gelockt werden. Einige wurden hineingezogen durch Angst, auf der verlierenden Seite zurückzubleiben; und der Beitritt nicht weniger mußte schlechthin mit Geld erkauft werden.

Was bei diesen geheimen Zusammenkünften gelesen, gesprochen und diskutiert wurde, schien mir von äußerster Harmlosigkeit; in Weimar hätte man diese Dinge schon zwanzig Jahre zuvor bei einem Tee der Herzoginmutter Amalie als abgestanden und langweilig empfunden. Einzig und allein der Schatten der Inquisition und der wohlbekannten und bewiesenen Grausamkeit der Audiencia Real gab diesen Zusammenkünften ein gewisses Chiaroscuro von romantischer Gefahr. Es war romantisch, in einem der schönen Paläste in San Miguel el Grande den Fandango zu tanzen, etwa mit einem stattlichen Kreolenoffizier vom Regiment der Königin zu kokettieren, während man doch jede Minute das geheime Warnungssignal oder selbst die todbringende Entdeckung der Verschwörung erwarten mochte. Denn Musik und Tanz waren nur ein Deckmantel für die geheime Versammlung im Keller, wo schwerwiegende Beschlüsse getroffen und endgültige Pläne gemacht wurden. Es war romantisch, politische Botschaften in juwelengeschmückten Strumpfbändern zu verstecken, einen namenlosen Mann und sein Pferd für eine Nacht aufzunehmen und ihn am Morgen mit einer Börse voll Silber zu verabschieden, damit er seiner gefährlichen Aufgabe nachgehen mochte, die darin bestand, mehr und mehr der königlichen Truppen auf unsere Seite zu ziehen. Drohender und gefährlicher aber als alles andere erschien mir das gegenseitige Mißtrauen, dieses tiefe, angeborene Mißtrauen der Mexikaner, das wie ein schwerer Nebel über der ganzen Verschwörung lag.

Ich erinnere mich an die letzte Versammlung, der wir beiwohnten. Sie fand in der kleinen würdevollen Stadt Salamanca statt, und eine beträchtliche Menge von Menschen war in dem schlecht erleuchteten, ungelüfteten Salon eines alten Hauses eng zusammengepfercht. Vater Hidalgo hatte sich entschuldigen lassen, aber einige der führenden Offiziere unserer Verschwörung waren anwesend; Hauptmann Allende, ein wenig ungeschlacht in seinem Benehmen, sein schweres Kinn etwas unbequem auf den hohen Uniformkragen gestützt; und der stattliche Hauptmann Aldama, der mich gerne hänselte und mit mir tanzte, aber der sich sehr anstrengen mußte, nicht zu gähnen, während Szenen aus Hidalgos Übersetzung von Molières Tartuffe vorgelesen wurden. Doña Maria Ortiz saß neben mir, eine schöne Frau und eine der wichtigsten Stützen der Bewegung, so wurde mir zugeflüstert. Die Versammlung knisterte förmlich vor Erregung über ihren eigenen Mut. Einen französischen Autor zu lesen, ihn laut vorzulesen; eine Satire über Frömmelei in der Übersetzung eines Priesters zu lesen; für unsere Revolutionäre schien das der Gipfel der Tollkühnheit. Für mich dagegen, die sich schon in Rektor Bemelmanns Schulstube pflichtschuldigst durch die geschraubten Verse durchgequält hatte, war der Vortrag reichlich langweilig, und ich war froh, als er ein Ende nahm.

Die meisten Reden, die darauf folgten, waren, was Quailes Orakel, Mister Jefferson, »Das aufgeputzte Flitterwerk der Rhetorik« nannte, aber das Publikum berauschte sich daran und klatschte begeisterten Beifall. Bert Quaile fing an, auf seinem Sitz umherzurutschen und mit den Seiten, die ich für ihn kopiert hatte, zu rascheln. Er hatte versprochen, eine Zusammenfassung der Unabhängigkeitserklärung seiner eigenen Nation vorzulesen, die möglicherweise den Mexikanern als Beispiel und Muster dienen mochte. Ich wußte, daß meinem Riesen sterbensangst davor war, eine öffentliche Rede zu halten, und ich konnte sehen, wie unbehaglich er sich in seinem neuen schwarzen Frack fühlte. Ich drückte seine Hand, ehe er auf das Podium stapfte, wo er sein Manuskript unter das Licht der einen Talgkerze hielt, die unser sparsamer Gastgeber beigesteuert hatte. Die Seiten zitterten ein wenig in seiner großen Hand, und er tat mir leid. Er kam mir wie ein Schuljunge in Examensängsten vor, und er sprach jede Silbe sehr deutlich und behutsam aus, eifrig bedacht, der Versammlung die Schönheit und Ehrlichkeit der Prinzipien seines eigenen Landes begreiflich zu machen.

Ich kannte jedes Wort auswendig, sowohl in Spanisch als in Englisch, denn ich hatte Don Lorenzo bei der Übersetzung geholfen. Aber sie nahmen einen volleren Klang und eine größere Bedeutung an, als sie über die Köpfe der zuhörenden Verschwörer rollten. Nach und nach überwand Quaile sein anfängliches Stottern und ließ sich von dem Schwung von Jeffersons Worten und der angespannten Aufmerksamkeit seiner Zuhörer mitreißen. Doña Maria legte ihren nervösen Fächer nieder, suchte nach meiner Hand und hielt sie in einem festen und schwesterlichen Druck ihrer zarten mexikanischen Finger fest. Quaile las weiter, unterbrach sich nur ein- oder zweimal, um die Kerze, die neben ihm stand, zu putzen, und fuhr dann mit größerer und gelassenerer Zuversicht fort. Ich hatte ihn sehr lieb in diesem Augenblick, und ich konnte ihn mir vorstellen, wie er in seinem eigenen Land und in seiner eigenen Sprache zu einer Versammlung reden, sie Punkt für Punkt von den fortschrittlichen Ideen, für die er einstand, überzeugen würde. Robert Quaile, ein Mann, den Männer seiner eigenen Art gewählt hatten, daß er sie repräsentieren und für sie eintreten möge. Kongreßmitglied Bert Quaile für den Distrikt Westmoreland. Senator Quaile für den Staat Pennsylvanien. Und ich würde irgendwo auf der Galerie sitzen und stolz auf ihn sein. »Was hat Vater ihnen in Washington gesagt?« würde unser Ältester mich fragen, wenn ich nach Hause kam. »Hat es ihnen gefallen? Haben sie ihm zugejubelt?« – »Ja, mein Junge, sie haben ihm applaudiert. Dein Vater ist ein feiner Mann, der beste in der ganzen Welt.« Ich konnte fühlen, wie sich das Bübchen gegen meine Knie lehnte – er trug einen Anzug aus blauem Manchestertuch; fast konnte ich die Rauheit des Gewebes spüren, und unser Jüngster lag auf dem Bauch vor dem Kamin und las laut in seiner Fibel ... Doña Maria zog ihre Hand zurück, und als meine Gedanken von ihrem kurzen Umweg zurückkehrten, war etwas Unbestimmbares in dem Raum anders geworden. Die Luft war immer noch dumpf und zu warm, aber die Menschen waren kühl und unruhig, und sie wurden noch kühler, als Quaile Punkt für Punkt die Erklärung seiner Nation gegen ihren früheren König klarlegte. Nicht gegen den König von Spanien etwa, nur gegen den König von England, versteht sich; aber trotzdem: gegen einen König. Bestürzung verbreitete sich auf den Gesichtern, als Quaile zum letzten Paragraphen des amerikanischen Dokumentes kam, in dem die freien und unabhängigen Staaten sich von der Krone lossagten und allen politischen Zusammenhang zwischen sich und dem Mutterland abbrachen. » ... und für die Unterstützung dieser Erklärung, mit festem Glauben an den Schutz der göttlichen Vorsehung, verpflichten wir uns gegenseitig mit unserem Leben, unserem Besitz und unserer heiligen Ehre«, endete Quaile, faltete seine Bogen zusammen, ließ seinen Unterkiefer hängen und schaute mit seinem erwartungsvollen halben Lächeln auf die Versammlung. Eine verwirrte kleine Pause entstand, eine Pause, in der die Leute versuchten, ihre Fassung wiederzuerlangen; dann klatschten ein paar höfliche, aber absolut unüberzeugte Hände schwachen Beifall. Wir waren unter

Fremden, Bert Quaile und ich. In jenem Augenblick fühlte ich mich ihm enger verbunden als je zuvor. Auf dem Programm des Abends stand kein weiterer Redner, und wir empfahlen uns bald, da wir einen langen Ritt vor uns hatten.

Als ich in der Einfahrt wartete, bis mein Pferd gebracht wurde, hörte ich im Dunklen, wie zwei winzig aufglühende Zigaretten sich über Bert Quaile unterhielten.

»Was kann man erwarten? Ein Barbar; ein barbarisches Land ohne Tradition, ohne Religion –«

»Sich auf die göttliche Vorsehung zu berufen, wirklich, das geht zu weit! Er ist ein Ketzer, ich versichere dir, ein Atheist. Man muß ihn gut bewachen, diesen Señor Quaile ...« Und jede der zwei Zigaretten beschrieb einen Bogen, und zusammen zogen sie sich tiefer in den Patio zurück.

Wir legten beinahe den halben Weg in Schweigen zurück, gleichmäßig und rasch durch die Nacht trabend. Als wir uns Irapuato näherten, holte mich Quaile ein, und wir ließen unsere Pferde für eine Weile Seite an Seite im Schritt gehen. »Denen habe ich aber Angst gemacht«, sagte er, anscheinend mitten in einem Monolog. »Aber das war zu erwarten.« Ich hörte, wie er in sich hineinlachte. »Wissen Sie, was mein Vater mir einmal erzählte? Er war gerade in Philadelphia und kam zufällig am Hof des alten Statehouse vorbei, als die Unabhängigkeitserklärung zum erstenmal öffentlich verkündet wurde. Er sagte, daß nur sehr wenig respektable Leute anwesend waren; nur die gewöhnlichen Nichtstuer und Tabakspucker, die immer dort herumlungern, und niemand verstand so richtig, um was es sich eigentlich handelte. Was kann man da von den Mexikanern verlangen? Wollen wir jetzt die Pferde ein wenig ausruhen lassen?«

Er bog von der Landstraße ab und ritt seine große graue Mähre in den dichten Nebel, der kniehoch über der Wiese stand. Es war eine verhängte Nacht mit kleinen Wölkchen, die eilig an einem kleinen abnehmenden Mond vorbeitrieben. Ich ritt Peggy in den weichen Nebel und das Gras; Quaile war nur ein massiger schwarzer Schatten. Wir stiegen nicht ab, aber wir hielten unsere Pferde nah beieinander, und sie beugten ihre Hälse und begannen zu schnauben und verschlafen im Dunkeln zu grasen.

»Endlich ist man zu einem Beschluß gekommen«, sagte Quaile. »Sie wollen ihre Unabhängigkeit im Januar erklären, während des jährlichen Jahrmarkts in San Juán de Lagos. Das ist ziemlich günstig, denn es ist der traditionelle Treffpunkt von einer großen Menge Volks, von Indianern und Mexikanern, und bis dahin bleibt uns Zeit genug, alles gut vorbereitet und organisiert zu haben. Auch ist Lagos so weit von der Hauptstadt entfernt, daß alles entschieden und auf friedliche Weise in Ordnung gebracht worden sein sollte, ehe die Audiencia Real erfahren kann, daß Mexiko seine Unabhängigkeit erklärt hat. Noch fünf Monate, bis wir unser Bündel packen und nach Hause gehen können. Ich kann es kaum erwarten, dich mit meiner Großmutter deutsch sprechen zu hören, Blondköpfchen.«

Ich sammelte Atem und Mut. »Ich würde gerne mit dir in deine Heimat gehen, aber ...«

»Nun, und was hält dich davon ab?«

»Sie haben seit langer Zeit nicht um meine Hand angehalten, Mister Quaile. Und ...«

»Gut. Dann tue ich es jetzt«, sagte er, und durch das neblige Dunkel konnte ich sehen, wie er seinen Hut abnahm. »Willst du meine Frau werden? Endlich?«

»Ja – aber da ist etwas – du hast mich nie nach meiner Vergangenheit gefragt ...«

»Was ist da viel zu fragen? Du warst eine junge, unschuldige Zofe und Contreras hat dich verführt. Er ist schon einmal ein unwiderstehlicher Don Juan, der eine Heilige verführen könnte.«

»Nein, so einfach war es nicht. Es ist eine lange Geschichte, die ich dir erzählen muß ...«

»Nicht jetzt, Flachsköpfchen. Du hast fünf Monate Zeit, mir deine Geschichte zu erzählen. Aber nicht gerade jetzt.«

Er nahm Peggys Zügel und zog sie ein wenig näher, so daß ich die Flanke seiner Mähre gegen mein Bein reiben fühlte. Er stützte seine Hand auf ihren Hals, und seinen Hut noch immer in der anderen Hand haltend, beugte er sich herüber und gab mir einen respektvollen und tastenden Kuß. Sein Gesicht war kühl und feucht in der Nacht, und ich hatte mich an den Geruch seiner Pfeife gewöhnt. Es ist eigentlich nicht unangenehm, dachte ich; ich werde mich daran gewöhnen. Ich werde Kinder haben ...

Die Hähne krähten, und die Sonne war am Aufgehen, als wir in Mingo Creek ankamen. Es war ein feiner, frostiger Morgen im späten August 1810.

Der sechzehnte September war ein ruhiger, klarer Sonntag, mit drei oder vier verspielten kleinen Wölkchen an das tiefe Bergblau des Himmels gemalt. Der Patio des Arrostro lag friedlich und leer in der sonntäglichen Stille, und die Stampfer und Mahlwerke ruhten sich aus.

Ich war dabei, meine Nelken aufzubinden, und Bert Quaile saß auf der Veranda, mit einem großen Glas Whisky nahebei und las das Wort Gottes meinem Loro vor, der es liebte, die Bibel vorgelesen und ausgedeutet zu bekommen. Wie ein alter Bauer in der Kirche schlief er wohl unter dem beruhigenden Einfluß der Heiligen Schrift ein, aber im Augenblick, da Quaile verstummte, wachte er auf und sagte »Amen«, das einzige Wort, das er von Quaile gelernt hatte. »... Der Herr schafft Gerechtigkeit und Gericht allen, die Unrecht leiden ... Barmherzig und gnädig ist der Herr, geduldig und von großer Güte«, las Quaile. »Er wird nicht immer hadern noch ewiglich Zorn halten. Er handelt nicht mit uns nach unseren Sünden und vergilt uns nicht nach unserer Missetat. Denn so hoch der Himmel über der Erde ist, läßt er seine Gnade walten über die, so ihn fürchten. So ferne der Morgen ist vom Abend, läßt er unsere Übertretungen von uns sein. Wie sich ein Vater über seine Kinder erbarmt, so erbarmt sich der Herr über die, so ihn fürchten. Psalm 103 Vers 6 bis 13«, sagte Quaile. »Amen«, sagte Loro. Ich konnte den Frieden und die Stille der Stunde fühlen, auf meiner Haut, in meinem Körper, in meinen Händen, die die Nelken berührten, in meinem lauschenden Herzen. » ... noch ewiglich Zorn halten«, klang ein Echo in mir. »So fern läßt er unsere Übertretungen von uns sein.« Ich strich mein Haar mit meinem Arm zurück und lächelte Quaile zu.

»Was für Fortschritte dein Garten doch macht, Flachsköpfchen«, sagte er. »Auf mein Wort, der junge Neville hat nie etwas Derartiges gehabt. Holá – Besuch?« unterbrach er sich, als Pferdehufe in vollem Galopp über unsere Holzbrücke gepoltert kamen. Er stand auf, um das Tor für den Reiter öffnen zu lassen. Aber der Mann in Dienertracht kam nicht herein. Er stieg nur vom Pferd, um eine kurze Unterhaltung am Tor mit Quaile zu halten, schwang sich wieder in den Sattel und galoppierte in einer Staubwolke davon. Das Pferd war mit Schaumflocken bedeckt, und der Mann war bleich gewesen, und sein Hemd hatte dunkle Schweißflecken gezeigt, da, wo es an seinem Rücken klebte. Quaile blieb an dem offenen Tor stehen, tief in Gedanken, sein Kinn gegen seine Brust gepreßt; endlich schloß er die schweren Flügel und sicherte sie mit der Eisenstange.

»Was gibt's? Schlechte Nachrichten?« fragte ich.

Er schaute mich an, aber er schien mich nicht zu sehen. Er setzte sich nieder und nahm mechanisch die Bibel wieder auf, ohne darin zu lesen. Er legte sie wieder hin, steckte die kalte Pfeife in den Mund und biß hart auf den Pfeifenstiel. »Bert«, sagte ich. »Laß es sein. Was ist geschehen?«

»Weißt du, wie es ist, wenn eine Sprengladung in einer Grube losgeht, ehe die Männer Zeit haben, sich in Sicherheit zu bringen?« sagte er nach einem langen, quälenden Schweigen. »Wenn es losgeht durch irgendeine Fehlberechnung, einen Fehler in der Zündung oder im Pulver. Was dann passiert, das ist eine verflucht scheußliche, blutige Sache. Und das ist genau das, was jetzt geschehen ist. Es gefällt mir nicht, Flachsköpfchen, es gefällt mir gar nicht.«

»Ein Unglück? In der Esperanza?«

»Schlimmer. Unsere Sache ist lange vor der Zeit losgegangen. In Querétaro, in San Miguel; vielleicht auch in Guanaxuato. Ich muß in die Stadt reiten, um es herauszufinden.«

»Aber was, um Himmels willen – oder darfst du mir nichts erzählen?«

»Ich möchte dich nicht mehr als notwendig hineinverwikkeln, jetzt da die Angelegenheiten diese unangenehme Wendung genommen haben. Dazu war der Mann so aufgeregt, daß ihm alles durcheinandergeriet. Aber es scheint, daß die Behörden über die Verschwörung informiert wurden, daß Verhaftungsbefehle für alle Führer ausgestellt sind und daß Hidalgo die Herausforderung angenommen hat und mit ein paar hundert seiner Indianer auf dem Marsch ist. Nicht um davonzurennen, verstehst du, nicht um sich zu verstecken, sondern um den Kampf aufzunehmen.«

»Aber wie – was – wer hat uns ausspioniert? Wer war der Denunziant?«

»Soweit ich verstehe, ein kranker, reicher Mann in Querétaro, der ein Mitglied unserer Gesellschaft war. Als er fühlte, daß es mit ihm zu Ende ging, schickte er nach dem Priester, um zu beichten und Absolution zu empfangen. Wie es scheint, hat er alles, was er wußte, erzählt, alle Namen, deren er sich erinnerte, angezeigt, und dann hat er zufrieden den Geist aufgegeben. Ich hoffe, er fährt direkt zur Hölle und Verdammnis, der feige Schandkerl! Der Priester, noch so ein miserabler Feigling, hatte nichts Eiligeres zu tun, als das Beichtgeheimnis zu brechen, um sich bei den Behörden lieb Kind zu machen. Wer war der reiche Mann, wer der Priester, welche Behörden? All das weiß ich nicht. Zunächst erhielt der Corregidor von Querétaro Befehl, eine Anzahl unserer Leute zu verhaften. Ich glaube nicht, daß du ihn getroffen hast, aber ich sah dich mit seiner Gemahlin, der Doña Maria Ortiz, sprechen.«

»O ja, ich kenne sie. Sie schien eine feine und aufrechte Frau zu sein.«

»Fein und aufrecht und tapfer. Sie ist eine großartige Frau, diese Doña Maria. Als sie von der Gefahr erfuhr, die Vater Hidalgo und Hauptmann Allende und den anderen Führern drohte, gab sie dem Alcalde – einem so guten, ehrlichen Mann, wie man ihn sich nur vorstellen kann – ein geheimes Zeichen. Doña Maria wurde sofort verhaftet, aber der Alcalde warf sich auf sein Pferd und galoppierte nach San Miguel, um Hauptmann Allende zu warnen. In der Zwischenzeit wurden noch ein paar andere verhaftet, und was dann geschah, kommt mir sehr mexikanisch vor; oder vielleicht ist es nur menschlich: In einem Sturm werden eben all die gelben Blätter von den Bäumen geblasen. Beim ersten Zeichen von Gefahr rannten alle die Schweinehunde, die sich aus Berechnung in der Bewegung festgesetzt hatten, in die Antechambres der Regierungskanzleien. Sie übertrumpften einander in Anschuldigungen und verrieten jedes kleinste Geheimnis, das sie kannten, die elenden, plärrenden Lumpen. Verkaufen ihre Unabhängigkeit und überliefern die besten Männer ihres Landes den Händen der Gerechtigkeit! Und was für einer Sorte Gerechtigkeit! Ich wollte, ich könnte ihnen die Hälse brechen!«

»Aber der Curate? Hidalgo? Allende? Wer hat dir die Botschaft gesandt?«

»Ich versuche gerade, alles zusammenzustückeln. Der Alcalde kommt in San Miguel an, erfährt aber, daß Allende nicht in seinem Quartier ist; wahrscheinlich war er nach Dolores geritten, um Hidalgo zu besuchen. Der Alcalde stöbert einen anderen Führer unserer Sache auf, den Hauptmann Aldano, und zusammen galoppieren sie, so schnell sie können, nach Dolores. Sie finden Allende, und zu dritt wecken sie den Curate mitten in der Nacht auf. Da hast du nun diese vier furchtlosen und entschlossenen Männer in der verschlafenen kleinen indianischen Pfarrei; und was weiter geschah, das kann ich nur erraten. Wenn man auf den Diener hört, der mir die schlechten Nachrichten brachte, so gab es viel Geschrei und Weinen und Gejammer; ›wir sind verloren. Alles ist verloren, unsere Leben sind verloren, was sollen wir bloß tun?‹ Aber das hört sich für mich etwas zu mexikanisch an und klingt mehr wie Hidalgos Diener denn wie Hidalgo selbst. Auf jeden Fall war alles, was der Mann berichtete, ein atemloser Wirrwarr, denn er war seit sieben in der Frühe unaufhörlich geritten. ›Niemals hat es eine solche Nacht gegeben, nicht seit der Geburt von unserm Señor Jesu Christo‹, sagte er; na, du weißt ja, wie leicht ihre Gefühle mit ihnen davonrennen! Nur so viel ist sicher: es war Hidalgo, der die Entscheidung traf, lieber zu handeln, als alles aufzugeben und zu fliehen.«

Quaile begann die Länge der Veranda auf und ab zu marschieren, wie er es tat, wenn er ergriffen oder erregt war und es mich nicht merken lassen wollte. Aber ich wußte, wie seine Finger sich gegen seinen Willen bewegten und seine Handgelenke weiß wurden, so hart verschränkte er die Hände auf dem Rükken.

»Ich wollte, ich wäre gestern nacht in Dolores mit dabeigewesen«, sagte er. »Ich wollte, ich hätte mich irgendwie nützlich machen können. Aber anscheinend brauchen sie keine Fremden, um ihnen zu helfen. Eine kleine Abteilung Soldaten von Allendes Regiment war in Dolores stationiert; sie gehorchten ihrem Hauptmann fraglos und ohne Widerspruch. Sie öffneten das Gefängnis, ließen die Gefangenen heraus und steckten die wenigen Spanier von Dolores hinein. Nicht ein Schuß fiel, nicht ein Streich wurde bisher gewechselt. Die Leute von Dolores hören den Lärm in der Nacht, sie greifen nach Waffen, was immer ihnen in die Hände fällt, Machetes, Holzprügel, Steine. Diese Nacht gehört ihnen, den Mexikanern, dem Volk. Jetzt ist für die Spanier, die Gachupines, die Zeit zum Leiden gekommen. Um fünf Uhr morgens läutet Vater Hidalgo die Kirchenglocke, er spricht zu seiner Gemeinde; du hast ihn predigen hören, und du weißt, was für Feuerbrände unser stiller, liebenswürdiger, kleiner Curate in die Menge werfen kann. Ein riesiger Schrei bricht auf: ›Viva la Independencia! Viva America! Tod der schlechten Regierung!‹ Und so, mein kleines Flachsköpfchen, fängt eine Rebellion an! Zu der Zeit, da der Curate Boten aussandte, um bestimmte Personen zu warnen und sie zu benachrichtigen, daß der Kampf für die Unabhängigkeit begonnen habe, war er selbst auf dem Weg nach San Miguel. Wie ich höre, hat er ein paar hundert bewaffnete Männer mit sich, schlecht bewaffnete Eingeborene, davon bin ich überzeugt; denn wir sind nicht in Pennsylvanien, wo jeder Mann eine Flinte hat und jeder Junge, noch ehe er zehn ist, zumindest Eichhörnchen schießen kann. Aber was diesen Indianern an Ausrüstung abgeht, das machen sie durch Fanatismus wett. Du kennst sie nicht, wie ich sie kenne. Sie sind verschreckt und fügsam und unterwürfig, einer wie der andere; aber sobald sie sich in einer Menge wissen und wenn sie aufgestachelt sind, können sie so stark und mörderisch sein wie eine losgelassene Herde wilder Büffel. Ah ja, die großen Señores haben sich nicht vorgestellt, was für Mut und Entschlossenheit in diesem kleinen

Kampfhahn von einem Priester steckt – oder sie hätten es sich zweimal überlegt, ehe sie die Weingärten vernichteten, die er für sein Dorf gepflanzt hatte, und seine Töpfereien zerbrachen und die kleinen Werkstätten seiner Indianer zerstörten – alles dem spanischen Monopol zuliebe ...«

Ich war froh, zu sehen, daß Quaile sich aus seiner niedergeschlagenen Erschütterung heraus und in eine nüchterne Begeisterung hineingeredet hatte – wenn es so etwas gibt: nüchtern, aber von leidenschaftlichem Ernst. Hinter dieser klobigen Figur, dem kahlen Kopf, den schweren Kinnbacken eines Mannes an die Vierzig konnte ich für einen Augenblick den Jungen sehen, der er gewesen war: großgewachsen und stark, der eifrige Schüler und Apostel Jeffersons, der Bursche, der sein Menschenrecht verlangte und für seine Überzeugung einstand, der Freiheitskämpfer, der echte Sohn seiner jungen Republik; der einzige Nordamerikaner, den ich kannte. Mexiko war nicht seine Heimat, aber trotzdem war es sein Kampf; wo immer Menschen unterdrückt wurden und um Freiheit rangen, wäre es sein Kampf gewesen. Und da war auch nicht ein Funken von theatralischem Wesen, von Pathos und Heldenpose in ihm. Selbst die besten Männer in Mexiko hatten geschrien: »Wir sind verloren, unser Leben ist verloren!« Bert Quaile schien sich nicht im geringsten seiner eigenen Person oder der Gefahr, in die er sich begeben könnte, bewußt. Aber dann, so fiel es mir plötzlich ein, mir ging es genauso. Mut ist eine merkwürdige Eigenschaft; sich nicht zu fürchten ist noch kein Mut. Nur die, die große Angst leiden und trotzdem handeln, sind wahrhaft mutig. Ich aber hatte keine Angst – weder um Quaile noch um mich selbst. »Was müssen wir nun zunächst tun?« fragte ich. »Nach San Miguel reiten und uns Hidalgo anschließen?«

»Ganz und gar nicht. Du wirst hübsch und still zu Hause bleiben, mein Mädchen. Sollte man dich für eins oder das andere gebrauchen, dann werde ich dich's wissen lassen. Was mich betrifft, so wünscht der Curate, daß ich hierbleibe und aufpasse, wie die Dinge in Guanaxuato weitergehen. Glücklicherweise sind die Behörden nicht mißtrauisch gegen einen reichen Grubenbesitzer wie mich. Ich denke, ich reite zuerst einmal in die Stadt und sehe mich ein bißchen um.«

Während der ganzen folgenden Woche war Quaile unterwegs auf der großen Landstraße, wo Mingo Creek auf halbem Weg zwischen der kleinen, aber reichen Bergwerksgemeinde von Marfil und der Stadt Guanaxuato lag. Weder erzählte er mir, mit was für geheimen Aufträgen er so vergnüglich davonritt, noch fragte ich ihn danach. Auf jeden Fall diente er mir als tägliche Zeitung, und durch ihn erfuhr ich eine ganze Menge von dem, was während dieser merkwürdigen Woche der unruhigen Erwartung vor sich ging.

In Guanaxuato war es eine Woche von großer Verwirrung, da gab es viel Im-dunklen-Tappen, Stümpern, aufgescheuchtes Umherrennen und zielloses Herumtasten, wie man es seit der Abdankung Fernandos VII. nicht gesehen hatte. An der Spitze dieser kopflosen Geschäftigkeit stand der Intendant Riaño, der absolute Herrscher über Stadt und Provinz. Ein Tyrann mag brutal, grausam, blutdurstig sein; er mag sich auch – und das ist nicht selten – als großmütig, verschwenderisch, kühn erweisen. Solange ein Tyrann stark und seiner sicher ist, wird man ihm Respekt zollen, ihn vielleicht sogar lieben. Aber es gibt nichts Armseligeres und Bösartigeres als eine halbherzige Tyrannei, eine Tyrannei mit schlechtem Gewissen und kraftlosen Händen.

Don Juan Antonio de Riaño y Barcena, Ritter des Calatravaordens, Oberst in der königlichen Armee, Befehlshaber der Truppen der Provinz, Intendant und höchster Beamter der Provinz und der »Berühmten und Ergebenen Stadt Santa Fé de Guanaxuato«, war ohne Zweifel ein ehrenwerter Mann. Er erpreßte keine Bestechungsgelder, er mißbrauchte seine Stellung nicht, er war kein Schürzenjäger, kein Trunkenbold; er war ein so ehrenhafter und gerechter kleiner Beamter, wie es für einen Menschen möglich war, der sich zwischen so vielen mächtigen Stromschnellen durchnavigieren mußte. Aber er war ein geborener Subalterner, den eine Laune des Schicksals an einen Platz gestellt hatte, wo es eines Führers bedurfte. Er war ein ausgedienter Marineoffizier, in der strengen Disziplin und Tradition der spanischen Flotte erzogen, durch seinen Eid an Spanien und an seinen König gefesselt. Er war, andererseits, ein fortschrittlicher und belesener Mann, der in seinem Innern den Insurgenten wohlwollte. Vor allem aber war er ein Beamter, ein wankelmütiger Einerseits-Andrerseits-Mensch, ein kleiner Mann mit großen Ängsten. Der Reichtum der Stadt hatte sein Denken vergiftet und verunreinigt, wie Reichtum unvermeidlich alles verunreinigt, was er berührt. Die einzige Idee, die fest in des Intendanten schwankendem Hirn eingebettet saß, war die: Hier war eine reiche Stadt; ein Schatz an Regierungssteuern und Abgaben, ein enormes Lager von Silberbarren, eine Anhäufung von Besitztümern der Krone war ihm, dem Intendanten, anvertraut. Was immer seine Eidespflicht auf der einen Seite und seine privaten Überzeugungen auf der anderen Seite gewesen sein mögen: das Eigentum der Regierung und der spanischen Bürger mußte beschützt, verteidigt und gerettet werden.

Ich glaube, der Intendant war eine jener mittelmäßigen Beamtennaturen, die vollkommen zufriedenstellend arbeiten, solange sie ihre Befehle von einer höheren Instanz erhalten. Sein tragisches Unglück – und das von uns allen – war, daß er während dieser kritischen Woche keine Befehle erhielt. Die Regierung in der Hauptstadt war steuerlos, war es seit langer Zeit gewesen. Es gab nicht einmal mehr einen Virrey, um einen gleichfalls nicht existierenden König zu repräsentieren. In Spanien stritten sich in diesem Moment zwei Juntas, von denen jede behauptete, das Volk und die Guerillas zu vertreten. Ein neuer Virrey war zwar ernannt und nach der Kolonie gesandt worden, wo er versuchen sollte, zu einer freundlichen Verständigung mit dem mexikanischen Volk zu kommen. Aber sein Schiff hatte sich verspätet, er war gerade angekommen, er hatte seinen Stab durch die ungewohnte Einfachheit seiner Kleidung und seines Benehmens, ebenso wie durch seine unverblümte Aufrichtigkeit, mit der er sprach, abgeschreckt und vor den Kopf gestoßen. Tatsächlich erfuhr man später, daß der neue Virrey mit verschwenderischem Pomp und Fanfaren in der Hauptstadt am selben Tag empfangen wurde, an dem Hidalgo die Unabhängigkeit seines Landes ausgerufen und den Kampf begonnen hatte. So wie die Dinge standen, gab es keine Befehle, keinen Virrey, keine übergeordneten Beamten, die dem armen Riaño Anweisungen hätten geben können, und es blieb ihm selbst überlassen, sich in seiner konfusen Art durchzuschlängeln.

Er sandte dringende Bitten um militärische Hilfe nach allen Richtungen aus, an die Generäle in San Luis Potosí, Guadalajara. Barrikaden wurden errichtet, Laufgräben ausgehoben, Schanzen und Verteidigungen gebaut, die Soldaten einexerziert; zu jeder Stunde konnte man Trompetensignale von den Kasernen hören, und das Volk bewaffnete sich mit Machetes und Stöcken und Küchenmessern und Schaufeln, mit den Hämmern und Handbohrern und Meißeln, die sie sonst so geschickt in den Gruben benutzten. Häuser und Läden wurden geschlossen; selbst die Nichtstuer und Müßiggänger auf den Märkten und unter den Arkaden wurden zu den Arbeiten an den Schanzgräben gezwungen, und für solche, die überhaupt keine Waffen hatten, wurden Felsblöcke und Steine aus den Steinbrüchen herbeigeschafft und in großen Haufen an jeder Stadtecke aufgeschichtet.

Die Straßen waren von den widersprechendsten Gerüchten

erfüllt, Amtsstuben und Kasernen in einem Tumult von einander widersprechenden Befehlen. Man sagte, daß sich Indianer in unglaublichen Mengen Hidalgo angeschlossen hätten. Sie kamen aus ihren entlegenen Dörfern, sie krochen aus Barrancas und Schluchten hervor, sie kletterten über die Gebirgsketten, rollten die Abhänge hinunter, ein Bergrutsch von kleinen, fanatischen, erdbraunen Männern, die der Fahne mit dem Bild ihrer eigenen dunklen Virgen de Guadalupe folgten. Wie viele waren ihrer? Zwanzigtausend? Fünfzigtausend? Achtzigtausend? Niemand wußte etwas Bestimmtes.

Wieder ging ein Sonntagabend vorbei, und ich wartete besorgt auf Quaile, denn ich ängstigte mich, daß er vielleicht zu verwegen werden und in eine Falle geraten könne. Es war beinahe Morgen, als er endlich nach Hause kam. Müde hatte ich meinen Riesen eigentlich nie gesehen; doch an jenem Morgen schien er besonders frisch und in froher Erregung. »Etwas Merkwürdiges geht in der Stadt vor«, berichtete er. »Sie haben die Barrikaden geschleift und die Gräben wieder angefüllt. Ich hoffe nur, es bedeutet, daß Riaño zu Verstand gekommen ist und sich entschlossen hat, die Stadt an Hidalgo zu übergeben, genauso, wie sie es in San Miguel und San Felipe getan haben. Aber etwas ist nicht ganz geheuer mit der Angelegenheit; sie arbeiten während der ganzen Nacht im Dunkeln, still und geschäftig wie Maulwürfe. Auch habe ich etwas gesehen, das dich amüsiert hätte. Sachen werden nach Granaditas geschafft, das hättest du sehen sollen, Flachsköpfchen! Von den Maultierzügen, die die Straße hinaufzotteln und in den Patio von Granaditas hinein, ist gar kein Ende abzusehen. In meinem ganzen Leben habe ich nicht so viele Maultiere noch so geschäftige Maultiere oder so geräuschlose Maultiertreiber gesehen!«

Er blies auf den heißen Kaffee, den ich schnell für ihn gekocht hatte, und lachte. »Hast du je Ameiseneier gesammelt?« fragte er mich. »Als Kind? Sie sind ein ausgezeichneter Fischköder.«

»Ich bin ja nie ein kleiner Junge in Monongahela Distrikt gewesen, Bert«, sagte ich lächelnd.

»Ich glaube, es sind eigentlich gar keine Eier; Larven oder so etwas Ähnliches. Auf jeden Fall, es sind die Dinger, die die Ameisen in der Sparkasse haben, die reichen Ameisen nämlich. Man muß ein Stück weißen Stoff auf dem Boden ausbreiten und dann im Ameisenhaufen herumstochern. Das erste, woran die Ameisen denken, sind ihre wertvollen Eier, die sie retten müssen. Sie rennen und laufen und schleppen und zerren und bringen die Eier auf dem netten, weißen Stoff in Sicherheit. Dann faltet man das Stück Stoff zusammen und nimmt die Eier und geht zum Teich, fischen.«

Ich sah ihn an, überlegte, was er damit sagen wollte. Er lächelte mich vergnügt an. »Du hättest diese Maultiere sehen sollen und das Gerenne und Gelaufe und das Abladen und das Schleppen von all dem Zeug, das sie in die Sicherheit von Granaditas bringen. Was da vor sich ging! Solch eine Aufregung mitten in der Nacht! Und nicht ein Laut zu hören. Säcke mit Silber und Gold, Säcke mit Hunderten und Tausenden von Peso, all das Geld, das sie mit ihren Steuern und Monopolen aus dem Volk herausgepreßt haben, all die Schätze, die die Kirchen in ihren Truhen aufgestapelt hatten, all die Quecksilberflaschen, all die Juwelen! Was für ein Anblick, kleines Flachsköpfchen, und jetzt ist es alles in Granaditas sauber beieinander. Verstehst du, was ich meine?«

Ich schüttelte ein wenig den Kopf, wartete.

»Köder, Madam«, sagte er. »Nichts als Fischköder ...«

Als die Stadt am nächsten Morgen aufwachte, mochten die Bewohner an Zauberei und schwarze Magie geglaubt haben. Alle Befestigungen, in solcher Eile und mit so viel Schweiß und Eifer errichtet, waren verschwunden. Die Straßen zeigten unebene Spuren, wo zuvor die Gräben ausgehoben worden waren, aber das war auch alles. Man sah keine Soldaten mehr, hörte bloß Trompeten, die in Granaditas Reveille bliesen. Langsam sickerte die Neuigkeit unter das Volk. Der Intendant hatte wieder einmal seine Meinung geändert. Er hatte sich des ganzen Geldes, aller Nahrungsvorräte, des ganzen Getreides bemächtigt; er hatte in Guanaxuato alles, was die Stadt zum Leben nötig hatte, beschlagnahmt und es in Granaditas aufgespeichert. Er hatte alle Truppen in seine prächtige Zitadelle, seinen Getreidespeicher, der wie ein Palast und eine Festung aussah, zurückgezogen. Er hatte alle Spanier und die wenigen Kreolen, die zu ihm hielten, um sich versammelt und sich mit seiner Handvoll Adeligen in Granaditas verschanzt.

Ein Murmeln, ein Geschrei, ein Brüllen wütender Entrüstung erhob sich in den Straßen. »Sie haben uns verraten, man hat uns verlassen, sie werfen uns vor die Wölfe«, schrie das Volk. »Dieser nichtswürdige Feigling von einem Intendanten, er und seine Gachupines und Señores. Er läßt uns ohne Nahrung, ohne Schutz, ohne Waffen! Dreihundert Jahre lang haben die Gachupines an nichts anderes gedacht als an sich und ihre vollen Taschen und ihre fetten Bäuche, und jetzt denken sie auch nur an sich selbst. Nieder mit Riaño. Viva Hidalgo!« murrte das Volk in den Straßen; sie schrien noch nicht, sie murmelten es nur vor sich hin und ließen es sich in den Köpfen herumgehen und besprachen es in den Cantinas – denn an jenem Tage hatte kein Bergmann Lust, zur Arbeit zu gehen, und sie alle waren außergewöhnlich durstig. Sie hoben die Steine, die an den Straßenecken und auf den flachen Dächern aufgeschichtet waren, auf, und jeder steckte ein paar davon in die Taschen. Sie waren daran gewöhnt, Lasten zu tragen, ein paar Felsbrocken beschwerten sie nicht, und ein Mann mit einem guten, scharfen Stein in der Hand war jederzeit besser dran als ein völlig Unbewaffneter.

In der Zwischenzeit kam und ging Quaile, kam und ging, lebhafter, als ich ihn je gesehen hatte, und voll von Hoffnungen auf ein friedliches und verhältnismäßig unblutiges Ende. Eine Stadt nach der andern war ohne Widerstand zu Hidalgo übergegangen; Salamanca, Irapuato, Silao waren in seinen Händen. Und endlich erschien der Tag, da der kleine Curate – der in der Zwischenzeit zum Oberbefehlshaber von Amerika ausgerufen worden war – sein Hauptquartier in der Hazienda de Burros, nur vier Meilen von Mingo Creek entfernt, aufschlug. In einer Aufregung, die er kaum unterdrücken konnte, war Quaile hinübergeritten, um seinen Bericht zu erstatten, und als ich ihm nachblickte, hatte ich den Eindruck, daß seine schwere, breitärschige graue Mähre sich jeden Augenblick auf Flügeln emporschwingen mochte wie Pegasus. Aber als er nach einigen Stunden zurückkehrte, hingen seine äußeren Augenwinkel noch ein wenig tiefer gegen seine Schläfen herunter, und sein langes Kinn war noch etwas länger geworden. Er klopfte an meine Zimmertüre und scharrte mit seinen staubigen Reitstiefeln auf der Schwelle. »Hidalgo konnte mich nicht persönlich sehen«, berichtete er etwas zu nachlässig. »Ich nehme an, daß ein Oberbefehlshaber wichtigere Dinge zu tun hat; er war in Konferenz mit seinem Generalstab. Jedenfalls hatte ich eine angenehme Unterhaltung mit einem seiner jungen Offiziere. Würde es dir sehr viel ausmachen, wenn ich dich noch einmal für ein oder zwei Stunden allein lasse? Ich habe Befehl, mich einer kleinen Angelegenheit von gewisser Wichtigkeit anzunehmen ...«

»Was fehlt dir? Seit wann redest du wie ein Spanier daher?«

»Ich beeile mich, so sehr ich kann. Ich lasse dich nicht gerne allein hier, wo eine Armee von dreißigtausend Männern in den Hügeln herumstreift. Aber ich kann's nicht ändern. Ich bin bald wieder zurück.«

»Nimm dir so viel Zeit, wie du Lust hast«, sagte ich, »ich bin ja nicht aus Zucker.«

»Halte nur das Tor geschlossen und laß die Hunde im Hof. Auf jeden Fall habe ich Wachen in allen vier Türmen aufgestellt, und ich lasse dir sechs ausgesuchte Burschen da, um auf die Hazienda aufzupassen.«

»Du behandelst mich ja, als wäre ich Marie Antoinette«, sagte ich. »Was ist in dich gefahren?«

»Nichts. Nur daß ich in meinem Leben mehr betrunkene und wild gewordene Männer gesehen habe als du. Apropos – kannst du schießen?«

Er legte eine große Pistole auf den Tisch. Ich schaute sie mit Mißtrauen an. »Ich kann sie laden«, sagte ich, »und die Rosaura hat mir gezeigt, wie man sie abschießt, obgleich ich mich vor dem Knall fürchte. Aber treffen kann ich nichts.«

»Das ist gut genug. Sie ist geladen. Laß sie nur auf dem Tisch liegen, so daß jeder sie sehen kann. Es ist immer gut, wenn die Leute sehen, daß man bewaffnet ist.«

»Du wirst doch nicht plötzlich dramatisch wie ein richtiger Gachupin, nicht wahr, Bert?«

»Keineswegs. Ich werde lange vor dem Abendessen zurück sein. Also – hast luego.«

»Auf Wiedersehen. Und gib auf dich acht, Bert.«

»Mhm. Gut – hasta luego. Bleib in deinem Zimmer, hörst du? Benimm dich wie ein guter Vogel, Loro, und ich bringe dir eine feine Banane mit.«

»Amen«, sagte Loro.

»Solltest du etwas brauchen – die Burschen sind draußen; bewachen das Tor.«

»Was für ein Umstandskrämer du doch bist«, sagte ich, »was für ein umständlicher, alter Umstandskrämer. Du und deine Rebellion! Los, fort mit dir, auf Wiedersehen.«

Er stand in der Türe und sah mich mit einem flehenden, niedergeschlagenen Bernhardinerausdruck an, und ich ging zu ihm, stellte mich auf die Zehenspitzen und küßte ihn. Wären wir seit zwanzig Jahren verheiratet gewesen, der Kuß hätte nicht weniger aufregend sein können. »Auf Wiedersehen, Mister Quaile«, sagte ich.

»Viel Glück.«

»Gott segne dich«, sagte er. »Ich danke dir, und Gott segne dich. Hasta luego.«

Ich setzte mich hin und nähte ein paar Knöpfe an Berts riesige Hemden. Ich stand auf und unterhielt mich mit Loro. Es war ein Nachmittag wie jeder andere. Ich schaute auf die Uhr.

Morgen würde Guanaxuato sich ohne Widerstand übergeben, wie die andern Städte es getan hatten. Später ging ich in den Garten, schnitt ein paar Blumen, ordnete sie in einem kleinen Krug und stellte sie auf den Tisch. Die Burschen, die Quaile als eine besondere Wache für mich dagelassen hatte, hörten auf zu sprechen, als ich auf meinem Weg zu den Ställen an ihnen vorbeikam. Ich hatte mich daran erinnert, daß die Hunde gefüttert werden mußten. Einer der Burschen ließ einen tiefen, langen Pfiff los, wie ein Käuzchen. Ein anderer machte einen Witz, den ich nicht verstand, und alle lachten. Ich rief die Hunde und stellte die Schüssel mit ihrem Futter vor die Stalltüre. Von der Straße her kam das Geräusch von vielen Stimmen, das sich der Brücke näherte. Es war ein besonders rauher und lärmender Chor. Es hätte der Gesang einer Kirchenprozession sein können, wäre es nicht ein marschähnlicher Rhythmus gewesen; es hätten Soldaten sein können, aber das Schlurfen von sandalenbekleideten Füßen war ohne Gleichschritt, und unter den Schritten außerhalb des Tores erhob sich eine Staubwolke. Unter den Burschen, die Bert zu meinem Schutz ausgesucht hatte, entstand eine Bewegung; bis dahin hatten sie in ihrer faulen Art in der Nähe des Tores gehockt, manche von ihnen halb eingeschlafen, mit dem Widerschein der untergehenden Sonne auf ihren Gesichtern. Andere spielten Ranuella, und die Münzen schnellten über den Boden. Nun standen sie auf und liefen auf das Tor zu. Der Gesang auf der anderen Seite verstummte, und jemand schrie etwas in einem indianischen Dialekt über die Mauer, das ich nicht verstand. Ich stand da, mit meiner Hand an der kühlen, feuchten Schnauze von einem der Hunde.

Unsere Männer schrien eine Antwort zurück. Dann kam ein Stein über die Mauer geflogen und fiel ins Gras. Ich wendete mich ab, um ins Haus zu gehen. Quailes Burschen drängten sich nun um das Tor; zwei stiegen auf die Mauer, um neugierig nach dem Chor auf der anderen Seite zu sehen. Einer rannte heran, um den Stein aufzuheben, und warf ihn über die Mauer. Einer stieß den eisernen Bolzen der Einfahrt zurück.

»Der Patron wünscht, daß das Tor geschlossen bleibt«, sagte ich.

»Wer wünscht was?« sagte einer von ihnen unverschämt. Es war ein junger Bursche mit einem großen Sombrero schief und unternehmend über seinem braunen Gesicht mit den breiten Backenknochen.

»Don Roberto wünscht es. Und ich auch«, sagte ich.

»Wenn du das Tor zuhaben willst, so geh und mach es selbst zu«, sagte er. Dann bemerkte ich, daß er betrunken war; nicht sehr betrunken, aber gerade genug, um dies für einen feinen Spaß zu halten. Das Tor war nun offen. Auf der Straße, auf der anderen Seite der Brücke, stand eine zerlumpte Gruppe von Männern; sie waren mit Staub bedeckt, und sie sahen müde und erbost aus. An ihren ausgefransten Sombreros trug jeder ein schlechtgedrucktes Bild der Virgen von Guadalupe. Ein paar kamen über die Brücke; einige hatten Stöcke und Machetes.

»Hidalgos Soldaten«, sagte einer der Burschen innerhalb des Tores. Rufe gingen hin und her. »Qué tal?« fragten unsere Männer. »Was gibt's Neues? Geht alles gut?« Aber die Männer draußen waren nicht in der Laune für freundliche Annäherung. »Viva la Virgen de Guadalupe«, riefen sie. »Viva, Viva la Virgen«, antworteten unsere Männer. »Tod den Gachupines«, rief man von der Brücke. »Tod den Gachupines«, riefen unsere Männer zurück. »Tod den Blancos.«

»Hast du das gehört?« fragte der Junge, der vorher frech geworden war und plötzlich nah bei mir stand. »Tod den Blancos. Wie gefällt dir das, Blanca? Wie paßt dir das, du verfluchte Blanca?«

Ich wünschte, Bert hätte diese ausgesuchten Männer nicht hiergelassen, dachte ich ingrimmig. Ich wünschte, er käme bald zurück. Hier wird es ungemütlich. Was mich am meisten beunruhigte, war die völlige Abwesenheit von Sinn und Verstand. Die Männer dort draußen waren nicht einmal betrunken; nur müde. Und unsere eigenen Leute schienen mich zu hassen. Weshalb?

»Unsern Lohn von uns stehlen, eh, du Blanca? Unser Geld unseren Weibern zuwerfen, ihnen Ungehorsam beibringen, sie in fauchende Katzen verwandeln, das hast du fertiggebracht! Du, die an ihre Hunde mehr Fleisch verfüttert, als unsere Mütter in ihrem ganzen Leben gegessen haben«, murrten sie hinter mir. Ich begriff mit einer langsam aufsteigenden Kälte, daß unsere bescheidenen Versuche, das Leben ihrer Familien zu verbessern, keine Gnade bei den Männern gefunden hatten.

Ich ging auf das Tor zu, um es zu schließen; aber ehe ich es erreichen konnte, hatte sich eine Gruppe der Männer auf der Brücke in die Öffnung gezwängt und verstellte mir den Weg. »Kann ich irgend etwas für euch tun?« fragte ich. »Wir haben Durst«, antwortete einer mürrisch. Ich ging ein paar Schritte zurück, meine Hand am Halsband eines der Hunde. »Dies ist euer Haus«, sagte ich höflich. »Und die Zisterne ist voll mit Wasser. Trinkt soviel ihr wollt.«

»Wir machen uns nichts aus Wasser«, sagte der Sprecher.

Das Tor war nun weit offen, angefüllt mit Männern, während ein paar Nachzügler immer noch auf der Straße und über die Brücke daherkamen. Der Hund neben mir zeigte sein Gebiß und knurrte. Etwas kam durch die Luft an meinem Kopf vorbeigeschwirrt und traf den Hund. Er heulte auf, sprang hoch und fiel dann auf die Seite; ein Beben lief durch seinen Körper, und dann war er tot. Erst jetzt entdeckte ich den Pfeil, der in seiner Kehle zitterte. Ich hatte noch nie eine von einem Pfeil getötete Kreatur gesehen. Ich stand zwischen den zwei Gruppen der Männer, abgesondert und allein. Unsere Leute schrien etwas; die Eindringlinge waren schweigsam, erbittert, sie drängten in einer dichten Masse vorwärts. Zwei andere unserer Hunde liefen auf mich zu, es wurde noch ein Stein geworfen, und die Hunde nahmen ihre Schwänze zwischen die Beine und schlichen davon, in die Ställe.

»Ihr seid unter Freunden«, sagte ich zu den Eindringlingen, und dabei kam ich mir wie ein Feigling vor. Ich hätte den Indianer, der den Hund getötet hatte, prügeln sollen; das wäre ehrlicher gewesen, und vielleicht hätte er es auch besser verstanden. »Unsere Leute werden euch geben, was ihr braucht«, sagte ich verschüchtert. Ich war schrecklich allein, und zwischen mir und diesen braunen, finsteren, feindlichen Kreaturen gab es keine Verständigung. Sie waren braun, und ich war weiß, das war das einzige, das sie sehen konnten. Ich hatte nie gewußt, was es hieß, die falsche Hautfarbe zu haben. Jetzt wußte ich es. Jetzt war mir selbst durch die Pigmentierung meiner Epidermis ein Brandmal aufgedrückt, unentrinnbar, gefährlich, verflucht und abgesondert; und was immer ich sagen oder tun mochte, um die Braunen zu besänftigen, meine Haut konnte ich nicht ändern.

Zwölf Generationen guter, standfester Vorfahren halfen mir, den Männern den Rücken zu wenden und langsam auf das Haus zuzugehen, trotzdem ich den Drang in mir spürte, zu schreien und zu rennen. Ich hatte Stierkämpfer gesehen, wie sie einem wütenden Stier in der Arena genauso den Rücken drehten und von ihm weggingen, voll Grazie und Arroganz. Auch ihnen lief wahrscheinlich der kalte Schweiß herunter, während sie es taten ...

Ich verriegelte meine Zimmertüre und wartete auf Quaile; aber er kam nicht. Die Stunden zogen vorbei, die Sonne war untergegangen, die Zeit zum Abendessen war längst vorbei, aber Quaile kam nicht. Ich lauschte nach dem Traben seines Pferdes auf den Brückenbohlen, aber ich hörte nur die Männer im Hof. Sie redeten untereinander, dann sangen sie, dann brüllten sie. Jetzt fingen sie Truthähne und Ferkel ein, jetzt schrien und quiekten die Tiere, und dann waren sie still, bereit, gekocht zu werden. Nun wurden die Mägde aus der Küche gerufen, um die Tiere zu reinigen und zuzubereiten, und dann gab es mehr Gesang, rauhes Gelächter der Männer, gekitzeltes Gekicher der Mädchen. Sie werden sich vollstopfen, eine kleine Fiesta feiern, und dann werden sie einschlafen, dachte ich bei mir. Ich wagte die Läden zu öffnen und durch eine Spalte hinauszuspähen. Die Sonne war seit beinahe zwei Stunden untergegangen, aber der Abendhimmel über den Hügelkuppen flammte wie von einem verspäteten, zweiten Sonnenuntergang. Ich schmeckte den bitteren Geruch von Rauch und brennendem Holz, und es dauerte ein paar Minuten, ehe ich zu verstehen anfing, daß das gerötete Zucken in den Wolken von einem Feuer, von einer in Brand gesteckten Hazienda, kam. Im hereinbrechenden Abend war da eine ungeordnete Bewegung überall in Mingo Creek: ein Kommen und Gehen über die Brücke und durch das Tor, ein fortwährender Austausch von Rufen, Fragen und Antworten, marschierende Schritte auf der Landstraße und flackernde Lagerfeuer am Bergabhang.

Ich war in dem winzigen Inselchen meines Zimmers gefangen, mitten in dem unbarmherzigen Strom des Aufstandes. Mehrere Male schlugen die Männer mit Fäusten an meine Türe und versuchten einzubrechen, aber sie entfernten sich wieder, um vergnüglicheren Dingen nachzugehen. Durch mein Guckloch sah ich, daß die Wachen auf den Türmen nahe beim Haus noch auf ihren Posten waren, aber sie hatten ihre Gewehre beiseite gestellt und wechselten Späße mit den Männern im Hof. Ich setzte mich hin, schlug die Bibel aufs Geratewohl auf und las: »Denn ich bin hungrig gewesen, und ihr habt mich gespeist. Ich bin durstig gewesen, und ihr habt mich getränkt. Ich bin ein Gast gewesen, und ihr habt mich beherbergt. Ich bin nackt gewesen, und ihr habt mich gekleidet. Ich bin krank gewesen, und ihr habt mich besucht. Ich bin gefangen gewesen, und ihr seid zu mir gekommen.«

Ich hatte von Quaile gelernt, daß, wo immer man die Bibel öffnete, sie Antwort und Trost gab. Ich schloß meine Augen und ließ die wohltuenden Worte in meinem Hirn widerhallen. Ich betete ohne Worte, aber mit meinem ganzen Herzen, daß Bert nichts geschehen sein möge, daß er nach Hause kommen solle, wohlbehalten und bald, und daß meine Freunde, die Aufständischen, die Hazienda nicht niederbrennen würden in einem unseligen Mißverständnis, welches ich, die Blanca, die Weiße, unfähig war aufzuklären.

Aber meine vertrauensvolle Supplikation wurde von einem riesigen, wilden Aufschrei im Hof unterbrochen; Loro flatterte voll Angst von seiner Stange auf meine Schulter, und ich, ebenso furchtsam, schlug die Läden zu. Ich wußte, was geschehen war: jetzt hatten sie die Kellerhöhle entdeckt, wo Quailes Whisky und Wein lagerte; sie brachen den Eingang dazu nieder; ich hörte den Klang von Hämmern und Eisenstangen, von Meißeln, die ihren Weg in Backstein und Lehm bissen, von Axt und Machete gegen die schweren Bretter der Türe und das Krachen und Bersten der hölzernen Fässer. Und was dann geschah, war wie ein böser Traum.

Sie hatten noch nie Whisky geschmeckt, diesen wunderbaren Stoff, an den Quaile beinahe so herzlich glaubte wie an die Bibel und an die Freiheit; und schon nach einigen Minuten waren sie vollkommen und irrsinnig betrunken, oder so kam es mir wenigstens vor. Das Klirren zerschlagener Flaschen, Schreien, Brüllen, Streit. Ein Schuß von einem der Wachtürme, nur ein einziger. Ein riesiges Feuer brannte im Hof, sein ruheloses Geflacker, der beizende Rauch drangen durch die schmalen Spalten um den Türrahmen. Ein wildes Geheul, kaum noch menschlich, und dann brach die Welle von Betrunkenen über die Mauer des Arrostro. Ich konnte es nicht sehen, aber ich konnte es hören und mir alles in meinem erschreckten Hirn ausmalen. Ich saß im Dunklen, hielt Loro im Schoß, bedeckte ihn mit meinen Händen, um ihn am Reden zu verhindern; ich hatte alle meine Möbelstücke vor die Türe geschoben, dabei immer noch hoffend, daß die betrunkene Menge mich über der Maschinerie in dem Mahlwerk, die sie jetzt in sinnloser, vandalischer Raserei zerschmetterte, vergessen würde. Ich konnte mir die ganze Furchtbarkeit dessen, was auf der anderen Seite der Mauer vorging, vorstellen; Indianer, in ihrer Unwissenheit in den Zahnrädern gefangen, von den Stampfern und Kolben zermalmt, wie Erz zwischen den Zähnen der Maschinen zerrieben. Ich konnte ihre Schreie hören und die Wut erraten, mit der sie an den Teufelsmaschinen, die sie nicht verstehen konnten, Rache nahmen.

Ich war auf den Knien gelegen, zitternd, betend, ich weiß nicht, wie lang, als der Pöbel die Zerstörung des Werkes aufgab und sich erinnerte, daß ich noch immer am Leben war. Nie vorher hatte ich an Menschen als an Pöbel gedacht; aber es gibt Augenblicke, wenn solch ein Wort plötzlich in seiner vollen, seiner häßlichen und schrecklichen Bedeutung hervorspringt. Es war ein rasender, betrunkener, sinnloser, wütender Pöbel, und nichts als eine Türe, ein schwacher Riegel, eine lächerliche

Barrikade aus Tisch und Stühlen zwischen mir und diesem Pöbel. Jetzt brüllten sie, ich solle aufmachen und herauskommen, oder sie würden kommen und mich holen. Jetzt gab es einen gemurmelten Kriegsrat. Jetzt warfen sie Steine gegen die Türe. Dann Stille. Dann ein hoher lauter Triumphschrei. Jetzt hatten sie ihre Grubenwerkzeuge, die mächtigen Eisenbohrer und Meißel, herangeholt, und die dünnen Bretter bogen sich und splitterten unter dem Angriff.

Ich stand auf und griff nach der Pistole, die ich aufs Bett gelegt hatte; ich hatte beinahe ebensoviel Angst vor der Feuerwaffe wie vor denen, gegen die ich sie verwenden mußte. Loro, in panischer Furcht, biß sich mit seinem harten Schnabel an meinem Ohr fest, und ich empfand einen scharfen, beinahe beruhigenden Schmerz und ein warmes kleines Rieseln von Blut. Draußen war Gebrüll, und Gebrüll war in meinem Kopf, und dann, durch all das Getöse, war es mir, als hörte ich Quailes Pferd über die Brücke galoppieren. Oder vielleicht war das nur eine verzweifelte Fata Morgana, wie jemand, der in der Wüste verdurstet, noch das Murmeln einer Quelle zu hören glaubt. Die Tür splitterte, und ich hob mit großer Anstrengung meinen Arm; meine rechte Hand mit der Pistole zitterte so sehr, daß ich sie mit meiner Linken stützen mußte, als ich auf den immer breiter werdenden Spalt in den Brettern zielte.

Eingerahmt in dem ausgezackten Loch, konnte ich ein Bruchstück des Hofes sehen, ein höllisches Durcheinander von gelben Flammen, schwarzen Gestalten, von Armen, Händen, Fäusten, Zerstörungswerkzeugen. Ein Indianergesicht, das dicht vor der zersplitterten Türe auftauchte, schien riesig groß und verdeckte alles andere vor meinem Blick. Ein wahnsinniges, frenetisches Gesicht, das plötzlich einen klaffenden Mund aufsperrte, dunkel und weit wie eine Höhle, aus dem ein Angstschrei entwich, lauter als der ganze Aufruhr im Hof. Ich sah, wie die Augen in diesem Gesicht sich verdrehten, das Weiße zeigten, und dann sah und erkannte ich die Vorderbeine eines sich aufbäumenden Pferdes, die für einen Moment über dem Kopf des Indianers in der Luft hingen und dann ohne Gnade mit den Hufen auf ihn niederkrachten. Und so war Bert Quaile denn rechtzeitig zurückgekommen, um mich zu retten.

Ich hörte ein Stück Eisen zu Boden klirren, und der schlaffe Körper des Indianers fiel gegen die Türe und verdeckte mir die Sicht, als ob jemand ein Lumpenbündel in die klaffenden Bretter gestopft hätte. Draußen war Tumult, Aufruhr, Chaos. Durch all dies und über alles hinweg hörte ich eine einzelne, befehlende Stimme, heiser, unbekannt und scharf wie eine

Klinge. Ein Protestgeheul; dann ein Schuß und noch einer. Ein Aufschrei. Und dann Stille. Langsam, langsam schien die Leiche vor meiner Türe herunterzugleiten, als würde das Lumpenbündel zögernd aus der Spalte entfernt, und die Helligkeit der Flammen schlug wieder in mein Zimmer. Aller Lärm hatte sich in den Hintergrund verzogen, und mit allen meinen Sinnen so geschärft wie nie zuvor, konnte ich das schabende Geräusch wahrnehmen, mit dem der erschlagene oder erschossene Indianer an den Brettern entlangglitt, bevor er mit einem letzten, dumpfen Aufschlag zu Boden fiel. Jemand warf sich mit aller Kraft gegen die Scharniere der Türe, und sie flog weit auf. Gegen das Geflacker des Feuers stand schwarz umrissen die Gestalt eines Mannes. Ich starrte ihn an, und es war nicht Quaile, und ich starrte auf sein Pferd, das erregt hinter ihm tänzelte, und es war nicht Quailes graue Mähre, sondern ein Fuchs. Ich stand immer noch an der Wand, gegen die ich mich in meiner eisigen Angst zurückgezogen hatte, stützte immer noch die Hand mit der Pistole auf meinen linken Arm.

»Vorsicht, Vorsicht, du willst mich doch nicht erschießen, Caralinda«, sagte Felipe. Er schritt über den erschlagenen Indianer auf der Schwelle weg, und ein seltsames, grausames Lächeln spielte auf seinem Gesicht. Er hatte sich verändert, er war gealtert, und der Schatten eines Bartes lag auf seinen hageren Wangen, der mich plötzlich an den jungen Kreuzfahrer in dem Buch über Richard Löwenherz erinnerte, in den ich mit neun Jahren sterblich verliebt gewesen war.

»Arme kleine Frau, haben diese betrunkenen Bestien dich erschreckt?« sagte er leise, als er vor mir stand. Er nahm die Pistole aus meinen Händen und steckte sie in seinen Gürtel. »Geladen?« fragte er. »Gut; wir können jede verfügbare Feuerwaffe gebrauchen.«

»Du ...«, wollte ich sagen, aber es kam als ein Schluchzen heraus.

»Komm fort«, sagte er; »wir machen uns besser davon, ehe dieses Gesindel wieder frech wird.«

»Ich kann nicht weg von hier. Wenn Bert – wenn Quaile nach Hause kommt – ich – sie haben seine Maschinen zerstört ...«

»Don Roberto kommt nicht zurück. Er wurde verhaftet. Er selbst hat mich zu dir gesandt. Als man ihn abführte, hat er mich gebeten, nach dir zu sehen. Ich bin hier mit seiner Zustimmung, verstehst du? Laß uns wegreiten, solange es noch geht.«

»Aber warum – warum hat man ihn verhaftet?«

»Seine gewöhnliche Ungeschicklichkeit, ohne Zweifel. Er ist

zwar ein Blanco, aber doch kein Spanier. Ein Fremder, unter dem Verdacht, gemeinsames Spiel mit den Aufrührern zu machen. Er wurde heute in unseren Laufgräben bemerkt, wo er mit einem unserer Offiziere sprach. Wieso kommt Don Roberto in unsere Gräben? Woher hat er unsere Parole gewußt? Was für zweifelhafte Angelegenheiten hat er mit einem der Unsern zu verhandeln?«

»Was wird mit ihm geschehen?«

Felipe zuckte die Achseln. »Das wird die Zeit lehren. Und was das betrifft – was wird mit uns allen geschehen? Komm jetzt.«

»Wohin willst du mich bringen?«

»Nach dem einzigen Ort, der während der nächsten paar Tage verhältnismäßig sicher sein wird.«

Granaditas?«

Er nickte, während sein Blick mit einer seltsamen Mischung von Traurigkeit und Ironie auf mir ruhte. Als seine Augen Zoll für Zoll über mich wanderten, konnte ich mich selbst in der hellen Beleuchtung des Feuers sehen, so wie seine Augen mich sehen mußten. Mit meinen Füßen in indianischen Sandalen, mit meiner Bauernbluse und meinem groben Bauernrock und der großen Schürze, die ich umgebunden hatte, um die Hunde zu füttern. »Ganz des Farmers Weib«, sagte er mit seinem alten, kurzen, leisen Auflachen. »Trotzdem – ich hatte beinahe vergessen, wie schön du bist, Caralinda. Oder sagen wir, ich versuchte, es zu vergessen; ich versuchte, versuchte, oh, ihr Heiligen, wie hart ich versuchte zu vergessen ...«

Da waren sie wieder, die alte Magie, der unerbittliche Zauber, die Sklavenketten, die ich nie brechen konnte. »Darf ich Loro mitnehmen«, fragte ich, »und ein paar Sachen?«

»Natürlich. Qué tal, Loro, mein Alterchen? Darf ich dir mit deinem Bündel helfen?«

»Nein, danke«, sagte ich, hastig in meinem Schrank herumstöbernd. Es war mir gerade eingefallen, daß ich mich im hellen Tageslicht unmöglich so, wie ich jetzt angezogen war, vor Felipe präsentieren könnte. Ich zog mein neues weißes Kleid hervor, Strümpfe, Schuhe und den Hut, der dazu paßte, legte alles sorgfältig zusammen und packte es in einen Korb. »Ich bin bereit«, sagte ich. Loro hatte sich fest auf meiner Schulter verankert. »Mit deiner Erlaubnis«, sagte Felipe, »du willst dir nicht deine kleinen Füße beschmutzen.« Er hob mich auf und trug mich leicht über die Schwelle, über den Indianer hinwegtretend, den er erschossen hatte. Der Hof war ein Chaos von zerbrochenen Flaschen, zertrümmerten irdenen Töpfen und

Schüsseln, von Knochen und Federn, von verschüttetem Öl, von Speisen, in die Asche getrampelt, zusammen mit Unrat und Schmutz; das Feuer war am Herunterbrennen, die Hunde leckten faul ihre fetttriefenden Lefzen, die Stalltüren standen offen, die Mägde waren verschwunden, und der Pöbel hatte sich hinter die Mauer zurückgezogen. Ich sah ein paar der betrunkenen, braunen Gesichter herüberlugen, als Felipe mich auf sein Pferd hob und sich hinter mich in den Sattel schwang.

»Werden sie uns denn gehen lassen?« fragte ich mit einem neuen Angstschaudern.

»Ich hoffe es. Sie glauben, ich sei einer ihrer eigenen Offiziere.«

»Aber du hast einen von ihnen erschossen.«

»Eben. Gerade deshalb glauben sie es«, erwiderte Felipe leichthin.

Ein dünner Ausruf kam von der anderen Seite der Mauer. »Viva nuestra Virgen de Guadalupe.«

»Viva!« rief Felipe und drehte sein Pferd herum.

»Tod den Gachupines!«

»Zum Tod mit ihnen!« antwortete Felipe, und wir setzten über die Brücke. »Du siehst, wie einfach es ist«, sagte er lachend. »Die haben noch nicht einmal ein Losungswort. Man braucht nichts zu tun, als mit ihnen zu brüllen. Ich werde mir wohl ein paar hundert Male den Tod anwünschen müssen, ehe wir die Stadt erreichen. Was für eine Farce, dieser Aufstand! Ist dir kalt, mein Kleines?«

Nein, mir war nicht kalt. Eingehüllt in Felipes schwarzen Mantel, fühlte ich mich warm und sicher und noch einmal unsagbar glücklich. Die Jahre fielen von mir ab und waren nie gewesen. Ich konnte mich an nichts erinnern, nichts denken, ich konnte nur fühlen. Ich fühlte seinen Atem warm auf meinem Haar in der frostigen Nacht, mein Rücken lehnte gegen seine Brust, ich spürte sein Herz gegen meine Schulter schlagen, seine Arme umschlossen mich, als er die Zügel straffte; er gab dem Fuchs die Sporen, und ich konnte fühlen, wie er sein Pferd und mich, seine Frau, mit einer und derselben Bewegung beherrschte.

Es war seltsam, mehr ein Flug als ein Ritt durch den engen Paß, jetzt unter den befestigten Mauern anderer zerstörter Haziendas vorbei und nun über die Hügel, wo eine unbekannte Anzahl von Aufständischen im Dunkel lagerte. Hier und dort, von der Glut eines kleinen Wachtfeuers her, rief eine schläfrige Stimme: »Viva nuestra Virgen de Guadalupe! Tod den Gachupines!«

»Viva la Virgen! Zum Tod mit ihnen!«

Einmal wurde ein Schuß nach uns abgefeuert, aber er verfehlte uns, und Felipe lachte. »Die täten besser, ihre Munition zu sparen«, murmelte er. »Sie haben gar nicht so viel davon.«

Endlich erreichten wir die Stadt, aber wir ritten nicht durch das bewachte Stadttor, sondern entlang der dunklen Masse der Hazienda de Dolores, am Fuß von Granaditas, wo die Gräben begannen und die Wachtposten alarmbereit waren. Das scharfe Knacken eines Gewehrhahns. Der scharfe Männergeruch eines Soldaten. Unpersönliche Stimme im Dunkel.

»Halt, wer da?«

»Gut Freund. Kastilien und Leon für immer.«

»Für immer. Passiert.«

Kein Licht, kein Feuer, nur hier und dort das Glühen einer Zigarette. Der monotone, immer wiederholte Ruf der Wachtposten, unsichtbar hinter Schanzen und in Gräben.

Ein Echo nach dem andern, an den Gräben entlang, den abschüssigen Weg von Mendizabal, vorbei an gedämpfter Maulwurfsgeschäftigkeit, wo kleine Männer eines der zwei mächtigen Tore des undeutlich aufragenden Gebäudes zumauerten. Zwei Posten vor dem Hauptort kreuzten ihre Bajonette; hier änderte sich die Parole.

»Halt. Wer da?«

»Gut Freund. Sieg oder Tod.«

»Passiert.«

Die Bajonette wurden zurückgezogen.

Felipe hob mich vom Pferd, das im Dunkeln weggeführt wurde. Ein winziges Ocoteflämmchen wurde angezündet und an Felipes Gesicht gehalten.

»Qué tal, Don Felipe? Haben Sie etwas herausgefunden? Wie sieht es draußen aus?« fragte ein junger Leutnant; er hatte ein rundes Kindergesicht, seine Augen funkelten vor Aufregung.

»Pués – nichts Besonderes. Ein paar betrunkene Indianer auf der Landstraße nach Marfil. Nichts Neues, Pepito.«

»Und wen bringen Sie uns hier?«

»Wir haben nicht genug Frauen ...«

»Niemals, hombre, niemals genug.«

»... um das Essen für die Truppen zu bereiten«, schloß Felipe. Der Leutnant lachte und blies das Flämmchen aus. »Ich liege Ihnen zu Füßen, Señorita. Sie können passieren«, sagte er. Das hohe, drohende, eisenbeschlagene Tor wurde langsam aufgeschoben, kaum weit genug, um uns durchzulassen.

Ich war auf der anderen Seite der Linie.

Von einer Welt war ich in eine andere eingetreten. Fast zwei Jahre lang war ich eine interessierte, mitstrebende Genossin an der Peripherie der Verschwörung gewesen, eine überzeugte und tätige Teilnehmerin, wenn auch nicht eine Vorkämpferin des Aufstandes. Aber während der letzten Stunden hatte ich von Angesicht zu Angesicht meine Erfahrungen mit den Aufständischen gemacht, und ich zitterte noch immer von dem, was ich erlebt hatte. Was wußten oder dachten oder verstanden diese Menschen von Menschenrechten und Freiheit? Was von der Verantwortung, die Freiheit den Freien auferlegt? Was sie verstanden, war die Freiheit des Hasses, die Freiheit, zu zerstören, zu töten, zu zerschmettern, alles zu zerbrechen, sinnlos wie die Elemente. Unter ihrer dünnen Kruste von Christentum waren diese Indianer Wilde geblieben, Kinder eines grausamen Landes, wo Massenmord ein religiöser Kult gewesen war und dessen Städte von dem Blut und den verfaulenden Skeletten der Menschenopfer gestunken hatten. Tod den Spaniern, die nicht versucht hatten, ihnen emporzuhelfen, sie zu belehren, sie weise mit Güte und gutem Beispiel zu lenken; Tod den Spaniern, Tod!

Aber als sich das Tor von Granaditas öffnete und ich hindurch und in die Welt der verhaßten Spanier eintrat, konnte ich nichts dagegen tun, daß Mitgefühl und, ja, sogar Bewunderung mich ergriffen. Es waren ihrer so unsäglich wenige, sie hielten sich so stolz zusammen, und sie waren so besonders höflich. Nach dem Tumult, aus dem ich um Haaresbreite davongekommen war, kam es mir hier unglaublich still vor. Unsere Schritte hallten unter der hohen, gewölbten Decke, als wir den weiten, prächtigen Bogen der Treppe, von einer einzelnen Laterne spärlich beleuchtet, hinunterschritten. Auf den Stufen schliefen Männer, dunkle Bündel, in ihre Mäntel gewickelt und erschöpft niedergesunken. In einer Ecke war eine Gruppe noch wach, sie flüsterten, um die Schläfer nicht zu stören. Die meisten der Männer hatten den Bartwuchs einer Woche auf den Wangen wie Felipe, und es rührte mich irgendwie, ihn und seine eleganten Freunde aus besseren Tagen so ungepflegt zu sehen. Ihre Unterhaltung hörte auf, als wir vorbeikamen, und einer oder zwei von ihnen erkannten und begrüßten mich in ihrer großartigen Weise: »Zu Ihren Füßen, Doña Clara, zu Ihren Befehlen.«

Wir gingen in den Patio hinunter, der die Würde und Einfachheit eines griechischen Tempels hatte. Unter den Arkaden schliefen andere Mämmer, und einige, die Schlaflosen, schritten die Länge des Hofes auf und ab, auf und ab, ruhelose

Schatten in der dunklen Nacht, die ihre letzte sein mochte. Einer von ihnen kam auf uns zu, als wir den Patio überquerten, es war Andreas Ruiz, völlig nüchtern und in tiefem Trübsinn. »Guten Abend, Doña Clara«, sagte er nachlässig und ergriff Felipes Arm. »Du warst draußen?« sagte er. »Was hältst du davon? Wie sieht es aus?« Um ihn hing der abgestandene Geruch eines Mannes, der sich seit mehreren Tagen weder gewaschen hatte noch aus den Kleidern gekommen war. »Hombre«, sagte Felipe, »mach dich nicht verrückt. Es steht ausgezeichnet. Hier bist du so sicher wie im Mutterschoß; so sicher wie jeder einzelne Peso des königlichen Schatzes.«

»Es geht ein Gerücht um, daß Hidalgo achtzigtausend Mann gegen uns versammelt hat«, sagte Ruiz weinerlich.

»Achtzigtausend Eselärsche! Es gibt immer Geschwätz, wenn alte Weiber ihre Köpfe zusammenstecken. Achtzigtausend Männer – mit vier Gewehren. In der ganzen Provinz gibt es keine achtzigtausend Männer! Sei vernünftig, Andreas, ich bitte dich, sei vernünftig!«

»Laß es nur fünfzigtausend sein? Laß es nur zwanzigtausend sein! Wie viele von uns sind hier? Fünfhundert? Sechshundert – höchstens. Wer von uns beiden ist unvernünftig?«

»Sechshundert Männer in einer verschanzten Festung, und ich hoffe, kein einziger Feigling darunter«, sagte Felipe kalt. »Cortez hat Mexiko mit weniger Leuten erobert!«

Er zog mich mit sich, und Andreas Ruiz besann sich einen Moment zu spät darauf, mir eine Verbeugung zu machen. Ich blickte zum Himmel hinauf und bemerkte, daß auf dem flachen Dach Wachtposten in kurzen Abständen aufgestellt waren. Nur ihre Schultern und die Gewehrläufe ragten über die Brustwehr hinaus. Weder Felipe noch Ruiz hatten Gewehre, aber ich sah, daß beide die phantastischen Uniformen trugen, in denen sie die miserable Proklamation König Fernandos gefeiert hatten; und mit einem kleinen Scherz in der Brust erkannte ich auch Felipes Galadegen. Jetzt waren wir unter den Arkaden, schritten an einer hohen Flügeltüre nach der anderen vorbei. Felipe versuchte einer nach der anderen zu öffnen, aber sie waren alle verschlossen. »Bist du müde, Caralinda?« fragte er über seine Schulter, als ich gehorsam hinter ihm herschlich. »Ich werde dich bald zu Bett bringen. Alle diese Räume sind bis zur Decke mit Silberbarren und ähnlichem Zeug angefüllt, es schläft sich hart darauf. Ich finde einen besseren Platz.«

Eine der Türen stand halb offen, und drinnen war Licht. »Darf man eintreten?« fragte Felipe höflich, es war der einzige Ort, wo es Licht und Geräusch und Tätigkeit gab. Ich blieb auf der Schwelle stehen und schaute mit leichter Neugier hinein. Ungefähr zwölf Soldaten waren damit beschäftigt, schwere eiserne Quecksilberflaschen anzubohren und zu feilen; andere stapelten sie in Pyramiden gegen die Wände auf. Ein junger Offizier beaufsichtigte sie, examinierte jedes einzelne dieser merkwürdigen Objekte, ehe sie weggelegt wurden. »Glauben Sie wirklich, daß sie funktionieren werden, Leutnant Riaño?« fragte Felipe. Der Sohn des Intendanten warf ihm ein zerstreutes Lächeln zu. »Ich würde Ihnen nicht raten, eine Wette dagegen einzugehen«, antwortete er mit einem kleinen Lächeln. Er hatte ein kühnes Gesicht, feurige schwarze Augen, funkelnd wie die eines Kindes, das in der Aufregung eines Festtages zu lange aufgeblieben ist. Er nahm eine der Flaschen, liebkoste sie für einen Moment in seinen beschmutzten Händen und zeigte sie Felipe. »Hier«, sagte er. »Der Docht geht durch dieses kleine Loch – keine Lunte, sehen Sie, nur ein Docht. Man zündet den Docht an und wirft die Granate. Ich verspreche Ihnen, daß eine davon tausend Aufrührer töten kann – und bis morgen früh werden wir fünfhundert Granaten bereit haben. Die Hälfte würde schon genügen, um den Pöbel des Curaten aufzureiben.«

»Furchtbar«, sagte Felipe beglückt. »Ich muß sagen, Sie sind ein größeres militärisches Genie als Bonaparte. Wird unsere Kompanie ein paar davon erhalten? Und wollen Sie mir zeigen, wie man sie am besten wirft?«

»Handgranaten«, sagte Felipe als wir weitergingen. »Eine tödlichere Waffe ist seit der Erfindung des Pulvers nicht erdacht worden.«

»Aber war hat man mit dem Quecksilber gemacht?«

Felipe zuckte die Achseln; das war eine Gebärde, die er sich in den schlimmen Jahren angewöhnt hatte. »Wer kümmert sich darum, Hijita?« sagte er. »Wer kümmert sich jetzt um Quecksilber?«

Wir stiegen eine andere Treppe, am Ende des Patios, hinauf, und im oberen Stockwerk kamen wir zu einer hohen, verzierten Türe mit bewaffneten Wachen davor. Felipe murmelte seinen Namen, und wir wurden eingelassen. Wir befanden uns jetzt in einem großen, hohen Saal, einer Versammlungshalle, wie es schien, von einem überlebensgroßen Bildnis Fernandos VII. beherrscht. Unter dem Gemälde standen ein paar Banner und Standarten, zusammengerollt und bescheiden, gegen die Wand gelehnt. Der Saal war von einigen großen Laternen erleuchtet, und hier und dort drängten sich kleine Gruppen von Männern im Kerzenlicht. An einem Tisch von eindrucksvollen Ausmaßen beugte sich der Intendant Riaño über Karten und Papiere, während er einem brillentragenden Sekretär in abgerissenen Sätzen einen Brief diktierte. Hinter ihm kroch sein Adjutant herum, und an seiner Seite stand sein Assistent, der Licenciado Valdez, ein schlaksiger Mann, dessen dünne Handgelenke aus den etwas zu kurzen Ärmeln seiner Uniform heraussahen. Dies also war das Hauptquartier der Royalisten.

»Willst du mich einen Augenblick entschuldigen, Caralinda? Ich muß meinen Bericht erstatten«, sagte Felipe und ließ mich da stehen, mit meinen Sandalen und meiner Schürze und mit Loro, der auf meinem Korb eingeschlafen war. Ich sah mich rings nach Gesichtern um, die ich in vergangenen Jahren gekannt hatte. Selbst hier hatten sich einige Männer zum Schlaf zusammengerollt; in einer Ecke würfelten ein paar Offiziere auf einer Matte am Boden wie Cargadores auf der Straße. Auch erkannte ich den Major Berzábal, den Komandanten der Garnison; er saß abgesondert von den anderen, mit einem Portfolio auf den Knien und schrieb einen Brief. Eine verzweifelte Einsamkeit war um ihn, als hätte er sich in sich selbst zurückgezogen, um sich mit einer ihm teuren abwesenden Person zu unterhalten, die diesen Brief wahrscheinlich nie erhalten würde. Auf einer Fensterbank, beim Licht einer Kerze, die in einer leeren Flasche steckte, spielten zwei grauhaarige Männer Schach, das Brett unbequem zwischen sich haltend. Den einen, mit einem weichen Doppelkinn und einer Soutane, erinnerte ich mich in der Kirche der Compania gesehen zu haben. Der andere, als er sein Gesicht von den Schachfiguren hob und mich erkannte, stieß einen kleinen Schrei aus. Es war Don Lorenzo di Lara, grau, verwelkt, weise und einsam, wie nur diejenigen einsam sind, die nichts mehr zu verlieren, auf nichts zu hoffen, nichts mehr zu leiden haben. Er setzte seinen Bauern nieder und erhob seinen Arm in einer spöttischen Nachahmung des römischen Gladiatorengrußes. »Morituri te salutant«, sagte er mit einem Lächeln.

»Don Lorenzo«, sagte ich, stellte meinen Korb nieder und ging rasch zu ihm hinüber. »Sie? Was für eine Überraschung, Sie hier, gerade hier, zu finden.«

»Wo sonst hätten Sie mich erwarten können? Bei den Illiterati? Soll ich den Chichimeca-Indianern vielleicht Calderón vorlesen? Leider ist meine Kenntnis der indianischen Dialekte ganz besonders unzureichend. Und dann: Ich bin ein Spanier, und dies hier ist, alles in allem genommen, Spanien. Zumindest so viel, wie in Amerika davon übriggeblieben ist.«

»Ich kann mich an einige unserer Unterhaltungen erinnern ...«

»Gewiß, ich auch, Doña Clara. Aber etwas zu wissen und danach zu handeln sind zwei verschiedene Dinge. Beide Seiten zu verstehen, Ursache und Wirkung, Pro und Kontra, das kostet viel Kraft. Man könnte meinen Verstand mit einem Boot vergleichen, das von zwei Mannschaften gerudert wird; eine rudert nach Süden, die andere nach Norden. Unsereiner erreicht nie den Hafen.«

Der Priester hatte mit seinem Läufer einen Zug gemacht und blickte mit genießerischem Kennerlächeln auf. »Gut gesagt, Don Lorenzo, sehr gut gesagt«, bemerkte er. Jetzt erinnerte ich mich seines Namens, Don Eusebio Avila, den die Inquisition wegen seines liberalen und gefährlichen Denkens öffentlich angeklagt hatte.

»In unserer konvulsivischen Welt ist dies hier ein sehr bequemes Eckchen«, sagte Don Lorenzo. »Keinerlei Entscheidungen werden mehr von uns verlangt, weder moralische noch irgendwelche anderen.« Er deutete mit einem ironischen, tintenbefleckten Finger gegen die Decke oder auch gegen den Himmel. »Alle Entscheidungen werden für uns von einer höheren Instanz getroffen. Morgen um diese Zeit werden wir entweder am Leben oder aber tot sein. Wie einfach und erfrischend. Für einen alten Mann wie mich ist der Unterschied unwesentlich. Aber Sie, Doña Clara, was tun Sie hier?«

Ich sah, daß Felipe sich uns näherte. »Meine Gründe sind so unvernünftig, daß nur eine Frau sie verstehen könnte«, antwortete ich. Felipe tauschte Grüße mit den Schachspielern aus und führte mich auf den Kommandantentisch im Mittelpunkt zu.

Der Intendant schien kleiner als je, aber das dachte man jedesmal, wenn man ihn traf. Sein Uniformkragen war aufgeknöpft und sein Haar unordentlich. Seine Augenlider waren entzündet und geschwollen von schlaflosen Nächten, und das Zittern des Papiers, das er vor diese geröteten Augen hielt, betonte nur die Unsicherheit seiner Hände. Er bot, alles in allem, einen mitleiderregenden Anblick; er sah nicht aus wie ein Befehlshaber vor der Entscheidungsschlacht, sondern wie ein Mann, der seit einigen Nächten an Zahnschmerzen gelitten hat und endlich zu dem verzweifelten Entschluß gekommen ist, den schlechten Zahn ziehen zu lassen.

»Eure Exzellenz«, sagte Felipe. »Mit Verlaub, Eure Exzelenz ...«

»Jawohl, ja, was gibt's? Ah, Señor Contreras, nicht wahr? Was das Futter für die Pferde anbetrifft ...«

»Mit Verlaub, nein, Eure Exzellenz. Es handelt sich um ...«

»Ich bin müde«, sagte der Intendant kläglich. »Ich habe seit drei Nächten nicht geschlafen. Ich bin seit einer Woche nicht aus meinen Kleidern gekommen. Ich hatte nicht einmal Zeit, mich barbieren zu lassen. Unsere Munition ist knapp. Lassen Sie mich mit Kleinigkeiten in Ruhe. Ist es etwas wegen des Quecksilbers ...«

»Gestatten Exzellenz mir die Freiheit, Ihnen Doña Clara vorzustellen, die sich bereit erklärt hat, die Frauen in der Küche zu beaufsichtigen«, sagte Felipe rasch.

»Ah, jawohl, gewiß. Ich küsse Ihre Hände, Doña Clara. Sie sind eine mutige Frau, Doña Clara, und ich werde nicht versäumen, Ihre Tapferkeit dem Virrey zu reportieren.«

Der Intendant wurde sichtlich munterer, als er daranging, mir hausfrauliche Befehle zu geben. »Jawohl, Eure Exzellenz«, sagte ich, »ich verstehe, Eure Exzellenz. Ich werde mich genau an Ihre Befehle halten, Eure Exzellenz.« Aber das ist ja lächerlich, dachte ich zur gleichen Zeit. Was tue ich hier? Wie bin ich dazu gekommen, mich zu einer Marketenderin und einer Heldin der Royalisten machen zu lassen? Und Bert Quaile im Gefängnis. Im Grund bedrückte mich dies nicht so sehr. Ich hätte nie Quailes Frau werden können, niemals, das wußte ich jetzt. Mrs. Bert Quaile in Pittsburgh? Niemals. All das war ausgelöscht in dem Augenblick, als Felipe mich in seine Arme genommen und mich über die Schwelle und über den Indianer, den er erschossen hatte, weggetragen hatte. Für mich die hohen Gipfel und die tiefen Schluchten, aber kein lauwarmes, respektables Leben. Nein, ich regte mich nicht über Quaile auf. Das erste, was Hidalgo in allen Städten tat, war, die Gefängnisse zu öffnen und die Gefangenen freizulassen. In der Zwischenzeit war Quaile wahrscheinlich sicherer hinter Gittern als auf der Straße.

»... jedem erwarte, seine Pflicht bis zum äußersten zu tun«, beendete der Intendant.

»Jawohl, Eure Exzellenz.«

»Licenciado Caldez, wollen Sie bitte der Dame den Schlüssel zu Nummer 19 – oder war es Nummer 16? – geben, wo der Proviant für die Truppen aufgehoben wird?«

»Nummer 21, Eure Exzellenz.«

»Ach ja. Sie werden Don Castillo um drei Uhr morgens ablösen, Señor Contreras.«

»Zu Befehl, Eure Exzellenz.«

Felipe salutierte nachlässig und führte mich weg. Schweigend stiegen wir eine andere Treppe hinauf; die Luft war kühl und feucht; eine Prozession von pausbäckigen Wölckchen zog durch den Himmel, der sich über den Patio spannte. Die Nacht war fließend, durchscheinend, schwanger. Felipe hielt vor einer der vielen hohen, numerierten Türen an und drehte den schweren Schlüssel im Schloß. Die Tür ging auf; er trat zur Seite und ließ mich eintreten. »Kannst du genug sehen, oder soll ich versuchen, eine Kerze aufzutreiben?« fragte er; an seiner Stimme konnte ich hören, daß seine Brust genauso beengt war wie die meine. Ich prüfte den frischen, vollen, ländlichen Geruch des Raums. Getreide, Hügel, Berge, Gebirge von Maiskörnern. Die Scheune in Helgenhausen; seidiges Geflüster von Hafer, schräge Sonnenstrahlen im Speicher, kühlende Sommerfreude eines Kindheitstages ...

Ich fühlte die Körner unter meinen Schritten; sie rieselten kühl wie Kieselsteinchen in meine Sandalen. »Ich kann genug sehen«, sagte ich. Meine Augen gewöhnten sich an das fließende Leuchten um uns, das durch die Fenster hoch oben in den Wänden hereinströmte. Das Getreide war beinahe bis zur Decke aufgeschichtet und fiel sanft gegen den Boden ab. Ich war ein Kind gewesen; ich hatte mich in solchen Körnerhügeln herumgerollt, mit Babette Verstecken darin gespielt. Ich drehte mich nach Felipe um; er stand steif, dunkel gegen die Bleichheit des Getreides. Nur sein Gesicht fing etwas Licht, über dem Schatten des jungen Kreuzfahrerbartes. »Ich kann dich sehen«, flüsterte ich.

»Ich kann dich auch sehen, Caralinda.«

Er zog die Türe zu und verschloß sie von innen. »Komm, ich will ein Bett für dich machen, Hijita«, sagte er. Vorsichtig stellte ich den Korb mit meinem weißen Sonntagskleid hin. Ich hoffte, daß Loro nicht aufwachen und eine indiskrete Bemerkung machen würde. Felipe nahm seinen schwarzen Mantel ab und breitete ihn sorgfältig über dem Mais aus, strich und formte das Getreide, um mich zu empfangen.

»Nun leg dich hin und sag mir, ob dein Bett bequem ist.«

»Ich habe nie in einem besseren Bett geschlafen«, sagte ich.

»Außer in dem der Madame Pompadour«, sagte er unverschämt. »In Vera Cruz. Erinnerst du dich?«

»Nein. Ich erinnere mich an nichts. An gar nichts.«

Er streifte seinen Rock ab und deckte mich damit zu. Er hatte drei Pistolen in seinem Gürtel, zwei seiner eigenen und die meine. Er trug sie in eine Ecke neben der Tür und legte sie vorsichtig hin. »Da liegt nun die Artillerie«, sagte er und versuchte, die merkwürdige, pochende Scheuheit zwischen uns mit einem kleinen Scherz zu verkleiden. Ich hörte, wie er sich den Gürtel abschnallte und seinen Degen abnahm. Zehn Jahre meines Lebens, mein ganzes Leben, lagen in diesem kleinen Geräusch, das ich so gut kannte. Er stand für einen Augenblick über mir, sehr groß und hoch aufgerichtet. »Gute Nacht, mein teures Herz. Mögest du wohl ruhen«, sagte er leise. Ich hörte das Korn flüstern, als er für sich ein Bett machte, entfernt von mir.

Aus den Laufgräben dort unten, wie aus einer großen Entfernung, kamen die Rufe und Antworten und das Echo der Wachposten:

»Leon und Kastilien für immer.«

Für immer.

»Sieg oder Tod.«

Sieg, Sieg oder Tod ...

Und verhallend:

– Tod – Tod Tod ...

Ich schloß meine Augen. Ich bin in Granaditas. Ich bin mit Felipe. Aber das ist ja alles falsch. Nein, es ist, wie es sein soll. Ich war entzweigespalten gewesen, und jetzt bin ich wieder ganz. Ich war tot, und jetzt bin ich lebendig. Ein blauer Himmel war nicht blau gewesen, eine rote Nelke nicht rot, nicht wirklich rot für mich ohne Felipe. Ich grub meine Hände in das Getreide. Ich konnte die Form und die Glätte jedes einzelnen Körnchens fühlen, mit einer Intensität in meinen Fingerspitzen und einer Freude, die ich beinahe vergessen hatte. Ich ließ die Körner durch meine sehnsüchtigen Finger rieseln; morgen wird Silberstaub an meiner Haut haften. Ich hörte Felipe dort drüben vorsichtig atmen, um den Aufruhr, der seine Brust zusammenschnürte, nicht zu verraten. Dann bewegte er sich, und seine Hand kam über die bleichen Dünen, um meine zu treffen. Im Augenblick, als unsere Finger sich berührten, waren sie ineinander verklammert wie zwei Glieder einer Metallkette in Weißglut.

»Clarinda?« sagte er; er lag auf dem Rücken, steif, seine Arme ausgestreckt, und ich wußte, daß er lächelte.

»Ja, Felipe?«

»Ja?«

»Ja. Ach ja.«

»Condesa Clarinda«, sagte er, immer noch von mir entfernt, und nur unsere Hände waren beisammen, »Clarinda, es ist erst fünf Minuten her, daß ich dich zum erstenmal traf ...«

»Ja, Felipe. Ich weiß.«

»Caralinda – es gibt nur dies. Jetzt. Kein Gestern. Kein Morgen. Nur heute. Jetzt. Jetzt und bis drei in der Frühe, wenn ich auf Wache ziehe.«

»Jetzt und immer, Felipe.«

Er zog mich zu sich und nahm mein Gesicht zwischen seine Hände, in der fließenden Dunkelheit nach meinen Augen suchend. »Caralinda«, sagte er. »Immer ist nichts als ein Wort. Ich erlebe vielleicht keine andere Nacht mehr. Aber jetzt lebe ich.«

Ich gab keine Antwort, und er lachte ärgerlich. »Laß mich kein dummes Zeug daherschwätzen wie Andreas Ruiz«, sagte er. »Es war nur ein Spaß. Du weißt, daß ich nur Spaß mache. Ich werde achtzig wie alle Männer der Fuentes-Familie, und ich werde glatzköpfig sein und zahnlos und sehr von der Gicht geplagt und vollständig impotent; aber immer noch in dich verliebt, immer noch und immerfort verliebt.«

Die Uhr auf der Kirche von Belén schlug Mitternacht, mein Herz raste vor jedem Schlag her, jetzt und nur jetzt, nur diese Nacht, diese drei Stunden und nichts danach ...

»Willst du noch einmal mit mir auf den Gipfel des Orizaba kommen ...?« fragte Felipe, beinahe unhörbar, als er mich aus mir selbst hinaustrug und in die Unendlichkeit unserer letzten Umarmung ...

28. September 1810. Es war ein Freitag, aber aus irgendeinem Grund schien es den ganzen Morgen lang Sonntag zu sein. Vielleicht weil die Luft so leicht und klar war nach dem kleinen Regenschauer, der sie bei Morgenanbruch reingewaschen hatte. Vielleicht weil der Tag mit Gottesdienst und Gebeten im Patio begann, wo ein einfacher kleiner Altar rasch aufgeschlagen worden war. Ach, dies war weit entfernt von dem überladenen Pomp der eleganten spanischen Kirchen, und um diese Männer war ein tiefer Ernst und eine Versunkenheit, etwas von der Unberührtheit der ersten Christen, wie sie so vor dem grobgeschnitzten Kreuz knieten und den Segen und die Absolution ihrer Kirche empfingen. Oder vielleicht fühlte es sich wie Sonntag an, weil die müßigen Sonntagsklänge überall die Straßen dieser Nachbarschaft anfüllten, die ich so gut kannte. Und es fühlte sich wie Sonntag an, weil alle Welt guter Laune zu sein schien und Bemerkungen über das schöne Wetter und die frische Luft und die Freundlichkeit der Sonne wechselte und ein paar Offiziere zu mir kamen, um mir ihre eigene und die Anerkennung ihrer Kompanie auszudrücken über das Frühstück, das wir pünktlich in die Gräben bestellt hatten. Und weil ich

weiße Seidenstrümpfe und meine neuen Schuhe mit den Silberschnallen und mein weißes Kleid mit der cerise Schärpe und sogar meinen Hut mit den Kirschen trug. Aber vor allem war es Sonntag, weil ich wußte, daß irgendwo in dieser Menge, in diesem weitläufigen Gebäude, Felipe mir nah war...

Die Frauen in der großen Küche sangen und kicherten und rauchten und kneteten die Tortillas und mahlten Mais und kokettierten mit den ein und aus gehenden Soldaten und machten sich alles in allem ein kleines Fest daraus. Als der Morgen fortschritt, wurde der Tag immer festlicher; auf den Höhen und Abhängen der Hügel, auf dem Cerro del Cuarto und San Miguel, kamen mehr und mehr Menschen zum Vorschein. Sie waren in ihren Sonntagsstaat gekleidet, und sie schienen guter und vergnügter Laune, als wären sie früh genug aufgebrochen, um einen guten Sitz für einen Stierkampf zu ergattern, mit Granaditas inmitten der hohen, grünen Galerien der umliegenden Höhen als Arena. Dichtgedrängte Reihen von Bergleuten kamen dort oben an; einige trugen Weinschläuche, andere farbige Bastsäcke mit Essen und Krüge und Flaschen, und da und dort spielten die unvermeidlichen Musikanten dünn und munter ihre Gassenhauer. Von der Küche aus konnten wir nicht viel von alldem sehen, denn sie hatte kein Fenster, nur eine runde Öffnung hoch oben in der Wand, durch die der Rauch der Holzkohlenfeuer abziehen konnte. Aber meine Frauenbrigade hatte eine Leiter gegen die Wand gelehnt, und eine oder die andere kletterte andauernd da hinauf, um dem Rest von uns zu berichten, was in der Außenwelt vor sich ging. Auch war da ein immerwährendes Hinausrennen, in den Patio und zu der großen Zisterne, und mit den gefüllten Wasserkrügen brachten meine Frauen allerhand aufgeschnappte Endchen von Neuigkeiten herein. Die meisten meiner Helferinnen waren die Frauen oder die Liebchen von Soldaten und hatten schon in den Kasernen und Lagern für ihre Männer gekocht, und sie waren eine lustige, sorglose Marketenderinnengruppe. In dieser gedankenlos vergnügten Küche schien das Problem von Mexikos Unabhängigkeit so fern wie die Milchstraße. Wir hatten sogar ein paar Kinder bei uns; Säuglinge, in die Schals ihrer Mütter gewickelt, in leeren Körben und Kisten schlafend und von Zeit zu Zeit an einer reichen, braunen Brust genährt. Auch einen kleinen Gast hatten wir, über den sich die Küche halb totlachte, denn es war ein italienisches Bübchen und sprach mit einem Akzent; ein drolliges, lebhaftes, kirschenäugiges Kerlchen mit den wilden Gesten eines Operntenors und den watschelnden einwärtsgedrehten Füßen eines kleinen Vogels. Er und Loro hatten sich gleich angefreundet, und die beiden 4 Rinaldino, unablässig plaudernd, mir geholfen, meinen geleerten Korb in einen Käfig für Loro umzuwandeln.

»Mein Vater hat mir ein eigenes Pony versprochen, wenn ich nicht weine und einen Sack mit Karamellen – so groß! – und ein Paar Silbersporen, mit meinem Namen drauf, ganz wirkliche Sporen – und – und – kann Ihr Papagei italienisch sprechen, Señorita?«

»Nein, aber warum bringst du es ihm nicht bei? Lehre ihn, dich Rinaldino zu nennen. Wo ist dein Vater?«

»Oh, dort oben, irgendwo bei den Soldaten. Aber mein Vater ist kein Soldat. Mein Vater ist reich. Sie sollten meines Vaters Laden in Guadalajara sehen, Señorita! Wenn wir nach Guadalajara zurückkommen, so sagt mein Vater, wird er noch zweimal so reich sein, mein Vater wird so reich sein, er wird mir ein Pony kaufen ...«

Meine Hand lag auf dem dunklen, warmen Krausköpfchen des Kleinen, als Felipe in die Küche geschlendert kam, und mein Herz tat ein paar unbändige Freudensprünge. »Kann man um einen Schluck Wasser bitten?« fragte er, und ich schöpfte rasch eine Kürbisschale voll und hielt sie ihm hin, während seine Augen sich in den meinen festsaugten, als ob sie sie nie mehr freilassen wollten.

»Der Kommandant unserer Freiwilligenkompanie, Don Castillo, wünscht ein Wort mit Ihnen, Doña Clara«, sagte er, als er getrunken hatte, und ich fühlte, daß alle vierundzwanzig Frauen in der Küche das Geheimnis der vergangenen Nacht erireten. Felipe schritt quer durch den Raum und inspizierte ihn. »Wohin führt diese Falltüre?« fragte er, auf einen Eisenring am Boden deutend, den ich bisher nicht bemerkt hatte. Eine Frau trat vor, um zu antworten, sie war bei weitem die älteste von uns allen, wahrscheinlich nicht die Frau, sondern die Mutter eines Soldaten. Sie hatte ein weitstirniges Gesicht von der ruhigen Schönheit, die man oft unter den einfachen Mexikanerinnen findet, und sie trug ihr Haar wie eine Krone.

»Auf einen Weg, der beim Friedhof vorbeiführt und unten am Rio Cata herauskommt, Señor«, antwortete sie höflich. »Um unsere Wäsche und uns selbst dort zu waschen; auch um die Küche nicht zu beschmutzen, wenn wir Geflügel für den Tisch der Herren Offiziere schlachten.«

»Wie ist dein Name?«

»María Filipina Dominguez, zu Ihren Befehlen, Señor.«

»Gut. Hör zu, María. Du kennst dich in dieser Nachbarschaft gut aus? Wenn – wenn es kritisch werden sollte – du verstehst mich –, wenn die Männer zu beschäftigt sein sollten, um euch zu sagen, was zu tun ist – du verstehst mich?«

»Wie sollte ich nicht verstehen, Señor?«

»In diesem Fall habt ihr Frauen das Gebäude durch diesen Ausgang zu verlassen. Dies ist der tiefstgelegene Teil von Granaditas, nicht wahr? Alle Frauen haben Befehl, sich auf diesem Weg in Sicherheit zu bringen, falls – falls es gefährlich werden sollte. Alle, ohne Ausnahme, verstanden? Doña Clara – und das gilt auch für Sie. Es ist ein Befehl.«

»So wird es geschehen, Señor«, sagte María. »Im Notfall werden uns die Brüder von Belén in ihrem Hospital Zuflucht gewähren«, sagte sie, und ich begriff plötzlich, daß sie schon vorher darüber nachgedacht hatte und daß sie sich der Gefahr bewußt war, aber keine Angst davor hatte. Felipe gab ihr ein paar Münzen, bedeutete mir, ihm zu folgen, und wir verließen die Küche.

»Guten Tag, mein Herz«, sagte er, »Und einen sehr, sehr guten Tag für dich, du in deinem weißen Brautkleid.«

»Guten Tag, Felipe. Ist es nicht wie Sonntag heute?«

»Es ist wie Sonntag im Paradies. Es ist, als wenn wir auf einem Regenbogen tanzten. Möchtest du nicht den Himmel auffressen und in das Grün der Hügel hineinbeißen? Komm, ich muß dich aufs Dach führen und dir die Welt zeigen.«

»Du hörst dich wie Satan in der Bibel an: ›... dann führte ihn der Teufel mit sich auf einen sehr hohen Berg, und zeigte ihm alle Reiche der Welt und ihre Herrlichkeit!‹« sagte ich und mußte lachen.

»Du sollst dich jetzt nicht an Roberto erinnern«, sagte er schnell, mit seinem unheimlichen Gehör für die feinsten, unbewußten Obertöne, das mich immer wieder von neuem erstaunte.

»Mein armer Robert, ich hoffe, es wird alles gut für ihn ausgehen«, sagte ich. Mein armer Albert, hatte ich vor langer Zeit gesagt. Jetzt war es: mein armer Robert. Und das war ich: haltlos, kopflos, treulos, aber glücklich, glücklich, glücklich. Wir hatten das Dach erreicht, weit und ausgedehnt, flach wie ein Exerzierplatz, vom kühlen Gold der Morgensonne überspült.

»Heute, beim Sonnenaufgang, als ich Wache stand«, sagte Felipe, »hatte ich Zeit, nachzudenken. Ich habe Pläne für uns gemacht, sehr vernünftige, aber höchst wunderbare Pläne. Deswegen bin ich so glücklich, glaube ich. Diese letzten Jahre waren ein ordentliches Fegefeuer für mich, aber jetzt bin ich wieder rein und neu. Ich habe diesen Narren Felipe Contreras abgeschüttelt und in den tiefsten Grund der tiefsten Grube geworfen. Gestern nacht, o Caralinda, meine einzige, gestern nacht war der Beginn eines neuen Lebens. Heute bin ich erst einen Tag alt und brauche deine Hilfe; all ihr zwölftausend Jungfrauen der Santa Ursula, und wie sehr ich dich brauche! Sobald dieser Tag vorbei ist – sobald wir diesem törichten Aufruhr ein Ende gemacht haben – wollen wir Guanaxuato sogleich verlassen. Wir wollen Neuspanien verlassen, selbst wenn jeder Zoll Erde aus reinem Gold bestünde. Wir werden nach der Peninsula gehen; du bist nie in Spanien gewesen, dir steht etwas Herrliches bevor. Wir werden in irgendeiner kleinen Stadt leben oder in einem Dorf oder, wenn du willst, in Valencia, ganz einfach und still, in einem kleinen Häuschen, und jeden Abend werde ich dir das Geld, das ich während des Tages verdiene, nach Hause bringen; das wird dir gefallen, nicht wahr?«

Ich mußte die Tränen hinunterschlucken, denn mein ewig närrischer Geliebter klang genau wie der kleine Rinaldino in der Küche.

»Was wirst du denn tun, um Geld zu verdienen, mein Liebster?«

»Oh, ich habe mir alles gründlich ausgedacht. Ich werde als öffentlicher Schreiber unter den Arkaden sitzen. In San Esteban habe ich eine sehr zierliche Handschrift erlernt, und alle Welt wird sich darum reißen, daß ich ihre Briefe für sie schreibe, Liebesbriefe; glaubst du nicht, daß ich gute Liebesbriefe schreiben könnte? Ich werde Briefe fabrizieren, die eine Heilige verführen könnten, und für drei Peseten werde ich so einen Brief hinlegen, daß betrogene Frauen auch dem treulosesten Gatten verzeihen müssen! In Valencia – das ist nämlich eine Stadt der großen Leidenschaften –, dort könnte ich leicht auf diese Art zwanzig und dreißig Peseten am Tag verdienen, und das ist besser, als hunderttausende in die schwarzen Wasser eines ersoffenen Schachtes zu werfen.« Er meditierte schweigend eine kleine Weile und fügte dann hoffnungsvoll hinzu: »Ich könnte auch ein Fischer in Cullera werden, wenn du das vorziehen solltest.«

»Das wäre reizend, Felipe. Nur daß Spanien besetzt ist und im Krieg.«

»Natürlich. Klar, ich würde zuerst für mein Land kämpfen, bis wir die Franzosen und Engländer hinausgejagt haben und unser König nach Madrid zurückkehrt«, sagte er, und mit einem Schnippen seiner langen Finger warf er die gesamte Macht Napoleons und Europas ganzen Hader über die Brustwehr. Zwei Grenadiere mit aufgepflanzten Bajonetten und hohen Tschakos waren in regelmäßigen Abständen an uns vorbeimarschiert, und andere Wachtposten waren an jeder Ecke des Daches aufgestellt; einige von ihnen waren Soldaten der regulären Truppen, und es gab auch ein paar Freiwillige, die, wie Felipe, in Anzug und Benehmen versuchten, sich einen militärischen Anstrich zu geben.

Neugierig um mich schauend, sog ich den riesigen Rundblick von diesem Dach ein. Das Amphitheater der Hügel und Berge, die flachen Dächer der Häuser und Hütten, übereinandergeschichtet, die Spitzen der Türme und die Kuppeln der Kirchen. Und am Fuß von Granaditas das Muster der Laufgräben, der Schanzen und Verteidigungswerke, die unsere Zitadelle umgaben. Sie waren spärlich mit Spielzeugsoldaten, Grenadieren und einer dünnen Aussaat von Freiwilligen bemannt. In der faulen, müßigen Art, in der die Soldaten mit dem Rücken gegen die Wände der Gräben lehnten – rauschend, würfelnd, oder einfach duselnd – lag etwas höchst Beruhigendes. Als Felipe mir ein Fernrohr reichte, konnte ich sie klar ausmachen. Einige hatten ihre Stiefel ausgezogen und bewegten ihre braunen, breiten Bauernzehen in der Sonne. Ein paar hatten ihre Köpfe zusammengesteckt und sangen mehrstimmig, mit der ernsthaften Hingegebenheit von Männern, die eine Serenade einüben. Die meisten der Soldaten waren ganz jung, und sie sahen weder stark noch gesund aus; wahrscheinlich waren sie schlecht genährt gewesen bis zu dem Tag, an dem sie in den Militärdienst getreten oder hineingezwungen worden waren. Ihre Gesichter waren die Gesichter der Straße, der Armenviertel, des Volkes: breite Backen, große schläfrige Augen, die jedoch beim Anblick einer Schürze Feuer fangen konnten. Die gleichen Gesichter wie die unserer Arbeiter auf der Hazienda, der Bergleute, aber auch der Aufständischen, die gestern über die Brücke gekommen waren und Mingo Creek zerstört hatten. Plötzlich überkam mich die ganze Sinnlosigkeit, die Zwecklosigkeit, die Lächerlichkeit der Lage. Die Rebellen kämpften *gegen* die Spanier; warum sollten diese Soldaten vom gleichen Blut *für* die spanischen Unterdrücker kämpfen? War es denn möglich, daß die Handvoll halsstarriger und verzweifelt mutiger Royalisten in der Festung imstande war, Mexikaner in die Schlacht gegen Mexikaner zu treiben?

Unsinn und dummes Zeug, dachte ich. Laß die Rebellen nur kommen. Sie werden ihren Soldatenbrüdern die Hand reichen und einander in die Arme fallen, und Señor Riaño wird froh sein, wenn er sich und seinen Degen seinem Freund Hidalgo übergeben kann und jede weitere Verantwortung los ist. Es war ein höchst ermunternder und angenehmer Gedanke; es würde zuletzt alles so ausgehen, wie Bert Quaile die ganze Zeit gepredigt und erwartet hatte. Ein kleiner Schwarm von weißen Tauben ließ sich auf das Dach nieder und drängte sich ruckelnd und zuckelnd in einen niederen, hölzernen Taubenschlag. Dies, mehr als alles übrige, schien mir eine Versicherung zu sein, daß es zu keinem Kampf kommen würde. Es würde bestimmt zu keinem Kampf kommen, trotz der Grenadiere und ihrer Bajonette: Auf Schlachtfeldern baute man keine Taubenschläge.

»Felipe«, sagte ich, »warum sind wir hier? Was soll das alles? Warum gehen wir nicht fort? Wir sind keine Gefangene, das Tor ist nicht versperrt.«

»Warum? Aber Caralinda – und du magst mich einen Feigling nennen: Weil es der einzige Ort ist, wo wir sicher sind.«

Er nahm mir das Fernrohr aus der Hand und suchte die Abhänge ab. In der Zwischenzeit hatte sich dort eine ungezählte Menschenmenge angesammelt; kauernd, essend, trinkend, neugierig starrend, abwartend. »Ich muß dir etwas sagen, aber bitte, laß dich nicht dadurch erschrecken«, fuhr Felipe fort, »einige siebzig oder achtzig Europäer entschlossen sich, die Stadt während der letzten Tage zu verlassen. Heute morgen erhielten wir die schändliche Nachricht, daß alle, außer acht oder neun von ihnen, von den Rebellen ergriffen und umgebracht worden sind. Deshalb frage mich nicht, warum wir bleiben müssen, wo wir sind; ich danke Gott auf meinen Knien, daß es mir möglich war, dich hierher in Sicherheit zu bringen.«

»Aber Felipe«, sagte ich. »Das verstehe ich nicht. Wie viele Leute leben in Guanaxuato? Sechzigtausend? Wie viele Spanier sind hier in Granaditas? Keine zweihundert. Ist es dir nie in den Sinn gekommen, daß die Mexikaner vielleicht ein Recht darauf haben, Mexiko zu regieren?«

»Du hast gestern die Bekanntschaft von ein paar echten Mexikanern gemacht; würde es dir gefallen, von denen regiert zu werden?«

»Ich würde lieber unter der Regierung Vater Hidalgos leben als unter einem Virrey von Iturrigarays Sorte. Es gibt mehr Männer von hohen Eigenschaften in Mexiko, viel mehr, als es brauchte, um ein Land zu regieren. Kommt dir dieser eigensinnige Widerstand gegen Mexikos Unabhängigkeit nicht etwas beschränkt vor und ungerecht und sinnlos?«

Felipe zögerte mit seiner Antwort. Er suchte nach meiner Hand auf der Brustwehr und hielt sie fest. »Vielleicht, wenn ich ein Mexikaner wäre, würde es mir so vorkommen. Aber ich bin als Spanier geboren, und ich muß als Spanier sterben.«

»Dann will ich es anders ausdrücken, geliebtes Herz: Ist das alles denn wert, dafür zu sterben?«

Felipe lächelte auf mich herab, so wie Männer immer auf uns kindische Geschöpfe, auf uns Spielzeuge, auf uns Frauen, herablächeln. »Wir wollen uns nicht zanken, mein Kleines«, sagte er und nahm meine Hand und küßte sie mit seiner verführerischen Geschicklichkeit, außen, innen, am Handgelenk und zuletzt auf die Spitze jedes Fingers. »Es gibt eine Sache, die sich Ehre nennt. Unsere Ehre ist das eine, wofür es sich lohnt zu sterben; ein Leben ohne Ehre wäre nicht so viel wert wie eine altbackene Tortilla. Komm, sieh dir den Himmel an, tu mir den Gefallen und sieh dir den Himmel an; hast du je einen so herrlichen Himmel gesehen wie diesen? Heute nacht werde ich dich auf einem großen, kohlschwarzen Roß mit großen schwarzen Flügeln davontragen, und zusammen werden wir in diesen Himmel hineinreiten ...«

Ach nein, man kann mit ihm nicht vernünftig reden, dachte ich; man kann ihn nur liebhaben, diesen unlogischen Fremdling; und dann ging ich in die Küche, um das Bereiten der Frijoles für das Mittagessen zu beaufsichtigen.

Nichts geschah bis elf Uhr, da zwei Berittene in mehr oder weniger militärischer Ausrüstung am Stadttor erschienen und vor den Intendanten geführt zu werden verlangten, um ihm eine Botschaft von dem Oberbefehlshaber Amerikas, Don Miguel Hidalgo y Costilla, einzuhändigen. Leutnant Riaño, der feurige und begabte Sohn des Intendanten, der mit seiner Kompanie in den äußersten Verteidigungswerken lag, empfing die Boten mit starrer Höflichkeit, ließ ihnen die Augen verbinden und brachte sie durch die Linien. Dann folgte ein Interim des Schweigens, einer Stille, so tief, daß sogar die Frauen in der Küche mit ihrem Geschnatter aufhörten. Eine schwitzende Ordonnanz kam hereingerannt und verlangte, daß ein Tisch in der Halle gedeckt werde und daß man die besten Speisen und Weine hinaufschicken möge, da die beiden Emissäre als Gäste des Intendanten behandelt und geehrt werden sollten. Im gleichen Augenblick bliesen Trompeten auf allen Seiten, und dann gab es ein hastiges Gerenne und polterndes Getrampel von Soldatenstiefeln über den Patio, ein Gerassel von Säbeln und Degen treppaufwärts, ein herrisches Überkreuzen von Kommandorufen und Hornsignalen, und ein Offizier, der an der offenen Küchentür vorbeirannte, rief aus: »Alles auf das Dach, alle Kompanien auf dem Dach zusammentreten, jedermann auf das Dach!«

Ich beschloß, dies als eine persönliche Einladung auszulegen, und sobald sich der Lärm und das Getöse verzogen hatten, schlich ich mich vorsichtig hinter den Männern die nun leere Treppe hinauf und verbarg mich hinter dem Taubenschlag. Jetzt, da die gesamte Besatzung von Granaditas auf dem begrenzten Raum des Daches zusammengepfercht war, schien es eine einigermaßen ansehnliche Schar zu sein. Auf der einen Seite waren die regulären Truppen angetreten, auf der andern die ungeordnete Kompanie der Freiwilligen, die sich in einem Bodensatz von ein paar schwarzen Soutanen, einigen älteren Zivilisten, Kaufleuten und Außenseitern von der Art Don Lorenzos, verlief. Zwei Trompeter kündigten den Intendanten an, der, gefolgt von seinem Sohn und seinem Adjutanten, auf dem Dach erschien. Er blinzelte mit seinen schlaflosen, verschwollenen Augen in die Sonne und schob seinen Hut nach vorn, um sein Gesicht zu beschatten. Er war eng in das spanische Schwarz, Rot und Gold seiner Uniform geknöpft und näherte sich mit dem steifen Gang eines alten, lang außer Dienst gesetzten Offiziers. Er stellte sich gegenüber der dünnen Reihe der Freiwilligen auf, räusperte sich, tastete nach dem Blatt Papier, das sein Adjutant ihm hinhielt, und begann zu reden.

»Ich habe Ihnen eine Mitteilung bekanntzugeben, die ich von dem Curaten von Dolores, Don Miguel Hidalgo y Costilla, erhielt und die ich Ihnen sogleich vorlesen werde«, kündigte er an, und den Brief mit unsicheren Händen vor seine entzündeten Augen haltend, verlas er die Botschaft. Ich konnte nur Bruchstücke davon vernehmen, denn die Tauben gurrten in ihrem Schlag, die Uhr von Belén schlug langsam elf, und in einer Cantina spielten die Musikanten. Aber ich verstand, daß Hidalgo zum Obersten Befehlshaber von Amerika ausgerufen worden war und als solcher die Unabhängigkeit Mexikos erklärt hatte. Daß es notwendig befunden worden sei, jene Europäer, die dieser Unabhängigkeit im Wege standen, vorübergehend festzusetzen; daß ihre Besitztümer eingezogen und sie selbst vorläufig in Arrest gehalten werden würden. Daß sie jedoch mit allen Ehren behandelt und ihnen jede mögliche Bequemlichkeit zuteil werden würde, bis zu dem Zeitpunkt, an dem sie sich entscheiden mochten, entweder nach Spanien zurückzukehren oder aber Staatsangehörige Mexikos zu werden. Es war ein Brief von großer Beherrschtheit, Höflichkeit, Rücksicht, sogar Wärme. »Sollte aber«, so fuhr der Brief mit väterlicher Strenge fort, »sollte aber Widerstand geleistet werden, so werde ich meine gesamten Streitkräfte gegen Sie führen und Sie vernichten.«

Die Stimme des Intendanten hatte an Stärke zugenommen, und das Ende des Briefes schallte laut und klar über das Dach; ich hörte angespannt zu, denn in jenem Schluß war das ganze Spanien: der Glaube, der Stolz und jene besondere Cortesía, die mehr und etwas anderes ist als die Höflichkeit anderer Nationen: »... daß Gott Sie beschützen möge, das wünscht Euer Gnaden untertäniger Diener Miguel Hidalgo y Costilla, Capitán Generál von Amerika.«

Als der Intendant geendigt hatte, fiel ein tiefes Stillschweigen über das Dach. Ich versuchte, von meinem Versteck hinter dem schamlos gurrenden Taubenschlag einen Blick auf Felipe zu erhaschen. Wie ein Offizier bei einer Truppeninspektion stand er vor den zwölf Mann unter seinem Befehl; er sah weder angespannt noch besorgt aus, eher etwas gelangweilt. Seine linke Hand ruhte am Degenknauf, und erst als sich seine Rechte zu seinem Skapulier stahl und auf halbem Wege anhielt, weil er sich seines Uniformrocks und seiner militärischen Haltung erinnerte, begriff ich, daß die gelangweilte Miene reines Bravado war. Die Stille dehnte sich länger und länger hin, bis der Intendant sie mit einer Stimme unterbrach, die gefährlich am Rand eines Schluchzens bebte. »Ich möchte nicht vor Ihnen verbergen«, sagte er und versuchte sehr, sich zusammenzunehmen, »daß ich außerdem noch einen persönlichen und vertraulichen Brief des Curaten von Dolores empfangen habe, in dem er mich seiner unverminderten Hochschätzung versichert, ›trotz unserer verschiedenen Denkungsart‹, wie er sich ausdrückt. Er sagt hier: ›... sollten Sie sich entscheiden, daß wir als Gegner kämpfen müssen, so biete ich Ihrer Familie eine sichere Zuflucht an, und ich bitte Sie, dies nicht als ein Zeichen von Schwäche zu betrachten, sondern als eine Rücksicht, die ich nicht imstande bin zu unterlassen. Daß Gott Sie viele Jahre beschützen möge ...‹, und so weiter.«

Immer noch Schweigen. Es war unheimlich, dem absoluten Schweigen von fünfhundert Männern zu lauschen. »Señores«, sagte der Intendant – und ich wunderte mich, daß er mir immer wie ein kleiner Mann vorgekommen war und was es war, daß ihn in diesem Moment groß erscheinen ließ –, »Señores, Sie haben gehört, was der Curarte von Dolores zu sagen hat. Ihm folgt eine große Schar von Männern, ich kenne ihre Zahl nicht. Ebensowenig weiß ich, ob er Artillerie besitzt. Wenn dem so wäre, so würde das jede Verteidigung von Granaditas unmöglich machen. Was mich betrifft, ich habe keine Furcht, und ich bin bereit, mein Leben für Sie und mit Ihnen einzusetzen. Ich möchte aber nicht, daß Sie glauben, ich hätte die Absicht, Sie meinen persönlichen Idealen aufzuopfern. Sie sind es, die hier entscheiden sollen. Lassen Sie mich Ihren Entschluß wissen, und ich werde ihm folgen.«

Die Stille verdichtete sich, sie schwoll an wie die Muskeln eines Riesen. Es schien so einfach, so leicht, Hidalgos Angebot zu beantworten; er hatte den Spaniern und ihrem unnachgiebigen Stolz einen ehrenvollen Ausweg gezeigt, alle Türen für sie geöffnet. Ich hielt meinen Atem an, bis mir das Blut in den Ohren sauste. Es war ein schwindliger Augenblick, als ob Gott den Erdball auf seiner Fingerspitze herumwirbeln ließ, so wie ein Jongleur mit goldenen Bällen spielt. Aber dies hier war nicht der ganze Erdball, es war nichts als ein winziges Pünktchen darauf; auf der kreisenden Weltenkugel ein Kontinent, auf dem Kontinent ein Land, in einer schmalen Felsenspalte dieses Landes eine Stadt, in dieser Stadt ein Getreidespeicher: und auf dem Dach dieses Speichers ein kleines Häufchen von Männern, die vor einer verhängnisvollen Entscheidung standen. Ich schaute mir die Gesichter dieser Männer an; manche waren bleich geworden, manchen war das Blut ins Gesicht gestiegen; manche waren angespannt, manche ernst und nachdenklich; manche stumpfsinnig; manche höhnisch. O Gott, laß sie großmütig sein, und wenn nicht großmütig, dann gerecht, und wenn nicht gerecht, dann wenigstens vernünftig. Was bedeutete Spanien für sie, ein Land, das sie vor vielen Jahren verlassen hatten und das nicht mehr dasselbe Land war, an das sie sich erinnerten? Was bedeutete ihnen dieser ihr Phantomkönig, von dem sie weniger als nichts wußten? Ich war sicher, daß sie in diesem Augenblick nicht einmal an ihren persönlichen Vorteil dachten noch an ihre Stellung oder ihr Eigentum. Vielleicht braucht ein Mann mehr Mut, um ganz allein vor die vielen zu treten und laut zu sagen: »Laßt uns nachgeben. Ich möchte leben. Wir alle möchten leben ...«, als mit der Strömung in Krieg und Schlacht getrieben zu werden, wo keiner allein ist. Vielleicht gibt es immer zwischen dem Frieden von heute und der Revolution, dem Krieg, dem Gemetzel von morgen, solch einen einzigen, schwindligen Augenblick, wenn das Schicksal der Welt in der Schwebe hängt und keiner wagt, das vergebungsvolle, das nüchterne, vernünftige Wort auszusprechen, das für Schwäche und Angst gehalten werden könnte; und das doch mutiger wäre als all die Tapferkeit, die sich auf dem Schlachtfeld auszeichnet – oder fällt.

Endlich riß das Schweigen, und Señor Castillo, der Kommandant der Freiwilligen, tat einen Schritt vorwärts. Er war etwas älter und behäbiger als die meisten Herrn in seinem Korps, und er schien sehr entrüstet, etwa wie ein Mann, der ohne guten Grund eine Ohrfeige bekommen hat, und sein großer Ärger und seine Empörung erstickten seine Stimme und trieben ihm das Blut in die Wangen.

»Ich habe kein Verbrechen begangen«, sagte er laut und barsch, »und ich sehe nicht ein, weshalb ich mich verhaften und mir mein Eigentum konfiszieren lassen soll.« Er schien zu bemerken, daß er sich unzureichend ausgedrückt hatte, und er suchte nach Worten, die mehr zu der Feierlichkeit des Anlasses paßten. Señor Castillo war offensichtlich kein großer Redner, und indem er seine Stimme über das Niveau eines rein persönlichen Ärgernisses erhob, nahm er zum nächsten, abgedroschensten Schlagwort, das ihm in den Sinn kam, Zuflucht. »Nein, Señores, nichts von Übergabe«, schrie er. »Siegen oder sterben.«

Das Echo war unvermeidlich. »Siegen oder sterben! Keine Übergabe! Sieg oder Tod! Kastilien und Leon für immer!« kam es in dünnen Rufen aus der Reihe der Freiwilligen. Felipe schien die Notwendigkeit einer großen Geste zu fühlen, und er zog seinen Degen und schwang ihn in der klaren Luft; ein paar andere folgten seinem Beispiel, und etwas Schwung und Glanz kam in die Formalität. Andresas Ruiz schrie lauter als die anderen, wahrscheinlich, weil er mehr Angst hatte als sie. Don Lorenzo schloß sich dem Chor nicht an, sondern beobachtete die Zeremonie mit der leisen und amüsierten Neugierde eines uninteressierten Zuschauers. Der Intendant wendete sich zur anderen Seite des Daches und rief den regulären Truppen zu: »Und ihr, meine Kinder? Ich zweifle nicht, daß ihr eure Pflicht tun werdet.« Darauf zog Major Berzábal sofort seinen Degen, und seine Einsamkeit wie eine Maske tragend, rief er mit militärischer Disziplin: »Es lebe der König!« Es hörte sich schroff an, wie ein Befehl auf deM Exerzierplatz, und in gutgeübtem Unisono wiederholten die Soldaten: »Es lebe der König!«

Es schien, daß der Entschluß, den sie gefällt hatten oder der sich ihnen vielmehr aufgedrängt hatte, den Männern neue Schwungkraft gab. Befehle ertönten, es wurde salutiert, auf Schultern geklopft, Degen wurden in Scheiden gesteckt, und die gemeinen Soldaten marschierten auf die Treppen zu. Nun, da nichts anderes zu tun übrigblieb, als zu kämpfen und, aller Voraussicht nach, zu sterben, rannte der Intendant nicht mehr in übergeschäftigter Konfusion herum. Ohne zu zögern, gab er seine Befehle, ruhig, entspannt, mit einer würdigen Gelassenheit, die ganz Granaditas erneute Sicherheit gab. In meinem Versteck kauernd, sah ich den Intendanten, wie er im Vorbeigehen die Hand auf die Schultern seines Sohnes legte; der Leutnant salutierte, und Riaño ging weiter.

»Was tust du hier, Mujer?« fragte Felipe, sich zwischen mich und eine kleine Gruppe von Soldaten postierend, die über das Dach verteilt wurden. »Ich hatte eine Todesangst, als ich dich in deinem Versteck sah. Geh in die Küche, Mujer, wo du hingehörst. Geh und beeil dich, ehe du mich in eine peinliche Lage bringst.«

»Und du? Wo wirst du sein?«

»Ich habe Befehl, mit meiner Abteilung auf dem Dach zu bleiben.«

»Hasta luego?« fragte ich.

»Hasta luego, Hijita – auf bald, Töchterchen. Daß Gott mit dir sei. Und daß du meinen Anordnungen gehorchst.«

Wir lächelten beide; und das war der Abschied, und wir wußten nicht, ob wir uns jemals wiedersehen würden.

»Küßt du mich?« fragte ich durch den zitternden Luftraum zwischen uns.

»Ja, ich küsse dich; aber geh, geh in deine Küche«, sagte er dringlich und doch abwesend; er war schon in seine Männerburg retiriert und die Zugbrücke aufgezogen.

Nichts geschah bis kurz vor zwei Uhr, als die Armee der Insurgenten den Eingang der Stadt erreichte; ein langsamer, lehmfarbener, angeschwollener Strom von Männern, in dem dicken Staubnebel dahinschlurfend, den ihre Füße aufwirbelten. Ich sah sie von unserem Küchenguckloch, und es war ihrer kein Ende abzusehen, so wie ein Fluß kein Ende hat. Sie hatten keine Gesichter, es waren ihrer zu viele. In dem Nebel über ihnen bewegte sich dunkel ein verrücktes Gemenge von Waffen; Stöcke und Schaufeln und Eisenstangen; und wie auf einem sonnenbeglänzten Fluß, so glitzerte hier und dort ein Funken auf: ein Machete, ein Speer, eine Axt. Langsam stockte das zähe Fließen der Männer, und dann, auf einen Befehl, den ich nicht hören konnte, brachen sie in einen wilden Schrei aus und warfen sich in rasendem Ansturm gegen die vordersten Verschanzungen. Der präzise Zusammenklang einer Gewehrsalve – und einer zweiten – und die vordersten Reihen der Insurgenten fielen zu Boden. Sie sahen immer noch nicht aus, als wären sie menschliche Wesen, Hunderte von Männern, in der ersten Attacke getötet. Es glich mehr der Bahn von niedergemähten Halmen hinter der Sense, die beginnt, in ein Haferfeld zu schneiden. Ein zweiter, wilderer Kriegsschrei, und die rückwärtigen Reihen gaben Fersengeld und wollten fliehen, aber wurden niedergetrampelt und zermalmt in dem langsam vordringenden, dem unwiderstehlichen Druck der Tausende und Zehntausende und Zwanzigtausende, die die Landstraße anfüllten, so weit das Auge reichte. Verwirrung erhob sich unter der chaotischen Masse der Rebellen, und zurückgehaltener Jubel stieg aus den dünn bemannten, aber gutdisziplinierten Gräben von Granaditas. »Warum schießen sie nicht weiter?« fragte eines meiner Mädchen ungeduldig. Es saß auf dem Boden und gab seinem kleinen Bübchen die Brust. »Warum bringen sie nicht alle um und erledigen die Geschichte?«

»Sie schießen, wenn ihnen befohlen wird zu schießen, du dumme Gans«, erklärte María. »Die Munition ist knapp, und wir können unser Pulver nicht vergeuden.«

Unten, jenseits der Brücke, bliesen die Trompeten zur Attacke, und in der staubbedeckten Rebellenmenge wurde eine Schwadron regulärer Truppen, die sich den Aufständischen angeschlossen hatte, nach vorn getrieben: junge Burschen mit den gleichen Gesichtern und in den gleichen Uniformen wie die Soldaten, die Granaditas verteidigten. Aber wer konnte in dem Gewühl Freund und Feind auseinanderhalten? Wer konnte unsere Soldaten daran hindern, zu desertieren, sich unter die Rebellen zu mischen und in der Sintflut zu verschwinden? Aber als ich dachte »die Unseren« und »die Ihrigen«, empfand ich dieselbe Verwirrung und Verstrickung auch in mir; ich wünschte den Aufständischen Glück, ach, alles Glück der Welt, weiß Gott! Aber ich wollte nicht, daß Felipe getötet werde, und ich selbst wollte auch nicht getötet werden. Wahrlich, ich wünschte keinem der Verteidiger von Granaditas Tod oder Gefahr. Ich kannte sie alle zu gut, aus früheren Tagen, und da ich mit ihnen in dieser verhängnisvollen Stunde zusammengeworfen worden war, konnte ich nicht umhin zu denken: wir. Die Unsrigen. Die Aufständischen waren weit in der Überzahl, und sie hatten gute Führer, während die Männer, die sich so verzweifelt für das spanische Königreich zur Wehr setzten, nur eine Handvoll waren und schwach und steuerlos. Und da ist etwas in mir, das zu mir gehört wie die Nase in meinem Gesicht: Ich muß mich auf die Seite der Schwächeren stellen. Die zerbrochene Puppe, die herrenlose Katze, das verkümmerte, ausgestoßene Hündchen aus einem Wurf von kräftigen Rassehunden. Und auch Felipe. Nicht für seinen Glanz und Mut liebte ich ihn, sondern um des Sprunges willen in dem feinen Gefäß und um den Fehler in der tönenden Glocke und um des

Fleckens auf seiner Geburt und um der Tränen willen, die er in mein Haar geweint hatte ...

Kein zweiter Angriff wurde auf Leutnant Riaños Gräben gemacht, aber bald fanden die Rebellen einen Weg durch das ausgetrocknete Bachbett zu dem Abhang, der auf Granaditas hinabsah. Das war es, worauf die herumlungernde Menge dort oben seit dem Morgen gewartet hatte: sich den Rebellen anzuschließen. Den Getreidspeicher zu stürmen. Aber hauptsächlich, um in die Vorratskammern einzubrechen und von den angehäuften Schätzen hinter den schweren Türen soviel wie möglich fortzutragen. Der Cerro Del Cuarto wimmelte von eifrigen, herumrennenden, weinzigen Figuren, jeden der steilen Wege füllend, wie Ameisen, die durch eine Ritze in der Wand gelangt sind. Eine kleine Abteilung von Dragonern und Freiwilligen, die der Intendant in der befestigten Hazienda Dolores postiert hatte, war so gut wie abgeschnitten von Granaditas durch den endlosen Strom der Aufständischen, deren Zahl anwuchs und sich vervielfältigte unter dem Zufluß der Stadtbevölkerung. Nicht nur das Volk schloß sich ihnen an, sondern auch der Pöbel von Guanaxuato. Die Herumlungerer, die Galgenvögel, die Bettler; die Räuber, die Einbrecher, die Taschendiebe. Der ganze, gierige Abschaum und Auswurf einer gierigen Stadt.

»Was nun, was nun, Bruder Pepito? Was nun?« hörte ich Andreas Ruiz den jungen Leutnant fragen, der uns gestern abend am Tor begegnet war. Seine Soldaten waren innerhalb der Einfahrt postiert, und er schlenderte mit Ruiz unter den Arkaden des Patio auf und ab. Ich war aus der Küche geschlüpft, um nach der Brustwehr des Daches hinaufzuspähen, wo Felipe vielleicht, vielleicht zu sehen war. »Was nun?« fragte Ruiz zapplig. »Auf was warten wir? Und auf was warten die andern?«

»Wahrscheinlich auf die Ankunft des Generalkommandanten von Amerika«, sagte der Leutnant höhnisch. »Es ist ein Glück, daß Strategie und Kriegskünste sich nicht in einer kleinen indianischen Pfarrei erlernen lassen. Wie werden wir heute abend über die Schnitzer dieses verräterischen Carate lachen!«

»Man braucht nicht viel von Strategie zu wissen, um zu verstehen, auf was Major Berzábel vom ersten Augenblick an hingewiesen hat: Es ist unmöglich, Granaditas zu verteidigen, denn es wird auf allen Seiten von Hügeln dominiert. Nur ein Schwachsinniger konnte es sich einfallen lassen, ein Fort an dem Fuß eines Hügels zu bauen anstatt auf dem Gipfel ...«

Er unterbrach seine trübe Betrachtung, als der Schwachsinnige in Person, Intendant Riaño, die Haupttreppe herabkam: Sein Degen rasselte auf jeder Stufe, und sein Stab folgte ihm in respektvollem Abstand. »Leutnant Cortés«, sagte der Intendant, »ich bringe Verstärkungen nach Stellung drei, um den Druck von der Hazienda Dolores abzulenken. Sie und sechzehn Mann Ihrer Kompanie kommen mit mir.«

Allerhand militärische Dinge dingen vor sich; Befehle, Salutieren, Soldanten kamen im Laufschritt daher und traten in Reih und Glied an, andere standen in der Einfahrt stramm, als der Intendant an ihnen vorbeischritt. Langsam knarrte das schwere Tor auf; draußen schmetterte ein kleiner Feldwebel noch einen Befehl, die Wachtposten standen steif wie Zinnsoldaten; dann trat der Intendant durch das Tor ins Freie, und Leutnant Pepito und seine sechzehn Grenadiere marschierten hinterher. Durch das offene Tor drang das klare, weite Tageslicht in die düstere hohe Einfahrt, und ich erhaschte einen raschen Blick quer über die Schanzgräben auf das Häuschen, das gegenüber auf dem kleinen Platz stand, das Haus, in dem wir während unserer schlimmen Jahre gewohnt hatten. Das flache Dach schien mit Rebellen angefüllt zu sein; die Fensterläden – und wie gut erinnerte ich mich ihrer – waren geschlossen, bis auf einen kleinen Spalt, der mich irgendwie an den schmalen Schlitz in den Augen einer lauernden, sprungbereiten Katze denken ließ. Dann fiel das Tor von Granaditas wieder ins Schloß.

Da die meisten Männer entweder auf das Dach oder nach den äußeren Verteidigungslinien abkommandiert waren, schien das Gebäude verlassen und sehr still. Sonne und Schatten schnitten den Patio in zwei scharfe Hälften wie eine Stierkampfarena. Zehn Minuten waren vergangen, seit der Intendant, so gelassen, als handelte es sich nur um eine kleine Promenade, aus dem Tor getreten war. Dann wurde der schwere Holzflügel wieder aufgestoßen, und der Intendant kam ebenso gelassen zurück. Er hielt sich einen Augenblick in dem hellen, flutenden Tageslicht da draußen auf, um dem eifrig salutierenden kleinen Feldwebel ein paar Befehle zu geben.

Und in diesem Augenblick sprang die Katze auf ihre Beute.

Eine fast unmerkliche Bewegung in dem Schlitz jenes Fensterladens, der Knall eines vereinzelten Schusses. Die Hand des Intendanten griff nach seinem linken Auge; auf sein Gesicht trat ein Ausdruck von erstauntem Verdruß, als wäre ihm etwas Ruß ins Auge gefologen. Im nächsten Augenblick rollte er die Treppe hinunter, nicht wie ein Mensch, sondern wie ein Mehlsack.

Schreie, Rufe, Befehle, Bestürzung, Schüsse aus den Gräben. Braune Hände hoben den gefallenen Kommandanten vom Boden und übergaben ihn seinem Adjutanten, Hauptmann Bustamente, der vergeblich versuchte, ihn auf die Füße zu stellen, ihn zu stützen, ihn zum Gehen zu bringen. Schließlich zog der kleine Feldwebel den schlaffen Körper in das Gebäude, und das Tor knarrte ins Schloß.

Als es allen erschreckend klar wurde, daß der Kommandant von Granaditas getroffen war, tot, gefallem beim ersten Schuß in diesem Kampf, da brach ein solch ungestümer Lärm aus, ein solch sinnloses Geschrei und Hinundhergerenne, solch völlige Verwirrung, solch grauenhaftes Durcheinander, solch Pandämonium, daß alle Pflichten und Forderungen der Verteidigung vergessen waren. Schreie nach einem Arzt, einem Chirurgen – aber jetzt stellte es sich heraus, daß man versäumt hatte, der Besatzung einen Wundarzt oder auch nur einen Feldscher beizugeben. Schreie nach einem Priester – und ihrer fünfe kamen angerannt –, zu spät, um die abgeschiedene Seele zu retten. Schreie nach einem Führer, einem Kommandanten, nach dem Rangnächsten, nach irgendeinem, der die Verantwortlichkeiten des Toten übernehmen sollte; aber auch für einen solchen Notfall waren keine Maßnahmen getroffen worden. Der Patio hallte wider von den Schritten der Männer, die nach allen Richtungen umherrannten, von ungläubigen Fragen und hysterischen Antworten, das Tor stand weit offen, Offiziere verließen ihre Posten in den Gräben, und die auf dem Dach lehnten sich über die Brustwehr und fragten, um was es sich bei dem ganzen Lärm handle. Der tote Intendant lag immer noch auf dem Steinboden unter der schattigen Wölbung der Einfahrt, und ein feiner Blutstreifen rann aus seinem linken Auge, durch das die Kugel eingedrungen war. Ich sah Major Berzábal hereinkommen und an der Seite des gefallenen Kommandanten niederknien und sein Haupt in stillem Gebet senken. Von den äußeren Verteidigungslinien herbeigeholt, erschien Leutnant Riaño als einer der letzten, und bei seiner Ankunft wurde es still, und irgendein Soldat kam wieder so weit zu Verstand, um das Tor schließen zu lassen. Der junge Riaño stand steif vor der Leiche, als ob sein hoher Offizierskragen und seine enge Uniform ihn zusammenhielten. Er hob seinen toten Vater in seinen Armen auf und trug ihn durch die ganze Länge des Patio, als wöge er nicht mehr als ein Kind, und legte ihn behutsam auf den einfachen Altar unter dem grobgezimmerten Kreuz. Er schloß das eine starrende Auge seines Vaters und sah sich dann verwirrt um, als suchte er nach etwas, um das andere Auge zuzudecken. Padre Eusebio gab ihm eine geweihte Medaille in die Hand, und damit bedeckte er die schreckliche Wunde. Er kniete nieder und küßte die Hand seines Vaters, wie es die spanische Sitte ist; und dann schnallte er den Degen des Intendanten ab, legte ihn auf seine Brust und kreuzte die toten Hände über dem Knauf. Ein anderer Priester, Padre Sepetién von der Parochialkirche, eifersüchtig auf Padre Eusebios Medaille, öffnete die toten Hände noch einmal und legte ein kleines Kreuz darein, das er von seinem Rosenkranz abgenommen hatte. Der junge Riaño trat einen Schritt zurück und blickte um sich, als ob er etwas Wichtiges vergessen hätte. Sein Mund war eine dünne, eiserne Linie, als er salutierte, mit militärischer Präzision kehrtmachte und durch den Pfad, der sich vor ihm auftat, davonmarschierte, zurück zu seine Graben. Die Priester verblieben kniend beim Altar, und ihr eintöniges Beten bildete einen frommen Kontrapunkt zu dem wütenden Skandal, der folgte.

Es war zunächst eine Meinungsverschiedenheit, dann ein Streit und zuletzt eine offene, gemeine Rauferei zwischen den beiden Säulen, auf die Spaniens schwankende Macht sich stützte: die königliche Regierung in Mexiko, vertreten durch die Person des Licenciado Valdez auf der einen Seite und die königlichen Truppen mit ihrem Kommandanten, Major Berzábal, auf der andern. Der Licenciado war schweißbedeckt, aufgeregt, angsterfüllt, am Zusammenbrechen; der Major kalt, kontrolliert, scharf, unnachgiebig.

»Als Assistent des Intendanten bin ich der nächste im Rang; sein Tod macht mich zum höchsten Regierungsbeamten, und als solcher übernehme ich das Kommando«, schrie Valdez, und seine Stimme schlug in ein schrilles Falsett um.

»Ich bedaure, aber Sie sind im Irrtum: Granaditas ist ein militärischer Posten, und wir sind in eine militärische Aktion verwickelt. Der Kommandant der Truppen und der Befestigungen bin ich«, entgegnete Berzábal mit beleidigender Ruhe.

»Ich werde Sie verhaften lassen«, kreischte der Licenciado.

»Versuchen Sie es doch, und Sie werden ja sehen, wem die Truppen gehorchen«, sagte der Major ruhig.

Bald beschränkte der Streit sich nicht mehr auf theoretische Fragen, sondern wurde persönlich. Anspielungen auf zweifelhafte Abstammung, Familie, Farbe und Rasse flogen hin und her über den Patio.

»Übergabe!« schrie Valdez. »Wir wollen uns übergeben. Unterhandlungen aufnehmen ...«

»Dafür ist es zu spät«, antwortete der Major. »Wir kämpfen nicht gegen Soldaten, sondern gegen eine wilde Horde von Verbrechern.«

»Unser Leben!« schrie Valdez. »Unsere Pflicht!« sagte der Major. »Meine Familie!« schrie der Beamte Valdez. »Meine Ehre!« erwiderte der Offizier Berzábal. Nun fing jedermann im Patio zu schreien an, Partei zu ergreifen, Vorschläge zu machen, Befehle zu geben, Befehlen zu widersprechen. Und in all dem häßlichen Aufruhr lag Riaño auf dem Altar, still und aller Verantwortung ledig.

»Armer Riaño«, sagte Lorenzo an meiner Seite. »Einer der wenigen ehrlichen und unbestechlichen Männer in Mexiko, aber was für ein Pechvogel, was für ein Unheilstifter in allem, was er berührte. Auf seinen Grabstein sollte man schreiben: ›Tugend ist nicht genug.‹ «

Ich hörte den kleinen Rinaldino in der Küche weinen; die alte María trat heraus und winkte mir zu, und ich ging auf die Küche zu, um mich wieder meinen Pflichten zu widmen. In jenem Augenblick aber geschah es, daß die ersten Steine zu fallen begannen.

Sie kamen durch die Luft gesegelt, zuerst nur ein paar, schlecht gezielt und wie zum Scherz, und dann, ehe jemand erfaßt hatte, was geschah, ging das Bombardement in all seiner Wut auf uns nieder. Ein Sturm, ein Wolkenbruch, ein schwarzer, brüllender, donnernder, mörderischer Hagel von Felsblökken und Steinen. Seit Generationen hatten die Männer in diesen Hügeln und Bergen und Gruben mit Gestein gearbeitet, sie hatten Felsquader geschleppt und Felshänge gebrochen und gesprengt und Erz zermahlen und ihr ganzes Leben unter Stein und Erz zugebracht. Sie hatten sie in ihren Taschen mitgebracht, und sie gruben sie aus dem trockenen Flußbett hervor, Kiesel, Steine, Felsblöcke, Geröll. Das waren die Waffen der unbewaffneten Rebellen; das war ihre Munition, die tödliche, primitive Waffe des Menschen, solange es Menschen gab. Im Gegensatz zu dem unaufhörlichen Dröhnen und Donnern und Krachen, mit dem das Gestein aufs Dach schmetterte, hörte sich das schwache Prasseln der Gewehre armselig und unzureichend an, als spielten Kinder mit Feuerfröschen. Millionen Steine wurden auf das Dach gezielt, aber einige davon verirrten sich und fielen in den Patio und fegten jedermann in den Schutz der Arkaden. Ein großer Stein, und noch ein zweiter, traf den Altar, und der Degen des toten Intendanten antwortete mit einem hohen, gläsernen Ton; ich sah Hauptmann Bustamente unter den Arkaden herausrennen, und er und Padre Eusebio zogen und schoben den Altar und seine traurige Last mutig unter die schützenden Bogen. Steine fielen in die große Zisterne und schlugen gegen die Mauern, und Stücke des feinen toskanischen Frieses brachen ab und fielen als neue Wurfgeschosse zu Boden.

Auf dem Dach fand eine kurze zwecklose Schießerei statt, dann löste sich ein Teil der Brustwehr, eine dunkle, kompakte Masse, die auf den Boden des Patio stürzte, dumpf krachend wie ein Kanonenschuß; und noch ehe der Staub von zerschmettertem Gips und Ziegelwerk sich gesetzt hatte, kam ein dunkler Klumpen durch die Luft geflogen und schlug mit einem weichen, schrecklich breiigen Ton auf, und es war ein Freiwilliger in Felipes Abteilung gewesen und war jetzt nur ein Bündel von Kleidern und zerschmetterten Knochen. Aber ehe ich noch Zeit genug hatte, an Felipe dort oben auf dem grauenvollen Dach zu denken, rannte der kleine Rinaldino, der sich bisher an meinen Rock geklammert hatte, mit kurzen, durchdringenden Schreien von mir weg, denn er hatte plötzlich bemerkt, daß ein dicker kleiner Zivilist, der in der Nähe der Zisterne lag, sein Vater war. »Papa, mein Papa, ich will zu meinem Papa«, schrie er und brach dann in ein lang zurückgehaltenes und aufgespartes Schluchzen aus: »Mama, Mamacita, wo bist du? Mamacita, Mama Mama mia!« Und mir blieb nichts anderes übrig, als hinter ihm her in den Steinhagel hinauszurennen, ehe auch er verwundet werden konnte. Wie eine Bauersfrau schlug ich meine Röcke als Schutz über den Kopf, und in dem Bruchteil einer femininen Sekunde bemerkte ich in all dem Weltuntergang, daß mein weißes Kleid fleckig und schmutzig geworden war, und dann half mir Andreas Ruiz, den kleinen schwarzgekleideten Mann und das weinende Bübchen, das sich an ihn klammerte, unter die Arkaden zu zerren. Ruiz – ich konnte es an seinem Atem riechen und in seinen Augen sehen – hatte in der Zwischenzeit gerade genug getrunken, um nicht länger trübsinnig noch ängstlich zu sein. Padre Septién kam eilig zu uns, und mit der selbstverständlichen Geschicklichkeit des Priesters, dessen Pflicht und Berufung es ist, Menschen in ihrer Sterbestunde beizustehen, bemühte er sich um den italienischen Kaufmann. Aber Señor Rinaldo starb nicht, Dank sei Gott. Mit der Hilfe einer Flasche, die ihm Andreas an den Mund hielt, kam er zu sich. Sie setzten ihn auf eine hölzerne Bank, die unter den Arkaden an der Wand stand, und der kleine Junge kroch zwischen seine Knie und stützte seine Ellbogen auf seines Vaters plumpe Schenkel, mehr aus Neugierde als aus Angst.

Der Italiener öffnete die Augen und sagte streng: »Ich möchte nach Guadalajara zurückkehren. Sofort.« Ruiz brach in Gelächter aus. »Möchten wir das nicht alle, Bruder, möchten wir nicht gern alle nach Guadalajara gehen«, krähte er vergnügt. Der Italiener war gut gepolstert; er hatte kurze, fette, mit Ringen überladene Finger, und kaum hatte er sich erholt, als er auch schon in seinem Geldgurt nach einem Säckchen suchte, in dessen komplizierten schwarzen Samtfalten er seine Ware herumtrug: eine Unmenge von Diamanten und Rubinen, mit denen er nach Guanaxuato gekommen war, um sie den Goldschmieden der reichen Stadt anzubieten. Er zählte seine Schätze, als sich Don Lorenzo uns näherte und mich wegrief. »Es ist ein amüsanter Gedanke, daß diese Steine und die, die der kleine Juwelenhändler so hochschätzt, zur gleichen Familie gehören«, sagte er. »Steine, um die Tugend einer Frau zu kaufen. Steine für Königskronen. Steine, mit denen Männer ihre Feinde töten. Steine auf unseren Gräbern. Doña Clara, man bringt die Verwundeten vom Dach. Sollte nicht so etwas wie ein Lazarett improvisiert werden? Und würden Sie – vielleicht mit der Hilfe der Mädchen in der Küche ...«

»Selbstverständlich«, sagte ich hastig und schreckte vor dem Gedanken zurück, daß Felipe einer von denen sein könnte, die vom Dach gebracht wurden. »Sogleich. Wer kann uns einen Raum dafür anweisen?«

Plötzlich hörte das wahnsinnige Prasseln auf dem Dach auf, und dann brach ein Schrei los, ein Schrei aus den Kehlen von zwanzigtausend, dreißigtausend Männern, so wild, so unmenschlich, als ob die Hügel selbst ihren Triumph herausbrüllten, als sie Granaditas umzingelten. Andreas Ruiz rannte an uns vorbei. »Sie haben Sie vom Dache getrieben«, rief er. »Jetzt laufen sie Sturm. Sie greifen an. Jetzt steh Gott uns bei, Gott helf uns allen!« Er stolperte weiter, sein kurzes Aufflammen von Mut war vorbei, ertränkt in zuviel Aguardiente, und ich sah ihn neben Padre Septién auf die Knie fallen, der ihm tröstlich sein Ohr zuneigte, um seine Beichte zu empfangen und ihm Absolution zu erteilen.

Es gab Priester, die für das Seelenheil sorgten, und solche, die sich der Körper der Sterbenden und Verwundeten annahmen. Solche, die Kreuze hochhielten und Segen austeilten und die Letzte Ölung reichten und die Tore des ewigen Seelenheils für die Gläubigen öffneten. Und solche, die Werkzeuge und Bretter und Nägel fanden und klopften und hämmerten und

Tragbahren herstellten und Schienen für gebrochene Glieder; die blutende Männer, doppelt so schwer wie sie selbst, daherschleppten, die brüllende Männer mit Aguardiente tränkten, um ihre Schmerzen zu betäuben. Überall auf diesem verlorenen Posten, der unter der Macht der Angriffe schwankte, in dem Schmelztiegel von Granaditas, fand da ein erbarmungsloses Prüfen und Abschätzen und strenges Auswählen statt. Zwischen den Nutzlosen und denen, die gebraucht werden konnten. Zwischen denen, die unter dem Druck und der Anspannung gelassen wurden, tätig und zielbewußt; und denen, die zusammenbrachen und tobten und weinten. Zwischen den Selbstsüchtigen und denjenigen, die sich selbst vergessen konnten, während sie andern halfen. Zwischen den erbärmlich Feigen und jenen, deren einziges Zeichen von Angst die Neigung war, schlechte Witze zu machen. Zwischen denen, die tapfer kämpften und litten und endeten; und den andern, die zuletzt auch starben, aber kläglich und auf schäbige Weise. Zwischen denen, die um sich schlugen und laut über sich und ihre Wunden klagten; und jenen, die still und schweigend ihr Leben ausbluteten – und nur der Schweiß strömte über ihre Gesichter, und sie riefen einmal nach ihrer Mutter und waren dahin. Und ich dachte an die Rosaura, die gesagt hatte, daß niemand um sich selbst oder um Gott weiß, bis zum Augenblick des Todes.

Don Lorenzo war wunderbar; in dieses Inferno von kämpfenden und sterbenden Männern brachte er etwas, für das niemand anders die Zeit oder das Talent hatte: Zärtlichkeit. Die verirrte, schamhafte Zärtlichkeit, die ihm nie erlaubt gewesen war, verschwendete er nun an die jungen Soldaten, die in Reihen auf dem Fußboden der Halle lagen, wo gestern noch Riaños Hauptquartier gewesen war. Zärtlichkeit war in der Berührung seiner beschmutzten, feingeformten Finger und in der Art, wie er den Kopf eines Jungen stützte, und in den Worten, die er zu ihm sprach. Während jeder verzweifelte Ausfall unserer Truppen mißlang, machte Don Lorenzo dreimal seinen Weg (und ich verstehe immer noch nicht, wie er es tat) nach dem Hospital von Belén und kam mit Binden und Medizin und ärztlichen Ratschlägen zurück. Beim viertenmal kehrte er nicht wieder, und seine Leiche wurde nie gefunden.

María war wunderbar bis zum letzten, und so war Hauptmann Bustamente und ein namenloser junger Dragoner, der, gegen das Ende der Schlacht, in einem Strom von Blut durch die Linien kam; sein Pferd war unter ihm weggeschossen, sein Haupt eine große, klaffende Wunde; und mit beiden Händen seine herausquellenden Eingeweide festhaltend, berichtete er, daß seine Abteilung zu den Aufständischen übergelaufen sei und daß jene Freiwilligen, die in der Hazienda Dolores abgeschnitten waren, insgesamt umgebracht worden seien. Und er bat um einen Schluck Wasser, und als ich die Kürbisflasche an seine Lippen hielt, war er tot. Und Major Berzábal war wunderbar; und Felipe. Felipe war wieder, wie er damals gewesen war, als ich die Pocken hatte; und wie in der Nacht, als La Ramita einstürzte und er vierunddreißig seiner Arbeiter rettete. Ja, in der Feuerprobe von Granaditas, in dieser letzten und strengsten Schätzung und Erprobung wurde befunden, daß in Felipe mehr feines, reines Metall war als in den meisten ...

Ich sah ihn noch zweimal während dieses nimmer endenden Nachmittags. Einmal, als er in die Küche kam, wo ich damit beschäftigt war, Bandagen aus Schürzen und Handtüchern und leeren Mehlsäcken zu schneiden und Küchenmesser zu reinigen, die im Lazarett gebraucht wurden. Seine Stirne blutete, und ich hatte nicht gewußt, daß Blut so leuchtend rot sei und daß so viel davon aus einem Mann herausströmen konnte, der mich anlachte, als ginge es ihn gar nichts an. »Ich wollte mich nur nach Ihrer Gesundheit erkundigen, Doña Clara«, sagte er; das Blut floß über sein Gesicht und in seinen Bart. »Was für ein Theater das war auf dem Dach! Ich habe nicht so viel Dinge durch die Luft segeln sehen seit dem Tag, an dem El Negrito in der barbarischsten, feigen Weise einen der besten Stiere, die es je gegeben hat, niedermetzelte. In Madrid war das, in dem Jahr, ehe ich Spanien verließ. Sie sollten das Dach sehen; mit Steinen bedeckt, beinahe bis zum Rand der Brustwehr. Könnte man einen Schluck Wasser bekommen?«

Er rieb seinen Ärmel über sein Gesicht, und mehr Blut strömte aus der Wunde auf seiner Stirn. »Du blutest ja«, sagte ich, »du ...«

»Ich?« sagte er erstaunt, und dann untersuchte er seine Hand und das klebrige Geschmier an seinem Ärmel. »Beim Leben der heiligen Märtyrer, ich blute. Ich dachte, es wäre nur Schweiß.«

»Laß es mich auswaschen ...«

»Dummchen, da sieht man, daß du nie in einer Grube gearbeitet hat. Blut muß man allein lassen; es gerinnt in einer Minute.«

»Dann laß es mich wenigstens verbinden«, sagte ich. Ich knüpfte meine cerise Schärpe ab und hieß ihn sich setzen und wand sie um seinen Kopf; sie war mit Blut durchtränkt, noch ehe ich sie festmachte. »Behalte das um, oder du wirst dich noch schmutziger machen ...«, sagte ich, und dabei dachte ich: Mit seiner roten Binde um den Kopf wird er leichter unter den anderen zu finden sein ...

»Danke«, sagte er. »Es fehlt bloß ein Ohrring und eine Flasche mit Rum, und ich sehe wie ein richtiger Pirat bei einer Maskerade aus. María?«

»Zu Ihren Befehlen, Señor.«

»Wir werden jetzt von drei Seiten angegriffen. Aber zwischen hier und unseren Gräben entlang der Calle Belén scheint es ruhig zu sein. Ich werde euch einen unserer Grenadiere senden, der wird euch Frauen durch unsere Linien und zu den Brüdern von Belén bringen. Es ist nicht weit. Ihr werdet keine Angst haben, selbst wenn ein paar Gewehre losknallen?«

»Ich glaube, man braucht uns Frauen hier«, sagte ich.

»Ich gebe hier Befehle und sonst niemand«, sagte er. »Das ist kein Platz für Frauen. Wenn wir heute abend Tortillas wollen, so können wir sie in der Cantina an der Ecke kaufen.«

»Gut. Die Frauen können gehen, aber ich bleibe.«

»Verflucht, Mujer«, sagte er. »Verflucht, Mujer, ich kann dich hier nicht brauchen. Ich kann meine Pflicht nicht tun, wenn ich an dich denken muß.«

»Vergiß mich«, sagte ich und ging mit ihm aus der Küche. »Denke nicht an mich. Mir wird nichts geschehen.«

Die Trompeten riefen von allen Seiten, und weil ich Angst hatte, ihn gehen zu lassen, versuchte ich, einen Spaß zu machen. »Warum«, sagte ich, »hören sich Trompeten immer wie junge Hähne an? Hast du je einen Trompeter gehört, der sein Signal nicht verkiekste?«

»Trompeter brauchen mehr Courage als der Rest«, sagte Felipe, und er sah mich an, und seine Augen sagten Lebewohl und Adios, mein Liebstes, und ich fragte: »Warum?«

»Weil Trompeter genug Speichel übrighaben müssen, um zum Angriff zu blasen«, sagte er und wendete sich ab und ging davon. Ich wußte, was er meinte, denn mein eigener Mund war voll von dem Sägemehl der Angst, und der Schweiß lief an mir hinunter wie kaltes Wasser, und ich dachte, ich darf nicht zittern, ich darf jetzt nicht zittern, bitte, lieber Gott im Himmel, laß mich nicht zittern.

Der Grenadier kam nach ein paar Minuten, und María sagte ruhig, daß sie es mit den anderen Frauen besprochen hätte und daß sie selbst und sechzehn in Granaditas bleiben wollen. Sie fühlten sich hier sicherer, sagte sie mit einem langsamen, braunen Lächeln, und ich begriff, daß auch sie in der Nähe ihrer Männer bleiben wollten.

Ich ging nach oben, um einige Vorbereitungen für die Verletzten zu treffen. Es waren zu jener Zeit nur fünf, die vom Dach, denn aus den Gräben war noch keiner gebracht worden. Einer von ihnen klagte darüber, daß die Wände auf ihn herunterkämen und daß der Fußboden sich hebe, und er würgte und erbrach sich unaufhörlich, obgleich keine Wunde zu sehen war. Die anderen waren zerschlagen, oder sie bluteten; einem war der Arm vollständig zerschmettert, und alle zusammen waren sehr geräuschlos in der Ecke des großen Saals, wo ich sie untergebracht hatte. Oder vielleicht schien es hier nur still zu sein nach dem rasenden Getöse und Gebrüll der Angriffe, die, Welle auf Welle, eine Sturzsee nach der anderen, gegen die Verteidigungsgräben und die Mauern von Granaditas selbst getrieben wurden. Es war wie auf einem Schiff im Sturm, auf einer Klippe, gegen die die Brandung schlug. Was ich sah, wenn ich durch das hohe Fenster über dem Tor schaute, waren nicht Männer, nicht menschliche Wesen, Rebellen, Mexikaner. Es war ein Element ohne Gesicht, ohne Augen, ohne Verstand, ohne Gnade. Alles war Bewegung, Rauch, Staub; Hügel und Abhang und Straße und Pfad glitten unaufhaltsam hinab in den stechenden Geruch des Pulvers, hinab und gegen die Verteidigungslinien und Laufgräben. Brandroter Stachel der Trompetensignale. Das ungeheure Schreien und Kreischen der Aufrührer. Nicht Menschen; gewiß nicht Männer, die irgendwo eine Frau und Kinder hatten und eine Hütte und ein kleines Maisfeld. Was sie vorher gewesen waren, hatte sich in der Sturzwelle des Angriffs aufgelöst. In der Raserei der Masse hatten sie ihre Identität verloren, und es gab weder persönlichen Mut noch Furcht; es waren ihrer zu viele, und Zehntausende und aber Zehntausende warfen sich mit einer solchen Gewalt hinunter auf die Klippe von Granaditas, daß die vorderen sich ebensowenig hätten umwenden können, als eine Sturzwelle in hoher Brandung sich drehen und zurück ins Meer rollen kann. Mit ihren Speeren und Stöcken und Lanzen und Messern und Macheten stachen und hackten und schlugen sie sich blindlings einen Weg; sie fielen unter dem Feuer der Verteidiger, und sie füllten die Gräben, und sie wurden hinuntergestampft und zusammengetrampelt von denen, die hinter ihnen kamen, ihr eigenes Heer. Verwundend und tötend – und verwundet und getötet – aufgehäuft auf denen, die vor ihnen gefallen waren, und begraben unter jenen, die hinter ihnen kamen: Totenschicht bedeckte Totenschicht ohne Unterlaß; und immer noch kamen sie, zu viele von ihnen, zu viele, zu viele! Wo die Gräben gewesen waren, wuchsen Schanzen von Leichen, die die Überreste der Verteidiger als Deckung benutzten, um sich dahinter zu ducken, ihre Gewehrläufe abzufeuern. Sie gehorchten immer noch ihren Offizieren, diese erdbraunen, kleinen, mexikanischen Soldaten, zweihundert gegen zwanzigtausend. Und was es war, das sie gehorchen und gegen ihr eigenes Volk kämpfen ließ, das verstehe ich bis zu diesem Tage nicht.

Das schwache, präzise und immer schwächer werdende Stakkato der Salven war endlich zum Schweigen gebracht. Noch ein paar vereinzelte, nachzügelnde Schüsse, und die Truppen von Granaditas hatten ihre Munition aufgebraucht. Vorher waren sie vom Dach heruntergezwungen worden; jetzt mußten sie die Gräben aufgeben. Die Offiziere deckten den Rückzug der Männer mit dem Schwingen und Schwirren ihrer Degen, mit einem edelmütigen und beinahe eleganten Gefunkel in den gelben Pulverdämpfen vor dem Tor. Klingen gegen Machetes, Pistolen gegen Bogen und indianische Pfeile, die Disziplin eines Dutzends gegen die Raserei von Tausenden. Endlich waren die Überreste der Garnison in Granaditas geborgen, und Leutnant Riaño, der durch irgendwelche Chemie des Herzens seinen Schmerz in eine grimmige und wütende Entschlossenheit destilliert hatte, erklärte den Truppen, daß sie jetzt nichts zu tun hätten, als die Belagerung auszuhalten, bis Verstärkung von Guadalajara, Léon und San Luis Potosi geschickt würden. Granaditas, so sagte er, hat dicke Mauern, ein starkes, wohlbewachtes Tor; wir hatten eine Zisterne voll mit Wasser und genug Proviant, um uns auf Wochen und Monate hinaus die Bäuche vollzustopfen. Und wir hatten genug seiner neuartigen Wurfgranaten, um nicht nur eine, sondern zehn Armeen aufzureiben.

Durstige Soldaten hingen über die Zisterne und rissen sich den Eimer aus den Händen; Verwundete wurden die Treppe hinaufgeschleppt, und der noble Aufschwung der Stufen war schlüpfrig von Blut. Unter den eleganten Arkaden hockten sich die Männer hin und entleerten ihre Gedärme nach all der Angst und Not, und in einer Ecke der Galerie hing eine der Küchenmägde am Hals eines Soldaten und rieb ihre Wange gegen sein Gesicht, gegen seinen Arm, seinen zerfetzten Ärmel; und als er sie rauh gegen die Wand preßte, wendete ich mich ab, denn ich wollte nicht zusehen, wie sie den plötzlichen, irrsinnigen Hunger ihres verurteilten Fleisches befriedigten. Der junge Riaño leitete seine Grenadiere zum obersten Stockwerk; sie trugen die pulvergefüllten Quecksilberflaschen, diese seine merkwürdige Erfindung, die Granaditas retten sollte. Felipe ging mit unsehenden Augen an mir vorüber – und so lebte er also noch. Ich kehrte zu meinen Verwundeten zurück und tat für sie, was ich konnte, und das war sehr wenig. Die Halle war jetzt voll von dem Geschrei des Licenciado und seiner Anhänger, und in all dem Lärmen starb einer der Verwundeten ganz still und, wie es schien, zufrieden damit. Und ich selbst war ein Teil dieser seltsamen Gleichgültigkeit des Kampfes geworden, wenn Tod zu gewöhnlich wird, um noch etwas zu bedeuten, und das Leben allen Sinn verliert.

Dann kam ein Interim von absolutem Chaos, da alles gleichzeitig zu geschehen schien, zerstückelt, wie die Träume der Wahnsinnigen sein mögen. Die Rebellen konzentrierten ihren Angriff jetzt auf das Tor, auf dieses starke, schwere, eisenbeschlagene, unbezwingliche Tor. Aus dem oberen Stockwerk begann der junge Riaño mit seinen Grenadieren die Granaten auf die Angreifer zu schleudern. Krach und Explosion, unmenschliche Angstschreie, Regen von explodierenden Eisenstücken, die gegen die Mauern zurückflogen; und mit dem erstickenden Geruch des Pulvers mischte sich jetzt der Gestank von verbranntem Haar und versengtem Fleisch. Entsetzt wichen die Rebellen vom Tor zurück, und einen Augenblick lang fiel die Welt in den Abgrund einer plötzlichen Stille. Und fremd, seltsam, wie von einem anderen Stern, auf dem das Leben ungestört weiterfloß, schlugen die Glocken von Belén die vierte Stunde – und so hatte die Ewigkeit der Schlacht erst zwei Stunden gewährt. Padre Septién murmelte die lateinische Litanei seiner Kirche über einem der verwundeten jungen Soldaten; ein anderer schrie laut nach Aurelia; »Aurelia, ich will nicht sterben. O all ihr Heiligen, laß mich nicht sterben, Aurelia!« Und dann wurde der Ansturm auf das Tor mit erneuter Wut aufgenommen, und die Granaten regneten hinab, einige explodierten, und andere zerschmetterten und töteten die Männer dort drunten einfach durch das Gewicht der Eisenflaschen.

Während Riaño und Major Berzábal fortfuhren zu kämpfen und zu erschlagen und zu töten, knüpfte der Licenciado Valdez sein weißes Taschentuch an irgend jemandes Degen und hängte es zum Fenster hinaus als ein verzweifeltes Zeichen, daß Granaditas sich ergeben wolle. Die Rebellen dort drunten, in ihrem kochenden Pfuhl von Blut und Kampf und Explosion, zum Äußersten erbittert über diese letzte, infame, spanische Hinterhältigkeit, erwiderten mit Wutgeheul, mit einem erneuten, rasenden Versuch, dieses widerspenstige Tor einzurammen. Andreas Ruiz schleifte eine große schwere Ledertasche in den Saal; dies also war ihr beständiges Allheilmittel: Silber. Sie fingen an, den Rebellen Geld hinunterzuwerfen, wie sie immer mit Silber um sich geworfen hatten, um den Pöbel in Schach zu halten. Aber die Leute, die gegen das Tor vor Granaditas anrannten, wollten mehr als Pesos; sie waren nicht zufrieden, Almosen vom Pflaster aufzuheben. Hinter diesem hartnäckigen, starken Tor wußten sie den märchenhaften Reichtum der Stadt aufgespeichert, und – bei der dunklen Virgen von Guadalupe! – sie würden ihre Hände daranlegen. Das Tor seufzte und splitterte knirschend, aber es hielt stand, und die Granaten fielen immer noch, und Hügel getöteter Rebellen häuften sich vor dem Tor. Blut strömte über die Pazoleta und floß die steile Gasse von Mendizabal hinunter, wie in der Regenzeit das Wasser hier den Abhang hinunterlief.

Aber diese rotgefärbte Gasse herauf krochen jetzt merkwürdige Kreaturen, wie Riesenschildkröten: Es waren Cargadores; die kleinen Männer, die ihr ganzes Leben lang Felsplatten aus den Steinbrüchen dahergeschleppt und die sich auch nun solch große Steinplatten auf ihre Rücken geladen hatten, als Schilde gegen Riaños Granaten. Unverwundbar und geschützt unter diesen Steinschildern, erreichten sie das Tor, und einer von ihnen rieb mit den harzigen Ocotestäbchen Feuer und entzündete eine Fackel und steckte sie unter das Tor. Die zersplitterten Bretter begannen zu schwelen, wurden schwarz; hier und da züngelte unter der Berührung der geduldigen Fackel ein Flämmchen empor, und erst als das ganze Tor in Flammen stand, krochen die Steinschildkröten davon, unversehrt. Labor de Sengre. Blutarbeit. »Es ist billiger als Maultiere«, hatte Felipe einmal gesagt. Nein, es ist nicht billiger, dachte ich; nicht in der endgültigen Abrechnung. Rauch stieg schwarz und bitter auf, und die Flammen flackerten hoch, blau, gelb, orange, bis sie die spanische Flagge über dem brennenden Tor erreicht hatten und der heiße Atem und der erstickende Rauch des Brandes den Saal füllte.

Der Licenciado Valdez kniete in einer Ecke und schluchzte in den schwarzen Schoß eines Priesters. Eine Trompete rief dringlich vom Patio her, wo Major Berzábal seine Leute für einen letzten, verzweifelten Ausfall zusammenrief. Andreas Ruiz schrie laut, daß er nicht wie eine Ratte ausgeräuchert werden wollte – bei den Wunden des Erlösers! –, und damit stürzte er hinaus, um dem Trompetensignal zu folgen.

Meine Augen tränten von dem bitteren, stechenden Rauch, ich konnte nicht viel sehen, aber ich hörte das zersetzte, weiche Geräusch der verbrannten, zerfallenden Balken, als Granaditas' letztes Tor in sich zusammenbrach. Padre Septién hatte ein kleines Kruzifix aus einer Nische in der Wand über dem riesigen Tisch losgerissen, wo die Papiere und Listen und Karten sich in der Hitze knisternd krümmten. Er küßte es, und seine Hände darum faltend, schritt er in den Kampf hinaus. Padre Eusebio kam vorbei, einen hölzernen Eimer voll mit dem Unrat der Verwundeten schleppend, die Soutane um seine dünnen, alten Beine aufgeschürzt. »Wohin wollen wir sie jetzt bringen?« fragte ich ihn. »Ich kann nicht zulassen, daß sie sich zu Tod husten und ersticken in all dem Rauch.« Er ließ seinen Blick über die Reihe der Verwundeten wandern und zurück zu mir, mit einem Lächeln, das ich nicht ganz erfassen konnte. »Sie müssen ihnen einen Winkel auf der Außengalerie finden«, sagte er; »jetzt kann es ja nicht mehr lange dauern ...«

Ich ging auf die Galerie hinaus, die in der Höhe des ersten Stockwerkes den Patio umgab, und suchte einen geschützten Platz, wo ich meine Verwundeten am besten unterbringen mochte. Den ganzen Tag hindurch war ich von der Notwendigkeit aufrecht gehalten worden, zu tun, was dringlich und die nächstliegende Arbeit schien. Das hatte mich gnadenvoll von mir selbst, von den Ängsten tief innen und den Schrecken außen abgezogen. Ich schaute in den Hof hinunter, wo die letzten Verteidiger von Granaditas kämpften. Unter dem hohen, dunklen Gewölbe der Einfahrt tobte das Klirren und erstickte Lärmen eines wütenden Handgemenges.

Das Ende von Major Berzábals tollkühnen Ausfall war gekommen.

Ich rieb das Wasser aus meinen tränenden Augen, und als ich von der Galerie hinunterschaute, wurde ich Zeuge von etwas, das eine Schlacht auf dem Gemälde eines Meisters der Renaissance hätte sein können oder eine Schlacht im Theater, auf einer Bühne, mit zu wenigen Statisten dargestellt. Was da unten vorging, sah theatralisch aus, unnatürlich, gestellt; aber vielleicht war dies die spanische Art zu sterben; ein übertriebenes und zeremonielles Schauspiel bis zum letzten. Sie nennen es: La Gloria. Vielleicht stirbt es sich leichter, wenn auch der Tod noch eine glanzvolle Apotheose und eine höflich-leidenschaftliche Formalität ist. Ich hoffe, daß sie leicht starben in ihren schönen Posen, oh, bei all den gnadenvollen, ungezählten Heiligen des spanischen Himmels, ich hoffe es ...

Nur mehr acht Männer waren von der Besatzung übriggeblieben, die sich rücklings in den Patio zurückzogen, Schritt für Schritt, und jeder Zoll noch ein blutiger, verzweifelter Widerstand. Sie hatten keine Zeit, ihre Pistolen zu laden, oder vielleicht war ihnen die Munition ganz ausgegangen. Aber mit ihren Degen und Pistolenknäufen richteten sie soviel Schaden an, wie sie konnten. Felipe war noch unter ihnen. Auch Andreas Ruiz; erstaunlicherweise hatte er noch einmal eine Sinnesänderung erfahren und war von der Seite der Feiglinge auf die Seite der Desperados übergegangen. Major Berzábal war an der Spitze der kleinen Schar, von zwei jungen Offizieren flankiert, deren einer die rot-gelbe spanische Fahne trug, während der andere die Regimentsstandarte über dem kleinen Haufen schwenkte. Noch weiter vorn stand Padre Septién und hielt sein Kruzifix hoch gegen die anstürmenden Rebellen, und dies – den Priester und seine Bewegung mit dem hocherhobenen Kruzifix – hatte ich bestimmt schon auf irgendeinem Gemälde gesehen. Vielleicht war es das Kreuz oder die tiefgewurzelte indianische Scheu beim Betreten eines so prächtigen Ortes wie dieses Patio; aber nach der unglaublichen Wut des Angriffs schien die Menge, die über die brennende, knisternde Schwelle hereinflutete und mit geschwungenen Machetes und Axthieben und Lanzen unsere Männer vor sich hertrieb, beinahe eingeschüchtert.

Der junge Offizier, der die Standarte trug, fiel zuerst und dann der mit der Fahne. Berzábal packte die Fahne, ehe sie in den Boden gestampft werden konnte. Er klemmte sie mit dem linken Arm gegen seine Brust, während er mit dem rechten weiterfocht. Felipe und Ruiz sprangen an seine Seite und deckten seinen Rückzug bis zum äußersten Winkel des Patio. Dann, als ob sich ein Nebel plötzlich gehoben hätte, sah ich zum erstenmal an diesem Tag in der gesichtslosen, unmenschlichen Masse der Rebellen ein Gesicht, das ich kannte. »Domingo!« schrie ich. »Domingo!« Da war eine schwarze, bewußtlose Minute, von der ich mich an nichts erinnere, als daß ich mich halben Weges auf der Treppe fand, und in mir war da eine verrückte, ungeformte Idee, daß Domingo Felipe beschützen würde, wenn er nur fähig wäre, seinen Herrn zu erkennen. Aber Domingo sah nichts und erkannte nichts, und es hätte ihm keinen Unterschied gemacht, wenn es anders gewesen wäre. Hunderttausend Domingos preßten hinter ihm her, Millionen von Indianern, die ich nicht verstand und die mich nicht verstehen konnten.

Eine der sechs Lanzen, die Major Berzábals tapferen Körper durchbohrten, war Domingos. Felipe fing die Fahne auf, die dem fallenden Kommandanten entsank, ihr schmutziger, schwerer Damast wehte ihm über das Gesicht, und so schoß er seine letzte Kugel, ohne zu zielen. Die Rebellen drängten sich langsam durch den brennenden Bogen in den Patio. Ich stand unter den Arkaden, als ich Felipe auf mich zuschwanken sah; er ging und lächelte wie ein Betrunkener. »Mir ist – ein wenig schwindlig«, sagte er. »Caralinda, du bist hier? Gut. Gut ...«, sagte er. »Wo bist du? Ich kann dich nicht sehen ...«

Er taumelte auf mich zu. Ich empfing sein Gesicht, und er glitt an mir hinab. Wir waren hinter einer Säule; die Rebellen waren noch nicht bis hierher gekommen. In ihrem Triumph sprangen und tanzten und schrien sie rund um die Zisterne in der Mitte des Patios. Alles geschah auf einmal, da war nicht viel Überlegung, nur ein Instinkt: die Küche; die Falltüre. Ich begann an Felipe zu zerren, aber er war sehr schwer. »Du blutest ein wenig«, sagte ich. »Unter dem Ohr. Es wird gleich gerinnen.« Ich hielt seinen Kopf auf meinen Knien und preßte meine Hand auf die Wunde, wo die Machete ihn getroffen hatte. Das Blut quoll in kleinen Stößen heraus, nicht schlimmer als von dem Schnitt an seiner Stirn zuvor; nicht ganz so rot, nicht ganz so fließend. Er bewegte seine Lippen; er lächelte immer noch. »Ich kann dich nicht hören, ich ... Felipe?« fragte ich laut; ich beugte mich über sein Gesicht, und ich glaube, daß er noch einmal sagte: »Es ist gut. Bueno.« Er nahm meine Hand von der Wunde – sie war klebrig von seinem Blut –, und in der unvergeßlichen Liebkosung, die nur uns gehörte, preßte er meine Finger auf seine Augen; ich fühlte den Puls in seinen Lidern, langsamer, schwächer, schwächer; meine Hand auf seinen Lippen, auf seinem Herzen; bleib bei mir, teures Weib, bleib noch bei mir, nur ein kleines Weilchen. Seine Hand sank herunter, und die meine blieb dort liegen, bis ich keinen Pulsschlag mehr dagegen fühlte. Als Kind, in Klein Werra – ich hatte ein Rotkehlchen gefunden, die wunderschönen roten Federchen an seiner Brust, das weiche runde Köpfchen, und ich hatte es voll Freude aufgehoben, aber es ist tot, hatte ich gesagt, aber es ist tot, warum ist es tot, wie kann es tot sein, warum müssen Rotkehlchen sterben ...

María kam aus der Küche, und als sie mich sah, kam sie zu mir gerannt und stand da mit ihren breiten, braunen Füßen, und sie sagte: »Der arme Señor, er war solch ein feiner Señor, der arme, arme Señor.« Eine Faust kam herab, und ein Messer stieß bis zum Heft in ihren Hals, und eine wilde Stimme schrie: »Da hast du deinen feinen Señor und deinen armen Señor und da und da!« Dann fiel mir etwas auf den Kopf, und ich war auch tot.

Ich kam zu mir, und ich war in der Hölle. Ich versuchte, mich zu bewegen, aber es schmerzte zu sehr, und so blieb ich da liegen, tot. Jedesmal, wenn ich meine Augen öffnete, sah ich ein anderes Stück der Hölle. Ich sah, wie sie die Leiche Riaños von dem Altar zerrten und seine schöne, goldgestickte Uniform in Stücke schnitten und bis aufs Blut um jeden Fetzen davon rauften. Und sie zerrten die nackte Leiche hin und her und spuckten sie an und traten darauf und verstümmelten sie mit ihren Messern und knüpften die Hände und Füße zusammen und hängten sie an einem Pfahl auf wie ein abgestochenes Schwein und trugen sie mit rohem Triumphgeheul davon. Ich sah, wie sie den fetten kleinen italienischen Juwelenhändler aus einem Versteck im oberen Stock zogen und seine Finger mit den Ringen daran abschnitten, und als der kleine Rinaldino schrie, sah ich, wie sie das Kind packten und über das Geländer in den Patio schleuderten, als wäre es ein Stein. Ich sah, wie sie die Lagerräume aufbrachen, eine Tür nach der anderen, und heraus quoll der Reichtum der Provinz, der Kirchen, der Regierung, der verhaßten Herren. Ich sah, wie sie wahnsinnig wurden beim Anblick des Goldes und Silbers, der juwelengeschmückten Kelche, der Monstranzen und Meßgewänder, der Halsketten von verwöhnten Mätressen, der Edelsteine und Brokate; all der Besitztümer, die auf den Balkons und in den Prozessionen an zahllosen Feiertagen zur Schau gestellt worden waren. Ich sah, wie sie den Toten die Kleider und Uniformen herunterrissen und die Verwundeten erschlugen, um sie ausrauben zu können. Ich sah, wie sie Mehl ausschütteten und ihre Beute in die leeren Säcke stopften, und das Mehl sog das Blut vom Boden auf und wurde ein dunkler, glänzender, roter Teig. Ich sah, wie sie sich zuletzt gegeneinander wendeten und um die Beute fochten und in den feinen Herrenröcken, die sie über ihre Lumpen angezogen hatten, herumstolzierten, und, mit Dreispitzen auf ihrem verlausten Haar, lächerlich in Schuhen und Stiefeln, die sie nicht zu tragen verstanden, herumhumpelten. Und ich sah, wie sie sich gegenseitig diese gestohlenen Kleider vom Leibe rissen, und ich sah, wie sie von neuem begannen zu töten, sich gegenseitig zu töten, bis die nackten, geplünderten Leichen ein unentwirrbares Durcheinander von Gliedern bildeten: das Elfenbein der spanischen Haut und die Lehmfarbe der Indianer, zusammen in den anwachsenden Fleischhaufen begraben. Und jedesmal, wenn ich meine Augen öffnete, war ich tiefer in der Hölle und ganz allein.

Die Revolution, Freiheit und Gerechtigkeit für alle. Wir hatten in San Miguel getanzt, und in Querétaro hatten wir Montesquieu gelesen und Hidalgos Reden in Dolores zugehört. Wo war Hidalgo jetzt – wo war er gewesen, während all diese

Greuel in seinem Namen begangen wurden? Und war es dies, was der Freiheit geschah, wenn sie in unwissende Hände fiel?

Die Kirchenglocke rief zum Ave-Maria, und ein Berittener erschien im Patio; er feuerte seine Pistole in die Menge und schuf sich in all dem tötenden, plündernden Wahnsinn Gehör. »Das Pulvermagazin!« schrie er. »Das Pulver! Die Gachupines haben eine Zündschnur zum Pulvermagazin gelegt. Granaditas fliegt in die Luft. Wir sind verloren! Heilige Virgen von Guadalupe, wir sind verloren!«

Wieder fand ein wildes Gerenne statt, ein wahnsinniges Durcheinander, wieder trampelten sie übereinander und hinaus durch die Öffnung des heruntergebrannten Tores und die Hügel hinauf, um der Explosion und der endgültigen Zerstörung von Granaditas zu entrinnen. Ich bewegte mich nicht. Ich lag auf den Fliesen, allein gelassen mit den Toten und Verstümmelten und, wäre nicht der rasende Schmerz in meinem Kopf gewesen, beinahe zufrieden. Alles war vorbei und zu Ende. »Laß es in die Luft fliegen«, sagte ich laut, »laß es in die Luft fliegen. Gut. Gut. Ich bin bereit. Wenn Menschen einander dies antun können; wenn es dies ist, was sie einander die ganze Weltgeschichte hindurch angetan haben; wenn es dies ist, was heute auf den Schlachtfeldern der Welt geschieht, das, was Menschen morgen und in alle Ewigkeit tun werden: dann laß alles in die Luft fliegen und mach ein Ende. Laß diese ganze verfluchte, verdammte und verurteilte Welt in einer einzigen großen Explosion in die Luft gehen, und dann mag Gott von neuem beginnen, wenn Er dessen nicht zu überdrüssig ist.«

Ich wartete, aber nichts geschah. Und während ich bereit und willens war zu sterben, machte sich die lebende Kreatur in mir bemerkbar und hatte argen Durst. Es war ein so unerträglicher Durst, daß ich den Schmerz in Kopf und Gliedern vergaß und auf die Zisterne zuzukriechen begann. Ich war so durstig, daß ein Schluck Wasser genug der Seligkeit schien und wert, dafür weiterzuleben. Ich war so durstig, als hätte ich den Durst erfunden. Ich kroch vorwärts und zog mich am Rand der Zisterne hoch und griff nach dem Seil mit dem Eimer. Aber als ich mich schwindlig über den Brunnen beugte, sah ich, daß selbst dort drunten nackte Leichen herumschwammen, gräßlich bleich in dem schwarzen Wasser, und ich fiel zurück und blieb dort liegen, hinaufstarrend in den hohen, späten Himmel.

Und dort droben sah ich sie: klein und schwarz, kreisend, herunterstoßend, auf der zertrümmerten Brustwehr landend und das steinbedeckte Dach wie schwarze Girlanden bekränzend – dort sah ich: Los Zopilotes.

In dieser Nacht plünderten und verheerten die Rebellen die Stadt. Sie zerstörten die Bergwerke, sie brannten die Häuser nieder, sie vergewaltigten die Frauen, sie brachen in jeden Laden und jeden Speicher, sie begingen jede Ausschweifung und Untat und Räuberei, die traditionsgemäß von Siegern zu erwarten ist.

»Diese besoffenen Schweine«, sagte die Rosaura. »Man kann nicht hören, wie die Häuser einstürzen, solch einen Lärm machen sie mit den zerschlagenen Flaschen und den aufgebrochenen Fässern; man kann den Brand nicht riechen vor lauter Branntweindünsten und den Branntwein nicht vor all dem Gestank von Urin und Unrat. Es klingt wie ein schlechter Witz, wenn ich sage, daß sie meine Huren vergewaltigt haben; aber das ist wirklich passiert, denn es gibt Grenzen für alles! Ich habe die kleine Chinita mit Manzaniblättern tamponiert, und doch hörte sie nicht zu bluten auf, die arme Kleine. Du wirst es mir nicht glauben, aber da kam ein Knirps, nicht größer als mein kleiner Finger, der wollte sogar mich vergewaltigen. Aber du sollst deinen armen, zerschlagenen Kopf nicht bewegen, Nenita, du mußt stilliegen.«

Man hatte mich auf den Billardtisch gebettet, denn in den oberen Räumen war alles verdreckt und ausgeräubert, die Türen aus den Angeln gerissen, und die Rosaura hatte ihre Mädchen in dem Billardzimmer unterhalb der blauen Terrasse zusammengeholt. Sie kauerten auf dem Boden, lehnten mit den Rücken gegen die Wände, ein verschrecktes und erschöpftes Häufchen. Die Rosaura saß auf einem Stuhl, groß genug für ein Denkmal, und in ihrem unerschöpflichen Schoß hielt sie die kleine Chinita, als wäre sie ein Säugling. Am Fenster stand dunkel und massig Bert Quaile, die Hände auf dem Rücken gefaltet, das Kinn gegen die Brust gelegt und ein Auge mit seinem roten Taschentuch verbunden. Er blickte auf die verwüstete Stadt hinab und schien weit weg zu sein.

Später erfuhr ich, daß Hidalgo ihn befreit und mit ein paar kaltblütigen Männern nach Granaditas gesandt hatte, um alles abzuschätzen, Listen zu machen, zu retten, was immer für die Finanzierung der aufständischen Armee noch gerettet werden konnte. Quaile hatte mich in der Küche vorgefunden, wo ich über die Falltür hingeworfen gelegen hatte, ganz durchnäßt mit dem Wasser von einem zerbrochenen Krug, das ich wohl im Fallen verschüttet hatte. Auch Loro war dort und sagte »Amen« und »Amen« und »Amen« über mich. Aber auf welche Weise ich die Küche erreicht hatte und in Bert Quailes Armen von Granaditas auf Rosauras Billardtisch gekommen war, dessen konnte ich mich niemals erinnern. Da war nur eine schwarze Spanne der Bewußtlosigkeit, in der ich von den Toten in die Welt der Lebendigen – so grausam sie auch sein mochte – zurückgekehrt war.

»Bert«, sagte ich. »Sie haben Mingo Creek zerstört. Ich konnte sie nicht davon abhalten.«

»Verflucht, sie haben jede Grube und jedes Mahlwerk von hier bis nach Marfil zerstört«, sagte er grimmig, »diese Narren, diese verdammten Narren! Jetzt werden sie Hungers sterben. Jetzt wird es keine Arbeit geben, kein Essen, nichts. Verflucht, verdammt und in die tiefste Hölle mit ihnen für alles, was sie angerichtet haben!«

»Sie haben gewonnen«, sagte ich schwach.

»Sie haben eine Rauferei gewonnen; und dabei haben sie ihre gerechte Sache verloren. Es wird sie Monate – vielleicht Jahre – kosten, um das einzuholen, was sie heute verdorben haben.«

»Wo war Hidalgo?«

»Hidalgo sitzt im Hauptquartier und hält sich den Kopf. ›Das ist es nicht, was ich wollte, Herr mein Gott, du weißt, das ist es nicht, was ich wollte‹, stöhnt er. Capitain Allende galoppiert durch die ganze Stadt mit einer Pistole in der Hand und versucht, seine vollständig wild gewordene Indianerhorde wieder in eine Armee zurückzuverwandeln. Warum, warum nur muß jede Revolution mit Blut und Gewalt beginnen?«

»Warum bluten Frauen, wenn sie gebären?« sagte die Rosaura dort hinten im Schatten. Bert Quaile kam zum Tisch und beugte sich über mich. »Armes Flachsköpfchen, tut es sehr weh? Wir mußten dein Haar abrasieren, um den häßlichen Schnitt auszuwaschen, den du da abgekriegt hast.« Er streichelte mich, mehr als wenn ich ein Pferd wäre, nicht eine Frau. »Wie es scheint, ist es mir nicht bestimmt, ein reicher Mann zu sein«, sagte er. »Jedesmal, wenn ich genug Geld zusammengekratzt habe, um nach Hause zu gehen, geschieht etwas. Aber ich habe gute Lust, jetzt nach Pennsylvanien zurückzukehren, mag kommen, was will. Würde dir ein einfaches Leben etwas ausmachen?«

»Bert«, sagte ich, »Bert, mir ist jetzt nicht danach, eine Hochzeit zu planen. Was heute geschehen ...«

»Jaja, natürlich. Wir wollen nicht davon reden. Mach die Augen zu. So ist's besser.«

»Und gestern nacht, du weißt ja nicht ...«

»Nein? Nun, vielleicht weiß ich nichts. Ein einfacher Mann

wie ich kann nicht alles wissen. Aber ich weiß, daß du jemanden brauchst, der für dich sorgt, nicht wahr?«

Wir hatten Englisch gesprochen, und unter all den dunklen Mädchen, die um uns herum kauerten, waren wir allein. Ich griff nach seiner Hand, um mich an etwas festzuhalten in dem Schwindel, in dem ich versank. »Was würde ich wohl tun ohne dich, Bert?« sagte ich. Ich hatte es hundertmal gesagt.

»Ach ja«, sagte er, »das ist es, was ich mich oft genug gefragt habe: Was würdest du tun?«

»Ich glaube, sie kommen zurück«, sagte die Rosaura da hinten.

Quaile zog seine Hand von mir fort. »Kein Grund zur Aufregung«, sagte er. »Kümmert euch nicht darum. Ich werde vernünftig mit ihnen reden.«

Sie kamen, sie waren irrsinnig betrunken, sie wollten ihren Spaß mit den teuren Huren haben, die bisher das Privilegium der Señores gewesen waren. Sie stolperten durch das Haus und die Treppe herunter und fanden die Tür und schlugen sie ein. Quaile stellte sich zwischen uns und das Gesindel; er war so breit und groß und hoch wie die Tür, und er hatte Fäuste so schwer und genau wie die Stampfer und Mahlwerke auf Mingo Creek. Aber am Ende stießen sie ihn zu Boden und trampelten über seinen Körper fort, um zu Rosauras Mädchen zu gelangen.

Und da ich auf dem Tisch lag, war ich auch nur eines von ihnen, und zwei Männer drangen auf mich ein, und es machte mir nichts aus; ich war zu schwach, und ich hatte zu vieles gesehen, und es machte mir nichts mehr aus. Die Rosaura schoß ihre doppelläufige Pistole ab, einmal, zweimal. Ein Geheul erhob sich, und dann war da ein stolpernder Rückzug, ein Fluchen, Schreien, Rennen und den Abhang Hinunterrollen. »Die tollwütigen Hunde!« sagte die Rosaura, mit der rauchenden Pistole in der Hand. »Die stinkenden Wölfe, die Bestien!«

Auf dem Fußboden, von der zurückweichenden Flut hinterlassen, lag Bert Quaile wie ein zerbrochenes, verkümmertes, riesiges Stück Treibholz.

Er war ein guter Mensch. Vielleicht der beste Mensch, den ich je gekannt habe ...

28. September 1810.

Ich werde den Tag nie vergessen.

EPILOG

Vier Uhr, und bald wird dieser leise, warme Septembernachmittag in eine frühe, fröstelnde Dämmerung übergehen; die Uhr unserer Dorfkirche schlug gerade die Stunde; fünf Minuten später als die am Turm der Jacobskirche, die wir an einem klaren Tag wie heute hören können, zwar dünn und entfernt, aber voll Würde, und die, so fürchte ich, ihrerseits wieder ein wenig hinter den lebhafteren Uhren in fortschrittlicheren Teilen der Welt hinterdreinhinkt.

Die freundliche Stille hier oben, tief und durchsichtig. So tief, daß ich noch den Schatten des Geräusches, mit dem ein Weidenblatt zu Boden sinkt, vernehmen kann, den weichen Flügelschlag eines Vogels hoch in der Luft, das Vespergeläute einer herbstmüden Grille im Gras; und da ich mich vorbeuge, schwärmt ein blaues Wölkchen von winzigen Schmetterlingen von dem Krüglein in der Hand meines Engels auf, und mir ist so, als hörte ich sogar das unhörbare Gespräch, das ihre feinen, gefiederten Fühler erzittern läßt.

Siebenundzwanzig Jahre ist es her, seit ich, herzwund und müde, von meiner Pilgerfahrt der Leidenschaft wiederkehrte; und von all den Ozeanen des Lebens, die ich kreuzte, brachte ich nicht mehr als ein paar Tropfen zurück, eine Essenz: ein wenig Weisheit oder Resignation, oder, ja, ich glaube der beste Name dafür ist: Demut: Die Bürde, die es ist, sich selbst für wichtig zu halten, war von mir genommen, und ich fand mein Ich, als ich fand, daß mein Ich von keinerlei Bedeutung sei. Ich hatte gelernt, daß von keinem Menschenwesen gefordert wird, zu tun oder zu ertragen, was über Menschenkräfte geht; daß die Last uns zugemessen ist nach unserer Stärke und die Sühne nach unseren Vergehen.

Vier Gräber an meinem Weg. Mein eigenes Grab im Helgenhausener Park; der Friedhof im Kloster der Brüder von Belén, wo, am Fuße von Granaditas, Felipe, inmitten der Ernte von nackten, vermengten und verstümmelten Opfern des Bluttags begraben liegt. Die kleine grüne Stelle in den Trümmern von Mingo Creek, wo wir Bert Quailes schwerfälligen Körper zur Ruhe legten, ohne den Segen oder den Schutz der Kirche, wie es sich für einen Ungläubigen gehört, der nur an Gott, an die Bibel und an Mister Jefferson geglaubt hatte. Und das namenlose kleine Grab in der lehmgebrannten Erde am Rand einer Schlucht in Mexiko, wo ich die kleine wächserne Gestalt dessen, was mein Kind hätte werden sollen, zurückließ.

Mein eigenes Kind, Felipes Kind, das Versprechen, die Hoffnung, das Licht, der Stern; der Same, der während unserer letzten Nacht in mich gepflanzt worden war. Das winzige Leben in mir, das mich nicht sterben lassen wollte, als alles andere tot war. »Mujer, deine eigene Schlacht ist nicht vorbei; sie hat erst angefangen«, sagte die Rosaura zu mir. »Stell dich nicht an, als wärst du die einzige Frau, die je ihren Mann verloren hat. Laß mich nicht glauben, daß du feiger bist als die Tausende von Mädchen, deren Männer getötet wurden. Du lieber Gott, wenn dieser Kampf für und wider unsere Unabhängigkeit noch lange dauert, wird Mexiko nur noch von Witwen bevölkert sein! Und was ist Mexiko? Ein Fliegenschiß auf der Landkarte. Sieh dir Spanien an, sieh, was in Rußland geschieht, in Europa, sieh, was die Männer auf der ganzen Welt sich gegenseitig antun und was die Frauen ertragen müssen. Gewißlich, du bist nicht allein mit deinem Unglück! Und da du ein Kind trägst, geht es dir besser als den meisten. Gegen was haderst du Tag und Nacht? Mit wem streitest du dich? Du wirst eine Mutter sein, und das ist mehr, als was du je gewesen bist. Nimm dich jetzt zusammen und tu etwas, ich brauche dich; jemand muß Chinita pflegen, während ich ausgehe und etwas zum Essen zusammenkratze.«

Sie rüttelte mich auf, bis ich mich meiner Schwäche schämte; sie sah dazu, daß ich nicht den Verstand verlor während der Wochen, da die Erinnerungen an Granaditas nach mir schnappten wie ein Rudel tollwütiger Hunde. Die Kämpfe zwischen den Aufständischen und den königlichen Truppen griffen um sich, und die Schrecken, die Guanaxuato befielen, nahmen kein Ende. Hungersnot hockte in den Straßen, und Morden wurde ein Sport.

Und trotzdem: In all dem Untergang und Verderb würde ich ein Kind haben; und langsam erlangte ich meine Gesundheit und meine Stärke wieder.

»Nenita Linda, laß uns Guanaxuato verlassen! Laß uns versuchen, Sonora zu erreichen, wo meine Familie auf einem Rancho lebt. Dies ist nicht der Ort, um ein Kind zu gebären«, sagte Rosaura, »noch ist es der Ort, wo ich ein respektables Bordell führen möchte. Wir wollen unser Bündel schnüren und uns davonmachen.«

Mit dem Saft irgendwelcher wilder Nüsse beizte sie meine Haut zu einem rötlichen Braun; sie kleidete mich in die Lumpen und den Schal einer armen Indianerin. Sie knüpfte einen Fetzen um den Griff von Cocc, den sie mit sich nahm, nicht nur als einen Wanderstock, sondern auch als ein harmlos aussehendes Versteck der Diamanten, die den kleinen Negerkopf zierten. Und so machten wir uns auf unseren Weg durch die Gefahren der gesetzlosen Wildnis, wo Straßenräuber, Fahnenflüchtige, ausgebrochene Verbrecher, Guerillas und Scharen von blutgierigen, undisziplinierten Soldaten umherstreiften. »Armut ist ein besserer Schutz als ein Regiment Dragoner«, sagte Rosaura, und bestimmt konnte man keine elender aussehenden Frauen auf den steinigen Bergpfaden finden als uns. Eine schwere breite, schmutzige, barfüßige Indianermutter mit ihrer hochschwangeren ebenso schmutzigen und zerlumpten Tochter – so schlüpften wir ein und aus zwischen Patrouillen und Wachtposten und Wegelagerern, Hinterhalten und verschanzten Dörfern. Wir wanderten dahin, als wären wir unsichtbar; wir waren zu häßlich, um vergewaltigt, zu arm, um ausgeraubt, zu sehr ein Teil Landschaft um auch nur bemerkt zu werden.

Aber am siebten Tag verlor ich mein Kind.

Ich mag mich nicht an jenen Tag erinnern, und ich tue es nur selten. Es war ein heißer Tag, und vor uns streckte sich die Hochebene dahin ohne einen Zoll Schatten oder einen Tropfen Wasser, und die Luft stand still wie eine Mauer. Meine Füße hatten Blasen vom Barfußgehen, und ich blieb hinter Rosaura zurück, die zielbewußt einherschritt. Ein oder zweimal hielt sie an, sah sich nach mir um und rief mich, und ich versuchte, mit ihr Schritt zu halten, aber schließlich mußte ich mich auf die hartgebrannte Erde sinken lassen. Rosaura wartete, und dann kam sie zu mir zurück und stand über mir und schüttelte den Kopf.

»Was fehlt dir, Nenita? Willst du dir einen Sonnenstich holen? Los mit uns, arree Mujer!«

»Ich kann nicht«, sagte ich, »ich habe Schmerzen.«

»Schmerzen? Wo?«

»An meinen Füßen«, sagte ich. »Und überall.«

»Pués – du kannst hier nicht lange sitzen, selbst wenn ich einen hübschen breiten Schatten für dich werfe«, sagte sie. Hier nimm Coco und lehne dich an mich. Es wird nicht mehr lange dauern. Ich kann eine Schlucht riechen; ich rieche Wasser in der Luft, du nicht? Eine schöne, tiefe Schlucht, ganz im Schatten, und ein kühler Bach, um deine armen, verwöhnten Füße hineinzuhängen, und vielleicht finden wir ein paar süße, reife Kaktusfeigen oder wilde Sauerkirschen. Du sollst sehen, es wir ein richtiges Fest geben, sobald wir die Schlucht erreichen.«

Sie hielt mich mit ihren Märchen in Gang, aber die Schmerzen wurden schlimmer, und der Horizont wich immer weiter zurück, und soviel wir auch gehen mochten, wir kamen ihm nicht näher. Es gab Wolken in dieser erbarmungslosen Weite, aber keinen Regen. Sonne und keinen Schatten, Durst und kein Wasser. Zuletzt war da nichts mehr als meine Schmerzen. Ich kannte sie; schon einmal hatte ich diese Schmerzen gelitten. Sie füllten die Welt aus und zerrissen mein Inneres. Mein ungeborenes Kind, das sich so munter in meinem Leib bewegt und gestreckt hatte, lag still und schwer wie ein Stein. Ich stolperte weiter, weiter, betend und flehend. »Nein, nein, nein, nur nicht dies, lieber Gott, laß es nicht geschehen«, betete ich, »dieses Kind ist das einzige, was ich will, es ist das einzige was mir geblieben ist, nimm es nicht von mir. Das ist nicht zuviel verlangt – oder doch? Andere Frauen haben einen Mann und ein Heim und ein Dutzend Kinder, und ich bitte dich nur um dieses eine einzige Kind. Du bist nicht gerecht, ich begreife dich nicht, Gott; ich bin zu schwach und zu klein, um deine ganze Macht zu ertragen. Ach, du bist das Gesetz, und ich habe gefehlt, aber so hast du mich nun einmal geschaffen, und siehst du denn nicht, daß du mich genug gestraft hast? Felipe«, betete ich in Verzweiflung, »komm und hilf uns, Felipe, hilf deinem Kind – wo immer du sein magst, tu etwas, rede mit Gott ...«

Endlich erschien ein dunklerer Streifen am Ende der Welt, aber ich weiß nicht viel von der Ewigkeit, die es dauerte, ihn zu erreichen. Das letzte Stück trug mich Rosaura mehr als ich ging. Am Weg waren ein paar Kaktusstauden und ein Mesquitestrauch, dornig und spärlich, der warf ein dünnes Schattennetz auf den Grund. Dort war es, wo Rosaura mir zum zweitenmal half, ein totes Kind zu gebären. Sie hatte ihren Schal zusammengerollt und als ein Kissen unter meinen Kopf geschoben, und als alles vorüber und verloren war, lag ich da, völlig verbraucht und leer, und sah durch die Zweige jenes fremden Strauches in einen feindseligen leeren schwarzen Himmel. Nach einer Weile hörte ich den kühlenden Klang von Wasser, über Kiesel sprudelnd, und dann eine Stimme, die leise meinen Namen rief. »Ja. Ich komme. Ich bin bereit«, antwortete ich, denn ich dachte, Felipe riefe mich; oder vielleicht Gott, jetzt, da nichts mehr für mich auf Erden zu tun war.

Aber es war nicht Gott, der mich gerufen hatte; nur Loro, der vergnügt und mit dem beschränkten Fassungsvermögen eines Papageien, aber voll guter Absichten, auf einem Zweig über mir saß. Die Rosaura kam aus der Schlucht mit einer Kürbisflasche voll Wasser; sie ließ mich trinken und wusch den Schweiß und das Blut von mir, und sie wusch auch das unglaublich zarte und vollkommene Körperchen meines Kindes, ehe wir es begruben. Wir mußten es tief im Boden begraben, um es vor den herumirrenden Präriewölfen zu schützen. Ich half den Lehm brechen und das kleine Grab bereiten, die Rosaura rollte Steine darüber, und aus den dornigen Mesquitezweigen machten wir ein kleines Kreuz; eines der vielen Kreuze an den Rändern der mexikanischen Landstraßen, ein Zeichen für vorbeikommende Wanderer, anzuhalten, zu beten, eine Blume oder ein Steinchen dazulassen, auf daß sich die Seele der Toten nicht einsam fühle.

So blieb ich liegen, hingeworfen über das kleine Grab, und nach einer Weile begann die Erde um mich zu kreisen, das Universum um mich zu kreisen, bis ich in dem ewigen Kreisen der Welten und Sterne aufging und ein Teil davon wurde, winziger denn ein Staubkorn. All der wilde Schmerz und Trotz war aus mir fortgeronnen, und in meiner eigenen Kleinheit lag eine Erlösung, als ob mir von nun an nichts mehr geschehen könne. Als es kühler wurde und die Sonne unterging, berührte die Rosaura meine Schulter. »Komm, Nenita«, sagte sie sanft. »Wir müssen gehen; wir können hier nicht über Nacht bleiben, es ist zu gefährlich.«

Sie half mir auf die Beine, und als sie sah, daß ich zu schwach war zu gehen, hob sie mich auf und schwang mich über ihre Schultern, so daß mein Gewicht auf ihrem Nacken ruhte und meine Arme und Beine entspannt über die Berghänge ihrer Brüste hingen. »So«, sagte sie, »so tragen unsere Schäfer ein krankes junges Lamm.«

»Ich danke dir, Rosaura«, sagte ich. »Und nochmals Dank.«

»Por nada«, sagte sie. »Für nichts.«

Von solcher Art war der Tag, an dem ich noch einmal starb und wiedergeboren wurde, und seit jenem Tag, an den ich mich nicht gern erinnere, wußte ich, daß eine Ordnung in all der scheinbaren Unordnung ist und ein Gesetz über der Gesetzlosigkeit dieser Welt. Ich wußte, daß ich ohne Furcht sterben und wieder und wieder geboren werden würde. Don Lorenzo hätte vielleicht gesagt, daß ich Gott erblickt hatte ...

Es war eine sehr veränderte Clarinda, die an einem sonnigen Mittag im Juli 1813 nach Weimar zurückkehrte; eine Frau, so verschieden von der unwissenden, oberflächlichen, wohlerzogenen jungen Kreatur, die vor einer kurzen Ewigkeit von dreizehn Jahren weggerannt war, daß ich keine Angst hatte, von irgend jemand erkannt zu werden. Ich hatte während eines Fieberanfalls mein ganzes Haar verloren, als ich auf ein Schiff für die Überfahrt wartete; der neue Wuchs war langsam im Kommen, und als es endlich wieder zu wachsen begann, war es grau und stand in kurzen, störrischen Borsten um meinen Kopf und sah aus wie ein schattiges Fleckchen Erde, auf dem ein unerfahrener Gärtner versucht hatte, Sommergras zu säen. Mein Körper war abgezehrt, ein Skelett, knapp in eine fremde, lederne Haut gestopft; denn selbst diese trockene, wüstengelbe Haut schien nicht die meine zu sein, geräuchert und gepökelt, wie die brennende Sonne und die schneidenden Winde und der rauhe Schnee der Kordilleren sie gelassen hatten. Die vereinzelten Pockennarben traten scharf hervor und gaben mir ein barbarisches Aussehen; auch hatte ich eine Schwäche in meinem Rückgrat zurückbehalten, die mir große Schmerzen verursachte, und meine linke Schulter war gekrümmt, so daß ich gezwungen war, an einem Stock zu gehen: an Rosauras Ebenholzstock, den sie mir als ein Souvenir und Abschiedsgeschenk gegeben hatte. Cocos Kopf grinste noch immer unverzagt unter dem Griff meiner Finger, aber er hatte seinen mit Diamanten eingelegten Nasenring eingebüßt, als Bezahlung für meine Überfahrt. Auf meiner rechten Schulter saß Loro und klammerte sich mit ängstlichen Klauen an mich, leise auf spanisch fluchend. Ja, so sah ich aus, jeder Zoll eine alte Hexe, und ich bedurfte keiner Verkleidung – oder so glaubte ich zumindest.

Seit dem Morgen waren wir durch vertraute Gegenden gekommen; erinnerte Gegenden vielmehr und in falschen Dimensionen erinnert. Wie jedem Reisenden seit Odysseus' Zeiten, schien mir alles merkwürdig zwergenhaft und eingeschrumpft, als schaute ich durch das falsche Ende eines Fernrohrs auf diese Felder und bewaldeten Abhänge, auf die behaglich eingebetteten Dörfer und den sich windenden, bescheidenen Fluß, der im Grund nur ein Flüßchen war und doch so romantisch und stürmisch in einer Menge von Weimars Poesie figurierte. Und dann kam die Stadt selbst in Sicht, immer noch dasselbe enge Provinzstädtchen und doch nicht ganz dasselbe; einige der Mauern und Befestigungen waren geschleift worden, und Weimar spülte in seine grüne Umgebung über, mit den umrankten Landhäuschen der Leute, die Natur liebten – solange Natur manierlich war und sich jede Woche die Haare schneiden ließ. Der Postillion hob sein glänzendes Messinghörnchen und blies dieselben lustigen acht Takte, die so oft in die Stille meiner Kindheit gedrungen waren. Die Postchaise kam durch das Tor und hielt dort an, und die Passagiere wurden in die Wachstube geschoben zur Prüfung ihrer Papiere. Ich hatte längst meinen großartigen Adelstitel aufgegeben und kehrte als eine einfache Madame Claire Pontignac zurück. Wachtmeister Merkel sah meinen Paß flüchtig durch und reichte ihn über den Tisch einem hinkenden französischen Sergeanten im engen blauen Uniformrock, mit roter Schärpe und knappen, schmutzigen weißen Hosen; auf meiner Reise hatte ich solche Veteranen von Napoleons Grande Armée an jedem Haltepunkt getroffen; sie waren die Überbleibsel des verhängnisvollen Rückzuges aus Rußland im letzten Winter.

»Willkommen daheim, Euer Gnaden«, sagte Wachtmeister Merkel, ohne die Augenbrauen oder die Stimme zu heben. »Und sind Euer Gnaden zurückgekommen, um hierzubleiben? Oder nur auf der Durchreise?«

»Ich – ich habe mich noch nicht entschlossen«, antwortete ich, aus allen Wolken gefallen durch die unerwartete Frage. Soviel ich wußte, lag ich tot und begraben im Park von Helgenhausen. Aber Wachtmeister Merkel fuhr ruhig in einer Unterhaltung fort, die wir vor dreizehn Jahren unterbrochen hatten.

»Euer Gnaden haben sich ein wenig verändert, wenn ich mir die Freiheit nehmen darf, das zu sagen«, bemerkte er höflich. »Ecoutez-là, du brauchst nicht so viel Zeit mit diesem Paß zuzubringen, Auguste«, sagte er hochfahrend zu dem französischen Sergeanten – und aus seinem herablassenden Ton konnte man alle Niederlagen heraushören, die die Grande Armée kürzlich in Spanien erlitten hatte. »Ich bürge absolut für diese Dame. Und wo gedenken Euer Gnaden vorläufig abzusteigen?«

Ich unterwarf mich der hohen Obrigkeit. »Im Weißen Schwan«, antwortete ich zuvorkommend, als der eingefleischte Gehorsam selbst dem niedrigsten Beamten gegenüber zurück in meine Seele kroch. Ich suchte in meinem Beutel herum und fischte einen meiner letzten vier Silbertaler heraus. »Hier«, sagte ich und drückte ihn in Merkels tintenbefleckte Klaue, »und hören Sie, Merkel, Sie müssen mir versprechen, zu vergessen, daß Madame Pontignac jemand ist, den Sie vor langer Zeit gekannt haben.«

»Wie Sie befehlen«, antwortete er, und ich fand das Silberstück in meine Hand zurückgeschoben; ich hatte vergessen, daß ein deutscher Wachtmeister nicht bestochen werden kann. Noch immer kopfschüttelnd, faßte er die Situation gewandt in der feinsten Tradition des Frauentors zusammen.

»In den Ozean schifft mit tausend Masten der Jüngling; still auf gerettetem Boot treibt in den Hafen der Greis ... Friedrich Schiller«, sagte er.

Der Schwager stieß in sein Hörnchen, das Echo hallte laut unter den hohen Bogen des Tores, die Postchaise fuhr mit Schwung ins Tageslicht hinaus und sogleich in das tiefe Loch im Pflaster, das in all diesen Jahren nicht gefüllt worden war: und so war ich wieder in Weimar.

Lange Zeit saß ich in meinem einfachen Hotelzimmer, meine Hände im Schoß verschlungen, und fragte mich, wie ich nach Babette forschen könnte, ohne zuviel von der unersättlichen Neugierde der Stadt auf mich zu ziehen. Ich hätte es besser wissen sollen. Die Uhr der Jacobskirche hatte kaum drei geschlagen, als es an meine Tür klopfte, ein beinahe vergessenes Signal: lang, lang, kurz, lang. Es klang, wie wenn meine verschollene Kindheit um Einlaß bäte. Schweratmendes, aber wohlerzogenes Warten vor der Türe, bis ich mein schwaches »Herein« rief:

»Euer Gnaden – o Euer Gnaden! Endlich sind Euer Gnaden zurückgekommen!«

»Babette, Babette! Du bist eine richtige Frau geworden.«

»Clarinda, meine kleine Clarinda – aber wie dünn du bist.«

Wir lösten uns voneinander und prüften uns gegenseitig mit einer sehr weiblichen Neugierde und pfiffigen Hellsichtigkeit. Babette lachte ein wenig und schüttelte den Kopf, und eine winzige glänzende Träne tropfte von ihren Wimpern. »Wenn ich dir jetzt meine Unterröcke leihen sollte, so würdest du sie verlieren, du armes Knochenbündel«, sagte sie. »Und was hast du mit deinem Haar angestellt? Das sieht ja traurig aus.«

Es fühlte sich gut an, wie Babette mich so schalt, als wären all diese Jahre nie gewesen. Plötzlich, nach dem ersten Ansturm der Gefühle, wurde ich nüchtern und vernünftig.

»Aber wie, um Himmels willen, hast du herausgefunden, daß ich hier bin?«

»Merkel hat es mir gesagt. Er versprach mir doch, mich im Augenblick zu benachrichtigen, sobald du wieder nach Weimar kämst. Ich habe dich erwartet, weißt du?«

»Mich erwartet? Aber wieso? Seit wann?«

»Seit wann? Das ist aber eine dumme Frage! Seit du verschwunden bist, natürlich.«

»Babette – doch nicht all die Jahre hindurch?«

»Ich kann nichts dafür, daß du so lange gebraucht hast, um zurückzukommen, nicht wahr? Auf jeden Fall war ich sicher, daß du früher oder später heimkommen wirst.«

»Aber wieso denn? War ich nicht ertrunken, tot und begraben?«

»Weiß Gott, das warst du, und ein hübscheres Grab hättest du nicht kriegen können, und wenn du die Herzoginmutter in Person gewesen wärst. Aber was mich betrifft, ich habe es nie geglaubt, nein, nicht eine Stunde lang. Ich wußte einfach genau, daß das Mädchen, das man im Mühlteich fand, nicht du warst, siehst du?«

»Du lieber Herrgott ...!« sagte ich erstaunt.

»Weißt du denn nicht, ich hatte dir doch meine eigenen Unterröcke geliehen, nicht wahr? Und ich hatte dich selbst hineingeschnürt, nicht wahr? Einer war rot, und einer war rosa, und einer war weiß mit gestärkten Falbeln, wenn du dich erinnerst. Und diese arme Kreatur, Gott hab' sie selig, hatte einen blauen Unterrock an, mit blauweißkarierten Rüschen, natürlich ganz zerfetzt, als man sie aus dem Wasser zog; und so wußte ich ganz bestimmt, daß du es nicht warst.«

»Und du hast nichts gesagt? Du hast meinen – du hast Graf Driesen nicht erzählt, daß er sich geirrt hatte?«

»Warum sollte ich? Er hat's ja gründlich genossen, dich zu beerdigen und zu beweinen. Und ich hoffte, daß auch du deinen Spaß hattest. Wenn du nicht begraben sein wolltest, so würdest du es ihm schon selbst erzählt haben, dachte ich mir. Hatte ich recht?«

»Danke, Babette. So glaubst du bestimmt, daß niemand weiß, daß ich am Leben bin?«

»Also – nein, das möchte ich nicht behaupten ... Hin und wieder tauchten Gerüchte auf. Es scheint, jemand hat sein großes Maul nicht halten können; dein berühmter Freund, wie heißt er doch? Herr von Humboldt. Anscheinend hat er dich zufällig irgendwo getroffen, und er ließ hier und dort eine Bemerkung darüber fallen. Aber viel Gras ist über die alten Geschichten gewachsen, und die meisten Leute haben dich vergessen. Sie hatten in der Zwischenzeit an wichtigere Dinge zu denken, mit allen diesen Kriegen und Schlachten. Natürlich wird es einen schönen Lärm und ein großes Gegacker im Hühnerhof geben, wenn man herausfindet, daß du wieder hier bist, aber da kann man nichts machen.«

»Aber das ist es ja gerade, was ich unbedingt vermeiden möchte. Niemand darf erfahren, daß ich hier und am Leben bin. Ich bin sehr müde, Babette. Ich möchte mich irgendwo auf Klein Werra verkriechen, vielleicht auf einem der Pachtgüter oder in Vaters alter Jagdhütte, und niemand braucht etwas zu erfahren außer meinem Bruder. Ich will nichts, als daß man mich in Frieden läßt.«

Babette öffnete den Mund und schloß ihn wieder, dreimal, ehe sie behutsam sagte: »Dein Bruder ist tot, Clarinda; er starb am Nervenfieber, die Seuche, die wir hier nach der Schlacht bei Jena hatten. Und Klein Werra gibt es auch nicht mehr. Es tut mir leid, daß gerade ich es bin, die dir all die schlechten

Nachrichten mitteilen muß. Klein Werra war schon vorher bis unters Dach verpfändet, der ganze Wald abgeholzt, das Vieh verkauft; und die Franzosen nahmen weg, was noch übrig war. Das Gut wurde versteigert, nachdem du sieben Jahre verschwunden und gesetzlich für tot erklärt warst. Deine Schwägerin zog nach Leipzig, so sagt man, und heiratete einen Weinhändler. Mein Gott, das Jagdhäuschen deines Vaters! Das brannten die Franzosen mit einer Menge von anderm Zeug nieder.«

»Aber die Jungen? Meine beiden Neffen?«

»Auch tot. Beide starben an der Ruhr, die wir als unser Souvenir an die Schlacht bei Jena abkriegten. Du hast keine Ahnung, Clarinda, wie voll von Schmutz und Dreck und Anstekkung die Stadt war, als die Truppen abzogen.«

»Schon gut, Babette. Ich weiß, wie es gewesen sein muß. Glaube nicht, daß ich hartgesotten bin, weil ich nicht weine. Aber ich habe entdeckt, daß hinter all solchen Dingen ein Sinn liegt.«

Ja, auch darin ist Ordnung und Gesetz, dachte ich; von den Werras ist also niemand geblieben außer mir, der Unfruchtbaren. Alte Bäume müssen zusammenstürzen und zerfallen; alte Familien müssen aussterben und Raum für neues Blut machen. Und was nun, Clarinda, dachte ich; wohin geht's jetzt mit uns? Ich war müde; jeder einzelne Tropfen meines Blutes war müde, und vier Taler war alles, was ich von meinem Vermögen übrigbehalten hatte. Ich hatte eine flüchtige Vision von der Silberschwelle, über die mich Felipe getragen hatte. Aber derartige Gedanken halfen jetzt nicht viel. »Die Hauptsache ist, zu verhindern, daß Wachtmeister Merkel in der ganzen Stadt ausposaunt, daß ich hier bin«, sagte ich.

»Überlaß das mir – das wird er nicht tun. Er ist eine alte Schnüffelnase von Berufs wegen, aber ich nahm ihn bei seiner Ehre. Ich gab ihm zu verstehen, du seist eine heimliche Botin der Preußen und du seist hierhergekommen, um bei der geheimen Bildung eines Freiwilligenkorps gegen Napoleon zu helfen. Auf Merkel kannst du dich verlassen, solange er glaubt, du haßt Napoleon ebenso wie er.«

»Kein Wunder. Mein armes Weimar muß fürchterliche Dinge im Jahre 1806 gesehen haben.«

Babette warf mir ihr altes, spitzbübisches Lächeln zu, und ihre Zunge kam heraus und leckte die Oberlippe in ihrer alten mutwilligen Weise. »Ja, wir hatten ja ein paar ziemlich interessante Tage nach der Schlacht bei Jena«, sagte sie leichthin. »Aber du weißt, wie es im Krieg ist. Wenn die Leute nicht mit ihren Siegen prahlen können, so wollen sie wenigstens mit ihren Leiden großtun. Jede Stadt will mehr gelitten haben als die nächste, und Weimar hat seit damals nicht aufgehört, sich zu brüsten und Mitleid mit sich zu haben. Es erinnert mich immer an meinen Großvater, dem ein Backenzahn gezogen wurde und der bis ans Ende seiner Tage davon sprach; wenn man ihm zuhörte, so hat kein Mensch jemals ein solches Zahnweh gehabt, wie er. Es hatte auch seine komischen Seiten. Die Preußen redeten immer noch großschnäuzig davon, wie sie die Franzosen schlagen würden, als die Schlacht schon verloren war. Da hättest du sie aber sehen sollen! Sie rannten so geschwind davon, daß die Franzosen sie gar nicht mehr einholen konnten. In den Straßen wurde ein bißchen geschossen, und es gab sogar ein paar Verwundete. Aber das schlimmste war die Schäbigkeit der ganzen Sache. Wie die Menschen ihr Mäntelchen nach dem Wind hängten! Wie eifrig sie von den geschlagenen Preußen auf die Seite der siegreichen Franzosen hinüberwechselten, ach, du lieber Gott! Und dann die wunderbaren Heldentaten, die unsere Damen vollbrachten! Denk dir nur, unsere Herzogin kriegte einen ganzen Tag kein weißes Brot! Und während unser großer Goethe einen französischen General bewirtete, verteidigte seine Mamsell Vulpius den Weinkeller gegen ein paar betrunkene französische Soldaten, und zwar mit einem solchen Mut, daß seine Exzellenz sich am nächsten Tag auf die Beine machte und sie sich als seine ehrenwerte Ehefrau antrauen ließ. Übrigens war es auch an der Zeit, wenn du mich fragst.«

»So, so«, sagte ich, als der alte Weimarer Klatsch wieder um mich plätscherte. »Und was hat Frau von Stein davon gehalten?«

»Die alte Klapperschlange wollte die Mamsell noch übertrumpfen. Versteckte einen verwundeten preußischen General in ihrem Bett, knüpfte ein paar Bettücher zusammen und paßte auf, daß der arme Teufel daran aus dem Fenster kletterte, anstatt sich Napoleon zu übergeben, so wie unser Herzog es tat. Brach sich alle Knochen und starb einen Tag darauf. Frau von Stein ist immer noch auf ihre Heldentat stolz. Ah, ja, das war ein Herumgerenne und Gegacker in dem alten Hühnerhof!«

Sie nahm meine rauhe, sommersprossige Hand und betrachtete sie mit einem mißbilligenden Seufzer, ehe sie auf die Schlacht bei Jena zurückkam.

»Je mehr ich von Krieg sehe und höre, desto weniger versteh' ich davon«, sagte sie. »Es ist einfach kein Sinn und Verstand darin, Clarinda. 1806 waren die Preußen unsere Freunde, aber sie benahmen sich um kein Haar besser als die Franzosen, die unsere Feinde waren. Plötzlich werden die Franzosen unsere Alliierten, und die Preußen sind gegen uns. Hatten sie sich denn geändert? Oder wir? Oder die Franzosen? Nicht ein bißchen, glaub mir. Und neuerdings redet man davon, daß die Russen kommen sollen, um uns von Napoleons Joch zu befreien. Kannst du dir das vorstellen? Ich persönlich habe das Joch nicht gespürt. Ich persönlich mag die französischen Soldaten am liebsten; aber vielleicht bin ich voreingenommen. Wegen Jean.«

»Jean? Ist das – dein Schatz?«

»Mein Mann«, sagte sie stolz. »Jean Meunier. Ich bin Madame Meunier. Er hat mich einmal nach Straßburg mitgenommen, und jetzt bin ich eine französische Modistin, ob du es glaubst oder nicht.«

»Babette – du hast einen Mann? Warum hast du mir das nicht gleich erzählt?«

»Ich *hatte* einen Mann«, sagte sie so still, daß ich hätte weinen können. »Er kam nie mehr von Rußland zurück. Jaja, so geht's, wenn man einen Soldaten heiratet. Man sagt, daß Erfrieren ein angenehmer Tod ist. Ich hoffe es. Es ist nur, daß Jean seinen kleinen Jungen nicht mehr sehen konnte; er träumte immer große Träume für unsern Sohn, der eines Tages den Bauernhof in der Nähe von Mülhausen übernehmen würde, aber alles, was ich bekam, solange er lebte, waren kleine Mädelchen, eins nach dem andern.«

Sie hielt ihr Lächeln fest, als wäre ich die Trostbedürftige, und erst als ich ihren Kopf an meine Schulter legte und sie in meinen Armen wiegte wie in unserer Kindheit, wenn sie Prügel für meine Unarten bekommen hatte, erlaubte sie sich ein paar große, seelenbefreiende Schluchzer; als sie wieder auftauchte, lächelte sie, heller als zuvor. »Du wirst meinen kleinen Jean gern haben; er ist so ein feines kleines Paketchen Glück. Achtzehn Monate am kommenden Montag. Und drei kleine Mädchen; die älteste ist dein Patenkind. Ich habe sie Clarinda genannt, ob du es magst oder nicht. Es ist eine ziemliche Verantwortung, vier Kinder ohne einen Vater aufzuziehen. Aber«, sagte Babette und erholte sich sichtlich, »aber ich denke, nach einer Weile werde ich schon einen andern netten Mann finden, glaubst du nicht? Für eine Mutter von vier Kindern sehe ich nicht zu alt aus, nicht wahr? Weißt du – Jean kam viermal auf Urlaub«, sagte sie. Ich konnte sehen, daß sie dieses Späßchen schon oft vorgebracht hatte und es ihr immer noch gefiel. Wahrscheinlich hatte ihr Jean den Spaß zuerst gemacht, und seit er nicht mehr aus Rußland zurückgekehrt war, kam ihr der Spaß mit der Zeit immer besser und besser vor. »Ah ja, Clarinda, du kannst dich glücklich schätzen, daß du diese Jahre in Weltteilen zugebracht hast, wo es keine Kriege gab«, schloß sie.

»Ach ja«, sagte ich. »Das erzählen mir alle Leute.« Ich hörte die Fensterstäbe an Rosauras Haus splittern und sah wieder die Gesichter beim Fackellicht, sah sie wie eine finstere, tödliche Welle hereinfluten, sah diese Welle aus menschlichen Masken über Bert Quailes tapferen schwerfälligen Körper niederstürzen, sah seinen Kopf und seine Hände aufkommen – einmal, zweimal – wie die eines verzweifelten Schwimmers; ich sah die breiten, dreckigen, dunkelhäutigen Füße über ihn wegstampfen, sah ihn am Boden zurückbleiben wie ein merkwürdig geformtes, verrenktes, riesiges Stück Treibholz, während die Welle vorwärts brandete, weiter und weiter auf mich zu ...

»Und du?« hörte ich Babette fragen. »Wo hast du denn deinen französischen Namen her? Hast du vielleicht auch einen Franzosen geheiratet?«

»Nein. Gewissermaßen bin ich immer noch mit meinem – mit Graf Driesen verheiratet, verstehst du? Oder hat sich Graf Driesen wiederverheiratet, nachdem ich gesetzlich für tot erklärt wurde?«

»Du solltest ihn besser kennen. Er genießt es ja so sehr, beständig ein Theater mit seiner Einsamkeit und Trauer herzumachen. Er wird dir nie verzeihen, daß er sich nicht mehr damit beschwindeln kann.«

»Das ist einer der Gründe, warum ich nicht will, daß er oder irgend jemand anders erfährt, daß ich hier bin. Er kann nicht von mir erwarten, daß ich Selbstmord begehe, nur um auf seine feinen Seelenregungen Rücksicht zu nehmen, nicht wahr?«

»Nein – aber du könntest wieder verschwinden; inkognito, genau wie du angekommen bist.«

»Das könnte ich – wenn ich genug Geld hätte, um zu reisen und mich irgendwo anders niederzulassen.«

»Kein Geld, wie?«

»Kein Geld. Keine Familie. Keine Freunde. Und nicht mehr sehr viel Unternehmungskraft, Babette.«

»Und was ist mit ihm los – mit deinem Freund –, dem blendenden spanischen Grande, mit dem du davongelaufen bist? Hat er dich sitzenlassen?«

»Er ist tot, Babette.«

Darauf blieb sie für eine Weile ganz still und sagte dann endlich leise: »Dann – dann weißt du auch, wie es ist.«

»Ja. Ich weiß es auch.«

»Vielleicht willst du nicht darüber reden? Oder würde es dir guttun?«

»Er starb in Mexiko. Im Kampf«, sagte ich, und für einen Augenblick war ich stolz.

»Im Kampf? Für die Freiheit?«

»Nein. Dagegen ...«, antwortete ich, und mein kleiner Stolz fiel zusammen. Was für eine verworrene, blutige Welt hatten die Männer doch für uns Frauen gemacht! Babette schien meine Gedanken zu lesen, denn sie berührte zaghaft meine Hand und fragte mit ungewöhnlichem Ernst: »Glauben Euer Gnaden, daß es so etwas gibt wie eine richtige und eine falsche Seite?«

»Nein«, antwortete ich. »Nicht vor Gott.«

In diesem Augenblick übernahm Loro die Unterhaltung. Er hatte oben auf der Stange gesessen, die die verschossenen Vorhänge hielt, und war dort eingeschlafen; jetzt schien ihn die plötzliche Pause in unserem Gespräch aufgeweckt zu haben, und er kam geschäftig heruntergeklettert, watschelte durchs Zimmer und zog sich mit Klauen und Schnabel an meinem Rock hoch, um nach einer großen Aufregung und vielem Geflatter seiner gestutzten grünen Flügel auf meiner Schulter zu landen.

»Um Himmels willen – und wen haben wir hier?« schrie Babette, genauso erschrocken wie der Vogel.

»Das ist Loro«, stellte ich vor. »Er ist hungrig, und die Reise hat ihn aufgeregt. Wir waren unterwegs – oh, ich weiß nicht, wie lange.«

»Der arme kleine Kerl! Was frißt er wohl?«

Plátano, dachte ich. Guava, Tuna, Piña, Zapote, Payaya, Mango, Helote. Ganz Mexiko war in dieser Melodie der Früchte und ihrer schönen, klingenden Namen. In Mexiko hatte ich Heimweh nach Erdbeeren gehabt, und jetzt hatte ich Heimweh nach Mexiko. Dort war ich eine Fremde gewesen, und hier war ich eine Fremde geworden. »Ich glaube, eine gelbe Rübe wäre fein – und ein bißchen Hirse ...«, sagte ich resigniert. Dies war schließlich und endlich: Weimar.

»Und du – wann hast du zuletzt gegessen?« fragte Babette ärgerlich, mich unter ihre Obhut nehmend. Darauf wußte ich keine Antwort. »Egal. Von jetzt an passe ich auf dich auf. Jeden Tag ein Liter Milch, um dich auszufüllen, und einen neuen Hut, um das Gestrubbel, das dir aus dem Kopf wächst, zuzudecken, und im Handumdrehen siehst du wieder aus wie eine Frau, die etwas auf sich hält.«

»Nicht so schnell, Babette. Ich weiß noch nicht, ob ich jemals wieder eine Frau, die etwas auf sich hält, sein will oder kann. Und ich kann mir bestimmt keinen Liter Milch am Tag leisten.«

»Red keinen Unsinn, Clarinda«, sagte Babette, und der alte, wohlbekannte Sonnenaufgang von guter Laune leuchtete in jedem Grübchen ihres runden Gesichts. »Jetzt kommst du mit mir, und wir zeigen den Kindern deinen verrückten Vogel und füttern ihm so viel gelbe Rüben, wie er futtern kann. Du willst doch wohl den kleinen Jean sehen und dein Patenkind, oder vielleicht nicht? Und heute morgen habe ich frisches Brot gebacken, und wir brocken es in eine Kumme Buttermilch und streuen Zucker und Zimt darauf, das ist ein Feiertag, auf den ich eine schöne, lange Zeit gewartet habe, und du hast Buttermilch immer gern gegessen. Was morgen anbetrifft – morgen wird schon für sich selbst sorgen; so viel hab' ich gelernt.«

Vier erfolgreiche Monate für Madame Meunier und Madame Pontignac, Modistes de Paris. Vier Monate Aufschub, vier Monate, um die Wunden meiner Seele zu heilen und die messergleiche Schärfe meiner Erinnerungen abzustumpfen.

Ich hatte ein Bett, das ich mit zwei von Babettes Töchterchen teilte – und die Wärme ihrer kleinen Körper erfüllte mich mit einer wundersamen Freude. Ich hatte ein Dach über dem Kopf und genug Arbeit, um meine Gedanken von der Vergangenheit abzulenken. Immer seltener wurden die Nächte, da Granaditas zum Schlachthof wurde, da der Pöbel in das Billardzimmer der Rosaura brach, da Bert Quaile wie ein zerbrochenes Stück Treibholz auf dem dreckigen Fußboden starb. Felipe aber – Felipe war niemals tot, weder in meinen Träumen noch in meinen wachen Stunden. Und so, Tag für Tag mit den einfachen Dingen beschäftigt, die die nächste und die übernächste Stunde forderten, erholte ich mich. Ich nahm mich Babettes Kinder an – und kein Arzt hat je eine bessere Medizin für ein krankes Herz verschrieben; ich fegte den Boden und wusch die Windeln für den kleinen Jean und kochte die einfachen Mahlzeiten, während Babette in der Werkstätte beschäftigt war.

Kurze Zeit nachdem sie mich aufgenommen hatte, war so viel im Laden zu tun, so viele Damen mußten dringend neue Hüte und Hauben haben, so viele Aufträge mußten erledigt und Bestellungen abgeliefert werden, daß ich in jenen Teil des Wohnzimmers, den wir die Werkstätte nannten, berufen wurde. Babette hatte flinke, geschickte Finger, aber ich hatte einen besseren Geschmack, und Madame Meuniers und Madame Pontignacs Geschäft begann zu blühen. Das winzige

Haus stand in einer ziemlich ärmlichen Gegend der Stadt, in einer engen, gewundenen Gasse hinter dem Töpfermarkt, und bis dahin hatte Babettes Kundenkreis aus den Frauen der kleinen Händler und Handwerker der Nachbarschaft bestanden. Plötzlich schienen die Damen der feinen Gesellschaft uns entdeckt zu haben, und unsere Hüte wurden sogar bei Hof gesehen. Die Mode einer Zeit ist immer ein winziger Spiegel der politischen Strömungen; während jenes Sommers und Herbstes von 1813 wandten sich unsere Damen mehr und mehr von den schlanken Linien des Empire ab, und man hätte aus dem romantischen, sehr teutonischen Gepränge von Federn und aufgepluderten Samtgarnituren schließen können, daß Napoleons Herrschaft sich ihrem Ende näherte.

»Ich glaube, ich hatte eine gute Idee, als ich Minervas Hut von Lucas Cranachs Gemälde kopierte; wir haben schon wieder drei neue Bestellungen für diesen Entwurf«, sagte ich zu Babette und gab mir ein bißchen von dem Zucker entschuldbaren Eigenlobes.

»Laß es dir nicht zu Kopf steigen, Clarinda. Die Damen täten unsere Hüte kaufen, selbst wenn sie aussehen würden wie ein paar zusammengeknüllte Windeln von Jean – nach Gebrauch«, antwortete Babette in ihrer besten Laune. »Du weißt, warum sie zu uns kommen, obwohl unser Gäßchen mit Schafmist an Stelle von Kopfsteinen gepflastert ist. Sie kommen in der Hoffnung, einen Blick auf dich werfen zu können, die neugierigen Ziegen!«

»Was können sie von mir wissen? Ich zeige mich niemals im Laden und rede mit niemandem.«

»Gerüchte fliegen durch die Luft, Clarinda. Und ist jemals etwas in Weimar passiert, was die Leute nicht herausgefunden hätten?«

»Babette, sieh mir ins Gesicht; hast du diese Gerüchte selbst in Umlauf gesetzt?« fragte ich streng, und Babette blickte mich an mit Augen, so klar wie Quellwasser.

»Und wenn ich es getan hätte, so wäre es nur zu deinem Besten. Du gehörst nicht hierher. Ich möchte dich wieder in der hohen Gesellschaft sehen, wo dein Platz ist.«

»Gesellschaft? Ich würde es verabscheuen. Hier bin ich glücklich, Babette. Bitte, bitte, laß uns die Welt von unserer Tür fernhalten.«

Aber die Welt kam zu unserer Türe, ob es mir recht war oder nicht. Die Glocke bimmelte den ganzen Tag, um Damen meiner früheren Gesellschaftsklasse anzukündigen. Die Beau monde von Weimar fand einen Pfad zu unserer Tür, und ich konnte mir das Ergötzen vorstellen, mit dem sie ihre knusprigen Bissen von witzig ausgedrücktem Klatsch austauschten. Meine Kusine, die Montgolfiere, erschien in der Parade der Neugierigen; immer noch nährte sie ein unglückliches Penchant für orangefarbene Kopfbedeckungen, die ihr Gesicht bläulicher und fleckiger als je erscheinen ließen. Eine nach der andern der altjüngferlichen und unerhört vornehmen Hofdamen der Herzogin (die Napoleon inzwischen zur Großherzogin gemacht hatte) steckten ihre Nasen in den Laden. Frau Geheimbde Rath von Goethe erschien, die frühere übelberüchtigte Mamsell Vulpius, ordinär, gutmütig, ein wenig zu sehr in die Breite gegangen, und mit einem flüchtigen Geruch von Wein um sich. Selbst Frau von Stein kam an, in einer Sänfte; eine ausgetrocknete, mumifizierte alte Frau, in das junge, fließende, engelhafte Weiß eines Mädchens, das zum erstenmal bei Hof vorgestellt wird, gekleidet; sie triefte von noblen Gefühlen, und ihr Mund war zusammengepreßt, als hätte sie nichts als Zitronen gegessen, seit Goethe vor fünfundzwanzig Jahren die anstrengende platonische Affäre mit ihr aufgegeben hatte.

Jedoch blieb es einem Neuankömmling, und noch dazu einer Bürgerlichen – Madame Johanna Schopenhauer – vorbehalten, das Eis zu brechen. Sie besaß keinen Adelstitel, aber sie hatte einen Salon, den führenden Salon von Weimar, wo die Beaux esprits sich jeden Donnerstag zusammenfanden. Madame Schopenhauer war eine selbstsichere, höchst wortgewandte und weltliche Dame, Besitzerin einer Seele, die noch eine Schattierung schöner und ausdrucksvoller war als der weimarische Durchschnitt. Madame Schopenhauer war es nicht zufrieden, Gras über etwas wachsen zu lassen; eines schönen Tages bestand sie darauf, durch einen Vorhang, der das Geschäft von dem privaten Teil unserer Werk- und Wohnstube trennte, einzubrechen und einen Frontalangriff zu machen. Ich hatte den kleinen Jean auf dem Schoß und fütterte ihm seinen Mehlbrei; meine große Küchenschürze hatte auch ihren Teil vom Mehlbrei abbekommen, denn der kleine Jean fand es einen wundervollen Spaß, etwas davon in seinen Backentaschen aufzusparen wie ein Eichhörnchen und es auf mich loszuprusten, wenn ich es am wenigsten erwartete.

»Habe ich das Vergnügen mit Madame Pontignac?« fragte die unerwünschte Besucherin. »Verzeihen Sie meinen Einbruch in dieses liebreizende Idyll. Ich bin Johanna Schopenhauer, eine sehr starrköpfige Frau, wie Sie vielleicht gehört haben. Ich versprach mir, Ihre Bekanntschaft zu machen, und da der Berg nicht zu Mahomet kommen wollte – nun, so bin ich also hier.« Babette, hinter ihr stehend, machte mir aufgeregte Zeichen, daß sie nichts dafür könne. Eine grüne Feder auf Madame Schopenhauers Hut wippte bei jeder Bewegung auf und ab, und meine erste Regung war, eine Stecknadel zu nehmen und die lächerliche Verzierung festzustecken.

»Madame Pontignac«, fuhr sie fort, »es muß Ihnen sicherlich bekannt sein, daß Sie ein Gegenstand großer Neugierde unter meinen Freunden sind, von denen viele den Anspruch machen, auch Ihre Freunde gewesen zu sein zu einer Zeit, an die Sich sich anscheinend nicht zu erinnern wünschen. Natürlich respektiert jedermann Ihren Wunsch, ungenannt und in Zurückgezogenheit zu verbleiben. Aber wenn gewisse Gerüchte wahr sind, sollten wir so manches gemein haben, in der Tat, sehr viele und wichtige Angelegenheiten, die eine Menge meiner Freunde nur zu gerne mit Ihnen besprechen würden.«

Ich weiß nicht, warum mir die wichtigtuerische und geheimnisvolle Einführung meines Besuchs die Idee gab, mein armer Albert hätte sie als eine etwas zu energische Friedenstaube mit dem Ölzweig zu mir geschickt. Aber ich hatte unrecht. Das Gerücht, das Madame Schopenhauer zu mir gebracht hatte, war politischer Natur. Wie Wachtmeister Merkel war auch sie der Meinung, daß ich als heimliche Agentin und Abgesandte der Preußen gekommen sei; daß man mir in der Tat Säcke mit Gold anvertraut hätte, mit denen ich einige Regimenter von Freiwilligen gegen Napoleon auf die Beine stellen und ausrüsten sollte. Babette packte den kleinen Jean und den Mehlbrei zusammen und rannte aus dem Zimmer, während ich große Schwierigkeiten hatte, Madame Schopenhauer zu überzeugen, daß ich niemals wieder irgendeinen Anteil an irgendeiner Verschwörung zu haben wünschte.

Zehn Minuten danach hatte ich Madame Schopenhauer hinauskomplimentiert, und Babette tauchte wieder auf. Sie zündete die Lampe an und brachte die Hüte, an denen wir zu arbeiten hatten, unter den gemütlichen kleinen gelben Lichtkreis.

»Nun?« sagte sie nach einem Schweigen, als könnte sie die Unruhe fühlen, die Madame Schopenhauers Besuch im Zimmer zurückgelassen hatte. »Was wollte sie? Ist etwas mit dir los?«

»Habe ich dir jemals von den Stierkämpfen erzählt?« fragte ich. Babette biß einen Faden ab und schüttelte den Kopf, ohne mich anzusehen.

»Gerade bevor der Stier in die Arena gelassen wird, steckt

man einen kleinen Pfeil mit Widerhaken in seine Seite. Man tut es, um ihn zu reizen und anzuspornen. Später bohren die Banderilleros mehr dieser widerhakigen Banderillas in seine Haut, um ihn ganz wild zu machen.«

»Was hat das damit zu tun?« sagte Babette. »Womit versuchst du hinterm Berg zu halten?«

»Madame Schopenhauer hat etwas Ähnliches getan; sie forderte mich heraus und steckte viele kleine Widerhaken in mich, die ich nicht abschütteln kann.«

»Mit andern Worten ...?«

»Mit andern Worten, sie lud mich für kommenden Donnerstag in ihr Haus ein. Sie sagte, wenn mir der Mut fehle, brauchte ich nicht anzunehmen, und solche Herausforderungen konnte ich schon als Kind nicht auf mir sitzen lassen, weißt du noch? Sie stellte mich wie einen Feigling hin, falls ich fortfahren sollte, mich zu verstecken. Ich kam mir plötzlich töricht vor. Mit andern Worten, sie machte es mir unmöglich, ihre Einladung abzulehnen.«

»Ich hielt sie immer für eine Närrin, diese Madame Schopenhauer; aber was sie da tut, kommt mir ganz vernünftig vor.«

»Sie erzählte mir als eine extra Attraktion, daß es Goethe Vergnügen machen würde, mich in ihrem Haus zu treffen; er ist, wie es scheint, ein regelmäßiger Gast an ihren Donnerstagen. Ich möchte ihn gerne sehen. Aber es wird trotz alledem ein Spießrutenlaufen sein. Nun gut«, schloß ich mit einem gepreßten kleinen Lachen, »ich habe schon ärgere Dinge erlebt, als an Madame Schopenhauers Donnerstag Tee zu trinken.«

Doch trotz meiner stolzen Redensarten fühlte sich mein Rückgrat schwach an, als ich vier Tage danach jenen Salon betrat, und ich mußte mich schwer auf Coco stützen. Um die Angelegenheit noch schlimmer zu machen, war die erste Person, die ich in dem Raum entdeckte, kein anderer als Herr von Humboldt, genauso intensiv mit sich selbst beschäftigt und genauso unordentlich, wie ich ihn zuletzt gesehen hatte. Er sprang auf und küßte meine Hand und erklärte mit einem vielsagenden Lächeln, daß er entzückt sei, mich hier wiederzutreffen, nachdem er mir das letztemal an einem solch exotischen Ort wie Guanaxuato begegnet sei. Ich fühlte mich in der Falle gefangen. Offenbar war dieses Zusammentreffen arrangiert worden, um es mir unmöglich zu machen, meine Identität und meine Vergangenheit zu leugnen. Hier stand ich dem Kronzeugen gegen Clarinda Gräfin Driesen – née von und zu der Werra, alias Prinzessin Pontignac, zur Zeit Madame Pontignac, Modiste de Paris – gegenüber. Und doch war ich froh,

Humboldts Hand für einen Augenblick in der meinen zu halten, als das letzte zerbrechliche Glied zwischen mir und Mexiko. Don Lorenzo, mein Patio in dem rosigen Palais Contreras, meine violette Schlingpflanze, das leuchtende Nie-Nie-Wieder: Humboldt hatte das alles gesehen und es gekannt, und nun standen wir da wie im Mittelpunkt einer Bühne, um die sich ein enger Kreis von diskreter Neugier schloß. Aber, wenn nichts anderes, so besaßen die Weimarer Damen sublime Manieren. Kein plötzliches Stillschweigen, kein Herumdrehen von Köpfen, kein auffallendes Starren. Madame Schopenhauer hielt die Unterhaltung in einem ebenmäßigen Fluß und zog mich ohne sichtbare Anstrengungen ins Gespräch. »Wir können uns in der Tat glücklich schätzen, heute zwei Weltreisende unter uns zu haben«, sagte sie. »Wie ich höre, brachte Madame Pontignac einige Jahre in denselben Teilen Neuspaniens zu, über die unser Freund Humboldt uns letzten Donnerstag solch unerhört interessante Dinge erzählte«, stellte sie mich vor, mich, die wahrlich keiner Vorstellung bedurfte. Ich kannte die meisten dieser Gesichter; ich kannte sogar eine Menge der Gedanken hinter den manierlichen Stirnen. Dazu kam, daß ich eine ziemliche Anzahl der heute vertretenen Hüte und Hauben gemacht oder garniert hatte. Mitten in dem geselligen Klappern von Silberlöffeln in feinen Porzellantassen zog mich die Montgolfiere in eine Ecke und blies mir einen heißen Windstoß von Geständnissen ins Gesicht. »Cara, Carissima, wie froh ich bin, dich wieder bei uns zu haben! Weißt du, ich habe nie an deinen Selbstmord geglaubt. Ah, meine Teure, Eifersucht hat scharfe Augen, und es macht mir jetzt nichts mehr aus, einzugestehen, daß ich sehr eifersüchtig war, als du mir den hübschen Conde wegschnapptest. Aber, à la guerre comme à la guerre, eh? Ach, meine Liebe, wir müssen eine lange vertrauliche Unterhaltung haben, nicht wahr? Natürlich, das verstehst du, kann ich dich nicht offiziell in unser Haus einladen; mein Mann würde so etwas nicht zugeben – du weißt ja, wie steifleinen unsere Männer sind! Aber könntest du nicht kommen und mich unter dem Vorwand, meinen neuen Hut abzuliefern, sehen? Und was hältst du von unserm armen Albert? Macht er sich nicht zum Narren mit seinen fortdauernden Wehklagen an deinem Grab, wenn jedermann in der Stadt und sogar bei Hof nur zu genau weiß, daß du am Leben bist? Oh, meine Liebe, meine Liebe, ich kann es gar nicht erwarten, alles über deine verrückte Liebesaffäre zu hören! Ich muß zugeben, wir waren alle ein bißchen neidisch, als Humboldt uns erzählte, daß er dich in Mexiko getroffen hätte und daß du immer noch in diesen Spanier verliebt seist. Unsere Männer waren empört; sie wissen so wenig von unseren Seelen, die Armen. Aber wir Frauen beneideten dich um deinen Mut. Was haben wir vom Leben? Ein Kindbett nach dem andern, und Konstipation – oh, und apropos Konstipation: Hier kommt Exzellenz von Goethe ...«

Ich hatte beinahe vergessen, was für ein schöner Mensch Goethe doch war; seit ich ihn zuletzt gesehen hatte, war er magerer geworden, die Linien seines Körpers und seines sehr gealterten Gesichts waren klarer gezeichnet und gaben ihm etwas von der Schönheit einer Statue; tatsächlich war eine Steifheit in seiner Haltung, als posiere er unbehaglich für sein eigenes olympisches Monument. Er hielt einen Augenblick in der Türe an, seine weiten, dunklen Augen überblickten die Gäste, die auf ein diskretes Zeichen von Madame Schopenhauer in ihrer Konversation fortfuhren, als hätten sie den wichtigen Gast nicht bemerkt. Goethe, nachdem er Humboldt zugewinkt und dem Rest der Gesellschaft eine nachlässige und unpersönliche Begrüßung zugeteilt hatte, ging geradewegs auf einen kleinen Zeichentisch in der Nähe des Fensters zu, wo Papier und Zeichenstift für ihn bereitlagen. Er sah sie verdrießlich an, nahm zerstreut einen davon auf und begann ziellos ein paar dünne Konturen auf das oberste Blatt des Zeichenblocks zu werfen. Aus Rücksicht auf den Wunsch des großen Mannes für Abgesondertheit füllte ein Wir-wollen-uns-gar-nicht-um-ihn-Kümmern den Salon bis zur Decke. Gott sei Dank hatte die Unterhaltung sich auch von mir weggewandt und drehte sich jetzt um das unauffällige Zurückziehen der französischen Garnison; das war ein bedeutungsvolles Anzeichen und ließ darauf schließen, daß Napoleons Truppenaushebungen die letzten Reserven zusammenkratzen mußten. Aber in diesem Salon, wie überall in Europa, wurden derartige Angelegenheiten nur leicht gestreift, da niemand seine Zugehörigkeit zu der einen oder der anderen Seite öffentlich zu bekennen wagte und die Miasmen des Mißtrauens jeden offenen Meinungsausdruck erstickten. Erst als Madame Schopenhauer die Konversation geschickt von dem kitzligen Subjekt weg und in die Richtung der bevorstehenden Aufführung von »Essex« steuerte, wurde die Diskussion lebhaft und die Stimmung wurde lauter. Inzwischen hatte ich mich in eine Ecke zurückgezogen, wo ich von den Vorhängen halb verdeckt war, als wäre ich immer noch die scheue junge Frau lang vergangener Zeiten.

Goethe hob seinen Kopf für einen Moment, sein Blick war nach innen gewandt, und dann fuhr er fort zu skizzieren.

»Komm zu mir, Clarinda«, sagte er leise. »Dich willkommen zu heißen ist der einzige Grund meines Hierseins.«

Er zwinkerte mir zu, legte seinen Zeichenstift hin, erhob sich und schlenderte nachlässig in das anschließende Zimmer; ich sammelte meinen Atem, meine Fassung, meinen Stock, klaubte mich selbst zusammen, so gut ich konnte, verließ die schützenden Vorhänge und folgte ihm gehorsam. Obgleich niemand unser Hinausgehen zu bemerken schien, wußte ich, daß jedermann es gesehen hatte und daß es morgen das Stadtgespräch bilden würde.

»Ich hoffe, du nimmst es mir nicht übel, daß ich Madame Schopenhauer als meine anmutige Botschafterin zu dir schickte, Clarinda«, sagte Goethe, nahm meine Hand und zog mich auf ein kleines, vor der Gesellschaft im anderen Zimmer verborgenes Sofa. »Aber ich wollte dich mit eigenen Augen sehen und mit dir in Person reden. Hörensagen ist ein solch armseliger Ersatz und meistenteils ziemlich entstellt. Und so bist du also endlich ins alte Nest zurückgekehrt. Willkommen, meine kleine Freundin.«

»Danke, Exzellenz. Es macht mich glücklich, Sie bei solch guter Gesundheit und Laune zu finden.«

»Ah, wir wollen die Formalitäten beiseite legen und nicht über meine Gesundheit sprechen; das ist ein unerfreuliches Thema. Ich wollte dich nur wissen lassen, daß ich dein ergebener Freund bin, nie aufgehört habe, dein Freund zu sein; auch habe ich nicht für eine Sekunde an die hübsche Legende deines Todes geglaubt. Wenn ich etwas dazu beitragen kann, deine Rückkehr angenehmer zu machen – warum lächelst du, liebes Kind?«

»Über etwas, das Sie irgendwo geschrieben haben: ›Ihre Güte rinnt durch meine Finger wie klares Wasser.‹ Ich danke Ihnen nochmals, Herr von Goethe. Aber ich bin recht zufrieden.«

»Gleichwohl – zurückkehren ist keine leichte Sache. Ich weiß es, Kind. Ich kehrte selbst einmal von einer langen, seligen Reise in die Freiheit wieder.«

Sein Blick wanderte von mir fort und in die Vergangenheit, in die zweifache Ferne von Zeit und Raum, in das glückliche Italien seiner jüngeren Jahre, und kam dann zurück, um mit kritischem Amüsement auf mir zu ruhen.

»Sage mir, Clarinda: Hast du die Kirche gesehen, deren Ziegel mit Wein und Silberstaub gemischt waren?«

»Die Valenciana? O ja, ich kenne sie gut: Außen ist sie von der reinsten Schönheit, aber innen knallt sie von zu großem

Reichtum. Sie steht über der reichsten Silbergrube der Welt, die jedoch furchtbar zerstört war, als ich sie zuletzt sah. Aber nichts und niemand kann die ruhige Klarheit der Landschaft vernichten, in der die Valenciana steht. Die Farben der Hügel dort sind wie auf einem alten Gobelin, ocker und grau, amethystfarben zu gewissen Zeiten des Jahres oder grün wie venezianische Samte ...«

»Komm, komm, erzähle mir mehr, Kind; sättige meine Neugierde. Du mußt so viel gesehen haben ...«

»Ich habe die ganze Bestialität der Menschen gesehen«, sagte ich rauh. »Ich habe die nackten Leichen von Hunderten von hingemetzelten Männern gesehen«, sagte ich. »O ja, Eure Exzellenz, ich habe viel gesehen; zuviel.«

Goethes Hand, die noch immer die meine hielt, wurde plötzlich kalt, so rasch und empfindlich reagierte sein Organismus auf alles, was mit Tod in Verbindung stand. »Ich hatte zwei Honigbären«, sagte ich hastig, wie um ein geängstigtes Kind zu beschwichtigen. »Zwei lustige kleine Possenreißer. Aber sie starben während einer Überschwemmung.« Und da war es wieder. Man konnte nicht von Mexiko erzählen, ohne über Tod und Sterben zu reden. Was das betraf, man konnte nichts über das Leben erzählen, ohne über den Tod zu reden. Ich lächelte Goethe an, aber während ich noch sein weißes Haar anblickte, die schöne Stirn, die weiten, wissenden Augen, sah ich ein anderes Gesicht, verschieden, und doch von einer plötzlich enthüllten Verwandtschaft. Ich schüttelte den Kopf, aber das andere Gesicht mit der edlen Stirn, den melancholisch wissenden Augen, dem feinen, fast weiblichen Mund blieb vor mir schweben, ein hartnäckiger Geist, der nicht ignoriert werden wollte.

»Hat Baron Humboldt jemals Hidalgo erwähnt, Herr von Goethe?« fragte ich. Goethe schien rasch durch die tausend Seiten seines enzyklopädischen Gedächtnisses zu blättern. »Hidalgo? Nein, ich glaube nicht, daß ich diesen Namen jemals gehört habe«, antwortete er, etwas unzufrieden mit sich. »Und aus welchem Grunde sollte mein Freund Humboldt ihn erwähnt haben?«

»Ich dachte – wenn ich ein Dichter wäre, so würde ich glauben, Hidalgo wäre der tragische Held nach allen Regeln der Kunst. Ein Charakter, von seinem eigenen, inneren Zwiespalt zerstört. Ein Mann, den das Schicksal auf den falschen Platz stellte. Er wollte ein Schöpfer sein, aber er ließ nichts zurück als Zerstörung.«

»Und ist er hochgewachsen und kühn und schön, dein tragischer Held?« fragte Goethe scherzend. »Würden unsere eifersüchtigen jungen Schauspieler einander um die Rolle des Hidalgo vergiften mögen?«

»O nein, Exzellenz. Er war ein Mann nahe der Sechzig, weißhaarig, die Einfachheit in Person. Er sah aus – er hätte Ihr Bruder sein können. Er war der Pfarrer einer kleinen indianischen Gemeinde; ein gütiger Mann, er liebte die armen Eingeborenen, und er wäre es zufrieden gewesen, ihr elendes Leben zu verbessern. Aber das Schicksal nahm ihn von seinem vorgeschriebenen Platz und setzte ihn auf ein wildes Pferd. Er wurde der Führer von Mexikos Kampf um Unabhängigkeit; nicht aus eigener Wahl, sondern durch Zufall. Er war zu sehr Mann, um ein echter Priester zu sein; und nicht Manns genug für einen Soldaten. Er wurde General über eine Armee von achtzigtausend, aber er wußte nicht soviel vom Soldatenwesen wie ein deutscher Feldwebel. Er führte nicht ein Volk an, sondern einen Pöbelhaufen. Er rief eine Revolution aus, aber er hatte weder einen Plan noch ein Regierungsprogramm, und was immer er tat, das tat er nicht aus freier Wahl, sondern weil er darin gefangen war. Und so blieb der Aufstand eine verpfuschte Improvisation, vom blutigen Anfang bis zum bitteren Ende. Er konnte seine Indianer bis zum Gipfel des Fanatismus aufreizen, aber wenn sie einmal aufgereizt waren, so konnte er ihren rasenden Durst nach Blut und Rache nicht eindämmen. Er hatte Größe, aber keine Kraft. Ich wünschte, ich wüßte ihn so lebendig vor Sie hinzustellen, Exzellenz, daß Sie ihn sehen könnten. Im ersten Akt ein stiller, kleiner Priester in Dolores, der seine Indianer Weinbau, die Anfertigung von Töpferwaren, die Kultur von Seidenraupen lehrt. Aber die spanischen Kaufleute, darauf bedacht, ihr Monopol zu bewahren, senden Beamte, die die jungen Weinstöcke bei den Wurzeln ausreißen, die Töpfe und Krüge zerbrechen, die Maulbeerbüsche niederbrennen. Das ist der erste Akt der Tragödie. Ich würde Hidalgo zeigen, wie er die großen französischen Schriftsteller liest, die Anathema sind, wie er sich gegen die Anklage der heiligen Inquisition verteidigen muß. Das und die Verschwörung, in die er verwickelt wird, sind mein zweiter Akt. Im dritten Akt würde ich ihn im Patio seiner kleinen Kirche zeigen, wo er, nach der Entdeckung der Verschwörung, seine Handvoll Indianer zur Raserei aufstachelt. Ich würde ihn zeigen, wie er an der Spitze einer undisziplinierten Armee von achtzigtausend Wilden daherreitet, die als Abzeichen ein Bild der Jungfrau tragen und keine anderen Waffen haben als Stöcke und Steine und Pfeile; die versuchen, Kanonenkugeln mit ihren Sombreros aufzufangen, und die nur einen Schlachtruf kennen: ›Tod, Tod den Spaniern!‹ Ich würde ihn des Nachts zeigen, allein, entsetzt und verzweifelt über die Blutströme, in denen das Land ertrinkt – sein Land, das er befreien wollte. Er weint, er betet, er ist ein zerbrochener Mensch, nicht durch äußere Kräfte zerbrochen, sondern von seiner eigenen Seele, die zu zart ist, zu gütig, um den Kampf bis zum Ende durchzuhalten. Das ist der Wendepunkt in Hidalgos Tragödie. Bis zu diesem Punkt war sein Stern im Aufstieg. Nun beginnt er zu verbleichen. Er hat Schlachten gewonnen, und in jener Nacht, in meinem vierten Akt, steht er mit seinen Armeen vor den Toren der Hauptstadt, die ihm zufallen muß wie eine reife Frucht. Aber er kann es nicht ertragen, mehr Blutvergießen zu veranlassen und mehr Totschlag, mehr Vergewaltigung, mehr von den grauenhaften Ausschweifungen des Krieges zu sehen; er wendet sich ab, er zieht sich mit seiner Armee zurück: Und er hat verloren.«

Goethe sagte nichts; er sah mich nur fragend an, als wartete er auf eine Lösung. »Wenn Hidalgo in Weimar gelebt hätte«, sagte ich, »so wäre er ein Mann wie Sie gewesen, Herr von Goethe; ein Freund des Volkes, ein guter Ratgeber seines Fürsten; er hätte die Stadt verschönt, im Park Bäume gepflanzt; er hätte mit Büchern gelebt, mit den Büchern, die er so sehr liebte, und mit den neuen Philosophien; er hätte sich vielleicht sogar mit der Bühne befaßt. Hidalgo würde in Weimar ein glücklicher und erfolgreicher Mann gewesen sein, und vielleicht hätte auch er einen grünen Ministerfrack und einen feinen, glänzenden Ordensstern an seiner Brust getragen. Aber da er ein Mexikaner war und ein Kreole ...«

»Ja? Fahre fort, Clarinda. Da er ein Mexikaner war – was geschah mit unserm tragischen Helden?«

»Da er ein Mexikaner war, desertierte seine Armee, seine Gegner verfolgten ihn, er wurde gefangen und hingerichtet. Er hinterließ ein Bekenntnis seiner Schuld, gerichtet an die ganze Welt. Er starb mit dem hoch erhobenen Kruzifix in der Hand und ließ sein Land in ärgster Unterdrückung und Zerrissenheit zurück, als es vorher gewesen war. Sein Kopf wurde in einen Käfig gesteckt und hängt heute an einer Ecke von Granaditas, dort, wo seine Indianer ihre ersten Ungeheuerlichkeiten begingen und ihre erste Schlacht gewannen.«

»Und damit, nehme ich an, endet dein fünfter Akt, Clarinda; laß den Vorhang über das gräßliche Schauspiel fallen«, sagte Goethe nach einer kleinen nachdenklichen Pause. »Wäre mein teurer Freund Schiller noch am Leben, er hätte es vielleicht fertiggebracht, deine mexikanische Tragödie zu schreiben. Freiheit, Gleichheit, Brüderlichkeit – durch Gewalttaten aufgedrungen. Nein, das ist kein Thema für mich; ich bin ein Mann der Mäßigung, und ich kann nur schreiben, was ich selbst durchlebt habe.« Er tätschelte meine Hand, und ich schwieg; ich konnte beinahe sehen, wie er meinen Bericht in eines der vielen kleinen Schublädchen seines Hirns beiseite legte. Als sein Blick zu mir zurückkehrte, lächelte er wieder. »Und dein schöner Freund – sag mir, hat er seinen tiefen Schacht gebohrt und bewiesen, was immer es war, das er beweisen wollte?«

»Nein, Eure Exzellenz; er versuchte es, aber er mußte es aufgeben. Da war etwas in ihm, das ihn nie beenden ließ, was er begonnen hatte. Ein Schöpfer von Fragmenten ...«

Goethe fragte nicht, ob Felipe noch am Leben sei; er verstand immer das ungesprochene Wort und respektierte unsichtbare Schutzwälle. Alles, was er sagte, war: »Ich besitze immer noch die Mineralien, die er mir zum Geschenk machte; würde es dir Freude machen, uns zu besuchen und meine Sammlungen anzusehen?«

»Sie sind sehr gütig, Herr von Goethe, Sie haben es mir schon so viel leichter gemacht, Weimar gegenüberzutreten.«

»Wir sind uns also einig. Ich werde dich dieser Tage mit der Kutsche abholen lassen. Ich bin sicher, daß meine Frau sich glücklich schätzen wird, dich in unserem Haus willkommen zu heißen«, sagte er mit großer Liebenswürdigkeit.

Ich wußte, daß diese Einladung die Macht hatte, mich wieder in Weimars Gesellschaft in Ehren zu etablieren, aber ich war mir nicht klar, ob mich die Auszeichnung, die Seine Exzellenz mir gewährt hatte, nicht eher beschwerte als erfreute.

Er stand auf und nahm meine Hand zwischen die seinen mit der Höflichkeit eines Staatsmannes, gewohnt, Audienzen schmerzlos zu beenden. Ich fühlte mich für heute entlassen, aber er hielt mich noch einen Moment zurück, sein Blick ruhte nachdenklich auf meinem erhitzten Gesicht und meinem verbogenen Körper. »Bist du schon in Helgenhausen gewesen?« fragte er.

»Nein. Ich glaube nicht, daß mein Besuch dort erwünscht wäre.«

»Vielleicht nicht erwünscht. Aber nötig – ja. Gewißlich, man braucht dich dort. Du wirst weinen, wenn du siehst, was mit deinem schönen Garten geschehen ist, Clarinda. Und bist du gar nicht neugierig, dein Grab zu sehen?«

»Warum auch? Ich habe mehr Gräber gesehen, als mir lieb ist ...«

»Trotzdem, ich glaube, du solltest es nicht unterlassen, Helgenhausen einen Besuch abzustatten. Der arme Albert hat wenig Talent zum Landwirt. Höre, Clarinda, eine kleine Inspektionsreise nach einigen der herzoglichen Güter wird mich in zwei Wochen an Helgenhausen vorbeiführen; willst du mir das Vergnügen machen, mit mir zu kommen und mich als deinen gehorsamen Führer und Begleiter zu akzeptieren?«

»Gerne, Eure Exzellenz. Wie immer Sie es wünschen«, sagte ich unbehaglich und war entlassen.

Aber zwei Wochen später erreichten die ersten Gerüchte von Napoleons Niederlage in einer Schlacht bei Leipzig die Stadt, sogleich gefolgt und bestätigt durch unsere neuen Freunde, die Kosaken des russischen Kaisers, die in Weimar einfielen wie ein Schwarm von ganz besonders gefräßigen und lärmenden Heuschrecken.

»Mir scheint, es macht nicht viel Unterschied, ob wir eine Schlacht verlieren oder gewinnen; Soldaten sind Soldaten, und uns einfachen Leuten geht es an den Kragen«, sagte Babette, die am Herd stand und mit einem Besenstiel die Kartoffelsuppe umrührte, die wir in unserem Waschzuber für die acht ungarischen Husaren kochten, die bei uns einquartiert waren. Madame Meunier und Madame Pontignac, Modistes de Paris, hatte sich in ein Soldatenlager verwandelt wie alle andern Häuser in Weimar, und die Leute begannen zu murren, daß unsere russischen Befreier noch ein bißchen schlimmer seien, als unsere französischen Unterdrücker gewesen waren, und daß der Krieg merkwürdige alliierte und Bettgenossen machte. Die Preußen schienen ärger als die Österreicher, die Ungarn ärger als die Preußen und die Russen am ärgsten von allen.

Französische Truppen auf wilder Flucht und in tollkühnem letzten Widerstand, preußische Regimenter hart auf ihren Fersen; lärmende Kosaken zu Pferd waren durch die Straßen gesprengt, ungarische Husaren und österreichische Dragoner waren mit gezogenen Säbeln vorbeigaloppiert; alle Kirchenglocken hatten Alarm, Sturm und Sieg geläutet; die Stadttrompeter hatten nicht aufgehört, ihre aufreizend-hartnäckigen Sturmsignale von den Türmen zu blasen; Kanonen wurden über die Dächer abgeschossen; Geplänkel wurden auf den Marktplätzen und an Straßenecken ausgefochten, und zuzeiten waren das Durcheinander und die Verwirrung beinahe undurchdringlich. Dann, als all die Hochrufe, all das Vivat und Gloria Viktoria und die Pracht und die Festlichkeiten, als die Zusammenkunft der Könige und Souveräne, die Paraden und Siegesfeiern, die Räusche und Auswüchse des Sieges verebbt waren, kam die kalte graue Ernüchterung: das Begraben der toten Soldaten, das Verbinden der Verwundeten, das Zusammenzählen der Verluste, das Reinigen unserer Straßen, die die Russen in all ihrer tatarischen Unschuld als Kloaken benutzt hatten; die Erschöpfung aller Mittel, die schwere Aufgabe, wieder Ordnung zu schaffen in der uferlosen Unordnung eines gewonnenen Krieges.

Und dann, gerade nachdem der Lärm sich gelegt hatte und ein kleiner Teil der Zerstörung repariert war, kam der letzte der apokalyptischen Reiter über die Lande geritten: die Seuche.

An einem bleichen Spätnachmittag erschien ein ausgemergelter alter Mann in einem verschossenen, ausgefransten Pelerinenkutschermantel an unsere Tür und verlangte eine Unterredung mit mir. »Großer Gott, das ist ja unser alter Schindler. Was den wohl zu uns führt?« sagte Babette.

»Mit Vergebung, Euer Gnaden, bitte, aber ich habe nicht gewußt, was ich sonst tun soll, bitte«, sagte Schindler, seine Stimme aus einem Sumpf von bronchitischem Schleim herausfischend. »Nämlich, wir haben nicht viel Zeit, und niemand ist draußen, um ihn zu pflegen. Ich habe zu Mathes gesagt, er soll sich auf ihn setzen, bis ich zurück bin, aber Gott weiß, ob der nicht auch davonrennen wird; er ist nicht ganz bei Verstand, der Mathes, aber er hat es 1806 gehabt, trotzdem manche Leute sagen, das will gar nichts heißen, und man kann es ein zweites Mal erwischen. Euer Gnaden erinnern sich an Mathes, bitte? Einer von den Stallknechten, meistens bei den Schweinen, weil er nicht so recht im Kopf ist, aber so stark wie ein Ochs. Wie ich so gesehen habe, daß er die ganze Zeit nach Euer Gnaden schreit, habe ich nicht gewußt, was ich sonst tun soll. Habe die Kalesche um die Ecke gelassen, weil nämlich diese Gasse nicht breit genug ist, um umzudrehen, bitte um Vergebung, Euer Gnaden ...«

Schindlers Nase war rot und lief, er roch stark nach Branntwein, und er kratzte unaufhörlich mit unsicheren Fingern an einem kleinen trockenen Kotspritzer auf seinem schäbigen Kutscherhut, den er mit großer Förmlichkeit vor seine Brust hielt. Ich versuchte, die trübe Botschaft auseinanderzuwickeln, mich erinnernd, daß Schindler sich von jeher leichter mit Pferden verständigen konnte als mit Menschen.

»Er will wohl sagen, daß Er mich in der Kalesche nach Helgenhausen fahren will, weil der Graf mit Nervenfieber im Bett ist und nach mir verlangt? Und alle sind davongelaufen außer dem verrückten Mathes, der die Krankheit schon gehabt hat? Und er weiß nicht bestimmt, ob er es nicht ein zweites Mal bekommt oder ob er nicht auch wegläuft? Stimmt das?«

»Jawohl, Euer Gnaden, das ist das kurze und lange von der Geschichte. Und der Herr ist auch nicht richtig im Kopf mit dem Fieber, und man muß jede einzige Minute auf ihm draufsitzen, so haut er um sich, springt aus dem Bett und schreit die ganze Zeit nach Euer Gnaden, bitte. Doktor Velsen war zweimal da und läßt ihn zur Ader für die Kongestion in seinem armen Hirn und zuckt die Acheln, als ob der Herr schon dahin wäre. Ich meine, wenn er nicht leben soll, so stirbt er wenigstens in Frieden, Gott sei seiner armen Seele gnädig, wenn Euer Gnaden ihn noch rechtzeitig erreichen, mit Vergebung ...«

»Ich brauche eine halbe Minute, um meine paar Sachen zusammenzupacken, Schindler. Er hat recht getan, mich zu rufen. Ich bin froh darüber«, sagte ich, und Schindler stieß einen tiefen Seufzer der Erleichterung aus, setzte seinen Hut auf und trocknete seine Nase, indem er sie an seinem Ärmel rieb, wo sich durch früheren und beständigen Gebrauch schon eine fleckige Kruste gebildet hatte.

»Hör zu, Babette«, sagte ich, als ich in die Küche trat, »ich gehe nach Helgenhausen, um meinen ... um den Grafen zu pflegen. Er scheint sehr krank zu sein. Nervenfieber. Und er fragt nach mir.«

»Fragt nach dir, der gnädige Herr? Jetzt, da er nicht weiß, was er sagt, fragt er nach dir! Er hat nicht nach dir gefragt, als du halb verhungert und ganz bankrott angekommen bist. Und du rennst prompt zu seinem Bett, Närrin, die du bist, und spielst mit deinem Leben, im Augenblick, da er nach dir fragt!«

»Reg dich nicht so auf«, sagte ich mit einem Lächeln, »ich weiß, du meinst es gut; und du weißt, daß ich nichts anderes tun kann. In ein paar Tagen werde ich wieder hier sein.«

»O nein, das wirst du nicht. Wenn du mich jetzt mit diesen Paprikasoldaten allein läßt, um in das verseuchte Haus zu gehen, so werde ich dir einfach nicht erlauben, zurückzukommen und die Krankheit bei meinen Kindern einzuschleppen. Wenn du gehst, so kannst du gleich dort bleiben, das sag' ich dir! So – nun kannst du deine Wahl treffen.«

Ich frage mich oft, wie leichthin Menschen von Wahl sprechen, wenn gar kein Wählen in Frage kommt, bloß ein treibender Zwang nach einer Richtung. Vor dreizehn Jahren hatte ich Liebe und Abenteuer nicht gewählt; ich war erwählt worden, zu lieben. Jetzt wählte ich nicht Pflicht und strenge Disziplin; ich war darauf hingetrieben worden, seit langer Zeit, und mein Weg war für mich auf der Karte meines Lebens von Kräften geplant worden, über die ich keine Macht hatte. Ich rief Loro, der vergnügt auf meine Schulter hüpfte, nahm Cocos Kopf in meine linke Hand, und wieder einmal lief das vertraute, gejagte und trotzdem prickelnd lockende Gefühl von Veränderung und Abreise und Exodus durch meinen Körper.

»Fertig, Schindler«, sagte ich, »wir wollen ankommen, bevor es dunkel wird.«

»Ach ja, Euer Gnaden«, sagte Schindler, »und bevor der gnädige Herr tot ist, bitte um Vergebung.«

Ich fuhr nach Helgenhausen in derselben Kalesche, in der ich abgefahren war, aber jetzt sah sie zerschlagen und heruntergekommen aus, als hätte sie Napoleons Rückzug von Moskau mitgemacht. Das Geschirr war zerrissen und wieder zusammengeflickt worden ohne jede Rücksicht darauf, wie es aussah, und die beiden Klepper waren elende Skelette, ein großer brauner Wallach, asthmatisch und spatlahm, mit einer bedauernswerten kleinen Mähre zusammengeschirrt, und beide hatten Sattelwunden am Widerrist und räudige Mähnen.

»Großer Gott, Schindler, schämt Er sich denn nicht?«

»Das haben uns die Kosaken gelassen, die Pferdediebe! Schämen? Was glauben Euer Gnaden, daß ich bin? Würde ich mich denn mit diesen Kleppern auf der Straße zeigen, wenn es nicht mit unserm Herrn auf Leben und Tod ginge?«

Mir tat der alte Schindler leid, wie er da die ganze Schande und den Verfall von Helgenhausen in der Öffentlichkeit tragen mußte und weil er, trotz allem, mit einem solch guten, geraden Kutscherrücken auf dem Bock saß und immer noch die Driesenschen Farben stolz an seiner ausgefransten Peitsche trug.

Trotz all dem Gras, das seitdem wieder über die versauerten Wiesengründe gewachsen ist; der reichen Ackererde, die wir dem vernachlässigten Boden abgerungen haben, und den fruchtbaren Feldern, die damals brach lagen; trotz all der reichen Frucht in unserm Obstgarten, der damals kahl und krank war, und den Bienenstöcken, mit Gesumm und Honig und Wachs gefüllt, die damals tot und stumm dastanden; trotz meiner Blumenbeete, die jetzt so reich und bunt blühen und damals unter Unkraut erstickten, und der Ställe, die laut und fröhlich sind, mit dem Stampfen der Pferde und dem Blöken der Kühe und dem Geklapper der sauberen glänzenden Eimer zur Melkzeit – und die doch so leer und verödet dalagen; trotz all diesem reichen, fruchtbaren, neuen Leben, das nach viel Arbeit und Zeit und Geduld in das verwüstete Helgenhausen einzog, zu dem ich an jenem Spätnachmittag zurückkehrte; trotz all dem Aufschwung und Wechsel und der freundlichen Veränderungen, habe ich, in all den siebenundzwanzig Jahren, die seitdem vergangen sind, nicht eine Handbreit unserer Rückfahrt durch den vernachlässigten Grund und Boden vergessen.

Siebenundzwanzig Jahre, eine halbe Lebensspanne in Helgenhausen und doch alles undeutlich in meinem Sinn, ein verblaßter Kupferstich, eine eintönige Melodie, jeder Tag gleich dem vorher und dem danach, wie es heißt, daß die Tage eines Menschen vergehen, der zu lebenslänglichem Kerker verurteilt ist. Der Ablauf der Zeit ist bedeutungslos geworden in diesen Jahren, und wenn ich versuche, sie mir zurückzurufen, so kommen sie mir weder kurz noch lang vor, weder glücklich noch unglücklich, ein formloses, farbloses, ewig gleiches Immerfort. Jahre ohne Inhalt, wie die Zeit, die Reisende in Poststationen verwarten, bis die Pferde gewechselt sind; oder wie die Zeit, die Seelen im Fegefeuer verbringen müssen, ehe sie nach ihrem nächsten Bestimmungsort befördert werden. Ja, das ist ein Gedanke, der mich oft besucht und meinem einfachen Verstand gefällt: daß es mir erlaubt ist, während dieser Fegefeuerjahre meinem armen Albert und seinem Grund und Boden zu dienen und noch bei meinen Lebzeiten etwas von meiner Schuld abzuzahlen, so daß ich im Jenseits ziemlich gereinigt ankommen möge und vorbereitet auf das, was nachher kommt. Eines weiß ich gewiß: Man braucht nicht in ein Kloster zu gehen, um wie eine Nonne zu leben; seit dem Tag, an dem ich mich entschied, in Helgenhausen zu bleiben, habe ich in Gehorsam, Armut und Keuschheit gelebt, und indem ich mich selbst aufgab, ohne zu beachten, was mir an Mühe und Pein zugeteilt war, fand ich die innere Stille und Harmonie.

Als ich das Krankenzimmer betrat, warf eine Kerze ihr spukendes Licht auf das große Bett, in dem ich die verquälten Nächte meiner jungen Ehe verbracht hatte, es mit einem Gatten teilend, der vergeblich versuchte, sich für Paarung und Begattung aufzupeitschen; es immer und immer wieder versuchte und immer und immer wieder versagte; der mir manchmal die Schuld gab und mir Vorwürfe machte und, ja, mich sogar schlug, verzweifelt und wütend über meine unerfahrene Lauheit, die nicht wußte, wie sie seinem müden und erschöpften Blut beistehen sollte; und der zuletzt in Verdruß die Anstrengung, ein Gatte und Vater zu werden, aufgab. In diesem Bett mit seinen fadenscheinigen Gehängen hatten Generationen Driesenscher Frauen ihre Kinder empfangen und geboren. Sie alle hatten ihre Pflicht getan, alle – nur ich nicht. Jetzt war es an mir, das wenige zu tun, das ich für die Driesen-Familie tun konnte. Ich nahm meinen Schal und meine Haube ab, trug Loro ins Nebenzimmer und ermahnte ihn, still zu sein, und dann öffnete ich rasch alle Fenster. Die Luft war faulig. Die Bettlaken waren so beschmutzt, daß es sich nicht beschreiben läßt, blutbespritzt von den Aderlässen, die Doktor Velsen Albert gegeben hatte. Der Raum, trotz aller dumpfen Gerüche, lag kalt und feucht in der Novembernacht, kein Feuer brannte in dem barocken Kachelofen, der mir in früheren Jahren oft wie eine breite, prahlerisch schwangere Frau vorgekommen war. Auch Alberts Nachthemd zeigte ein bräunliches Muster getrockneten Blutes, und jemand hatte ihm seinen tabakbefleckten Schlafrock darüber angezogen, wahrscheinlich im Beginn des Fiebers, als heftige Schüttelfröste an ihm gerüttelt hatten.

Jetzt glühte er, seine Lippen waren aufgesprungen, fast schwarz vor Trockenheit, und eine hellere Linie getrockneten Speichels umrahmte seinen Mund unter den spärlichen, rötlich-grauen Stoppeln, die ihm während seiner Krankheit gewachsen waren. Seine Finger bewegten sich ruhelos, und die Art, wie sie an der Decke zupften, gefiel mir gar nicht. Er erkannte mich überhaupt nicht, obwohl seine Augen mich anstarrten und mir überallhin folgten, sobald ich vom Bett wegging. Er redete ohne Unterlaß, ärgerlich, mit der nervösen, weinerlichen hohen Stimme, deren ich mich so gut erinnerte, als an eines der Dinge, die mich aus dem Haus getrieben hatten. Ich beugte mich über seinen Mund und horchte, konnte aber keinerlei Sinn in dem Fiebergeplapper finden. Schindler war an der Tür stehengeblieben. »Poesie«, bemerkte er als Erklärung.

Was den verrückten Mathes betraf, so hatte er den Befehl, auf dem gnädigen Herrn zu sitzen, wörtlich genommen; breit und schwer hatte er sich auf die Brust des armen Albert gehockt, sein Gewicht dem des schweren Federbetts hinzufügend; er sang ebenso unablässig und sinnlos vor sich hin, wie der Mann unter ihm im Delirium plapperte. Es war grotesk wie eine der Szenen aus dem Irrenhaus, die ein gewisser Hogarth gezeichnet hatte.

»Schon gut, Mathes«, sagte ich, »du kannst aufstehen. Ich werde mich um den gnädigen Herrn kümmern.«

Mathes hörte zu singen auf und grinste mich an. Er wendete seinen Idiotenblick nach Schindler, der seine einzige Autorität zu sein schien, der einzige Dolmetscher zwischen ihm und seiner wirren, stückhaften Welt eines Schwachsinnigen.

»Hm?« fragte er mit seinem herunterhängenden Mund. Schindler wies mit einem knochigen, gichtischen Daumen auf die Türe. »Mhm«, antwortete er. Aber im Augenblick, als Mathes seinen Posten verließ, stieß Albert mit einem Freudenschrei die Decken von sich und taumelte aus dem Bett. Mathes sprang ihn an und hielt seine Arme fest. Zusammen fielen sie auf den Boden, keuchend und schnaufend, und dann geschah es, daß Albert meinen Namen schrie; er schrie ihn, schwach und verzweifelt und wild, dreimal, fünfmal, zehnmal hintereinander. Schindler zerrte Mathes von ihm weg, sammelte seinen Herrn auf und trug ihn ins Bett zurück. »So geht's seit fünf Tagen«, murmelte er. »So stark war er nie, wenn er seinen Verstand zusammenhatte.«

Nun war Albert erschöpft; ein kalter, säuerlich riechender Schweiß brach aus seinen Poren, und zwei große Tränen rollten aus seinen Augen und liefen langsam in die Stoppeln an seinen eingefallenen Wangen.

Es ist wahr, daß ich bis zu diesem Augenblick von dem Gestank des Krankenlagers angewidert war, von dem Schmutz und Unrat des fieberverzehrten Körpers und den Miasmen, die von seinen beschmutzten Gliedern und Kleidern und Laken aufstiegen. Aber eine Sekunde des Mitleids wusch den ganzen üblen Ekel fort und ließ mich handeln. Es ist die besondere Magie des Mitleids, daß es alle Häßlichkeit auslöscht, Rosen aus den Wunden der Märtyrer sprießen macht und die Heiligen die schwärenden Wunden des Leprakranken mit einem Kuß heilen läßt, wie Don Lorenzo es mir aus den alten Legenden erzählt hatte. Ich streifte meine Ärmel auf und band meine große Schürze um. »Sag Er dem Mathes, er soll mir einen Eimer Wasser bringen, und gebe Er mir seine Schnapsflasche, Schindler«, sagte ich. »Sie ist in seiner rechten Rocktasche.«

»Wird's denn Euer Gnaden übel?« fragte er sehr aufgestört, und nur die Dringlichkeit der Lage ließ ihn – wenn auch ungern – seinen letzten Trost ausliefern. Auch Mathes' Augen folgten gierig der Flasche, wie sie von Schindlers Händen in meine überging, und sein Adamsapfel schluckte krampfhaft, als ich die starke, klare Flüssigkeit in das Waschbecken goß. Ich riß die Decken von Alberts Körper, zog ihm alle seine Kleider aus und begann, seine abgezehrten Glieder mit dem Branntwein zu waschen. Der scharfe, stechende Geruch schien ihn für einen Augenblick aus dem Jenseits zurückzubringen. Mit großer Anstrengung heftete er seine Augen auf mich, verzog seine ausgetrockneten Lippen in einer Grimasse, die wohl ein Lächeln vorstellen sollte, und mit einem tiefen Seufzer murmelte er einen Namen. »Elisabeth«, murmelte er. »Dank, meine heilige Elisabeth!«

Ich hätte es erwarten sollen, daß mein armer Albert nach

einem flüchtigen, nicht vorhandenen weiblichen Wesen rufen würde, im gleichen Augenblick, in dem ich in Fleisch und Blut an seinem Bett erschien; aber trotz allem war ich überrascht. Nach einem Moment verstand ich, daß sein ganzes Rufen nach mir nur eine Fortsetzung unseres alten Streites war, den er mit sich in sein Delirium geschleppt hatte, und ich mußte über mich selbst lächeln. Bist du nicht großartig, Clarinda, dachte ich. Die gute Samariterin, die auf den ersten Ruf an das Bett des armen Albert geflogen kommt und die in diesem Moment ihm hilft, seinen Darm zu entleeren, während sein vergeistigter Teil – von jeher im Zwiespalt mit seinem unzulänglichen Leib – dankbar zu Gott weiß welcher Elisabeth schwebt?

Eine Stunde später war es mir gelungen, meinem armen Albert ein paar Löffel Portwein, in den ich ein Ei gequirlt hatte, einzuflößen, und vorläufig hatte er die Nahrung bei sich behalten. Zweimal hatte ich ihn von Kopf bis zu Fuß in kalte, nasse Laken gepackt, ein Vorgang, den Schindler mit äußerstem Entsetzen beobachtete, und das Fieber war ein ganz klein wenig gesunken. Ich hatte die Bettwäsche gewechselt und feuchte Kompressen auf Alberts Kopf gelegt, und er hatte gehorsam das Laudanum geschluckt, das, so hoffte ich, ihn für eine Weile einschläfern sollte. Seine Finger zupften nicht mehr in ruhelosem Nach-dem-Leben-Greifen an der Decke, und sein Geplapper war zu einem entspannten Flüstern geworden. In dem breiten Ofen brannte ein Feuer, und die Luft war jetzt leicht und frisch, bittersüß vom Duft des brennenden Holzes und angenehm warm, trotz der geöffneten Fenster. Ich hatte Schindler und Mathes zu Bett geschickt, nicht ohne den beiden letzten Dienern von Helgenhausen zu versprechen, daß ich sie rufen würde, sollte der gnädige Herr während der Nacht sterben. Aber ich glaubte nicht, daß dies geschehen würde.

Ein wenig später krabbelte etwas an der Türe, und ich ging hin, um sie zu öffnen. Meine Hündin Diana kam herein, eine sehr alte Dame, ein wenig steif in den Beinen, ein wenig grau um die Schnauze, ein wenig zu mager um die Rippen. Sie führte keinerlei Freudentänze auf, wie man es so oft in Almanachs und sentimentalen Novellen beschrieben findet. Bis auf diesen Tag weiß ich nicht, ob sie mich wiedererkannte oder ob sie es als die natürlichste Angelegenheit der Welt ansah, daß ich wieder in meinem Stuhl saß; oder aber, ob sie einfach zu alt war, als daß es sie berührt hätte, und daß sie nur um Einlaß gebeten hatte, weil der Geruch des Holzfeuers ihr angezeigt hatte, wo sie Wärme für ihre steifen Beine finden könne. Sie nieste zweimal und zottelte einfach an mir vorbei, auf die breithüftigen bäuchigen Rundungen des schwangeren Ofens zu. Mit einem tiefen Seufzer des Behagens streckte sie sich vor der Ofentüre aus, drehte sich dreimal herum und schlief ein; ein glühendes Scheit fiel mit einem feinen Knistern und einer kleinen Funkengarbe herunter; die zwei alten Föhren vor den Fenstern rieben ihre Krone aneinander, mit einem singenden Klang wie von einer Geige, die der Geiger niederlegt, wenn er seine Melodie zu Ende gespielt hat. Ich war heimgekommen.

Albert bewegte sich im Schlaf, und ich ging rasch zu ihm, wechselte die Kompresse und beobachtete ihn. Glücklicherweise hatte er sich bis jetzt weder übergeben noch sich anderweitig beschmutzt.

Gut, gut, dachte ich zufrieden; wir müssen auch für kleine Annehmlichkeiten dankbar sein.

Häusliches Glück fängt bei der Bettschüssel an, und einen sehr kranken Mann ins Leben zurückzupflegen ist nicht die engelhafte Beschäftigung, wie es unsere sentimentalen kleinen Geschichtenbücher haben wollen; ebenso wie Gärtnerei nicht in einem maigrünen Schäferinnenschürzchen und mit einem zierlichen Gießkännchen getan wird, sondern indem man den Boden vier Fuß tief umgräbt und die Mistgabel und den Dung nicht schont. Ebenso wie Liebe aus neun Teilen Kummer und gegenseitiger Grausamkeit und Streit und schwerer Arbeit besteht gegen einen Teil von Entzücken und Mondscheinserenaden. Kunst, mit ihren Begriffen von Form und Schönheit und ungetrübter Vollendung, ist eine Sache für sich; und das Leben, fragmentarisch, unzusammenhängend, oft häßlich, immer grausam, und alles in allem wunderbar, ist wieder etwas ganz anderes. Es war mein Schicksal – und das begann ich erst als alte Frau zu verstehen –, daß ich auf der Seite des Lebens gegen die Kunst oder Verkünstelung von Weimar stand; und in meinen jüngeren Jahren bedeutete das die Verkünstelung einer ganzen Periode, beinahe der ganzen Welt.

Und so, mir hie und da ein wenig Schlaf oder ein wenig Essen stehlend, pflegte ich meinen armen Albert durch die schleppenden Wochen seiner Krankheit; es war keine leichte Aufgabe, denn Helgenhausen war so tief in Morast und Verfall gesunken, daß selbst die geringsten Lebensnotwendigkeiten nur durch zähe Arbeit und in schweren Kämpfen gewonnen werden konnten.

Wir mußten von Grund auf anfangen, und wir waren keineswegs die einzigen. Nach dem Sieg kam die große Enttäuschung; Europa war erschöpft wie eine Frau nach einer

Geburt, und die Menschen, die beinahe fünfzehn Jahre lang Napoleon und seine Armeen für alles, was ihnen geschehen war – sei es gut oder schlecht –, verantwortlich gemacht hatten, mußten lernen, ihr Leben und ihr Wohlergehen in ihre eigenen, der Verantwortung entwöhnten Hände zu nehmen. Es gab viel hitzige Reden über das Joch, von dem sie endlich befreit waren; aber oft schien es mir, als wäre es leichter für meine Landsleute, unter einem Joch zu leben, als ihre eigene Verantwortlichkeit zu tragen.

Langsam und Schritt für Schritt – und sehr kleine Schritte waren das – arbeiteten wir uns aus dem Niedergang herauf; langsam und mit vielen Rückfällen kam Albert über das Fieber hinweg. Aber das Merkwürdige war, daß ich selbst stärker und gesünder wurde während der aufreibenden Wochen, die es dauerte, ihn und das Gut über das Schlimmste hinwegzubringen. Ich hatte keine Zeit, auf meine eigenen kleinen Schmerzen und Leiden zu achten, und ich kenne keine bessere Medizin als eine tägliche Dose von Sich-selbst-Vergessen.

Wie in jeder Ehe gab es auch in der unseren viel zu vergeben; und Albert, möge der Himmel es ihm vergelten, hatte mehr zu verzeihen als der durchschnittliche Ehemann. Aber etwas wird er mir nie verzeihen; nämlich, daß ich durch meinen unschuldigerweise nicht begangenen Selbstmord den sechsten und siebten Gesang seines Epos »Die Hesperiden« ruiniert und nutzlos und sogar etwas lächerlich gemacht hatte; diese zwei Gesänge, die er nach meinem Verschwinden schrieb, die beiden besten Gesänge von allem, die einzigen, in denen der endlose Strom von Tinte durch ein paar Tropfen Blut und Tränen eine kräftigere Farbe erhielt.

Ich verstehe so gut, daß es dieser tiefsitzende Groll ist, der ihn in der Gegenwart von anderen Leuten den edlen Märtyrer und die große Seele spielen läßt, aber ihn zum Tyrannen und Inquisitor macht, wenn wir allein sind. Er muß mich ärgern und versuchen, mich alle zwei Stunden einmal zu kränken als ein Heilmittel für sein unsicheres, verbogenes Selbst, genauso, wie er seine Tropfen und Pillen braucht; und da ich das verstehe und mit dem therapeutischen Wert der kleinen Martern, die er sich für meine tägliche Sühne ausdenkt, einverstanden bin, so mache ich mir nichts draus, und sie tun mir nicht weh – und so sind wir beide ziemlich zufrieden.

Auch gibt es immer den fliegenden Teppich meiner Erinnerungen, um darauf zu entschweben. Wenn ich an Alberts Bett sitze oder am anderen Ende des langen Eßtisches oder an seinem Schreibtisch, wo er mir diktiert, oder mit ihm im Park promeniere, ihn fütternd, ihm zuredend, ihn pflegend, an seiner Seite in dem engen Beisammensein eines alternden Ehepaares lebend, kann ich immer in die Vergangenheit wandern, mich auf einen anderen Planeten zurückziehen, während Albert mich fest an seine nette kleine Sperrfolter gebunden glaubt.

In all diesen Jahren ist kaum ein Tag vergangen, da ich es unterlassen habe, zu meinem Grab zu kommen. »Mein Grab« nenne ich es, mit einem Gefühl von innerstem Besitztum. Ich habe fast vergessen, daß eine Unbekannte in einem blauen Rock dort beerdigt ist. Für mich ist es das Grab von Clarinda Driesen, einer törichten und scheuen jungen Frau, die ich vor langer Zeit kannte und die seit vielen Jahren tot ist. Denn, gewißlich, die Frau, die ich war, und die Frau, die ich jetzt bin, sind nicht ein und dieselbe. Ich habe gehört, daß die Chinesen, wenn sie alt werden, sich einen Sarg kaufen und Frieden und Trost von solch einer merkwürdigen Habe empfangen. Es ist wirklich ein gutes Ding für eine alte Frau, ihr Grab zu betrachten und sich mit dem Gedanken an den Tod anzufreunden. Ich denke gerne daran, wie ich dort unten ruhen werde eines Tages, bald. Ausruhen. Aus meinen gefalteten Händen werden Märzveilchen und Herbstzeitlosen wachsen; aus meinen geschlossenen Augen Vergißmeinnicht; und ein zäher wilder Rosenstrauch aus meinem gestillten Herzen – geradeso, wie es in den alten Volksliedern heißt.

Bis vor einiger Zeit gab es hier einen hübschen Kreis, aber sie sind alle gegangen: Goethe und seine Frauen, alle beide: Frau von Stein, die viele Tugenden hatte, alle unleidlich; und die Vulpius, die keine einzige davon besaß. Schiller und Mozart, Beethoven und Byron, Fichte und Kant, jeder von ihnen einer der Riesen, die meine Zeit zu einer großen Zeit gemacht haben, und all die Frauen, die sie inspirierten. Die Rosaura ist tot, aber meine Base, die Montgolfiere, gibt es noch immer, bläulich im Gesicht, doch immer einen Schritt ihrem langerwarteten Herzschlag voraus.

Und mein armer Albert, kränklich und nutzlos, fährt fort, seinen dünnen Faden des Lebens und der Poesie zu spinnen, während Felipe fortgehen mußte, als sein Blut noch stark und heiß und voll Herausforderung in ihm strömte. Ich kann nicht über seinen Tod trauern, denn in seinem Hingang war Gesetz und Ordnung wie in allem andern. Es gibt keinen anderen Weg, jung zu bleiben, als jung zu sterben. Aber junge Menschen wissen nicht, wie schön das Altwerden sein kann. Das ganze Leben ist gelebt, alle Schmerzen sind gelitten, alle Arbeit ist getan, und nichts mehr ist übriggeblieben, um es zu lieben, zu hassen, zu erreichen oder zu fürchten.

Manchmal ist etwas wie ein Echo hier oben an meinem Grab, und Worte, vor langer Zeit gesprochen, kommen zu mir zurück. »Die stärkere Liebe ist eifersüchtig – die bessere Liebe nicht«, hatte Goethe gesagt; und: »Das Beste ist die tiefe Stille, in der ich gegen die Welt lebe und wachse und gewinne, was sie mir mit Feuer und Schwert nicht nehmen kann.« Und dann wieder: »Uns einigen wenigen erträglich zu machen, ist das Beste, was wir vom Leben erwarten können.« Besänftigende Weisheit, Mäßigung und ein olympisches Lächeln. Ich erinnerte mich des letzten Mals, da Goethe mich zu meinem Grab begleitete. Wir hielten an der Quelle dort drüben an, und er nahm den Zinnbecher an der rostigen Kette, spülte ihn in dem rieselnden Wasser, goß die klare Flüssigkeit auf den moosbewachsenen Boden wie ein Trankopfer, und in einer etwas zeremoniellen Art, so charakteristisch für ihn, füllte er ihn noch einmal und erhob ihn, als er ein paar Zeilen aus einem seiner Gedichte zitierte:

»Alles geben die Götter, die unendlichen,
Ihren Lieblingen ganz.
Alle Freuden, die unendlichen,
Alle Schmerzen, die unendlichen, ganz.«

Er reichte mir den Becher und lächelte auf mich herab, als ich zögernd von dem modrig schmeckenden Helgenhausener Wasser trank. »Du, Clarinda, bist ein Liebling der Götter«, sagte er.

Und wieder kann ich Felipes Stimme hören: Te quiero, siempre, siempre …

Was sagst du, Loro? Bin ich für ein paar Minuten eingenickt? Habe ich im Traum geredet– Rief ich den Namen, an den du und ich sich so gut erinnern? Die Nacht in El Encanto, als er dich für mich kaufte; den einen, unvergeßlichen Augenblick, da ich Orizaba sah und mich wie ein Kristallbecher füllte, bis zum Rand mit dem Trunk der Liebe gefüllt, so angefüllt mit Glückseligkeit, daß ich nicht einen Tropfen mehr hätte halten können, ohne überzulaufen, aufzubrechen, davonzufliegen, hinauf und aus mir hinaus zu sterben. Felipe, o Felipe, Felipe!

Sei still, törichter Vogel, er kann uns nicht hören, dort, wo er jetzt ist. Aber sprich zu mir mit seiner Stimme, wünsch mir gute Nacht, ehe ich zum Hause zurückkehre, um meinem armen Albert seine Tropfen und Pillen zu geben, seinen Kamillentee zubereiten und seine rheumatischen Füße zu baden, Hasenfelle um seine ausgetrockneten Lenden zu binden, einen Umschlag für seine verschleimte Kehle zu machen; und ihm die Genugtuung zu geben, mich auszuzanken, was ihn jeden Abend in den Schlaf wiegt, sanfter und besser als jedes Schlummerlied.

Véngase, pajarito, véngase; komm und sitze auf meiner Schulter, und ich trage dich in deinen Käfig, ehe ich in den meinen zurückkehre. Komm, komm, Freund Coco, gib einer alten Frau deinen Halt, ich muß mich auf dich stützen, wenn wir hügelab gehen. Und gute Nacht, mein kopfloser Engel, bis auf morgen.

Sollen wir einen Umweg durch den Obstgarten machen, Loro, und uns die letzten Erdbeeren pflücken, ehe die Dämmerung kommt? Große, süße, dunkelrote, letzte Erdbeeren, mit einem reichen Aroma, wie sie es nur haben, wenn der Sommer vorbei ist. Und sie mit dem süßen Rahm aus unserer eigenen Milchkammer essen, in unserm eigenen Keller gekühlt, und unser eigenes gutes Brot dazu brechen?

In der Bibel heißt es: »Und der Herr sah gnädig an Abel und sein Opfer.« Manchmal denke ich, der Herr sieht mich gnädig an; manchmal kann ich sein Lächeln auf mir fühlen, fehlerhaft, wie ich bin, und auf den einfachen Dingen, die ich ihm darbieten kann.

Denn wäre es nicht so, warum würde der Herr die größten und süßesten und reichsten Beeren von ganz Sachsen-Weimar in meinem eigenen, bescheidenen Erdbeerbeet wachsen lassen ...?